T0277558

# Forjemos estrellas de plata

# BRIGID KEMMERER

# FORJEMOS ESTRELLAS DE PLATA

Traducción de Aitana Vega Casiano

Argentina – Chile – Colombia – España
Estados Unidos – México – Perú – Uruguay

Título original: *Forging Silver Into Stars*
Editor original: Bloomsbury
Traducción: Aitana Vega Casiano


1.ª edición: febrero 2023

Copyright © 2022 *by* Brigid Kemmerer
© de la traducción 2023 *by* Aitana Vega Casiano
All Rights Reserved
Map by Virginia Allyn
© 2023 *by* Ediciones Urano, S.A.U.
Plaza de los Reyes Magos, 8, piso 1.º C y D – 28007 Madrid
www.mundopuck.com

ISBN: 978-84-17854-98-0
E-ISBN: 978-84-19413-67-3
Depósito legal: B-21.933-2022

Fotocomposición: Ediciones Urano, S.A.U.

Impreso por: Rodesa, S.A. – Polígono Industrial San Miguel
Parcelas E7-E8 – 31132 Villatuerta (Navarra)

Impreso en España – *Printed in Spain*

*Para Rhonda Bart,*
*cuya luz era infinita*
*y amaba a estos personajes con toda su alma.*

*Te echo mucho de menos.*

# Sybl Shallow

BOSQUE DE HIELO
DE IISHELLASA

RÍO
CONGELADO

BRIARLOCK

PALACIO
DE
CRISTAL

VALLE
WILDTHORNE

N

PLANICIES
BLACKROCK

# LA CORTE REAL
## DE LAS NACIONES ALIADAS
# DE **SYHL SHALLOW** Y **EMBERFALL**

| TÍTULO | NOMBRE | RESIDENCIA |
|---|---|---|
| Reina de Syhl Shallow | Lia Mara | Syhl Shallow |
| Rey de Emberfall | Grey | Syhl Shallow |
| Su hija | Princesa Sinna Cataleha | Syhl Shallow |
| Consejera principal y hermana de la reina | Nolla Verin | Syhl Shallow |
| Médico real | Noah de Disi* | Syhl Shallow |
| Consejero del rey | Jacob de Disi* | Syhl Shallow |
| Hermano del rey | Príncipe Rhen, regente en funciones | Emberfall |
| Princesa de Dece, amada de Rhen | Princesa Harper de Dece* | Emberfall |
| Mensajero del rey / Emisario de la reina | Lord Tycho de Rillisk | Ambos |

* «Dece» no es un país real, aunque los habitantes de Emberfall y Syhl Shallow creen que es el lugar de nacimiento de la princesa Harper. En realidad, «Dece» se refiere a Washington D. C. Cuando una maldición atormentaba al príncipe Rhen años atrás, Harper, Noah y Jacob quedaron atrapados por arte de magia en los terrenos del Castillo de Ironrose en Emberfall, incapaces de volver a casa hasta que hubiesen roto la maldición... Pero esa es otra historia.

# PRÓLOGO
## CALLYN

Se suponía que iba a ser una protesta pacífica.

Es la única razón por la que hemos venido. Mi padre insistió mucho. *Se lo debes a tu madre, Callyn. La reina debería saber lo que quiere su pueblo.*

A lo mejor se lo debo. A lo mejor madre habría querido que Nora y yo estuviéramos aquí. Levanto la mano para acariciar el colgante que llevo sobre el corazón, como siempre que pienso en ella.

Se suponía que no sería más que una reunión de personas afines que se oponen a la magia del rey. Algo seguro. Pequeño. Mi padre quería que Nora y yo viniésemos porque dijo que era importante que hubiera mucha gente para que la reina nos escuchase. Incluso intentó convencer al maestro Ellis de que viniera, junto con su hijo Jax, mi mejor amigo, pero tenían demasiado trabajo en la herrería como para dejarla vacía y a Jax le cuesta desplazarse con las muletas. Sin embargo, ahora que nos apiñamos a lo largo del camino empedrado que conduce al Palacio de Cristal, empiezo a pensar que ninguno de nosotros debería haber venido. Hay cientos de personas. Tal vez miles.

La mayoría van armadas.

Todas gritan.

Nora me aprieta la mano.

—Esa gente lleva espadas —dice, aunque su voz casi se pierde en la cacofonía.

13

Sigo la dirección de su mirada. Muchas personas llevan espadas. Y hachas, arcos y mazas. Hasta veo algunas manos que blanden ladrillos. Cualquier cosa que se pueda llegar a considerar un arma. Los guardias de las puertas intentan calmar a la muchedumbre, pero no son más de una docena, mientras una oleada de personas se esfuerza por alcanzar los barrotes de acero. Detrás de los guardias, se extiende un corto tramo de adoquines relucientes que terminan en la base de los escalones que conducen al palacio. El sol del verano calienta el aire y el olor de tantos cuerpos sudorosos juntos resulta opresivo, lo que solo sirve para enardecer más a la gente.

Un hombre que grita se abre paso a empujones entre la multitud y Nora choca conmigo con un chillido después de que le haya pisado el pie. Tiene una daga en la mano, que pasa peligrosamente cerca del ojo de mi hermana. Tiro de ella para quitarla de en medio.

—¡No es más que una niña! —espeto.

El hombre me dedica un gesto grosero por encima del hombro.

Algo tranquilo. Ya. Nora solo tiene doce años. No debería estar aquí. Ni siquiera tengo claro si yo debería estar. Cuadro los hombros.

—Papá.

No nos presta atención. Corea con la multitud.

—¡Traednos a la reina! ¡Traednos a la reina!

—¡Papá! —grito por encima del ruido—. Papá, tenemos que sacar a Nora de aquí.

No me mira.

—La reina Lia Mara tendrá que escucharnos, Callyn. Mira cuántos somos. Tiene que saberlo; lo hacemos por ella.

Nora me aprieta el brazo. Es la primera vez que ve el Palacio de Cristal y, en cualquier otra ocasión, estaría mirando la gigantesca estructura resplandeciente con la boca abierta. Me preguntaría si llegaríamos a ver a la reina o si los vendedores ambulantes de la Ciudad de Cristal harán unas empanadas de carne mejores que las que vendemos en la panadería. Ahora, se encoge a mi lado para alejarse de un hombre que tiene la mano en el gatillo de una ballesta.

—Papá —repito—. Por favor...

Un ruido repentino se traga mi súplica. Crece entre la gente una gran ovación y al principio no sé bien qué ha pasado. Pienso que a lo mejor los gritos sí que han servido de algo y levanto la vista hacia la reluciente escalera mientras me pregunto si la reina va a aparecer en lo alto.

No. La multitud ha logrado atravesar las puertas. Un guardia levanta la espada, pero desaparece igual de rápido, aplastado por la muchedumbre. Sin previo aviso, nos empujan hacia delante y Nora y yo no tenemos más remedio que avanzar o terminar también pisoteadas.

No suelto la mano de mi hermana y ella se aferra a la mía. A mi padre lo pierdo de vista casi de inmediato y grito:

—¡Papá! ¡Papá!

—¡Muévete, chica! —grita un hombre a mi izquierda y recibo un codazo en las costillas. Tropiezo con Nora y casi caemos las dos. Por suerte, la gente está tan apretujada que solo rebotamos con otra mujer.

La turba nos arrastra hacia delante. Las armas destellan al sol. Oigo algunos gritos entre la gente, imagino que de personas a las que han conseguido tirar, pero no son más que estallidos rápidos de sonido que desaparecen al instante siguiente.

El corazón me late tan fuerte que me cuesta respirar. Noto las manos resbaladizas, pero no suelto a Nora. No pienso perder a mi hermana. No puedo perderla.

No noto los escalones, pero avanzamos hacia arriba. No veo nada más que el brillo del sol sobre nuestras cabezas y cómo las montañas de detrás del palacio recortan una línea en el cielo. Se rompen cristales y parecen seguir rompiéndose. Hay más gritos. Las enormes puertas del palacio han quedado destruidas y han dejado un enorme agujero por el que se cuela todo el mundo.

—¡Traednos a la reina! ¡Traednos a la reina!

Los gritos son muy altos y parecen venir de todas partes. Piso cristales rotos y me doy cuenta de que están a punto de arrastrarnos al interior del palacio.

*No.* El corazón me da un vuelco y se revela. No quiero esto. No he venido para participar en un ataque a la familia real.

Durante un instante, no sé qué hacer. Nora está llorando. Algo ha debido de golpearle en la cara, porque le sale sangre de la nariz.

*Ahí.* A la derecha, una mujer cae al suelo, lo que crea un hueco en la oleada de gente. Los trozos de cristal centellean a lo largo del pasillo de piedra que conduce a las puertas. Tiro con fuerza del brazo de Nora y salimos a trompicones de entre la muchedumbre justo cuando se oye otra ovación dentro del palacio.

—¡Han encontrado al rey y a la reina! —grita un hombre. Las ovaciones crecen.

—¿Qué está pasando? —jadea Nora entre sollozos—. ¿Qué van a hacer?

La gente sigue avanzando a nuestro lado. Le he perdido la pista por completo a mi padre.

—No lo sé.

Me llevo la mano al colgante y aprieto el calor del metal contra mi piel. Ojalá madre estuviera aquí. Echo un vistazo a los escalones y a la incesante corriente de personas y me alegro de que Jax no haya venido.

Ahora los soldados suben corriendo las escaleras, con las espadas desenvainadas, y arrastro a mi hermana más lejos. Algunos de los manifestantes se han dado la vuelta para luchar y el estallido del metal contra el metal me retumba en los oídos. Madre se habría sentido como en casa en el fulgor de la batalla, pero yo solo me siento así en la panadería. Nunca he querido ser soldado.

Una espada le atraviesa la barriga a un hombre y tose sangre en el suelo.

Le tapo los ojos a Nora, pero me agarra la mano para intentar mirar mientras abre la boca con horror.

Un hombre nos habla desde las sombras junto a la puerta.

—¡Es una niña! ¡Sácala de aquí!

No sé si es un soldado o un manifestante. Hay demasiado ruido y demasiada lucha. Pero no está en medio de la refriega, así que no creo que sea soldado.

—¡Eso intento! —grito.

—¡Bajad por las escaleras laterales! —responde, justo cuando un soldado nos ve.

Aspiro una bocanada de aire, pero no me da tiempo a reaccionar. Una hoja se cierne sobre nosotras. Nora grita y hago que giremos para protegerla con mi cuerpo. Me preparo para el impacto.

No llega. Solo el chasquido del metal cuando dos espadas se encuentran. Por el rabillo del ojo, veo una armadura negra y un destello de pelo rojo.

—¡Marchaos! —grita el hombre.

Arrastro a Nora. Corremos y bajamos a trompicones por los escalones de piedra. Las ovaciones en el castillo suben de volumen y se mezclan con los ruidos de la lucha. Vienen gritos desde todas las direcciones. De pronto, no somos las únicas que bajan corriendo por las escaleras.

—¡Magia! —grita una mujer—. El rey va a usarla…

Un trueno retumba a nuestra espalda, tan alto que casi vuelvo a tropezar. Me vuelvo y una ráfaga de luz atraviesa todas las ventanas del palacio, más brillante que el sol, como un millón de rayos a la vez.

Todos los sonidos de la batalla se detienen. Hay un instante de silencio absoluto y repentino, hasta que estallan los gritos. Un hombre en llamas sale tambaleándose por la puerta del palacio. Luego otro. Y un tercero. Los soldados en lo alto de las escaleras han dejado de luchar y observan con horror.

Yo también.

Nora me tira de la mano.

—¿Dónde está papá? —Su voz suena aguda y cargada de pánico—. ¿Qué le ha pasado a papá?

No lo sé. ¡No lo sé!

Una mujer chilla en lo alto de la escalera.

—¡Los ha matado a todos! —grita—. ¡La magia del rey los ha matado a todos!

Empiezan a llegar más guardias. El pánico me ahoga, pero soy consciente de que las cosas no le irán bien a nadie que se quede aquí.

—Vamos —le digo a Nora y la arrastro hacia las calles. Nos escabullimos en la ciudad justo cuando los guardias empiezan a cerrar filas para bloquear la puerta caída.

Quiero echar a correr, pero sospecho que estarán buscando a los alborotadores, así que agarro con fuerza la mano temblorosa de mi hermana y camino hacia una taberna con paso tranquilo. Mantengo la vista al frente y me centro en respirar. En seguir avanzando. Todos los demás corren hacia el palacio, así que nadie se fija en nosotras.

El sol brilla alto y hace calor; casi parece una broma cruel, como si no tuviera sentido que el sol esté en el cielo. Siento un vacío en el pecho.

Al cabo de un rato, Nora deja de llorar y me mira.

—¿Era verdad? —susurra y el horror de su voz es un reflejo del que siento en el corazón—. ¿El rey los ha matado a todos con magia?

—No lo sé —digo.

Sin embargo, me llevo una mano al colgante porque sí lo sé. Vi el fogonazo de luz. Oí los gritos. Vi las llamas.

La magia del rey ya me había robado a mi madre.

Ahora también me ha quitado a mi padre.

SEIS MESES
DESPUÉS

# CAPÍTULO I

# CALLYN

Llevo horas mirando la noche, en un intento por intimidar al amanecer para que no se atreva a aparecer, pero los primeros indicios de morado se asoman de todos modos en la cresta de la cordillera. Cuando era niña, mi madre me decía que, si tirabas una piedra lo bastante alto, volaría sobre las cimas de las montañas y aterrizaría en Emberfall.

También decía que, si tenías suerte, le caería encima a algún soldado y le aplastaría la cabeza, pero eso era cuando Emberfall y Syhl Shallow eran enemigas.

Lo intenté una y otra vez cuando era niña, pero nunca conseguí lanzar una piedra por encima de la montaña. Ni siquiera cuando las impulsaba hacia el cielo cargadas con la rabia por la muerte de mi madre.

Acaricio el colgante. No sé por qué estoy pensando en ella. Lleva años muerta.

De todos modos, debería redirigir toda rabia latente contra mi padre. Es él quien nos ha dejado con este embrollo. Han pasado seis meses y nadie vuelve de entre los muertos. Por lo que sé, ni siquiera la abominable magia del rey es capaz de algo así.

La luna pende muy por encima de los árboles y hace brillar las ramas congeladas, convirtiendo el suelo entre la casa y el granero en una amplia franja de blanco cristalino. Ayer cayeron unos cuantos centímetros de nieve al anochecer, que alejaron a los clientes que Nora y yo podríamos haber tenido en la panadería.

A quien no espantaron fue a la recaudadora de impuestos.

Echo un vistazo al papel medio estrujado que indica lo que debemos con letra clara en la parte de abajo. Me dan ganas de tirarlo al fuego.

La mujer llegó en un carruaje que atravesó con cuidado el aguanieve de finales del invierno para llegar hasta la panadería, que no es más que la planta baja de nuestra casa. Puso una mueca cuando la puerta se atascó al abrirla, pero es que todavía no he tenido oportunidad de cambiar las bisagras. Nos dijo que teníamos una semana para pagar un cuarto de lo que debíamos, o la reina incautaría nuestras posesiones. Como si a la reina Lia Mara le hiciera falta la aportación de una granja cochambrosa a las afuera de la periferia de Syhl Shallow. Me sorprendería que supiera siquiera que el pueblo de Briarlock existe.

Una semana para pagar veinticinco monedas de plata. Tres meses para pagar la cantidad completa de cien monedas.

En las mejores semanas de la panadería, tenemos suerte si conseguimos ganar diez.

Si la recaudadora de impuestos ya se mofó de la puerta de la panadería, no quiero imaginar cómo habría reaccionado al resto de la propiedad. Ha sido un golpe de suerte que no haya querido ver el granero. Desde donde estoy, veo el panel de madera que cuelga torcido y cómo la nieve se cuela por el hueco. Las piezas de metal están oxidadas y dobladas. Jax dijo que intentaría arreglarlas cuando tuviera tiempo, pero tiene clientes que pagan y no le gusta pasar demasiado tiempo lejos de la forja.

Es un buen amigo, pero tiene sus propios problemas.

Como siempre, desearía que mi padre hubiera tomado una decisión diferente. Podría haber odiado al rey sin arriesgar todo lo que tenemos. Podría haber participado en las revueltas sin darles a los rebeldes hasta la última moneda de nuestro bolsillo. Ahora, me es casi imposible gestionar el pequeño granero y la panadería por mi cuenta. Nora me ayuda en todo lo que puede, pero tiene doce años, apenas es más que una niña. Comprendo el deseo de venganza de mi padre, pero eso no basta para poner comida en la mesa.

Sin embargo, si estuviera aquí, ¿ayudaría? ¿O sería como el padre de Jax y se dedicaría a ahogar las penas en cerveza todas las noches?

A veces no sé si debería envidiar a mi amigo o sentir lástima por él. Al menos su padre y él tienen algo de dinero.

Podría vender la vaca. Me darían por ella al menos diez monedas de plata. Las gallinas son buenas ponedoras y se venderían por una moneda cada una.

Sin embargo, si pierdo el acceso a huevos y leche, tendré que cerrar la panadería.

Madre me diría que vendiese toda la propiedad y me alistase. Es lo que ella habría hecho. Es lo que siempre imagino para mí. Fue mi padre quien quiso conservar la panadería, quien me enseñó a medir, amasar y revolver. A ella le encantaba la vida de soldado, pero mi padre disfrutaba del arte de alimentar a los demás. Se pelearon por ello antes de las batallas con Emberfall. Ella se marchaba a la guerra y quería saber por qué él no se había alistado también. ¿Acaso no le importaba su país?

Mi padre contraatacó con que no quería dejar a sus hijas en un orfanato para morir en un campo de batalla.

Madre le dijo que estaba siendo dramático, pero fue justo lo que le pasó a ella.

Aunque tampoco es que a él le fuera mejor al final.

Incluso ahora, no me cuesta imaginar cómo mi madre leería el aviso de impuestos. Echaría un vistazo a la panadería y a las reparaciones que les hacían falta a la casa y al granero y me diría con severidad:

—Deberías haberte alistado hace seis meses.

Si lo hiciera, ¿qué se supone que pasaría con Nora? Es demasiado joven para ser soldado. Además, lo odiaría. Se pone pálida cuando ve sangre y le asusta la oscuridad. Todavía se mete en la cama conmigo la mitad de las noches porque ha tenido una pesadilla sobre el Alzamiento.

—Cally-cal —susurra medio dormida mi apodo de la infancia mientras me agarra el largo cabello con los dedos. Es la única capaz de que un nombre como Callyn suene extravagante.

Terminaría en un orfanato, con suerte.

Terminará en un orfanato si no consigo pagar los impuestos. O las dos acabaremos como mendigas en las calles.

Me arden los ojos y parpadeo para calmar la sensación. No lloré cuando madre murió en la guerra con Emberfall. No lloré cuando mi padre murió y tuvimos que suplicar para regresar a Briarlock.

No lloraré ahora.

En el granero, las gallinas han empezado a cloquear y Muddy May, nuestra vieja vaca, muge. La puerta traquetea en los rieles de madera. Los tenues matices de púrpura sobre las montañas se mezclan con las primeras vetas de color rosa. En unas pocas horas, la nieve brillante volverá a ser aguanieve y barro, y a Nora y a mí nos tocará abrigarnos para meter la mano bajo las gallinas en busca de huevos, mientras discutimos sobre quién se va a sentar al frío para ordeñar a May.

Las gallinas siguen cloqueando y entonces un débil resplandor anaranjado asoma bajo la puerta chirriante del granero.

Me pongo tensa y se me acelera el corazón. Ha pasado medio año, pero todavía recuerdo con claridad lo que ocurrió en el Palacio de Cristal. El rugido del trueno, el destello de luz.

Pero aquí no hay magia, por supuesto que no. ¿Será un incendio?

Por debajo del arrebato de pánico, se me ocurre que debería dejar que todo ardiera hasta los cimientos.

Pero no. Los animales no se lo merecen. Agarro las botas y me las pongo sin molestarme en atar los cordones. Paso de puntillas por delante de la habitación de Nora, con cuidado de no pisar fuerte para que el suelo no cruja. Si no he querido que viera la nota de la recaudadora de impuestos, menos aún quiero que vea el granero en llamas.

Llego a los escalones que bajan a la panadería, pero tropiezo con los cordones desatados y casi aterrizo de cara en el suelo de ladrillo del fondo. Vuelco el taburete en el que me siento para tomar pedidos, que cae con un estrépito y rueda sin rumbo hasta las estanterías. Un cuenco de metal se estrella en los ladrillos, seguido de un plato de porcelana que uso para servir los panes grandes. Se rompe y los trozos se desperdigan por todas partes.

Espectacular.

Espero, paralizada. Tengo las piernas dobladas en un ángulo raro, pero contengo la respiración.

No viene ningún ruido de la planta de arriba.

Bien.

El frío me corta la cara cuando salgo por la puerta, pero vuelvo a oír a la vaca, así que echo a correr por el barro congelado. Hay heno y paja para algunas semanas en el pajar, aunque siempre procuro apilarlo bien lejos de las paredes. De todas formas, a una parte le habrá salido moho y el heno podrido arde con facilidad. Tengo que arreglar la dichosa puerta.

Como si una puerta que funciona fuese a servir de nada en un granero reducido a una pila de cenizas.

A mitad de camino por el gélido patio, me doy cuenta de que el resplandor no se ha extendido.

Tampoco huelo a humo.

Muddy May vuelve a mugir y me llega el murmullo bajo de una voz masculina.

De nuevo me paralizo, aunque por una razón muy distinta. El corazón se me acelera aún más y el mundo que me rodea se vuelve demasiado nítido.

*No es un incendio. Es un ladrón.*

Rechino los dientes y cambio de dirección; cruzo el patio hasta el cobertizo donde guardamos las herramientas. Las viejas armas de mi madre están envueltas bajo mi cama, pero apenas sé levantar una espada. El hacha cuelga preparada y se desliza en mi mano como una buena amiga. Puedo partir leña sin sudar ni una gota, así que no me cabe duda de que soy capaz de hacer que un ladrón se arrepienta de sus decisiones. Balanceo el hacha en forma de ocho para calentar el hombro. Cuando llego a la puerta rota, la agarro y tiro.

La puerta cruje y gime al moverse más rápido de lo que las bisagras soportan. La sombra de un hombre se mueve por detrás de la vaca. Hay un farol encendido no muy lejos, la fuente del resplandor anaranjado.

Balanceo el hacha y dejo que el lado plano se estrelle contra un panel de madera. Las gallinas se ponen a cloquear como locas y May se sobresalta, tira de la cuerda a la que está atada y vuelca el cubo.

—¡Fuera de mi granero! —grito.

May se asusta otra vez y sus pezuñas arañan la tierra cuando se da la vuelta para alejarse de mí; debe de chocar con el intruso, porque lo oigo gruñir y caer al suelo, enredado con su propia capa. Algo de madera rebota a su lado y se oye un crujido cuando se parte.

—¡Por los cielos, Cal! —espeta mientras se quita la capucha—. Que soy yo.

Demasiado tarde, reconozco los ojos de color avellana que me miran desde detrás de una cortina de pelo oscuro.

—Ah. —Bajo el hacha y frunzo el ceño—. Eres tú.

Jax maldice entre dientes y estira la mano para alcanzar las muletas y arrastrarlas por la paja. Su aliento forma nubes blancas en el aire helado.

—Buenos días a ti también.

Me ofrecería a ayudarlo, pero no le gusta que lo hagan si no lo ha pedido. De todos modos, rara vez lo necesita. Se levanta sobre el pie con soltura, casi con agilidad. Se coloca una muleta bajo el brazo izquierdo, pero la otra se ha roto por abajo y ahora es demasiado corta.

Mira el extremo partido, suspira y tira la muleta al suelo, luego se cambia la buena al brazo derecho para compensar el lado donde le falta el pie.

—Pensaba que estarías durmiendo. No contaba con jugarme la vida por venir hasta aquí.

Intento determinar si esto es culpa mía o de él.

—¿Quieres que vaya hasta la forja y te traiga las herramientas? —ofrezco. Antes se hacía las muletas de acero, pero su padre decía que era un desperdicio de metal, así que ha adquirido mucha práctica en fabricárselas de madera.

—No. —Se tira de la capa para ponérsela bien y hace equilibrio sobre el pie mientras usa la muleta buena para levantar el taburete de ordeñado—. Pero podrías traer un cubo. —Se acomoda en el taburete y se sopla las yemas de los dedos para calentarlas. Pone una mano en el costado de la vaca y suaviza la voz con el tono que solo usa para los animales, nunca para las personas—. Tranquila, May.

La vaca mastica con desgana un bocado de heno y agita la cola, pero resopla.

Agarro el cubo helado y se lo paso a mi amigo.

—¿Has venido en mitad de la noche para… ordeñar?

—No estamos en mitad de la noche, casi ha amanecido. —Aprieta una ubre con facilidad y un chorro de leche cae en el cubo de hojalata—. No quería despertarte al encender la fragua. —Vacila y el aire se tensa con el peso de las palabras que quedan sin pronunciar.

Al final, no dice nada más y suelta un largo suspiro, acompañado de una bocanada de vapor.

Se queda mirando el cubo. Yo lo miro a él.

Lleva casi todo el cabello atado en un moño en la parte posterior de la cabeza, pero unos cuantos mechones se han soltado y le enmarcan la cara, dejándole los ojos en penumbra. Es flacucho y enjuto, pero los años de trabajo en la forja y la necesidad de usar los brazos para sostenerse le han procurado mucha fuerza. Nos conocemos desde siempre, desde que éramos niños, cuando nuestras vidas parecían firmes y seguras, hasta ahora, que ya nada lo es. Se acuerda de mi madre, y nos consoló a Nora y a mí cuando no volvió de la guerra. Me consoló de nuevo cuando mi padre murió.

Jax no conoció a su madre, porque murió al dar a luz. Cuando su padre se emborracha, le he oído decir que esa fue la primera desgracia que le trajo a la familia.

La segunda tuvo lugar hace cinco años, cuando Jax tenía trece. Intentaba ayudar a su padre a reparar el eje de una carreta cuando se le cayó en la pierna y le aplastó el pie.

La tercera casi la provoca mi hacha.

—Siento haber estado a punto de decapitarte —digo.

—No me habría quejado.

Jax siempre es taciturno, pero no suele ser tan sombrío.

—¿Qué significa eso?

Suelta una ubre y se mete una mano bajo la capa, luego me lanza un trozo de pergamino. Dejo el hacha sobre la paja para recogerlo.

Cuando lo desenrollo, me encuentro con la misma letra con la que está escrito el mensaje de la recaudadora de impuestos que he dejado abandonado en mi habitación.

En este, la cifra es el doble de grande.

—Jax —susurro.

—La recaudadora ha venido a la forja —dice—. Asegura que llevamos dos años sin pagar.

—Pero la forja tiene muchos clientes. Los he visto. Os ganáis bien la vida… —Veo su expresión y se me corta la voz.

—Por lo visto, cada vez que mi padre ha ido a pagar los impuestos del trimestre, se lo ha gastado en otra cosa.

Ahora me evita la mirada.

Me pregunto si se refiere a que ha apostado el dinero o se lo ha bebido.

Tampoco importa. Ambas opciones son horribles.

La leche de May sigue cayendo en el cubo. Traigo el otro taburete de la esquina y me siento junto a mi amigo. Jax no me mira, pero agacha la cabeza para quitarse el pelo de los ojos.

Mueve las manos con destreza. Tiene los dedos rojos del frío, llenos de quemaduras de la forja.

Ojalá supiera como ayudarlo. Ni siquiera sé cómo ayudarme a mí misma.

Las preocupaciones que me han tenido toda la noche despierta de pronto me parecen muy egoístas; yo tengo opciones. No son opciones que me gusten, pero son posibles. Puedo vender la granja. Puedo alistarme. No creo que llegase a pasar nunca del rango de cadete, no con la mancha de mi padre en el historial familiar, pero la posibilidad está ahí. Nora podría ir a un orfanato, o podría usar parte de la pensión de soldado para pagarle un tutor.

Jax no tiene ninguna de esas opciones. Su padre ya apenas consigue mantenerse sobrio para trabajar. Él es el único que se ocupa de la herrería. No puede ser soldado y, con el pie que le falta, muy poca gente le daría una oportunidad como peón ni como nada.

Si pierden la forja, lo pierden todo.

Le pongo una mano en la muñeca y se queda quieto.

—No tienes que ordeñar a la vaca —dijo en voz baja.

Se vuelve para mirarme. Tiene una sombra debajo de la mandíbula y me pregunto si es resultado de cuando May lo ha tirado al suelo o si será cosa de su padre. Viven al final del camino, pero, cuando se pelean, los oigo desde aquí.

Se ha dado cuenta de lo que estoy mirando, porque aparta la cara, lo cual confirma mis sospechas.

Le suelto la muñeca.

Sigue ordeñando.

—Debemos cien monedas —susurro en voz tan baja que no creo que me haya oído.

Pero lo ha hecho, por supuesto que sí, y se vuelve para mirarme otra vez. Las nubes que provocan nuestras respiraciones flotan en el aire que nos separa. Siempre huele un poco al humo de la forja y el olor destaca en el aire frío.

Cuando éramos pequeños, después de que perdiera el pie, todos los días le llevaba trenzas de masa azucaradas, junto con algún libro de la biblioteca de mi madre. Nos encantaban los cuentos románticos o históricos, pero nuestros libros favoritos eran las historias de viento, cielo y magia sobre las criaturas aladas de los bosques de hielo al oeste de Syhl Shallow.

Recuerdo el día que mi madre me detuvo. Estaba dando vueltas por la cocina, ansiosa por ir a ver a mi amigo.

*No sería un buen marido*, me dijo, y la certeza de su desagrado fue como una bofetada.

No me dejó ir. No lo vi durante semanas, hasta que él encontró unas muletas y recorrió el camino hasta la panadería cojeando.

Nunca se lo he contado.

No importaba; jamás había dicho ni hecho nada que indicase que me veía de ese modo.

Sin embargo, en un momento como este, cuando hace frío y está oscuro, y todo el mundo parece a punto de derrumbarse, me pregunto, solo por un instante, cómo sería si fuéramos más que amigos. Si estuviéramos juntos en esto.

—¿Callyn? —la voz preocupada de Nora me llama desde el patio, aguda y asustada—. ¿Callyn?

Me hecho hacia atrás e inhalo con brusquedad.

—¡En el granero! —grito—. ¡Aquí! —Miro a Jax y susurro—: No sabe nada.

Asiente.

La puerta traquetea cuando mi hermana intenta empujarla. Lleva puesto un camisón y va descalza. Su pelo es un amasijo enredado que le llega a la cintura y tiembla de forma incontrolada. Las lágrimas parecen congelarse en sus mejillas.

—¡Nora! —exclamo y me quito la capa—. Te vas a congelar. ¡Tienes que volver dentro!

—Estaba preocupada…

—Ya lo sé. Anda, vamos.

En la puerta, me detengo y me vuelvo a mirar a Jax. Me sorprendo al encontrarlo mirándome.

Ojalá supiera qué decir.

A él tampoco se le ocurre nada y solo asiente; se sopla los dedos otra vez y vuelve a centrarse en el cubo.

# CAPÍTULO 2
## JAX

El sonido del hierro contra el acero me retumba en los oídos, pero no me importa. Me he criado en la forja; sería capaz de dormir aquí sin importar el ruido.

En este momento, el ritmo de los golpes es lo único que me mantiene cuerdo. No veo a mi padre desde la medianoche. Cuando desaparece así, la frustración se me instala en el estómago porque, sin su ayuda, me será imposible terminar todo el trabajo pendiente.

Hoy, sin embargo, por mí es como si se hubiera caído en un charco de licor. A lo mejor tengo suerte y se ahoga.

Siempre hay mucho trabajo en esta época del año. Los granjeros necesitan horcas y palas nuevas para empezar la temporada de siembra y apenas me da tiempo a seguir el ritmo. Un hombre del pueblo de al lado me ha pedido unas cuchillas nuevas para su trilladora y le he dicho que tardaría una semana, pero debería haberle dicho dos. Cuando la nieve empezó a despejarse, los carpinteros se pusieron a comprar tantos clavos que me ha tocado forjarlos por las noches para tenerlos listos al amanecer. Entre el aguanieve y el barro, los viajeros necesitan reparar las ruedas y los ejes de las carretas constantemente. Hay otra herrera en la otra punta de Briarlock, pero tiene más de setenta años, así que nos envía todos los trabajos grandes e intento devolverle el favor mandándole los pedidos de artículos de metal caros y detallados. Ella se queda con las hebillas elegantes y las dagas grabadas, y yo, con las hoces y las herraduras.

Pienso en el pergamino de la recaudadora de impuestos y me pregunto si no debería aceptar todos los encargos que me fuera posible.

Maldigo entre dientes y golpeo el acero al rojo vivo del yunque con el martillo. Doscientas monedas de plata. Malgastadas en cerveza y partidas de dados.

No sé dónde está mi padre, pero tiene suerte. Si estuviera aquí, lo tiraría al fuego.

Es un pensamiento vacío. No puedo tirarlo a ningún sitio; por eso tengo un moratón en la barbilla y un dolor en la barriga de la última patada que me dio. Seré muchas cosas, pero rápido no es una de ellas. Mis pies se tropiezan con demasiada facilidad.

Mi pie.

Lo peor es que había guardado algunas monedas para Callyn. Es demasiado orgullosa para pedir ayuda, pero sé cuánto ha tenido que esforzarse desde que descubrió que su padre había entregado el dinero para financiar el ataque al rey. Sabía que los recaudadores de impuestos vendrían en cualquier momento. No son más que diez monedas de plata que escondí debajo del colchón, pero la habrían ayudado un poco. Cal las habría aceptado si así conseguía mantener a Nora a salvo.

Ahora, tendré que destinar el pequeño alijo a salvar la forja, pero ni siquiera se acerca a la cantidad que necesito.

Cal siempre me trae pan y dulces de la panadería cuando tienen sobras, que es a menudo. Me puedo desprender de cinco monedas.

No sé por qué se me ocurre pensar que nos servirá de nada a ninguno de los dos. En cuestión de semanas, nos veremos viviendo en la calle.

Se me encoge el pecho y después la garganta. Estoy acostumbrado a que me piquen los ojos por el calor de la forja, pero esto es distinto. Golpeo con el martillo y aparto las emociones.

Cuando era niño, mi padre me hablaba de cómo le daría la vuelta a nuestra mala suerte cuando me alistara en el ejército de la reina. Me enseñó a martillar escudos y espadas en cuanto tuve edad para sacar el acero del fuego.

—En una armería siempre hacen falta buenos herreros —decía mientras sonreía con orgullo cuanto más mejoraban mis habilidades—. Y a los soldados a caballo nunca les sobran herradores.

Entonces, una carreta me cayó en la pierna y me aplastó el tobillo y el pie. Todo mi futuro se esfumó de un plumazo. El médico del pueblo dijo que tenía suerte de haber sobrevivido.

Ah, sí. Me sentía muy afortunado.

—¡Chico! —Una mujer carraspea detrás de mí y habla con impaciencia—. Busco a Ellis, el herrero.

Mi padre. Rechino los dientes y rezo por que no sea otra persona a la que le debemos dinero.

—No está aquí.

—¿Cuándo volverá?

La pala en la que estoy trabajando se ha enfriado, así que la levanto del yunque y la meto otra vez en la fragua. Me limpio el sudor de la frente con la manga y me doy la vuelta. Bajo el arco de la entrada, se encuentra una mujer de mediana edad que no me resulta familiar, sobre todo porque viste una túnica de seda con un cinturón de color rojo y morado; tiene el dobladillo mojado por el aguanieve, lo que significa que no es de Briarlock. Aquí todo el mundo habría tenido el sentido común de ponerse pantalones y botas, o al menos de atarse las faldas.

Sin embargo, a juzgar por los anillos enjoyados que lleva en los dedos y la gruesa cadena de oro que le cuelga del cuello, es evidente que tiene dinero. Contengo la amargura de mi voz.

—No lo sé. Pero yo me puedo encargar de lo que sea que necesite de la forja. —Hago una pausa—. Mi señora.

Me mira de arriba abajo con desdén y me doy cuenta de que tiene un ojo de cada color, uno azul y otro marrón. Distingo el momento en que se fija en la parte baja de mi pierna. Tengo un taburete acolchado que uso para mantener el equilibro cuando tengo que pasar mucho tiempo de pie; cumple bien su función, salvo cuando la gente se lo queda mirando.

Necesitamos dinero, así que no permito que el temperamento me traicione. De mala gana, añado:

—¿Necesita reparar su carruaje? ¿Su caballo ha perdido una...?

—No necesito ningún servicio de herrería. Busco a Ellis, el herrero.

—Ah. —Saco el acero incandescente del fuego con las pinzas y lo sostengo sobre el yunque—. Puede esperar si lo desea.

Golpeo con fuerza con el martillo y disfruto de verla estremecerse.

—Chico. ¡Chico! —grita.

No dejo de golpear.

—¿Qué? —grito por encima del ruido del metal.

—¡Necesito saber cuándo volverá!

Con suerte, nunca.

—Debería preguntar en la taberna. —Miro de reojo detrás de ella sin dejar el martillo. El sol de la mañana se asoma entre los árboles, pero me siento como si llevara despierto una semana.

—Ya he preguntado en la taberna —dice—. No lo han visto.

Es lo único que podría haber hecho que dejara de trabajar. Me vuelvo a mirarla.

—Entonces sí que no tengo ni idea de dónde está. Tal vez en las mesas de apuestas. O en el burdel.

—¿Así que no sabes cuándo volverá?

—No. —Vuelvo a meter la pala en la fragua—. No es cosa mía cuidar de mi padre. —Frunce los labios, así que otra vez añado—: Mi señora.

Me estudia unos instantes.

—¿Sabes quién soy?

La forma en que lo pregunta me hace dudar. La miro con detenimiento. No es mucho mayor que mi padre, tendrá unos cuarenta, y lleva el pelo gris trenzado en un intrincado patrón en lo alto de la cabeza. Es tan alta como yo y esbelta, con una mirada intensa y un gesto severo en la boca que da la impresión de que nunca sonríe.

Nunca la he visto antes. Al menos, no me suena.

—No.

—Rara vez tengo ocasión de visitar Briarlock. Tu padre y yo hemos hecho negocios en el pasado. Esperaba volver a contratarlo, pero el tiempo apremia.

Levanto las cejas.

—Yo me puedo ocupar de cualquier trabajo en la forja...

—Ya te he dicho que no busco los servicios de un herrero. —Baja la vista a mi pierna—. Aunque tienes la ventaja de quedarte donde te necesito.

Frunzo el ceño. Saco el metal de la fragua de un tirón y lo estampo en el yunque.

—Si no necesita los servicios de un herrero, no creo que pueda ayudarla.

Se acerca más.

—¿Estás tan ansioso por ganar unas monedas como tu padre?

Bufo y levanto el martillo.

—Dudo de que nadie esté tan ansioso.

—Si te entrego un mensaje, ¿serás de fiar?

—Los mensajeros están...

Me agarra del brazo y me impide bajar el martillo.

—No necesito a un mensajero, chico.

Es mucho más fuerte de lo que esperaba. Sus dedos se me clavan en los músculos del antebrazo y no tengo la fuerza necesaria para liberarme.

No me suelta.

—Puedes llamarme lady Karyl. —La forma en que lo dice me hace sospechar que no es su verdadero nombre. Con la mano libre, saca un pergamino doblado de la túnica. Un gran sello de cera mantiene el papel cerrado—. Un hombre vendrá esta tarde a la forja, porque tenía intención de dejarle esto a tu padre. —Hace una pausa y me atraviesa con la mirada—. Esperará que esté sellado. ¿Me explico?

Frunzo el ceño.

—¿Sí?

Se inclina hacia delante y baja la voz; su tono se vuelve feroz.

—Si no lo está, más vale que te escondas bien. Los Buscadores de la Verdad no ven con buenos ojos el engaño y la burla.

Por los cielos. ¿Mi padre tiene relación con los Buscadores de la Verdad?

No puede ser. Imposible. Sabe lo que le pasó al padre de Callyn. Quiero que esta mujer me suelte el brazo.

Cuando la reina de Syhl Shallow se casó con el rey mágico de Emberfall para traer la paz a ambos países, hubo rumores de que se habían producido algunos intentos de asesinato menores en el Palacio de Cristal. Habían pasado cuatro años desde aquello y por entonces yo era joven e intentaba descubrir cómo arreglármelas con un solo pie. Sin embargo, recuerdo cómo los viajeros comentaban en susurros que el rey había engañado a la reina para casarse con ella y que se guardaba la magia para sí mismo, que solo la empleaba en propio beneficio. La reina era nueva. Joven. Inexperta. Muchos se preguntaron si el rey estaría esperando el momento adecuado para matarla a ella también.

Cal también había oído historias en la panadería. Después de lo que la magia le había hecho a su madre, su padre se mostraba abiertamente crítico con el rey, así que a mi amiga le llegaban rumores más jugosos que a mí, como la noche en que me contó que el soberano no se molestaba en mandar a la gente a la prisión de piedra, porque podía romperles todos los huesos a la vez y ponerles la piel del revés. Su hermana pequeña solo tenía nueve años cuando me contó esa historia y me dijo que Nora no había dormido en una semana.

Poco después del matrimonio real, la reina tuvo un bebé y la frontera entre ambos países quedó abierta a todo el mundo para viajar y comerciar. Parecía que se había alcanzado una paz endeble, pero solo en la superficie. Los rumores sobre el peligro que suponía el rey continuaron y a menudo a mi padre y a mí nos llegaban llamamientos de revolución. Sin embargo, Briarlock es un pueblo pobre a cuatro horas a caballo del palacio, y eso con buen tiempo, así que la mayoría de los rumores carecían de detalles y de una motivación real. Mi padre se burlaba y decía que la mayoría no eran más que hombres y mujeres que buscaban una forma de matar el tiempo mientras esperaban a que les herrasen un caballo o les reparasen una carreta. Llegaban con historias de soldados a los que habían reducido a cenizas por haber hablado sin permiso o cuentos de criaturas mágicas que el rey podía convocar a capricho para destripar a sus enemigos. Había oído lo suficiente para saber que algunas tenían que ser ciertas, pero muchas resultaban demasiado grandilocuentes. Demasiado horribles.

Después de que aquella bestia maldita destrozase a su madre, el padre de Callyn se las creía todas.

A finales del verano pasado, empezó a hablarse de una oportunidad para posicionarse contra el rey y protestar por la presencia de la magia en Syhl Shallow. De pronto, los rumores de revolución se vieron respaldados por un plan de verdad. Los Buscadores de la Verdad habían comenzado como una estrecha red de personas adineradas que se oponían con discreción al soberano y a su magia, pero sus ideas se habían ido extendiendo entre el pueblo llano.

Por aquel entonces, mi padre no quería saber nada del tema. *Tenemos trabajo suficiente para tres hombres*, recuerdo que me dijo. *Y me las tengo que arreglar con uno y medio. Dejemos todo eso de la magia para quien le interese.*

El padre de Cal, por otra parte, fue el primero en unirse.

La protesta se convirtió en una revuelta. Cientos murieron en una batalla de acero y magia. La frágil paz se resquebrajó y no se ha calmado desde entonces. Los Buscadores de la Verdad lo vieron como una prueba de los peligros de la magia y se han envalentonado tras lo ocurrido.

Tal vez esté desesperado por conseguir dinero, pero no quiero involucrarme en una conspiración contra la familia real.

Trago.

—Tengo que meter esto en la fragua.

Me suelta el brazo y respiro hondo. La cabeza me da vueltas. Esto es peor que gastarse el dinero de los impuestos. ¿Qué ha hecho

37

mi padre? ¿En qué nos ha metido? ¿Es que no ha aprendido nada de lo que le pasó al padre de Cal?

Me preocupaba perder la forja. Ahora me preocupa perder la cabeza.

Empiezo a ver el ataque de Callyn con el hacha como una premonición.

Sin embargo, lady Karyl vuelve a hablar:

—Te dará diez monedas de plata cuando entregues el mensaje.

Me quedo de piedra. *Diez monedas. ¡Diez!*

Detesto que la promesa del dinero me haga reconsiderarlo.

Sin embargo, mi padre ya nos ha metido en lo que quiera que sea esto; el daño ya está hecho. Si la mujer está dispuesta a pagarme a mí en vez de a él, tendré una oportunidad de reunir las monedas antes de que vuelva la recaudadora de impuestos. Al menos, me aseguraré de que el dinero no vaya directo a los bolsillos del cervecero local.

El corazón me late con fuerza, pero agarro el pergamino doblado.

—¿Con qué frecuencia le hace mi padre estos recados?

—La suficiente.

—¿Y se fía de él?

Suelta una risita.

—Por supuesto que no. Tampoco me fío de ti, pero no hay nada en ese mensaje que me relacione con su contenido. Además, ¿quién creería a un herrero lisiado antes que a una respetada institutriz de una de las Casas Reales?

Me enfurezco, pero ya se ha dado la vuelta.

Pienso en Callyn y en la pequeña Nora, que seguramente estén pensando en compartir un huevo cocido para la cena y así no malgastar nada que se pueda vender en la panadería. Pienso en cómo Callyn entró en el granero esta mañana, con el hacha en ristre y la mirada atormentada y desesperada.

Entregaría este mensaje sin dudarlo ni un instante si eso le diera una oportunidad de salvar la granja. Cal no se rebajaría a cometer traición, pero tiene más razones para odiar la magia que la mayoría.

De todas formas, el Palacio de Cristal está muy lejos de aquí. Nadie allí se preocupa por nosotros ni por Briarlock, no más de lo que nosotros nos preocupamos por sus intrigas políticas. ¿Qué importancia tiene un simple mensaje?

Deslizo los dedos a lo largo del pergamino y siento los surcos del sello de cera.

Diez monedas de plata. Lo que sea que haya escrito en este papel tiene que ser muy importante. Miro el barro que se adhiere al dobladillo de las faldas ricamente bordadas de la mujer y los anillos enjoyados que le rodean los dedos. Considero cómo curvó el labio al ver el estado de mi pierna.

—Lady Karyl —digo—. Yo no soy mi padre.

Se da la vuelta y su mirada se oscurece.

—¿Quiere decir eso que no harás lo que te he pedido?

—No, lo haré. —Levantó la nota entre dos dedos—. Pero mi padre es un borracho inútil. Si quiere la ayuda de este herrero lisiado, le costará el doble.

# CAPÍTULO 3

# TYCHO

No importa cuantas veces haya recorrido el camino desde el Castillo de Ironrose, en Emberfall, hasta el Palacio de Cristal, en Syhl Shallow, la visión del puesto de guardia del paso de montaña siempre me detiene el corazón. Significa que estoy solo a unas pocas horas de casa. El sol calienta y borra parte del frío del aire; la nieve que ha caído durante la noche se derrite. La carretera se ha convertido en un lodazal, pero mi yegua siempre ha sido muy segura y hoy no es diferente.

Soy capaz de hacer este viaje en cuatro días, y suelo hacerlo, pero esta vez se me hace interminable. He pasado seis semanas en el Castillo de Ironrose y no estoy acostumbrado a estar tanto tiempo fuera. Echo de menos mi casa. Llevo las alforjas repletas de regalos del príncipe Rhen y la princesa Harper, baratijas, juguetes y joyas destinadas a la familia real de Syhl Shallow, el motivo oficial de este viaje.

Escondida en la coraza de la armadura, guardo la verdadera razón: un paquete de informes de los Grandes Mariscales de Emberfall que detallan los movimientos de la facción a ese lado de la frontera de los Buscadores de la Verdad y algunas advertencias de violencia.

Se han extendido por Emberfall más de lo que Grey sospechaba.

El rey Grey. Todavía me cuesta hacerme a la idea. Cuando nos conocimos hace cuatro años, trabajábamos juntos como mozos de cuadra. Yo tenía quince años y él, veinte, y se escondía de su derecho de nacimiento como el verdadero heredero al trono. En lugar de gobernar un país, paleaba estiércol y me enseñaba a sostener una espada.

Ahora no se esconde de nadie, pero su posición como rey y la magia que corre por sus venas lo convierten en un objetivo. Cuando los rebeldes entraron por la fuerza en el Palacio de Cristal, mataron a varios guardias y soldados en su afán por llegar hasta la familia real. Fue demasiado repentino y abrumador. El rey se vio obligado a usar la magia, lo que provocó muertes en todos los bandos.

Se dice que ambos países están unidos, pero la gente no lo siente así.

Una trompeta resuena en el valle, lo cual indica que el puesto de guardia me ha visto. En el nivel superior, uno de los soldados me mira a través de un catalejo desde la torreta. Allí arriba también hay arqueros, pero están bien escondidos. Espero sentado en la silla de montar mientras conduzco a Piedad en un trote lento; luego me coloco dos dedos entre los dientes y silbo mi señal. La yegua sacude las riendas, tan ansiosa como yo, y brinca hacia un lado mientras espero a que los guardias me den paso.

Le acaricio las crines negras y se tranquiliza, aunque continúa impaciente.

—Lo sé, siento lo mismo —le murmuro.

—¡Mensajero del rey! —grita el guardia en syssalah y comienzan a abrir las puertas. No es mi lengua materna, pero, al igual que la visión del puesto de guardia, oírla me recuerda que ya casi estoy en casa.

Otro hombre se une al primero en la torreta y lo reconozco. El capitán Sen Domo. Levanto una mano para saludar.

—¡Tycho! —grita—. Empezábamos a preguntarnos cuándo volverías.

—Yo también le he echado de menos, capitán —respondo. Piedad patalea en el suelo.

Sonríe.

—¿Necesitas escolta?

Están obligados a preguntarlo siempre. Solo he aceptado una vez, hace cinco meses, poco después del Alzamiento. Un hombre me siguió hasta la frontera e intentó cortarme las manos en mitad de la noche. No soy forjador de magia como el rey, pero uso anillos de acero de Iishellasa, un metal imbuido con propiedades mágicas. Grey me los regaló para que me protegiesen cuando llevo mensajes entre países. Conseguí defenderme del ladrón y escapar, pero nunca nadie había estado tan cerca de acabar conmigo.

Hoy solo quiero llegar a casa. Niego con la cabeza.

—Conozco el camino.

Sonríe, asiente y me indica con un gesto que avance. Agito las riendas y chasqueo la lengua para hacer avanzar a Piedad, que se lanza al galope.

—No te aceleres —murmuro bajo el viento y la yegua agita una oreja en mi dirección. Aquí el barro es más liso y algunos trozos siguen congelados; no quiero que Piedad dé un paso en falso. No quiero descuidarme cuando estamos tan cerca de casa, aunque aún quedan horas. Este puesto de guardia es bastante remoto y bloquea uno de los pasajes menos usados para acceder a Syhl Shallow; lo elijo porque me gusta apartarme de los caminos más transitados.

Tiro de las riendas, pero Piedad se resiste y sigue galopando. Sonrío.

—Está bien. Unos minutos más.

Los kilómetros ceden a sus zancadas, hasta que los árboles se espesan y el camino se estrecha. La nieve no ha terminado de derretirse a lo largo de la carretera, donde las hojas mantienen el suelo a la sombra. Las ramas empiezan a azotarme los brazos.

Esta vez tiro de las riendas con firmeza. Piedad resopla, pero ralentiza hasta un medio galope y luego pasa a un trote reticente. En tierra, es tan dócil como un poni para niños, pero cuando estoy sobre su lomo siempre parece tener un montón de opiniones. A cualquier otra persona le resultaría agotadora, pero a mí me proporciona algo en lo que concentrarme cuando hago el largo viaje entre los reinos. Encontré la yegua en el mercado de postores hace dos años y Nolla Verin, la hermana de la reina, se echó a reír cuando hice una oferta. El animal estaba muy delgado, cubierto de ronchas y cojo de dos pezuñas.

—Vas a tener que acabar con su sufrimiento —me dijo Nolla Verin—. Grey me había dicho que tenías buen ojo para los caballos.

—Lo tengo —dije.

Nunca me he arrepentido de mi decisión.

—Oye —digo con delicadeza mientras Piedad pisotea el barro—. Si no tienes cuidado, te vas a arrancar…

El acero choca contra una roca, la yegua tropieza y yo suspiro. Infierno de plata.

—Una herradura —termino.

Comparto una manzana con Piedad mientras caminamos. Es la última comida que me queda en la mochila, pero, cuando pienso que esta noche tomaré una cena caliente en el palacio, no me molesta.

Llevamos una hora avanzando, pero no hemos visto señales de vida. Hay algunos pueblos pequeños por aquí, como Hightree y Briarlock, pero no los conozco. Normalmente, a estas alturas del viaje, avanzo al galope, ansioso por llegar a casa.

Los nubarrones han avanzado y las ráfagas de nieve caen entre los árboles. Piedad suelta un largo resoplido.

—La culpa es tuya —digo—. No sé dónde vamos a encontrar a un herrero.

Muerdo un trozo de manzana y le doy el resto.

Ahora que no voy montado en su lomo, avanza a mi lado como un sabueso leal mientras llevo un extremo de las riendas enrollado en la muñeca. El bosque es denso y está plagado de sombras, así que he desatado el carcaj y el arco de la silla para colgármelos a la espalda. En el cinturón llevo una espada y una daga, pero prefiero enfrentarme a los ladrones a distancia si tengo esa opción.

Si no encuentro a un herrero pronto, voy a tener que usar el arco para cazar algo de cenar.

Suspiro tan fuerte como Piedad. A pesar de que la capa de nubes empieza a oscurecerse, el sol sigue en lo alto. Ya debe de ser media tarde. Si me desespero, le quitaré la otra herradura y trataré de cabalgar sin forzarla demasiado hasta el palacio. Lo que llevo es demasiado importante como para arriesgarme a pasar la noche en el bosque.

Le froto detrás de las orejas y siento su suave pelaje marrón bajo los dedos.

—Lo intentaremos una hora más. ¿Vale?

Se apoya en mi mano. Respuesta suficiente, supongo.

La nieve empieza a arreciar y me subo la capucha de la capa. Mejor que sea media hora.

En algún punto a la izquierda, una rama se quiebra y vuelvo la cabeza mientras busco el arco con la mano. La nieve no me permite ver demasiado lejos en el bosque, así que apunto una flecha y espero a detectar algún movimiento.

No hay nada, pero siento algo. Me vuelvo despacio, con los ojos atentos a cualquier amenaza. Siento el poder de los anillos. Uno sirve para la búsqueda, un tipo de magia que me es útil cuando necesito encontrar comida o agua. Ahora mismo, despliego el poder hacia el suelo para buscar a otra persona.

Antes de que se aleje demasiado, Piedad levanta la cabeza y emite un gemido bajo.

Eso significa que ha oído a otro caballo.

Entonces, una flecha se clava en un árbol a mi izquierda.

Otra la sigue justo detrás, tan cerca que me roza el brazo.

Infierno de plata. Me doy la vuelta como un resorte y suelto la flecha para disparar otra justo después. La magia regresa a mí.

Tres personas. Tal vez cuatro.

Dos flechas más se clavan en el árbol que tengo detrás. No puedo seguir a pie.

Me engancho el arco en el hombro, me agarro a las crines de la yegua y me encaramo a la silla de montar. Encuentro las riendas sin pensarlo y Piedad salta al galope en cuanto le rozo los costados con los talones. Hago una mueca de dolor mientras cruzo los dedos porque el suelo sea lo bastante blando como para no destrozarle las pezuñas demasiado. Volamos entre los árboles y la nieve desdibuja el paisaje a nuestro paso.

Espero a oír los sonidos de la persecución y le permito que galope durante unos minutos antes de reducir la velocidad a un paso lento; esta vez, obedece sin chistar, como si fuera consciente de que está en juego algo importante. Escucho con atención y estudio la rápida caída de la nieve que nos rodea. Vuelvo a enviar la magia al suelo y extiendo el poder todo lo que puedo antes de que regrese a mí.

No percibo nada.

Suelto un poco las riendas de Piedad y la dejo caminar, pero esta vez me quedo montado.

Tienen que ser simples ladrones. Nadie sabe que estoy aquí. Llevo más de un mes fuera de Syhl Shallow.

Aun así, no consigo librarme de la sensación de peligro que me oprime la boca del estómago.

Piedad estira el cuello y lanza una lluvia de copos de nieve al suelo cuando llegamos a un cruce con una señal, lo que supone buenas noticias, porque significa que por fin nos hemos acercado a una población.

Comida para mí, una herradura nueva para Piedad y, con suerte, un respiro de la tensión que se me ha instalado en la espalda.

Suelto un largo suspiro y me dirijo hacia Briarlock.

# CAPÍTULO 4
# CALLYN

J ax está sentado en el taburete junto a la mesa donde extiendo la masa pastelera y amaso los panes. Vuelve a tener dos muletas y las ha dejado apoyadas en la pared. Nora está en el otro lado de la habitación, cerca de la chimenea, pintando el glaseado de los pasteles mientras una olla con guiso hierve en el fuego detrás de ella. Tengo que vigilarla de cerca o se comerá la mitad del glaseado.

—¿Qué opinas? —dice Jax en voz baja para que Nora no nos escuche. Me ha hablado de lady Karyl, de los Buscadores de la Verdad y del dinero prometido. Hace rebotar la rodilla y no sé si se debe a los nervios o a la excitación.

Espolvoreo harina sobre la madera lisa. No quiero desperdiciar el estofado, pero quiero tener listas unas cuantas empanadas de carne por si alguien viene a pedir que le demos de cenar.

—Creo que no deberías haberte ido de la fragua si has aceptado el encargo.

—Dejé una nota en la puerta para indicarle al hombre dónde encontrarme. —Mira por la ventana, donde la nieve se arremolina en el aire, lo que seguramente garantiza que no vayamos a ver a más clientes hoy—. De todos modos, dijo que vendría a última hora de la tarde, así que no espero que aparezca hasta el anochecer.

—Bueno, cuando te encontré esta mañana en el granero dijiste que estaba amaneciendo y todavía quedaban estrellas en el cielo, así que no sé yo si…

—Cal.

Echo un montículo de masa en el centro del círculo de harina y miro a mi amigo. El moratón de su mandíbula está más oscuro, o tal vez es solo que ahora lo veo mejor.

—Sabes lo que le pasó a mi padre —digo—. No quiero verte colgado de una cuerda, Jax.

Roba un pellizco de masa de la pila y lo retuerce entre los dedos. Una sombra le oscurece los ojos.

—A tu padre no lo colgaron. —Hace una pausa—. Tú también lo harías. Sabes que sí.

Sí, lo haría. Aún tengo pesadillas sobre lo que pasó en el palacio, cómo los manifestantes atravesaron las puertas y nos arrastraron a Nora y a mí con ellos. Todavía oigo el rugido del trueno en el cielo despejado y veo el destello de luz que brotó por las ventanas. Corren rumores de que había Buscadores de la Verdad en el ejército de la reina y que permitieron que la insurrección tuviera lugar. No me gusta pensar en la participación de mi padre en el ataque, pero tampoco en cómo a mi madre la masacró una criatura mágica.

Frunzo el ceño y sumerjo las manos en la masa; soplo con impaciencia para apartarme un mechón de pelo de los ojos.

—Podrías acabar en la prisión de piedra.

—No tengo miedo. Dicen que ya ni siquiera tienen a un maestro de torturas.

También dicen que no es necesario porque el rey puede pararle el corazón a un hombre con su magia. Suspiro y miro al otro lado de la habitación, donde mi hermana lame una larga tira de glaseado del cuchillo.

—¡Nora! —espeto—. Te vas a cortar la lengua.

Pone una mueca y lame el otro lado.

—Si se te raja por el medio parecerás una serpiente —dice Jax. Sisea y Nora se ríe, lo que lo hace sonreír.

Ojalá lo hiciera más a menudo. Se le ilumina toda la cara y algunas de sus preocupaciones desaparecen.

Nora va a por otro cuchillo y le dedico una mirada de advertencia. Me sisea, imitando a Jax.

La ignoro y me coloco el pelo suelto detrás de la oreja antes de bajar la voz para que no nos oiga.

—Hablo en serio —le digo a mi amigo—. Tienes que tener cuidado.

—Solo voy a entregar una nota. No voy a orquestar un asalto al palacio. —Atrapa otro trocito de masa, pero sigue haciendo rebotar la rodilla.

Sin duda, son nervios.

Aunque, por veinte monedas de plata, entiendo perfectamente por qué ha decidido correr el riesgo. En Briarlock nunca hemos visto magia. Lo más cercano era el libro de cuentos que leíamos de niños, sobre los scravers de Iishellasa que controlaban el viento y el hielo, o los poderosos forjadores de magia que huyeron de Syhl Shallow solo para terminar destripados en Emberfall. Las historias contaban que los scravers y los forjadores habían formado una alianza y combinado su magia para crear algo más poderoso. Se dice que nuestro mágico rey mantuvo una vez a un scraver atado con una cadena, pero la criatura murió o escapó durante las batallas finales con Emberfall. No conozco a nadie que haya visto a uno de verdad.

A Nora todavía le encantan esas historias, incluso después de lo que presenció durante el Alzamiento. Tal vez sea porque los scravers parecen demasiado fantásticos, de otro mundo. Repasa las ilustraciones de los libros con el dedo; recuerdo que yo hacía lo mismo de niña. Son criaturas preciosas y aterradoras, con un cuerpo humano, pero con garras, colmillos y la piel del color gris del crepúsculo, además de unas amplias alas que les permiten surcar los cielos.

—Parecen hombres y mujeres —suele decir Nora, y yo suspiro y le explico que las personas no tienen garras ni colmillos. Ni alas.

Lo cierto es que a mí también me fascinan todavía, aunque nunca los he visto.

Estos pensamientos me hacen sentir como una traidora. No fue un scraver lo que mató a mi madre, pero sí una criatura mágica convocada para ganar una batalla. Acaricio el viejo colgante bajo mi camisa.

A pesar de todo, los Buscadores de la Verdad me parecen una amenaza en sí misma. La mayoría de la gente en Briarlock hace lo que puede para sobrevivir al día a día, se preocupa por mantenerse caliente en invierno y por traer comida a la mesa. Nos llegan noticias de los escándalos de palacio, pero me cuesta imaginar que alguien se indigne porque una dama noble haya perdido un diamante durante un paseo en carruaje. Las intrigas políticas resultan menos apasionantes cuando me preocupa que Nora vaya a tener botas para pasar la estación.

Sin embargo, sé cuál es el objetivo de los Buscadores de la Verdad: acabar con la magia en Syhl Shallow. No me opongo a ello. Además, como ha dicho Jax, no es más que entregar un trozo de pergamino. No es como si fuera un asesino.

Debo de haberme quedado callada demasiado rato, porque mi amigo me tira una bolita de masa.

—Cal —dice en voz baja—. Habla conmigo.

Se la tiro de vuelta.

—¿Te han dado el dinero por adelantado?

Asiente.

—La mitad. La persona que aparezca para recoger el mensaje me pagará el resto.

Mete una mano en el bolsillo, abre los dedos y diez monedas de plata relucen en su palma.

Trago saliva. Me alegra que se le haya presentado una oportunidad de salvar la granja, pero al mismo tiempo me siento aterrada por Nora y por mí.

Entonces, deja cinco monedas en la mesa y las empuja en mi dirección.

Me sorprendo y lo miro.

—¿Qué? No. Ese dinero es tuyo.

—Es nuestro, Cal. —Su voz suena grave y ronca. Me sostiene la mirada—. Eres mi mejor amiga. No voy a salvar la herrería y a quedarme mirando mientras perdéis vuestra casa.

Por un instante, me siento igual que en el granero esta mañana, cuando nos quedamos sentados juntos mientras compartíamos nuestras penas.

*Eres mi mejor amiga.*

Se me encoge el pecho y vuelvo a meter las manos en la masa.

—Gracias, Jax.

Alarga la mano y me acaricia la mejilla con el pulgar. Se me corta la respiración, pero solo dice:

—Por los cielos, Cal. Lo estás poniendo todo perdido de harina.

Se me enciende la cara y tengo que apartar la vista. Nora lame otra vez el cuchillo.

—¡Nora!

Pone los ojos en blanco y vuelve a sisearme.

—¿Qué tienes, cinco años? —Dejo la masa en un montón y atravieso la habitación a agrandes zancadas. Tengo ganas de gritar que no nos podemos permitir malgastar ingredientes, pero no quiero preocuparla. De todas formas, lo más seguro es que este lote se lo acabe dando a Jax, junto con algunos huevos del granero. Los últimos días, he oído el ruido de la fragua durante la noche y estoy segura de que eso no va a cambiar ahora que necesita hasta la última moneda que pueda conseguir. La culpa me retuerce las entrañas y quiero volver a meterle las que me ha dado en el bolsillo. En vez de eso, le quito el cuchillo de la mano a Nora de un tirón y me llevo el plato de pasteles.

Oigo la pisada de una bota en el escalón de fuera y luego la puerta cruje y se atasca, antes de que la abran de un empujón. El timbre oxidado sobre el umbral suelta un tintineo reacio.

Un hombre entra y su aspecto me sorprende tanto que casi tiro la bandeja al suelo. Es joven, más o menos de la misma edad que Jax y yo, aunque las similitudes terminan ahí. La nieve le empapa el pelo rubio y corto, si bien no tanto como el de un soldado.

Aunque podría serlo, a juzgar por la espada y la daga que lleva en la cintura y los brazaletes forrados de cuchillos de los antebrazos. También se mueve como un soldado, como si fuera consciente del espacio que ocupa en el mundo y controlara cada centímetro que le rodea. Sin embargo, recuerdo la indumentaria de mi madre y este hombre lleva demasiado cuero fino, demasiadas hebillas brillantes y demasiadas costuras de adorno en la capa que le cubre los hombros. Tiene que ser un noble, tal vez incluso pertenezca a alguna de las Casas Reales. Hasta los ojales de los cordones de sus botas parecen de plata forjada.

—Perdonad —dice y su voz suena rica y culta, con un ligero acento. Ofrece una sonrisa un poco tímida y la mirada de sus ojos marrones es cálida, aunque transmiten una astuta inteligencia—. He pasado por el taller de pieles y me han dicho que por aquí se llega a la herrería, pero me parece que solo he logrado encontrar la panadería.

Tardo unos segundos en procesar las palabras.

Es un noble. O algo parecido.

Busca la herrería.

Ah. ¡Ah!

Miro a Jax, que se ha quedado mudo. Tiene los ojos entrecerrados y su expresión es inescrutable. Se aferra a la mesa con los dedos con tanta fuerza que se le han puesto los nudillos blancos.

Ojalá tuviera alguna forma de hacerle llegar lo que pienso. ¿Se lo estará pensando mejor? Una cosa es hablar sin tapujos de ayudar a los Buscadores de la Verdad, pero todo cambia cuando tienes que mirar a la traición a la cara.

—¡Jax es el herrero! —interviene Nora con alegría y veo cómo los nudillos del susodicho se tensan más en la mesa—. Él le puede llevar —continúa—. Está al final del camino. Parece usted un noble. ¿Viene de la Ciudad de Cristal? También tenemos pasteles, si le apetecen. Los estaba decorando antes de que Cal...

—Ya vale, Nora —digo. Tengo que aclararme la garganta y entonces empiezo a divagar aún más que mi hermana—. Eh... Sí. Tenemos. Lo es. O sea, es el herrero. Jax. La forja no está lejos.

El hombre le dedica a Nora una sonrisa amable.

—A lo mejor me llevo unos pasteles antes de irme. —Sin duda, tiene acento. Me pregunto si será de Emberfall, aunque no es habitual que la gente del otro lado de la frontera hable tan bien el syssalah. Cuando vuelve a mirarme, la calidez da paso a un análisis un poco más frío. ¿Habré sonado sospechosa? Es probable. El corazón me late con fuerza. De pronto, deseo que Jax tenga el buen juicio de tirar la nota al fuego y así podamos olvidarnos todo este asunto.

—Soy el herrero —dice la voz ronca de Jax detrás de mí y oigo cómo las muletas repiquetean en el suelo de madera—. ¿Necesita algo de la forja?

El hombre duda y sé que está viendo lo mismo que ven todos los demás. Espero que frunza el ceño al fijarse en el pie que le falta a mi amigo, que lo mire con compasión, o peor, que esboce una mueca de desprecio, y entonces no me quedará más remedio que darle una patada en la espinilla.

—A mi yegua se le ha saltado una herradura a unos pocos kilómetros de aquí—dice—. Aún me queda un largo camino por recorrer antes de que anochezca.

Eso no es lo que esperaba que dijera. Le doy unos segundos para que le dirija a Jax una mirada significativa o le pida la carta o… algo.

En cambio, debe de parecer que estamos tramando algo, porque su mirada se estrecha otra fracción.

—¿He interrumpido…?

La puerta se abre de golpe detrás de él y la nieve se cuela por el umbral. Otro hombre entra con tanta fuerza que las campanillas sobre la puerta repican casi con rabia. Es más alto que el noble rubio que tenemos delante, pero no mucho mayor, con el pelo de color rojo fuego y unos ojos azules penetrantes. También va vestido con ropas finas y lleva tantas armas como él. Tal vez más.

Por un instante, algo en él me resulta familiar, aunque soy incapaz de adivinar dónde podría haberlo visto antes. A Briarlock no llegan muchos viajeros de la Ciudad de Cristal, menos aún nobles y en esta época del año. Jamás ha habido dos lores en la panadería al mismo tiempo. No recuerdo la última vez en que vinieron dos en el mismo mes. Solo sus armas valen dinero más que de sobra para salvar tanto la panadería como la herrería.

El recién llegado se detiene al ver al otro hombre. Un gesto le atraviesa el rostro, casi demasiado rápido para captarlo. Sorpresa y alarma, seguidas de inmediato de una mueca de desdén.

—Vaya, vaya —dice sin rodeos, con la voz cargada de desprecio— La mascota del rey ha vuelto por fin.

El primero hombre parece igual de sorprendido.

—Lord Alek.

—Lord Tycho. —Parece burlarse del título, o de su acento. Tal vez de ambos—. Algunos empezábamos a apostar si el tonto del príncipe te haría quedar en Emberfall.

Lord Tycho ya se ha recuperado de la sorpresa inicial y agarra la empuñadura de la espada.

—¿Qué haces aquí?

Lord Alek entrecierra los ojos y todo rastro de burla desaparece de su expresión. Sus manos también se mantienen cerca de las armas.

—Podría preguntarte lo mismo.

—Alguien me ha disparado en el bosque. ¿Has tenido algo que ver?

Lord Alek sonríe, pero no hay ni rastro de amabilidad en el gesto. Da un paso adelante.

—¿Te has puesto nervioso?

La tensión en la tienda se multiplica. Lord Tycho mira hacia la puerta, a Jax y al cuchillo con glaseado que aún sostengo en la mano. Evalúa las rutas de escape y las víctimas potenciales. Tal vez no sea soldado, pero está claro que se ha entrenado como tal.

Me muevo para que Nora quede detrás de mí y cambio el agarre del cuchillo.

—Si se les ocurre empezar una pelea de espadas en mi panadería, los pondré a fregar las ollas durante un mes como compensación.

Los dos me miran sorprendidos, pero al menos las armas permanecen enfundadas.

Lord Alek se me queda mirando un segundo más de lo necesario, hasta que me pregunto si me he buscado un problema por el comentario.

Pero entonces vuelve a centrarse en el otro hombre y encoge un hombro.

—¿Por qué iba a querer dispararte? Tengo negocios aquí, en Briarlock. No es culpa mía que nuestros caminos se crucen. —Le dirige al otro hombre una nueva mirada desdeñosa—. Pero tú no tienes nada que hacer aquí. ¿Te estás escaqueando de tus obligaciones?

Lord Tycho lo mira fijamente y habla con voz grave y uniforme.

—A mi yegua se le ha saltado una herradura en el camino de vuelta a la Ciudad de Cristal. Estaba buscando la herrería.

—¡Qué coincidencia! Yo también busco la herrería. Había una nota que decía que encontraría al herrero aquí en la panadería. —Mira a Jax—. ¿Eres tú?

Mi amigo está paralizado en el sitio. Yo también. Siento que he descubierto demasiado y que no sé nada de nada, todo a la vez.

—Sí —dice al cabo de un rato—. Mi señor.

Mira entre los hombres como si no supiera bien cómo proceder.

—¿Nadie va a comprar un pastelito? —dice Nora y se asoma desde detrás de mi hombro.

Quiero mandarla callar, pero la intromisión ha relajado un poco el ambiente. Lord Alek levanta una mano para darle una palmada a lord Tycho en el hombro.

—Tú has llegado primero. Seguro que el rey está ansioso porque vuelvas. Ya tiene bastantes problemas, así que no te retrasaré más. Trataré mis asuntos con el herrero más tarde.

Jax traga, pero el hombre retrocede y sale de nuevo a la nieve.

Casi toda la tensión se marcha con él y lord Tycho aparta la mano de la empuñadura de la espada.

—Perdonadme —dice—. No pretendía causar problemas. Me ha tomado por sorpresa. —Mira a Nora—. Iré a solucionar lo de mi yegua y después regresaré a por unos pasteles. Te lo prometo. —Se vuelve a mirarme a mí—. También agradecería un poco de estofado, si os sobra.

—Es para hacer empanadas de carne —dice Nora—. Cally-cal hace las mejores del mundo.

—O podemos servirle estofado —intervengo—. Lo que prefiera.

—No me importa. Solo tengo hambre. —Levanta las cejas—. ¿Cally-cal?

—Ah… Eh. Cal. Callyn. Mi señor.

Sus ojos atraviesan los míos y estoy a punto de sonrojarme o de empujarlo por la puerta. Es demasiado intenso, demasiado misterioso… Demasiadas cosas que no entiendo.

Jax también me mira y no sé si parece divertido o irritado, o ambas cosas.

—Acompáñeme, mi señor —dice con sequedad—. Veamos qué le ocurre a su yegua.

# CAPÍTULO 5
## JAX

Cuando las circunstancias son propicias, soy rápido con las muletas. Por lo general, eso no incluye el barro, la nieve ni el peso de la comprensión de que casi le he entregado a este hombre un mensaje que me habría enviado a la horca.

La nieve revolotea a nuestro alrededor mientras caminamos y nuestro avance resulta dolorosamente lento, sobre todo porque es evidente que el joven lord procura ralentizar el paso para adaptarse a mi ritmo, mientras que yo estoy a punto de romper a sudar por ir lo más rápido que puedo. Hasta su yegua ha tirado de las riendas unas cuantas veces, como si fuera el animal quien dirige a lord Tycho y no al revés. Estoy acostumbrado a hacer el corto trayecto a solas y apenas pienso en la distancia. Ahora mismo, la forja parece encontrarse a diez kilómetros.

Apenas ha hablado desde que hemos salido de la pastelería y el corazón me palpita en el pecho mientras el silencio se alarga, salpicado por el roce y los golpes de mis pasos. Ojalá supiera en qué está pensando. El otro hombre, lord Alek, lo llamó «mascota del rey», lo cual no era ningún cumplido, pero indica que conoce al rey. Parece tener mi edad, un poco mayor como mucho, pero está claro que posee dinero y status.

Me preocupa que el silencio signifique que sospecha. Callyn ha sido igual de sutil que esta mañana en el granero, cuando estuvo a punto de partirme el cráneo con el hacha. Y después yo casi le entrego el mensaje.

*Aquí tiene, mi señor. ¿Quiere arrastrarme de vuelta al palacio para que dicten la sentencia o prefiere desenfundar la espada aquí mismo y ahorrarnos a todos a molestia?*

La tensión que me oprime el pecho se niega a aflojarse. No tengo valor suficiente para esto. Debería haber tirado a la fragua el pergamino de lady Karyl en cuanto se fue.

Y Cal y yo seríamos cinco monedas de plata más pobres.

El pensamiento me hace reflexionar. La sorpresa iluminó la mirada de mi amiga cuando dejé las monedas en la mesa, mezclada con una pizca de alivio. Entregar un mensaje para los Buscadores de la Verdad me parece nuestra única opción, sobre todo cuando camino al lado de un recordatorio viviente de todo lo que va mal en mi vida. Estoy dispuesto a apostar que este hombre nunca ha tenido que preguntarse de dónde sacaría su próxima comida ni si su padre habría perdido todo su dinero jugando a los dados.

Meto la muleta derecha en un agujero o se engancha con una rama o algo oculto bajo el fango; sea como fuere, se tuerce hacia un lado y patina. Maldigo e intento mantener el equilibrio, pero no tengo a qué agarrarme. Desde ese lado, no hace falta mucho para hacerme caer, sobre todo cuando voy con prisa. Voy a estamparme de bruces contra el suelo y la humillación será doble.

En cambio, una mano fuerte me agarra del brazo y me mantiene en pie. A pesar del apoyo, tengo que saltar un par de veces para recuperar el equilibrio. La muleta cae en la nieve y aterriza con un chasquido húmedo.

La respiración me retumba en los oídos y el pulso se me acelera con una mezcla de adrenalina y vergüenza.

—¿Te sostienes? —dice.

—Estoy bien.

Me suelto de un tirón y me deja ir con tan poca resistencia que casi me caigo de nuevo.

Se inclina para recoger la muleta y me la tiende. La nieve se le acumula en el pelo rubio y sobre los hombros. Lleva un emblema o un escudo estampado en la coraza, encima del corazón, pero solo el borde asoma por debajo de la capa, así que no lo distingo. Tiene un aspecto brillante e impecable, feroz y mundano; si me hubiera dicho que era el mismísimo rey, me lo habría creído.

Entonces, dice:

—¿Queda mucho camino?

Aprieto los dientes y vuelvo a ajustarme las muletas.

—No, mi señor —digo, tenso—. Perdóneme por el retraso.

—No era una queja —responde con ligereza—. Me preocupa que lord Alek me haya seguido. Si es un camino largo, te ofrecería piedad. Si lo deseas.

Frunzo el ceño y le doy vueltas a las palabras, hasta que añade:

—Mi yegua. Piedad.

El animal resopla en su hombro.

Es una oferta generosa y me sorprende, pero no me hace falta compasión.

—No. Estoy bien.

Clavo las muletas en la nieve para demostrarlo.

—Como digas.

Se ha mostrado amable. Debería darle las gracias. No sé qué problema tengo. La rabia y la emoción se agolpan en mis entrañas y no sé bien dónde van a acabar. Ni siquiera sé por qué. Mantengo la vista fija en la nieve de delante.

—Te llamas Jax, ¿verdad? —dice y me sobresalto; estoy a punto de volver a perder la muleta.

—Sí. Sí, mi señor.

—Soy Tycho. —Hace una pausa—. No tienes que ser formal.

No sé qué responder a eso, así que no digo nada.

Continúa como si estuviéramos en mitad de una conversación.

—He sido grosero. Perdóname. Llevo varios días solo, sin más compañía que Piedad. A veces se me olvida cómo conversar con otra persona.

—Perdonado —articulo con dificultad.

No pretendo ser gracioso, pero se le levanta la comisura de los labios por un momento.

—No esperaba encontrar a Alek aquí. Vive al norte de la Ciudad de Cristal y su Casa se dedica sobre todo a las telas y los tejidos. ¿Visita Briarlock a menudo?

Al menos a esto puedo responder con sinceridad.

—Nunca lo había visto antes.

Aunque no me cabe duda de que lo veré más tarde. Siento que el mensaje me quema en el bolsillo.

—Llevo más de un mes en Emberfall —dice lord Tycho—. Pero su familia tiene un historial… problemático. No le caigo muy bien. —Me mira y su tono se vuelve más pesado—. Es un hombre peligroso cuando quiere serlo. Ten cuidado cuando trates con él. También deberías advertir a tu amiga.

Me resulta interesante que un hombre armado hasta los dientes considere peligroso a otro, pero no se lo digo. Vi cómo se llevó la mano a la espada cuando el otro noble entró en la panadería. Siento una curiosidad desesperada por saber quiénes son estos lores, qué relación tienen y qué contiene el pergamino secreto que guardo en el bolsillo. La curiosidad me deja un sabor amargo en la boca, pero soy incapaz de librarme de ella.

Llegamos a la última curva del camino y mi casa aparece ante nosotros, silenciosa y oscura. Añadí carbón a la fragua antes de salir para que se mantuviera caliente y una fina estela de humo se eleva en el cielo.

Siento un pánico momentáneo al pensar que mi padre tal vez haya regresado. No sé por qué habría de importar, pero en este momento todo me resulta incómodo e incierto, y mi padre no haría más que empeorar las cosas. Lo imagino borracho y maleducado mientras exige demasiadas monedas o le vomita las botas pulidas al lord. Dudo de que lord Tycho sea de los que tolerarían algo así.

Sin embargo, no percibo ningún movimiento, ni señales de que haya nadie. La tensión del pecho se me afloja un poco.

—Está junto ahí —digo y señalo con la cabeza.

—Bien.

No sé si la palabra indica que está impaciente o que se alegra de tener una razón para poner fin a la incómoda conversación, pero sea lo que fuere, yo también me alegro.

Avivo el fuego en la fragua y enciendo un farol, porque el sol empieza a ocultarse tras los árboles. Ahora que tengo trabajo que hacer, puedo centrarme en el caballo en lugar de en el joven lord que se asoma a mi taller. Además de un puñado de taburetes bajos y varias asas de hierro que he atornillado a las paredes y las mesas, tengo una decena de cuerdas suspendidas del techo, colocadas en lugares estratégicos donde necesito moverme deprisa sin las muletas. Cuando mi padre se levanta más cruel de lo normal, las corta. Sin embargo, bajo la mirada escrutadora de lord Tycho, me siento acomplejado, tanto por el taller como por mis habilidades. Siento que debería agarrar un trapo y ponerme a limpiar. Me burlé de Cal por la harina que tenía en la mejilla, pero es probable que yo tenga hollín en la cara desde por la mañana.

Tengo que aclararme la garganta y señalo un poste anclado en el suelo.

—Puede atarla ahí. ¿Ha encontrado la herradura o se ha perdido?

—La tengo. —Ata a la yegua y luego se acerca para desenganchar una bolsa de la silla de montar. Saca una herradura doblada y pone una mueca—. No está en muy buen estado. Hemos recorrido mucho terreno en las últimas seis semanas.

—Puedo hacer una nueva. —Miro la otra pata delantera y dudo. Esa tampoco va a durar mucho—. Haré para las dos patas delanteras, si quiere.

—Lo que creas que es mejor.

No sé si está siendo caritativo o genuino y me desconcierta. Cuando lady Karyl vino a buscar a mi padre, no me costó exigirle más dinero por entregar el mensaje. Sin embargo, lord Tycho es demasiado relajado y apacible. Da la sensación de que estuviera actuando, como si todavía sospechara algo. Arrastro uno de los taburetes cerca de la yegua y lo miro de reojo, seguro de que me estará observando, pero no es así.

Se ha alejado y está mirando las herramientas y los artilugios que cuelgan de las paredes.

Tengo un tarro de cerámica con galletas de pasas que Callyn me trajo la semana pasada y le doy una al caballo.

—¿Tu amo es siempre así? —le murmuro a la yegua.

Apoya el morro en mi pecho y me sopla su cálido aliento en la cadera. Me agarro a una cuerda para mantener el equilibrio en caso de que me dé un cabezazo, pero es dulce como un gatito.

Me siento de nuevo en el taburete y le levanto la pata para ponérmela en el regazo, pero entonces veo las cicatrices.

Tiene el pelaje alazán, de un marrón intenso, la crin y la cola negras, y una estrecha franja blanca en la cara. Sin embargo, unos largos tramos blancos forman vetas detrás de la cincha de la silla, una coloración poco natural que solo puede ser consecuencia de una cicatriz.

En un lugar donde solo podrían haberla causado unas espuelas.

Frunzo el ceño. A lo mejor eso es lo que he interpretado mal. A lo mejor lord Tycho es despiadado con su caballo. A lo mejor por eso parece tan relajado. A lo mejor es que todo le da igual.

Se me revuelven las tripas al pensarlo y me sorprende darme cuenta de que no quiero que sea así. Muchas personas terminan por ser una decepción y me desanima pensar que este joven noble de rostro claro vaya a ser igual. Agarro las pinzas y la lima y dirijo una mirada sombría al otro lado del taller, donde se ha acercado al rincón en el que tenemos unas cuantas armas forjadas.

Desde aquí, no distingo si lleva espuelas.

Debe de darse cuenta de que lo estoy mirando, porque gira la cara y yo me vuelvo rápidamente hacia el caballo.

Si se ha dado cuenta, no lo dice.

—¿Puedo?

Tengo que mirarlo otra vez y hace un gesto hacia una de las espadas.

—Sí. —Rasco el casco de la yegua para crear una superficie fresca donde encajar la nueva herradura—. No son ni de lejos tan bonitas como las suyas —añado con aspereza.

—No estoy de acuerdo. —Corta el aire con el arma y da una vuelta ágil en el estrecho espacio que hace que su capa ondule—. Muy buen equilibrio.

Me sonrojo por el cumplido, que me toma por sorpresa. La pezuña ya está limpia, así que me agarro a una cuerda para levantarme y llegar hasta la fragua, donde pongo una herradura nueva. Me alegro de necesitar concentrarme para esta parte y así no tener que decir nada.

No obstante, no sirve para que deje de hablar.

—¿Las has hecho tú?

Asiento.

—Las espadas son mías. Las dagas son de mi padre.

Apoyo la herradura en el yunque y levanto el martillo para no tener que seguir hablando. Las chispas vuelan y el acero incandescente se astilla.

Lord Tycho es más paciente que lady Karyl. Espera a que termine de martillar y dice:

—Tu trabajo es mejor que el de tu padre.

Gruño y no digo nada mientras vuelvo junto al caballo. Si mi padre oyera el comentario, me clavaría la bota en la barriga y me dolería sentarme durante una semana. La herradura caliente presiona el casco de la yegua y sale humo. Murmuro una palabra de consuelo, pero el animal se muestra firme como una roca.

El silencio se abre paso de nuevo entre nosotros, pero detecto el momento en el que devuelve la espada al estante de la pared. Al principio me tenso, preocupado de que vaya a hacerme más preguntas, pero no dice nada; espera a distancia mientras yo mido, golpeo y martilleo. Después de unos minutos, el casco está terminado y arrastro el taburete al otro lado de la montura para empezar con el siguiente.

—Perdóname —dice, con un repentino tono más bajo y pausado—. Sé que antes os interrumpí a tu amiga y a ti.

Parpadeo y levanto la vista.

Está apoyado en la mesa de trabajo. Su mirada es atenta y no la aparta.

—Me he dado cuenta de que te he incomodado de algún modo. No era mi intención.

Me encojo de hombros y restriego la cara contra el hombro para quitarme el pelo de los ojos.

—No es verdad.

No dice nada, así que echo un vistazo mientras limo. Se ha apartado la capa hacia atrás y ahora distingo con claridad el emblema que lleva grabado sobre el corazón.

Levanto las cejas y vuelvo a centrarme en el casco de la yegua.

—Son los emblemas de Syhl Shallow y Emberfall combinados.

Baja la mirada.

—Sí. Llevo mensajes entre el Palacio de Cristal y el Castillo de Ironrose. Entre el rey y la reina y el príncipe y la princesa.

Me quedo quieto.

—Eso quiere decir que es…

—El mensajero del rey. Bueno, ese es el título oficial en Emberfall. Aquí, sería el emisario de la reina, aunque nadie me llama así. De todos modos, procuro no llamar la atención. Muchos me verían como un objetivo si se enterasen.

Por los cielos. Casi le entrego un mensaje de los Buscadores de la Verdad. Habría sido como entregárselo a la reina Lia Mara en persona.

Al menos eso explica su acento, el ligero matiz que acompaña sus palabras. Debe de ser originario de Emberfall, aunque su syssalah es impecable. Estamos lo bastante cerca de la frontera como para que conozca un puñado de palabras en emberalés, principalmente las que me sirven para preguntar a los viajeros qué necesitan de la forja. Habría aprendido más si me hubiera alistado como soldado. Es bien sabido que la anterior reina de Syhl Shallow decía que era el colmo de la ignorancia no entender lo que dicen tus enemigos. Supongo que debería añadirlo a la lista de cosas que me hacen sentir un fracasado.

Cuando el casco está liso y limpio, me dirijo de nuevo a la fragua.

—Viaja sin... —Hago un gesto en torno al espacio vacío—. ¿Guardias?

—Un hombre solo a caballo no destaca mucho. —Vuelve a levantar las comisuras en esa leve sonrisa—. Uno acompañado por la guardia real genera un buen revuelo.

Vuelvo a fijarme en su atuendo. Ahora entiendo las armas y la armadura.

Estrecha un poco la mirada. Se fija en que lo miro.

Me ruborizo, pero me pregunto si estará acostumbrado, teniendo en cuenta toda la gente a la que conoce y las veces que tiene que preocuparse por si se ha metido en una situación arriesgada. Me hace pensar en su silencio durante el paseo desde una nueva perspectiva. No es que me haya revelado ningún secreto, pero, hasta cierto punto, me parece una muestra de confianza. Por un segundo, quiero explicarle por qué me he mostrado cauteloso y ansioso. No sé si es su actitud afable o el hecho de que estemos solos en el taller, pero no me habla como un noble le hablaría a un humilde comerciante. No me habla como si fuera inferior a él.

Qué tonto soy. ¿Qué iba a decirle?

Me imagino la confesión. *Una mujer llamada lady Karyl me pagó para que entregara un mensaje de los Buscadores de la Verdad. No sé lo que dice, pero creo que lord Alek es el destinatario. Acordó pagarme veinte monedas de plata, así que sin duda tiene que ser algo peligroso.*

Sería como firmar mi propia sentencia de muerte. Sobre todo si lady Karyl decía la verdad y nada en la nota la relaciona con todo esto.

Sin embargo, estudio al hombre que se apoya en mi mesa de trabajo. *Te ofrecería piedad.*

Hablaba del caballo, pero ahora, siento como si hubiera querido decir algo distinto.

—¿Qué? —pregunta lord Tycho.

Parpadeo y aparto la mirada. Me he quedado mirándolo.

Trago saliva. Mi padre tiene razón. Mi mundo está plagado de mala suerte.

—Nada.

Meto la nueva herradura en la fragua y la saco lo más rápido posible para que el martilleo del metal corte la conversación.

Pero no tengo que preocuparme. Lord Tycho no dice nada más.

Unos minutos más tarde, la yegua ya está bien herrada y me enderezo.

—Te doy las gracias —dice—. ¿Cuánto te debo?

—Eh… Diez monedas de cobre.

Me mira unos segundos y saca dos monedas de plata de la bolsa que lleva en la cintura.

No quiero aceptarlas. No me parece honesto.

Lo cual es ridículo.

Tomo las monedas de su palma.

—Gracias, mi señor.

Toma las riendas y las sube al cuello de la yegua.

—Tycho. —Se agarra a las crines y se eleva a la silla de montar desde el suelo—. Cuídate, Jax.

Mete los pies en los estribos. *No lleva espuelas.*

Chasquea la lengua al caballo y el animal se lanza al trote, chapoteando en el aguanieve.

—Cuídate —digo mientras observo cómo la nieve que cae despacio los vuelve invisibles poco a poco—. Tycho.

Me dejo caer en el taburete junto a la fragua y suspiro. Me guardo las dos monedas en el bolsillo y saco la nota de lady Karyl. Solo con mirarla vuelvo a sentir la presión en el pecho.

Tengo el fuego justo al lado. Podría terminar con esto ahora mismo y arrojar el papel a las llamas. Desentenderme de todo.

Se oyen de nuevo cascos de caballo en el camino y me sobresalto; me agarro a una cuerda para ponerme de pie y vuelvo a guardarme la nota en el bolsillo. ¿Habrá vuelto?

No. Es un caballo capón castaño, que viene desde la otra dirección, demasiado rápido para el estado resbaladizo del suelo. El animal derrapa en el patio y el hombre desmonta antes de que se haya detenido por completo.

Lord Alek.

Tomo las muletas.

—Mi señor…

Saca una espada y me apunta al cuello. Retrocedo demasiado rápido, choco con un taburete y caigo sentado al suelo.

La espada me sigue todo el camino. Trato de retroceder, pero choco con la mesa de trabajo.

La hoja me aprieta y debe de atravesarme la piel, porque siento un escozor. Me da miedo tragar.

—¿Por qué estabas hablando con el mensajero del rey? —pregunta.

Quiero mostrarme indiferente, pero no es fácil cuando estás mirando a la muerte a la cara.

—A su… su caballo… se le saltó una… una herradura.

Me mira desde arriba, con los ojos azules entrecerrados y una sombra en la mirada. La luz de la fragua hace que su pelo rojo casi resplandezca. Aprieta la hoja e intento encogerme hacia atrás.

—Nunca lo había visto antes. No sabía quién era.

Me observa en silencio.

—No soy más que un herrero —digo. Me meto la mano en el bolsillo y saco la nota—. Lady Karyl le dejó esto.

—¿Se lo has contado?

—No. ¡No! No he dicho nada. Nadie lo sabe.

Toma la nota. Unos segundos después, se aparta y enfunda la espada.

—Si has abierto la boca, lo sabremos.

Asiento y me llevo una mano al cuello. Al apartarla, está pegajosa por la sangre y me cuesta respirar.

*Alek es un hombre peligroso.*

Sí, lord Tycho, ya lo veo.

—Volveré en tres días —dice—. Si me has dicho la verdad, tendré otra carta para ti. Si no...

Levanto los dedos manchados de sangre.

—Capto el mensaje.

—Bien.

Se marcha a grandes zancadas.

Tengo la cabeza hecha un lío y casi olvido el pago prometido. Me odio por esto, pero no lo hago solo por mí.

—Espere —digo—. Si quiere mi silencio, sigue teniendo que pagarlo.

—Claro. —Se sube al caballo y lanza un puñado de monedas a la nieve fangosa—. Ahí tienes tus monedas.

Después, se marcha y me deja a cuatro patas sobre el barro mientras recojo el dinero.

Así me encuentra mi padre cuando entra en el patio haciendo eses. Es más grande que Alek y, aunque no va a armado, sabe ser igual de peligroso.

Se me corta la respiración. Si ve las monedas, se las llevará y no podré impedírselo.

—¿Qué haces? —pregunta y, aunque todavía se le entiende, arrastra las palabras.

—Se me ha caído una caja de clavos —digo—. Los estaba recogiendo.

Gruñe y se vuelve hacia la casa.

—Mala suerte. Típico —dice.

Miro hacia la oscuridad del camino, por donde primero desapareció lord Tycho y después lord Alek. Un poco de bondad seguida de un poco de crueldad.

Mi padre tiene razón. Típico.

# CAPÍTULO 6

# TYCHO

No llego a la Ciudad de Cristal hasta bien entrada la noche y las calles empedradas resbalan por la nieve caída, lo que ralentiza este último tramo de viaje más que ningún otro. Piedad se abre paso por las calles oscuras y me mantengo alerta por si surgen problemas, aunque hace horas que no oigo nada más que los golpes rítmicos de los cascos y el susurro de la nieve que se asienta sobre Syhl Shallow. Ya casi estoy en casa, pero mis pensamientos se han quedado en Briarlock y no termino de comprender qué es lo que los retiene allí. ¿La inesperada aparición de lord Alek? Lo dudo. Me odia desde hace años y el sentimiento es más bien mutuo. Tampoco es que me haya causado ningún inconveniente mientras estuve en el pueblo.

La tensión en la panadería también creció cuando entré, y acompañó al cautivador herrero hasta la forja. Era evidente que lo ponía nervioso, porque capté las numerosas miradas que me dedicó a través del taller. Me gustó lo gentil que se mostró con Piedad y cómo bajó la voz cuando le habló a la yegua. *¿Tu amo es siempre así?*, le oí decir y el recuerdo me hace sonreír. Me gustó que no intentase cobrarme de más, aunque tenía que saber que llevaría bastante dinero encima.

Callyn tampoco lo intentó y se sonrojó cuando le entregué dos monedas de plata, igual que Jax. Lo cierto es que las empanadas de carne eran increíbles, con la corteza dulce y mantecosa, y el interior lleno de una sabrosa mezcla de pollo y verduras. Me dan ganas de dar la vuelta y pagarle más.

A pesar de todo, soy incapaz de deshacerme de la preocupación de que interrumpí… *algo*. Tal vez se debiera a que llevo los escudos de ambos países; últimamente eso es suficiente para provocar tensiones.

Cuando llego al puesto de guardia a las puertas del palacio, no reconozco a la mujer que está allí, lo que significa que ella tampoco me reconocerá y que me toca esperar a que venga el oficial al mando. Suspiro con disimulo y espero mientras Piedad patea el suelo embarrado.

—Ya lo sé —murmuro y contengo un escalofrío. Las empanadas calientes de la panadería de Callyn ya no son más que un recuerdo lejano—. Ya casi estamos.

Un teniente del ejército llamado Ander llega al puesto bastante rápido y suspiro aliviado al verlo. Nunca hemos sido amigos, pero lo conozco desde que era un recluta.

—Bien hallado —digo.

Asiente con la cabeza y mira a la guardia.

—Déjalo pasar.

Estamos en mitad de la noche, así que no hago caso de su actitud tirante y le chisto al caballo. Una vez que cruzamos las puertas, Piedad trota por los campos de entrenamiento desiertos sin prisa. Los establos se dejan a oscuras y se cierran por la noche, pero un somnoliento mozo de cuadra baja desde el desván con un farol de aceite cuando los pasos de la yegua retumban en el pasillo.

—Ya me ocupo yo del caballo —digo en voz baja. El chico no tiene la culpa de que haya llegado tan tarde—. Regresa a la cama.

Deja el farol y vuelve a subir las escaleras arrastrando los pies.

Los arreos de Piedad están empapados y manchados por la nieve, el sudor y los días de cabalgata interminable, pero eso puede esperar hasta mañana. La ato en el pasillo y dejo el equipo de montura apilado en el almacén; luego tomo unos trapos y un cepillo.

Cuando salgo, un hombre encapuchado en las sombras le está dando una manzana a Piedad. Me detengo en la puerta, pero entonces levanta la cara.

—Bienvenido a casa.

—Grey —digo, sorprendido. Sonrío, luego me llevo una mano al corazón y me inclino—. Perdona, majestad.

—Ni se te ocurra —dice con ligereza—. Dame un trapo.

Le entrego uno. La yegua solo se ha terminado la mitad de la manzana que le ha dado, pero aun así empieza a olfatearle para pedir más y le deja un rastro de babas salpicado de trozos de fruta a lo largo de la parte delantera de su capa. La agarro del cabestro y la alejo.

—No babees al rey.

Grey no dice nada, se limita a tomar el trapo y empieza a frotarle las marcas de sudor del pelaje. Yo dudo, pero después me uno a él.

Las gentes de Syhl Shallow, y las de Emberfall también, tienen muchas opiniones en cuanto el rey, sobre su magia, prohibida en el pasado, sobre su destreza en el campo de batalla, sobre si su intento de unir a los países en guerra mediante el matrimonio con la reina Lia Mara había sido sincero. Se susurra que una vez trabajó codo con codo con una malvada hechicera para destruir Emberfall, que su «alianza» es una farsa para aprovecharse de la reina, que su magia abrumará a Syhl Shallow y causará un sufrimiento interminable a todos los que se le opongan.

La realidad es que Grey es un hombre honesto que nació en la pobreza, para luego descubrir que era el heredero secreto del trono de Emberfall. Sin embargo, es un buen rey; es fuerte y justo, devoto de los países a los que ha unido. Aun así, a veces me pregunto si anhela los momentos de tranquilidad como este tanto como yo. Momentos en los que no tiene que ser un gobernante feroz y yo no tengo que ser un mensajero bien armado que informa de las amenazas contra el trono, sino solo dos personas que cuidan de un caballo.

Presiono el trapo en el pelaje de Piedad y froto con fuerza.

—Me has tomado por sorpresa —digo a Grey, y lo digo en serio—. Creía que todos en palacio estaban durmiendo.

—Te vi cruzar los campos de entrenamiento —responde—. Lia Mara lo está pasando peor esta vez que con la pequeña Sinna, así que nadie duerme estos días.

Levanto la mirada y lo observo por encima de las crines de la yegua.

—La reina está embarazada otra vez.

—Ah. Sí. —No sonríe, pero una luz cálida que solo aparece cuando habla de su hija le ilumina los ojos, aunque también hay vacilación en su voz—. Te marchaste antes de que nos enterásemos.

Comprendo la duda. Otro bebé real. Otro posible forjador de magia.

Otro objetivo.

Pienso en los informes de Emberfall que aún guardo envueltos bajo la coraza. Grey no me los ha pedido todavía, pero sé que lo hará. No quiero arruinar el instante de tranquilidad al ofrecérselos.

—¿Está bien Lia Mara? —pregunto en vez de hacerlo.

Asiente.

—Te echa de menos. —Sonríe a medias—. Dice que eres el único con permiso para enseñarle a Sinna a sostener una espada; así lo ha decretado la mismísima princesa.

Me rio. La princesa Sinna tiene tres años.

—¿Sabe que tú me enseñaste a mí?

—Está claro que ya no soy el profesor favorito. —Toma una almohaza de un estante y frota el pelaje de Piedad con ella, justo debajo de las crines—. ¿Cómo está mi hermano?

El príncipe Rhen. Grey me lo pregunta cada vez que vuelvo y el peso en su voz siempre es el mismo. A veces me pregunto si se debe al propio Rhen, porque comparten una historia larga, complicada y oscura que estuvo a punto de quebrarlos a ambos y a los dos países en el proceso. Grey parece haber superado la maldición que los atormentaba, pero Rhen sigue cargando el peso del pasado como un manto del que es incapaz de desprenderse.

Sin embargo, a veces me pregunto si se deberá a mí, si al rey le preocupará que enviarme al Castillo de Ironrose sea más de lo que puedo soportar.

El príncipe Rhen nos torturó una vez a los dos por el secreto que guardábamos.

Acordarme de ese momento siempre me hace sentir débil, sobre todo delante de Grey, así que me inclino hacia la almohaza y respondo.

—El príncipe está ocupado —digo—. Cuando llegué, acababan de informarlo de que habían encontrado mensajes ocultos dentro de los sacos de grano que importaba un pequeño grupo del Valle Valkins desde el puerto de Silvermoon. —Era un escondite brillante y no habrían descubierto los mensajes de no haber sido porque un saco se había enganchado con un clavo oxidado y se había abierto—. Al principio, sonaban ridículos, nada que valiera la pena ocultar.

Grey levanta la mirada.

—¿Qué quieres decir?

—Por ejemplo… *Mamá ha alimentado a las cabras hoy. Papá no la ha ayudado.*

Grey frunce el ceño.

—Exacto —digo—. Dudo de que alguien le hubiera prestado mayor atención, pero uno de los estibadores se puso a hablar de esas misteriosas cartas en los sacos de grano en el mercado, los guardias del Gran Mariscal lo oyeron y exigieron verlas. No las habían guardado todas, pero había un nuevo cargamento esperando a que lo enviasen al sur en barco, así que lo abrieron todo y encontraron decenas de mensajes ridículos.

Me agacho para limpiarle el barro de las patas a Piedad.

—El mariscal Blackcomb entregó los mensajes a Rhen, y ya sabes cuánto le gusta un buen rompecabezas. Una de las cartas mencionaba que «papá» no veía bien, lo que hizo que el príncipe se preguntara si se refería a él, ya que le falta un ojo y eso, así que repasó los mensajes y empezó a desentrañar un código. «Mamá» era Harper, y «alimentar a las cabras» hacía referencia a un viaje que había hecho a Hutchins Forge, por el mercado de ganado, al que Rhen no la había acompañado.

—Así que seguían los movimientos de Rhen y de Harper.

—No solo los de ellos —digo—. Los tuyos y los de Lia Mara, también. A Rhen le llevó un tiempo darse cuenta, porque se referían a vosotros como «padre» y «madre», así que al principio creyó que no eran más que términos intercambiables, pero entonces mencionaron a alguien llamado Nyssa.

—Sinna. —Su mirada se encuentra con la mía y la repentina rabia y el miedo de su tono son palpables.

—Sí —digo—. Creemos que sí.

—¿Tienen las cartas?

—Sí. Algunas. —Ya he empezado a desabrocharme la coraza—. Pero no ha habido amenazas contra la princesa. Contra nadie, en realidad. La gran mayoría de las cartas no son más que informes que van y vienen entre Syhl Shallow y Emberfall y registran dónde habéis estado y qué habéis hecho.

Me libero de la armadura y desenrollo el cuero que oculta los mensajes.

—Hay una frase que se repite varias veces, «reunid la plata». Creemos que podrían ser instrucciones para conseguir fondos para otro ataque, pero no estamos seguros. Pensaba regresar de inmediato, pero Rhen consideró que era conveniente inspeccionar los envíos que pasaban por otras ciudades, por si encontrábamos alguna amenaza real. Pero, por supuesto, es demasiado terreno que cubrir.

Grey analiza la primera nota del montón y luego vuelve a mirarme.

—¿Ha encontrado algo?

—No. Nada relacionado con los mensajes. Las únicas amenazas reales contra la Corona eran disidentes solitarios a los que no costaba mucho capturar y con los que se lidió rápidamente. Sin embargo, descubrimos la existencia de pequeños grupos de Buscadores de la Verdad que se están volviendo cada vez más numerosos en la mayoría de las grandes ciudades de Emberfall. Sospecha que, por ahora, los mensajes son un intento de establecer algún tipo de colaboración. Harper lo llamó una «red de susurros». Comprueban qué mensajes llegan y qué mensajes son interceptados.

Se queda callado un momento y, cuando habla, lo hace con un tono de resignación en la voz.

—Para poder planear algo más grande.

Está pensando en el Alzamiento. Recuerdo la ráfaga de magia que recorrió el palacio, cómo los cuerpos cayeron allí donde estaban.

También recuerdo cómo Sinna gritó cuando una docena de hombres armados irrumpieron en la guardería y mataron a su niñera en un intento por capturar a la «princesa mágica».

Mi voz suena igual de resignada.

—Es muy probable.

Pasa al siguiente mensaje de la pila y frunce el ceño. Luego al tercero. Suspira y los vuelve a doblar dentro de la funda de cuero.

—No debería haberte molestado a estas horas, Tycho.

—No es ninguna molestia. Sabía que estarías ansioso por conocer las noticias. Habría llegado antes, pero a Piedad se le saltó una herradura justo después de haber cruzado la frontera. —Hago una pausa—. En la pila, encontrarás una carta de Rhen que detalla todo lo que cree que deberías hacer.

—Cómo no. —Grey se calla un segundo—. Tendremos que buscar envíos aquí también. No me gusta la idea de que los mensajes pasen por delante de nuestras narices. ¿Algo más?

—No. —Desato a la yegua para meterla en un compartimento del establo—. Tal vez.

—Cuéntame.

Suelto a Piedad dentro y cierro la puerta. De inmediato, la yegua se lanza a por un montón de heno.

—Tuve que parar en Briarlock para comprar una herradura nueva. Mientras estaba allí, me encontré con lord Alek.

Grey frunce el ceño.

—¿Te dijo por qué estaba allí?

—No, pero ya sabes lo que piensa de mí. Tendría que atravesarlo con la espada para sacarle una sola palabra sincera.

—Piensa lo mismo de mí. —Reflexiona un momento—. Pero es interesante. ¿Había alguien con él?

—No. —Dudo. Llevo horas dándole vueltas al tiempo que pasé en Briarlock. No dejo de pensar en la tensión en la panadería, sobre todo cuando llegó Alek. ¿Fue por mi presencia? ¿O se debía a algo más?

—¿Qué pasa? —pregunta Grey.

Le hablo de Callyn, de Nora y de los pasteles, luego de Jax y la forja.

—Me dijo que nunca había visto a Alek. Sin embargo, es un pueblo pequeño cerca de la frontera. Muy lejos de la carretera principal. Alek no tendría ninguna razón para estar allí. Me cuesta creer que supervise los envíos de tela en persona.

Frunzo el ceño y sigo dándole vueltas a la cabeza. Nunca se ha demostrado que Alek conspire contra el trono, pero hace años descubrieron a su hermana trabajando como espía para Emberfall; ella murió en la batalla final. Yo estaba allí. Tal vez haya disparado la flecha que acabó con ella y Alek nunca me permitirá olvidarlo.

Tenía quince años y era la primera vez que quitaba una vida. Yo tampoco me permito olvidarlo.

Así que tal vez toda la tensión y la animosidad sí fueran personales. Tal vez llevase tantas semanas en Emberfall buscando señales de traición que las encontré en una panadería remota y en un hombre al que no soporto.

Miro a Grey.

—Alek sabía que estaba buscando la herrería. Estaba bastante alejada y yo iba solo. Si hubiera tramado algo, podría haberme emboscado sin mayor problema.

—Sería un tonto si te atacara. —Hace una pausa. Tampoco se fía de él—. Sé que llevas más de un mes fuera —dice por fin, con tono grave—, pero quiero saber si Alek sigue allí. Si envío soldados, lo espantaremos, pero tu presencia es justificable. ¿Cuándo podrías volver a Briarlock?

Estoy agotado y llevo pensando en mi cama del palacio durante más tiempo del que me atrevería a reconocer en voz alta. Sin embargo, recojo la armadura y me echo la capa al hombro.

—Majestad —digo con grandilocuencia, en parte bromeando y en parte no—. Tan pronto como necesites.

# CAPÍTULO 7
# TYCHO

Me despierto con la débil luz del sol en los párpados y unos susurros junto a mi cama.

—¿Es que vas a dormir todo el día? —dice la vocecita—. Ya ha salido el sol.

Parpadeo y me encuentro cara a cara con Sinna, que está de pie junto a la cama. Su cara da paso a una amplia sonrisa llena de dientecitos de leche. Su pelo es un amasijo de enredos rojos y sigue con el pijama puesto y el poni de peluche que le enviaron Harper y Rhen agarrado en una mano.

—¡Estás despierto!

—Estoy despierto. —Tengo la voz ronca, pero le devuelvo la sonrisa. Me habría gustado dormir otras cinco horas. Salam, mi gato, no tolera a los niños pequeños ni el ruido, así que salta de la cama para desaparecer en algún rincón. Miro detrás de Sinna y me fijo en que la puerta de la habitación está abierta solo lo necesario para que ella pueda colarse. Me pregunto de qué niñera se habrá escapado esta vez—. Sigues siendo un bichito escurridizo, ¿eh?

Ensancha la sonrisa y se lleva un dedo a los labios.

—¡Sinna! —Llega un grito susurrado desde el pasillo—. Niña, es demasiado temprano para jueguecitos.

—Vas a matar de un susto a tu niñera —advierto con cariño.

Frunce el ceño.

—Mamá dice que me vas a enseñar a sujetar una espada.

—Lo haré. —Me paso una mano por la cara. No estoy lo bastante despierto para esto—. Si me dejas dormir un poco más, también te dejaré montar a Piedad.

Jadea y abre mucho los ojos.

—¡Piedad!

Aprieta el poni de peluche entre los brazos y sale disparada hacia la puerta, que cierra con brusquedad tras de sí.

Me tapo la cabeza con la almohada y me vuelvo a dormir. Cuando despierto, el cuerpo a rayas anaranjadas de Salam está acurrucado a mis pies y la chimenea se ha enfriado. Me dirijo al comedor después de asearme, afeitarme y ponerme la ropa más limpia que he llevado en días. Parece que todo el mundo ha comido ya, pero me alegra que la mayoría de mis amigos sigan presentes. En el aire flota el aroma de las carnes cocidas, los panes calientes y la miel dulce, pero es la compañía en la sala lo que más me atrae. El rey y la reina están sentados en la esquina más alejada de la mesa, con la pequeña Sinna entre los dos. Noah, el médico de palacio, se encuentra al otro lado de Lia Mara. Solo faltan Jacob, el consejero y amigo más cercano de Grey, y Nolla Verin, la hermana de la reina. Me pregunto si estarán ya en los campos de entrenamiento.

—¡Tycho! —grita Sinna, como si no me hubiera despertado ya al amanecer. Intenta lanzarse a por mis piernas, pero la atrapo y la elevo en el aire, y grita de alegría. Entonces me mira con toda la severidad que puede transmitir una niña pequeña—. Llegas tarde al desayuno.

—Diría que te hacía falta el descanso —dice la reina—. Bienvenido a casa.

—Gracias —respondo, pero si hay alguien a quien le hace falta descansar es a ella. Es una de las mujeres más fuertes que conozco, pero ahora mismo tiene los ojos hinchados y la piel un poco pálida. Recuerdo lo que me dijo Grey sobre el embarazo. En su plato hay dos rebanadas de pan con miel, pero no ha dado más que un bocado. Tiene delante una taza de té humeante.

Grey le acerca el plato.

—Tienes que comer —dice con delicadeza.

—Lo haré.

—Podría probar con un poco de magia…

—No —lo corta ella con firmeza y el tono de que no es una discusión nueva—. No sabemos lo que le haría al bebé.

Hay un momento de tenso silencio, pero no digo nada. Noah también le da un toquecito al plato.

—Pero tiene razón en lo de comer.

—Tengo una idea —dice Lia Mara—. Qué tal si los dos os pasáis toda la noche vomitando y luego vemos cómo os sentís en el desayuno. Tycho, siéntate a comer para que pueda vivir a través de ti.

Sonrío.

—Con mucho gusto. ¿Dónde está…?

Un fuerte brazo me agarra por el cuello desde atrás, pero, sin soltar a la niña, con la otra mano lo atrapo, me retuerzo y le devuelvo un codazo.

No lo hago con fuerza, porque estoy acostumbrado a sus tonterías, pero Jake gruñe y retrocede de todos modos. Tose y luego sonríe.

—Diablos, T. —Se frota el estómago—. Bienvenido a casa. ¿Qué decíais de vomitar?

—¡Otra vez, otra vez! —exclama Sinna.

Me río.

—Déjame desayunar antes.

Grey se levanta.

—De todos modos, tenemos que ir a los campos de entrenamiento. —Le da un beso en la mejilla a Lia Mara y se detiene a mi lado para hacer lo mismo con su hija.

Sinna me suelta para agarrarlo por el cuello y lo mira a los ojos con seriedad.

—Ten cuidado con las espadas, papá.

Él sonríe y la pone cabeza abajo antes de dejarla en el suelo.

—Lo intentaré con todas mis fuerzas.

Pierdo la sonrisa y deseo haberme despertado antes.

—¿Te acompaño?

—Te has ganado un descanso, Tycho. Disfrútalo.

Jake me da una palmada en el hombro, le da un beso a Noah en la frente y se marcha con Grey. Me sirvo un plato con comida de la mesa mientras Sinna revolotea a mi alrededor sin parar de parlotear. Me siento casi tan aliviado como Lia Mara cuando una niñera aparece en la puerta para llevarse a la princesa a sus clases matutinas.

—¿Te has enterado? —le dice a la mujer mientras salen al pasillo—. ¡Tycho va a dejarme montar a Piedad!

—Tienes mucha paciencia con ella —dice Lia Mara cuando me siento.

—La he echado de menos —admito con sinceridad. Los miro a Noah y a ella—. A todos.

La reina frunce el ceño.

—Grey me ha dicho que te ha pedido que volvieras a irte.

Unto de miel una rebanada de pan.

—Sabía dónde me metía. Cuando quiera que me vaya, estaré listo.

Noah suelta una risita.

—Vas a salir al campo de entrenamiento con ellos en menos de una hora.

Sonrío, avergonzado.

—Tal vez. —Dicho esto, también me gusta estar aquí. Me gusta su amabilidad pausada. Grey y Jake se sienten como en casa con una espada en la mano, y yo también, pero disfruto al estar con aquellos que empuñan el afecto y la empatía en lugar de las armas.

—Grey nos ha hablado de esa red de susurros que has descubierto con Rhen —dice Lia Mara, en voz baja para que no nos escuchen. Tal vez tenga los ojos cansados, pero su mente sigue igual de aguda que siempre—. Mi hermana ya les ha llevado las cartas a algunos buenos asesores. Sé que están registrando los cargamentos en Emberfall, pero no quiero que aquí se corra la voz todavía acerca de nuestras sospechas.

Asiento.

—Creo que a Rhen le sorprendió lo extendido que estaba.

—A mí también —coincide—. Grey me ha dicho que te preocupó encontrar a Alek tan al noroeste.

Pongo una mueca.

—Tal vez sea cosa mía.

—Briarlock es un pueblo tan pequeño que he tenido que pedirle ayuda a uno de mis asesores para situarlo en un mapa. Alek se dedica a los textiles y las telas de lujo. Su Casa no debería tener negocios allí.

—Intentaré descubrir qué ocurre —dijo—. Puedo partir hoy mismo, si así lo prefieres.

—No —dice—. Necesitas descansar al menos un día. Que sean dos. Hablaré con Grey.

Su voz suena fuerte y decidida, pero cuando estira la mano para acariciar la mía, noto que le tiembla. Debería comer algo. Me pregunto si de verdad le preocupa la magia de Grey. Desde la cantidad de muertos que hubo en el Alzamiento, han corrido rumores sobre si el rey es capaz de controlarla.

—Haré lo que necesitéis. —Pincho un trozo de jamón con el tenedor y sonrío—. No me importa. De verdad.

Se queda callada un momento.

—Te pedimos demasiado —dice al fin—. El puesto que te hemos encomendado no te deja tiempo para la amistad ni para el cortejo, ni siquiera…

Casi me atraganto con la comida.

—Vosotros sois mis amigos —digo—. ¿Y el cortejo? ¿A quién voy a cortejar?

—No te dejamos tiempo para conocer a nadie, lo sé. Debería buscarte a alguien a la altura entre las Casas Reales.

—¿Como cuando tenía dieciséis años y me animaste a perseguir a Nolla Verin? Intenté darle la mano y temí que me fuera a cortar los dedos. —Sonrío—. Eres consciente de que dicen que duerme con las dagas en la mano.

Lia Mara pone los ojos en blanco.

—Mi hermana no hace tal cosa.

Pienso en Nolla Verin y su fiera practicidad.

—Deberías comprobarlo esta noche. Creo que te sorprenderías.

No sonríe.

—Lo cierto es que esperaba que parte de la razón por la que has pasado tanto tiempo en Emberfall fuera que hubieras conocido a alguien. —Intercambió una mirada con Noah—. Alguien que hubiera resultado un incentivo para quedarte.

—Pues lamento informar que fueron las conspiraciones contra la Corona las que ocuparon todo mi tiempo. —Empujo la comida en el plato. No sé cómo hemos pasado de las amenazas contra la familia real a mis intereses románticos. Una nueva tensión se me ha asentado en los hombros—. Cuando no viajaba con Rhen, entrenaba con la guardia real. En cuanto descubrimos todo lo que estaba en nuestra mano, volví a casa.

—Has pasado mucho tiempo con Rhen, ¿verdad? —Su voz se vuelve tensa. Lia Mara fue testigo de lo que el príncipe nos hizo a Grey y a mí. Fue hace años, y han dejado a un lado sus diferencias, pero no creo que vaya a perdonarlo nunca.

—Todo el necesario. —Me meto otro bocado de pan en la boca. Quisiera librarme de esta nueva y repentina atención hacia mi persona. Debería haber seguido a los demás a los campos de entrenamiento. Grey se tropezaría con la espada antes de ocurrírsele preguntarme por mi vida amorosa.

Lia Mara y Noah se quedan callados un momento y yo no tengo ningún deseo de llenar el silencio, así que me concentro en la comida.

—Ya que hablamos de Emberfall —dice por fin Lia Mara—. Se me ha ocurrido una idea. —Su tono se ha transformado en una ligera reflexión. Tal vez sienta la necesidad de cambiar de tema—. Me preocupa que las únicas personas que trabajan juntas a ambos lados de la frontera lo hagan para conspirar en contra de nosotros. Ha habido muchos disturbios, pero nuestros países llevan años en paz y quisiera planear algo grande, algo que le demuestre a la gente que combinar el amor que siente por sus respectivas naciones es posible.

—¿Qué tienes en mente? —pregunto.

—Mi madre celebraba una competición todos los años, el Desafío de la Reina. Era todo un espectáculo y atraía a gentes de todo Syhl Shallow.

He oído hablar del Desafío de la Reina. Muchos de los soldados lo han mencionado con anhelo.

—¿Quieres retomar la tradición? Creo que sería una decisión popular.

—Me gustaría organizarlo en Emberfall —dice—. Lo podríamos llamar el Desafío Real. —Hace una pausa—. Las tierras que rodean el Castillo de Ironrose son aún más vastas que los campos de entrenamiento de aquí. Requeriría una gran cantidad de recursos por parte de ambos países y sería una oportunidad para que las gentes se mezclasen en un momento de celebración. —Da otro pequeño bocado—. ¿Qué opinas?

Tiene razón en cuanto a las tierras que rodean el Castillo de Ironrose; serían perfectas para albergar todo tipo de competiciones, tanto a caballo como a pie, desde esgrima hasta tiro con arco, incluso carreras, cualquier desafío que se les ocurra. La idea también me provoca una chispa de entusiasmo.

—Cuando Grey y yo trabajábamos en el torneo, las gradas se llenaban casi todas las noches. Se celebran torneos por todo Emberfall. Creo que un desafío así sería igual de popular allí.

—¿Crees que el príncipe Rhen estará de acuerdo?

Lo pregunta con menos convicción. Grey es el rey, así que su palabra es la ley, pero Rhen se crio pensando que era el príncipe heredero. A pesar de su complicada historia, Grey siempre procura no imponerle su voluntad a su hermano menor. A veces no tengo claro que Rhen sea consciente de ello.

—Creo… —Lo medito y recuerdo al príncipe estudiando con avidez las cartas de una posible traición con los mensajes codificados—. Creo que estaría abierto a la idea. Al príncipe Rhen le encantan los retos.

Sonríe y aparta el plato. Solo ha dado tres bocados, pero sé que es mejor no decir nada.

—Bien. Cuando vuelvas, dile que nos encantaría verlo competir.

Cuando Lia Mara se marcha, espero que Noah haga lo mismo y vaya a atender sus propios deberes, pero se sirve otra taza de té, a la que añade tanta leche y miel que levanto las cejas.

Ve que lo miro y sonríe.

—Un día te traeremos un *caramel macchiato* del otro lado y no querrás volver a probar el té.

Jake y él provienen de un lugar llamado Washington D. C., al igual que la princesa Harper. Noah lleva dos anillos de infusión mágica como los míos; uno sirve para ayudarlo en las artes curativas, pero el otro le permite cruzar a su propio mundo.

No sé con qué frecuencia van allí, pero no creo que sea a menudo. He oído decir a Jake que, cuanto más tiempo permanecen aquí, más difícil resulta cruzar. Hace unos años, no mucho después de que Grey forjara los anillos, Jake y Noah fueron a «Dece» de visita. Volvieron dos horas después y Jake tenía el labio partido y los nudillos ensangrentados.

No me contaron lo que ocurrió, pero los oí hablar con Grey.

—En cierto modo, la vida es más difícil aquí —dijo Jake—. Pero en muchos otros, es infinitamente más fácil.

Tengo el plato vacío y veo a los soldados que salen al campo de entrenamiento por la ventana, pero me lleno la taza de té y añado una cantidad equivalente de leche y miel.

Cuando doy un sorbo, casi me ahogo y Noah se ríe.

—Tal vez sea un gusto adquirido —dice.

—Sin duda.

No dice nada, pero se vuelve a sentar y toma un sorbo de su té excesivamente dulce. Ambos miramos por la ventana durante un rato. La nieve ha empezado a caer, pero solo en cortas oleadas. Se acumulan trozos de escarcha en el borde de los cristales.

—Cuando el tiempo está así —dice Noah—, me acuerdo de Iisak.

Lo dice casi sin pensar, pero el nombre siempre me provoca una punzada de pena en el pecho. Iisak era un scraver de los bosques de hielo de Iishellasa que ayudó a Grey a descubrir su magia. También era mi amigo, pero murió durante las batallas entre Syhl Shallow y Emberfall. Sabía ser cruel e insensible cuando tenía que serlo, pero también era amable y leal, y tenía opiniones firmes sobre los deberes de un gobernante.

Iisak amaba la nieve. Incluso en el calor del verano, su magia era capaz de arrancar escarcha del aire. Doy otro trago largo al té demasiado dulce.

—A mí también me recuerda a él.

Noah me estudia durante un largo rato. Baja la voz.

—¿Cómo estás de verdad?

Lo miro.

—Estoy bien, Noah. De verdad.

—Has pasado mucho tiempo con Rhen.

—No me trata mal.

—No esperaría lo contrario. —Vacila—. Pero Rhen ha sufrido mucho…

—También Grey —digo.

—Y también tú.

Casi me estremezco. Noah me conoce demasiado bien. Incluso diría que mejor que nadie. Cuando era más joven, buscaba su compañía en la enfermería cuando el resto del mundo se volvía demasiado abrumador, lo que pasaba a menudo. Al principio lo hacía porque era un espacio tranquilo y seguro, y Noah es una de las pocas personas en mi vida que nunca me ha exigido nada. Sin embargo, con el paso del tiempo, descubrí que también era un buen confidente, nunca duro ni crítico, sino que se limitaba a escuchar. Sé que ya era sanador en Washington D. C., médico en algo llamado «sala de urgencias». Una vez me dijo que veía a la gente en el peor día de su vida y que su trabajo consistía en ayudarla a superarlo.

No me cabe duda de que se le daba de maravilla.

—Rhen es experto en mantener a la gente alejada —dice—. Y tú también. —Hace una pausa—. Lia Mara esperaba que hubieras encontrado algo de compañía en Ironrose, pero a mí me preocupa que hayas encontrado justo lo contrario, demasiado aislamiento.

—No me molesta estar solo.

—Lo sé. Y sé que Grey depende mucho de ti. —Su voz se vuelve más sosegada—. Lo que les ocurrió a Rhen y a él fue terrible, pero eran jóvenes y ellos mismos tomaron malas decisiones. Tú tenías quince años y no tenías nada que ver con su conflicto. No merecías lo que te pasó. —Se calla un momento—. También sé lo que te ocurrió con los soldados cuando eras joven, lo que le hicieron a tu familia. —Otra pausa, esta más significativa—. Lo que te hicieron. Tampoco lo merecías.

Esta vez sí me estremezco.

—Para. —Dudo—. Por favor.

—Pasaste muchos años en el ejército. No me importa lo que le hayas dicho a Grey, sé que no querías…

—Fui un buen soldado, Noah. Lo volvería a hacer si me lo pidiera.

—¿De verdad?

La pregunta es como una puñalada. Demasiado penetrante, demasiado precisa.

—Sí —respondo con firmeza—. Lo haría.

Extiende una mano con intención de tocar la mía, pero la retiro antes de que me alcance.

Noah observa el movimiento y se queda quieto; luego apoya la mano en el borde de la mesa.

—Estabas muy tenso cuando Lia Mara sacó el tema del cortejo. Me preocupa que todo lo que has pasado…

Me pongo de pie, anhelando una armadura y un arma y poder poner fin a esta conversación.

—Debería unirme a Grey y a Jake.

—Espera. Por favor. —Su voz es muy suave—. No pretendía espantarte.

—No lo has hecho. —Aunque tal vez sí. Sin embargo, respeto a Noah, así que me detengo un instante antes de alejarme de la mesa.

—No hay nada de malo en disfrutar de la soledad —dice—. No quiero que salgas de aquí cuestionando eso.

Asiento y me dispongo a irme.

—Tycho, mírame.

Me vuelvo, pero tengo la mandíbula apretada.

—Solo quiero asegurarme de que realmente disfrutes de estar solo —dice—. De que no has aceptado este trabajo porque es una forma cómoda de esconderte cuando no quieres sentirte vulnerable.

—Ya no me siento vulnerable —digo—. Grey se ha asegurado de ello.

Entonces me doy la vuelta para dirigirme a los campos de entrenamiento y demostrar que mis palabras son verdaderas.

# CAPÍTULO 8

# JAX

La nieve derretida gotea del techo del taller y la niebla de la mañana se aferra al suelo empapado. Hoy habrá barro por todas partes, lo que será bueno para el negocio. Llevo levantado desde antes del amanecer, con mariposas en las tripas, porque es el día en que lord Alek dijo que volvería y no sé qué debería esperar.

Después de que se marchó hace tres días, volví a la panadería de Callyn. Nora me vio la sangre del cuello y estuvo a punto de desmayarse, pero Cal es más firme.

Me limpió la herida mientras maldecía entre dientes.

—Esto no merece la pena si vas a acabar muerto, Jax.

Me metí la mano en el bolsillo y saqué las monedas de plata.

—Son otras cinco. ¿Sigues pensando lo mismo?

Se mordió el labio y se guardó el dinero.

La vi ayer y, entre las monedas que le he dado y lo que ha ganado en la panadería esta semana, tiene quince guardadas. Sé que lord Tycho le pagó generosamente por las empanadas de carne y los pasteles, igual que a mí me pagó de más por las herraduras de su yegua. Aún siento una punzada en las entrañas cada vez que pienso en haber aceptado su dinero, como si las monedas ganadas de forma honesta y las ganadas mediante la deslealtad no valieran lo mismo.

Esta mañana he llenado un tarro de clavos forjados para sustituir los que hemos vendido, así que paso a otros proyectos. Tengo un pedido de un granjero del norte del pueblo que necesita un martillo y una pala nuevos, así que meto un lingote de hierro fresco en la fragua, luego estiro los hombros y espero a que se caliente.

—Empiezas pronto —gruñe mi padre.

Está en el umbral de la puerta que da acceso a nuestra casa. Está bastante despejado, pero seguramente tenga más que ver con el hecho de que se ha quedado sin monedas que con que haya evitado la cerveza a propósito.

—No antes de lo habitual. —Echo un vistazo a la fragua, pero el hierro aún no ha alcanzado el tono amarillo adecuado—. He hervido algunos huevos, si tienes hambre.

Gruñe algo que no significa nada, pero se da la vuelta para volver a entrar en casa, lo cual es respuesta suficiente. No le he mencionado a lord Alek, al igual que él nunca me ha hablado de los Buscadores de la Verdad. Lo que le pasó al padre de Cal no es ningún secreto. Una parte de mí se pregunta por qué mi padre estaría dispuesto a correr los mismos riesgos.

Aunque ahora soy yo quien ha decidido correrlos, así que no estoy en condiciones de juzgar.

Oigo cómo se mueve por la cocina. Me pregunto si piensa ponerse a trabajar o si volverá a desplomarse en la cama. No siempre es horrible y, cuando está sobrio, casi es incluso decente. Es fuerte y rápido con el martillo, y hemos trabajado juntos en la forja durante tanto tiempo que sabemos movernos sin molestarnos. Cuando era niño, trabajaba muchas horas, pero siempre teníamos bastante para comer y un poco de sobra para alguna diversión ocasional. Me mandaba corriendo a la panadería de Callyn con unas cuantas monedas en el bolsillo a comprar dulces para los dos.

Entonces ocurrió el accidente y fue como si el médico del pueblo le hubiese arrancado un trozo de corazón a mi padre cuando me amputó el pie.

Saco el hierro del fuego con las pinzas y lo apoyo en el yunque. Cuando mi padre vuelve a aparecer, ya casi he aplastado un extremo. Agarra un delantal de cuero de un gancho en la pared. Levanto las cejas, pero sé que es mejor no decir nada. Vuelvo a meter la pala a medio formar en la fragua y trato de ignorar el parpadeo de esperanza que se me despierta en el pecho.

—Hará falta hacer también un martillo para completar el pedido —digo.

Asiente, toma un lingote y lo mete en la fragua. Un minuto después, ambos estamos martillando.

Los momentos así siempre me llenan de añoranza, incluso de nostalgia. Apenas cruzamos palabra, pero mi padre nunca ha sido muy hablador. El aire es frío y apacible, sin embargo una capa de sudor nos cubre los antebrazos a ambos por el calor de la fragua y el esfuerzo. Hemos empezado tan temprano que avanzamos mucho y el destello de esperanza de antes se convierte en una brasa ardiente. Termino la pala y me pongo con un juego de bisagras para una puerta. Pasan las horas y la lista se acorta y se alarga otra vez cuando aparece una mujer con dos ejes que hay que reparar y nos encarga unos nuevos. Con la ayuda de mi padre, es posible que también termine la trilladora para el granjero de Latham, y ya solo eso vale diez monedas de plata. Pagaremos a la recaudadora de impuestos y empezaremos a ahorrar para cuando haya que pagar el saldo del mes que viene.

Tal vez no tenga que volver a guardar más mensajes de los Buscadores de la Verdad. Cerca del mediodía, me rugen las tripas, pero no quiero perturbar la endeble paz que se ha establecido entre nosotros. Casi parece una tregua. Tal vez debería haber empezado a guardar las monedas fuera de su alcance hace años.

—Jax —dice mi padre.

No levanto la vista. Con suerte, también tiene hambre.

—¿Sí?

—¿Dónde has metido el resto del dinero?

Un escalofrío me sube por la columna, pero su tono suena despreocupado, así que sigo trabajando.

—¿Qué dinero?

—No seas necio. Sabes bien de qué te hablo. He visto cuántos encargos has hecho. —Señala hacia la mesa, donde tengo una lista garabateada de los proyectos que tengo que terminar para el fin de semana—. ¿Dónde está el dinero?

Hago girar un trozo de metal plano contra el yunque para crear una torsión en el acero para un taladro.

—Esas monedas son para la recaudadora de impuestos.

—Entonces será mejor que me las des para que se las pague.

Suelto un bufido.

—La última vez salió muy bien.

Me agarra del brazo y el metal con el que estaba trabajando se desliza del yunque hasta caer al suelo.

—¿Qué has dicho?

Lo fulmino con la mirada, con las pinzas firmemente agarradas.

—Suéltame.

Me sorprendo cuando lo hace.

—Esta forja es mía —espeta—. El dinero es mío.

Recupero el acero del suelo y lo vuelvo a meter con brusquedad en la fragua.

—Ya le he pagado lo que tenía —miento.

Me estudia. Lo ignoro y espero a que el metal se caliente.

Después de un rato, se vuelve, como si fuera a retomar su trabajo, y relajo un poco los hombros. Alargo la mano para sacar el acero de la fragua.

En ese momento en que soy inestable, me vuelve a agarrar del brazo, con tanta brusquedad que me desequilibra y suelto las pinzas. Pierdo de vista el taburete y me tambaleo; tengo que saltar sobre un pie para no caer directamente al fuego.

Me atrapa la muñeca y me acerca al calor, con tanta fuerza que me obliga a caer de rodillas.

—No juegues conmigo, chico.

—No estoy jugando —digo. Me resisto a su agarre, pero tiene ventaja—. ¡Debemos doscientas monedas de plata! ¿Es que quieres perder la forja?

—Dime dónde está.

Aprieto los dientes. Tengo el brazo resbaladizo por el sudor, así que le cuesta sujetarme, pero también siento que me lo va a desencajar del sitio.

—Pídele a la recaudadora que te lo devuelva —digo.

Me acerca tanto la mano al fuego que siento cómo se forma la quemadura y se me acelera la respiración. Los ojos oscuros de mi padre atraviesan los míos, pero aprieto los dientes. No puedo decírselo. No lo haré. Sé lo que haría con el dinero. Lo perderíamos todo. Me he esforzado demasiado.

Me acerca más y con la mano libre busco las pinzas que se me han caído.

—Suéltame —gimo, con la voz cargada de rabia y miedo.

—Dímelo.

—Ya no lo tengo. —Cierro los dedos alrededor de las pinzas y me lanzo a por su brazo.

Es más rápido que yo, o tal vez la mala suerte me persigue. Sea como fuere, atrapa la herramienta de hierro y me la arranca de la mano. Cuando me ataca, no tengo escapatoria. Las pinzas son pesadas y me golpean en la parte superior del brazo con suficiente fuerza como para provocarme un hematoma, tal vez incluso un hueso roto. La inercia me lanza hacia un lado y extiendo la mano opuesta en un acto reflejo para detener la caída.

Me agarro al borde de acero caliente de la fragua.

El dolor no llega de inmediato, hasta que de repente me abruma. Es cegador, abrasador y mucho más de lo que puedo soportar. Me golpeo la cabeza en el suelo de tierra del taller y soy consciente de que mi padre me aparta a un lado. No distingo lo que dice porque los latidos del corazón me rugen en los oídos y el sonido que me brota de la garganta es un gemido agónico que no sabía que podía salir de mí.

—Niño estúpido —gruñe, pero también hay una pizca de miedo bajo sus palabras. Entonces pasa los brazos por debajo de los míos y me levanta, medio a rastras. Durante un instante de pánico, creo que va a arrojarme a la fragua, pero en lugar de eso, me arrastra hasta el borde de la casa, donde hay un montón de nieve derretida. Deja que me desplome al lado y me mete la mano en el frío.

Es aún peor. Jadeo, lloro y creo que quiero cortarme la mano. De hecho, tal vez le suplique que lo haga.

Sin embargo, el tiempo pasa, no estoy seguro de cuánto, y mi corazón empieza a ralentizarse. Aún respiro con dificultad y el barro y la nieve me han empapado los pantalones hasta enfriarme la mitad inferior del cuerpo.

Mi padre está de pie junto a mí y la expresión de su rostro es casi idéntica a la del momento en que el carro me aplastó la pierna.

—Te pondrás bien —dice, como si quisiera convencerse a sí mismo—. Se curará. Quedarás como nuevo.

Eso nunca pasa. Lo sé mejor que nadie.

Trago saliva y me aparto el pelo de los ojos con la mano buena. Los mechones están empapados de lágrimas.

Me aterra mirarme la mano herida.

—Dímelo —dice.

Tampoco quiero mirarlo a él.

—Jax. —Tiene la respiración agitada y no sé si siente miedo por lo que ha pasado o si se le ha ocurrido algo peor para obligarme a decir la verdad—. Dime dónde está.

Duele demasiado. Mis pensamientos están dispersos y revestidos de agonía.

—Debajo de mi cama —confieso, con la voz pesada.

Se retira.

—La próxima vez, entrégamelo a mí. ¿Entendido, chico? Me das el dinero. Tal vez esto te enseñe a ser sincero. —Se desata los lazos del delantal de cuero y entra en casa. La puerta se cierra a sus espaldas.

Todas las monedas, todos los riesgos que he corrido, y se va a quedar con todo. Me duele casi más que la mano.

Bueno. Más bien no.

Por fin reúno el valor para mirar los daños. La piel que me cruza el centro de la palma es una línea recta de ampollas, de un

93

rojo tan oscuro que casi es marrón. Tres dedos están iguales. No puedo cerrar la mano del todo. Apenas puedo moverla.

No podré agarrar un martillo ni unas pinzas hasta que se cure. Ni una muleta.

Respiro entre jadeos. Tengo que levantarme del barro. Tengo que pensar qué hacer.

No hay nada que hacer. Nada. Apoyo la mano buena en la nieve y me pongo de rodillas, luego me arrastro de vuelta al interior del taller, donde consigo subirme a uno de los taburetes.

Si hay algo en todo esto que puede considerarse suerte, es que la mano herida sea la izquierda, por lo que todavía puedo usar una muleta. Seré más lento, pero nunca he sido precisamente rápido.

Me duele toda la mano y no consigo pensar. La aprieto contra el cuerpo, como si acunarla fuera a aliviarme el dolor. Por primera vez en la vida, me dan ganas de preguntarle a mi padre dónde conseguir los mejores licores, porque haría cualquier cosa para detener esta agonía pulsante.

¿Cuánto tiempo tardará en curarse? Lo más probable es que lleve semanas. Tal vez meses.

¿Llegará a curarse?

Ahora nunca podré saldar la deuda a tiempo.

Pienso en la estancia de lord Tycho en el taller. La forma en que dijo: *Te ofrecería piedad.*

Dicen que al otro lado de la montaña, en Emberfall, creen en el destino. En este momento, quisiera rogarle al destino que lo trajera de vuelta.

No ocurre nada. Porque, por supuesto, si el destino existe, se está burlando de mí.

Agacho la cara para secarme las últimas lágrimas en el hombro de la capa. Entonces, me llega el sonido de unos casco en el camino. Se me corta la respiración, lo cual es ridículo. Tengo las piernas medio congeladas de estar arrodillado en el lodo y el barro y la mano todavía me arde, pero por un segundo salvaje y loco, no me importa. Confesaré mis crímenes y él me sacará de aquí. A estas alturas ni siquiera me importa si termino en la cárcel; al menos será mejor que la horrible desgracia que me persigue día tras día.

Pero entonces veo el caballo y no es un alazán oscuro con una raya torcida en la cara, es un capón de color castaño rojizo.

Lord Alek.

Cómo no. Gracias, destino.

Al menos no me ha encontrado tirado en el barro. Escondo la mano herida detrás de la correa de cuero del delantal, porque después de la forma en que me tiró las monedas al fango, no quiero darle más excusas para que se porte como un imbécil.

El caballo se detiene en el barro.

—Parece que has cumplido con tu palabra —dice.

—Suelo hacerlo. —Mi voz sigue algo quebrada y trato de respirar despacio.

No sé dónde ha ido mi padre, pero ahora mismo no sabría decidir si prefiero que se haya largado a buscar a alguien a quien comprarle una jarra de cerveza o si sería mejor que apareciera para recibir el mensaje de lord Alek y que así yo no tuviera que implicarme más.

—Tengo otro mensaje para que lo guardes —dice—. Lady Karyl vendrá a buscarlo en tres días.

Debería exigir más dinero. Debería preguntar por el contenido de las cartas. Debería hacer algo.

Solo pienso en el dolor de la mano. Oigo mi respiración agitada.

—De acuerdo —digo.

Lord Alek me extiende el pergamino doblado. No se apea del caballo y está al menos a tres metros de distancia.

Me equivoqué. Esto es peor que pescar monedas en la nieve.

Encuentro una de mis muletas en el suelo junto a la mesa del taller y me la coloco bajo el brazo derecho, luego hago palanca para levantarme. Siento náuseas y es muy probable que termine por vomitar en la nieve. Todo en este hombre me asquea, desde la forma en que me mira desde arriba hasta las huellas casuales de riqueza y prosperidad que parecen una burla de todo lo que me falta.

Cuando llego a su lado, tengo que extender la mano herida, porque la alternativa es soltar la muleta. Tomo con cuidado el pergamino usando las puntas de los dedos, pero me provoca una sacudida de dolor de todos modos. Me lo guardo en el bolsillo.

Me escudriña; sus ojos penetrantes me estudian la cara.

—No tienes buen aspecto.

—Estoy bien.

Echo un vistazo a la espada que lleva en la cintura y me pregunto si estaré a punto de jugarme el cuello. Me pregunto si importaría. Si no reemplazo el dinero que mi padre me ha quitado, más me valdría empalarme en una espada.

Respiro hondo.

—Guardar un mensaje durante tres días es más peligroso que hacerlo durante unas horas.

Entrecierra los ojos. Aprieto la muleta con los dedos.

—Ha visto por sí mismo al mensajero del rey en Briarlock —añado.

—¿Qué es lo que pretendes?

—Diez monedas de plata por día —digo.

Me mira como si acabase de pedirle que se tragase un carbón encendido.

—¡Diez monedas! —sisea—. Desgraciado avaricioso…

—Además de las veinte por entregar el mensaje.

—Debería matarte ahora mismo. Dudo de que le fuera a importar a alguien.

—Podría. Y seguramente tendría razón.

No dice nada. No digo nada. No tengo nada que perder.

Al cabo de un rato, soporto la agonía de volver a sacarme el pergamino del bolsillo.

—Tenga. Búsquese a otro para que participe en sus actos de traición.

—Debería matarte. —Acerca la mano a la espada—. Los Buscadores de la Verdad no actúan contra la reina. Queremos protegerla del daño que la magia causará en Syhl Shallow. No has visto la destrucción que ha provocado en Emberfall, cómo su rey se sirvió de su poder para alzarse desde la nada y reclamar el trono. No sabes cómo comparte sus dones con su círculo cercano, solo para su beneficio. No viste el monstruo que creó ni sabes cómo masacró a la gente como si nada en el Alzamiento.

Me quedo muy quieto. Sí que lo sé.

Se da cuenta de cómo me cambia la expresión, porque se acomoda de nuevo en la silla de montar.

—Si crees que lo que hacemos aquí es negociar dinero a cambio de traición, eso dice más de ti que de mí.

No me gusta cómo me hacen sentir las palabras.

Pero sigo necesitando dinero.

—Cincuenta monedas de plata —digo por fin. Una parte de mí espera que se niegue. Que esto acabe—. Cincuenta o llévese su mensaje.

Me mira fijamente y, al igual que el día en que lady Karyl me entregó la primera nota, me doy cuenta de que lo que contiene el pergamino debe de ser muy importante. Pasé el primer mensaje y no dije ni una palabra al respecto; seguramente eso haga que suponga menos riesgo usarme a mí que encontrar a alguien nuevo.

—Bien —dice—. La mitad ahora. Lady Karyl te pagará el resto cuando regrese.

Vuelvo a guardarme el mensaje en el bolsillo mientras él abre la bolsa que lleva en la cintura y cuenta veinticinco monedas de plata con mucho detenimiento.

Esta vez, no me sorprendo cuando las arroja al suelo.

# CAPÍTULO 9
# CALLYN

Cuando era niña, soñaba con la magia. Jax y yo leíamos los libros de mi madre e imaginábamos que conjurábamos fuego o enterrábamos vivos a nuestros enemigos. Imaginábamos a los scravers alados de Iishellasa y debatíamos sobre si serían temibles o hermosos. Se rumoreaba que controlaban el viento y una de nuestras historias favoritas contaba que un scraver invocó hielo suficiente del río Congelado para amurallar el bosque durante cien años; así fue como los bosques de Iishellasa recibieron su nombre. Me quedaba mirando las estrellas y fantaseaba con cómo sería poseer un poder así, cómo sería tenerlo en la punta de los dedos.

Estos recuerdos hacen que me sienta una traidora con mis padres. Ese tipo de poder no trae más que dolor.

Madre nunca se opuso a la magia de forma directa, porque nunca la había habido en Syhl Shallow hasta la llegada del rey. Tal vez en el pasado, hace muchos años, pero no durante mi vida. Los libros hablan de un tratado que obligó a los scravers a abandonar Syhl Shallow y he oído bastantes rumores sobre que el rey tenía a uno encadenado. A mi madre solo le importaba servir a la reina: ser una buena soldado y criar hijas fuertes. A mi padre le importaba servir a su mujer. Era un marido devoto y un padre cariñoso. Sin embargo, cuando ella murió, buscó un nuevo recipiente para toda esa devoción. Encontró a los Buscadores de la Verdad.

No dejo de mirar por la puerta y la ventana, con la esperanza de que Jax aparezca. Han pasado tres días desde que le entregó el mensaje a lord Alek, tres días desde que llegó por el camino nevado con el cuello de la camisa empapado de sangre suficiente como para que Nora se pusiera pálida al verlo. Desde entonces, el chasquido del acero contra el acero ha resonado en la fragua desde el amanecer hasta el anochecer, mientras Nora y yo horneamos, guisamos y peleamos, sin pensar siquiera en descansar.

Hasta hoy. Nora no se ha callado desde el amanecer, pero la forja se sumió de repente en el silencio al mediodía.

Normalmente, el único momento en el que la herrería está en silencio es cuando Jax está aquí sentado hablando conmigo.

—¿A quién esperas? —pregunta Nora. Amasamos juntas en la mesa, porque los panes y los panecillos siempre se venden mejor con este tiempo lúgubre. Casi toda la nieve se ha derretido, pero el cielo sigue nublado y tiene a Briarlock atrapado en las garras de un frío húmedo que tardará meses en irse. El patio es un desastre embarrado y, cuando saqué a May y a las cabras al pequeño prado, incluso los animales parecían mostrarse dudosos por el tiempo.

He preparado otra olla de estofado para tener también empanadas de carne a la hora de la cena.

—A Jax —digo—. Hace horas que no oigo la forja.

Lord Alek tenía que volver hoy. No logro librarme de la sensación de haberlo visto antes. Sin embargo, soy incapaz de imaginar dónde. Sigo pensando en las heridas de Jax y me pregunto si esta vez le habrá hecho algo peor.

Sabía que era un error. No dejo de escuchar la voz tranquila de Jax: *Eres mi mejor amiga*.

En cuanto deje los panes reposando para que la levadura suba, tal vez recorra el camino para ir a ver cómo está.

—Ahí está —canturrea Nora y levanto la cabeza como un resorte. Tiene razón. Al otro lado de la ventana, Jax avanza por el camino, con una sola muleta, lo que no es habitual. Aparto la pila de masa y corro hasta la puerta.

—¿Estás bien? —grito.

—Ayúdame a entrar —responde y eso me pone aún más nerviosa. Jax nunca pide ayuda.

Me limpio las manos en la falda y corro por el barro hasta llegar a su lado. Me pasa un brazo por encima de los hombros. Tiene las mejillas cubiertas de hollín, pero el sudor le ha dibujado varias líneas. O las lágrimas, pero eso no sería propio de Jax.

—El camino se hace mucho más largo con una sola muleta —dice y su voz suena más áspera y gastada que de costumbre.

—¿Qué le ha pasado a la otra? —pregunto.

Duda.

—Me he hecho daño en la mano.

Hago una pausa y trato de mirar la extremidad que cuelga sin fuerzas sobre mi hombro, pero tira de mí.

—Vamos —dice—. Necesito sentarme.

Cuando entramos en la panadería, se deja caer en un taburete al lado de donde Nora está amasando. Sin ceremonias, apoya la mano en la mesa y abre los dedos despacio.

—¡Ah! —grita Nora—. La próxima vez, avisa.

Le doy un golpe en el brazo.

—Jax —jadeo. Se ha labrado más de una docena de pequeñas cicatrices trabajando en la forja, pero nada parecido a esto. Tiene la palma de un color rojo intenso, con ampollas ennegrecidas en los bordes. También se le han quemado algunos dedos—. ¿Qué te ha pasado?

—Mi padre y yo nos hemos peleado. Me agarré a la fragua por accidente. —Está un poco pálido—. El año pasado te quemaste con el horno. Esperaba que tuvieras algo para tratar la herida.

La quemadura del horno apenas me había dejado una raya a lo largo del lateral de la muñeca, tras haberme acercado demasiado a las rejillas calientes. Desapareció casi del todo en solo un día. No tenía nada que ver con esto.

—Tengo un poco de bálsamo —digo con decisión, porque ha venido en busca de soluciones y no quiero decepcionarlo. De lo contrario, iré a por el hacha y saldré a buscar a su padre—. También tengo muselina. Deberíamos vendártela.

Asiente.

Traigo las provisiones junto con un cuenco de agua fría. Cuando intento meterle la mano, hace una mueca y se aparta.

—Hay que limpiarla, Jax —digo—. Tienes hollín por todas partes.

Le rodeo la muñeca con la mano y, después de unos instantes, me permite sumergirla en el cuenco. Maldice y le lloran los ojos, y vuelvo a valorar las huellas de sus mejillas.

—Nora, necesitaremos huevos frescos para la siguiente hornada. Mientras ayudo a Jax, ¿te importa ir a recoger más del gallinero?

—¡Las gallinas me odian! Siempre me picotean las muñecas.

Es verdad, pero también me picotean a mí. Tomo aire para decírselo, pero Jax la mira.

—Por favor, Nora —dice.

Tal vez sea porque no es su hermano, o tal vez se haya dado cuenta del susurro de dolor que le envuelve la voz, pero, sea lo que fuere, cierra la boca y asiente.

Después de que se va, la panadería se sume en un silencio absoluto en el que oigo la respiración de Jax, un poco acelerada y con un ligero temblor en cada exhalación.

Rompo un cuadrado de muselina, lo sumerjo en el agua y se lo pongo en la cara. Levanta la mirada en busca de la mía con sorpresa, pero no se aparta.

—Estás hecho un desastre —digo.

—Lord Alek ha vuelto —dice en voz baja.

Inhalo con fuerza y le miro la mano.

—¿Ha sido él? Sabía que tenía que haber pasado…

—No. Te lo he dicho. Me agarré a la fragua.

Todavía me cuesta creerlo, pero Jax nunca me ha mentido.

—¿Lo habías visto antes?

—El día que vino aquí —dice y luego hace una mueca de dolor.

—No, quiero decir antes de eso.

—No. —Sus ojos buscan los míos—. ¿Por qué?

Dudo. La respuesta parece acariciar los márgenes de mi conciencia, pero no consigo alcanzarla.

—No lo sé. Algo en él me resulta familiar.

—A mí no. —Hace una pausa—. Ha aceptado pagarme cincuenta monedas de plata esta vez.

—¡Cincuenta! —Habrá consecuencias por pedir tal cantidad de dinero y sé que solo lo ha hecho para poder ayudarme también. Me dan ganas de devolverle lo que ya me ha dado.

Jax asiente y luego traga.

—Necesito que las guardes aquí. —Se le entrecorta la voz—. He tenido que pedir más. Mi padre me quitó el resto.

Le limpio otra línea de suciedad de la mejilla mientras le sostengo la mirada. Todo en esta situación es arriesgado y me da mala espina.

—¿Qué contienen esas cartas?

—No lo sé. —Jax se saca el pergamino doblado del bolsillo y lo arroja sobre la mesa entre los dos—. Incluso si pudiera abrirlo, no creo que fuera capaz de recrear el detalle para sellarlo de nuevo.

Estudio el amplio círculo de cera, con remolinos del verde y el negro de Syhl Shallow. Representa una cabeza de caballo, una espada y varias estrellas más profundas entrelazadas, rodeadas por delicados lazos de plata. Es tan intrincado que tiene que ser el emblema de alguna Casa, pero no tengo ni idea de cuál. ¿O tal vez sea algo exclusivo de los Buscadores de la Verdad? No lo sé.

Suspira con disgusto.

—Si tuviera bien la mano, podría intentar forjar algo parecido, pero ahora… —Se le corta la voz.

Vuelvo a sumergir la muselina en el agua. Aparto la mirada de los daños de su mano, más evidentes después de haberlos limpiado.

—¿Quieres saber lo que dice? —pregunto en voz baja.

—Quiero saber qué vale cincuenta monedas de plata solo por guardarlo unos días. —Se calla un segundo—. Lo acusé de traición y me respondió que intentaban proteger a la reina de la magia…

—¿Acusaste a ese hombre de traición? —Cada vez estoy más convencida de que va a terminar sin cabeza. Le miro la garganta, pero solo le quedan unas ligeras marcas de lo de hace unos días.

—Sí. Y lord Alek me dijo que el rey tenía relación con el monstruo que masacró a los soldados de Syhl Shallow. Que se apoderó del trono sirviéndose de la magia. Que los Buscadores de la Verdad tratan de proteger a la reina.

Me paralizo, pero solo por un momento. Mi madre formó parte de esa matanza.

Vuelvo a mirar el pergamino doblado. Luego su mano.

Lo miro a la cara otra vez.

Sus ojos de color avellana están llenos de sombras. Ninguna opción parece correcta.

Le acerco de nuevo la muselina a la mejilla.

Jax se aparta.

—Cal. Para. Estoy bien.

—Ah. Estás bien. Pensaba que a lo mejor estarías sufriendo. —Le saco la mano destrozada del agua. Sisea entre dientes, pero lo ignoro, le sujeto la muñeca con firmeza y seco el agua.

—Eres una amiga terrible —murmura.

El dolor palpable en su voz hace que afloje un poco. Abro el frasco de pomada y estudio la herida.

—¿Cómo te has hecho esto?

—Me agarré a…

—Ya he oído esa parte. ¿Por qué os estabais peleando?

No dice nada.

Cuando levanto la vista, las sombras en sus ojos parecen haberse multiplicado. Aprieta la mandíbula.

—Fue culpa mía —dice.

A veces no sé si debo abrazarlo o si tendría que sacudirlo. Lo más seguro es que no aceptara ninguna de las dos cosas. Le pongo el ungüento en la herida y se le vuelve a cortar la respiración. Está tan tenso que se le marcan los tendones del antebrazo.

—¿Crees en lo que dijo lord Alek? —pregunto en voz baja—. ¿Crees que los Buscadores de la Verdad quieren proteger a la reina?

—No lo sé. —Se lleva la mano buena al bolsillo y después un puñado de monedas tintinea en la mesa—. Creo que esto nos hace falta si queremos salvar nuestras casas. La reina no va a aparecer para ofrecernos un indulto.

Los ojos de Jax atraviesan los míos y asiento.

La puerta de la panadería se abre de golpe, las campanillas suenan y los dos damos un buen salto. Casi vuelco el cuenco de agua. La mitad de las monedas cae al suelo.

—No pasa nada —murmura Jax, pero ya se ha guardado el pergamino en el bolsillo—. Solo es Nora.

Parlotea mientras entra por la puerta con una cesta en un brazo.

—Las gallinas odian el frío. No dejan de picotearme las muñecas. Apenas he conseguido llevarme tres, aunque parezca imposible.

Por favor.

—Deja de hablar de las gallinas, Nora...

Me callo y se me corta la respiración. No está hablando conmigo. Está hablando con el joven que entra detrás de ella.

Lord Tycho.

Jax maldice en voz baja y empieza a barrer las monedas en un montón. Debe de golpearse la mano herida porque suelta un corto jadeo y vuelve a maldecir. Una mancha de sudor le brota en la frente.

Me coloco delante de él para bloquearle la vista a lord Tycho.

—Mi señor —digo y trato de sonar despreocupada, aunque es más probable que parezca que estoy a punto de cometer un crimen—. Bienvenido.

—Cally-cal se iba a poner a hacer empanadas de carne —parlotea Nora, sin reparar en la tensión del ambiente—. ¡Y hemos hecho pasteles frescos esta misma mañana! Hace los mejores de Briarlock.

Sus ojos marrones recorren el suelo, salpicado de plata, y luego se encuentran con los míos.

—¿De verdad? —dice.

—Sí. —Asiento como una tonta y niego con la cabeza cuando me doy cuenta de lo que acabo de afirmar—. O sea… No. No son los mejores. Nos ha asustado. Estábamos contando la recaudación del día.

—¡Por los cielos! —grazna Nora—. ¡Mira cuánto dinero! ¿Tanto hemos ganado hoy? Pensaba que solo habíamos vendido unos pocos panes esta mañana.

—Quedaba algo de ayer. —Me arrodillo para recoger las monedas. Siento las mejillas en llamas. Tengo que tranquilizarme—. No sé bien cuánto.

Varias monedas han caído cerca de las botas de lord Tycho, que se inclina para recogerlas. Contengo la respiración cuando las mira, como si supiera de dónde han salido. Pero se endereza y me tiende la mano.

Por un instante no me muevo, como si fuera a absolvernos a ambos de la culpa al negarme a tocar el dinero.

—Ten —dice—. Son tuyas.

Se las quito de la mano con un movimiento rápido.

—Eh… Gracias.

Me guardo las monedas en un bolsillo del delantal.

Luego no sé qué decir.

Tengo que hacer algo. Ofrecerle algo. Preguntarle algo. Tengo la boca tan seca como un saco de harina. De todas las personas que podrían entrar en la panadería justo ahora, es la más aterradora de todas. Tal vez lord Alek haya amenazado a Jax, pero lord Tycho podría enviarnos directamente a la horca.

Nos mira a ambos. Jax apoya casi todo su peso en la mesa de trabajo y se aprieta la mano herida contra el vientre. Lord Tycho entrecierra un poco los ojos.

—Tengo la sensación de que he vuelto a interrumpir algo.

Jax intenta enderezarse.

—No, mi señor. —Su tono suena bajo e inseguro, debilitado por el dolor—. Nos hemos sorprendido al verlo.

—Me envían de vuelta a Emberfall —dice—. He parado en Briarlock para comprobar si lord Alek se había quedado.

Al menos a esto puedo responder con sinceridad. El corazón me sigue martilleando.

—No lo he visto, mi señor. No desde el día en que ambos vinieron a buscar a un herrero.

Jax guarda silencio por un momento, pero añade:

—No vemos a muchos miembros de la nobleza por aquí.

Lord Tycho lo mira con más detenimiento.

—¿Qué te ha pasado en el brazo?

Jax se aprieta más la mano contra el cuerpo, pero debe de dolerle, porque se le escapa un jadeo.

—Me he quemado con la fragua. —Respira entre dientes y me mira—. Cal estaba a punto de curarme.

—¡Sí! —digo y recojo el sedal que Jax me ha ofrecido—. Nora se ocupará de envolverle lo que quiera de la panadería, mi señor. Me llevaré a Jax al almacén…

—¿Es una quemadura grave? —Lord Tycho se acerca un paso más—. ¿Puedo verla?

—Da mucho asco —dice Nora y la pellizco en el brazo—. ¡Es verdad! —protesta.

Lord Tycho la mira.

—No soy aprensivo. —Vuelve a mirar a Jax—. Una mano quemada no será lo peor que haya visto.

Jax le devuelve la mirada y en sus ojos brilla un desafío que suele significar que está a punto de buscarse un problema. Un mechón de pelo se ha soltado de la coleta de la nuca y le cae sobre la cara, y sus pupilas parecen haberse oscurecido. Sin embargo, traga y extiende la mano.

Ahora está limpia por el agua y tiene aún peor pinta. No está manchada de hollín, pero la quemadura le cruza por toda la palma, hasta el músculo. La piel huele mal y las puntas de los dedos están ampolladas.

Dos de los dedos están algo amoratados.

No sé cómo no está sollozando sin consuelo. Tengo ganas de llorar y solo lo estoy mirando.

—¿Quién te ha hecho esto? —pregunta lord Tycho, con la voz muy calmada.

—Ha sido un accidente. —Jax duda—. Me agarré a la fragua.

El hombre levanta la mirada.

—Jamás he conocido a un herrero que se agarre a una fragua.

Hay una nota alarmante en la forma en que lo dice. Como si supiera que hay algo que no le estamos diciendo. Miro de nuevo sus armas y la insignia real que lleva sobre el corazón.

Miro a Jax. No puedo evitarlo. No sé si en verdad ha sido cosa de Alek o si su padre ha sido tan cruel como siempre, pero sé que mi amigo no va a decir ni una palabra en ninguno de los casos.

Pero entonces Nora susurra:

—Ha sido su padre.

—¡Nora! —Jax y yo gritamos a la vez.

Parece afligida.

—¡Es verdad! Trata fatal a Jax y todo el mundo lo sabe. Tú misma has dicho que…

—¡Cállate! —Alargo la mano para pellizcarla otra vez—. No es asunto tuyo.

—Ha sido un accidente —repite Jax con la voz tensa—. Una discusión. Perdí el equilibrio. Eso es todo. —Respira con dificultad—. Mire todo lo que quiera, mi señor.

Lo dice con sorna, pero lord Tycho extiende la mano y le agarra la muñeca de todos modos. Jax se sacude como si le hubiera pinchado.

—Tranquilo —dice lord Tycho, en un tono bajo y calmado—. No te haré daño.

Cuando Jax no se aparta, acerca la mano libre para estirarle los dedos ampollados. A Jax se le corta la respiración.

—No pasa nada —dice Jax, pero el temblor de su voz casi imperceptible indica lo contrario—. Cal me la vendará.

Una nueva mancha de sudor le empapa la frente.

—Tardará semanas en curarse —dice lord Tycho—. ¿Puedes permitirte no trabajar durante semanas?

Jax se pone tenso.

—Me las arreglaré —dice—. No todos pertenecemos a una Casa Real de la Ciudad de Cristal, mi señor.

Me dan ganas de pellizcarlo, pero lord Tycho no se muestra ofendido. Levanta las comisuras de la boca en una media sonrisa.

—Bueno, tampoco yo. ¿Aquí teméis a la magia?

En un acto reflejo, me agarro el colgante que llevo bajo la blusa.

—Todo el mundo teme a la magia —susurro.

Lord Tycho nos mira a Jax y a mí.

—¿Lo harías si te dijera que puedo curarte la mano?

Lo dice con despreocupación, pero me paralizo en el sitio. No sé si debería reírme en su cara o alejar a Nora de su lado.

Jax se burla.

—¿Qué importa? Aquí no hay magia.

No sé si pretende sonar valiente o pendenciero, pero a lord Tycho se le enciende la mirada como si le hubieran planteado un reto.

—Hay un poco —dice.

Entonces presiona los dedos justo en el centro de la quemadura.

Jax maldice y se aparta hacia atrás, pero el noble no lo suelta. Mi amigo no es grande, pero el trabajo en la herrería le ha hecho desarrollar unos músculos decentes. Casi los arrastra a ambos hasta la mesa de amasado.

—Espera —dice lord Tycho, con la voz tensa—. Dame un momento.

—¡Basta! —grito. No sé si es magia o una agresión, pero saco un cuchillo del bloque con una mano y agarro una pesada sartén de acero con la otra—. ¡Suéltelo!

Nora grita.

—¡Cally-cal!

De forma igual de repentina, Jax deja de resistirse.

—Cal, para. —Respira con dificultad y tiene los ojos abiertos de par en par y dilatados como los de un caballo encabritado, pero lord Tycho lo suelta y retrocede. Jax se agarra con fuerza al borde de la mesa.

Me quedo donde estoy, con un cuchillo en una mano y una sartén en la otra. No estoy lista para soltarlos. No hasta que sepa lo que acaba de pasar. Miro con recelo a lord Tycho y luego a Jax.

—¿Estás bien? —pregunto con brusquedad.

—Sí. —Su voz suena áspera y también cautelosa—. Tal vez. No lo sé.

Lord Tycho lleva armas suficientes para destriparnos a los tres, pero levanta las manos.

—Callyn —dice con calma—. No le he hecho daño.

Nora corre a agarrar la muñeca de Jax y examina la piel de la palma.

—¡Ya no está! —dice con asombro—. Jax, ya no está.

Miro. No puedo evitarlo. La herida ha desaparecido.

Magia. Siento que me quedo sin aire.

—¿Qué más sabe hacer? —dice Nora, con los ojos tan abiertos y la voz tan baja que no sé si está fascinada o aterrorizada. Tal vez ambas cosas. Suelta la mano de Jax y da un paso adelante—. ¿Derretir la piel de los huesos de una persona? ¿Encender fuego con los ojos? ¿Puede…?

—Nora. —Tengo que sujetar a mi hermana para que no se acerque—. Es un forjador de magia —acuso.

—No —dice lord Tycho—. El rey es el único forjador auténtico. Mis anillos son de acero de Iishellasa. Me permiten tomar prestada su magia.

Sigue con las manos levantadas y veo los anillos, aros de acero oscuro que rodean tres de sus dedos.

No sé qué hacer con esta información. Recuerdo que nuestros libros hablaban de los artefactos mágicos de Iishellasa, pero nunca comprendí que eso significara que cualquiera podría manejar la magia. No tenía ni idea de que algo así fuera posible.

—¿Así que puede hacer lo que quiera con ellos?

—Por supuesto que no. —Hace una pausa—. Suelta el cuchillo. —Otra pausa—. Por favor.

El «por favor» me sobresalta. Es una simple cortesía que no encaja con la magia que acaba de practicar; una cortesía que hace que mi mundo se tambalee, porque él suena tranquilo y razonable, mientras que yo sostengo un arma y… una sartén. Trago saliva y vuelvo a encajar el cuchillo en el bloque, pero mi mano se resiste a soltar la sartén.

—Ha curado a Jax —protesta Nora, con una nota de esperanza en la voz—. Lo ha curado, Cally-cal. No es como el rey.

Lord Tycho frunce el ceño.

—El rey habría hecho lo mismo.

—Al rey no le importa Briarlock —gruñe Jax. Se aferra a la mesa de amasado para acercarse un paso con un salto—. Debería habernos avisado.

—Lo he intentado.

Jax se suelta de la mesa y le da un empujón en el pecho.

Lord Tycho retrocede, sorprendido. Su mirada se oscurece. Ya no levanta las manos.

—¡Jax! —Dejo caer la sartén al suelto y agarro a mi amigo del brazo antes de que haga algo peor—. Es el mensajero del rey —siseo—. Vas a terminar en la horca. —Pienso en los anillos y en lo que le pasó a mi padre. Se me acelera el corazón—. O algo peor.

Pero Lord Tycho me sorprende.

—No por orden mía —dice con seguridad—. Di lo que quieras decir.

—No necesito su compasión —dice Jax. Su brazo está tenso bajo mi mano, casi rígido bajo mis dedos.

—No es compasión. No habrías podido trabajar durante meses. Tal vez nunca.

Jax flexiona la mano, donde no queda ninguna marca de la quemadura que tenía hace unos minutos. Ni siquiera yo logro evitar el destello de asombro que atraviesa mi miedo. Le he visto las ampollas, la piel rota.

—Bien —dice Jax en un tono sombrío—. No ha sido compasión. Ha sido un señorito rico que estaba de paso por un pequeño pueblo y ha decidido arrojar unas migajas de generosidad a la pobre gente de Briarlock. Tal vez nuestros impuestos paguen por una vida fácil en la Ciudad de Cristal, donde uno puede tomar prestada la magia del rey para resolver todos sus problemas, pero aquí, lo único que ha hecho es recordarnos lo que hemos sufrido. Lo que nos falta. —El desdén envuelve su voz—. Así que disculpe, mi señor. Le doy las gracias.

Lord Tycho parece como si hubiera recibido una bofetada. Incluso Nora guarda silencio.

Después de un momento, el noble da un paso atrás. Nos saluda a mi hermana y a mí.

—Callyn. Nora. Tendré que aceptar las empanadas de carne en otro momento. Tengo que cruzar el paso de montaña antes de que anochezca.

Estoy paralizada en el sitio. Han pasado demasiadas cosas. Sin embargo, tras un instante de vacilación, Nora se agarra la falda y me mira antes de ofrecerle una breve reverencia.

—Adiós, mi señor.

El brazo de Jax sigue en tensión bajo mi agarre y no aparta la mirada de lord Tycho.

Tiene las manos cerradas en puños. No dice nada.

Durante un largo y tenso momento, me preocupa que vaya a soltarse. Que empiece una pelea que no va a ganar.

Sin embargo, por fin lord Tycho también le hace un gesto con la cabeza.

—De nada —dice—. Cuídate, Jax.

Luego gira sobre los talones y sale por la puerta.

# CAPÍTULO 10

# TYCHO

C uando se trata de maniobras políticas, al príncipe Rhen nunca le faltan las ideas.

A mi llegada esta mañana, leyó la carta de la reina sobre el Desafío Real; ahora ha repartido libros, mapas y documentos en una mesa de su sala de estrategia y elabora una lista de sugerencias para el rey y la reina. El Castillo de Ironrose es grande, con paredes revestidas de madera, suelos de mármol y elegantes tapices, pero las habitaciones siempre me resultan mucho más agobiantes de lo que estoy acostumbrado en el Palacio de Cristal. En los días que he pasado fuera, han encontrado más cartas entre los envíos en Silvermoon y Blind Hollow, pero cuando las hojeo, son todas iguales: un seguimiento de movimientos escritos en un código simple. Mamá y papá. Madre y padre. Nyssa. No hay amenazas ni advertencias, al menos ninguna que consiga descifrar. De todos modos, no hay suficientes para establecer un patrón.

Lo cierto es que Rhen no me necesita ahora mismo, lo cual no es extraño, sobre todo cuando tiene una tarea que le ocupe los pensamientos. Por lo general, pasaría el tiempo con los guardias reales o cabalgaría hasta Silvermoon para pasear por el mercado. A veces, la princesa Harper me acompaña y disfruto de su compañía, porque me recuerda a su hermano, Jacob.

Hoy, sin embargo, no dejo de darles vueltas a los comentarios de Jax antes de marcharme de Briarlock. Se presentó como un perro apaleado, pero su expresión estaba cargada de rabia cuando me empujó.

*Lo único que ha hecho es recordarnos lo que hemos sufrido. Lo que nos falta.* Sin embargo, hay algo más. Pienso en el momento anterior, cuando me atravesó con la mirada con una desesperación salvaje. Con dolor. Miedo. Vergüenza.

*Tranquilo,* le dije. *No te haré daño.*

Pero entonces, a sus ojos, supongo que se lo hice.

A veces olvido que mi experiencia con la magia es muy diferente a la de los demás. Todo lo que sé lo he aprendido directamente del propio Grey. Nunca me han torturado con magia ni sufrí los ataques del monstruo en el que Rhen se transformaba por la maldición.

Los monstruos que me han torturado han sido siempre humanos.

También olvido que la gente de Syhl Shallow no ve el Alzamiento como un ataque contra la familia real, sino como un incidente que demuestra que la magia del rey es peligrosa. No estaban en el palacio para escuchar los gritos. No vieron cómo se astillaba la madera cuando los manifestantes tiraron abajo las puertas e invadieron las habitaciones privadas, en busca del rey y de la reina, con las armas desenfundadas.

Solo vieron el destello de magia que iluminó el cielo a kilómetros de distancia. Las llamas que recorrieron los pasillos del palacio.

Las mujeres y los hombres que murieron por intentar atacar a un rey que nunca habría querido hacerles daño.

Pienso en cómo la reina rechazó la sugerencia de Grey de usar la magia para ayudarla con el embarazo. Nunca ha rehuido sus poderes. Me pregunto si incluso ella se ha visto afectada por los miedos de su pueblo.

Callyn tenía tanto miedo de la magia que empujó a su hermana tras de sí en la panadería. Llevo estos anillos desde hace años, pero recuerdo la primera vez que encontré las chispas y las estrellas en mi sangre que me permiten usar la magia. Fue algo salvaje y maravilloso, pero no aterrador.

Curé a su amigo y aun así siguió asustada.

Lo odio.

Miro al príncipe Rhen, que garabatea notas en un pergamino. Solo tiene un ojo, porque el otro lo perdió en una batalla con una hechicera. Lleva un parche de cuero sobre la peor de las cicatrices, pero se ha dejado crecer el pelo para cubrirse esa mitad de la cara. Desde el ángulo correcto, ni siquiera se nota.

Tengo más razones para odiarlo que la mayoría, pero no lo hago. Lo que le dije a Noah era verdad; ha sufrido mucho.

Somos las únicas personas en la sala ahora mismo, aparte de los dos guardias apostados frente a la puerta. Tal vez sea parte de la razón por la que las habitaciones aquí me resultan tan silenciosas y sofocantes. En el Palacio de Cristal, siempre hay alguien cerca, dispuesto a jugar una partida de dados, a compartir una comida o a dar un paseo. La pequeña Sinna siempre anda buscando entretenimiento. Pero aquí, aparte de Harper, Rhen no cuenta con un círculo cercano de amigos.

Lia Mara me pidió que le dijera que espera verlo competir en el Desafío, pero no he transmitido esa parte del mensaje. Sé que antes se entrenaba con Grey, pero no lo he visto levantar una espada desde que perdió el ojo. Me pregunto si lo echará de menos. Se vuelca en el trabajo siempre que surge una oportunidad, como ahora, así que diría que sí.

Lo cierto es que dudo de que se diera cuenta si me fuera.

—Si necesitas algo que hacer —dice Rhen sin levantar la vista—, estaré encantado de proporcionarte un pasatiempo mejor que mirarme.

O, tal vez, sí.

—Me vendría bien ocupar el tiempo —digo.

Sonríe, pero más irónico que divertido.

—Eres una de las pocas personas que interpretaría eso como una oferta y no como un reproche.

Me encojo de hombros, sin inmutarme, y agarro una manzana de la bandeja de fruta que hay en el centro de la mesa.

—¿Qué necesitas?

—Nada, de verdad. —Por fin levanta la vista y entrecierra su único ojo—. No eres de los que se quedan de brazos cruzados. ¿Qué te preocupa?

—Nada. —Doy un mordisco a la manzana.

Vuelve a mirar los mapas y dibuja una marca. Sigo comiendo la fruta. Espero que presione, como harían Lia Mara o Noah. Incluso Grey me sacaría las respuestas. Pero Rhen, no. No hay ningún peso expectante en el silencio.

Tal vez por eso hablo.

—La semana pasada, cuando regresé a Syhl Shallow, Piedad perdió una herradura, así que me detuve en un pequeño pueblo para buscar a un herrero. Lo encontré, y también a lord Alek, un miembro de una de las Casas Reales.

Rhen levanta la vista.

—Recuerdo a Alek. Su hermana mayor era mi espía. Encontró los primeros artefactos mágicos en Syhl Shallow.

Asiento.

—Su madre también murió en la primera batalla con Emberfall. —Hago una pausa—. Pero Alek era joven cuando todo eso ocurrió.

—Eso no significa nada. Tú eras un crío cuando asaltaste este castillo con Grey.

Supongo que es cierto.

—¿Y? —incita—. ¿Qué hacía Alek allí?

—No lo sé. —Frunzo el ceño—. No hacía nada malo.

—Si su presencia te parece significativa, tiene que ser por algo. —Hace una pausa—. Te ha molestado en el pasado, ¿no es así? Grey debería haberlo encerrado en la prisión de piedra.

—Puedo con ello. —Alek no es el único miembro de las Casas Reales al que le irrita mi posición como mensajero del rey, pero es el único que no duda en mostrarlo abiertamente.

Rhen resopla.

—Sé que Lia Mara desea gobernar con mano amable, pero si mi hermano y ella no mantienen a los nobles a raya, buscarán cualquier debilidad. Un ataque contra ti es un ataque contra ellos y deberían haber tomado medidas para ponerle remedio.

Cambio el peso de un pie al otro para resistir el impulso de estremecerme. No me gusta cuestionar las acciones de Grey, ni tampoco las de Lia Mara.

—Desde un punto de vista político, es complicado —digo—. Lia Mara cree que Alek es leal a Syhl Shallow, pero no a Grey. Odia la magia y no es el único.

—No tiene nada de complicado. La lealtad a tu país no vale nada si eres desleal a quien lo gobierna.

No tengo ninguna intención de decirle a Lia Mara cómo debe gobernar, sobre todo cuando apenas puede comer y se pasa las noches vomitando. Doy un mordisco a la manzana para no decir nada.

Rhen suspira y acerca uno de los mapas.

—En fin. ¿Así que no tienes ni idea de lo que hacía ese potencial traidor políticamente complicado?

—Dijo que buscaba al herrero. Es bastante inocuo como para que no tenga importancia. Es decir, yo estaba haciendo lo mismo. Grey me pidió que comprobase si seguía allí cuando pasara de camino, pero no estaba. Hablé con mucha gente, pero nadie parecía conocerlo mucho. —Hago una pausa y pienso en Callyn y en Jax, en las monedas esparcidas por el suelo y en la quemadura de la mano del chico.

—Se te ha ocurrido algo —dice Rhen.

—No. ¿Tal vez? El herrero es amigo de la chica que lleva la panadería. También los vi la primera vez, cuando apareció lord Alek. El chico estaba malherido esta vez. Una quemadura debido a la fragua, pero no parecía una herida casual. La vi bien cuando la curé.

*Mire todo lo que quiera, mi señor.*

Callyn estaba asustada, pero Jax se mostró muy descarado. Ahora comprendo que era un disfraz para su propio miedo. Aprendí desde muy temprana edad que los caballos asustadizos a veces

116

necesitan un momento de paz para permitir que se establezca un vínculo de confianza antes de pedirles algo. Las personas no son muy distintas. Lo sé mejor que nadie.

Desearía haberle concedido a Jax ese momento.

La voz de Rhen me saca de mis pensamientos.

—¿La quemadura parecía intencionada?

Asiento y luego frunzo el ceño.

—Dijo que había sido su padre. No me da la sensación de que trabajen con los Buscadores de la Verdad, pero no me saco de la cabeza el hecho de que Alek estuviera allí. Tenían mucho dinero. Más de lo que se esperaría en una panadería pequeña en un pueblo diminuto. ¿Recuerdas que las primeras cartas mencionaban «reunir la plata»? Quizá…

—¿Es Briarlock una ciudad mercantil? —pregunta—. ¿Podría tener relación con los mensajes ocultos en los envíos?

Lo medito.

—Lo dudo. Es un pueblo pequeño rodeado de tierras de cultivo. Un herrero y una panadera no tendrían motivos para hacer envíos de ninguna clase.

—Pero podrían recibirlos —dice Rhen. Se sienta en la silla—. Un herrero recibiría barras de hierro y acero, aunque hay que reconocer que no servirían para ocultar trozos de pergamino. Supongo que saben quién eres. ¿Te parecieron desleales a la Corona?

—Más que traidores, me parecieron gente recelosa de una nobleza lejana. Ya sabes cómo son los rumores y los chismes en esos pueblos. Lo que llega a Emberfall no es más que una parte de lo que se dice en Syhl Shallow.

—¿A qué te refieres?

Me encojo de hombros.

—Hace un mes, oí a una mujer contar en una taberna llena de gente que su primo había visto cómo la magia del rey retorcía a un hombre mientras gritaba. Para entretener a la corte. —Pongo los ojos en blanco. Grey nunca haría algo así.

Rhen suspira.

—Supongo que las historias de benevolencia no atraen a las multitudes.

—He pasado tanto tiempo persiguiendo mensajes contigo que creo que empiezo a mirar a todo el mundo con desconfianza.

—Bien. Es una buena forma de mantenerse vivo.

Me pregunto si estará de broma. No lo parece. Suspiro y le doy otro mordisco a la manzana.

—¿Cuál es una buena forma de mantenerse vivo? —pregunta la princesa Harper cuando entra por la puerta. Lleva unas botas altas con cordones y unos calzones de piel de becerro, con el pelo largo y rizado recogido en la nuca.

Cojea al caminar y sé que tiene problemas de fuerza y equilibrio en el lado izquierdo. Una enfermedad de su mundo que la aqueja desde el nacimiento. También tiene una cicatriz en la mejilla, aunque no es tan grave como la de Rhen. Otro recordatorio de que ninguno ha sobrevivido ileso a las batallas del pasado.

Me levanto cuando entra, pero a Harper no le van las ceremonias y me hace un gesto para que vuelva a sentarme.

—Sospechar de todos —digo, en respuesta a la pregunta.

Se deja caer en la silla junto a Rhen y se inclina para darle un beso en la mejilla. Él le murmura algo al oírlo, demasiado bajo para oírlo, pero suelta un papel para darle un leve apretón en la mano y luego le roza los nudillos con los labios.

Es interesante ver cómo se comportan, en comparación con el afecto abierto de Grey por Lia Mara. El amor de Rhen y Harper siempre resulta delicado y tranquilo, atrapado en los pequeños momentos que comparten. Desvío la mirada, porque tiene algo muy potente, como si estuviera presenciando algo íntimo y privado.

Al mismo tiempo, me pregunto cómo sería confiar así en alguien, permitirme ser vulnerable. Recuerdo la conversación con Noah y los recuerdos de mi infancia empiezan a aflorar. Una vieja y familiar tensión me recorre los hombros.

—No esperaba que volvieras tan pronto —dice Harper y me trae de vuelta.

—Yo tampoco. —Me encojo de hombros—. No me importa viajar y me gusta la idea de la reina de celebrar una competición.

—A mí también —dice Rhen—. Será bueno ofrecerle al pueblo un evento en el que congregarse. —Junta varias hojas de papel—. Pero una competición de tal calibre aquí favorecería demasiado a Emberfall. Deberíamos organizar algunos encuentros preliminares para estrechar el campo de vencedores.

—Como unas semifinales —interviene Harper.

—Exacto. —Vuelve a mirar los mapas—. Creo que debería celebrarse uno en Syhl Shallow y otro en Emberfall. Los competidores podrán participar en ambos. Eso animará a los viajeros a cruzar la frontera y gastar dinero en ambos países, que supongo que es la intención de todo esto. —Señala el mapa—. Aquí. Esto son tierras de cultivo, ¿verdad?

Miro el mapa. La zona que indica está a una hora de camino al norte de Briarlock.

—Sí.

—La Corona podría alquilar el terreno durante los meses de verano y organizar una competición. —Señala una zona cercana al castillo—. También podemos organizar otra aquí. Sería muy accesible, sobre todo con la proximidad del puerto. Lo incluiré en la carta de respuesta para Grey. —Escribe una nota—. La final podría celebrarse aquí a finales de otoño, antes de que las nieves bloqueasen el paso de la montaña.

Me pregunto si Lia Mara querrá viajar a finales de otoño, pero asiento.

—Se lo haré saber en cuanto vuelva.

Tal vez Rhen haya notado algo en mi tono, porque levanta la vista.

—¿Te ha pedido Grey que regresaras pronto?

Niego con la cabeza.

—No. Pero la última vez pasé tanto tiempo aquí que Lia Mara empezó a suponer que tenía un romance clandestino. Me gustaría evitar más teorías similares si fuera posible.

Harper ríe.

—¿De verdad? ¿Con quién? ¿Con la guardia real?

Sonrío.

—Bueno, Noah piensa todo lo contrario. Cree que…

Me interrumpo al recordar lo que dijo exactamente y cómo me comparó con el príncipe.

Rhen levanta la vista, por supuesto.

—¿Qué cree Noah?

Pierdo la sonrisa.

—Dice que me sirvo de mi puesto como medio para mantenerme alejado de la gente. —Hago una pausa—. Dio a entender que tú haces lo mismo.

—¿Noah cree que me alejo de la gente? —Rhen endereza la espalda—. Harper, ¿crees que eso es cierto?

—Veamos. Pasaste como un millón de años atrapado por una maldición, durante los cuales permaneciste en este castillo sin nadie más que Grey como compañía. A ver, déjame que piense…

—Suficiente.

—Ajá. —Harper sonríe y se toca el labio con un dedo—. Es un auténtico misterio.

Suspira, pero toma su mano y le besa los nudillos otra vez.

—Terminaré la carta esta noche —me dice—. Eres libre de volver mañana, si quieres. —Hace una pausa—. Pero creo que deberías hacer otra cosa. —Acerca el mapa y señala las ciudades que están cerca del camino de vuelta a Syhl Shallow—. Hay torneos en Kalmery, Blind Hollow, Wildthorne Valley y Gaulter. Pasa una noche en cada uno. Asiste al torneo. Gasta algunas monedas. Corre la voz de lo que se está planeando. Observa cómo recibe la noticia la gente para informar de lo que veas a Lia Mara y a Grey.

Asiento, ansioso por tener una tarea. Ansioso por tener un plan. Tal vez me parezca más a Rhen de lo que pienso.

—Sí, alteza —digo—. Como desees.

# CAPÍTULO II

# JAX

Apenas he visto a Callyn en días. La herrería, como siempre, ha estado muy ocupada, y no me ha importado pasar inadvertido y trabajar. Mi padre ha estado más tiempo en el taller conmigo, pero no tengo nada que decirle. Está claro que él tampoco tiene nada que decirme y no sé si se siente culpable por lo ocurrido o si sigue enfadado por las monedas que le «escondía». En cualquier caso, las conversaciones se limitan a gruñidos evasivos y a la petición ocasional de alguna herramienta. Cualquier destello de esperanza se ha extinguido por completo después de lo que hizo. No queda ni una brasa.

Durante los primeros días, mantuve la mano vendada, porque no sabía qué decir sobre lord Tycho y lo que hizo. Todavía no estoy del todo seguro de lo que siento al respecto, por lo que sin duda no estoy preparado para escuchar las opiniones de mi padre. Sin embargo, después de la magia curativa, la piel quedó fresca y nueva, por lo que el trabajo en la forja me ha provocado nuevos callos en la palma que han ido reventando. No es ni de lejos tan doloroso como una quemadura, pero la piel enrojecida y ampollada debe parecerse bastante, porque mi padre no ha comentado nada al respecto. Si le sorprende que esté trabajando, no lo demuestra.

*Como nuevo.* Ni hablar.

Aunque la presencia de mi padre acelera nuestro ritmo de trabajo, tiene la desventaja de que se queda con las monedas cuando toca que nos paguen. Monedas que no vuelvo a ver. Me había acostumbrado a sus frecuentes ausencias, pero ahora me preocupa que esté aquí cuando lady Karyl vuelva por el mensaje y que se quede también con ese dinero.

Ya han pasado los tres días y la preocupación me retuerce las entrañas.

Estoy terminando la última hoja de una trilladora cuando mi padre tose y dice:

—Esa chica debería haberse alistado hace años. —Escupe al suelo—. ¿Qué hace todavía aquí?

Levanto la vista y veo a Callyn avanzando por el camino, con una cesta en el brazo.

—Cuidar de su hermana —digo.

—Su padre era un buen hombre. —Saca un trozo de acero de la fragua y lo golpea en el yunque.

*Su padre participó en un ataque al palacio.* Pero no lo digo. Vuelvo a recordar que por lo visto mi padre estaba involucrado con los Buscadores de la Verdad. Y ahora yo le he tomado el relevo. Así que no soy nadie para criticar.

—No le habría gustado que se quedara aquí —continúa—. Una pensión militar le vendría mucho mejor a su hermana. De eso tú no tienes ni idea, claro.

Estoy tan acostumbrado a sus indirectas que no me molesto ni en mostrarme irritado.

—Supongo que no.

Cal entra en el patio. La nieve se ha derretido, pero todavía hace frío y lleva una capa sobre los hombros. Suele recogerse el pelo en una trenza enroscada en la nuca, pero hoy lo lleva suelto y sin atar, y los rizos de color castaño claro le caen por la espalda. Recuerdo cómo agarró el cuchillo y una sartén para defenderme. Es lo bastante fuerte y capaz como para ser soldado, pero siempre se la ve en paz cuando está en la panadería, con las manos enterradas en la masa.

O tal vez lo pienso porque Cal es mi única amiga y la idea de que se marche de Briarlock me resulta insoportable.

Entra en el taller, así que dejo la plancha a un lado y me agarro a una cuerda para ponerme en pie.

—Hola, Cal.

Me devuelve el saludo.

—No hace falta que pares. No voy a quedarme mucho. Nora ha duplicado la tanda de pasteles de esta mañana «por accidente», así que se me ha ocurrido traerte algunos. —Echa una mirada a mi padre y deja la cesta en la mesa. Se le enfría la voz—. Maestro Ellis.

Si lo ha notado, ignora su tono.

—Callyn. —Termina la pieza con la que estaba y la tira sobre la mesa—. Jax está trabajando —dice.

Como si fuera yo el que se pasa la mitad de las horas del día en la cervecería y él fuera el que mantiene la forja en marcha.

—Ya lo veo —dice Cal—. Por eso acabo de decirle que no...

—Cal. —Lo que me faltaba ahora era que se pusiera a discutir con mi padre. La miro y meto una nueva pieza de acero en la fragua.

Ella suspira con fuerza.

*Lo siento*, articulo en silencio y me encojo de hombros.

De todos modos, mi padre se desata el delantal de cuero.

—Tengo asuntos que tratar en la ciudad.

—Ya me lo imagino —murmuro. Saco el acero de la fragua y lo golpeo contra el yunque.

—¿Qué acabas de decir, chico?

Golpeo el martillo contra el metal y no levanto la vista.

—He dicho que será mejor que te pongas a ello —digo por encima del estruendo.

Gruñe y se dirige a la puerta.

Sigo martillando. Cal sigue de pie.

Después de un momento, me doy cuenta de que no dice nada y yo tampoco; me pregunto si los pocos días que hemos pasado sin vernos no han tenido que ven con que hayamos estado ocupados, sino con... todo lo demás.

Levanto por fin la vista del trabajo.

—Gracias por los pasteles.

—Debería haberte traído algo de estofado. Has estado muy ocupado.

Señalo con la cabeza hacia la puerta por la que mi padre ha salido.

—Ha estado aquí todos los días.

Frunce el ceño.

—¿Cómo tienes la mano?

—Bien. —Pienso en el momento en que lord Tycho me soltó. El recuerdo de la curación debería ser amargo, pero no lo es; el dolor punzante y repentino, seguido de una calidez dulce y agradable. Debería tener miedo de la magia. Sé que Callyn lo tiene. Mucha gente lo tiene. Sé que la magia ha causado muchísimo daño.

Sin embargo, no dejo de pensar en el brillo en sus ojos marrones. En su voz, reconfortante y baja. *Tranquilo. No te haré daño*. Pienso en cómo sus dedos me rodearon la muñeca, con más cuidado del que habría esperado.

La forma en que no se amedrentó ante mi arrebato de rabia. Cómo tampoco tomó represalias, cuando sin duda podría haberlo hecho.

Tengo de dejar de pensar en ello. Vuelvo a meter el acero en la fragua.

Callyn se queda callada un momento.

—¿Estás molesto por la magia?

No. Debería, pero no. Tycho tenía razón. No habría podido trabajar en meses. Me pongo a sudar solo con acordarme del dolor. A pesar de todo lo que le dije, me siento agradecido.

Pero reconocerlo me parece una traición a mi mejor amiga.

No levanto la vista del hierro del yunque.

—No quiero hablar de ello.

Pienso en lo que Alek dijo sobre la reina, cómo el rey la coaccionó con magia para casarse. Pienso en todos los rumores que he oído. En lo que le pasó al padre de Callyn.

*Su padre era un buen hombre*, dijo mi padre. ¿Lo era? ¿Se arrepentía mi padre de no haber participado en el Alzamiento?

Por un instante, reevalúo todo lo que sé de mi padre: el alcohol, el abatimiento. El fastidio en su voz cada vez que me habla. Por primera vez, me pregunto si no todo se debe a tener una decepción por hijo y un futuro monótono forjando herramientas. Me pregunto si querría haber formado parte de lo que ocurrió.

Flexiono la mano. Es la primera vez que he visto magia con mis propios ojos. Callyn me describió el fuego que abrasó los pasillos del Palacio de Cristal para detener el ataque. Sé lo que le pasó a su madre en la batalla con Emberfall.

Me cuesta encajar esas historias con la imagen de un hombre que me vio herido y de inmediato decidió curarme.

Callyn interrumpe el silencio.

—¿Sabías que otras personas además del rey podían hacer algo así?

—No, la verdad.

—¿Por qué no lo sabíamos? ¿Quién más puede hacerlo? —Hace una pausa—. ¿No te preocupa?

Lo cierto es que me parece espectacular. Es parte del motivo por el que tengo sentimientos encontrados con lo que le dije a lord Tycho. No tendría por qué haberme ayudado.

Cal se acerca.

—No dejo de pensar en mi madre. En mi padre. La magia los mató a ambos. —Se queda callada unos segundos—. Ahora, cualquiera podría tenerla. ¿A quién más le habrá prestado el rey su poder?

—No tengo ni idea —digo.

—Podría haberte matado, Jax. Podría haber quemado la panadería hasta los cimientos. Podría…

—Me curó. —La miro por fin—. Eso es todo, Cal. Me curó. —Levanto la mano—. Estoy bien. Tú estás bien. Nora está bien. —Hago una pausa y aprieto los dientes—. Si quieres preocuparte por algo, deberías hacerlo por el dinero que vio. Tenemos suerte de que no nos hiciera preguntas al respecto.

Traga saliva. Tiene las mejillas encendidas.

Suspiro.

—De todos modos, ambos deberíamos tener suficiente para esta noche —especulo—. Lady Karyl tiene que volver. Pagaremos parte de lo que debemos.

—¿Has vuelto a pensar en lo de forjar un sello nuevo? —pregunta—. ¿Y así poder ver lo que contienen las cartas?

Trago y miro hacia la puerta.

—Lo he pensado.

De hecho, he practicado el dibujo en un trozo de pergamino que guardo doblado en una bolita debajo del colchón. Forjar las estrellas de plata será la parte más difícil. Son muy pequeñas y muy detalladas. Me será imposible trabajar en algo así mientras mi padre esté aquí. Un diseño tan intrincado me llevaría unos cuantos intentos.

Luego está el tema de leer los mensajes. Una cosa es pasarlos sin saber qué dicen. Otra muy distinta es ser consciente de que hablan de traición.

No sé a quién pienso que voy a engañar, porque a mí mismo, desde luego, no.

El hierro empieza a volverse amarillo, así que agarro las pinzas y lo saco de la fragua.

—Si leemos estas cartas, no habrá vuelta atrás, Cal.

Me mira fijamente.

—Lo sé.

Empiezo a martillear y ella espera.

—Pensaba que tenías que irte —digo por encima del ruido. Me agarra del brazo y me detengo a mitad del movimiento.

—¿No quieres saber qué estamos haciendo? —pregunta.

Es muy valiente. Recuerdo el momento en el que entró como una exhalación en el granero, con el hacha en la mano. Cómo agarró un cuchillo de cocina para defenderme de lord Tycho, armado hasta los dientes.

—¿Y qué haríamos después? —respondo—. Si las cartas hablan de traición, ¿qué haríamos? ¿Y si llaman a la revolución? —Me libero de su agarre y vuelvo a golpear el martillo contra el acero—. ¿Entregarlas? Podrías perder la panadería y yo, la forja. —Los golpes resuenan por todo el taller—. Aunque tal vez acabemos en la horca de todos modos.

—Jax.

Me ha agarrado por demasiado tiempo y el metal se ha enfriado muy rápido, así que tengo que volver a meterlo en la fragua.

—¿Qué?

—Si estamos cometiendo traición, deberíamos saberlo.

Me miro la mano, la que Tycho me curó. Estaba herida y la curó, sin pedir nada a cambio. La magia fue algo poderoso, aterrador y maravilloso, todo a la vez. Lo empujé y le grité, y podría haberme arrancado la cabeza allí mismo. No lo hizo.

*Te ofrecería piedad.*

Y mientras aquí estamos, hablando de traición.

Saco el metal y miro a Callyn.

—Tienes razón —digo por fin—. Deberíamos saberlo.

Lady Karyl no aparece hasta el atardecer. Esta vez la acompañan dos personas, un hombre y una mujer, ambos bien armados. No sé si son guardias o soldados, pero no parecen amistosos. Se quedan en las sombras junto al borde del taller mientras ella se acerca. Vuelve a llevar el pelo enroscado en la cabeza y el dobladillo de la túnica se le humedece al caminar por el suelo resbaladizo. Sus ojos azules brillan, incluso en la penumbra de la fragua.

Agarro las muletas y me levanto, sin dejar de mirarla a ella y también a las personas que se ocultan en las sombras. Llevo todo el día esperándola, así que llevo su mensaje en el bolsillo, pero no está sola. No sé si debo entregárselo o esperar a que me lo pida. Después de la forma en la que me trató lord Alek, que se presente con un séquito armado no me inspira nada bueno.

—Mi señora —digo con cuidado.

—He visto a Ellis en la taberna —dice y me quedo quieto. Si decide volver a tratar con mi padre, no tendré nada. Ningún recurso.

—Me ha preguntado por qué hace tiempo que no me ve —dice.

No sé cuál es la respuesta que busca, así que no digo nada. Vuelvo a echar un vistazo a los que esperan medio ocultos. La luz se refleja en sus armas.

—No se lo has contado —añade lady Karyl.

—No.

Levanta las cejas de forma casi imperceptible.

—¿Se lo has contado a alguien?

Callyn. Apenas dudo, pero sus cejas se levantan un poco más.

—Tengo entendido que mantienes una relación estrecha con la chica que vive al otro lado del camino. ¿Debería enviar a mis guardias a preguntarle a la panadera lo que sabe?

Cal no diría ni una palabra. Sé que no lo haría. Aunque le pusieran una cuchilla en la garganta, no se quebraría.

Pero pienso en la pequeña Nora. *Por los cielos, ¡mira cuánto dinero!* Todavía le tiene miedo a la oscuridad, así que no me cuesta imaginar cómo reaccionaría si alguien amenazase a su hermana con una espada.

Trago saliva.

—Callyn no dirá nada —digo con aspereza—. Lo juro.

—Y el mensajero del rey ha pasado por Briarlock dos veces —dice lady Karyl—. Ese es un giro interesante de los acontecimientos.

—Buscaba a lord Alek —confirmo—. Le dijimos que no había vuelto por aquí.

Frunce el ceño.

—¿Ha preguntado por alguien más?

—No.

—¿Y nunca me ha mencionado?

—No —repito—. Mi señora.

Se queda callada. Yo también. Me siento desconcertado porque haya aludido a mi padre y a las amenazas implícitas contra Callyn. Echo otra mirada a las sombras.

Lady Karyl se da cuenta.

—Si eres sincero, no tienes nada que temer de mis guardias.

—Lo soy —digo.

—Me resulta interesante que no le hayas contado nada de mi visita a tu padre.

—Él nunca me las mencionó a mí. ¿También le parece interesante?

Frunce el ceño.

—Esa boca te acabará metiendo en problemas.

Todavía no ha sacado el tema del mensaje y no sé qué responder a eso, así que vuelvo a callar.

—Me gusta que hayas guardado mi secreto —dice por fin—. Y tu chica de la panadería también debe de ser una amiga leal, porque han pasado muchos días y ni lord Alek ni yo nos hemos visto implicados en nada. —Hace una pausa—. La reina está planeando algún tipo de competición, por lo visto quiere resucitar el Desafío de la Reina. —Hace una mueca—. Planea invitar a competidores de Emberfall.

—Eso no afectará a Briarlock —digo—. Estamos muy lejos de la Ciudad de Cristal.

—Es posible, pero si los planes para la competición continúan, significará que más gente cruzará la frontera. Más trabajo para ti y para tu amiga la panadera. —Hace una pausa—. Más oportunidades de pasar mensajes de gran importancia.

—Más oportunidades en las que gastarse algunas monedas —digo.

Su mirada se ensombrece, pero sonríe un poco.

—He aprendido que eres fácil de motivar.

El comentario me enerva, como si ansiara la plata para llenarme los bolsillos y rodearme de lujos. Tal vez sea lo que ella haría, pero no tiene idea de cómo es la vida aquí.

—Sí —afirmo con decisión—. Lo soy.

Mete la mano en la bolsa que lleva atada a la cintura y saca un puñado de monedas de plata. Las cuenta meticulosamente y me las tiende.

—El pago requerido. —Hace una pausa—. Ahora dame mi carta.

La saco del bolsillo. Está manchada de huellas dactilares por todas partes por el tiempo que he pasado en la forja, pero acepto el dinero y observo cómo inspecciona el sello cuidadosamente cerrado.

—Bien —dice. Se guarda la carta en la bolsa y saca otra; el pergamino está limpio y los pliegues aún duros. Luego cuenta otras veinticinco monedas de plata.

Mantiene ambos cerca de su cuerpo.

—Le he dicho a tu padre que he encontrado a un nuevo mensajero —dice.

Asiento, pero el corazón se me acelera al ver más monedas en su mano.

—Has demostrado ser digno de confianza —añade—. Lord Alek regresará en una semana. No me decepciones.

Tomo el pergamino. Las monedas repican en mi mano. El corazón me late tan fuerte como cuando me agarré a la fragua y quise morir del dolor. Quisiera salir corriendo a buscar a Callyn en este mismo instante.

*Es suficiente*, quiero gritar. *Es suficiente para salvar la panadería.*

—No lo haré, mi señora —digo y casi me tiembla la voz.

Se da la vuelta, pero justo antes de llegar junto a sus guardias, se detiene.

—¿Herrero? —llama.

—¿Sí?

—Me han dicho que te preocupa que esto sea un acto de traición —dice—. No es ninguna traición proteger Syhl Shallow. Creía que alguien como tú se limitaría a sentirse agradecido por la oportunidad.

Tal vez esté acostumbrado a ignorar los comentarios de mi padre, pero oírlo en su boca me escuece.

—He oído historias —digo con voz hueca.

—Bien. —Asiente—. Contamos con que nos ayudes a proteger a la reina.

Luego se marcha y me quedo solo a la luz parpadeante de la forja.

Me saco el pergamino del bolsillo y miro el sello, los pliegues apretados y nítidos del papel.

*Contamos con que nos ayudes a proteger a la reina.*

Frunzo el ceño al mirar la forja. El pie que me falta. Los taburetes esparcidos por todo el taller. Tal vez tenga razón. Tal vez debería sentirme agradecido.

Paso las yemas de los dedos por el intrincado sello. Luego saco un trozo nuevo de pergamino y una barra de kohl para intentar esbozar el diseño y poder recrearlo más tarde en acero.

Tal vez sea un acto de traición, tal vez no.

Como le dije a Callyn, deberíamos saberlo con seguridad.

# CAPÍTULO 12

# TYCHO

Hacía años que no asistía a un torneo de verdad y ahora he estado en tres en el mismo número de días. Había olvidado la presión de la muchedumbre, el olor a cerveza derramada y al sudor de los caballos, la forma en que las monedas cambian de manos cuando los asistentes apuestan por sus luchadores favoritos. Había olvidado cómo estallan las peleas al final de la noche, cómo los hombres discuten, maldicen y sacan cuchillos cuando beben hasta perder el sentido común. Cuando era niño, las multitudes me intimidaban y los soldados me aterrorizaban. Hasta que Grey se unió al torneo de Worwick, no descubrí que tenía otras opciones además de esconderme.

Ahora he crecido y he pasado tiempo suficiente siendo soldado como para moverme todavía como uno. Si alguien está buscando problemas, en cuanto se fijan en mis armas, apartan la mirada. En cada torneo, gasto dinero en cerveza que no bebo y hago lo que me sugirió el príncipe Rhen: divulgo el rumor de que el rey y la reina desean organizar una competición a ambos lados de la frontera.

Algunos se muestran intrigados. Otros, ansiosos.

Otros desconfían.

Muchos murmuran que se mueren de ganas por tener la oportunidad de derramar sangre de Syhl Shallow de manera legal. Han pasado cuatro años desde que se estableció una tregua entre los reinos, pero el rencor persiste.

Cuando llega la cuarta noche, me queda un torneo antes de volver al puerto de montaña que me conducirá a casa. Se encuentra a dos horas al oeste de mi camino habitual, enclavado en un valle al pie de las montañas, y casi me siento tentado a saltármelo. Pero no; he pedido una tarea y la llevaré a cabo hasta el final.

Llegamos a la ciudad de Gaulter al anochecer y la caballeriza no está a rebosar, así que pago un poco más para que Piedad tenga un cubículo en lugar de un simple amarre. No tengo tanta suerte en la posada, donde solo quedan habitaciones grupales, lo que significa que tendré que volver a dormir con la armadura puesta. Suspiro por dentro. Al menos, mi caballo descansará bien. Me he acostumbrado tanto a estar solo que pasar una noche tras otra rodeado de aglomeraciones y conversaciones me ha agotado de una forma que no esperaba. No veo el momento de terminar.

La mayoría de los torneos se organizan de forma similar: una gran arena rodeada de gradas, rodeadas a su vez por una amplia pista donde se vende comida y cerveza, donde se compran e intercambian armas y se guardan los caballos. Este me parece un poco más pequeño de lo que estoy acostumbrado, pero Gaulter está más alejado y aún no ha oscurecido; es lo bastante temprano como para que la pista no esté llena de gente. También hay más vendedores de baratijas, telas y joyas. Me entretengo con cada uno de ellos, mientras intento hacerme una idea de la clase de gente que hay aquí, porque el ambiente es algo distinto; menos bebida y juego, más jovial y excitado. Hay algunos niños entre la multitud, lo que no es del todo raro, pero sí poco común.

Quizás este torneo no sea tan malo.

Uno de los vendedores vende figuritas de madera pintadas y me detengo para recorrer con los dedos un caballo rojo que ha sido tallado con maestría. Luego, me fijo en la figura de un scraver, con las alas hechas de seda negra chamuscada y las garras de acero.

*Iisak*. Frunzo el ceño.

Pero no. Eso es imposible. Tiene que ser una coincidencia. Lleva años muerto.

La chica que trabaja en el puesto se da cuenta de lo que miro y se vuelve hacia mí con una amplia sonrisa.

—¿Le interesa lo fantástico, mi señor? —dice—. También tengo dragones y sirenas.

Extiende una mano para señalar una serie de criaturas de colores brillantes, cada una más elaborada que la anterior.

Tomo aire para responder que no, pero un grito procedente de más abajo me llama la atención, seguido de un chillido de sorpresa y un traqueteo de metal contra madera. Después, el claro sonido de una bofetada. La sonrisa de la chica se vuelve un poco forzada.

—Uno de los campeones —susurra—. Siempre se ponen un poco tensos antes de los combates.

Me alejo a zancadas de los puestos de los vendedores y persigo el sonido de los problemas. Estamos cerca de los caballos y el olor a heno y a orina es muy intenso. Me muevo entre la multitud en dirección a los establos y no me hace falta buscar mucho para encontrar a un hombre adulto vestido con armadura que inmoviliza a un niño contra la pared y le agarra la camisa con el puño. El chico no tendrá más de diez años y tiene la mejilla enrojecida. Le sangra el labio.

—Te he dicho que ensillaras mi caballo primero —dice el hombre, furioso. Levanta la mano para golpearlo de nuevo—. No tengo por qué esperar al vago de tu...

Le agarro el brazo. El chico jadea, pero el hombre vuelve la cabeza y me dedica una mirada asesina.

—Suéltalo —digo.

—Esto no es asunto tuyo —gruñe.

—Seguro que no —digo—. Sé ensillar mi propio caballo. No necesito que lo haga un niño. —Mantengo el brazo sujeto con fuerza—. Suéltalo.

Lo suelta, pero también se libera de mí para darse la vuelta y encararme. Es mayor, con una barba espesa y canosa y los ojos pequeños y oscuros. También es más grande que yo, pero ya estoy acostumbrado. Cuando acerca la mano a la empuñadura de la espada, la mía ya está medio desenvainada.

—Tranquilos, caballeros —dice otro hombre desde detrás de mí, con palabras lentas y perezosas. Hay algo en la voz que me resulta familiar, pero no termino de identificarlo—. Raolin, si peleas gratis en los pasillos, te quedarás sin trabajo.

Raolin aprieta la mandíbula, pero suelta la espada. Escupe en el suelo a mis pies.

—Juégate unas monedas y terminaremos esto en la arena.

—Procuro no humillar a la gente en público —digo y frunce el ceño en respuesta, pero el hombre que está detrás de mí vuelve a hablar.

—Raolin, vete —dice—. Además, tienes que salir a la arena en diez minutos. —Hace una pausa y se le tensa la voz—. Y el lord tiene razón. Será mejor que ensilles tu propia montura si vas a perder el tiempo abusando del servicio.

Raolin maldice en voz baja y se da la vuelta.

Miro al chico, que ha observado toda la interacción con los ojos muy abiertos.

—¿Estás bien? —le pregunto.

Asiente muy deprisa y se limpia la sangre del labio.

—Sí. Sí, mi señor. —Quiero ofrecerme a curarle el labio, pero recuerdo cómo reaccionaron Jax y Callyn, así que dejo las manos quietas. De todos modos, no es una herida grave.

El hombre que está a mi espalda se coloca a mi lado.

—Anda, Bailey —dice con amabilidad—. Ponte con los otros caballos.

El chico asiente y sale corriendo.

—Disculpe a mi luchador, mi señor —dice el hombre cuando me vuelvo hacia él—. Las probabilidades están en su contra esta noche, así que está un poco alterado… —Se detiene de sopetón cuando me mira a la cara y entonces entrecierra los ojos—. Infierno de plata —dice—. ¿Tycho?

—Journ —digo, igual de sorprendido. Por un instante, vuelvo a tener quince años y tengo delante a uno de los campeones del torneo.

Sacude la cabeza y me da una palmada en el hombro.

—¡Has crecido! —Me mira de arriba abajo y me ofrece una cálida sonrisa—. Y has llegado lejos.

—Bueno. —Sonrío—. Ha sido un largo camino desde el torneo de Worwick. —Siempre me cayó bien Journ. Era bueno en la arena, un luchador justo que daba un buen espectáculo. También era un hombre amable, alguien que llevaba caramelos en los bolsillos para los niños que de vez en cuando pululaban entre la multitud.

—Tú también estás muy lejos de allí —digo. El pelo se le ha vuelto más gris, pero sigue teniendo la constitución de un luchador. Sin embargo, no lleva armadura, así que no debe de pelear esta noche.

Se encoge de hombros y una sombra se instala en su mirada.

—Después de que descubrieran al rey, tuvimos que marcharnos de Rillisk. Muchos pensaron que sabía lo que estaba pasando. Las amenazas fueron horribles. —Suspira y se interrumpe—. Abigale estuvo a punto de perder al bebé por el estrés.

Pierdo la sonrisa.

—Lo siento. —Hago una pausa—. No lo sabía.

—No pasa nada. Fue hace mucho tiempo. —Su voz se relaja—. Aquí estamos bien.

Tal vez sea así, pero no sé si culpa al rey por lo que pasó o si piensa en ello como en un simple giro del destino. Me pregunto cómo se tomará la noticia de lo que planean Grey y Lia Mara.

—¿Aún peleas? —digo.

—Que va, casi nunca. —Duda y mira hacia el pasillo, donde la multitud crece sin cesar—. ¿Caminas conmigo? ¿O tienes...? —Sus ojos saltan a la insignia de mi pecho—. ¿Obligaciones?

—Tengo tiempo para un paseo —digo.

La multitud le abre paso y los saludos amables nos acompañan mientras caminamos. Es muy querido aquí, lo cual no es una sorpresa, porque también lo era en Worwick.

—Llegué a Gaulter como luchador —dice— y todavía salgo a la arena de vez en cuando. Pero hace unos meses, Talan Borry, el antiguo dueño del torneo, cayó enfermo. He pasado a ocuparme del lugar cada vez más.

—No me extraña que se vea tan bien atendido —digo y sonríe.

—Es más pequeño que el de Worwick —dice—, pero no le va mal. Con los campeones cubrimos gastos, pero las peleas del scraver dan mucho dinero.

Vuelvo la cabeza como un resorte, seguro de haberlo oído mal entre la cacofonía del gentío.

—¿El qué?

—Te acordarás. Worwick también tenía uno. Tal vez sea el mismo, porque el de Worwick se escapó cuando…

Lo agarro del brazo.

—¿Tenéis scravers aquí?

Me mira como si me hubieran crecido dos cabezas.

—Bueno, solo uno. A muchos hombres les gusta probar suerte con esa cosa en la arena. Si aguantan lo suficiente, sacamos un buen dinero. Pero le he dicho a Talan que tienen que estar sobrios. Un hombre estuvo a punto de terminar hecho trizas la primavera pasada. —Se estremece—. Ahora lo mantenemos encadenado…

—¿Lo tenéis encadenado? —Siento que tenemos que estar hablando de dos cosas diferentes, pero entonces recuerdo cómo conocí a Iisak. Worwick lo tenía en una jaula. El scraver nunca hablaba ni daba señales de entender ni una palabra de lo que se le decía. También se ensañaba con las garras si alguien se le acercaba demasiado. No fue hasta más tarde, después de escapar, cuando se convirtió en mi amigo y el de Grey, y empezó a confiar en los humanos. Recuerdo la noche que pasamos escondidos en el bosque, desesperados, hambrientos y agotados, cuando Iisak nos trajo comida y, más tarde, enseñó al rey a dominar su magia.

El público aplaude y las pezuñas entran atronando en la arena. Los festejos deben de haber comenzado.

—Tengo que entrar en las gradas —dice Journ.

Le sigo.

—¿Puedo verlo?

—¿A quién?

—Al scraver.

Journ me dedica una sonrisa mientras subimos los escalones.

—¿Quieres probar suerte? ¿Te apetece arañarte esa bonita armadura?

Cree que hablo de la arena. Tomo aire para decirle que no, que ningún scraver debería estar encadenado ni en una jaula, que son seres mágicos y sabios, no terroríficos e ignorantes.

Pero estoy pensado en Iisak, como si él fuera el scraver que se encuentra al final de esa cadena. Como si fuera a acercarme a su jaula para liberarlo y a decirle: *¡Vaya! Cuánto tiempo, joven Tycho.*

*Un hombre estuvo a punto de terminar hecho trizas la primavera pasada.*

No puede ser Iisak. No puede ser mi amigo.

Recuerdo la noche en la que murió; sé que al menos otro scraver estuvo en Emberfall, uno que no era amigo de nadie.

Busco unas monedas en la bolsa.

—¿Cuánto?

Journ pierde la sonrisa.

—Tycho, es un monstruo. Lo he visto rebanar armaduras…

—¿Cuánto?

—Cinco monedas de plata —dice—. Las probabilidades son de cuatro a uno si aguantas cinco minutos. —Hace una pausa—. Veinte a uno si aguantas diez.

—¿Cuántas personas han llegado a diez?

Se ríe, pero está un poco tenso.

—Nadie todavía.

Asiento con la cabeza.

—Apúntame en la lista.

# CAPÍTULO 13
# TYCHO

Cuando aprendí a luchar, las primeras lecciones consistían en tomar una decisión rápida y atenerse a ella. Sin dudar. Aprovechar cualquier oportunidad disponible. Pasé horas en la polvorienta arena de Worwick aprendiendo a mover los pies, memorizando todos los diferentes caminos que podía recorrer una espada. Aprendiendo a parar, a esquivar, a atacar. Cómo defenderme y, en última instancia, cómo matar. Era joven y menudo para mi edad, pero era rápido. Grey me enseñó a aprovecharlo. *Cuando tienes miedo, tardas más tiempo en pensar, me dijo. Tienes que enseñarle a tu cuerpo a actuar sin pensar.*

Ahora espero en el borde de esta arena y doy gracias por esos años de entrenamiento, porque no dejo de darle vueltas a la cabeza. He tenido que esperar durante horas de juegos a caballo y peleas de espadas y los nervios me hacen llevar la manos a las armas cada pocos segundos.

Journ me ha puesto el primero, lo que sospecho que ha hecho como un favor. Sin embargo, también supone que todavía no he visto al scraver, así que no estoy seguro de a qué me enfrento. Han pasado cuatro años desde la última vez que vi uno, cuando el hijo de Iisak recibió una flecha que le traspasó el ala. Cuando intenté ayudar a Nakiis, sus garras me atravesaron las hebillas del brazalete.

La multitud está impaciente y los pies pisotean el suelo de madera. Levantan unas barras de metal y un enrejado que conforman una enorme jaula; es lo primero en toda esta situación que hace que me detenga a reflexionar.

—¿El scraver intenta escapar? —pregunto al encargado que está detrás de mí.

—No —dice, con aburrimiento—. Está atado a una cadena. Casi siempre son los hombres los que tratan de huir. —Tose y se sube los pantalones mientras señala las barras—. Sirven para mantener a esa cosa lejos de la gente.

El corazón me late con fuerza mientras procesa la información.

—Ah.

—Es mejor que no toques la cadena. Le arrancó la mano a un pobre diablo que lo intentó. —Se frota la nariz—. ¿Estás listo?

Asiento y desencadena una barra para dejarme entrar. En cuanto he pasado, el metal vuelve a su sitio con un chasquido y la multitud estalla en vítores. Un primer atisbo de miedo brota en mi corazón.

Me vuelvo para mirar al hombre. Empiezo a preguntar:

—¿Por dónde vendrá el scraver...?

Pero un chillido ensordecedor atraviesa el recinto, seguido de una ráfaga de viento helado.

Me encojo sin pretenderlo mientras busco el origen. Han pasado años, pero había olvidado que pueden sonar así. Olvidé su magia, que provoca un escalofrío en el aire.

Sigo sin ver nada. Los vítores del público crecen y se mezclan con los aullidos, hasta que el ruido se vuelve ensordecedor. Avanzo hasta el centro de la arena y doy vueltas en círculo en busca de una abertura, pero la multitud se apelotona alrededor de la jaula y no consigo vislumbrar ni una brecha de luz entre los rostros.

Sin previo aviso, el chillido suena más cerca. Una cadena traquetea a mi espalda.

Una figura oscura entra como una flecha en la arena y me da tiempo a ver unos ojos negros como el carbón y unas alas del color de la noche, pero nada más, porque entonces el scraver se abalanza sobre mí.

Maldigo y caigo al suelo rodando. Una garra me atraviesa la parte superior del brazo, pero desenvaino la espada mientras me pongo en pie. Presiento más que veo el segundo ataque, así que dibujo un círculo cerrado con el arma y apenas le rozo los antebrazos.

El scraver grita y se retira en el aire; bate las alas con fuerza mientras se prepara para volver a atacar. La sangre forma un rayo de color rojo brillante sobre la oscuridad de su piel. La cadena está unida a un grillete que le rodea el tobillo y se extiende hasta un lateral de la arena.

No sé si es Nakiis. Ha pasado demasiado tiempo.

—No quiero pelear contigo —digo en syssalah. La multitud hace mucho ruido, pero mantengo la voz baja. Sé que me oye—. Solo quiero...

Se lanza a por mí, sin preocuparse por mi espada, con las garras extendidas y los colmillos a la vista.

No quiero hacerle daño. Blando la espada, pero me agacho cuando se acerca y pasa de largo. Aun así, las garras se arrastran por mi armadura y me rasgan las hebillas del hombro. El público jadea cuando caigo sobre una rodilla. La sangre me resbala por la espalda, pero las estrellas empiezan a brillan ante mis ojos mientras invoco el poder del anillo. La herida se cierra justo cuando el scraver ataca de nuevo y me estrello contra el suelo. Mi espada sale disparada.

Me echo a rodar antes de que me inmovilice. La espada está fuera de mi alcance.

Pero tengo la cadena justo delante.

La agarro mientras levanta el vuelo. La cadena se tensa, pero debe de estar acostumbrado a esta táctica, porque cambia de rumbo para rodearme antes de que me dé tiempo a parpadear. Su grito resuena en la arena, tan fuerte que *duele*. Es demasiado rápido, demasiado hostil.

*Le arrancó la mano a un pobre diablo.* Infierno de plata.

Esta vez no me agacho. Suelto la cadena y salto a por él.

Las garras atraviesan las correas del lado izquierdo de mi pechera y se me clavan en la piel de debajo. Pero consigo cerrar los brazos alrededor de su caja torácica y siento cómo se sorprende. Bate las alas con fuerza, pero peso demasiado. Nos estrellamos contra el suelo, pero no lo suelto.

—No quiero hacerte daño —jadeo—. Solo…

Me hunde los colmillos en la mandíbula. El dolor me roba la visión, los pensamientos, el agarre.

Tal vez haya sido una mala idea.

—¡Hemos llegado a los tres minutos! —anuncia el locutor y el público aplaude—. ¿Llegará a los cinco?

Es muy probable que en cinco minutos esté muerto. Lanzo un puñetazo y me saco de encima al scraver. La piel y el músculo se me desgarran, y se me corta el aliento. Sin embargo, eso me concede una ligera ventaja y consigo ponerlo de espaldas. Estoy jadeando, la sangre me gotea por la mandíbula y me empapa la camisa bajo la armadura, pero le pongo un brazo en el cuello. Se resiste y con las garras busca un resquicio, pero solo me araña los brazaletes. Todavía tengo la visión algo borrosa debido a la pérdida de sangre, pero siento cómo trabaja la magia del anillo. Solo necesito permanecer consciente el tiempo suficiente para que vuelva a tejerme la piel.

Las alas del scraver golpean el suelo de tierra mientras se retuerce, pero a esta distancia veo las cicatrices en la parte inferior de una, donde hace mucho fue abatido por una flecha.

—Eres Nakiis —digo sorprendido, y por una fracción de segundo deja de luchar. Sus ojos se fijan en mi mandíbula, que ha dejado de sangrar.

—Puedo ayudarte a escapar —digo a toda prisa. La multitud ruge—. Puedo…

—No aceptaré la ayuda de ningún forjador de magia —gruñe y entonces me hunde las garras en el brazo; se clavan profundamente y cortan músculos y tendones. Grito y me echo hacia atrás, lo que le permite liberarse.

Me replanteo durante una fracción de segundo la promesa de no hacerle daño.

Se eleva en el aire en un parpadeo y los eslabones de la cadena traquetean. Me apresuro a recuperar la espada antes de que se lance a por mi brazo.

Pero no lo hace. Está a tres metros por encima de mí y se aferra a los barrotes recubiertos de hielo, mientras el pecho le sube y le baja muy deprisa. La sangre le gotea por los pequeños cortes a lo largo de los antebrazos. Yo también respiro con dificultad y lo único que me sostiene la armadura son unas tiras de cuero y una plegaria al destino. Noto el sabor de mi propia sangre.

—¡Hemos llegado a los cinco minutos! —grita el locutor—. ¿Será este hombre el primero en aguantar hasta los diez?

El público grita, pero yo no aparto la vista de Nakiis.

—Hace años me entrenaba con tu padre —digo, sin elevar la voz—. No voy a dejar que me ataques otra vez.

Se le iluminan los ojos y se lanza desde las barras. Es rápido, pero yo también. Esquiva mis cuchillas, pero no consigue acercarse lo suficiente como para asestarme otro golpe crítico. Aun así, me llevo unos cuantos cortes en los brazos, y él también. El aire se ha vuelto frío y se me condensa el aliento; se ha formado escarcha en el suelo. Salto la cadena tantas veces que empiezo a verla como un segundo adversario. Iniciamos una danza de avances y retrocesos, y centro toda mi atención en este momento, en la batalla.

Nakiis vuela al ras del suelo y se cuela bajo el brazo en el que sostengo la daga. Me da un golpe en las piernas, pero lo bloqueo y me aparto de su camino.

La cadena me atrapa el tobillo y caigo con fuerza sobre la espalda.

Se me echa encima al instante, prácticamente en cuclillas sobre mi pecho. Un pie me inmoviliza el brazo de la espada. Los dedos con garras se cierran alrededor de mi garganta. Cada punta se me clava en el músculo. Contengo la respiración, pero no rompe la piel.

La magia del anillo no servirá de nada si me mata antes de poder usarla.

Se acerca, hasta que siento el frío de su aliento en la cara.

—Ahora te recuerdo —dice.

—Ah, bueno. —Respiro con dificultad y me estremece cuando tensa las garras—. Confío en que hayas estado bien.

—Forjador estúpido —dice—. Disfruta de tu plata.

Frunzo el ceño.

—¿Qué?

Suena una campana, la multitud aplaude y las cadenas traquetean. Me suelta la garganta cuando tiran de su amarre. Me encuentro tumbado en el suelo y a él lo obligan a retroceder por un hueco en los barrotes, hacia la jaula que lo espera.

El corazón me late con fuerza.

—¡Alto! —Recupero el control de los pies y envaino la espada—. ¡Alto! —Pero los vítores de la multitud ahogan mi voz.

Journ aparece a mi lado. Me da una fuerte palmada en el hombro y esbozo una nueva mueca de dolor.

—Ha sido increíble. Creí que te iba a arrancar la cabeza.

Me froto la garganta y me mancho los dedos de sangre.

—Yo también.

Me da otra palmada en el hombro.

—Vamos.

—¿A dónde?

Todavía estoy un poco aturdido.

—¡A por tu dinero, chico! Has dejado el listón muy alto para el resto. —Me da un firme empujón en dirección contraria, pero no puedo evitar mirar por encima del hombro. He perdido de vista al scraver.

Un hombre espera en el hueco de las puertas, mientras el supervisor parece igual de aburrido que conmigo.

—¿Qué viene ahora? —pregunto. La cabeza me da vueltas.

—¿No habrás pensado que eras el único que iba a pelear, verdad? —Las barras de metal se cierran con un chasquido a nuestro paso y las aseguran con cadenas.

La muchedumbre ruge y Nakiis aúlla. Journ me impulsa hacia delante, entre la gente, mientras a mi espalda comienza el segundo asalto del scraver.

Veo a Nakiis pelear con otros nueve hombres. Debería dedicarme a comprar cerveza y difundir rumores sobre las intenciones de la reina, pero, en vez de eso, me siento en un banco de madera y pongo toda mi atención en los combates. El scraver es rápido y brutal y, aunque algunos hombres llegan a los cinco minutos y piden salir de la arena, muchos otros intentan aguantar hasta los diez y sufren por el esfuerzo. Al final de la noche, Nakiis luce una docena de rayas sangrantes en las extremidades, pero los hombres tienen muchas más. El polvo del suelo se ha convertido en barro en algunos lugares donde se ha derramado la sangre, y otras cosas peores.

Cuando todo termina, lo encierran de nuevo en una jaula y se lo llevan fuera de la vista.

Me he planteado pedirle a Journ que libere a Nakiis. Pero no es el dueño del torneo, y ni siquiera estoy seguro de si lo haría.

¿Qué fue lo que dijo? *Las peleas del scraver dan mucho dinero.* He oído cómo los asistentes hablaban de Nakiis y he visto cómo arrastraban la jaula fuera de la arena. Lo ven como un activo, no como un individuo.

Journ no lo dejaría libre.

Si este torneo es como el de Worwick, la próxima hora la pasarán limpiando la cerveza derramada, lavando las jarras, engrasando las tachuelas y guardando las armas. No tiene sentido que me quede más tiempo.

Sin embargo, si pienso en liberar a Nakiis, tendré que volver preparado.

Regreso a la posada, pero no para dormir. Necesito comida y, mientras como, compro trozos de cuero a algunos de los hombres que hay allí y los uso para remendar mi armadura en algunos puntos. Me faltan varias hebillas y tiene desgarros por todas partes, muchos de los cuales llegan hasta el acero. Estoy cerca de la frontera con Syhl Shallow, calculo que a un día completo de cabalgata hasta el Palacio de Cristal, pero eso sigue siendo un largo trecho por recorrer.

La culpa me remuerde. Sigo llevando la carta de respuesta de Rhen para Grey y Lia Mara envuelta en cuero y atada al pecho, sin tocar. No es la carta más secreta que he llevado, pero es un documento que se habría descubierto si me hubieran matado. Me pregunto si Grey también se habría enfrentado a Nakiis en la arena o si lo habría considerado un riesgo innecesario.

Ya han pasado varias horas de la medianoche y la sala común de la posada se ha vaciado; no queda nadie más que el tabernero y yo, mientras el fuego se va apagando.

—¿Necesita algo más, mi señor? —pregunta el hombre en voz baja.

—No. Gracias. —Hago una pausa—. Al final no creo que vaya a necesitar la habitación. —Dejo una moneda en la barra y salgo a buscar a Piedad.

Para cuando vuelvo al torneo, todo está oscuro y silencioso; el frío de la noche nos rodea. La luna flota en lo alto, es una estrecha medialuna que no proporciona mucha luz. Los cascos de Piedad repiquetean rítmicamente sobre el suelo helado y su aliento fluye en dos nubes alargadas. No espero que haya guardias, así que no me sorprendo al no encontrar ninguno. Aparte de las armas, que se guardan bajo llave en la armería, no hay mucho que valga la pena robar en un torneo, sobre todo en uno tan pequeño. Ato a la yegua en un rincón apartado y busco una puerta trasera. Incluso esta está abierta. Me deslizo dentro y me arrastro por la oscuridad.

He entrado por el lado en el que están los establos y uno de los caballos suelta un suave relincho. Le acaricio el hocico con la mano y avanzo por el pasillo, procurando no hacer ruido al caminar por el suelo salpicado de paja. No sé dónde tendrán encerrado al scraver, así que dejo que las estrellas se enciendan en mi sangre y mi visión mientras envío una oleada de magia de búsqueda al suelo. El poder me atrae y me arrastra por el pasillo, y dejo atrás un caballo tras otro.

El espacio es pequeño y el scraver no está lejos, escondido en el extremo opuesto de los establos bajo un saliente de poca altura. No hago ningún ruido, pero abre los ojos como si sintiera la magia. Está en una jaula, como esperaba, pero no es lo bastante grande. Tiene las alas pegadas a la espalda, pero aun así se escurren entre los barrotes. Se estira despacio en el suelo para sentarse y mirarme. En la oscuridad, se mueve como una sombra.

—Eres más tonto de lo que pensaba —dice y un viento frío atraviesa el establo y me hace temblar.

—Es probable. —Me acerco a la jaula, pero flexiona las manos en los barrotes. Algo en su mirada se tensa.

Me detengo y levanto los brazos.

—Puedo romper la cerradura.

—Puedes mantener las distancias.

Veo las puntas de sus colmillos. Frunzo el ceño.

—¿No quieres que te liberen?

—Libre. —Bufa y enseña la totalidad de los colmillos—. Me han hecho muchas ofertas de libertad, chico. Ninguna era cierta.

—EL rey te liberó una vez. Te curó y te dejó marchar.

—Recuerdo a los forjadores de magia y sus tratos —dice Nakiis—. Algún día se lo cobrará. No tengo ninguna duda.

Niego con la cabeza.

—No lo hará. —Hago una pausa—. Yo también te ofrecería la libertad.

—No dejaré que me engañes —gruñe.

—No es ningún engaño. —Me acerco un paso más—. No tengo ninguna cadena. Ni cuerdas. No soy un forjador de magia. Romperé la cerradura y serás…

Chilla y una fría ráfaga de viento atraviesa los establos.

Me estremezco. Los caballos se remueven nerviosos en los cubículos.

—El rey mantenía a mi padre encadenado —dice Nakiis—. Lo vi.

—¡No estaba encadenado! Iisak era un amigo…

Chilla de nuevo y me estremezco. Su magia crea una capa de escarcha en los cuchillos de mis brazaletes y en la empuñadura de mi espada. El hielo sube por las paredes de los establos.

Lo fulmino con la mirada.

—¿Prefieres quedarte en una jaula?

—Aquí las exigencias son escasas —gruñe—. Me tratan bien. No puedo decir lo mismo de ti o de tu rey mago.

—Tu padre dijo una vez que, en una jaula, las cosas nunca van bien de verdad.

Nakiis no dice nada.

Suspiro. Estamos en mitad de la noche y me espera un largo día de cabalgata por delante.

—De acuerdo —digo—. Quédate aquí si lo prefieres. Pero voy a romper la cerradura; luego será tu decisión.

Espero que grite de nuevo, pero se queda muy quieto. Saco la daga. Abre los ojos de par en par.

Levanto la mano para golpear el acero, pero dudo.

—Me llamo Tycho —digo—. Si decides marcharte, serás bienvenido a acompañarme al Palacio de Cristal en Syhl Shallow.

Sisea como si me hubiera pescado en una mentira.

—Los scravers no son bienvenidos en Syhl Shallow.

—Las cosas han cambiado —digo—. Lia Mara es reina. Acogería de buen grado al hijo de Iisak, igual que el rey Grey.

—Mentiroso.

—Vale. Como quieras. —Golpeo la cerradura con la daga con todas mis fuerzas. Lo hago una segunda vez. El acero se retuerce, pero no termina de ceder. Una vez más será suficiente. Levanto la daga para asestar un tercer golpe, justo cuando oigo una vocecita detrás de mí.

—¿Qué hace?

Nakiis gruñe y yo me doy la vuelta.

Bailey, el chico al que antes salvé de llevarse una paliza, está al borde de los establos. Va descalzo y sin camiseta, con el pelo revuelto y una capa echada de cualquier manera sobre los hombros.

Tiene los ojos muy abiertos y no mueve ni un músculo, como si no supiera si debería echar a correr o ponerse a gritar.

A mi espalda, el scraver vuelve a chillar y los barrotes de la jaula repiquetean con fuerza al ceder. La puerta se abre y me golpea, y entonces Nakiis está libre; pasa a mi lado con precaución, como si esperase que fuera a hacer algo por detenerlo.

Bailey jadea y se estremece cuando el scraver se eleva en el aire, y después desaparece.

Estoy sin aliento. El chico también. Tiene los ojos muy abiertos y me mira fijamente. Veo cómo pasa de mirarme a la cara a la daga que tengo en la mano y traga saliva.

—No he visto nada, mi señor…

—Bien —digo. El saco de monedas que gané antes me pesa en la bolsa del cinturón. Lo suelto y envaino la daga—. Toma.

Abre aún más los ojos, pero acepta las monedas y las aprieta contra su pecho. Luego duda.

—Hablaba conmigo —susurra, en voz tan baja que casi no distingo las palabras—. Nadie me creyó. —Hace una pausa—. Pero usted ha hablado con él.

—Así es.

Frunce el ceño.

—Lo habría liberado. No sabía cómo romper la cerradura.

—Ahora puedes dejar que sea libre. —Le ofrezco media sonrisa—. Yo haré lo mismo.

Asiente deprisa.

—Sí, mi señor.

—Vuelve a la cama —digo.

Se escabulle y sus pies descalzos no hacen ningún ruido mientras se desliza hacia los establos. No sé si guardará el secreto, pero no importará. Me habré marchado de aquí en poco minutos y sería difícil demostrar que el mensajero del rey se dedica a liberar criaturas míticas en mitad de la noche.

Encuentro el camino de vuelta por los establos hasta donde he dejado a Piedad. Agudizo el oído en busca de los chillidos del scraver en el cielo nocturno, pero no oigo nada. No hay ni rastro de él.

Suspiro.

—Vámonos, chica —digo en voz baja y chasqueo la lengua—. Volvamos a casa.

# CAPÍTULO 14

# CALLYN

Vuelve a nevar durante la noche, por lo que el paseíto matutino hasta el establo es una auténtica delicia. Nora sigue roncando, así que la dejo dormir y me envuelvo en una capa para salir a ordeñar a Muddy May. Las gallinas se revolucionan cuando esparzo el grano y May muge lastimera por su propio desayuno. Echo más grano en un cubo para ella y luego voy a por el taburete de ordeñado. El aire de la mañana es tranquilo, pero no me importa. La luz del sol se cuela por las rendijas de la puerta del establo, una amplia franja de luz que ilumina la zona donde cuelga torcida.

Esta mañana, agradezco la tranquilidad y la tarea en la que ocupar las manos. Me da tiempo para pensar.

He oído una docena de historias sobre el monstruo que mató a mi madre. Los soldados que volvieron de Emberfall estaban rotos y maltrechos, empapados de sangre, algunos con vísceras secas pegadas a las armaduras. Sus miradas eran oscuras y atormentadas, y todos hablaban de una gran criatura blanca que descendía desde el cielo, sembrando terror y muerte a su paso. Algunos hablaban de escamas brillantes y colmillos como los de un dragón, otros decían que se parecía más bien a un caballo alado, mientras que otros hablaban de garras que arrancaban a los soldados de sus caballos para partirlos por la mitad.

No sé si eso es lo que le pasó a mi madre. Tal vez haya sobrevivido al monstruo para caer en manos del ejército de Emberfall. Tal vez fuera un poco de ambas cosas.

Sé que aterrorizó a mi padre. Era un hombre amable y considerado antes de que ella muriera. No cambió del todo cuando ya no estaba, pero tal vez esos sentimientos se desviasen. Tal vez no podía dejar de pensar en la magia y en lo que le había hecho a madre. Por eso se mezcló con los Buscadores de la Verdad y por eso ahora está muerto. Sé que no esperaba que la protesta asaltara el palacio como lo hizo.

Sé que no esperaba que el rey arrojara su magia contra nuestro pueblo. Me froto el colgante de madre bajo la camisa.

Sigo pensando en los mensajes. Empiezo a preguntarme qué pensaría mi madre sobre nuestras actividades.

Ojalá supiéramos lo que contienen las notas.

Jax se ha acercado bastante al diseño del sello, pero todavía no es perfecto. Lo más preocupante es la cera. Es un complicado remolino de verde y negro, con motas de plata. Bajé al pueblo la semana pasada, pero no encontré nada disponible tan específico en las papelerías. Cuando fundimos cera verde y negra, no conseguimos bonitos remolinos, sino un verde más oscuro. Tal vez no sea algo en lo que nadie vaya a fijarse, o tal vez sea el detalle más importante de todos. Si conseguimos la mezcla correcta, tendremos una docena de oportunidades para leer las cartas, pero estoy bastante segura de que, si nos equivocamos, solo tendremos una. Y entonces los remolinos los formará nuestra sangre en la tierra.

Termino de ordeñar a May y dejo el cubo junto a la puerta, luego la suelto en el pequeño prado mientras limpio el establo. Nora ya debería haberse despertado, pero es probable que me haya visto con las tareas del establo y haya decidido ponerse con la masa para el pan. Eso espero.

Cuando voy a vaciar la carretilla en el montón de estiércol, algo en el bosque me llama la atención. No sé si ha sido un sonido o un movimiento, pero dudo y me quedo mirando la espesura de los árboles cargados de hielo. Un viento amargo atraviesa el corral y, en algún rincón del bosque, un animal chilla. Me estremezco.

Quiero ignorarlo, pero no consigo librarme de la sensación de que ya no estoy sola.

Termino de vaciar la carretilla y me vuelvo hacia el granero.

La sensación no desaparece. Deseo tener el hacha.

—¿Jax? —llamo.

No hay respuesta. Además, oigo el tintineo lejano de la forja.

—¿Nora? Nora, como intentes jugármela, te haré recoger los huevos durante un mes.

Nada. Algunas de las gallinas salen por la puerta abierta hacia el patio. Muddy May me mira desde su pila de heno.

Guardo las herramientas mientras me resisto al impulso de correr a esconderme. Cuando voy a cerrar la puerta torcida, protesta con un fuerte chirrido y luego se atasca por completo. El hueco es de unos treinta centímetros de ancho. Suspiro.

Doy un tirón a la puerta, pero ni se menea. Ahora no se abre ni se cierra en ninguna dirección. Por más que maldigo, tiro o la pateo, la puerta no se mueve. El sudor comienza a acumulárseme bajo la capa.

—¿Te ayudo?

Me sobresalto y me doy la vuelta. Lord Tycho está de pie en la nieve.

Retrocedo unos pasos antes de detenerme.

—Ah, hola. Eh… Mi señor.

Siento cómo me sonrojo y pierdo seguridad. No dejo de pensar en la magia que domina.

La magia que ayudó a Jax.

La misma magia que ha causado tanto daño.

Tiene los ojos ensombrecidos y una barba de un día le cubre la mandíbula. Hasta su armadura parece dañada. Sin duda hay un corte que atraviesa el emblema combinado de Syhl Shallow y Emberfall.

—Perdóname. —Hace una pausa—. No quería asustarte.

Su voz es amable y suena como si se estuviera disculpando por algo más que por este momento. El corazón me late aún más fuerte y desearía que parase. Desearía ser capaz de reconciliar la amabilidad de sus actos con el terrible poder que ostenta.

¿Cuánto tiempo lleva aquí? Me pregunto si estaba esperando al otro lado de la panadería, donde la puerta estaba cerrada. Tal vez lo que oí fue su caballo.

Entonces recuerdo lo que dijo la última vez que pasó por el pueblo.

—No… Las empanadas de carne no están listas…

—No esperaba que lo estuvieran. He llegado a Briarlock antes de lo que esperaba. —Señala el granero con la cabeza—. Te oí peleando con la puerta. ¿Necesitas ayuda?

Frunzo el ceño. Tenerlo al lado me hace más consciente de la pintura descascarillada, la madera desgastada, las bisagras abombadas y el riel torcido.

Se acerca y me estremezco, pero solo señala.

—La puerta se ha salido un poco del carril.

Tiene razón. Jax me lo advirtió hace un mes y se ofreció a arreglarlo, pero no tenía el dinero para pagar un riel nuevo y no pensaba rogarle para que me diera el acero. Ya hace bastante por mí.

—Esperaba que aguantara el invierno —reconozco. Me preocupa que me ofrezca usar la magia para arreglarlo de algún modo, porque no sabría cómo responder.

—Casi —dice, alentador—. ¿Tienes una escalera? Volveré a colocarla en su sitio.

Lo miro fijamente.

—O puedes hacerlo tú —dice—. Si lo prefieres.

Sus ojos son brillantes y sinceros. No sé si debería tenerle miedo o sentirme agradecida, o algo totalmente distinto.

Pero Lord Tycho me mira expectante y no se me ocurre cómo echarlo cuando se muestra tan… inofensivo. El corazón me sigue golpeando las costillas, pero saco la escalera del granero, la apoyo en la pared y, a pesar de la oferta, empiezo a subir.

Veo lo que ha dicho sobre el riel: está desgastado y la rueda se ha soltado un poco. Cuando la levanta desde abajo, intento maniobrar para devolverla a su sitio.

Mientras resoplo y trato de mover la madera, oigo cómo se abre la puerta trasera de la panadería.

—¡Cally-cal! —grita Nora—. Creo que lord Tycho anda cerca. Sé que se supone que odiamos la magia, pero curó a Jax. ¿No te parece guapo? Creo que me gusta. Si no tuviera magia, creo que a ti también te gustaría…

—¡Nora! —grito. Me arden las mejillas y no me atrevo a mirar a lord Tycho. Nadie como mi hermana pequeña para convertir el miedo que siento por la magia en una mortificación exasperante—. Estoy arreglando la puerta del granero.

—¡He visto su caballo atado delante! Le he dado una de las manzanas para las tartaletas. —Debe de estar cruzando el corral. En unos segundos, lo verá. Menos mal, porque como siga hablando, me caeré de la escalera—. Creo que es muy amable. Para ser un noble. No crees que es… ¡Ah, hola, lord Tycho!

—Hola, Nora —dice con gentileza—. Estoy seguro de que Piedad te agradece la manzana. —Le falta el aliento por el esfuerzo de sostener el peso de la puerta. Seguramente sea mejor que él esté abajo y yo, aquí arriba. Me esfuerzo por devolver la madera al riel.

—¿Tu caballo se llama Piedad? —La oigo chillar—. Es muy buena.

—Cuando quiere —dice lord Tycho.

—Por los cielos, Nora —digo—. ¡Deja al pobre hombre en paz!

La puerta se desliza de nuevo en el riel, pero el metal me aprisiona los dedos antes de que me dé tiempo a apartarlos. Me brota sangre en las yemas y agito la mano como si así fuera a librarme del escozor.

—¡Cally-cal! —chilla Nora.

—Estoy bien —digo—. No es nada.

Le doy un empujón a la puerta y ahora se desliza perfectamente. Dejo unas manchas de sangre en la madera.

Cuando vuelvo a bajar, Nora me ve la sangre en los dedos y parpadea con los ojos muy abiertos en dirección a lord Tycho.

—¿Hará magia otra vez, mi señor? —Su sonrisa es deslumbrante—. ¿Por favor?

La misma ráfaga de viento vuelve a atravesar el corral.

—Nora —siseo—. No puedes preguntar…

—No me importa. —Lord Tycho extiende una mano.

Me echo hacia atrás sin quererlo y frunce el ceño.

Me limpio la sangre en la falda y doy un paso atrás.

—No es tan grave como para eso.

Me estudia durante un largo rato, luego asiente y baja la mano.

—Como digas.

No sé leer su expresión y me preocupa haberlo ofendido. Mi corazón mantiene el ritmo rápido, pero acaba de ayudarme a arreglar la puerta del granero. Le curó la mano a Jax. Soy yo la que lo amenazó con un cuchillo. Jax, el que le golpeó.

No me parece bien invitar a la magia a que entre en mi casa, pero lord Tycho no es un monstruo. No es una criatura alada sacada de un libro de cuentos.

Ni siquiera es el hombre que incendió el palacio y mató a mi padre.

Trago saliva.

—Sé que es pronto para las empanadas de carne, pero tengo la masa lista para las tartaletas de manzana. —Dudo—. Si tiene tiempo, mi señor.

—Lo tengo —dice, pero se ha instalado un extraño silencio entre nosotros.

Tengo que darme la vuelta.

—Bueno —digo. Pues vamos.

La panadería está caliente por el fuego y, probablemente por primera vez en la vida, me alegro de que Nora parlotee sin descanso, porque me evita tener que decir nada. Recorto la masa y coloco las manzanas mientras ignoro el escozor en los dedos y ella divaga sobre todo y nada durante veinte minutos seguidos; la panadería se hincha con el aroma de la canela y el azúcar.

—Una mujer pasó por aquí hace dos días —dice Nora— y dijo que la reina está esperando a otro bebé. ¿Es cierto?

—Lo es —responde. Lord Tycho se ha sentado en el banco junto a la ventana, apoyado en la pared. La luz del sol hace que le brille el pelo. Nora tenía razón: es muy guapo. Sin embargo, el cansancio es evidente en su cuerpo y ahora veo que uno de los lados de su armadura apenas se mantiene unido por unas tiras de cuero atadas de mala manera. Me pregunto con quién habrá luchado y por qué.

—¿Cree que tendrá otra niña? —dice Nora—. Se supone que tener dos hijas es una señal de buena suerte.

Sonríe.

—Eso he oído.

—Qué emoción —chilla mi hermana—. Me encantan los bebés.

Pongo los ojos en blanco. Como si fuera a conocer a este en persona.

—A lo mejor es una princesa mágica. —Suspira—. Seguro que la gente tendrá mucho que decir al respecto.

Los ojos de lord Tycho se cruzan con los míos y pienso en el momento en el corral, cuando rechacé su magia.

—¿Qué crees que dirán? —le pregunta a Nora, pero no deja de mirarme.

—A todos les preocupa que la princesa Sinna sea forjadora de magia, como el rey. ¿Cree que lo es, lord Tycho?

—Creo que la princesa Sinna está más que decidida a ser lo que le apetezca. —Hace una pausa—. No deben preocuparse. El rey y la reina son justos y honrados, y están educando a su hija para que sea igual.

Dudo de que mis padres estuvieran de acuerdo, pero no sé qué decir. Desde luego, no puedo decirle que mi padre participó en el ataque al castillo hace seis meses. Tengo las mejillas encendidas, así que meto las manos en una bola de masa fresca y no digo nada.

Nora, sin embargo, no duda.

—Pero, aunque no lo fuera, podría tener anillos como los suyos, ¿no? —pregunta con asombro en la voz—. ¿Los tiene mucha gente?

Hasta ahora, lord Tycho se ha mostrado muy paciente con su parloteo, y yo también siento curiosidad por esto, así que mantengo la vista en las tartaletas mientras espero la respuesta.

—Muy pocos —dice—. Están hechos de un acero especial que proviene de los bosques de hielo de Iishellasa. —Flexiona la mano y reflejan la luz—. Al rey le cuesta bastante tiempo y esfuerzo hacerlos.

Eso debe significar que el rey elige quién las lleva. La idea me retuerce las entrañas. ¿Por qué la decisión está en manos de una sola persona?

—¿Puede curar cualquier cosa con ellos? —pregunta Nora.

—Cualquier cosa, no —dice—. No soy ni de lejos tan rápido como lo sería el rey. Es magia prestada. Como unas botas que no encajan bien. No puedo invocarla tan rápido como él, así que si una herida es demasiado grave, no puedo detenerla. Además, es muy agotador.

Levanto la vista. Me pregunto si lo han herido en batalla, si por eso parece tan extenuado y cansado. Si lo hirieron de gravedad y luego se curó las heridas, coincidiría con los daños de su armadura.

—La magia no deshace el proceso de curación —dice Tycho—. Por eso, una vez que ha empezado a cicatrizar, no puedo revertir el daño que ya ha quedado atrás. El rey tampoco. Pero en una ocasión salvó a una mujer embarazada que había recibido una puñalada en el vientre. —Hace una pausa y se señala la cara—. Incluso salvó el ojo de un hombre después de que se lo arrancaran. Empezó a regenerársele dentro de la cabeza…

—¡Puaj! —protesta Nora.

—Ah… Disculpad. —Lord Tycho parece avergonzado—. A veces me olvido de con quién estoy hablando. Demasiados días sin más compañía que la de Piedad.

—Se lo merece por ser una entrometida. —Le lanzo una mirada traviesa a mi hermana, pero no dejo de pensar en todo lo que ha dicho. Si la magia puede curar una herida, sin duda podría causar una con la misma facilidad.

Nora me hace una mueca.

—¿Qué hacen los otros anillos? —pregunta.

—¡Nora! —protesto—. Deja de acosar al hombre.

—No pasa nada —dice—. Tengo un amigo que siempre dice que el conocimiento hace que lo misterioso resulte menos aterrador. He oído muchos de los rumores que corren sobre la magia. La mayoría son falsos. —Duda—. Puedo buscar cosas, como agua y comida. O a una persona, si no está muy lejos. También puedo encender un fuego si me hace falta.

Nora pierde la sonrisa.

—La magia del rey encendió un fuego.

Me quedo quieta.

—Nora —digo en voz baja—. Ya basta de magia. —Miro las tartaletas de manzana. Se han dorado bien por los bordes, así que me pongo unas gruesas manoplas de lana para sacar el molde del horno. Toda la panadería huele a manzanas y a hojaldre crujiente. Tycho se une a mí junto a la mesa mientras saco las tartaletas del molde.

—No robe ninguna —advierte Nora—. Le romperá los nudillos.

Eso le saca una sonrisa.

—Me doy por avisado.

Levanto la vista. Cuando mis ojos se encuentran con los suyos, la expresión se desvanece.

—Perdóname —dice—. Te he asustado con la magia. No era mi intención.

—No tengo miedo. —Hago una pausa y siento que el corazón vuelve a latirme con fuerza. Tal vez sea por la mención de la magia del rey, pero sí que tengo miedo. Por un instante, quiero alejarme, porque estoy segura de que Tycho va a obligarme, a mostrarme lo inofensivo que es. Contengo la respiración, a la espera.

Pero no hace nada.

Toco con una mano el colgante de madre y dejo que mi respiración se normalice.

—Soy yo quien debería disculparse. No debería haber sacado un cuchillo.

—Estabas defendiendo a tu amigo. Es admirable. No tienes que disculparte por eso.

—Puede tomar una —digo sin levantar la vista—. Seguro que ya le hemos retrasado suficiente, mi señor.

—No me habéis retrasado —dice—. Y, por favor. Llámame Tycho.

Niego con la cabeza.

—No sería correcto.

—No nací siendo noble —dice en voz baja—. Así que tampoco sería incorrecto.

Eso hace que me detenga a mirarlo. Sus ojos son cálidos y se clavan en los míos. Ahora no hay ninguna sonrisa en sus labios.

—¿Dónde nació? —dice Nora.

Aparto la mirada.

—¡Nora!

Mi dichosa hermana, de verdad.

Pero Tycho no duda.

—Mi madre era costurera. Mi padre era… En fin. —Se encoge de hombros, pero su voz ha adquirido una nueva pesadez—. No era gran cosa, como terminó por demostrar. —Le echa una mirada a Nora—. Pero recuerdo cómo era tener una hermana pequeña. Dos, de hecho.

—Qué suerte la suya —bromeo para tratar de quitarle algo de peso al momento.

Sonríe, pero una sombra se ha instalado en su mirada. Una incertidumbre que me recuerda mucho a lo que yo sentía hace un momento.

No estoy segura de lo que esta conversación ha provocado en él, si es tristeza o nostalgia, o algo totalmente distinto, pero sí sé que mi hermana no debería seguir metiendo las narices en sus asuntos. Agarro dos bolsas pequeñas de muselina y empiezo a repartir las tartaletas de manzana entre las dos.

—Nora, sube por el camino y llévale una bolsa de estas a Jax.

—Jax —dice Tycho y una chispa de intriga se desliza en su voz—. ¿Cómo está Jax?

Me muerdo el labio, contrariada.

—Bueno, han pasado varios días desde que le gritó por última vez al mensajero del rey, así que...

—¿Así que ya va tocando?

—¡No! —Abro los ojos de par en par—. No quería decir eso en absoluto.

—Ya lo sé. —Sonríe y me hace un gesto para que le dé la bolsa—. Permítame.

Sorprendida, se la entrego.

—Yo solo... Él no... Yo no...

—Insisto. —Tycho le hace una reverencia a mi hermana, con gran floritura, y ella suelta una risita—. Mi señora Nora —dice—, permitidme que os ahorre el viaje.

# CAPÍTULO 15

# JAX

Detesto la frecuencia con la que mi padre está ahora en la herrería.

Es un poco irónico, porque me pasé meses odiando el tiempo que pasaba boca abajo en un charco de alcohol. Le conté a Callyn que es como si se hubiera dado cuenta de que estaba consiguiendo dinero de algún modo y no quisiera perdérselo. Mañana hay que hacerle el primer pago a la recaudadora de impuestos, pero esas monedas están a salvo en la panadería. Si seguimos así unas semanas más, podremos pagarlo todo.

Ha nevado durante la noche, así que el suelo de delante del taller está cubierto de una capa blanca, aunque se ha convertido en aguanieve cerca de la forja. El negocio siempre va un poco más lento cuando nieva y hoy no es distinto. Mi padre parece irritado por ello, pero no puedo controlar el tiempo. Cuando se esfumó esta mañana, tenía la esperanza de que no volviera hasta el anochecer, pero reapareció unas horas después, apestando a cerveza y a humo. Ha estado a punto de golpearse la mano tres veces.

A lo mejor se agarra a la fragua él también.

*Como nuevo, ¿verdad, papá?*

Frunzo el ceño y agacho la cabeza. Este sería el peor momento para provocarlo y todavía me siento receloso después de todo lo que pasó.

—Ese que viene por ahí tiene dinero —dice mi padre—. Pórtate bien, chico.

—Sí, papá. —entre un martilleo y el siguiente, miro hacia el camino, y luego tengo que volver a mirar para asegurarme. Una yegua alazana con una raya en la cara.

Lord Tycho.

Fallo al darle al yunque y el martillo se me cae al suelo. La bisagra en la que estaba trabajando lo sigue poco después. Aterriza con un fuerte tintineo.

Mi padre maldice y se levanta del taburete.

—¿Tienes que hacernos quedar como unos incompetentes?

No puedo respirar. No puedo moverme. Recuerdo hasta la última palabra que dije la semana pasada, cómo eché a lord Tycho de la panadería de Callyn.

No quiero que vea a mi padre. No quiero que me vea a mí. Cierro la mano, la que él me curó. Tengo ganas de entrar corriendo en casa e ignorar las advertencias de mi padre. Pero ya está en el patio; su yegua escupe vapor al resoplar y salpica el aguanieve.

Estoy enfadado. Me siento humillado. Tengo miedo. No sé cómo estoy.

Y todavía no ha desmontado del caballo.

Mi padre me golpea en la nuca.

—¿Estás tonto, muchacho? —sisea—. Ocúpate del caballo.

Agacho la cabeza y agarro las muletas. Por primera vez, veo a lord Tycho de la misma forma en la que veía a lord Alek. Rico y poderoso, alguien que no me miraría dos veces si no necesitara algo de mí.

Agarro las riendas de la yegua, pero mantengo la mirada clavada en su hombro, en los extraños arañazos de sus botas, en cualquier parte menos en su rostro.

—¿Qué podemos ofrecerle? —digo con dificultad.

Se baja de la silla y, por un momento, no dice absolutamente nada. El silencio se extiende entre nosotros. Espero que me dé un puñetazo en la oreja, que me exija algo o, peor, que le cuente a mi padre lo que le dije.

Pero Lord Tycho no hace nada de eso.

—Las herraduras traseras de mi yegua están sueltas. —Su voz suena fría y desapasionada—. Me quedan unas horas de cabalgata por delante. Me preguntaba si podrías reemplazarlas.

Mi corazón se libera del cepo que lo tenía atrapado y empieza a palpitar. Asiento.

—Sí, mi señor. —Ato a Piedad al poste y ella me aprieta la cabeza contra el pecho y me echa el aliento cálido en los muslos. Quiero abrazarla con fuerza, pegar la frente a sus crines y dejar que su fuerza me sostenga, pero sería hacer el ridículo y mi padre me tiraría al barro si lo intentara.

Así que le doy una suave palmadita en la cresta del cuello y voy por las herramientas.

Lord Tycho no dice nada. Espero que mencione que ya he herrado a su caballo antes, o que nos conocemos, pero se queda en silencio. Todavía no le he mirado a la cara. Me acomodo un mechón de pelo detrás de la oreja y me dejo caer en el taburete.

—Trabaja rápido —me dice mi padre, como si fuese dado a procrastinar.

La primera herradura se suelta y cae al suelo con un tintineo. Detrás de mí, mi padre murmura unas instrucciones que no necesito, como si no hubiese estado herrando caballos por mi cuenta durante los últimos años. Se nota que quiere ganarse una o dos monedas de más. El maestro herrero vigila de cerca a su «aprendiz». Todo el tiempo, lord Tycho permanece en silencio mientras las críticas de mi padre se vuelven más altas y duras, así que trabajo rápido y certero para que el momento termine.

Por fin lo hace. Piedad tiene dos herraduras nuevas y mi padre le cobra dos monedas de plata. Quiero hacer una mueca, porque sé que lord Tycho es consciente de que no es lo que solemos cobrar. Pero el noble entrega las monedas, el metal reluce a la luz, y mi padre se las embolsa con entusiasmo. Desato a la yegua y le acaricio con una mano la raya de la cara; ojalá tuviera una galleta para darle de comer cuando me huele los dedos.

—Pórtate bien, dulce Piedad —murmuro en voz baja.

Entonces le entrego las riendas a lord Tycho. Cuando sus dedos rozan los míos, una sacudida me atraviesa, como el día en que me arregló la mano. Me pregunto si será por la magia. Contengo la respiración y me aparto.

No le he visto los ojos desde que ha llegado y ahora está a punto de irse.

—Maestro herrero —le dice a mi padre—. He dejado un carruaje en el camino hacia el pueblo y los resortes se han oxidado. ¿Podría pedirle prestado a su… «aprendiz» para que compruebe si es algo que daría tiempo a reparar antes de que tenga que irme mañana?

Mi padre inhala y parece que va a protestar. No sé si va a pedirle a lord Tycho que traiga el carruaje hasta aquí o a insistir en que debería ir él, ya que, evidentemente, a mí me llevará demasiado tiempo. Pero el hombre le tiende otra moneda de plata y dice:

—Le agradecería mucho el servicio.

Mi padre suena como si se hubiera atragantado con una piedra.

—Sí… Sí, por supuesto, mi señor.

Maravilloso. Con suerte, a lo mejor vuelvo a tropezarme con la muleta.

O… Tal vez lord Tycho quiera alejarme de mi padre para darme una paliza por lo que dije en la panadería.

Es un pensamiento nuevo que no se me había ocurrido, pero ahora que se me ha colado en el cerebro, no consigo librarme de él. Explicaría su comportamiento distante, la forma en que ha interactuado con mi padre y ha quedado en silencio mientras yo herraba a su caballo.

Aprieto los puños en las muletas mientras nos dirigimos hacia el camino, lejos de la herrería, y me preparo. Lo más probable es que espere a que nos encontremos en el tramo de bosque que hay entre mi casa y la de Callyn, donde nadie nos verá. Si me defiendo, seguramente será peor. No puedo salir corriendo, por supuesto. ¿Y si me hago el muerto para que termine antes? Creo que podría ser bastante convincente.

Cuando extiende la mano, me estremezco y me aparto hacia la izquierda. Piedad levanta la cabeza y resopla.

—Calma —dice lord Tycho, y no sé si se dirige al caballo o a mí. Se queda callado un momento y el corazón me galopa en el pecho. Me atrevo a mirarlo y veo que me tiende una bolsa de tela—. Cal te ha mandado unas tartaletas de manzana. ¿Quieres una?

Difiere tanto de lo que esperaba que pasara que me siento como si me estuviera hablando en otro idioma. Es la primera vez que lo miro de verdad desde que ha llegado y me fijo en que su impecable armadura tiene unas marcas profundas y le faltan algunas hebillas. Pero Piedad está ilesa y aún lleva todas las armas, así que, con quienquiera que haya luchado, no perdió.

Levanta las cejas y me doy cuenta de que no he respondido a la pregunta. Tengo que aclararme la garganta.

—No. Mi señor.

Seguimos caminando. Se come una de las tartaletas de manzana y el olor es magnífico. No debería haberme negado. Mis emociones se niegan a asentarse. Seguimos avanzando por el camino y pasamos de largo en el desvío hacia la casa de Cal. Nos dirigimos hacia el sur, a los kilómetros de bosque que se alejan de Briarlock.

Me paro en seco y la pizca de miedo que sentía hace un momento resurge.

—Ha dicho que su carruaje estaba de camino al pueblo.

Tuerce el labio.

—No tengo ningún carruaje.

—Pero…

—Sabes quién soy. Sabes lo que hago. ¿Qué mensajero llevaría un carruaje?

Su tono es despreocupado, pero sigo sin entenderlo. Suelto un largo suspiro y dejo que el vapor salga entre mis dientes.

—No pretendía engañarte —dice con cuidado—. Pretendía engañar a tu padre.

—No me preocupaba que me engañara —digo en tono sombrío—. Pensaba que me había traído hasta aquí para llenarme la espalda de flechas.

—Si fuera a dispararte, Jax, no sería por la espalda.

Todavía no sé si está enfadado conmigo o si yo estoy enfadado con él, o si los dos somos tan diferentes que prácticamente hablamos idiomas distintos. Vuelvo a clavar las muletas en la nieve y seguimos caminando.

—Entonces, ¿a dónde vamos? —digo por fin.

—Adonde quieras —dice—. No tenía ningún destino en mente.

Ahora me vuelvo hacia él. Esta emoción es, inequívocamente, ira.

—Si no tiene un carruaje y no me ha traído hasta aquí para darme por muerto, entonces déjeme volver a la herrería.

—¿De verdad quieres volver? —pregunta y me clava la mirada, como si conociera todas las emociones que no estoy expresando.

Tomo aire como si esperase inhalar fuego. Me siento tentado de golpearlo con una muleta. Quiero gritarle que estoy ocupado, que no necesito su compasión ni que un estúpido noble mimado de la Ciudad de Cristal se entrometa en mi vida cuando estoy intentando salvar la herrería con medios poco escrupulosos.

Pero entonces dice:

—Quería disculparme. —Su voz es baja, tranquila y seria, y apaga parte del fuego—. Lo habría hecho en el taller, pero… —Toma aire—. En fin. Si hubiera tenido que pasar allí un solo segundo más y escucharlo hablar durante más tiempo, le habría metido la mano en la fragua.

El calor me sube a las mejillas, pero no aparto la mirada.

—No me debe ninguna disculpa —digo. Adelanto las muletas y empiezo a caminar de nuevo. Lord Tycho se pone a mi lado sin perder el ritmo.

—En realidad, sí. —Hace una pausa—. Debería haberte advertido sobre la magia. No debería haberlo dado por hecho. Pero fuiste tan directo, tan audaz. —Me dirige una mirada—. Hasta que no empezaste a sermonearme sobre la bondad y el sufrimiento, no me di cuenta de que me había equivocado.

Casi me atraganto con las palabras «directo» y «audaz», pero eso último me hace sonreír. Soy yo quien debería disculparse en realidad, pero no estoy segura de lo que saldría de mi boca si la abriera.

Caminamos en silencio durante un rato, hasta que hemos llegado tan lejos que sé que el camino de vuelta será un dolor. No suelo ir más allá de la casa de Callyn y Nora. Pero tal vez por eso sigo adelante.

—¿De verdad creías que te traería hasta aquí para dispararte? —dice por fin.

Mantengo la vista en el sendero nevado, pero asiento con la cabeza.

—Eso o que me golpearía hasta dejarme sin sentido.

—¡En serio! —Parece realmente sorprendido.

Miro su armadura llena de marcas y las armas que lleva atadas al cuerpo.

—Sí, mi señor —digo con sequedad—. Sin duda, una idea descabellada que a nadie se le pasaría por la cabeza.

—Ajá —dice y, para ser una palabra tan simple, su tono es interesante, cargado de una manera que no espero.

El viento silba entre los árboles y hace caer la nieve de las ramas que tenemos encima. Me estremezco.

Me tiende de nuevo la bolsa de tela con las tartaletas de manzana.

—Todavía están calientes.

Dudo y luego asiento. Cuando saco una de la bolsa, me preocupa tener que usar las muletas y comer al mismo tiempo, lo que nunca es una experiencia digna. Pero lord Tycho se detiene y le da al caballo otra tartaleta.

—A Callyn le daría un ataque —digo.

Sonríe.

—Será nuestro secreto. —Frota al caballo bajo la crin y luego se apoya en su costado—. Piedad no lo contará.

En algún lugar del bosque una rama cruje, y me sorprende y al mismo tiempo no la rapidez con la que se vuelve mientras saca un arco y una flecha de detrás de la silla de montar. No apunta, pero se mantiene alerta, escrutando entre los árboles. Yo también miro, pero no veo nada. La nieve se desliza entre los árboles hasta posarse en su pelo y en los hombros de su capa.

Me pregunto si yo habría sido así, si hubiera seguido el camino que mi padre esperaba para mí. Si no hubiera perdido el pie, si hubiera llegado a alistarme y convertirme en soldado. Si me hubiera mostrado vigilante con los ruidos fuertes en el bosque en lugar de ignorarlos en favor de terminarme una tartaleta de manzana.

Después de un momento, digo:

—Habrá sido una rama. Por el peso de la nieve.

Asiente.

—Es probable. —Pero se cuelga el arco en el hombro y lo deja allí, y luego se guarda la flecha en el cinto de la espada.

—¿Le preocupa quienquiera con quien se haya peleado?

Me mira a los ojos.

—¿Qué?

Señalo su armadura maltrecha.

—Quienquiera que haya hecho eso.

—Ah. No. —No dice nada más, lo que parece deliberado.

Cuando echa a andar de nuevo, sigue callado, y me pregunto si todavía le preocupará el ruido del bosque. Mis muletas hacen ruido, mientras que él se mueve tan silenciosamente que podría ser un fantasma, y me pregunto si se arrepentirá de... lo que sea esto. Nuestro paseo aleatorio por el bosque.

Al cabo de un rato, dice:

—Tengo un pasado con lord Alek. Está resentido con el rey y con la presencia de la magia en Syhl Shallow. Nunca lo ha ocultado. Su Casa es una de las más influyentes y tiene muchos aliados en la corte. No puede atacar abiertamente al rey o a la reina, y lo cierto es que tampoco debería atacarme a mí, pero... En fin. —Vacila y me doy cuenta de que hay algo más que no me está diciendo—. Alek es muy inteligente. Se le da muy bien alegar inocencia. —Vuelve a mirar el bosque nevado—. Desde que lo vi en Briarlock, he andado con pies de plomo.

Distraído, me froto el cuello. Las heridas que me dejó lord Alek se han curado, pero dejarán cicatrices. Recuerdo lo que dijo Tycho sobre que Alek era un hombre peligroso, y no creo que se equivoque, pero también pienso en las palabras de lady Karyl sobre el rey, su magia y el daño que ha causado. Sé cómo murió la madre de Callyn, y no fue la única soldado de Briarlock que cayó a manos del monstruo. La presencia de la carta sellada que llevo en el bolsillo me quema los pensamientos. No sé qué pensar de nadie.

En cualquier caso, es otro recordatorio de que estos hombres importan y yo, no.

—Debe de pasar mucho tiempo luchando —digo.

—Menos de lo que crees. —Me mira—. O tal vez no. No estoy seguro. ¿Eres un luchador, Jax?

La pregunta envuelve mis pensamientos con una capa oscura. Mantengo la vista en el camino helado y digo:

—No. Me habría alistado al llegar a la mayoría de edad, pero... —Me encojo de hombros y señalo la pierna con la cabeza—. Así que ahora me limito a fabricar armas. No sé cómo empuñarlas.

Se queda callado un rato y es un tipo de silencio extraño que no sé cómo interpretar. Recuerdo el momento en la tienda de Cal cuando me curó la mano, cómo tenía algo que nosotros no. Ofrecer la magia fue un acto amable, sí, pero una parte de ese momento aún me escuece. Tampoco me apetece complacer su curiosidad ahora. Ya he oído todos los comentarios posibles. *Al menos eres un buen herrero. Tienes suerte de tener la forja. De todas las desgracias posibles, la tuya no es tan mala.*

Sin embargo, lord Tycho no dice nada de eso. En cambio, pregunta:

—¿Quieres aprender?

# CAPÍTULO 16

# JAX

Se está burlando de mí. Seguro.

Pero no lo parece. Me mira como si de verdad esperase una respuesta. Bajo la vista a la espada que lleva en la cintura, a los cuchillos que le rodean las muñecas y, por último, al arco que le cuelga del hombro. No sé blandir una espada, y hasta yo sé que lo más importante es el juego de *pies*, y dudo de que pueda mantener el equilibrio para disparar una flecha. El corazón me late a toda velocidad, pero entrecierro los ojos, dispuesto a negarme.

Antes de que lo haga, se quita el arco del hombro y me lo tiende.

—Toma. Sujeta esto.

—Sí, mi señor. —Cierro la mano sobre la fría madera.

Me lanza una mirada irónica.

—Tycho.

Ata a Piedad a un árbol y le da de comer otra tartaleta de manzana. Antes de volverse, desabrocha el carcaj de flechas de detrás de la silla y se lo cuelga del hombro.

Lo observo con desconfianza. Sería un esfuerzo muy grande solo para que hiciera el ridículo.

Se saca la flecha del cinto de la espada y extiende la mano para tomar el arco.

—Cuando Grey me enseñó a pelear —dice—, una de las primeras cosas que hizo fue preguntarme a qué le tenía miedo. Es la peor pregunta del mundo y no me dejó esquivarla. Nunca lo olvidaré. —Baja la voz para imitar a alguien más estoico e inflexible—. *No, Tycho, habla de tus miedos. No puedes desafiarlos si ni siquiera puedes expresarlos.* —Pone los ojos en blanco—. Pero tenía razón. Suele tenerla.

Lo miro fijamente.

—¿Estás hablando del rey?

—Sí —dice, como si nada—. Toma. Mira. —Levanta el arco, coloca una flecha y tensa la cuerda—. Mantén el brazo nivelado. Tira hacia atrás y suelta.

La flecha sale volando y se clava en un árbol a treinta metros de distancia.

Entonces me mira.

—*¿De qué tienes miedo, Jax?*

Me temo que estoy a punto de hacer el ridículo. Ya noto las mejillas calientes.

—Es la peor pregunta del mundo.

—¿Verdad? —No me hace responder, solo me tiende el arco. Tenso los dedos alrededor de las muletas con inseguridad, pero se encoge de hombros y mira detrás de mí—. Apóyate en un árbol.

Me resulta extraño, pero retrocedo unos cuantos pasos hasta que alcanzo un tronco estrecho; la nieve me resbala por el cuello cuando la capa se afloja un poco. Suelto las muletas y tomo el arco. Ya he probado el tiro con arco, cuando era niño y mi padre me explicaba lo que había que hacer. Pero fue hace años, mucho antes de la amputación, y ahora todo me resulta extraño. Trato de imitar los movimientos, deslizo una flecha en la cuerda y tiro de ella hacia atrás, dejando que el astil se apoye en la plataforma.

—Más —dice—. No tengas miedo de usar la fuerza.

Lo estiro otro centímetro. Será un milagro si la flecha no se cae de la cuerda.

—Nunca seré capaz de disparar tan lejos como tú.

—¿Por qué? Te he visto blandir un martillo. Seguramente eres más fuerte que yo.

Casi lo tiro todo al suelo.

—Lo dudo.

Pero vuelvo a tensar el arco un centímetro más y, antes de que me dé tiempo a dudar, o a pensar siquiera en algo como la puntería, lo suelto. La flecha sale disparada de la cuerda con más fuerza de la que esperaba y me alegro de tener el árbol a mi espalda. Pero Tycho tenía razón: se eleva más allá del árbol donde se clavó su flecha y avanza tan lejos por el camino que no tengo ni idea de dónde aterriza.

Lord Tycho levanta las manos y silba.

—¿Lo ves? Te lo dije.

Saca otra flecha del carcaj.

—No le he dado a nada. —Pero la alegría que transmite su voz enciende también una chispa en mi pecho.

—¿A quién le importa? Toma.

Acepto la otra flecha y vuelvo a encajarla en la cuerda. Me aparto un mechón de pelo de los ojos y esta vez intento apuntar; me centro en el mismo árbol al que él le ha dado. Es un blanco grande, con un tronco ancho. Tomo aire y la dejo volar.

La flecha corta parte de la corteza, pero pasa de largo del árbol.

—Aún mejor. —Saca otra flecha del carcaj—. Pronto tendré que preocuparme por que seas tú el que me clave una flecha en la espalda.

Los elogios avivan el calor que siento en el pecho, pero también me recuerdan quién es y por qué está aquí. Es un hombre noble, guapo, fuerte, hábil, y yo soy... yo. Frunzo el ceño.

—Mi señor, no debería...

—Infierno de plata, Jax. —Me golpea en el brazo con la flecha—. Calla y dispara.

—Ay. Vale.

En cierto modo, me recuerda a cuando Cal y yo nos tomamos el pelo.

Y, a la vez, no se parece en absoluto.

Esta vez, la flecha acierta en el tronco, quince centímetros por debajo de la que él disparó. Apenas se clava, pero está ahí. Me quedo sin aliento, mirando.

Lord Tycho... No, Tycho, solo Tycho, sonríe.

—Hazlo otra vez.

Debería negarme. Esto no está bien. Tengo obligaciones, y estoy seguro de que él también.

Sin embargo, también es la primera vez que siento un destello de desafío por parte de alguien, sobre todo de otro hombre joven. También es la primera vez en mucho tiempo que siento un atisbo de orgullo. ¿Será una especie de camaradería militar? ¿Será lo que me he perdido por no llegar a ser soldado?

¿O será algo más?

Disparo otra, y luego otra más, hasta que el carcaj está casi vacío. Muchas de mis flechas pasan de largo del árbol, pero otras no. Al menos media docena están enterradas en el tronco, cerca de la primera que disparó Tycho.

—Espera —dice—. Voy a buscarlas. Las que pueda encontrar, al menos.

Sin esperar respuesta, se sube a Piedad y la yegua trota por el camino.

Lo sigo con la mirada, desconcertado. Y, debería reconocerlo, un poco fascinado. No sé si es por él o por... todo esto. El frío me ha entumecido un poco los dedos y tengo la pierna rígida de estar apoyado en el árbol durante tanto tiempo, pero pasaría aquí toda la noche si así evitase que se disipara la sensación de mi pecho.

Pero no es posible, y desaparecerá. Al final, no será un buen recuerdo. Servirá como un recordatorio de todo lo que me falta. La idea me hace fruncir el ceño. Vuelvo a agarrar las muletas y me enderezo.

Tycho ya está de vuelta, con el carcaj casi lleno. Cuando ve que me he alejado del árbol, parece alarmado.

—Sé que no te has aburrido de disparar.

—No, pero mi padre sospechará si no regreso pronto. —Dudo—. Me llevará un tiempo hacer el camino de vuelta.

Su expresión se ensombrece, pero asiente.

—Como digas. —Se baja del caballo de un salto—. Ten. Monta.

Tomo aire para negarme, pero en su voz hay un filo como en el momento en que me golpeó en el brazo con la flecha y me desafió a disparar.

*¿De qué tienes miedo, Jax?*

El corazón me late con fuerza.

—Vale.

—Agarra la silla. Dobla la pierna. Te impulsaré hacia arriba.

Hago lo que dice, pero, cuando encaro el caballo, digo:

—Sabes que no sé montar.

—Ya, bueno, hace una hora no sabías disparar.

Entonces, siento sus manos en la pierna y estoy en el aire. Gracias a algún milagro, me agarro a las crines y evito resbalarme de la silla. Respiro hondo y contengo el aire. Me siento muy lejos del suelo y no hay nada que me sujete aquí arriba.

—Calma —dice y, como antes, no sé si habla conmigo o con la yegua. Toma las muletas, las ata detrás de la silla donde antes estaba el carcaj y agarra las riendas—. Deja las piernas colgando. No te hará caer.

Asiento. No me fío de mi voz.

Entonces Piedad empieza a moverse.

Se me corta la respiración y Tycho levanta la vista, pero yo no aparto la mirada del sendero. No estoy seguro de si tengo miedo o si me siento entusiasmado. Puede que un poco de cada. Al igual que con el tiro con arco, temo el momento en que esto termine, porque el recuerdo solo me causará dolor, por mucho que la experiencia en sí misma me llene de alegría.

Llevamos un ritmo bastante tranquilo y, sin embargo, a juzgar por las zancadas de Tycho, vamos el doble de rápido de lo que iría a pie. Mientras me relajo con el movimiento rítmico, pienso en que es lo más cerca que estaré nunca de sentir este tipo de libertad. La idea hace que se me encoja el pecho e intento respirar para aliviarlo. Hemos recorrido la mitad de la distancia cuando me doy cuenta de que Tycho no ha dicho ni una palabra; se limita a caminar junto al caballo con facilidad.

Pensaba que curarme la quemadura había sido un regalo. O enseñarme a disparar flechas. O las monedas de más que pagó por las herraduras de la yegua.

Pero el regalo es este. Esto.

Me voy a emocionar en cualquier momento y luego tendré que tirarme a la fragua, así que me obligo a hablar.

—¿Fuiste soldado? —pregunto. Mi voz suena entrecortada y me digo que pare—. ¿Antes de ser el mensajero del rey?

—Sí —dice—. Durante unos años. Empecé como recluta, luego ascendí a cadete y después a sargento cadete.

Parece joven para haber subido de rango, pero no lo dice con orgullo.

Solo es la constatación de un hecho.

—¿Te gustaba? —pregunto.

Se encoge de hombros.

—Me encantan los ejercicios y las armas. Si pudiera, me pasaría todo el día entrenando. —Sé que es cierto; se le nota en la voz. Probablemente se habría quedado disparando flechas hasta que estuviera demasiado oscuro para ver.

—La parte de hacer de soldado… —añade. Su tono se oscurece—. No tanto. Después del Alzamiento… —Duda—. Me alegré de tener la oportunidad de hacer otra cosa.

Me pregunto qué querrá decir. Dudo de que tuviera miedo. Pero entonces pienso en el padre de Callyn y en lo que vieron, y no sé qué decir.

Levanta la vista.

—¿Te gusta ser herrero?

La pregunta me sorprende, lo cual es ridículo. Creo que nunca nadie me lo ha preguntado. Es lo único que conozco.

—Me encanta ver cómo el hierro toma forma. Pero algunas partes se vuelven tediosas. —Suspiro—. Me paso la vida haciendo clavos.

Sonríe.

—Nunca lo había pensado.

—Una vez un carpintero se dejó un bote lleno de clavos a la intemperie, bajo la lluvia, y se oxidaron todos. Por supuesto, necesitaba más inmediatamente, así que se pasó todo el rato pegado a mi nuca, preguntándome por qué no iba más rápido. —Pongo los ojos en blanco y maldigo—. Tiene suerte de que no le haya clavado la mano a la mesa.

Tycho se echa a reír. Me siento como si hubiera ganado un premio. Sonrío y aparto la mirada; vislumbro la fragua a la distancia.

La visión me arranca la alegría del pecho. Estoy en casa. Se ha terminado. Al menos, no me llega el sonido del repiqueteo rítmico, lo que debe significar que mi padre ha abandonado el trabajo y se ha llevado las monedas de plata que le dio Tycho a la cervecería. Me he librado de más humillaciones.

—¿Es difícil? —pregunta y parpadeo. He perdido por completo el hilo de la conversación.

—¿Qué? —digo.

—¿Hacer clavos?

—Ah. No. Es bastante rápido, en realidad. —Entrecierro los ojos para mirarlo y esbozo una media sonrisa mientras imito su ligero acento—. ¿Quieres aprender?

Mi padre ha debido de marcharse hace ya un rato, porque las llamas de la fragua se han enfriado hasta esfumarse. Enciendo una cerilla para reavivarla, muy consciente de cómo las sombras saltan por las paredes del taller, convierten el pelo de Tycho en oro y hacen brillar sus armas. La oferta era más bien una broma, pero ahora está apoyado en la mesa, a la espera, mientras trasteo con las herramientas sentado en un taburete.

Bueno, era una broma, en parte.

Suspiro por dentro. Si soy sincero conmigo mismo, iba completamente en serio. Lo miro.

—Seguro que tienes deberes que atender.

Pone una mueca.

—Volveré a la Ciudad de Cristal esta noche. No llevo nada de urgencia esta vez. —Hace una pausa—. Supongo que la noticia no habrá llegado a Briarlock, pero la reina pretende organizar una competición con Emberfall.

Asiento sin pensarlo.

—Algo he oído al respecto.

Levanta las cejas.

—¿De verdad? Vaya, entonces sí que se ha corrido rápido la voz.

Casi me congelo. Olvidé que me enteré de la existencia del Desafío Real por lady Karyl.

Tycho y yo hemos pasado una hora en el bosque disparando flechas y, no sé cómo, se me ha olvidado que trabaja a las órdenes del rey y de la reina, mientras que yo soy solo un pobre herrero que guarda un acto de traición en el bolsillo.

Soy un tonto.

Trago saliva, me encojo de hombros y hurgo en la fragua.

—Por aquí pasan muchas herraduras sueltas y carruajes que se rompen en esta época del año. Los viajeros siempre tienen ganas de hablar.

—Seguro. —Lo dice con ligereza, sin una pizca de sospecha. Aun así, me siento culpable.

La fragua ha empezado a brillar, pero no está ni de cerca lo bastante roja como para calentar el hierro, así que mantengo la vista hacia delante mientras intento pensar en algo que decir. Él también se queda callado, pero siento el peso de su mirada y de repente me siento cohibido.

—Me parece que he vuelto a hacer que te sintieras incómodo —dice.

—¿Ahora? —digo—. ¿No cuando me has pegado con una flecha?

—Sí, ahora.

No sé qué responder.

Me estudia con la mirada.

—¿Es por la magia?

Levanto la vista con sorpresa.

—¿Qué? No.

—Porque está claro que ha inquietado a tu amiga.

Frunzo el ceño.

—La familia de Callyn tiene una mala historia con la magia.

—¿Y tú?

Niego con la cabeza. Tal vez esté siendo desleal con Callyn, pero no tiene nada que ver con la magia.

Frunce el ceño.

—¿Te pongo nervioso, Jax?

*Sí. Por un millón de razones diferentes.* Pero no lo digo.

Acerca un taburete de una patada a donde estoy, junto a la fragua, y dice:

—¿Puedo sentarme?

El corazón no se me va a relajar nunca.

—Claro.

Se acomoda a mi lado.

—Antes te dije la verdad. Cuando llegué por el camino con las tartaletas de Callyn, pensaba disculparme, dejar la comida e irme. —Se encoge un poco de hombros—. Pero entonces vi a tu padre.

Me quedo muy quieto.

—¡No! —añade con brusquedad—. No quiero decir que te tenga lástima. Infierno de plata, Jax. —Hace un ruido de asco—. Debería dejarte en paz.

—Ibas a hacerlo. Yo me ofrecí a darte una clase.

Eso le hace sonreír, pero solo por un momento. Tiene la mirada clavada en la fragua y su expresión es seria; la luz del fuego baila en sus mejillas.

—No nací rodeado de privilegios —dice despacio—. Mi padre era un borracho que lo perdió todo en una partida de cartas. Mi familia lo pasó mal. Grey ha sido como un hermano para mí. Un mentor. Un amigo. Me enseñó a defenderme cuando... —Duda—. Cuando necesitaba aprender a hacerlo. Y quiero a Lia Mara como a una hermana. Mis amigos de palacio son la única familia que conozco, pero... —Maldice y se interrumpe—. Olvídalo. Ni siquiera sé lo que quiero decir.

Tomo las pinzas y empujo las brasas de la fragua, luego las sostengo en su dirección.

—Ten —digo en voz baja—. Saca uno de esos lingotes de hierro y mételo en el fuego.

Hace lo que le digo, pero le agarro la muñeca antes de que saque las pinzas y deje el lingote dentro.

—No lo sueltes. Tenemos que vigilar el color.

La muñeca se tensa bajo mi mano, lo que me toma por sorpresa. Sin embargo, sigue sosteniendo las pinzas y, tras un momento, se relaja. Debería soltarlo.

Pero no lo hago. Me atrevo a levantar la vista.

En lugar de mirar la fragua, me mira a mí. Esto no es mera camaradería militar.

Definitivamente, este recuerdo va a doler.

—Tengo obligaciones —dice—. Responsabilidades. Razones para estar aquí. Pero he pasado tanto tiempo siendo soldado, tanto tiempo en la corte. He hecho... muchas cosas. —Vacila, flexiona la mano y la luz del fuego hace brillar sus anillos—. Tengo un poco de magia y la gente la teme. Tengo algunas monedas y la gente piensa que soy un noble mimado. El día que te curé la mano... Creí que Callyn y tú estabais tramando algo. No... No me había dado cuenta de lo mucho que me he alejado de lo que era antes. Que la gente me vería como el tipo de persona que arrastraría a un herrero al bosque para golpearlo hasta dejarlo sin sentido por un puñado de palabras sinceras. —Me mira—. No me había dado cuenta de que casi había olvidado lo que era ser solo Tycho.

Se me corta la respiración. No sé qué decir. No sé qué querría decir.

En cualquier caso, no llego a tener la oportunidad, porque lord Alek elige ese momento exacto para aparecer por el camino.

# CAPÍTULO 17
# TYCHO

Me pongo en pie tan rápido que percibo a lo lejos cómo las pinzas de Jax caen al suelo. Llevo la mano a la espada, pero no la desenfundo. Todavía no.

Conociendo a Alek, llegará el momento, sobre todo porque no viene solo.

Dos guardias lo acompañan, tan armados como yo.

Sabía que había alguien en el bosque. Lo sabía y lo ignoré. Solo llevo una carta de Rhen para Grey sobre el Desafío Real, pero, para Alek, será más que suficiente. Me quitará lo que sea que lleve, solo por la oportunidad de demostrar que no soy digno del puesto. La oportunidad de asestar un golpe sin esfuerzo a la familia real.

Miro a Piedad. No tardaría más de unos segundos en subirme a su lomo y marcharme al galope, pero me perseguirían. Es rápida, pero llevamos semanas de viaje, mientras que ellos parecen descansados y alerta. Acabarían por derribarla.

Si me levanto y peleo, me derribarán. Ayer me metí en una sangrienta pelea con un scraver y después no dormí en toda la noche. Tengo la armadura dañada, sujeta por apenas unas tiras de cuero. Además, Alek tiene muchos aliados entre las Casas Reales, mientras que a mí casi nadie me respalda. Si le hago daño, las ramificaciones políticas podrían ser inmensas.

Recuerdo la voz de Grey en los establos. *Sería un tonto si te tendiera una emboscada.*

Supongo que ahora lo veremos.

—¡Tycho! —dice con alegría, aunque sus ojos azules brillan con hostilidad—. Has encontrado un trabajo más adecuado para alguien de tu nivel. Qué suerte.

—¿Qué haces aquí? —exijo.

—Ya hemos pasado por esto. —Desmonta del caballo—. No respondo ante ti.

Alek se acerca a mí y recorre mi figura con la mirada, identificando cada debilidad, no me cabe duda. Acabo de decirle a Jax que echaba de menos recordar lo que era ser solo Tycho, pero ahora necesito hasta la última pizca de autoridad que conlleva mi puesto. No tengo el respeto de todas las Casas Reales, pero Alek es el único que me trata como a alguien inferior de manera descarada. Me sacude y me roba un poco de confianza cada vez.

Tal vez Alek pueda sentirlo, porque se acerca aún más.

—¿Qué hace el mensajero del rey en un agujero perdido cerca de la frontera?

Aprieto la mandíbula.

—¿Qué haces tú aquí?

—Mis asuntos me llevan a viajar por todo Syhl Shallow. Los tuyos, en cambio, no. —Extiende una mano con la intención de tocar la coraza de mi armadura—. ¿Conoce el rey tus pequeños desvíos del deber?

Le aparto la mano de un golpe.

—No tienes nada que hacer aquí, Alek.

—Márchate, Tycho, antes de que te hagas daño. Ve a acurrucarte en el palacio con tu amo. —Baja la voz y da un paso más cerca—. Seguro de que echa de menos a su chivo expiatorio.

Se me hiela la sangre. Hay pocas cosas capaces de paralizarme, pero eso lo hace.

Alek echa un vistazo a la forja detrás de mí y posa la mirada en Jax.

—¿No te has enterado de que hay en marcha una conspiración contra el trono? A la reina le interesará saber que su mensajero de confianza se reúne en secreto con un plebeyo de mala muerte en medio de la nada.

—No estoy haciendo tal cosa —digo.

—Lleváis horas hablando a solas. No me cabe duda de que la reina se sentiría bastante traicionada. —Alek no saca un arma, pero sus ojos vuelven a recorrerme de arriba abajo—. A lo mejor deberíamos comprobar cuánto uso le queda a esa armadura.

—Mi señor —interviene Jax, con la voz áspera, y los ojos azules de Alek se desplazan hacia la izquierda—. Mis señores, por favor…

—Entra en la casa —le digo.

—No —dice Alek—. Tengo asuntos que tratar con el herrero. Asuntos que tú estás interrumpiendo.

—Búscate a otro —digo.

—Ya he contratado a este. —Alek mira a Jax—. Parece que ya no tienes la mano herida.

La respiración de Jax es tensa y superficial. Nos mira a Alek y a mí, y viceversa, y luego traga con fuerza.

Me pongo delante de él.

—Déjalo en paz, Alek.

Se detiene y me fulmina con la mirada.

—Te lo advierto por última vez, Tycho. No tienes derecho a interferir en mis asuntos. No eres el rey. No eres de la guardia de la reina. Ni siquiera eres ya un soldado del ejército. Eres un simple mensajero.

No quiero pelear con él. No quiero. Son tres y yo solo uno.

A pesar de lo que quiero, Alek intenta pasar por delante de mí, hacia Jax, y lo agarro del brazo.

Es la única excusa que le hacía falta, porque tampoco es que necesitara ninguna. Alek saca la espada y, casi sin pensarlo, yo desenfundo la mía y la blando. Bloqueo. Peleo.

Siempre ha sido buen espadachín. Detiene todos los golpes e iguala todas las paradas. La tensión se me acumula en los antebrazos e intento convocar la magia para reforzar mi fuerza, pero está aletargada. Yo lo estoy.

Empuño el arma con fuerza y le arranco la espada de las manos. Uno de los guardias se adelanta, pero Alek se agacha y usa una daga para desviar mi segundo ataque; antes de que me dé tiempo a reaccionar, ha evitado mi defensa. Lanza la mano y me agarra por la garganta. Es rápido y me clava los dedos en los tendones con gran precisión. Uno de sus guardias sostiene una espada contra mi brazo. El otro me apunta con una flecha a la garganta. Choco con la mesa de trabajo y Alek me inmoviliza.

—No puedes matarme —digo.

—Puedo herirte.

Sí. Puede. Ya lo ha hecho. La presión de su mano en la garganta es como una quemadura cada vez que respiro. Me hace pensar en otro momento en el que un hombre me inmovilizó con una mano en el cuello y tengo que forzarme a seguir en el presente, para no perder los nervios.

—El rey te arrancará la cabeza por esto.

—¿Por qué? ¿Por impedir que su mensajero cometa un delito de traición? No creas que no he averiguado cómo se ha curado la mano.

—No he cometido…

—Desde luego, es lo que parece. Tal vez debería ordenarles a mis guardias que añadieran algunas rayas más a tu espalda. Así recordarás cuál es tu lugar.

Me rebelo contra su agarre y se ríe, mientras me empuja hacia abajo. El borde de la mesa me presiona la columna vertebral.

—Eres muy valiente con esos anillos mágicos —dice Alek, con la voz baja. Vislumbro su espada por el rabillo del ojo—. A lo mejor debería cortarte las manos y ver cómo te las arreglas.

Le agarro la muñeca. No pienso. Dejo que la magia fluya. Las llamas estallan en sus mangas.

Alek grita y retrocede para apagar las llamas. De pronto estoy libre, mientras jadeo en busca de aire. He perdido la espada, pero agarro uno de mis cuchillos.

Jamás me había sentido tan agradecido por todo el entrenamiento recibido. Doy un paso adelante para lanzar…

Alek esquiva la hoja y la desvía con el brazalete. Me clava una daga en la cintura, justo donde la armadura cuelga un poco floja.

El dolor es agudo e inmediato, y me deja sin aliento. Caigo de rodillas en el suelo helado. Busco la hoja, pero la ha clavado muy hondo. Intento respirar para despejar el dolor y convocar la magia del anillo, pero creo que la hoja me llega hasta la columna. Resoplo y pongo una mano en el suelo. Hay demasiada sangre y no puedo pensar.

Me mira desde arriba.

—Has dicho que no podía matarte. Veamos si es cierto.

Jax grita, pero lo he perdido de vista. He perdido la noción de todo lo que pasa a mi alrededor. Mi frente golpea el suelo. La boca me sabe a sangre. No puede ser bueno.

—Ahora, dame mi mensaje —dice Alek.

No lo entiendo. Mis pensamientos están plagados de dolor y angustia.

—¿Qué...?

Pero no habla conmigo. Habla con Jax, que asiente con los ojos muy abiertos y llenos de miedo.

—Sí, mi señor. —Le tiende un trozo de pergamino doblado y sellado. Veo cómo cambia de manos.

Alek se lo guarda bajo la capa. Tiene la respiración un poco agitada y me llega el olor de la tela chamuscada.

—Como ves, Tycho, esto no tiene nada que ver contigo.

—Te encontraré —gruño y luego toso sangre—. El rey...

—El rey no hará nada. Me has atacado con magia. Me he defendido Mis guardias lo han visto. El herrero lo ha visto. —Se acerca y me aprisiona la garganta de nuevo; los dedos se me clavan en la piel—. Debería cortarte las manos y ver cómo te desangras.

Se me nubla la vista. No sé si es por la falta de aire o por todos los recuerdos horribles que me asaltan a la vez. Quiero hacerme un ovillo en el suelo, pero tengo que encontrar las armas. Tengo que... que...

—¡No! —grita Jax y un acero brillante baila frente a mí. Alek retrocede sorprendido. Los guardias se lanzan hacia delante. La luz del fuego se refleja en sus armas y oigo cómo un cuerpo cae al suelo.

Alek se ríe sin humor.

—No, dejadlo. Ha cumplido su cometido. —Arroja unas monedas de plata en la nieve—. Te doy las gracias, muchacho.

Tomo aire y vuelvo a toser sangre.

—Estás cometiendo traición.

—Si fuera así, os mataría a los dos ahora mismo.

La cabeza me da vueltas entre la confusión, la traición y la incertidumbre. Nada tiene sentido. No sé qué hacer con todo esto. Pero se marcha. Parpadeo y los cascos golpean la tierra.

—Mi señor. —Unas manos me tiran de la ropa y me dan la vuelta sobre la espalda—. Mi señor. Tycho.

Vuelvo a parpadear y miro a Jax. El pelo se le ha soltado de la coleta y le cae sobre la cara. Sus ojos de color verde avellana parecen dorados a la luz del fuego. Resulta exquisito y aterrador. No sé si es un amigo o un enemigo.

—Dime qué hacer —dice, angustiado—. ¿Debería sacar la daga?

Sigo intentando agarrar la empuñadura. No puedo respirar. No puedo hablar. Siento la magia, pero hay demasiados daños, demasiado dolor, y me cuesta concentrarme. Sé que no puedo curarme con un filo de por medio. Asiento con la cabeza. Al menos, espero haber asentido.

La agarra. La daga se libera.

Me arranca un grito de la garganta, luego un sollozo. La hoja duele igual al salir.

Jax está de rodillas a mi lado y aprieta el tajo con las manos. Maldice y mira entre la herida y mi cara. Tiene un reguero de sangre en la mejilla.

—¿Puedes curarla? Dime que puedes curarla.

No lo sé. *No lo sé.* El dolor es tan intenso que tengo ganas de vomitar en el suelo. Pero las estrellas resplandecen en mi visión cuando la magia empieza a funcionar y chispas de poder se arremolinan en mi sangre. La herida solo tarda un minuto en cerrarse, pero es el minuto más largo de la historia. Mis entrañas tardarán más. Sigo teniendo sangre en la boca, caliente y metálica. Me siento drenado. La magia tiene un precio y hoy lo he pagado demasiadas veces.

Jax sigue arrodillado sobre mí, con sus ojos dorados. La daga está en alguna parte.

*Tengo asuntos que tratar con el herrero.*

Me alejo de él, me pongo en pie tambaleándome y termino en cuclillas. Jadeo por el esfuerzo, pero tengo las armas en la mano.

Abre los ojos de par en par y se aparta. Veo cómo pasa la mirada de los cuchillos a mi cara y viceversa.

—¿Era una trampa? —gruño y mi voz suena como si hubiera tragado piedras.

—¡No!

—¿Tenías que retrasarme? ¿Trabajas para él?

—¡Fuiste tú el que vino aquí! —grita—. ¡Me arrastraste al bosque!

Es cierto. Tengo que respirar. Tengo que pensar.

—Deberías sentarte —dice Jax. Se acerca.

—Quédate donde estás.

Aprieto las armas. Se queda quieto.

—Has perdido mucha sangre.

—Ha dicho que te había contratado —digo.

—Me pidieron que le guardara un mensaje —dice—. Eso es todo.

—¿Qué tipo de mensaje?

—No lo sé. No lo he leído.

Respiro despacio entre los dientes. La cabeza se me empieza a despejar. Lo estudio. El sentimiento de traición sigue espeso en el aire, agrio y potente. Pero ahora que lo miro, no sé si se debe a mí o a él.

Antes me senté a su lado y le hablé de que añoraba los días en los que solo era Tycho; ahora me enfrento a él con armas en la mano.

Pero le hablé de lord Alek. Le dije que era un hombre peligroso y no dijo nada.

—¿Qué ha pasado aquí? —espeto—. ¿Cómo has evitado que me cortara las manos?

Jax duda.

—A la mayoría de la gente no le gusta acercarse al hierro candente. Saqué el lingote de la fragua. —Lo señala.

El bloque de acero está tirado en la tierra. Lo miro durante varios segundos de más.

Ha tenido mucha suerte de que Alek y los guardias no lo hayan matado. Su sangre podría empapar la tierra aquí mismo, a mi lado, y no tendría los anillos de Grey para protegerlo.

También tiene razón en cuanto a lo de hoy. Fue idea mía venir aquí. Fue idea mía disparar flechas, montar en Piedad, alargar el momento.

Fue idea mía provocar a Alek.

Todo ha sido idea mía. Culpa mía.

*A la reina le interesará saber que su mensajero de confianza se reúne en secreto con un plebeyo de mala muerte en medio de la nada.*

Un asunto políticamente complicado, sin duda. Envaino las armas y me paso una mano por la cara. Necesito ponerme en pie. Tengo que volver a la Ciudad de Cristal.

Pero miro a Jax. La cautela ha vuelto a sus ojos. Había desaparecido casi por completo cuando estábamos junto a la fragua. Tiene una mancha de mi sangre en la mejilla. Tiene el pelo mucho más largo de lo que creía y brillantes mechones negros le caen por el hombro.

Se le encienden las mejillas al darse cuenta de que lo miro y se retuerce la mayor parte del pelo en un moño en la parte posterior de la cabeza; luego mete un fino trozo de acero para sujetarlo.

Me enderezo y me pongo de pie, pero me siento torpe. Me recoloco la armadura, en la medida de lo posible. Tengo los pantalones pegajosos por la sangre en las caderas y una cantidad alarmante ha formado un charco en el polvo a mis pies. La daga me ha causado mucho más daño que el scraver. No he descansado ni un ápice de lo que se necesita al emplear tanta magia curativa.

—Tengo que volver al palacio.

—Tal vez deberías esperar un poco —dice.

Sacudo la cabeza y el mundo se vuelve un poco borroso. No sé a dónde ha ido Alek, aunque tampoco tengo claro qué sería peor: que difunda el rumor de que soy desleal o que vuelva para terminar el trabajo. No estoy en condiciones de defenderme. Tropiezo al acercarme al caballo y tengo que agarrarme a la correa de la pechera para mantenerme en pie.

—¿Seguro que puedes montar? —dice Jax.

—Cada vez estoy mejor —miento. Doy un largo suspiro antes de soltar la correa de Piedad.

Jax se detiene frente a mí.

—Mi señor —dice en voz baja—. Me preocupa…

Alargo un pulgar para limpiarle la sangre de la mejilla.

Se paraliza. Le rozo el pelo enmarañado con los dedos.

—Gracias —digo—. Por lo que has hecho.

—No he hecho nada.

—Te has jugado la vida.

Se le corta la respiración y se aparta.

—Mi señor… Tycho. No piensas con claridad. No estás en condiciones de cabalgar. Lord Alek podría volver…

—Sí. Cierto. Lord Alek.

Agarro la silla de montar y me elevo. Por obra de un milagro, termino subido en su lomo, pero sé que tendré que confiar en la firmeza de Piedad para que me lleve hasta el palacio. Quiero pegar la cara a su cuello, pero me obligo a mantenerme erguido. Tomo aire y eso ayuda un poco.

—Por favor —dice Jax en voz baja—. Espera.

—No puedo.

Clavo los talones en los costados de la yegua y nos ponemos en marcha.

# CAPÍTULO 18

# CALLYN

uando cae la noche, me he pasado la tarde cortando, midiendo, vertiendo y amasando. He esperado a que Jax apareciera para contarme lo que ha pasado con lord Tycho, pero no lo ha hecho. La preocupación ha empezado a retorcerme las entrañas. ¿Habrá vuelto a gritarle? A lo mejor ofendió tanto al joven noble que Tycho se ha marchado de Briarlock para siempre. Una parte de mí quiere molestarse ante la idea, pero otra se pregunta si no sería mejor.

Me froto el colgante bajo la camisa. Sigo pensando en mi madre y en lo que pensaría de todo esto.

Nora se acerca a mi lado con un trapo húmedo para limpiar la madera.

—¿Estás esperando a lord Tycho?

—Por supuesto que no.

Sonríe.

—Sigo pensando que es muy guapo.

—Sí, fuiste muy sutil.

Se queda callada un rato y, cuando por fin habla, lo hace con un hilo de voz.

—Sé que tiene magia, pero ¿y si le gustas?

—Ay, Nora. ¿Por qué iba a gustarle?

—Bueno, ha estado aquí varias veces.

Supongo que eso es cierto. También tiene razón en que es bastante atractivo. Sin embargo, pienso en la magia de sus anillos, en su lealtad al rey, y me estremezco.

Nora se deja todas las manchas en las que se ha apelmazado la harina en la mesa, así que le quito el trapo de la mano para frotar más fuerte la madera.

—Sabes lo que hizo padre. Y lord Tycho está muy por encima de nuestra posición.

—Dijo que había nacido…

—No importa dónde o cómo nació —digo con firmeza—. Está claro que ahora es alguien importante.

Aun así, recuerdo la intensidad en su mirada cuando dije: *No sería correcto. Tampoco sería incorrecto,* respondió sin inmutarse.

Miro hacia la ventana, que solo revela la lenta caída de la nieve. Un animal chilla en algún rincón del bosque y vuelvo a estremecerme.

—A lo mejor le gusto yo —dice—. Me llamó lady Nora.

Me río.

—Guárdate esa idea.

Se aleja de la mesa y da vueltas, pero sus faldas remendadas a mano son demasiado pesadas para ondear mucho. Luego hace una ridícula reverencia.

—Por supuesto, lord Tycho —canturrea—, aceptaría con gusto su mano en matrimonio. Tendremos veinticinco hijos…

Me echo a reír.

—¡Veinticinco!

—Parece bastante viril.

—Por los cielos, Nora —espeto, como si fuera a oírnos—. ¿Acaso sabes siquiera lo que significa eso?

—Por supuesto que sí —dice con retintín. Hace otra reverencia—. Porque soy una dama.

—No conozco a muchas damas dispuestas a hablar abiertamente de… bueno, eso. —Vuelvo a mirar por la ventana; el cielo se oscurece—. De todas formas, no creo que vuelva, así que será mejor que te guardes esa aceptación de matrimonio para otra persona.

—¿Quieres casarte, Cal?

Por un segundo, creo que me está tomando el pelo, así que casi le doy una respuesta sarcástica. Sin embargo, cuando la miro, su expresión es seria y sus ojos buscan los míos.

—No lo sé —reconozco.

Agarra la escoba del rincón.

—Mamá siempre decía que perdías el tiempo suspirando por Jax. Nunca he entendido por qué. Creo que también sería un buen marido.

Lo suelta sin más, pero las palabras me pesan como una piedra. Nora apenas tenía ocho años cuando murió nuestra madre y rara vez la menciona.

—¿Que mamá qué?

Se pone a barrer.

—Cuando recorrías el camino para llevarle pasteles, siempre se lo decía a papá. —Me mira por encima del hombro—. ¿No crees que Jax sería un buen marido?

—No. O sea, sí. Es muy… —Me atraganto con las palabras. Jax es muchas cosas. He dedicado demasiado tiempo a pensar en cómo me limpió la harina de la mejilla. O en cómo huyó de aquí después de haberse quemado la mano—. Jax es mi amigo. Nuestro amigo.

—Supongo que nunca tendrá una pensión de soldado —dice, reflexionando mientras barre—. Pero nunca te faltarían nuevos moldes para hornear. Podríamos hacerle que recogiera él los huevos todos los días.

—Qué generosa. —Resoplo—. ¿Así que ahora me voy a casar con Jax? —digo, divertida—. Creía que me iba a casar con lord Tycho.

—Cásate con los dos. —Me guiña un ojo—. He leído sobre esas cosas.

Me la quedo mirando, entre la diversión y el asombro.

—¿Qué diantres andas leyendo?

—Los libros viejos de mamá —dice—. Tiene muchísimos.

Es cierto. Pilas y pilas de libros, lo bastante altas como para cubrir toda la pared trasera de mi dormitorio. Cuando no estaba de servicio como soldado, se acomodaba frente a la ventana de la panadería con algún romance clásico mientras mi padre se ocupaba de mezclar, medir y hornear. Le tomaba el pelo con que tendríamos papel de sobra para avivar los hornos, pero nunca se atrevió. No tenía ni idea de que Nora había empezado a leer las historias de amor por su cuenta. Quiero regañarla, pero me asalta un recuerdo de Jax leyendo después de la lesión de la pierna. No éramos mucho mayores que Nora y recuerdo cómo me reía con él en las partes subidas de tono de algunos de los libros de madre.

*¿Es así de verdad?*, recuerdo haberle preguntado.

Se puso rojo como un tomate.

*¿Y yo qué sé?*

Ahora sonrío al recordarlo.

La puerta se abre de sopetón y suenan las campanas. Contengo el aliento y me pregunto si será lord Tycho.

En su lugar, encuentro a lord Alek. El corazón se me acelera en el pecho.

—Nora —siseo—. Vete arriba.

—Sube tú...

—¡Ve! —espeto. Aprieto el trapo y me deslizo hacia el extremo de la mesa, donde guardo los cuchillos. Lord Alek entra, seguido de dos guardias, y echa un vistazo a Nora, que sube corriendo los escalones.

—¿Tu hermana huye de mí? —dice.

—No, mi señor —miento—. La he mandado a buscar más trapos. Estábamos a punto de cerrar por hoy.

—Entonces llego justo a tiempo. —Se acerca a la mesa y trago saliva. Tengo la mano izquierda apoyada junto a los cuchillos, mientras con la derecha restriego el trapo húmedo con movimientos lentos.

Recuerdo haber pensado que Tycho se movía como un soldado, pero este hombre se mueve como un depredador. No tiene una sonrisa fácil, ni luz en los ojos. Solo rasgos afilados y movimientos firmes. Incluso su pelo rojo es espeso y oscuro, y me hace pensar en el color de la sangre seca. Sus ojos, azules y penetrantes, como si alguien hubiera robado la esencia del hielo y la hubiera encerrado en su mirada. Cuando se acerca, quiero alejarme.

—¿Qué desea? —digo sin cambiar la voz—. Tengo empanadas de carne recién hechas. Un pan de pasas de esta mañana. Tal vez...

—No he venido por eso. —Se acerca al lado de la mesa. Deslizo la mano hacia la izquierda, en busca de un cuchillo.

Sin embargo, es más rápido y extiende la mano para sujetar la mía contra la madera, inmovilizándola.

Yo también soy rápida. Agarro un cuchillo con la mano contraria.

Me aferra por la muñeca y sus dedos me presionan los huesos y los tendones. Intento zafarme, pero se mantiene firme. Forcejeamos y creo que le doy una patada en la espinilla.

Entonces, choco de espaldas con la pared de piedra junto al horno, con fuerza suficiente como para hacerme gritar. Me sostiene las muñecas por encima de la cabeza y las retiene ahí. La suerte es lo único que hace que el cuchillo no se me caiga encima.

—¡Cally-cal! —grita Nora. Oigo el movimiento de las botas de los guardias en las tablas del suelo.

—¡No! Nora, quédate arriba.

—Quédate arriba —dice lord Alek, con tono despreocupado—. Tu hermana y yo solo estamos charlando. —Mira el cuchillo en mis dedos—. ¿Verdad?

Mi respiración es demasiado rápida, áspera y furiosa. Me resisto a su agarre, pero es demasiado fuerte. Me aprieta las muñecas y tengo que reprimir un gemido.

—Contesta —dice.

—Sí, mi señor —digo.

—Díselo a tu hermana.

—Solo estamos charlando —digo. Tomo aire y trato de mantener la voz calmada—. Nora, no pasa nada. Ve a elegir un libro para que lo leamos juntas.

No sé si me escucha, pero no oigo pisadas en los escalones y los guardias no se han vuelto a mover.

—No he empuñado ningún arma contra ti —dice lord Alek—. ¿Qué historias te ha contado el herrero? —Hace una pausa y entrecierra los ojos—. ¿O has escuchado las mentiras del lamebotas del rey?

—No hace falta que nadie me cuente nada —digo—. He visto lo que le hizo a Jax.

Levanta las cejas.

—¿Lo que le hice a Jax? ¿Jax, que me acusó de traición? ¿Que me exigió una fortuna en plata por guardar un trozo de papel? —Se inclina más cerca—. Si no le gustan los juegos peligrosos, no debería jugar.

Maldita sea, Jax. Sabía que había pedido demasiado. Arriesgado demasiado.

—¿Qué ibas a hacer con el cuchillo? —pregunta lord Alek.

Lo fulmino con la mirada.

—Libéreme y se lo enseñaré.

Suelta una risita.

—Me gustas más que ese herrero codicioso. —Hace una pausa—. Una gran bienvenida para un hombre que te salvó la vida una vez. ¿Acaso perdí el tiempo?

Se me corta la respiración, porque por un momento no sé de qué me habla.

Entonces, lo comprendo de golpe. Recuerdo el destello de pelo rojo, el choque de la espada al detener otra.

*¡Es una niña! Sácala de aquí.*

—El Alzamiento —digo—. ¿Era usted?

Alek asiente.

—Me resulta fascinante que tu amigo me acuse de traición cuando tú misma estabas allí, en las escaleras del palacio.

Intento no forcejear, porque no quiero darle la satisfacción.

—No soy la única.

—Tenía mis propias razones para estar allí —dice. Sus ojos azules penetran los míos—. Estabas allí, pero no entraste en el castillo. ¿A quién eres leal?

—Quería proteger a mi hermana.

—Esa no es una respuesta. —Hace una pausa—. Jax tomó la decisión de llevar nuestros mensajes, pero ¿por qué guardas sus secretos?

Trago y mi respiración se acelera.

—Es mi amigo.

—¿Y estás dispuesta a ir a la horca con él? ¿Es eso?

Pienso en cómo Jax deslizó la plata por la mesa hacia mí. Pienso en cuando lo encontré en el granero, ordeñando a Muddy May. Pienso en él ruborizándose con las historias de los libros, forjando el metal o dejándome llorar en su hombro tras la muerte de mi madre.

*¿A quién eres leal?*

A Nora. A Jax. A la gente a la que quiero.

—Sí —susurro—. Estaría dispuesta. Al igual que lo estaba a recibir la espada que iba destinada a Nora.

Alek parpadea y se retira un poco. Desliza las manos lejos de mis muñecas.

—Tal vez no haya perdido el tiempo —dice—. Deja el cuchillo.

Dudo, miro a los guardias, y luego lo dejo sobre la mesa.

—De acuerdo.

—Lady Karyl sugirió que eras de confianza —dice—. Pero ella no te había conocido.

Resisto el impulso de frotarme las muñecas.

—¿Así que ha venido a averiguarlo?

—Pues sí. La primera noche que vine no terminé de reconocerte. Quería volver para asegurarme. —Hace una pausa—. Pero no me gusta cuando la gente trabaja solo por dinero. Es demasiado fácil que se dejen convencer por el mejor postor. —Se detiene de nuevo y su voz adquiere una nota de ira—. He visto a Jax pasar el día con el mensajero del rey. Hace que me pregunte de qué lado está.

Ahora soy yo la que se queda mirando.

—¿Eso ha hecho?

—En efecto. Pensaba esperar y reclamar mi mensaje en privado, pero decidí que sería mejor recuperarlo antes de que cayera en las manos equivocadas.

*Jax, ¿en qué te has metido?*

—Jax es de confianza —digo—. Me jugaría la vida por ello.

—¿De verdad? —dice con ligereza—. Me alegra oírlo. —Hace una pausa—. Dime por qué.

Busco las palabras a tientas.

—Porque ha sido mi amigo desde siempre.

Es todo lo que quiero decir, pero lord Alek me sigue observando con atención. A la espera.

—Desde antes de que perdiera el pie —añado—. Desde cuando pensábamos que sería soldado. —Dudo—. Desde antes de que murieran mis padres.

—¿Cómo murieron?

Las palabras me aprietan el corazón y no quiero responder, pero no le costaría averiguarlo.

—Mi padre participó en el Alzamiento. —Trago saliva—. Por eso estábamos allí.

—Así que murió por la magia del rey. —Hace una pausa—. ¿Y tu madre? ¿También participó?

—No. Murió en la guerra —digo apenas con un hilo de voz—. La guerra contra Emberfall. La mató el monstruo.

Lord Alek se queda muy quieto.

—Nuestro rey tenía relación con ese monstruo.

Trago saliva.

—Eso es un rumor.

—Eso es un hecho.

—No… No sé…

—Es un forjador de magia. Su hija es una forjadora de magia. —Hace una mueca—. El monstruo fue creado con magia. Su vínculo con nuestra reina fue forjado con magia. —Baja la voz—. La magia nos ha robado nuestro país. Tu amiguito el herrero me acusa de traición, pero es el rey quien comete la mayor traición de todas.

Me sostiene la mirada. Está muy cerca y su voz es un murmullo. Me fijo en una ligera mancha de pecas que le cubre la nariz, la primera señal de algo que lo hace parecer menos severo.

—El monstruo también mató a mi madre —añade.

Se me corta la respiración.

Asiente.

—Y luego el rey y Tycho mataron a mi hermana. Por haberse atrevido a ser la primera en tomar partido contra la magia.

Me quedo paralizada en el sitio.

—Su hermana era la consejera de la reina —susurro. Mi padre nos contaba historias de la mujer que encontró los artefactos capaces de atar la magia. Acero de Iishellasa, como los anillos de Tycho. Supuestamente, había una daga que podía matar al rey.

—Sí —dice lord Alek—. Lo era. Y mi madre era generala del ejército de la reina. Cuando la criatura atacó, fue primero a por los oficiales.

—Eso he oído. —Mi voz suena rota.

Vacila y habla en voz muy baja. No sé si se debe a que nos hemos sorprendido mutuamente, pero el ambiente entre ambos ha cambiado.

—¿Cuál era el rango de tu madre?

Tengo que aclararme la garganta. Me resulta raro y sorprendente conocer esto acerca de él. Debe pensar lo mismo, porque me mira de forma diferente. Ya no es tan calculador. Tal vez sea eso lo que me empuja a responder.

—Era capitana.

Frunce el ceño, con los ojos en tensión.

—Perdimos a mucha gente buena. Demasiada. —Tiene la mandíbula apretada—. La antigua reina habría tomado represalias. Iba a hacerlo. Pero después de su muerte, la reina Lia Mara se alió con ellos, con él, menos de seis meses después. —Sacude la cabeza y aparta la mirada—. Mi hermana era leal de verdad y murió por ello. Cuando la gente se atreve a pronunciar una queja, se la acusa de sedición. Si hablamos en contra del rey, se nos acusa de traición.

Mientras tanto, su poder crece día tras día. Tenemos suerte de que no se haya criado entre forjadores y que gran parte de su poder siga siendo un misterio. ¿Se supone que el pueblo de Syhl Shallow debe ceder sin más? ¿Debemos olvidar a los que cayeron?

Se pasa una mano por la nuca y me fijo en las marcas de quemaduras que tiene en el cuero del brazalete y que se extienden por la manga.

—He venido para hablar y tú sacas un cuchillo porque crees que soy una amenaza. Sin embargo, permites que Tycho se siente en tu mesa como si lo conocieras de toda la vida.

No sé qué decir. *Tycho también me asustó.*

—¿Qué le ha pasado en el brazo? —susurro.

Parpadea como si lo hubiera tomado por sorpresa y luego deja caer la mano a un lado.

—Le exigí respuestas al mensajero del rey y me atacó con magia.

Lo dice con mucha calma, pero el corazón se me acelera de nuevo, por una razón totalmente diferente. Han pasado demasiadas cosas. He visto demasiados puntos de vista. Tal vez Tycho haya salvado la mano de Jax, pero ha usado la magia para atacar a Alek. Alek tal vez haya amenazado a Jax, pero también nos salvó a Nora y a mí.

Dudo y estiro la mano hacia su brazo.

—¿Se ha quemado? Tengo un poco de bálsamo.

—Primero pensabas matarme, ¿y ahora vas a curar mis heridas?

—Supongo que se lo debo por haberme salvado la vida. —Las palabras suenan demasiado pesadas y esquivo su mirada mientras añado—: Pero tranquilo. Todavía podría matarlo.

Sonríe y me ofrece el brazo. El brazalete parece haberse llevado la mayor parte de los daños, pero, en el pliegue del codo, la camisa se ha quemado y deja al descubierto una franja de cinco centímetros de piel enrojecida y cubierta de ampollas que me recuerda demasiado a la herida que Jax se hizo con la fragua.

Saco el frasco de pomada de debajo de la mesa y extiendo un poco sobre la piel dañada.

Sisea y lo miro.

—No sea quejica.

—No seas cruel.

—Si no le gustan los juegos peligrosos —digo, imitando su tono—, no debería jugar.

No sonríe, pero no aparta la mirada. El aire está cargado y el silencio se siente denso entre nosotros. Soy muy consciente del peso de su antebrazo en la mano, de la curva del músculo bajo la quemadura que estoy tratando.

Trago saliva y lo suelto, luego me limpio las manos en el trapo.

—Ya está. Ahora estamos en paz.

—Así es. —Después de un momento, da un paso atrás—. Dices que Jax es digno de confianza. Yo creo que es un avaricioso.

—¡No! Él solo… Nosotros…

—Da igual.

Saca un trozo de pergamino doblado del bolsillo y lo arroja sobre la mesa. El papel de color crema está manchado de sangre y hay una gota en el sello negro y verde que ya he visto antes.

Se me corta la respiración. No lo toco.

—Ábrelo —dice.

El corazón me late con fuerza. Hemos ansiado conocer el contenido de estos mensajes. Jax lleva días intentando recrear el sello. ¿Y ahora Alek quiere que lo abra?

—Adelante —me insta.

Dudo, pero extiendo la mano hacia el papel doblado. Deslizo el dedo por debajo del sello y el papel se rompe despacio, hasta que cede por completo.

*2 pernos enteros de damasco púrpura*

*3 rollos completos de seda blanca*

*7 rollos enteros de muselina*

*Medio rollo de algodón*

No leo toda la lista. Vuelvo a levantar la vista y me cruzo con su mirada.

—No… no es una carta.

—Ya ves que no. Es un pedido de telas. Algunos de mis clientes pagan mucho por un poco de confidencialidad.

—Así que no son mensajes de traición.

No sé si sentirme decepcionada o aliviada.

—Esta, no. Solo hago mi trabajo. —Hace una pausa—. Volveré en quince días y entonces podrás decirme lo que has decidido.

Dos semanas. Hago un cálculo rápido para saber si tenemos suficiente para pagar a la recaudadora de impuestos ahora, y si eso nos dará tiempo para reunir el resto y pagar lo que debemos.

Entonces caigo en la cuenta de lo que acaba de decir y frunzo el ceño.

—¿Mi decisión sobre qué?

—No estoy seguro de poder confiar en Jax. Pero tú y yo nos parecemos un poco, creo. —Se inclina y baja la voz—. Debes decidir si quieres ayudarme.

Su tono indica peligro. Tal vez sea solo un pedido de tela, o tal vez no. O tal vez solo algunos de los mensajes hablen de traición, mezclados con otros normales para reducir el riesgo.

No hay forma de saberlo.

Antes de que pueda decir nada, se endereza.

—Te doy las gracias por el bálsamo —dice—. ¿Cuánto por las empanadas de carne?

—Eh… —Me esfuerzo por poner en orden mis pensamientos—. Cinco monedas de cobre cada una.

—Hecho. —Mira a los guardias—. Envolvedlas todas. Comeremos mientras cabalgamos.

Lo hacen, mientras él saca unas monedas de la bolsa y me las pone en la mano.

—Piensa en la oferta. No es una traición cuestionar la lealtad de alguien.

Me dobla los dedos alrededor de las monedas.

Asiento.

—Sí, mi señor.

Me agarra la mano y me mantiene los dedos cerrados.

—No se lo digas al herrero.

Trago saliva.

—Pero...

Se encoge de hombros.

—La decisión es tuya. Elige sabiamente. Soy un enemigo muy peligroso, Callyn.

*Ay, Jax.* Pienso en cómo le gritó a Tycho. No tengo ni idea de lo que le habrá hecho al hombre que tengo delante. Pero sabía que estaba jugando con fuego; es posible que yo también.

No sé qué decir.

Así que me limito a asentir.

—Siento mucho lo de su madre. Y lo de su hermana.

Parte de la arrogancia de su postura desaparece de su expresión y, por un instante, no es un noble aterrador, sino un joven que comprende el dolor y la pérdida tan intensamente como yo.

—Siento mucho lo tuyo —dice en voz baja.

Me levanta la mano en la que sostengo las monedas y me roza los nudillos con un beso. Antes de que me dé tiempo a reaccionar, cruza la puerta y el viento frío se cuela en la panadería; el fuego parpadea. En algún rincón distante del bosque, otro animal chilla y cierro la puerta. El corazón me late tan fuerte que estoy segura de que mi hermana tiene que oírlo desde la planta de arriba.

*Nora.* Corro hasta la base de la escalera, pero está sentada en el último escalón, lejos de la vista. Tiene los ojos muy abiertos.

—No te cases con ese —susurra.

—Descuida, no lo haré.

Entonces se me ocurre abrir la palma de la mano y me quedo sin aire.

Nada de cobre.

Veinte monedas de plata.

*No se lo digas al herrero.*

Ay, Jax. Dejo caer las monedas en el bolsillo de la falda y subo con facilidad las escaleras para llegar junto a mi hermana.

# CAPÍTULO 19

# JAX

No pego ojo en toda la noche. Me quedo mirando el techo durante horas.

Una parte de mí quiere salir corriendo a contarle a Callyn todo lo que ha pasado.

Otra quiere que me lo guarde todo en el pecho para analizar cada segundo desde los diversos ángulos. No solo la pelea con Alek, sino todo lo que pasó antes.

Todo lo que pasó después.

No dejo de pensar en el espacio de tiempo en el que el pulgar de Tycho me limpió la sangre de la mejilla. *Te has jugado la vida.*

Pero estaba aturdido y desorientado. Tal vez no significase nada. Debería haberme esforzado más para que se quedase. No sé cómo lo habría conseguido, pero había demasiada sangre. Cuando se subió al caballo, la imagen no transmitió gracilidad ni seguridad. No tengo forma de saber si ha llegado a salvo a la Ciudad de Cristal. ¿Lo habrá seguido lord Alek?

Sea como fuere, se marchó, y yo no puedo perseguir a un caballo. Me conformé con echar tierra sobre la sangre del taller, luego limpié la daga de Alek y la escondí bajo el colchón. Imagino que la siento a través de las capas de lino, paja y plumas. Tal vez eso es lo que me mantiene despierto. La daga traidora que me pincha la piel como un recordatorio de todo lo que he hecho mal.

Cuando mi padre se arrastra dentro de casa después de medianoche, dejo que se me cierren los ojos. Debe de detenerse ante mi puerta, porque lo oigo respirar. El aroma a cerveza flota en el aire. Me quedo en un tenso silencio mientras me pregunto si tendrá intención de despertarme.

Pero no, sus pasos retumban por la casa, hasta que su puerta se cierra con un chirrido.

Vuelvo a mirar al techo y revivo cada momento.

*No pretendía engañarte. Pretendía engañar a tu padre.*

*Seguramente eres más fuerte que yo.*

*Infierno de plata, Jax. Calla y dispara.*

SI cierro los ojos, puedo escucharlo una y otra vez. Puedo ver el desafío en su mirada.

Después de que Alek lo apuñalara, pensé que vería morir a Tycho en el suelo. Pero usó el anillo mágico y se levantó muy rápido. Se enfrentó a mí con las armas en la mano. La sonrisa fácil había desaparecido de su cara, sustituida por una intensidad despiadada. En un instante, se volvió mil veces más aterrador que lord Alek.

*Trabajas para él.*

No es cierto. ¿O sí?

No me gusta esta sensación. Quiero hacer retroceder el tiempo. Quiero reunir hasta la última moneda de plata que he «ganado» y devolverla.

Sin embargo, por muy generoso que fuera Tycho, se ha ido. Me enseñó a disparar flechas. Me dejó montar en su caballo durante un cuarto de hora. No puede salvar la forja. Lo más probable es que no regrese.

Cuando la primera chispa de luz brilla en el horizonte, no he dormido nada. Me espera otra larga jornada de martillar el acero junto a la fragua. Pienso en el día de ayer, disparando flechas en el bosque, el aire tan frío que me dolían los dedos. Recuerdo la primera flecha que disparé, cómo Tycho levantó las manos y silbó como si fuera una victoria que celebrar. Recuerdo cómo le agarré la muñeca para sujetar el hierro en el fuego, cómo me tocó la mejilla, cómo sus dedos me rozaron el pelo.

Me aprieto los ojos con las manos y busco las muletas. Tenía razón. El recuerdo solo me traerá dolor.

El borde de acero de la fragua está helado y me soplo los dedos mientras espero a que ardan las brasas. Me dirijo a la parte más alejada de la mesa de trabajo y saco el boceto del sello de debajo de un montón de chatarra y tablones de madera desparejados que guardamos para hacer reparaciones menores.

Frunzo el ceño y arrugo el papel. Voy a tirarlo al fuego.

Entonces me fijo en un trozo de madera curvado en el fondo de la pila, cubierto de años de polvo, y me acuerdo del viejo arco de mi padre, abandonado hace mucho entre los desechos. Aparto varias barras de hierro y palas rotas para llegar al fondo y toso cuando la mitad cae al suelo y levanta una nube de suciedad.

Después de tanto tiempo lo más probable es  que sea inservible, pero escarbo en el desorden hasta que consigo liberarlo. La madera está pegajosa por la suciedad y la mugre, y la cuerda está enrollada alrededor del eje. Espero encontrarla quebradiza o mordisqueada por los ratones, pero parece bastante sólida.

Froto el arco con el pulgar y, bajo la suciedad, descubro una mancha de color rojo intenso en la madera. El cuero de la empuñadura está podrido, pero tengo más para cambiarlo. Miro la fragua que se calienta, a la espera del hierro con el que la alimentaré hoy, y luego vuelvo a mirar el arma que sostengo en las manos.

Ni siquiera sé si me acuerdo de cómo encordar un arco. Ni de dónde están las flechas.

Empujo algunas cosas más debajo del banco de trabajo.

Las flechas están ahí, aunque solo cuatro se pueden usar. Las demás se han roto por el peso de todo lo que hemos amontonado sobre ellas a lo largo de los años.

Cuatro es mejor que nada. Aunque las puntas están oxidadas. Al menos es algo fácil de reemplazar.

No quiero pensar en lo que estoy haciendo. Echo un vistazo hacia la puerta que da acceso a la casa, por si mi padre fuera a aparecer en cualquier momento. No sé qué diría si me encontrara intentando encordar un arco. No quiero averiguarlo.

Busco un trapo y algo de aceite, además de algunos trozos de cuero.

En menos de una hora, tengo un arco más o menos encordado, cuatro flechas y un corazón acelerado.

Todavía es pronto. No pasa nada porque la forja espere otra media hora.

Me cuelgo el arco del hombro, me guardo las flechas en el cinturón y agarro las muletas.

No voy tan lejos como ayer, solo recorro la mitad del camino hasta la panadería. Me alejo de la vista desde ambas casas. El bosque está iluminado con la luz temprana del sol y el aliento sale de mi boca en una nube alargada. Trato de recordar todas las instrucciones de Tycho, desde cómo encajar la flecha hasta estirar el brazo hacia atrás y localizar el objetivo.

No tengo ni idea de si funcionará. La cuerda podría romperse, las flechas podrían desviarse y mi padre podría sorprenderme, partir el arco por la mitad y exigirme que volviera a la forja.

Pero tal vez no quiera conformarme con un recuerdo lastimero.

*¿De qué tienes miedo, Jax?*

De menos de lo que lo tenía ayer.

Me apoyo en un árbol congelado, tenso la cuerda y disparo.

# CAPÍTULO 20

# TYCHO

Me despierto en una habitación desconocida y en penumbra, tumbado en una cama estrecha. Un fuego crepita en algún lugar cercano. Recuerdo a Alek y me llevo la mano a la cintura, pero no porto armas. Tampoco armadura. Con un grito ahogado, me incorporo.

—Despacio —dice la voz de Noah desde detrás y comprendo dónde estoy.

La enfermería. El Palacio de Cristal.

No tengo ni idea de cómo he llegado aquí. La débil luz del sol se filtra por las ventanas, pero no sé si eso significa que está amaneciendo o anocheciendo. Recuerdo la pelea con Alek. Jax. La daga. El dolor.

Recuerdo que Jax me salvó la vida. Tenía mi sangre en la mejilla. Sus ojos brillaban a la luz de la fragua.

Recuerdo haberme subido a Piedad. No recuerdo mucho más después de eso.

Pero recuerdo el antes. El paseo por el bosque con Jax, cómo la amargura de su mirada se suavizó y dio paso a algo parecido al entusiasmo cuando la primera flecha salió disparada de la cuerda. Nos recuerdo sentados junto a la fragua, cuando debería haber estado cabalgando de vuelta a casa. Sentir su mano en la muñeca. Compartir con él pensamientos que no le había revelado nunca a nadie.

*Casi había olvidado lo que era ser solo Tycho.*

Mi gato duerme a los pies de la cama, pero Noah aparece delante de mí con dos tazas humeantes, así que Salam se levanta del catre para colarse debajo.

Noah ignora al animal.

—Toma —dice y me tiende una taza mientras se sienta en el colchón a mi lado. Inhalo el aroma a naranja y canela—. ¿Qué tal la cabeza?

Frunzo el ceño y me toco la coronilla con una mano, pero no me duele nada. Llevo una túnica de lino sencilla y unos pantalones sueltos que no recuerdo haberme puesto. Frunzo más el ceño.

—No recuerdo haber llegado aquí.

—Ya. —Toma un sorbo de té—. Cuando llegaste anoche al puesto de guardia, estabas inconsciente.

Lo miro.

—¿De verdad?

Asiente.

—Colapsado sobre el lomo del caballo —dice—. Cubierto de nieve. Había sangre por todas partes. Pensaron que estabas muerto.

Me esfuerzo por recordar, pero después de que salí al galope de Briarlock, no hay nada. Dulce Piedad. Me trajo a casa. Tendré que llevarle una fanega entera de manzanas.

Me paso una mano por la cara y bebo un sorbo de té.

—Grey ha venido a verte cada pocas horas —dice—. Ha estado esperando que te despertaras. Dijo que te habías curado las lesiones más críticas por tu cuenta. —Hace una pausa—. Él se ocupó del resto.

Recuerdo haberme arrastrado por la tierra frente a la fragua de Jax, mientras me preguntaba si conseguiría seguir despierto el tiempo suficiente para que la magia siguiera funcionando. La magia de Grey se activa y lo protege aunque él no sea consciente de ello, pero yo no puedo permitirme ese lujo.

—He visto tu armadura —dice Noah más despacio—. ¿Quién te atacó?

Levanto la vista y dudo.

—¿Es una respuesta para oídos reales? —pregunta con sequedad. Se levanta de la cama—. Grey me pidió que lo avisara cuando despertaras. También te pediré el desayuno. Tienes que estar hambriento.

El desayuno. Así que era por la mañana.

El rey llega antes que la comida, lo que me toma desprevenido. Su expresión es tensa y severa, y va armado de pies a cabeza, lo que significa que lo han ido a buscar a los campos de entrenamiento. Justo cuando estoy a punto de decirle que estoy bien y que no hacía falta que se apartara de sus soldados, me doy cuenta de que le sigue más gente. Jake, cuya expresión es inusualmente feroz en lugar de jovial. El general Solt, uno de los comandantes más formidables de cuando era recluta, que continúa siendo igual de intimidante. Nolla Verin, hermana y consejera de la reina, y también una de las mujeres más poderosas y brutales que he conocido.

Resultan tan imponentes que me levanto y me coloco en posición de firmes antes de recordar que ya no soy soldado.

¿Alek habrá lanzado acusaciones contra mí? ¿Tendré que dar explicaciones? Siento una punzada de miedo en la columna vertebral. Tengo el entrenamiento y el protocolo tan inculcados en las venas que casi hago un saludo militar.

—Majestad —le digo a Grey.

—¿Quién te ha hecho esto? —exige—. Todavía llevabas dinero, así que no han sido ladrones comunes. Solo encontré una carta de Rhen. ¿Había más?

—¿Qué? —No entiendo la intensidad con la que habla y tardo un momento en comprender—. No. No me atacaron por lo que llevaba. No...

—Dinos cuántos eran —dice Nolla Verin y se cruje los nudillos.

—Y qué dirección seguir para encontrarlos —añade Jake en tono sombrío.

—No fue una sola pelea. —Reprimo una mueca, porque soy responsable de ambos enfrentamientos—. Fueron dos, y la segunda...

—Dos —gruñe el general Solt—. Tycho, ¿dónde?

Se equivocan por completo. Parecen a punto de convocar a todo el ejército, mientras que yo solo quiero acostarme y fingir que no ha pasado nada.

—La última fue con lord Alek —digo con firmeza—. Entonces...

—¡Alek! —exclama Grey.

—No tienes que ir tras él —digo.

—Ah, ¿no? —espeta—. Nolla Verin, ve. Entrega una citación. Hazlo volver.

—Con mucho gusto. —Sale por la puerta tan rápido que casi espero que arrastre a lord Alek hasta aquí en menos de una hora, y eso no conducirá a nada bueno.

Miro fijamente a Grey.

—Por favor, no alteres a las Casas Reales en mi nombre. Estoy bien.

—Tienes suerte de haber llegado a las puertas. Te vi cuando te trajeron.

—Fue un malentendido —digo—. Tuvimos un altercado...

—¿Volviste a encontrarlo en Briarlock? ¿Por qué te atacó?

—No... Grey, él no... No fue un ataque. —Aprieto los dientes, recordando. Como siempre, Alek presionó, pero yo respondí—. No exactamente.

—Estabas cubierto de sangre —dice Jake. Se apoya en el marco de la puerta—. Parece que fue un encuentro muy amigable.

—Y tu armadura —dice Solt—. No había visto daños así desde que dejamos a aquel scraver en Emberfall.

Frunzo el ceño y tomo aire para protestar, pero es demasiado. No sé cómo explicarme mientras todos se me echan encima. Sé que sus intenciones son buenas, pero no estaba preparado para despertarme y reconocer mis errores ante las personas más poderosas de la ciudad.

—Acaba de despertarse —interviene Noah con calma desde donde está sentado cerca de su mesa de trabajo—. Tal vez deberíais tomaros con calma el interrogatorio. También debería sentarse.

Eso no me ayuda.

—Estoy bien —digo.

Grey me estudia durante un largo rato. Después, se vuelve hacia Jake, y su voz es más baja.

—Ve con Nolla Verin.

Jake asiente y se aparta de la puerta.

—Te cubro las espaldas, T. —me grita por encima del hombro.

—Cuento contigo para que frenes su temperamento —dice Grey—. No para que la animes.

Pero Jake ya se ha marchado. Grey mira a Solt.

—Vuelve a los campos. Iré con vosotros en breve.

El general se marcha, seguido casi de inmediato por Noah, que dice que tiene que ir a buscar cúrcuma fresca a las cocinas. Me deja solo con el rey. Debería ser más fácil. En cierto modo, lo es.

En cierto modo, no.

Grey extiende una mano y señala la cama.

—Siéntate.

No me hace falta sentarme. No quiero sentarme. Pero siento que me he ganado una reprimenda y su tono no da lugar a protestas, así que obedezco.

Una vez sentado, Grey se desabrocha la capa de los hombros y la deja caer sin contemplaciones en la cama de enfrente. Después, se sienta y se pasa una mano por la mandíbula.

—Cuando el puesto de guardia me envió el primer informe —dice, en voz baja—, decía que tu caballo había traído un cadáver.

Me quedo quieto.

—Estabas cubierto de nieve —continúa—. Apenas respirabas. Había sangre por todas partes, Tycho.

—¡Estoy bien! —Levanto una mano—. De verdad, Grey. Estoy bien. El anillo funcionó. Estaba agotado, pero Piedad me trajo...

—Estabas medio muerto de frío —dice—. Tenías los labios azules. Una hora más y habrías perdido los dedos por congelación.

Flexiono las manos.

—Noah no ha mencionado lo de la congelación.

Grey me mira.

—Así que me perdonarás por enviar a Nolla Verin a buscar a lord Alek.

¿Qué había dicho Alek? *A la reina le interesará saber que su mensajero de confianza se reúne en secreto con un plebeyo de mala muerte.* Lia Mara no le creería, pero no se lo diría en una conversación privada. Elegiría la forma que consiguiese provocar el mayor número de dudas sobre la familia real.

Sin embargo, si no han sabido nada de Alek, significa que no ha pasado por aquí para difundir rumores sobre mí.

—Tycho —dice Grey—. Habla.

—Llegué a Briarlock antes de lo que esperaba. —Giro la taza en las manos, pero no bebo—. He trabado amistad con algunas personas del pueblo desde que Piedad perdió la herradura y quería ver si Alek había vuelto. Me tomó por sorpresa —digo—. Pero... interpreté mal el momento. Pensé que estaba allí para importunarme, pero solo iba a recoger un mensaje que le habían dejado.

Grey espera y me estudia. Cuando no digo nada más, pregunta:

—¿Y?

—Me provocó —admito—. Y yo... puede que respondiera.

—Debe de haber sido una provocación de órdago.

Pongo una mueca al pensar en todas las cosas que me ha dicho. Desde que nos conocimos, siempre ha sabido encontrar las palabras adecuadas. Todas las burlas son como puñaladas. Sé cómo defenderme con cuchillas y flechas, pero cuando Alek me susurra cosas como «chivo expiatorio», siempre se me mete bajo la piel y me vuelvo a sentir como un chiquillo asustado.

No quiero compartir nada de eso con Grey.

—Peleamos —digo—. Tenía guardias con él.

*Me puso las manos en la garganta.*

Grey conoce mi historia, lo que me pasó cuando era niño, pero tampoco quiero compartir este detalle. Tengo que apartar el recuerdo.

—Lo amenacé con magia —digo—. La usé contra él y tomó represalias.

Grey lo medita un momento, sin dejar de mirarme.

—Por favor —digo—. Ya hay suficiente tensión por culpa de la magia. No provoques una guerra con las Casas Reales por un incidente.

Me gustaría saber descifrar su expresión, pero, al igual que su hermano, se le da muy bien controlar su rostro para ocultar todo lo que importa.

—Hablaré con Lia Mara. Aun así, espero que Alek explique sus acciones.

Asiento con la cabeza.

—Como digas.

Se queda callado, así que yo también, y miro el té. Siento la taza caliente entre los dedos, pero no me saco de encima la sensación de que lo he decepcionado, y no me gusta.

*Seguro que tienes deberes que atender*, había dicho Jax.

No debería haberlos ignorado.

—Has dicho dos —dice por fin Grey.

—¿Qué?

—Has dicho que hubo dos peleas. Que Alek no era responsable del estado de tu armadura.

—Ah. Sí. —Dudo y me pregunto cómo va a salir esto—. Encontré a Nakiis en un torneo en Gaulter. Encerrado en una jaula, como estaba Iisak. —Hago una pausa—. Lo obligaban a luchar. ¿Te acuerdas de Journ?

Levanta las cejas.

—Por supuesto.

Asiento.

—Dirige el torneo allí. —Frunzo el ceño—. Me dijo que han tenido a Nakiis durante años.

—Enviaré soldados. Haré que lo liberen. Me sorprende que no hayas avisado de inmediato…

—No es necesario. Entré a escondidas y lo liberé.

Grey se queda quieto.

—Tycho.

No sé si está sorprendido o indignado, así que me apresuro a explicarme.

—¡Les hacía ganar mucho dinero! No habrían dejado que se fuera. Te acuerdas de cómo era Worwick con Iisak. Así que pagué la cuota para entrar al torneo y me enfrenté a él en la arena. Al principio, no creo que supiera quién era yo. Pero al final me reconoció. Me puso las garras en la garganta y podría haberme matado, pero no lo hizo. Así que me colé otra vez por la noche y rompí la cerradura. Me ofrecí a traerlo aquí, pero... —La expresión de Grey se ha ensombrecido, así que me faltan las palabras—. Tiene miedo. Teme que otro forjador de magia lo aprisione. Le preocupa que le exijas una deuda por haberlo curado hace años. Le dije que aquí encontraría aliados, pero en cuanto rompí la cerradura, atravesó la puerta de golpe y desapareció.

Suelta un largo suspiro.

—Así que el mensajero del rey se metió en un torneo y se jugó la vida...

—De nuevo, estoy bien.

Entrecierra los ojos y yo cierro la boca y frunzo el ceño.

—¡Y entraste a escondidas! —exclama—. ¿Y si te hubieran descubierto? ¿Te imaginas el escándalo? Ya tenemos suficiente presión de las Casas Reales.

—Tú habrías hecho lo mismo.

—No —espeta con ferocidad—. No lo habría hecho.

—Porque eres el rey —digo—. No te haría falta. ¿Preferirías que lo hubiera dejado allí?

—¿Durante los dos días que habrías tardado en llegar hasta aquí? Sí. Lo habría preferido.

—Ya no importa —digo con fuerza—. Lo liberé y se ha ido.

—Has liberado a un scraver que siente rencor por los forjadores de magia.

No sé qué responder a eso.

La voz de Grey se vuelve prudente.

—No es Iisak, Tycho. No es tu amigo.

Tengo que apartar la mirada.

Se queda ahí sentado, mirándome, y de nuevo siento que me he ganado una reprimenda. Ta vez me la merezca, tal vez le deba una disculpa. Pero no siento remordimientos. No por haber liberado a Nakiis, ni por lo que pasó con Alek.

Ni por el tiempo que pasé con Jax.

A lo mejor Grey percibe mi reticencia, porque se retira un poco.

—¿Alguien te vio?

Tomo aire para decir que no, pero me interrumpo. Bailey.

—Un mozo de cuadra —admito—. Pero no dirá nada.

—Más vale que sea así.

Frunzo el ceño.

—¿Quién le iba a creer?

—No hace falta mucho para hacer correr un rumor que cause mucho sufrimiento —dice Grey—. Sobre todo después de lo que ha pasado con Alek. No me conviene que nadie piense que usas la magia por razones maliciosas. Ni que nadie ponga en duda tu lealtad.

Eso hace que me sonroje y aparte la mirada.

—Mírame —dice y su voz no deja lugar a objeciones, así que obedezco—. Yo no la pongo en duda. Pero corren amenazas en ambos reinos. —Su voz es tan baja que es imposible que nadie nos escuche—. Igual que en Emberfall, hemos descubierto mensajes secretos en los envíos de aquí, en la Ciudad de Cristal. Hemos intentado determinar el origen, pero está demasiado extendido y desperdigado. No son amenazas, solo registros de movimientos y pensamientos. Ha habido menciones a una partida de ajedrez, que creemos que representa el Desafío Real que Lia Mara desea organizar. —Hace una pausa—. Había comentarios acerca de que los peones capturasen al rey.

Me lo quedo mirando.

—No lo sabía.

—Pocos lo saben. —Frunce el ceño y, por primera vez, un destello de preocupación cruza su rostro—. La reina lo está pasando mucho peor con este bebé que con Sinna, pero no podemos revelar ningún signo de debilidad mientras el malestar no deja de crecer en las calles. Es más importante ahora que nunca que Syhl Shallow mantenga la alianza con Emberfall. Solo tú llevas las misivas entre la realeza. Alek y otros como él podrían insinuar que no eres apto para ello por tus orígenes, o por tu asociación conmigo, pero se deberá únicamente a que no quieren reconocer la verdad, que es una posición de poder y acceso.

Asiento, pero sus ojos atraviesan los míos y su voz es muy seria.

—No pienses nunca que tu papel es insignificante, o que las decisiones que tomas no tendrán todo tipo de ramificaciones.

—Sí, majestad —digo.

Hablo con tanta seriedad como él, pero es raro que lo llame así, y lo he hecho dos veces en los últimos cinco minutos. Me observa y me pregunto si cree que estoy siendo displicente.

—Lia Mara ha sugerido que deberías viajar con guardias.

Frunzo el ceño. No es un castigo, pero lo sentiría como tal.

Grey levanta las comisuras de los labios, casi una sonrisa.

—Esperaba que esa fuera tu reacción. Quiero que te quedes aquí hasta que hablemos con Alek, pero le he dicho que no creo que sea necesario todavía.

—Todavía.

Pierde la sonrisa, pero levanta la mano para alborotarme el cabello y termina con un empujón amistoso. Hace que me sienta como un crío, lo que nunca resulta tranquilizador. Se me eriza la piel.

Se da cuenta de nuevo.

—Si no te gusta que la gente se preocupe por ti, no te presentes a las puertas del palacio medio muerto. —Se levanta y se echa la capa sobre un brazo—. Tengo que volver a los campos. Te avisaré cuando los demás regresen con Alek.

*Me muero de ganas.*

Ya casi ha cruzado la puerta cuando lo llamo.

—Grey. ¿De verdad habrías dejado a Nakiis allí?

Se vuelve.

—Sí.

—¿Incluso antes de ser rey? —insisto.

Duda.

—Antes de ser rey, era guardia —dice—. Habría seguido órdenes, Tycho. Fueran las que fueren.

Ya me lo ha dicho otras veces. Ahora me parece más significativo. Asiento.

Después de que se va, Salam sale de debajo de la cama y salta para tumbarse a mi lado, se pone a ronronear cuando le rasco detrás de las orejas. No entiendo cómo es posible que ayer me sintiera tan libre mientras ahora estoy a un paso de que me pongan vigilancia para salir del castillo. No le he hablado a Grey de Jax, ni de la razón por la que me quedé más tiempo del necesario en Briarlock. No pretendía ocultárselo de forma deliberada, pero, aun así, lo siento como un secreto.

En este momento, no creo que me importe.

# CAPÍTULO 21

# CALLYN

Hace tres días que no veo a Jax.

Sin embargo, los golpes en la forja no han dejado de sonar, así que sé que está ocupado.

La primera mañana después de que Alek visitara la panadería, me sentí aliviada cuando Jax no apareció por el camino, porque no quería sentir que le estaba ocultando un secreto a mi mejor amigo. Las advertencias de Alek no dejaban de acosar mis pensamientos. No sé qué pensar de todo esto. El mensaje que me mostró no era nada preocupante, pero sé que no pagaría tanto dinero si todo fuera inocuo. ¿Sería un truco? ¿Una prueba? ¿Jax falló? ¿Lo haré yo?

Y… ¿quiero entregar esos mensajes? Alek me salvó la vida. ¿Se lo debo? Jax estaba dispuesto a hacerlo por mí. ¿Significa eso que se lo debo a él?

Pero ¿qué estaba haciendo con lord Tycho? La última vez que hablamos del tema, Jax iba a tratar de imitar el sello para que pudiéramos descubrir el contenido de los mensajes, ¿y después se pasó horas con el mensajero del rey?

No sé qué pensar y no me gusta cómo se me retuercen en el estómago nuevos sentimientos de traición y desconfianza, por ambas partes.

A la tercera mañana, empiezo a preguntarme quién guardará más secretos, si Jax o yo.

Llega por el camino a mediodía, y entra en la panadería con hollín en los nudillos y una expresión despreocupada en el rostro.

—Hola, Cal —saluda, como si nos hubiéramos visto hace apenas unas horas.

—Jax —digo, sorprendida.

Nora se lanza a abrazarlo y Jax sonríe. Suelta una muleta el tiempo necesario para tirarle de una trenza.

—Yo también me alegro de verte —dice. Entonces, sus ojos buscan los míos y percibo una chispa de recelo en ellos. La distancia entre los dos parece kilométrica y no estoy segura de si es por mi culpa o por la suya.

Se me forma un nudo en la garganta.

Frunce el ceño y se endereza.

—Quería hablar contigo —dice.

Trago saliva.

—Claro.

Nora suspira con dramatismo.

—No pienso volver a salir a por huevos, Jax. Ni se te ocurra pensarlo. Estoy cansada de que me dejéis fuera de vuestros cotilleos.

Él pone los ojos en blanco, pero yo me encojo de hombros y digo:

—Vale, Nora. Iremos nosotros a por los huevos. Tú vigila la panadería.

Me mira mientras cruzo la habitación a zancadas.

—Pero, Cally-cal…

Sostengo la puerta para Jax y luego se la cierro en la cara.

—¿No nos seguirá? —dice.

—Sabe que le cortaría las trenzas mientras duerme si se atreviera a dejar la panadería desatendida.

Un viento cortante me agita las faldas cuando cruzamos el corral y agarro uno de los cubos de ordeño cuando entramos por la puerta. Las gallinas me picotean las muñecas, pero soy rápida y meto los huevos en el cubo de acero.

Después de un minuto, me doy cuenta de que Jax no ha dicho nada. Yo tampoco.

—¿De qué querías hablar? —pregunto.

—Creo que te debo una disculpa.

De todas las cosas que podría haber dicho, es la que menos espero. Me detengo y me vuelvo a mirarlo. Sus ojos se ensombrecen a la tenue luz del granero.

—¿Una disculpa? ¿Por qué?

—Porque creo que he perdido la confianza de los Buscadores de la Verdad. —Hace una pausa—. Dudo de que vayan a encargarme que les guarde más mensajes.

Soy tan tonta que casi le digo que lo sabía. Pero Alek me advirtió que mantuviera su visita en secreto. ¿Pondría a Jax en peligro si se lo contara? ¿Me pondría yo en peligro? ¿Qué le pasaría a Nora?

No sé cómo todo se ha complicado tan rápido. Dejo de darle vueltas a la cabeza y me aclaro la garganta.

—¿Por qué no?

—Lord Tycho vino a la forja —dice—. Hace unos días.

Me cuenta cómo Tycho le soltó al maestro Ellis una mentira sobre un carruaje roto y que se pasaron la tarde hablando.

Recuerdo lo que me dijo Alek, sobre que Jax no era de fiar. El corazón se me encoge.

—¿Se lo contaste? —digo en voz baja.

—¿Qué?

—¿Le contaste a lord Tycho lo de los mensajes?

—¡No! —exclama, sorprendido. Se coloca un mechón de pelo suelto detrás de la oreja—. ¿Crees que estaría aquí de pie si lo hubiera hecho?

Frunzo el ceño.

—Entonces, ¿qué pasó?

—Lord Alek apareció y me exigió que le diera la carta. —Jax aparta la mirada—. No me había dado tiempo a recrear el sello. No tengo ni idea de lo que decía. Pero Lord Tycho intentó que se marchara y él se negó, así que estalló una pelea. Fue horrible. —Jax se pasa una mano por la mandíbula—. Había mucha sangre. Pensé que lord Alek lo había matado.

El corazón me late con fuerza. Recuerdo la mancha de sangre en el sobre. Tuvo que ser la misma noche que lord Alek vino a la panadería.

Pero lord Tycho lo atacó con magia. Yo misma vi la herida.

¿Y se pelearon por un mensaje sobre telas? No lo entiendo.

—¿Alek lo atacó? —pregunto.

Hace una mueca.

—Fue más bien mutuo. Alek lo provocó y Tycho lo amenazó con magia. Cuando Alek le puso las manos encima, Tycho le prendió fuego.

Recuerdo la voz de Nora al hablar de cómo Tycho había curado a Jax. Preguntó si podría derretir la carne de los huesos de alguien.

—No me gusta nada de esto —digo con voz áspera.

—A mí tampoco. —Hace una pausa y exhala un largo suspiro entre los dientes—. Debería habértelo dicho antes, pero mi padre ha pasado mucho tiempo en la forja. Y me sentía culpable por haber perdido el dinero, Cal.

—El dinero no importa. —Dejo el cubo con los huevos en la paja junto a mis pies—. Me alegro de que no te hayan herido.

—Creí que iba a matarme.

—¿Tycho?

Jax frunce el ceño.

—No. Lord Alek. —Hace una pausa y su voz adquiere un nuevo matiz—. Tycho… —Se pasa una mano por la nuca—. Da igual. Es probable que no lo vuelva a ver.

Lo estudio.

—Lord Tycho, ¿qué?

Se encoge de hombros.

—No es nada.

Pero sí que es algo. Se ha sonrojado. Solo un poco. Si no lo conociera mejor, lo atribuiría al frío.

Me he sentido culpable por estar guardando secretos, pero de pronto me parece que no soy la única.

—Te gusta —susurro.

—No. —Pero el rubor se profundiza—. Es el mensajero del rey, Cal.

—Créeme. Lo sé.

Parpadea y me estudia.

—¿Estás enfadada?

No sé qué siento. Tengo miedo. Estoy desesperada. Estoy cansada.

Debajo de todo, me siento como si me hubieran dado un puñetazo en las tripas. Es una tontería. Sé que lo es. Conozco a Jax desde siempre, así que es estúpido que me pregunte por qué no le gusto, cuando nos hemos criado juntos.

Para mi madre, la guerra era lo más importante. Para mi padre, era vengarla a ella. Para Jax…

*Mamá siempre decía que perdías el tiempo suspirando por Jax. Nunca he entendido por qué.*

Soy una idiota. No me ha rechazado, lo sé, pero siento una presión en el pecho de todos modos.

Ha elegido a otra persona. Ha elegido a alguien con magia.

—Tengo que irme —digo y temo estar a punto de llorar—. Si no vuelvo a la panadería, Nora vendrá a buscarme.

—Estás enfadada.

Frunce el ceño y me mira a la cara.

Levanto el cubo con los huevos y me dirijo a la puerta del granero.

—Me alegro de que no te hayan herido —digo.

—¡Cal!

Le lanzo una mirada por encima del hombro.

—Eres tonto, Jax. Tienes suerte de que no te hayan matado.

—¿Es por la plata? ¿Por los Buscadores de la Verdad? Cal, ¿podrías parar un segundo?

No lo hago.

Estoy a medio camino del corral cuando me llama.

—Cal, he dicho que lo sentía.

—No has hecho nada malo —respondo y cruzo la puerta de la panadería.

Me quedo allí mientras respiro con dificultad y espero a que venga detrás de mí. No lo hace.

Lo he llamado «tonto», pero no lo es.

Lo soy yo.

—¿Qué te pasa? —susurra Nora—. ¿Qué ha pasado con Jax?

—Nada —digo y, para mi sorpresa, tengo que secarme las lágrimas de los ojos.

Las botas de mi hermana corren por el suelo de madera y espero que salga por la puerta y vaya a buscar a Jax. En cambio, me sobresalto cuando sus brazos me rodean la cintura.

—No pasa nada —dice con suavidad—. Sea lo que fuere, no pasa nada. Todavía te quiero, Cally-cal.

Le devuelvo el abrazo.

—Eres un incordio, pero tienes tus momentos.

—Solo te abrazo porque has traído los huevos.

Me hace reír a pesar de las lágrimas, pero me recupero rápidamente. No era responsabilidad de Jax salvar la panadería. Siempre ha sido mi mejor amigo, y nada más. Puede encapricharse con quien quiera.

Yo tengo que preocuparme por Nora. Por la panadería. Por mí misma.

Lord Alek me preguntó si estaría dispuesta a ir a la horca con mi mejor amigo y le dije que sí. Iba en serio.

Pero, siendo sincera, preferiría terminar así.

Me pregunto qué pensaría mi madre de lord Alek y de los Buscadores de la Verdad. Recuerdo cómo me decía que lanzara piedras sobre la montaña para aplastarles el cráneo a los soldados en Emberfall.

Emberfall, el lugar de nacimiento de nuestro rey. El rey, cuya magia supuestamente convocó al monstruo que la mató.

El rey, cuya magia está en esos anillos en los dedos de Tycho. No tengo que preguntarme. Sé de qué lado estaría.

*Mamá siempre decía que perdías el tiempo suspirando por Jax.*

Tenía razón. A lo mejor tenía razón en muchas cosas.

Daba igual lo que hubiera pasado entre Jax y lord Tycho, se puso en peligro para intentar salvarnos a ambos. Mis padres se arriesgaron por la misma razón.

Por primera vez en mi vida, tengo la oportunidad de hacer lo mismo.

Cuando lord Alek regrese, guardaré el mensaje, aceptaré el dinero y mantendré la boca cerrada.

# CAPÍTULO 22

# TYCHO

A pesar de la convocatoria del rey, lord Alek no aparece. Los sirvientes de su Casa nos informan que está de viaje, revisando envíos y entregas de lana y seda, pero obedecerá la orden en cuanto regrese. Recibimos un mensaje en el que Alek relata su versión de lo sucedido y, tal como esperaba, me pinta como el asaltante y alega que temió por su vida al enfrentarse a mi «poder mágico ilimitado». Dice que solo había ido a buscar un mensaje confidencial sobre una entrega de telas y envía una «prueba» que consiste en una carta abierta y manchada de sangre con el sello de su Casa. Solicita que me despojen de los anillos si no se puede confiar en que los vaya a utilizar de forma responsable.

Paso muchas noches sin dormir. Me preocupo por Nakiis, el scraver que podría sentir animadversión por Grey. Pienso en Alek, en si estará tramando algo o si simplemente me odia a mí y a todo lo que tenga que ver con la magia. Pienso en el príncipe Rhen y en sus comentarios sobre los rivales políticamente complicados, en si el Desafío Real tendrá alguna repercusión en las relaciones entre las gentes de Syhl Shallow y Emberfall, o si solo servirá de excusa para que se genere una mayor rivalidad.

Y a altas horas de la noche, cuando reina la oscuridad y el palacio está tranquilo, pienso en Jax, en sus ojos vigilantes, su sonrisa cautelosa, su feroz determinación que se revelaba de las formas más sorprendentes. Cómo casi parecía temer salir airoso en algo como el tiro con arco, para después mostrar un claro afán por aprender al descubrir que no fallaba. Pienso en su mano en mi muñeca cuando nos sentamos junto a la fragua, en cómo quise apartarme al principio. Pienso en su voz baja y tranquilizadora, en la delicadeza de sus dedos contra mi piel.

Pienso en Jax más a menudo de lo que me gustaría admitir.

Sigo esperando un encargo para volver a Emberfall, solo para poder pasar por Briarlock. Pero no me dan ningún mensaje que llevar, más allá de breves misivas sin importancia para los nobles locales. Al principio, no me resulta extraño, pero a medida que pasan los días, y después las semanas, el aburrimiento hace acto de presencia y busco otros deberes.

—Quédate —dice Grey cada vez que se lo pido—. Todavía no tengo nada que enviarle a Rhen.

Está tenso y distraído, y su mirada es dura cuando lo veo en los campos de entrenamiento. Lia Mara se ha alejado del escrutinio público, el único indicio de que no está bien, pero sé que no consigue dormir. Está claro que Grey tampoco.

—Han pasado muchas semanas —digo por fin—. Podría ver si ha descubierto algún nuevo mensaje preocupante…

—Tycho —me corta con firmeza—. Te quedarás aquí.

La emoción por el Desafío Real ha crecido entre el personal de palacio y los soldados. Los preparativos para la primera competición en Emberfall han seguido su curso, lo que significa que alguien está llevando mensajes a través de la frontera, pero no soy yo. Sé que no es algo personal y que el Desafío ya no es un secreto, pero no puedo evitar la sensación de que he defraudado al rey y de que esto es un castigo. Mi puesto siempre me pareció una forma de libertad, pero ahora me siento tan encadenado como Nakiis.

Intento mantenerme ocupado; paso el tiempo en los campos de entrenamiento por las mañanas, dirijo las maniobras o entreno con cualquier recluta que busque pasar unas horas extra con una espada en la mano. Sin embargo, cuando aparece Grey, su expresión sombría es un recordatorio diario de que he fallado. Siempre busco mi caballo y cabalgo por los bosques que rodean el cuartel de los soldados, o desaparezco en el interior del palacio. Empiezo a cenar con los soldados en el comedor, o con Noah en la enfermería; los desayunos me los salto.

No estoy siendo muy sutil. Pero cuando pasa un mes y siguen sin asignarme ninguna tarea, ya no me importa la sutileza.

En la sexta semana, la intensidad del viento y la nieve de las montañas disminuye y el aire se suaviza a medida que el invierno va dando paso a la primavera. Piedad muda el pelaje de invierno y los sirvientes guardan las capas más pesadas. Los brotes aparecen en los jardines del palacio, una promesa de color. Cuando entreno en los campos, sudamos bajo las armaduras en lugar de temblar. Estoy de mejor humor de lo que he estado en semanas.

Una mañana, Jake me sorprende cuando aparece por los campos temprano, cuando el aire aún es fresco y frío. Estoy en mitad de un combate con varios reclutas de primer año que apenas acaban de cambiar las espadas de madera por las de acero.

—Venga, T. —dice y saca su arma—. Hagámosles una verdadera demostración.

No hay malos sentimientos entre Jake y yo, y no me gusta rechazar un desafío. Sonrío y me vuelvo para enfrentarlo casi antes de que esté preparado. Sin embargo, es atlético y me bloquea con rapidez. Es fuerte e implacable con la espada, pero su estilo de lucha carece de delicadeza; te dará un puñetazo, blandirá una daga o te estampará la cara contra el suelo si le das la oportunidad.

Sin embargo, este es mi elemento, un duelo de espadas a la luz del sol, contra alguien que no cede fácilmente. Cuando intenta desequilibrarme, contraataco y lo tiro a él. Pero entonces arroja sus cuchillos arrojadizos, lo que me obliga a mantener las distancias y le permite volver a levantarse. Se ha reunido una pequeña multitud, la mayoría soldados novatos, pero mantengo la atención puesta en la batalla.

Jake asesta un golpe con la espada que me obliga a ceder terreno y maldigo. La luz de la victoria le brilla en los ojos y se abalanza sobre mí, con determinación y sin piedad.

—Vas a perder, T.

Sonrío y bloqueo, y luego ataco con la misma fuerza.

—Ya veremos.

Una voz habla desde detrás de mí.

—Tycho no perderá.

Grey. Infierno de plata. Aprieto los dientes y trato de concentrarme. Lo que se suponía que sería un rato divertido se convierte en un momento de presión. Sobre todo cuando Jake aprovecha la distracción. Gira y trata de enganchar mi espada. Se acerca y es casi lo bastante fuerte como para arrancarme el arma de la mano.

Me recuerda a la batalla con Nakiis. O a la pelea con Alek. Todos los errores que cometí al bajar la guardia. Grey está aquí, juzgando cada movimiento, cada paso.

No consigo liberarme de Jake, así que saco la daga y le apunto a la garganta. Retrocede, sorprendido, y es lo único que necesito. Bajo la espada y, como está desequilibrado, no puede bloquear bien. Ahora es él quien maldice. Intenta sacar su propia daga, pero le golpeo el hombro con fuerza. Se agarra a mi armadura y caemos juntos. Rodamos y forcejeamos. Siento un puñetazo en el costado, justo en la base de la coraza.

No es más fuerte de lo que estoy acostumbrado, pero me deja sin aliento. Es justo donde Alek me apuñaló.

Parpadeo y en mi mente anochece. Hay nieve en el suelo y el fuego destella en la fragua.

*Tal vez debería ordenarles a mis guardias que añadieran algunas rayas más a tu espalda. Así recordarás cuál es tu lugar.*

Lanzo un puñetazo sin pensar. Inclina la cabeza hacia un lado. Siento cómo se sorprende, pero ahora tengo ventaja. Le inmovilizo el brazo antes de que pueda blandir una daga y vuelvo a levantar el puño.

—Tycho. —Una mano me agarra el brazo—. Suficiente.

Es Grey. Estoy jadeando y me resisto a su agarre. El cielo es azul y el aire es cálido. Debajo de mí, Jake tiene sangre en el labio y la mandíbula ya empieza a ponérsele roja.

—Diablos, T. He dicho que me rendía.

Lo miro durante unos instantes. Parece que le he golpeado más de una vez.

—Jake. Yo… No…

—No pasa nada. Deja que me levante.

Grey me suelta y me pongo de pie. Le tiendo una mano a Jake. Él escupe sangre en el césped, pero acepta la ayuda.

—¿Qué te ha pasado?

—No lo sé. —Me duele el costado donde me dio el puñetazo y tengo la mano tensa y dolorida. Flexiono los dedos. Siento que le he pegado más de una vez. No sé por qué me he enfadado tanto—. Lo siento.

—No lo sientas. —Me estudia y me da una palmada en el hombro—. Me has dado una buena lección por arrogante. Pensaba que te tenía.

Y así era, pero no lo digo.

—Id a buscar vuestras unidades —dice Grey a los reclutas que nos rodean—. Empezaremos con los ejercicios en diez minutos.

El caos se desata dentro de mí. Las emociones me desbordan. No sé cómo he pasado de una pelea amistosa a estamparle el puño en la cara a un amigo.

Grey me estudia. Ah, ya sé cómo.

Enfundo las armas. Todavía no le he mirado a los ojos.

—Tengo unos mensajes para Rhen —dice—. Ya están sellados y listos.

Eso despierta mi atención y levanto la vista, olvidando el enfado.

—Por supuesto —respondo de inmediato. El alivio me recorre las venas. No he fallado—. Puedo partir esta misma mañana.

—Bien. Jake irá contigo.

El aire que inhalo se convierte en hielo. No sé qué cara pongo, pero no debe ser buena, porque Grey me sostiene la mirada.

No sé si doy un paso, si emito algún sonido o si simplemente irradio fuego, pero Jake me rodea el cuello con un brazo y comienza a alejarme.

—Vamos, T. Nos lo vamos a pasar muy bien.

Dejo que me arrastre.

La alternativa es empezar una pelea con el rey de Emberfall en mitad de los campos de entrenamiento, y prefiero no hacerlo.

Sin embargo, Grey ve cómo Jake me arrastra y no me cabe duda de que es consciente de todos los pensamientos que no expreso.

—Suéltame—le digo a Jake.

Para mi sorpresa, lo hace, pero me pasa un brazo por los hombros.

—Conozco esa mirada. Sigue caminando.

Aprieto los dientes y obedezco.

—Lo sabías —digo—. Lo sabías cuando has venido a pedirme que entrenásemos juntos.

—Sí, lo sabía —dice—. Pero quería decírtelo Grey.

No digo nada y camino a su lado pisando con rabia. Tengo ganas de darle otro puñetazo.

—Le dije que quería ver a mi hermana —dice Jake—. No es un castigo.

Gruño y aprieto la mandíbula. No me lo creo ni por un segundo.

—Estaré listo para partir en una hora. Intenta seguirme el ritmo.

Cabalgamos con brío hasta la frontera. El aire es fresco y el terreno es seguro, así que Piedad deja atrás los kilómetros con facilidad. Cuando nos acercamos a la carretera que conduce a Briarlock, todos mis instintos me suplican que le pida a Jake que giremos, que espere.

Como si me leyera la mente, Piedad aminora la marcha cuando nos acercamos al poste de señal.

Dudo y lo medito, aunque es probable que Jax ya se haya olvidado de que existo. Disparamos algunas flechas y compartimos unas tartaletas de manzana. Un momento fugaz. Una distracción. Su padre se matará a base de alcohol y Jax terminará casándose con Callyn y tendrán una docena de hijos preciosos.

Frunzo el ceño, chasqueo la lengua para espolear a Piedad y ella agacha la cabeza para salir al galope.

Podría hablar con Jacob para distraerme, pero me preocupa que me hable de Grey, lo cual casi sería peor. En vez de eso, fijo un ritmo intenso que da sus frutos, porque cuando nos detenemos por la noche, hemos cubierto más terreno del que suelo recorrer y ambos estamos demasiado cansados para hacer nada más que sumergirnos en el sueño.

Sin embargo, a la tercera tarde se ciernen sobre Emberfall nubes oscuras que descargan unas lluvias frías, acompañadas de fuertes vientos y relámpagos. Nos obliga a buscar una posada antes de lo que me gustaría. Me ocupo de los caballos mientras Jake se encarga del alojamiento. Hay hombres en los establos que hablan en voz baja mientras cepillan a sus caballos, pero estoy tan sumido en mis pensamientos que apenas les presto atención.

Hasta que uno dice:

—No había visto unos daños así en los animales desde que el monstruo asolaba las ciudades.

—Cuando estaba en Gaulter, se decía que los pumas a veces atacaban al ganado —dice el otro.

—Ni siquiera ha sido cerca de las montañas —responde el primero—. Tres de mis mejores ovejas, rajadas desde el cuello hasta el flanco.

Suelto a Piedad en su cubículo y cierro la puerta despacio mientras escucho.

—Dicen que el rey conjuró una vez a un monstruo igual que el anterior —continúa el primer hombre con brusquedad—. ¿Estabas en la reunión del pueblo cuando esos Buscadores de la Verdad hablaban de todo lo que ha hecho en Syhl Shallow?

—Me da igual lo que haga allí. Después de cómo nos atacaron, se merecen lo que les pase. El rey no lanzaría un monstruo contra su propia gente.

—¿Somos su gente? —se burla el primer hombre—. ¿Cuánto tiempo lleva ese malnacido en Syhl Shallow?

Me quedo congelado en el sitio. Vuelvo a sacudir la manta de la silla de montar, solo por tener una excusa para seguir en el establo. Me recuerda al miedo de Callyn ante mi magia o a los comentarios curiosos de Nora sobre si la pequeña Sinna tendría poderes propios. Resulta extraño conocer ambos lados, saber que el rey y la reina se preocupan de verdad por su pueblo, y al mismo tiempo escuchar cómo los cuchicheos y los rumores se extienden de un pueblo otro a tal velocidad que es imposible que Grey y Lia Mara puedan siquiera pensar en detenerlos. Igual que la conversación que estoy escuchando en este momento: las anécdotas se aceptan como hechos, mientras que los anuncios directos de la Corona se miran con escepticismo, si no con sospecha.

—Marlon —dice el segundo hombre—. No te pongas a contar historias de magia solo porque no tienes suficientes perros vigilando el rebaño. Me da que Bethany tendría un par de cosas que decir sobre la cerveza que has estado bebiendo.

—¡Los perros no habrían detenido a lo que sea que haya hecho esto! Te digo que no es normal. Creo que esos Buscadores de la Verdad podrían tener razón. La magia que tienen al otro lado de la frontera está llegando aquí…

La voz se pierde cuando salen del establo.

Intento determinar la importancia de lo que han dicho. Sabíamos que los Buscadores de la Verdad se estaban extendiendo a este lado de la frontera. La desconfianza hacia la magia no es exclusiva de Syhl Shallow; Emberfall tiene su propio pasado traumático.

Pero no son más que unas cuantas ovejas muertas. ¿Por qué alguien se molestaría en usar magia para algo así? Estamos demasiado al sureste para que haya sido un puma, pero los lobos no son raros por esta zona. Entonces caigo en la cuenta de lo que ha dicho.

*Tres de mis mejores ovejas, rajadas desde el cuello hasta el flanco.*

El corazón me martilla en el pecho. Conozco una criatura con garras capaz de causar un daño así. Una criatura a la que liberé de una jaula hace unas semanas.

Tal vez el rey haya tenido razón.

Frunzo el ceño, termino con los caballos y entro a la posada.

Tengo intención de encerrarme en la habitación, pero Jake ha encontrado una mesa cerca del fuego y hay suficiente comida para alimentar a un ejército.

—Deja de evitar la conversación —me acusa sin piedad—. Siéntate y come.

Suspiro y me dejo caer en una silla.

—No estoy evitando nada.

—¿De verdad? —Sonríe y toma un muslo de pollo asado—. ¿Nos perseguía alguien?

Tal vez estar lejos de la Ciudad de Cristal haya borrado algo de mi nerviosismo, porque me hace sonreír.

—No vamos tan rápido.

—¿Eso ha sido una sonrisa? —Alarga la mano para tocarme la barbilla—. ¿Llevas un disfraz?

Le aparto la mano de un golpe, pero ensancho la sonrisa.

—Ya basta.

—Grey debería haberme pedido que te sacara del palacio hace semanas.

Es un recordatorio que no necesito. La expresión distendida se me escurre de la cara. Llevo irritado desde que tomé la decisión de saltarme el desvío a Briarlock y no consigo quitarme el enfado de encima.

Tal vez Jax se haya olvidado de mí, pero yo no me he olvidado de él.

—Ups —dice Jake—. Lo he fastidiado.

—No necesito una niñera, Jake. No soy un niño.

Empuja una bandeja de comida hacia mí.

—¿Quién ha dicho lo contrario?

Lo miro.

—Estás aquí.

—De verdad que quería ver a mi hermana.

Al final, tomo un muslo de pollo.

—Puedes ver a Harper cuando quieras.

—A lo mejor quería disfrutar de la agradable compañía.

Gruño y mastico la comida.

—Esa misma —añade.

No digo nada. Comemos. La posada está repleta de gente que busca escapar de la lluvia, así que hace demasiado calor al combinarse con el fuego de la chimenea. Sin embargo, nadie se acerca a nuestra mesa. Jake es unos cuatro o cinco centímetros más alto que yo, y más ancho de hombros. No resulta imponente, o al menos yo no lo veo así, pero tiene una complexión sólida y unos ojos que prometen estar dispuestos a pelear en cualquier momento. Los desconocidos procuran dejarle espacio.

Siempre me ha gustado. Como pareja, Noah y él no podrían ser más diferentes. Noah es práctico y tranquilo y no le gusta la violencia. Jacob se metería en una pelea de taberna solo para evitar el aburrimiento. Ese espíritu belicoso es parte de la razón por la que se le dan bien los reclutas y por la que el rey y él son amigos.

No me cabe duda de que hay una razón por la que Grey lo ha elegido para que me acompañase en lugar de uno de los guardias de palacio. Es la misma razón por la que he preferido apurar el paso y mantener la boca cerrada: Jake le contará a Grey todo lo que diga y haga.

Visto lo visto, habría preferido una reprimenda.

—No cree que necesites a una niñera —dice al cabo de un rato. Tomo un segundo trozo de carne.

—Vale. Pues vete a casa.

—¡Vaya! —Levanta las cejas—. Primero me das una paliza y ahora…

—No te he dado una paliza.

No responde. No levanto la vista de la comida.

Por fin, baja la voz y dice:

—¿Por qué te colaste en un torneo?

Maldigo.

—¿Por eso no me ha mandado a ningún sitio? ¿Acaso cree que hay scravers encadenados por todo el campo? —Al mencionar el campo, pienso en las tres ovejas de las que hablaban los hombres del establo y tengo que centrarme—. Iisak también era tu amigo, Jake.

—Iisak lo era. Nakiis no era amigo de nadie.

—Solo lo liberé de una jaula. Tiene miedo de que un forjador de magia lo aprisione. No quiere tener nada que ver con Grey.

—Eso esperas.

Tiene razón. Lo espero.

Aun así, no me arrepiento de lo que hice.

Jake me estudia con atención.

—A Grey también le preocupa que Alek haga correr el rumor de que no se puede confiar en cómo usas la magia.

Se parece mucho a lo que el propio Alek me dijo a la cara y frunzo el ceño.

—No debería haberle amenazado.

—No debería haberte puesto la mano encima. —Jake frunce el ceño—. Hemos registrado sus envíos de telas. Lia Mara creyó que encontraríamos mensajes como los de Emberfall.

Vuelvo la cabeza.

—¿De verdad?

Asiente.

—Grey te lo habría contado si no hubieras hecho lo posible por evitarlo.

El comentario suena como una trampa, y no soy tan tonto como para caer en ella.

—¿Habéis encontrado algo?

—No —admite—. No en los envíos de Alek. En nada que tenga una conexión con las Casas Reales. Pero Grey sospecha que hay amenazas relacionadas con el Desafío Real.

—¿Amenazas contra él o contra Lia Mara?

—Contra él. —Hace una pausa y baja más la voz—. El pueblo siempre manifiesta su amor por ella. A él le tienen miedo.

Pienso en la tarde que pasé con Jax, cuando Alek apareció para buscar un mensaje. ¿Se atrevería a restregarme justo delante de las narices una carta que hablase de traición?

Tal vez debería haber parado en Briarlock. Tal vez debería haber intentado averiguarlo.

Puede que solo esté buscando una razón para ir.

—¿En qué piensas? —pregunta Jake.

Levanto la vista.

—Rhen creía que los diferentes envíos no transportaban mensajes de valor. Que el objetivo era establecer un método que no fuera detectado.

—Así que, cuando encontramos uno en un saco de grano, dejan de enviarlos de esa forma.

—Sí. —Dudo—. Alek fue a recoger un mensaje de manos del herrero de Briarlock.

Jake me estudia.

—¿Crees que tal vez los mensajes en los envíos no sean más que un señuelo? ¿Que están usando a los trabajadores de los pueblos para los de verdad?

Pienso en Jax y en cómo me miraban sus ojos de color verde avellana mientras sangraba en el suelo del taller, justo después de que Alek le lanzara un puñado de monedas por haberle guardado un mensaje sellado.

No es suficiente. Podría haber sido cualquier cosa.

Considero el primer día que entré en la panadería, la primera vez que vi a Alek en Briarlock. La tensión fue suficiente para hacerme sentir como si me hubiera metido en una batalla.

Luego, la siguiente vez que estuve allí, Callyn estaba tratando de recoger un montón de monedas del suelo.

*¡Mira cuánto dinero!*, había dicho la pequeña Nora. *¿Tanto hemos ganado hoy?*

Se me encoge el corazón. Su voz era emoción pura. Recuerdo lo que era la desesperación.

—Tal vez —le digo a Jake y mi humor se oscurece—. O tal vez sea que odio a Alek tanto que quiero tener una razón para que lo encierren.

No responde a eso y picoteo la comida.

—Te pasa algo más —dice.

—No —digo y parto una galleta en trocitos que me meto en la boca sin ganas—. De verdad.

Pero mientras digo las palabras, vuelvo a recordar lo que me dijo Noah sobre cómo aparto a la gente. Casi me dan ganas de que alguien comience una pelea mientras estamos aquí sentados para escapar del cuidadoso escrutinio de Jake.

Debería haber parado. Debería haber preguntado.

Debería haber hecho muchas cosas.

—¿Cómo se llama? —pregunta Jake y me ahogo con un bocado de galleta.

—¿Quién? —digo, cuando consigo respirar.

Me dedica una mirada extraña.

—El comerciante. El herrero del mensaje.

Ah. Ese.

—Jax.

—¿Recuerdas cómo llegar a la forja? —pregunta.

Me obligo a mantener una expresión neutral y me cuesta mucho más de lo que debería.

—Creo que sí —digo.

—Deberíamos pasar por allí. A la vuelta. Comprobarlo.

El corazón me salta en el pecho y necesito todo mi autocontrol para no pedirle que volvamos en este mismo instante.

Conozco mis deberes, y si algo he aprendido de Grey es a tragarme las emociones y a ceñirme al asunto que me atañe.

Así que asiento, me encojo de hombros y tomo otra galleta.

—Como quieras.

# CAPÍTULO 23
# CALLYN

El mundo da paso a la primavera como si revelara un secreto mal guardado: los vientos amargos y las mañanas heladas desaparecen a favor de las tardes soleadas y los estallidos de vegetación que brotan de la noche a la mañana. Siempre me alegro cuando el tiempo más suave se instala en Briarlock. No se me congelan los dedos mientras intento ordeñar a May y Nora protesta menos cuando le pido que salga a buscar los huevos. Ya he guardado dos mensajes más para lord Alek y lady Karyl y he ganado otras cuarenta monedas de plata. Están en una caja de madera escondida bajo el colchón y me siento culpable por cada una de ellas.

No se lo he dicho a Jax. Sé dónde está el dinero y, en cuanto todo esto termine, pienso darle la mitad. Sin embargo, cada vez que lo veo, que no ha sido muy a menudo, pienso en nuestro último encuentro. No me ha traicionado, pero la decepción y la pérdida me acechan de todos modos.

Tampoco ayuda el hecho de que Jax también haya mantenido las distancias.

Tal vez sea mejor así. No me saco de la cabeza el recuerdo de las amenazas de lord Alek y me preocupa que el noble surja de entre los árboles para ponerle una soga en el cuello a Jax si me atrevo a hablar con mi amigo.

O… tal vez no. Las visitas de Alek han sido breves, pero amables. Siempre compra lo que la panadería no ha vendido en el día y, aunque es arrogante, nunca es condescendiente. En su segunda visita, cuando Nora subió corriendo los escalones al verlo llegar, él la llamó mientras se marchaba.

—Seguro que posees al menos una parte de la valentía de tu hermana. Sin duda, compartes su belleza.

—También comparte mi sentido común —dije, lo bastante alto como para que Nora lo oyera—. Lo que significa que no va a dejarse engañar por los halagos vacíos de hombres atrevidos.

Alek me miró sin una pizca de humor.

—No son halagos vacíos.

Nora asomó la cabeza por los escalones.

—Sí que lo son —susurró en voz alta y él sonrió.

La siguiente vez que vino, ya no se escondió.

Lady Karyl es más distante, pero también compra unos cuantos pasteles cuando viene a por sus mensajes y, en su segunda visita, compra el doble. También comenta con severidad la postura de Nora.

—Te estás dirigiendo a una dama de una de las Casas Reales, niña, y tengo entendido que tu madre era una oficial del ejército de la reina. Ponte recta.

Entonces agarró a mi hermana por los hombros y la obligó a estirar la espalda.

Esperaba que Nora soltase algo que no debía o que se encogiera de vergüenza, como yo, pero mi hermana asintió con solemnidad y dijo:

—Sí, mi señora.

Más tarde, cuando lady Karyl se marchó, me dijo:

—Me recuerda a mamá. Me gustan sus ojos bicolores, ¿a ti no?

Desde entonces, mi hermana camina más erguida.

No quiero que me caiga bien ninguno de los dos, sobre todo porque sé cómo trataron a Jax. Me cuesta reconciliar la forma en que son conmigo con las historias sobre cómo se portaron con él. Sin embargo, justo cuando empiezo a pensar que debería lavarme las manos de todo esto, el negocio de la panadería empieza a florecer. Nunca había visto tantos clientes, desde los plebeyos más humildes hasta nobles adinerados que arrojan plata en el mostrador sin pensarlo siquiera. Algunos son viajeros que presumen de sus intenciones de participar en el Desafío Real y hablan en susurros del nuevo embarazo de la reina. Un bebé siempre es motivo de celebración, pero corren las preocupaciones por el nacimiento de otro forjador de magia, y yo las escucho todas. La panadería está un poco apartada del camino, así que los viajeros y los rumores esporádicos no explican el éxito repentino.

Entonces, una mañana oigo a una mujer bien vestida comentarle a su acompañante:

—Alek tenía razón. Estos pasteles son divinos. Merece la pena el viaje.

La otra murmuró:

—¿Has oído que su padre participó en el Alzamiento? Le dije a mi marido que los Buscadores de la Verdad encontrarían aliados en estos pueblos remotos. Me siento más segura sabiendo que estamos lejos de la magia del rey.

Levanté la vista con sorpresa, la mujer me sorprendió mirando y me dedicó una sonrisa cómplice, y luego un asentimiento.

Por un momento, me quedé paralizada y sin saber qué hacer. Pero sabía lo que mi madre haría.

Asentí.

—Sí, mi señora —dije en voz baja—. Siento lo mismo.

Si hay algo que odio, es que últimamente siento que no puedo confiar en mis instintos. Tycho era muy amable y es evidente que cuenta con el favor del rey. Pero ¡le curó la mano a Jax con magia! ¡Como si nunca hubiera pasado! ¿Con solo unos anillos? ¿Quién más los tiene? ¿Qué más pueden hacer? Resulta aterrador pensar que el rey no es el único con ese tipo de poder. Tampoco es que Tycho lo haya usado solo por razones benévolas. Vi la quemadura del brazo de lord Alek.

Y aunque nadie describiría a lord Alek como amable, no ha sido cruel conmigo ni con Nora. ¡Nos salvó la vida! Podría haberse marchado de Briarlock para siempre, en lugar de haber empezado a trabajar conmigo cuando los actos de Jax le molestaron.

El clima más cálido no impide que la lluvia siga cayendo y tampoco reduce el número de tareas pendientes en el granero. He estado tan ocupada en la panadería que gran parte de lo que hacía durante el día he tenido que pasarlo a la noche. Limpiar los establos de los animales es un trabajo miserable con cualquier tiempo, pero es mucho peor cuando tengo que empujar una carretilla por el barro. Solo llevo la mitad y ya estoy empapada hasta los huesos; el pelo me cuelga sobre el hombro como una cuerda mojada. Después de que se pone el sol, las noches son un recordatorio de que el invierno todavía no es un recuerdo lejano, así que tiemblo mientras empujo la carretilla de vuelta al interior para limpiar la zona de las vacas. Hay un goteo persistente en algún rincón detrás del gallinero y prefiero no investigar para no averiguar lo grave que es. Es un milagro que el establo no se haya derrumbado por completo.

Un arañazo en la madera de arriba me paraliza y levanto la vista. En algún rincón de la noche, suena el chillido de un animal y doy un respingo. El año pasado, se colaron unos zorros en el gallinero y siempre me preocupan los lobos del bosque. Una ráfaga de viento golpea las paredes y todos los paneles de madera traquetean a mi alrededor. Otra gotera comienza en una esquina opuesta, otra caída persistente.

Frunzo el ceño. Tal vez el granero se me caiga encima en cualquier momento y me ahorre un montón de problemas.

Una vocecilla insistente en el fondo de la cabeza me grita que podría pagar las reparaciones con el dinero que he guardado para Jax.

Le digo a esa voz molesta que se marche.

Otra ráfaga de viento y el animal vuelve a chillar a la noche; el sonido resuena débilmente entre las montañas, seguido del fuerte rugido de un trueno. Muddy May patalea con fuerza, nerviosa.

—No pasa nada —le murmuro.

La puerta del granero cruje y doy por hecho que es Nora, que habrá venido corriendo a refugiarse conmigo porque le asustan los truenos, aunque jamás lo admitiría. Sin embargo, cuando me doy la vuelta para mirar, un hombre con una capa de hule con capucha entra por la puerta. Solo llevo conmigo un farol, así que no puedo verle la cara, y las sombras, los truenos y la oscuridad se ocupan de volverlo mil veces más aterrador.

Respiro y agarro la horquilla; la levanto con gesto amenazante.

Se acerca y se quita la capucha. El pelo rojo de lord Alek parece negro a la luz de la linterna y las gotas de lluvia destellan en su capa. Levanta la comisura de la boca en una sonrisa de desconcierto.

—Nunca me han atacado con una horquilla.

Bajo el extremo puntiagudo y trago saliva.

—No esperaba que viniera al granero.

—Nora me ha dicho dónde encontrarte.

Me estremezco al pensar en el patio embarrado y la puerta que apenas se desliza.

—Podría haber esperado en la panadería, mi señor.

—Lo sé. —Se acerca—. La lluvia no me molesta.

Habla como alguien que puede permitirse una capa de hule. Me estremezco y me doy la vuelta para palear otra horquillada de paja.

—¿Tiene más mensajes para mí?

—Hoy, no. —Hace una pausa y mira alrededor—. Este granero está en muy mal estado, Callyn.

Lo dice con desaprobación, así que clavo la horquilla en otro montón de tierra. El persistente goteo ahora suena como una burla.

—Ya, bueno. Soy panadera, no carpintera.

—Y el mundo tiene suerte de que así sea. —Vuelve a mirar alrededor—. Mandaré a un trabajador para que se ocupe de las reparaciones.

Lo dice con total despreocupación, pero me detengo y lo miro fijamente, como si estuviera loco.

—¿Qué? ¿Por qué?

Me mira como si la loca fuera yo.

—¿Porque puedo?

Me vuelvo a la pila de estiércol. Si no ha traído ningún mensaje, no sé qué hace aquí, y no saberlo me pone nerviosa y me provoca una sensación de inseguridad.

—Ya me ocuparé de ello. No se moleste, mi señor.

—No es ninguna molestia. No puedo hablarle a la gente de la maravillosa panadería que hay en Briarlock si cuando lleguen se van a encontrar con una granja que parece que va a derrumbarse en cualquier momento.

Me sonrojo.

—Ah, así que lo hace para mantener su reputación. Entonces tal vez debería dejar de hablar de la panadería y ya está.

—¿Te molesta tu nueva popularidad?

—No necesito caridad.

—No es caridad.

Su voz suena más cerca y, cuando alzo la vista, me lo encuentro justo a mi lado. El corazón me late con fuerza en el pecho debido a su proximidad. Es más alto que Tycho, incluso que Jax. Y aunque lord Alek no es guapo de un modo espectacular, hay algo en él que te pide volver a mirar. Tal vez sea la mirada oscura de sus ojos o la firmeza de sus hombros, o tal vez la arrogancia despreocupada que indica que quizás en este momento no sea peligroso, pero que eso podría cambiar en apenas en segundo.

Vuelvo a temblar, pero esta vez no sabría decir si se debe al frío o a él.

—No estás vestida para este tiempo —dice.

—Estoy bien. Solo tengo que terminar las tareas del granero. —Contengo otro escalofrío—. Si no me ha traído ningún mensaje, ¿qué hace aquí?

—Tengo que hacer unas entregas en las aldeas vecinas y se me ocurrió acercarme.

—Nora podría haberle envuelto algunas empanadas de carne.

—No he venido por la comida, Callyn.

No sé cómo interpretar su tono, así que frunzo el ceño.

—¿Ha venido para asegurarse de que guarde sus secretos? No le he contado nada a nadie. —Aprieto la mandíbula—. Ni siquiera a Jax.

—Ya lo sé.

Lo fulmino con la mirada.

—¿Me espía?

Una destello de picardía le ilumina los ojos.

—No personalmente.

Puaj. Hago un ruido de asco y me aparto de él.

—Todavía trato de entender por qué haces esto —dice—. No eres avariciosa como tu amigo, pero tampoco te opones al rey. Al menos, eso creo.

—Lo que piense del rey no importa. Tampoco es que vaya a conocerlo nunca.

Lord Alek resopla.

—Créeme, no merece la pena.

Me aparto un mechón de pelo de los ojos y se me pega a la frente húmeda por la lluvia.

—Lo que opina usted no es ningún misterio.

—Con tantos nuevos clientes, ¿has oído los rumores sobre la reina?

—¿Que está embarazada de nuevo? Es lo único de lo que la gente habla. Eso y la competición.

Niega con la cabeza.

—No solo del embarazo. Apenas se la ha visto últimamente. Tengo amigos en el palacio que dicen que está muy enferma. —Hace una pausa—. Que no come y cada día está más débil.

—He oído que a veces pasa.

—¿No crees que su marido, el forjador de magia, podría hacer un buen uso de ese poder?

Me quedo quieta. No conozco la respuesta a esa pregunta. Pienso en Tycho y en sus anillos mágicos; mencionó que el rey sería más rápido y minucioso a la hora de curar. Comentó que el rey Grey salvó a una mujer embarazada una vez y regeneró el ojo de un hombre.

¿Por qué dejaría que su esposa, nuestra reina, sufriera?

No me gustan las respuestas que acuden a mis pensamientos. Vuelvo a clavar la horquilla en la paja.

—No sé cómo funciona su magia.

—Nadie lo sabe —espeta—. Ese es el problema.

—No va a encontrar respuestas en mi granero.

—Tal vez no las relativas a la magia. —Hace una pausa—. Pero ves a un montón de clientes al día. La gente debería saberlo.

—¿Así que lo que quiere es que haga correr la voz? —digo y luego frunzo el ceño—. No soy una chismosa.

Maldice y su compostura se resquebraja por primera vez.

—No es un simple rumor. No te he dicho que la reina prefiere las joyas rojas a las verdes. Está enferma. El rey intenta distraer al pueblo con una competición que abarcará ambos territorios, mientras la reina Lia Mara sufre a puerta cerrada. —Su mirada se oscurece y se vuelve amenazadora—. Quiero que el pueblo conozca la verdad y tú te portas como si yo intentara sembrar la discordia.

Lord Alek se acerca un paso y aprieto la horquilla con las manos. Mira mi «arma» antes de levantar la vista y clavar sus ojos azules en los míos.

—Tienes miedo de mí, cuando solo te he mostrado amabilidad.

La verdad es que no sé lo que siento. El corazón me retumba en la caja torácica. Hablar con él es muy diferente a hacerlo con cualquier otra persona que conozca. Levanto la barbilla y me pongo firme.

—No soy estúpida. Ha dicho que es un enemigo peligroso. Sé lo que le ha hecho a Jax.

—¿Tu avaricioso amigo que me exigió el doble de monedas por guardar unos mensajes? —Lord Alek da otro paso más hacia mí—. Jax tiene suerte de que no le haya arrancado la mano para que le haga juego con su pierna.

Trago saliva. Mis manos resbalan por el mango de la herramienta.

—Tiene razón, mi señor. ¿Cómo se me ocurre tenerle miedo?

—Eres tan bocazas como él, pero a ti te sienta mejor.

Se acerca aún más y levanto la horquilla. Sonríe.

Antes de que esté preparada, agarra la empuñadura e intenta quitármela, pero no la suelto. Sus ojos se iluminan por la sorpresa, pero aprovecho el impulso para apuntarle al pecho y retrocede unos pasos. Refuerzo el agarre y empujo con fuerza.

Se recupera rápidamente y aparta la horquilla hacia un lado; durante un largo rato, luchamos por ella. Soy más fuerte de lo que parece y creo que no se lo esperaba.

Sin embargo, al final no soy rival para su tamaño y me la quita de las manos. Jadeo y trato de retroceder, pero me agarra por el cuello del blusón y tira de mí hacia delante, con el puño apretando la lana.

—Esto es lo que pienso —dice, como si no le estuviera arañando las muñecas para que me suelte—. Creo que quieres honrar la memoria de tu madre, pero tienes miedo. —Hace una pausa—. Creo que sabes que estaría de acuerdo conmigo. Creo que haría algo más que guardar un puñado de mensajes.

—Creo que voy a apuñalarlo en cuanto tenga la oportunidad —digo.

Se ríe.

—Lo dudo bastante, Callyn. Voy a soltarte y vas a contarle a la gente lo de la reina y su enfermedad, porque es la verdad. —Se inclina—. Y porque creo que te pareces más a mí de lo que quieres admitir.

—No me parezco en nada a usted.

—Me has atacado dos veces y yo nunca he sacado un arma contra ti.

Trago saliva. Dejo los dedos quietos alrededor de su brazalete.

—Le guardas secretos a tu amigo —continúa—. Un amigo por el que dijiste que estabas dispuesta a colgar en la horca. Así que está claro que dudas sobre algunas cosas.

No se equivoca.

Soy una amiga horrible. Aparto las manos.

—Por favor, suélteme.

Lo hace, de manera tan repentina e inesperada que me tropiezo con él.

—Volveré pronto —dice—. Piensa en lo que he dicho.

Se desabrocha la capa de los hombros y me la tiende. Como no me muevo, dice:

—Tómala. Como he dicho, no vas vestida para este tiempo.

—No tiene que preocuparse por mi atuendo.

—La ropa es literalmente a lo que me dedico. —Sonríe—. Además, resultaría inconveniente que pescaras un resfriado, enfermaras y murieras.

—Inconveniente —repito.

—¡Por supuesto! ¿Quién más trataría de apuñalarme con una horquilla?

—Seguro que no le costaría encontrar algún voluntario.

Ensancha la sonrisa, pero luego la borra por completo. Vuelve a tenderme la capa, pero no la acepto.

Suspira, la sacude y me la coloca sobre los hombros. Es más pesada de lo que esperaba y está caliente por su cuerpo. Huele bien, a pesar de la lluvia, a cuero y canela. Detesto que todo en él resulte tranquilizador y atrayente.

Mientras me quedo parada, sumida en mis pensamientos, Alek me cierra las hebillas en el hombro.

No recuerdo la última vez que alguien me abrochó una prenda de vestir y me quedo atrapada en un momento que me resulta inesperadamente afectuoso.

—No he mandado a la gente a la panadería por caridad —dice con tono sereno—. Lo he hecho porque las tartaletas de manzana y las empanadas de carne que preparas son de las mejores que he probado nunca y porque debido a mis negocios tengo contacto con muchas personas a quienes les gustaría conocer tu pequeña panadería. Tampoco voy a hacer que te reparen el granero por caridad, sino porque has demostrado ser leal y digna de confianza. Te lo he dicho antes y te lo repito: no soy ningún traidor. Me importa la reina y me importa la amenaza que supone la magia para todo Syhl Shallow. Existe una razón por la que no se les permitió a los forjadores de magia establecerse aquí y una razón por la que el rey de Emberfall los masacró a casi todos hace décadas.

Cuando termina, da un paso atrás.

—Por último, hoy no he venido hasta aquí para utilizarte. Háblale a la gente de la reina o no lo hagas. Sea como fuere, pensé que deberías saberlo.

Asiento.

Me pasa un dedo por debajo de la barbilla, tan ligero que casi pienso que me lo he imaginado.

—He venido para verte. Ni más ni menos. —Sonríe—. El ataque con la horquilla ha sido un buen añadido.

No sé qué decir.

Mira la esquina del granero, donde el goteo ha empeorado.

—Espera que alguien venga a reparar el tejado en los próximos días.

Tengo que aclararme la garganta.

—Sí, mi señor.

Dudo y me pregunto si me atreveré a darle las gracias.

No espera a que lo haga. Mientras sigo deliberando, ya ha cruzado la puerta y se ha perdido en la oscuridad barrida por el viento.

# CAPÍTULO 24
## TYCHO

Cuando llegamos al Castillo de Ironrose la noche siguiente, le entrego los mensajes a Rhen, saludo a Harper y luego desaparezco en la habitación donde siempre me alojo, alegando que estoy agotado por el viaje.

Apenas es mentira. Me encierro en la habitación y agradezco la oportunidad de poder quitarme por fin la armadura, darme un baño caliente y desplomarme en la cama.

Se supone que no será una visita larga y me alegro. A pesar de lo que me dijo Jake, me siento como si me vigilasen. Como si hubiera perdido parte de la confianza de Grey.

Por la mañana, entreno con la guardia real. Son más hábiles que los soldados del ejército de Syhl Shallow y disfruto del desafío, sobre todo porque me admiten entre sus filas sin protestar. La guardia de la reina es más cerrada y nunca me han permitido entrenar con ellos, así que esta es una de mis partes favoritas cuando vengo aquí. Jake está con Harper, Rhen está ocupado con lo que sea que tenga que hacer con las misivas de Grey y yo me siento a la deriva. Al menos puedo perderme en la esgrima y olvidarme de todo lo que ocurre en casa, sobre todo porque muchos de los guardias se mueren de ganas por perfeccionar sus habilidades para el Desafío Real. También tienen muchas preguntas, algo que no esperaba.

*Enséñanos cómo luchan al otro lado de la montaña*, me piden.

*¿Es cierto que la magia del rey está ligada a sus espadas?*

*¿Sus armas son más ligeras? He oído que son más ligeras.*

—Son rápidas —digo—. Pero no tiene nada que ver con la magia.

Esto dura exactamente una hora, hasta que Rhen aparece por un lado del campo de entrenamiento.

—Comandante —llama a Zo, la oficial superior, que supervisa los ejercicios de entrenamiento—. Necesito a Tycho.

—Sí, mi señor —responde con una inclinación de cabeza y me hace un gesto para que salga de la arena.

Es posible que el príncipe Rhen sea el único miembro de la familia real con el que no tengo una relación tirante ahora mismo, así que envaino las armas y me agacho para pasar por debajo de la valla que rodea la arena e ir a su encuentro.

Sin preámbulos, me suelta:

—Jacobo me ha comentado que entre mi hermano y tú ha surgido un pequeño desacuerdo. Explícamelo.

Hago una nota mental para volver a pegarle a Jake más tarde.

—No tenemos ningún desacuerdo.

—Así que Jacob me ha mentido.

Infierno de plata.

—No, no ha mentido. Es que... —Suspiro con fuerza—. No tenemos ningún desacuerdo.

—Eso ya lo has dicho. —Se da la vuelta—. Camina conmigo.

Dudo, pero no espera y no quiero una rencilla con él también, así que me apresuro a alcanzarlo. Cuando nos acercamos a las puertas que dan al patio, los guardias las abren y salimos a la luz del sol. Dos nos siguen, pero no soy un peligro para Rhen, así que se quedan cerca de la pared de atrás del castillo.

Me gustaría saber qué le ha dicho Jake. Me preparo, a la espera de otro sermón sobre el deber y la obligación.

Pero Rhen se limita a decir:

—No me gusta estar en la arena.

—¿No quieres distraer a los guardias?

—No. No debería ser una distracción. —Su voz adquiere una nota oscura y frunce el ceño—. Demasiados recuerdos.

Grey y él pasaron mucho tiempo atrapados aquí. Solo he escuchado fragmentos de lo que tuvieron que soportar, pero me bastó para saber que la forjadora de magia que los mantenía cautivos los torturó en repetidas ocasiones y, la mayoría de las veces, Rhen recibía el daño para ahorrárselo a Grey. No sé qué pasó exactamente en la arena, pero imagino que muchas cosas, porque Rhen se estremece sin pretenderlo. Suelta un largo suspiro, mira al cielo y luego al castillo. Después de un momento, parece librarse de la emoción.

Seguramente otra persona comentaría algo al respecto, pero yo no. A menudo hago lo mismo cuando pienso en mi infancia. Rhen pasó por algo terrible. Yo también.

Por primera vez, siento una chispa de empatía hacia él y me toma por sorpresa. No sé qué hacer con ello.

—Si vamos a compartir ese tipo de verdades —ofrezco despacio—, a mí no me gusta estar en el patio.

Es donde me encadenaron a la pared y me azotaron, hace mucho. Rhen mira hacia allí, pero no dice nada. Sin palabras, cambia de rumbo y se dirige al camino empedrado que conduce a los establos.

—Perdóname —dice después de un rato—. No lo he pensado. Debería haberlo hecho.

Ahora soy yo el sorprendido, porque no esperaba una conversación así. Es probable que él tampoco.

—Fue hace mucho tiempo —digo.

Es cierto, para ambos. Sin embargo, soy incapaz de mirar las paredes del patio sin recordar la luz parpadeante de las antorchas, los grilletes en las muñecas y la picadura del látigo cuando me desgarró la carne una y otra vez. Hasta ese momento, había creído que no habría nada peor que lo que aquellos soldados nos hicieron a mis hermanas y a mí cuando era niño.

Ahora soy yo el que se estremece sin pretenderlo, mira el cielo y los árboles e inhala el aire primaveral para centrarme. Para sentir la armadura en la espalda y las armas que nunca tengo lejos.

*Estoy aquí. Estoy a salvo.*

Cuando me recupero, Rhen me mira.

—Eres mucho más generoso de lo que yo lo sería.

Le cedió el reino a su hermano, así que estoy bastante seguro de que eso no es cierto. Pero me encojo de hombros y sigo caminando. Nunca hemos hablado del tema. No sé qué decir.

—No todo son malos recuerdos en el patio —digo—. A veces tengo que recordarme que no es más que un lugar.

—Tampoco en la arena todo son malos recuerdos. —Asiente y casi suena como si tratara de convencerse a sí mismo—. Grey y yo nos enfrentábamos con las espadas todos los días para tratar de evitar el aburrimiento. Era muy bueno. Nunca se rendía.

—¿Lo echas de menos?

—¿La maldición? —Se le tensan los hombros—. Nunca.

—No. —Lo miro. Nunca lleva armas ni armadura, pero debió de ser un gran espadachín, sobre todo si se enfrentaba al rey—. ¿Echas de menos la espada?

Se señala la cara, el ojo que le falta.

—No sería lo mismo.

—¿Lo has intentado?

No responde. Hemos llegado a los establos y los guardias se adelantan para abrirnos las puertas. Dos docenas de cabezas equinas se asoman para ver quién ha entrado, esperando una ración extra de grano. Piedad toca la puerta con la pezuña y relincha cuando me ve, con las orejas extendidas.

Sonrío.

—Tendré que traerte una manzana más tarde —digo.

—Toma —dice Rhen y cuando me vuelvo me ofrece un puñado de caramelos duros.

Me vuelve a sorprender. Aunque tal vez pretendía venir aquí desde el principio, porque se guarda algunos para sí y luego se los da a su propio caballo.

Piedad lame los suyos de mi palma y luego resopla un cálido aliento contra mi cuello. Al llevarse a la boca los caramelos, me deja un rastro de babas que se me cuela dentro de la armadura.

—Muy bonito —digo.

Rhen viene a mi lado y le frota debajo de las crines. Piedad lo empuja con el hocico para pedirle caramelos y él le da uno.

—No lo he intentado —admite, y no ha pasado tanto tiempo como para que haya perdido el hilo de la conversación—. Después de haber perdido el ojo, las cosas más sencillas me resultaban complicadas. Servir un vaso de agua. Bajar las escaleras. Cuando viajamos a ciudades desconocidas, Harper tiene que caminar por mi lado ciego. Usar la espada sería otra manera de fracasar.

—Aprenderías a hacerlo —digo. Pienso en Jax, en lo reacio que se mostró a tocar el arco, pero luego en su primer disparo la flecha alcanzó los cincuenta metros—. Creo que te sorprenderías a ti mismo.

—Tal vez. —Le da a Piedad otro caramelo—. No te he traído aquí para hablar de mí. Dime qué ha hecho mi hermano.

Suspiro.

—La culpa es mía. Grey no ha hecho nada malo.

Resopla.

—Lo dudo mucho.

Me doy la vuelta y Rhen sonríe, un poco con picardía y un poco con tristeza.

—Eres más leal de lo que era incluso él, Tycho. Si existe un conflicto entre Grey y tú, apostaría un buen puñado de monedas a que la culpa es suya.

Niego con la cabeza y acaricio el hocico de Piedad.

—No. Es mía. —Le explico lo de Nakiis y el torneo. Luego, cuando su expresión no cambia, le cuento lo de Jax y lord Alek y lo que pasó en Briarlock.

—No estoy seguro de qué me atrae allí —digo, con la voz tranquila. No sé por qué lo he admitido, de entre todas las personas, delante de Rhen. Pero tal vez hablar de nuestros miedos haya abierto una puerta que nunca me había dado cuenta de que estaba cerrada—. Tal vez sea el recuerdo de cómo era mi vida antes, pero eso no es un consuelo. No lo sé. Sea como fuere, no debería haberme quedado cuando tenía que volver. El riesgo era demasiado alto.

Rhen escucha atentamente y le da a mi yegua otro caramelo. Se le da bien escuchar y espera sin decir nada hasta que termino.

—Así que ya ves —digo—. La culpa es mía.

—No estoy de acuerdo. —Se aparta del caballo y se dirige al extremo opuesto del establo, que conduce a otro camino que termina por perderse en el bosque.

Intrigado, lo sigo.

—Ya has mencionado al herrero antes —dice—. Si el tal Jax es inocente, como esperas, entonces Alek considerará que su mensajero se ha vuelto demasiado arriesgado y buscará a otro, probablemente en otro lugar. Si esta gente no supone una amenaza para la Corona, entonces no veo nada de malo en perseguir lo que sea que busques, ya sea una amistad, un romance o incluso solo unas horas de simplicidad. —Hace una pausa—. El propio Grey dio muchos pasos en falso en el camino y no debería ser tan crítico con los momentos de frivolidad y diversión. Tal vez debería recordarle que, en lugar de reclamar el trono, se pasó meses escondido en un torneo perdido en Rillisk.

Me río.

—Comprenderás que no pienso ser yo quien le comente eso al rey.

—Está bien —dice sin reírse—. Pues lo haré yo.

Está tan serio que me borra la diversión de la cara.

—Sí, alteza.

—He mencionado antes que Grey nunca cede —dice—. Suena como una fortaleza y, en muchos sentidos, lo es. Siguió a mi lado durante la eternidad de la maldición. —Me mira—. Pero, cuando tuve que pedirle respuestas, se negó a dármelas. Incluso cuando terminaste encadenado en la pared a su lado. Incluso cuando los guardias desenrollaron sus látigos.

Nunca ha hablado del tema de forma tan directa y me siento como si Rhen me hubiera clavado una espada en el costado. Casi me tropiezo al andar.

—Repito, en cierto modo, es una fuerza —continúa. Guardaba un secreto con tanto ahínco que nada era capaz de obligarlo a soltar las palabras. Sé cuál fue mi papel en todo aquello y cuánto daño causé. Deberías odiarme por lo que hice, Tycho. Pero yo trataba de proteger a mi gente. Tú tratabas de protegerlo a él. —Hace una pausa—. Grey trataba de protegerse a sí mismo. Así que, cuando llega a mis oídos que mi hermano y tú habéis tenido un desacuerdo, vuelvo a preguntarme si de nuevo no está dispuesto a ceder en un momento en el que debería hacerlo.

Nadie me ha dicho nunca algo así. No sé si puedo hablar. No sé si puedo respirar.

—El día que Grey volvió a Ironrose —dice Rhen—, le pregunté qué había hecho para perder su confianza. Lo cierto, Tycho, es que no había hecho nada. El miedo existía solo dentro de su cabeza y todos pagamos el precio. Así que, si nuestro rey te ha hecho sentir que no eres digno de su confianza, entonces ha cometido un grave error. La verdadera lealtad es un regalo.

Nos acercamos al bosque y me alegro por la presencia de las sombras y del aire fresco; me alegro de que estemos solos, porque temo estar a punto de ahogarme.

—Serénate —dice con pragmatismo—. Porque una cosa es que yo lo sepa y otra muy distinta que Grey sea consciente de ello.

—Estoy tranquilo. —Pero no es cierto. Todavía no.

—No esperaba que fuera a impactarte así.

—Nadie habla de él de esa manera. —Le dirijo una mirada apenada—. Esta conversación me parece una traición.

Me mira, sorprendido.

—¡Traición! Debería alegrarse si la única supuesta traición con la que se encuentra proviene de alguien como tú. Ha conservado el trono durante años, cuando hubo un tiempo en que me preocupaba que fuera a perderlo en cuestión de meses. —Me mira—. Pero ha habido ataques en el palacio y ahora esas cartas rondan por ahí. La insurrección ha cruzado la frontera. Me preocupa que haya llegado su primera prueba real como gobernante.

—A mí también —admito.

—No dudes de ti mismo, Tycho —dice—. Grey tiene suerte de tenerte.

Ojalá fuera tan fácil. Pero asiento.

—Gracias.

Caminamos en silencio durante un rato, hasta que damos la curva que conduce de vuelta al castillo.

—Sí que lo echo de menos —admite Rhen y alzo las cejas—. La esgrima —añade.

—Los guardias siguen allí —digo—. Pide prestada una espada. Podríamos practicar ahora mismo.

Duda.

—Todavía no.

—Como digas.

Se queda callado de nuevo y creo que no dirá nada más, pero añade:

—Tal vez la próxima vez.

Sonrío.

—Alteza. Cuando estés listo, estaré dispuesto.

Rhen sonríe también.

—Mi hermano es un auténtico tonto.

# CAPÍTULO 25
# JAX

La forja está más ocupada que nunca ahora que las nieves del invierno han quedado atrás y hay más gente en los caminos. Se ha corrido la voz sobre el Desafío Real y los viajeros que buscan a un herrero llegan cargados de cotilleos: qué ciudades cuentan ya con campeones, qué premios ofrecerá la Corona, qué competiciones se celebrarán. La panadería de Callyn también está ocupada y veo caballos y carruajes delante de su tienda con mucha frecuencia. Hace unos días oí unos golpes de martillo y me acerqué; unos techadores estaban sustituyendo las tejas desgastadas y podridas del tejado del granero. El negocio debe de estar yéndole muy bien. Antes Cal me traía las sobras de sus pasteles todas las tardes, pero ahora paso días sin verla y, cuando lo hago, siempre tiene que volver corriendo.

Como el cambio de tiempo, algo ha cambiado entre nosotros.

Lord Alek no ha regresado. Lady Karyl no ha regresado. Todo el dinero que tenía ha desaparecido, en manos de la recaudadora de impuestos o sumergido en la cerveza, cortesía de mi padre. Al principio, me alegré por ello. Después de haber presenciado cómo lord Alek le clavaba una espada a Tycho, no he sentido ganas de volver a verlo.

Sin embargo, mientras pasan las semanas, empiezo a preguntarme cómo pagaré el resto de la deuda.

Me pregunto si Cal seguirá enfadada conmigo. Nuestra última discusión me atormenta.

Se lo preguntaría, si consiguiera verla.

Me he acostumbrado a una nueva rutina. Me despierto temprano cada mañana, saco el arco y las flechas de debajo de la cama y me aventuro en el bosque durante unas horas antes de volver a la forja. Siempre me he movido bien con las muletas, pero ir a buscar las flechas todas las mañanas me ha proporcionado una resistencia de la que no me había dado cuenta. Ahora tengo el equilibrio y la fuerza necesarios para mantenerme en pie y disparar sin apoyarme en un árbol. He sumado dos docenas de flechas a las primeras cuatro y también he adquirido un carcaj pesado, gracias a una partida de caza de principios de primavera. Necesitaban arreglar el eje de una carreta y me preguntaron si estaba dispuesto a aceptar un trueque. Unas semanas más tarde, una comerciante de pieles se dio cuenta de que tenía un hematoma en la parte interior de la muñeca, en el lugar donde se encaja la cuerda del arco, y me ofreció un brazalete muy gastado. Me cubre la palma de la mano y se extiende a lo largo del antebrazo, con hebillas de latón y una pequeña funda para un cuchillo.

Mientras herraba a su caballo, el comerciante se apoyó en la mesa de trabajo y me preguntó:

—¿Vas a presentarte al Desafío Real?

Me reí sin gracia y no levanté la vista del trabajo.

—Claro —espeté con mordacidad—. Seguro que gano.

—Mi hermana también está bastante confiada —dijo—. A lo mejor la ves allí. Se llama Hanna. Lleva un atuendo verde, con estrellas negras en el carcaj.

Levanté la vista, confundido, pero entonces me di cuenta de que no se estaba burlando de mí y que se había tomado mi respuesta en serio y no de forma sarcástica.

Fue la primera vez que alguien me consideró capaz de algo más que de blandir un martillo y no dejo de pensar en ese momento, mucho más de lo que me gustaría admitir. Desde entonces, la idea del Desafío Real me ronda por la cabeza y no logro librarme de ella.

De todos modos, es una idea ridícula. La inscripción cuesta cinco monedas de plata. Si tuviera cinco monedas de plata, las esconderia para dárselas a la recaudadora de impuestos.

Disparo todas las mañanas, trabajo en la forja todo el día y me derrumbo en la cama por las noches. Intento no pensar en cómo pagaremos el resto de lo que debemos.

Sin embargo, cuando es de noche y todo está oscuro y tranquilo, me permito pensar en lord Tycho y en que el comerciante de pieles no fue la primera persona que me consideró capaz. Recuerdo su voz alentadora, la nieve en su pelo, la forma en que me dejó montar su caballo. Cómo se sentó conmigo junto a la fragua y me habló en voz baja de su vida.

*Te gusta*, dijo Cal.

Tal vez, sí. ¿Acaso importa? Daría lo mismo que quisiera alcanzar una estrella del cielo.

No sé si consiguió volver al palacio, aunque lo más seguro es que los rumores ya habrían llegado a Briarlock si el mensajero del rey hubiera resultado herido. Han pasado casi dos meses desde que su sangre empapó la tierra junto a la fragua. He perdido la esperanza de volver a verlo, y no pasa nada. De hecho, es lo mejor, porque el recuerdo ya no me escuece como antes me preocupaba. Trabar amistad con un miembro de la nobleza es un imposible. Es muy probable que ya se haya olvidado por completo de Briarlock y del herrero al que una vez enseñó a disparar con el arco.

Por eso casi me atravieso la mano con el martillo cuando lo veo aparecer por el camino.

No está solo. Otro hombre cabalga a su lado, montado en un gran caballo negro con las patas blancas. Es mayor que Tycho, aunque no demasiado, y también parece más alto. Tiene el pelo oscuro y rizado, un poco revuelto por el viento, y una barba fina. Lleva una armadura ligera como la de Tycho, toda de cuero y hebillas brillantes, aunque la insignia sobre su corazón es diferente: el emblema de Syhl Shallow, respaldado por un escudo de oro.

Por los cielos. No sé qué significa, pero está claro que es alguien importante. Agarro las muletas y me pongo de pie antes de que lleguen al patio.

Tycho se baja primero del caballo. Tiene el mismo aspecto despeinado que su compañero, con una barba de varios días, pero sus ojos están brillantes y alerta, sin rastro del tenso cansancio que lo acompañaba la última vez que estuvo aquí.

—¡Jax! —dice con tanta energía que me obliga a sonreír—. Bien hallado.

—Bien hallado —respondo y siento el calor en las mejillas—. Lord Tycho. —Miro al otro hombre, que se baja del caballo con más calma—. Mi señor.

—Este es Jacob de Dece —dice Tycho—. Consejero del rey, hombre de armas del ejército de la reina de Syhl...

—Con Jake, basta —dice el otro hombre. Tiene más acento, así que también debe ser originario de Emberfall. Me echa una mirada evaluadora que me pondría los pelos de punta si no fuera porque no parece cargar ningún juicio. Creo que es un hombre que evalúa a todos los que conoce. Mira a Tycho y luego a mí, y una luz se le enciende en los ojos como si acabase de resolver un rompecabezas—. Bien hallado. —Sonríe—. Jax.

Estoy muy sorprendido porque estén aquí. La última vez que vi a lord Tycho, su sangre manchaba la tierra y temía que no fuera a llegar a casa. Ahora lo tengo delante y está bien, y soy incapaz de dejar de mirarlo para asegurarme de que es real. No sé muy bien qué decir, pero tengo que decir algo.

—¿Qué puedo ofrecerles?

Lord Jacob se vuelve para mirar a su compañero y ensancha la sonrisa.

—Eso, lord Tycho —dice—. ¿Qué puede ofrecernos?

Tycho le da un empujón.

—Vamos de regreso a la Ciudad de Cristal. Íbamos a parar primero en la panadería de Callyn, pero la cola sale por la puerta, así que decidimos venir aquí.

Son amigos. O algo parecido. Una camaradería militar que me recuerda al momento en que Tycho me golpeó en el brazo con la flecha. Me siento confundido y no sé cómo responder.

—¿Necesitan algo de la forja? —Vuelvo a mirar a lord Jacob—. ¿Mis señores?

Tycho pierde la sonrisa.

—Ah. No. —Duda, y sus ojos pasan de mí a la fragua resplandeciente—. Perdóname. Debería haber pensado en que te íbamos a molestar mientras trabajabas…

—¡No! —digo—. No es ninguna molestia.

Pero no sé qué más decir. Quizás él tampoco, porque se queda parado hasta que se instala un incómodo silencio.

—Infierno de plata —murmura lord Jacob—. Tycho dijo que su última visita terminó con un derramamiento de sangre, así que quería asegurarse de que Alek no hubiera causado más problemas.

—No. —Estaba más preocupado por Tycho que por ninguna otra cosa, pero no sé cómo expresarlo—. No he visto a lord Alek desde aquel día. Tal vez todavía tenga negocios en el pueblo, pero rara vez encuentro motivos para salir de la forja.

Lord Jacob asiente.

—Eso mismo dijo Tycho. —Hace una pausa—. ¿Sabes lo que contenían los mensajes?

Me apresuro a negar con la cabeza.

—Estaban sellados. —Dudo y trato de no ponerme nervioso ante el escrutinio de su mirada. Una parte de mí desearía haber roto el sello para tener algo que ofrecerles ahora. Por supuesto, eso es ridículo, porque si hubiera leído unos mensajes que hablaban de traición y los hubiera entregado de todos modos, yo mismo acabaría en la horca—. Nunca los leí —digo con voz hueca.

Tycho le dice algo en emberalés, en voz baja. No entiendo las palabras, pero el tono suena muy parecido a «te lo dije».

Lord Jacob asiente.

—Tal vez los comerciantes de la ciudad sepan algo —dice en syssalah. Me hace un gesto con la cabeza y se vuelve hacia el caballo.

Se marchan. Trago saliva. No puede acabar aquí.

Pero por supuesto que sí. No sé qué esperaba.

—Ven a buscarme después, T. —dice lord Jacob mientras se sube al caballo—. Voy a por algo de comida y a hablar con los comerciantes.

Tycho vacila.

—¿No quieres que te acompañe?

—No. Hemos seguido un ritmo duro. Me vendría bien un descanso. También iré a perder algunas monedas en las mesas de dados. —Sonríe—. Quédate aquí un rato. Compra unos pasteles si la cola se reduce. —Me hace un gesto con la cabeza—. Un placer conocerte, Jax.

Le chasquea la lengua al caballo, da la vuelta y se marcha.

Una brisa fresca recorre el patio, agita el humo de la fragua y esparce hojas secas por la hierba. Tycho está de pie junto a su caballo. La franqueza relajada de nuestro último encuentro se ha esfumado, al igual que la sonrisa radiante con la que llegó y se bajó de la yegua.

No entiendo cómo soy capaz de exigirle dinero sin miedo a un hombre cruel como lord Alek, pero cuando tengo a Tycho frente a mí, apenas sé decir mi propio nombre.

—De verdad que no quería molestarte —dice por fin.

—De verdad que no lo has hecho.

Sonríe y el gesto tiene una pizca de timidez.

—¿Quieres volver a disparar flechas?

Su voz suena ligeramente burlona y creo que lo dice en broma, pero ahora soy yo el que sonríe.

—Voy a por el arco.

Disfruto de la sorpresa de Tycho al verme con el arco y el brazalete, pero eso no es nada comparado con cuando nos adentramos en el bosque y encontramos mis objetivos.

—Vaya —jadea—. Has estado ocupado.

—No es mucho —digo, pero estoy contento—. Solo lo que puedo cargar.

Tengo una docena de anillos de acero suspendidos en las ramas de los árboles, colocados en distintas ubicaciones y distancias, así como trozos de cuero que he clavado en numerosos troncos de árboles.

Da una vuelta para verlos todos.

—Es genial. Levanta las cejas al fijarse en algunos de los objetivos más alejados—. Es una gran distancia.

—Todavía no he sido capaz de darles a todos.

—Muéstramelo.

Saco una flecha del carcaj. En el bosque hace más frío. Está más oscuro. Soy muy consciente de su presencia. Una cosa es disparar cuando estoy solo, sin nadie que presencie mis numerosos fallos, y otra muy distinta es saber que la persona que tengo al lado seguramente podría acertarles a todos mis objetivos con los ojos vendados.

Aun así, encajo la flecha en la cuerda, apunto a una distancia media y respiro hondo. La flecha atraviesa una de las anillas de acero y se incrusta en un cuadrado de cuero a quince metros. Saco otra y le doy a un árbol que está más lejos. Sin embargo, cuando voy a por un tercer objetivo, la flecha cae al suelo mucho antes de alcanzarlo.

Hago una mueca.

—Ya ves.

Se encoge de hombros.

—No es culpa tuya, es por el arco. Estás tratando de darle a un blanco a setenta metros de distancia con un arco de trece kilos. Toma. —Me tiende el suyo.

Ya había disparado su arco antes, pero ahora, después de semanas de usar el mío, me doy cuenta de que la madera es mucho más pesada y de que la cuerda está mucho más tensa. Coloco una flecha y apunto. El arco chasquea con fuerza y me siento muy agradecido por el protector de la muñeca. Tengo que saltar para mantener el equilibrio.

Zas. La flecha se clava en el cuadrado de cuero.

Tycho silba.

—Conozco soldados que no darían en el blanco a esa distancia.

—Eso no puede ser verdad.

—Te juro que es cierto. Deberías participar en el Desafío Real.

Es la segunda persona que me lo sugiere, pero significa mucho más oírlo de él. Le tiendo el arco y trato de no sonrojarme.

—¿Tú puedes?

Mi intención es que sea una pregunta genuina, pero suena como un desafío. Tycho saca cuatro flechas del carcaj y, en apenas un parpadeo, se las coloca en los nudillos y las dispara en una rápida sucesión. Cada flecha se clava en un árbol distinto junto al que he disparado. Zas. Zas. Zas. Zas.

Parpadeo y me quedo mirando. Una parte de mí no quiere volver a disparar delante de él, pero otra quiere averiguar cómo lo ha hecho.

Sonríe ante mi reacción.

—Es el entrenamiento del ejército.

—Hazlo otra vez —digo.

Lo hace, pero esta vez me muestra cómo se encaja las flechas sobrantes en la palma de la mano y las engancha con el dedo corazón cuando tiene que darles la vuelta para colocarlas en la plataforma. Después de disparar, toma dos flechas más.

—Dame la mano.

Me hace doblar los dedos alrededor de las astas de madera, justo por encima de las plumas. Siento sus manos calientes en las mías y estamos muy cerca. Soy consciente de su respiración, de cómo la luz del sol resalta el dorado de su pelo, del borde desnudo del músculo que asoma justo por encima de su brazalete. Siento el deseo de entrelazar nuestros dedos, de acercarme un poco más, de escuchar cómo su voz se vuelve más profunda. *Muéstrame. Enséñame. Cuéntame. Cualquier cosa. Todo.* Cada vez que lo veo, mis pensamientos se niegan a procesar que está aquí, que este momento es real, que me ha invitado a disparar flechas, a compartir unas tartaletas de manzana o a montar en su caballo.

En el instante en que lo pienso, vuelvo a pensar en que el momento terminará, igual que el anterior, y pasarán semanas, meses o años antes de que vuelva a suceder. Si es que lo hace.

—Jax.

Levanto la vista y me doy cuenta de que ha dicho algo de lo que no me he enterado. Sus ojos de color marrón oscuro buscan los míos.

Siento una presión en el pecho y las emociones me desbordan. No sé qué hago aquí. No sé qué hace él aquí. Al igual que la última vez, no sé si esto es caridad o piedad o si todavía piensa que estoy metido con lo que sea que esté haciendo Alek, pero nada importa. La última vez que se marchó, fue una agonía. No es culpa suya, pero tampoco mía.

No quiero repetirlo.

Recojo las flechas y se las empujo contra el pecho.

—Debería volver a la forja.

Agarro las muletas y empiezo a caminar.

—¡Jax!

Lo ignoro. Una brisa helada baja de la montaña y azota los árboles, desafiando la luz del sol primaveral. No sé de dónde ha salido la rabia, pero ahora no sé qué hacer con ella. Hace una hora, me molestaba que fueran a irse y ahora desearía que nunca hubieran venido. Las muletas se clavan en el suelo a cada paso.

—Lord Jacob estará esperando —digo.

—¿Qué acaba de pasar?

Nada. Todo. No lo sé. Pero, al igual que cuando me curó la mano, podría parecer un gesto de bondad por su parte, y así es, pero para mí solo será un recordatorio de todo lo que me falta.

# CAPÍTULO 26

# JAX

La fresca brisa me envuelve mientras avanzo. Creo que le he dejado a Tycho media docena de mis flechas, pero no me importa. He llegado al límite del bosque y echo un vistazo al camino. Hay una decena de carruajes y caballos delante de la panadería de Callyn. Nunca la había visto tan ocupada y lleva así desde hace semanas. A este ritmo, habrá pagado la deuda de impuestos en poco tiempo.

La idea me provoca una nueva sensación de amargura y quisiera apartarla, pero no puedo.

Oigo ruido de cascos y unas botas llegan corriendo detrás de mí, y vuelvo a poner en marcha las muletas.

—No me sigas.

Lo hace de todos modos.

—¿Por qué te has enfadado?

—No estoy enfadado. —Pero lo estoy y sueno como si lo estuviera.

—¿Jax? —Parece desconcertado.

Me acerco a él tan deprisa que Piedad levanta la cabeza y tira de las riendas. Tycho murmura:

—Calma. —Pero no aparta la mirada de mí.

—No me sigas —repito.

Frunce el ceño.

—No…

—Tal vez quieras recordar lo que sentías al ser solo Tycho, pero yo nunca seré nada más que Jax. Así que si no necesitas nada de la forja, mi señor, entonces, por favor, márchate.

Parece como si lo hubiera abofeteado.

Por un instante, lamento cada palabra. No toda la rabia que siento es culpa de él. Ni siquiera una cuarta parte. Sin embargo, me doy la vuelta antes de que la emoción me oprima el pecho y me ahogue la voz.

Esta vez no me sigue. Las muletas se clavan en el suelo a cada paso y el aliento me arde en los pulmones. Cuando llego al taller, azoto el arco y las flechas con imprudencia bajo la mesa. La madera cruje, pero no me importa. No sé en qué estaba pensando.

Me aparto un mechón de pelo de la cara y avivo el fuego de la fragua, luego me dejo caer en uno de los taburetes. Cuando levanto la vista, Tycho sigue en el camino. Piedad vuelve a tirar de las riendas y a dar coces en el suelo.

—Márchate —grito.

Después de un momento, asiente. Su expresión se vuelve seria, casi tan fría como la de lord Alek.

—Como digas. —Se vuelve hacia el caballo y toma las riendas. Se monta, pero aparto la mirada. Ya lo he visto marcharse muchas veces. No necesito verlo otra vez.

La puerta de entrada se cierra detrás de mí, indicativo de que mi padre está en casa.

Estupendo.

No me vuelvo a mirarlo, pero huelo la cerveza desde aquí. Habla desde detrás de mí.

—¿Qué haces, chico?

—Estoy trabajando. —Meto un lingote en la fragua, aunque no está ni de lejos lo bastante caliente.

Mi padre me agarra del brazo por detrás y me arrastra hacia arriba con tanta brusquedad que tengo que saltar para mantener el equilibrio.

—¿Acabas de gritarle a un lord? —me sisea en la cara y casi me emborracho solo con su aliento.

Intento liberarme.

—Vuelve a la taberna —gruño.

Me golpea en la mejilla. No lo bastante fuerte para derribarme, tal como me está agarrando del brazo, pero me gira la cabeza hacia un lado y siento el sabor de la sangre.

Hoy no es el día. Le devuelvo el golpe.

Esta vez me golpea con tanta fuerza que choco con la mesa de trabajo; papeles, trozos de hierro y herramientas salen despedidos por todas partes. Me agarro al borde y busco las pinzas, pero él es más rápido. Me da la vuelta y me golpea de nuevo en la mandíbula. Caigo al suelo. Antes de que pueda decidir qué hacer, me da una patada en el estómago, y otra, y mi cuerpo se enrosca en un ovillo por reflejo. Me agarra de la camisa y me arrastra de nuevo hacia arriba. Se me nubla la vista. Veo venir el puño y sé que esta vez va a acabar conmigo. Hay una parte de mí que se alegra.

Pero el golpe no llega. Mi padre se aleja de sopetón y vuelvo a caer. Apoyo una mano en el suelo y toso. La sangre mancha la tierra. Respiro con dificultad.

Mi padre emite un sonido que es mitad rabia, mitad rugido, y me obligo a levantar la cabeza justo a tiempo para verlo lanzar un golpe contra Tycho. El joven noble lo esquiva y luego se lo devuelve por partida doble. En apenas un parpadeo, mi padre cae al suelo y gime. Intenta apoyar una mano contra el suelo, pero parece tener problemas para saber dónde es arriba y dónde abajo.

—Jax. —Tycho me mira y me tiende una mano—. Jax, ¿puedes levantarte?

No lo sé. Trago y me duele. Noto el amargor de la sangre en la lengua y tengo la visión borrosa. Existe la posibilidad de que vomite aquí mismo, en el suelo.

Pero mi padre trata de levantarse.

—Cuidado. —Me atraganto con las palabras. La mandíbula no me funciona—. Se va a levantar.

Los ojos de Tycho arden como fuego.

—Pues volveré a tirarlo. Ven. Dame la mano.

Tengo que llevarme un brazo al vientre y tardo en ponerme de rodillas.

Mi padre gime en el suelo.

—Maldito holgazán. Te voy a…

—No vas a volver a tocarlo —espeta Tycho, con la voz tan fría que siento una punzada helada en el cuerpo, pero también un rayo de calor.

—Por favor —digo, en apenas un susurro. No sé por qué suplico. ¿Ayuda? ¿Para que Tycho no mate a mi padre? ¿Por algo que ni siquiera yo entiendo?

Tengo su mano justo delante y la agarro. No sé cómo consigo ponerme en pie, pero Tycho me pasa un brazo por los hombros. Casi me lleva en volandas y ni siquiera sé a dónde hasta que prácticamente caigo de morros sobre el costado de Piedad.

—Necesito que me ayudes —dice, con la voz más grave y más áspera de lo que estoy acostumbrado—. Agárrate a la silla de montar.

Todo me duele y no puedo pensar.

—¿Dónde…?

—Jax, si no te saco de aquí, voy a hacer algo de lo que me arrepentiré, y ya tengo bastantes problemas. Agárrate.

Obedezco a ciegas. Estoy en el aire y luego en la silla. Me acurruco y me agarro a las crines de la dulce Piedad. Es horrible. Agonizante. Emito sonidos vergonzosos. Siento los ojos húmedos, pero Tycho es tan fiero e intrépido que no quiero llorar delante de él.

—Aguanta —dice—. Mete las manos bajo la coraza si lo necesitas.

Deslizo las manos sobre su piel y es lo único que recuerdo hacer hasta que vuelvo a oír su voz, suave y baja.

—¿Jax? Jax. Ya casi hemos llegado. Voy a ayudarte a bajar.

Mi pie toca el suelo y suena como si hubiera aterrizado sobre una tabla de madera. Tycho vuelve a ponerme un brazo sobre los hombros. Estamos rodeados de ruido: el clamor de voces, el rítmico repiqueteo de cascos en la tierra y los adoquines. Alguien, en algún lugar, tiene un martillo y una mujer llama a un niño. Estamos en el pueblo, pero no estoy seguro de dónde.

Parpadeo y Tycho empuja una puerta; el ruido se amortigua. Sé que voy dando saltitos, pero es muy probable que él esté soportando todo mi peso. Hay un hombre detrás de un mostrador y veo que nos mira largo y tendido. Debo de tener peor pinta de lo que siento, o tal vez así es justo como me veo, porque abre mucho los ojos, con miedo.

—Aquí no queremos problemas —se apresura a decir—. Esta es una pensión tranquila.

—No habrá problemas —dice Tycho—. Tienes mi palabra. Solo necesito una habitación.

El hombre toma aire con brusquedad, pero Tycho deja media docena de monedas de plata en la mesa.

El tono del hombre cambia de inmediato.

—Sí, mi señor. Por supuesto. —Tycho lanza otra moneda sobre el mostrador.

—También necesito que envíes un mensaje a la taberna. O tal vez a la casa de juego. Dile a lord Jacob de Dece que lo necesito aquí.

—Por supuesto. Ahora mismo.

Los latidos del corazón me rugen en los oídos y no escucho nada más de lo que dicen. Tengo que volver a apretarme un brazo en el vientre. Siento como si las costillas se me hundieran. O como si respirase fragmentos de vidrio. Noto la respiración débil y superficial. De repente, Tycho vuelve a caminar, prácticamente arrastrándome. Pero pronto entramos en una habitación con una chimenea baja. Cierra la puerta y me sienta en un sillón maravilloso que tal vez sea más bonito que ningún otro en el que me haya sentado.

Qué pena que apenas pueda apreciarlo. La habitación vuelve a dar vueltas y me ahogo al respirar.

—No vomites —dice y hago una mueca de dolor, porque es justo lo que mi cuerpo quiere.

—Perdóname —digo y mi voz suena extraña. No sé si el problema son mis oídos o mi boca. Respiro despacio e intento que la habitación deje de girar.

—No, no me importa que lo hagas, pero te dolerá muchísimo con las costillas rotas.

Ah. Su voz es tan práctica que asiento antes de que termine de hablar, y al hacerlo empiezo a vomitar.

Tiene razón sobre el dolor. Estoy doblado, y es casi peor, pero mi cuerpo no deja de retorcerse. Las lágrimas me recorren las mejillas y no puedo hablar. No puedo pensar. Vuelvo a sentir el sabor de la sangre.

Tycho se arrodilla a mi lado, me quita la camisa por la cabeza y luego apoya la palma en mi pecho. Como el día que me curó la mano, al principio duele tanto que me aparto sin pretenderlo, con los dientes apretados. Pero el dolor se suaviza y se convierte en una sensación cálida y fácil de soportar. Mi cuerpo estaba más tenso que la cuerda de un arco, pero de repente vuelvo a respirar sin sentir que los huesos me atraviesan la piel. Me recuesto en el sillón e intento pensar con claridad.

—Perdóname —dice Tycho y no tengo ni idea de por qué se disculpa, pero añade—: Debería haberlo hecho antes de subirte a Piedad. No me di cuenta de lo mal que estabas y me preocupaba que tu padre volviera a atacarte. —Hace una mueca—. Cuando llevas muchas armas, empiezan a parecerte la única solución. ¿Ya no te duelen las costillas?

¿Significa eso que habría matado a mi padre? ¿O se refiere a otra cosa?

Lo miro, estupefacto, y me limito a negar con la cabeza.

Se reclina sobre los talones y entonces caigo en la cuenta de que lord Tycho acaba de tocarme el pecho desnudo mientras lo único en lo que pensaba era en no vaciar las tripas sobre las tablas del suelo. Mis pensamientos se dispersan de nuevo. Tal vez me haya arreglado las costillas, pero la cabeza no deja de darme vueltas.

Tycho levanta una mano como si fuera a tocarme la cara, pero duda.

—Sé que odias la magia —dice con cuidado—. O… me odias a mí, tal vez. Pero tu cara tampoco tiene muy buena pinta.

Tengo que volver a esforzarme en mirarlo.

—No te odio. —Trago y solo me sabe a sangre—. ¿No te gusta mi cara?

—No me refería a eso. —Sonríe, y se queda a medio camino entre la diversión y la tristeza—. Te ha dado bien. Noah diría que tienes una conmoción cerebral. —Vuelve a levantar la mano—. ¿Puedo?

Podría haberse ofrecido a prenderme fuego y mis pensamientos no serían capaces de procesarlo.

—Sí —jadeo.

A pesar de lo que ha dicho, y de lo que yo he dicho, me sobresalto cuando las yemas de sus dedos me tocan la mejilla. Todo mi cuerpo se sacude, pero con la otra mano me sujeta el lado bueno de la cara y me obliga a no moverme.

—Tranquilo —dice con suavidad—. Solo te duele un momento. Ya lo sabes.

Tiene razón. Lo sé. Una rápida ráfaga de dolor al rojo vivo me atraviesa la mejilla y la mandíbula, seguida de esa dulce calidez. Entonces estoy curado, tengo la cabeza despejada y lord Tycho se encuentra a centímetros de distancia. Sus ojos son muy oscuros a la tenue luz de la hoguera y el dorado de su pelo parpadea. Cuando me roza el labio con el pulgar, se me corta la respiración.

—¿Mejor? —pregunta en voz baja.

Sí. No. Las dos. Al igual que cualquier otro recuerdo que cree, este solo me traerá dolor. Por muchas razones. Sin embargo, ya que de todos modos solo sirvo para causar desgracias, cierro los ojos y levanto una mano para atraer su palma a mi cara.

Espero que se aparte, pero no lo hace. Se queda quieto y deja escapar un largo suspiro. Al cabo de un momento, mueve la mano y me recorre el arco del pómulo con el pulgar.

Demasiado tarde, me doy cuenta de que me está quitando las lágrimas. Frunzo el ceño y me aparto.

Me suelta y vuelve a ponerse de cuclillas.

—Perdóname —repito y me paso la mano por la cara. Ya no lloro por el dolor y no sé cómo procesarlo.

—No es la primera vez que veo llorar a un hombre —dice—. No hay nada de lo que avergonzarse. —Lo dice con amabilidad, pero también hay algo agudo y oscuro en sus palabras. Me recuerda al momento en el que le pregunté si le gustaba ser soldado. *La parte de hacer de soldado, no tanto.*

Me muevo en el sillón para sentarme más erguido y me froto la cara para limpiar las últimas lágrimas. Seguro que las que ha visto se debían a razones más importantes que esta. Se me tensan los hombros al pensar en que ha presenciado demasiadas cosas que mantengo ocultas de todo el mundo menos de Cal.

—Deberías llevarme de vuelta —digo.

Eso rompe el hechizo que lo mantenía en silencio. Se despega del suelo y se pasa una mano por la nuca.

—Deberían arrestar a tu padre, Jax.

—Ha sido un malentendido. No sabía por qué te había gritado.

—Yo tampoco lo sabía y no te rompí las costillas por ello.

Me sonrojo y aparto la mirada hacia el fuego.

—Gracias —digo—. Por lo que has hecho.

—De nada. Tal vez la próxima vez deberíamos trabajar en cómo bloquear un puñetazo en lugar de disparar flechas.

*La próxima vez.* No sé cómo interpretar nada de esto. Estoy atrapado en un horrible punto intermedio entre no querer volver nunca a la forja y preocuparme por que, cuanto más tiempo pase fuera, peor será cuando vuelva.

—Tengo que esperar a Jake —dice Tycho y hay una nota de lamento en su voz—. Estoy seguro de que tendrá mucho que decir.

Se ha movido por la habitación y oigo que algo aterriza en la cama con un golpe sordo. Miro y descubro que se ha desabrochado el cinto de la espada para arrojar el arma sobre el edredón, seguido poco después por sus brazaletes forrados de cuchillos. A continuación, se lleva la mano al costado, afloja las hebillas que le sujetan la coraza y se desprende de la mitad para luego sacarse el resto por la cabeza. Lleva una túnica de lino debajo que se le levanta junto con la armadura y revela parte de una cintura musculosa antes de que agarre la tela para arrastrarla hacia abajo.

Lo que veo me roba hasta el último aliento de los pulmones. Unas largas franjas de cicatrices le cruzan la baja espalda.

Debe de notarlo, porque me mira. Desvío la mirada.

No dice nada. Yo no digo nada. El silencio se extiende. Al final, lo rompe y se dirige a la palangana de la esquina, donde se echa agua en la cara.

*Deberían arrestar a tu padre.*

Y luego ¿qué? ¿Volvería a casa y haría algo peor? No estará preso por mucho tiempo. Lo sé por experiencia.

No quiero pensar en mi padre, pero la alternativa es pensar en Tycho, en su mano en mi mejilla o en esas cicatrices de su espalda, en su sonrisa fácil o…

El pestillo de la puerta chasquea y ambos saltamos.

Es lord Jacob, que recorre la habitación con ojos suspicaces cuando entra. Se posan primero en Tycho y veo la chispa de alivio al comprobar que su amigo está ileso. Pero entonces su mirada se fija en mí.

No sé cómo interpretar su expresión y, a pesar de la curación, soy consciente del aspecto que debo tener: sucio y salpicado de sangre, con la clara posibilidad de las marcas humillantes de lágrimas en las mejillas. Me tenso, pero lord Jacob solo suspira.

—Infierno de plata, T. —Se pasa una mano por el pelo—. Sabía que este nos daría problemas.

# CAPÍTULO 27

# CALLYN

Después de lo sucedido en el granero, no debería sorprenderme al ver a lord Alek bloqueándome la puerta de la despensa, pero aun así lo hago. Tengo los brazos cargados con un saco de azúcar y una bandeja de mantequilla y casi me tropiezo con él.

Atrapa la bolsa de azúcar antes de que se le derrame sobre las botas y me las arreglo para no llenarme la cara de mantequilla. Estamos al final del pasillo de la parte principal de la panadería y el bullicio de la gente que hace cola llega hasta aquí. Lo miro con el ceño fruncido.

—¿Alguna vez ha pensado en anunciarse como un caballero? —pregunto.

—¿Qué sabes tú de caballeros? —dice.

—No mucho, visto lo visto.

Sonríe, pero está tenso.

—¿Tienes alguna carta de lady Karyl?

Frunzo el ceño. Esperaba que respondiera a la pulla y que no lo haga me resulta decepcionante. Pero, por supuesto, eso es ridículo. Nunca viene solo por mí, viene por negocios.

Cuadro los hombros y me saco esos pensamientos de la cabeza.

—No. No he visto a nadie desde que intenté atravesarlo con la horquilla. —Miro detrás de él—. Mi señor, Nora está sola con los clientes…

—Esto es importante.

—Mi hermana también.

Suspira y luego deja el saco de azúcar en el suelo.

—Démelo —digo con un gesto—. Tengo que volver a la panadería.

—Callyn…

—¡Si no quería que estuviera ocupada, no me hubiera enviado tantos clientes!

Alek se acerca más y baja la voz.

—Tycho ha vuelto a Briarlock. Lo acompaña lord Jacob. —Lo dice con la gravedad de quien anuncia la muerte de un familiar y clava los ojos azules en los míos—. Los han visto de camino a la forja de tu amigo.

Finjo un grito ahogado.

—Lord Jacob, no.

Asiente, pero le devuelvo la mirada y respondo con la misma gravedad, aunque en la mía hay una pizca de burla.

—No sé quién es.

Maldice y aparta la mirada mientras se pasa una mano por el pelo.

—Es el mejor amigo y consejero del rey.

Ah, nada más.

—Pertenece a una de las Casas Reales. No puede ser demasiado intimidante.

—No es intimidante, es… —Se interrumpe y vuelve a maldecir. El saco de azúcar cae al suelo y me agarra por los brazos—. ¿Es que no lo entiendes? Si está aquí, necesito saber por qué. Necesito saber qué está haciendo. Elegimos Briarlock porque no es un pueblo muy transitado. Lady Karyl escogió a Jax porque su padre nos había sido leal en el pasado. Pero el mensajero del rey ya ha pasado por aquí muchas veces y ahora se le ha unido lord Jacob. ¿Cómo no entiendes que…?

—¡Lo entiendo! —Intento liberarme. El corazón me late acelerado y no me creo que hace un instante una parte de mí deseaba que hubiera venido por otra razón que no fuera salvar su propio pellejo—. Suélteme, por favor.

No lo hace.

—¿Han estado aquí?

—No he visto a lord Tycho. —Los ojos de Alek atraviesan los míos y trago saliva—. No lo he visto. Y no he hablado con Jax.

Después de un largo momento, sus manos aflojan el agarre en mis brazos y suspira.

—Perdóname.

—Tengo que volver delante. —Dudo—. Mi señor.

—Necesito que averigües qué quieren. Por qué están aquí.

Quiero darle un puñetazo en la cara.

—Apenas he hablado con Jax en semanas, por su culpa, ¿y ahora quiere que de repente le pregunte por qué dos nobles han visitado su forja? Tal vez necesitaban los servicios de un herrero.

—Tal vez vengan a la panadería a continuación y, cuando te vuelva a ver, estés colgando de una cuerda. —Su voz es fría, pero no suena como una amenaza. Suena preocupado. No sé si es por sí mismo o por mí, y detesto que haya surgido esa duda en mis pensamientos—. Callyn, de verdad. Tengo que saber por qué están aquí. Tú tienes que saberlo. Piensa en tu casa. Piensa en tu hermana.

Trago saliva.

—Siempre estoy pensando en mi hermana. Es la única razón por la que hago esto.

Su expresión no vacila.

—¿De verdad?

*Sí. No.*

Tal vez antes lo era, pero ya no. Me mojo los labios y niego con la cabeza.

—¿Qué…? —Se me corta la voz y me obligo a serenarme—. ¿Qué hago si vienen aquí?

Saca unas monedas de un bolsillo y me las pone en la palma de la mano.

—Dirás la verdad. He venido, te he dado unas monedas y me he llevado unas pastas. No conoces mis planes.

—¿Cuáles son? —digo.

Sonríe.

—Si te lo dijera, tu respuesta sería una mentira.

—¡Cally-cal! —Nora me llama desde la habitación principal—. ¡Cally-cal, te necesito!

Miro detrás de él.

—Tengo que volver.

—Por supuesto. —Recoge el saco de azúcar y me lo entrega—. Hasta luego, Callyn.

—Hasta luego —digo con ligereza. Me doy la vuelta, pero entonces me lo pienso mejor y me vuelvo para preguntar qué pasará si el tal lord Jacob viene con algo más que preguntas.

Pero Alek ya se ha ido.

# CAPÍTULO 28

# TYCHO

No esperaba terminar así el día. Pensaba que pasaría unas horas disparando con Jax, iría a buscar a Jacob en las mesas de dados y luego volveríamos a la Ciudad de Cristal.

En vez de eso, casi he secuestrado a Jax y he dejado a un hombre medio inconsciente en el suelo.

Jake cierra la puerta y se apoya en ella, luego se frota la cara con las manos.

—Cuéntamelo todo.

Lo hago.

Bueno, casi todo. Omito el momento en que Jax me gritó que me fuera. No estoy seguro de lo que pasó y él todavía no me lo ha explicado. Sigo pensando en cómo levantó la mano para presionar la mía. ¿Fue miedo? ¿Un momento de vulnerabilidad? ¿O algo más?

Jake escucha hasta la última palabra y, después de todo lo que ha pasado con Grey, espero que me mire con reproche y que insista en que nos olvidemos de este lío y volvamos a la Ciudad de Cristal.

Pero no lo hace.

—Iré a buscar a la magistrada —dice.

—No importará —dice Jax con amargura—. Debería volver.

—No eres el único con un padre de mierda —dice Jake, y Jax parece sorprendido de que su tono sea igual de amargo—. Confía en mí. Haré que importe. —Me mira—. Quédate aquí. Ahora vuelvo. ¿Tenéis hambre? Haré que os traigan algo de comer.

No espera ninguna respuesta; simplemente sale por la puerta.

El ambiente entre los dos sigue enrarecido e incierto, y no sé cuánto es por mi culpa y cuánto por la suya.

—Has dicho que era ¿consejero del rey? —dice Jax.

—Su amigo más cercano, de hecho. —Hago una mueca, preguntándome cómo sonará la noticia de esta pequeña excursión cuando llegue a oídos de Grey. Rhen me dijo que no había nada de malo en buscar momentos de frivolidad, pero ahora mismo dudo mucho de que el rey estuviera de acuerdo. Para nada.

Pero entonces pienso en la sonrisa de Jax al decirme que iba a por el arco. En cómo las lágrimas crearon surcos en la sangre y la suciedad de su cara.

Igual que de haber liberado a Nakiis, no me arrepiento.

Jax se levanta de la silla y alzo la vista. Escudriña el suelo con la mirada, probablemente buscando unas muletas que no va a encontrar.

Hago otra mueca.

—Debería haber pensado en traerlas —digo—. Estaba más preocupado por alejarte de tu padre.

—No pasa nada.

—Deja que te ayude.

Niega con la cabeza.

—Estoy acostumbrado.

No lo dice con desdén, pero frunzo el ceño de todos modos. Cruza la habitación dando saltos hasta la palangana, donde se echa agua en la cara, y parece sorprendido por la cantidad de sangre que sale. En algún momento perdió el clavo que le sujetaba el pelo, por lo que le cuelga sobre los hombros, una masa salvaje de brillantes ondas negras. Se ha remangado la camisa y enseña los músculos de los antebrazos, perfeccionados por lo que deben ser años de trabajo como herrero.

*Si no necesitas nada de la forja, mi señor, entonces, por favor, márchate.*

Aparto la mirada. No debería quedarme mirando. De pronto comprendo el motivo del incómodo silencio.

—Puedo irme —ofrezco—. Seguro que tienen más habitaciones. O puedo esperar a Jake en la taberna.

Se seca la cara y las manos en la toalla, pero mira por la ventana.

—No entiendo.

—Como siempre, siento que te he incomodado, Jax.

Se ríe sin gracia, pero no me mira.

—«Incómodo» no es la palabra correcta, mi señor.

Ah. Hemos vuelto al «mi señor».

Asiento con la cabeza y recojo las armas.

—Como digas.

Me mira sorprendido.

—¡No! No quería… No tienes que irte.

Dudo con la mano en la espada y los brazaletes. Desearía que estuviéramos de nuevo en el bosque, donde podríamos disparar cosas y la conversación podría girar en torno a las flechas, el emplumado y la puntería.

Jax me está estudiando, con sus ojos de color verde avellana un poco entrecerrados. Cada vez que estoy con él, tengo la sensación de que bailamos sin palabras alrededor de nuestros verdaderos pensamientos e intenciones. En parte se debe a nuestras supuestas posiciones, estoy seguro.

Pero hay una parte que no.

—En la herrería —digo por fin—, ¿por qué me dijiste que me fuera?

Jax se apoya en la mesa con la palangana y se cruza de brazos. A veces, cuando me esquiva la mirada o el calor le sube a las mejillas, sus emociones son tan fáciles de leer como un texto impreso en una página. Otra, sin embargo, como ahora o en el momento en que me gritó que me fuera, su expresión se endurece y lo bloquea todo. Es una mirada muy comedida, que no revela nada, y me recuerda a Grey.

No espero que responda, pero lo hace, con voz muy tranquila.

—Porque no quería volver a pasar varias horas en tu compañía, para que después desaparecieras durante semanas, meses o… para siempre.

Ay. Frunzo el ceño y doy un paso adelante.

—Jax...

—No me debes nada —dice con seriedad—. De verdad. Sé que mi vida es... —Se le corta un poco la voz y se encoge de hombros—. La mala suerte me persigue. Te agradezco lo que me has enseñado. Lo que has hecho hoy. —Flexiona la mano, la que se quemó y que yo curé—. Lo que hiciste antes. Pero volverás a tus deberes en el Palacio de Cristal y yo volveré a la forja. Da igual que lord Jacob arrastre a mi padre ante la magistrada. Tú te irás y él acabará volviendo a casa, y mi vida seguirá como hasta ahora.

Hay algo muy sombrío en la forma en que lo dice, porque no es resignación. Es un hecho constatado que Jax se cree hasta la médula.

Lo peor es que no se equivoca. No del todo.

Doy un largo suspiro y otro paso.

—Jax, por favor, déjame...

—¿Explicarte? No tienes nada que explicar. Sé quién eres. Sé quién soy. Sé lo que es mi vida. —Sus ojos me atraviesan—. ¿Y tú, mi señor?

Tal vez no hacía falta que le enseñase el manejo de las armas, porque está claro que es capaz de destripar a un hombre solo con palabras. Me gustaría que dejara de llamarme así, pero tal vez justo por eso lo hace.

Alguien llama a la puerta y ambos nos sobresaltamos.

—Jake dijo que nos mandaría comida —digo con la voz neutra y le abro la puerta a una camarera, agradecido por la interrupción.

# CAPÍTULO 29

# CALLYN

Todavía no considero las aglomeraciones diarias como «habituales», pero empieza a ser común disfrutar de una pequeña tregua antes de la hora de la cena y a menudo agradezco el descanso.

Hoy, no. Llevo toda la tarde mirando la puerta, esperando que unos guardias armados irrumpan en la panadería y me arrastren a la horca, mientras Nora se retuerce y se lamenta tras de mí.

Debería darle más crédito a mi hermana. Es más probable que atacase al grupo de guardias con un cuchillo pastelero. O, más aún, que tratase de venderles una bandeja de pasteles.

Lo más seguro es que estas preocupaciones sean infundadas. Nadie me ha acusado de nada. Nadie ha acusado a Jax de nada. Han pasado nobles por la panadería desde hace semanas y el mayor drama que he presenciado fue cuando dos mujeres discutieron sobre si eran mejores mis tartaletas de melocotón cubiertas de merengue o los sabrosos pasteles de huevo que mezclo con canela y clavo.

Ojalá Alek no hubiera aparecido. Podría no haberme dicho nada y mis respuestas ante cualquier persona del palacio habrían sido las mismas: *No le he visto. No sé qué está haciendo.*

Uf. Es insufrible.

Y por otra parte, no lo es. Han reparado el granero. La puerta de entrada de la panadería. Incluso han sustituido el comedero por uno nuevo y dejaron dos pares de botas a estrenar junto a la puerta, junto con una capa de hule para mi hermana.

Su voz estaba cargada de preocupación cuando me habló de lord Jacob. ¿Por mí? Es una nueva interpretación de sus visitas y no consigo encajarla. Aun así, me enciende una llama de intriga en el pecho, una que no puedo apagar.

Sigo tratando de conciliar sus actos de generosidad y bondad con la forma en que trató a Jax, y nunca termino en el mismo punto. ¿Fue Jax demasiado codicioso? ¿Soy yo demasiado crédula? ¿Tycho de verdad lo amenazó con magia o fue Alek el agresor?

No lo sé y no puedo preguntárselo a Jax sin que Alek piense que estoy revelando sus secretos.

Nora barre el suelo mientras yo relleno las empanadas de carne y verduras para los viajeros que vendrán a buscar la cena.

Fuera, los cascos de los caballos retumban en el camino y se me encoge el corazón. Me limpio las manos en el delantal y me acerco a la ventana, justo a tiempo para ver tres caballos que pasan al galope por delante de la panadería.

Lo único que hay al final del camino es la herrería.

Jax.

Nora está a mi lado.

—Por los cielos. ¿Era la magistrada?

Sí. Lo era. Los caballos iban demasiado rápido para identificar a los otros. Unos caballos oscuros, dos hombres y una mujer.

El corazón me martillea. Sé que ya no guarda los mensajes de los Buscadores de la Verdad. ¿Habrá hecho Jax otra cosa para conseguir dinero? ¿Podría estar relacionado con los primeros mensajes que entregó?

La culpa se me hunde en el estómago como una piedra al rojo vivo.

—¿Crees que Jax estará bien? —pregunta Nora—. ¿Deberíamos ir a ver?

No lo sé. No lo sé.

Lo que sí sé es que a Alek no le gustará. Pero me da igual. Jax es mi mejor amigo. O lo era.

Vuelvo a la mesa y termino de moldear las empanadas; doblo los bordes tan rápido como puedo.

—Voy a ver cómo está Jax —le digo a Nora—. Voy a meter esta tanda en el horno y quiero que la vigiles. Nada de distraerte con los libros porque yo no esté aquí, ¿entendido? Si viene mucha gente para la cena y no tenemos empanadas de carne, haré que les cuentes a todos los nobles que se te fue la cabeza por haber estado leyendo un romance descarado. Si necesitas algo para estar ocupada, ponte a hacer unas cuantas galletas de queso más.

Espero que ponga los ojos en blanco, pero mira preocupada hacia la ventana.

—No lo hemos visto mucho, Cally-cal. ¿Crees que habrá hecho algo muy malo?

Trago saliva y siento como si tuviera una piedra en la garganta.

—No —digo con aspereza. *Me preocupa haberlo hecho yo*—. Volveré en cuanto pueda.

No corro, porque no quiero dar la impresión de que tengo motivos para preocuparme. Solo recorro el camino para ir a ver a mi amigo. Sin embargo, los nervios me empujan y mis pies trotan por sí solos.

Estoy a mitad de camino cuando la magistrada dobla la curva a caballo, con una cuerda atada a la silla. Rara vez viene por aquí y creo que nunca la he visto tan de cerca, pero es una mujer llamativa, majestuosa y severa, de piel morena y con el pelo rapado.

El otro extremo de la cuerda está unido a las manos atadas de Ellis, el herrero. El padre de Jax.

Tiene un ojo morado y el labio partido, y avanza a trompicones como si todavía estuviera borracho. Se fija en mí y dice:

—¡Callyn me conoce! Díselo a la magistrada, chica. —Tiene hipo y se tambalea, luego le viene una arcada y escupe en el suelo—. Díselo —grazna—. Dile que soy un buen padre.

Tiene que estar de broma.

La magistrada se limita a asentir con la cabeza antes de darle un fuerte tirón a la cuerda.

—Ya he oído suficiente sobre su hijo por parte de lord Jacob —dice—. La única persona que podría hablar en tu favor es la propia reina. Ahora camina.

*Lord Jacob. Ay, Jax, ¿qué ha pasado?*

Alterno la mirada de Ellis a la magistrada y me fijo en el camino que conduce a la herrería, que de pronto parece alargarse treinta kilómetros. No sé si debería echar a correr o dar la vuelta y volver a la panadería para llevarme a Nora de aquí. Un viento inusualmente frío silba entre los árboles y me hace temblar a pesar del calor del aire.

Obligo a mi boca a moverse.

—¿Jax está bien? —pregunto a Ellis.

—¡No lo estará! —gruñe—. ¡No después de lo que ha hecho!

No. No. ¿Significa eso que...? ¿Debería ir a por Nora?

Pero la magistrada apenas me ha mirado. Los caballos no se han detenido en la panadería y estoy segura de que no habrían pasado al galope si sospecharan que yo estaba metida en algo. Me agarro a las faldas y me apresuro a recorrer el resto del camino. No sé qué espero encontrar, pero mis pensamientos solo evocan imágenes terribles. Jax de rodillas, encadenado, suplicando por su vida. Jax siendo un bocazas maleducado con la gente de la magistrada, ganándose un viaje solo de ida a la prisión de piedra.

O peor, Jax herido, sangrando o muerto. O las tres cosas.

Cuando entro derrapando en el patio, hay dos hombres en el taller, pero ninguno es Jax. Uno es de mediana edad, un poco más redondo y corpulento, con las mejillas rubicundas y el pelo castaño salpicado de canas. Lleva el escudo de Briarlock en la manga, así que debe de haber venido con la magistrada.

—Comprobaré el interior, mi señor —dice.

—Está bien —responde el otro hombre con indiferencia. Es más joven, lleva una armadura más elegante y lo que deben ser una docena de armas enganchadas al cuerpo. Es alto y ancho de

289

hombros y tiene pinta de ser un luchador. Se mira la palma de la mano con el ceño fruncido, donde tiene algo que debe de haber tomado de la mesa de trabajo, demasiado pequeño para que lo identifique desde aquí.

No sé si hago un ruido o si percibe mi presencia, pero levanta la mirada con sorpresa. Guarda lo que estaba mirando en una bolsa de su cinturón y me mira de arriba abajo.

—Hola —dice.

—Hola. —Hago una rápida reverencia y me pregunto si será el lord Jacob que mencionó Alek—. Mi señor.

—Si necesitas algo de la herrería —dice—, parece que los dos herreros no están disponibles por el momento.

Su acento es inusual, ligeramente diferente al de la gente que viene de Emberfall, sus palabras no suenan tan duras. Me desconcierta por un momento.

—Yo… Eh… —Recorro la zona con la mirada. Ni rastro de Jax. El hombre sale de debajo del alero del tejado.

—¿A quién buscas?

Vuelvo a mirarlo a los ojos. Es inteligente.

—A nadie —digo y los entrecierra un poco. Tomo aire—. Es decir, estoy buscando a mi amigo. —Frunzo el ceño—. He visto a su padre. ¿Tienen problemas?

—Todavía no estoy del todo seguro. —Hace una pausa—. ¿Quién es tu amigo?

—Jax.

—¿Eso te convierte en Callyn? ¿Eres la dueña de la panadería?

—Sí. —Dudo—. ¿Jax está bien?

—Lo estará. —Tiene la voz grave—. Su padre le ha pegado. La magistrada lo retendrá un par de semanas.

Tardo unos instantes en procesar las palabras y en reorganizarme las ideas. Mi corazón, que no ha dejado de latir con fuerza, empieza a calmarse. Esto no tiene nada que ver con los Buscadores de la Verdad, sino con el horrible padre de Jax.

—¿Seguro que está bien? —pregunto.

—Creo que sí. Tycho lo traerá de vuelta cuando hayamos terminado aquí. —Saca unas monedas del bolsillo y me las tiende—. Tengo la sensación de que le va a costar un poco moverse. ¿Te asegurarás de que tenga suficiente comida?

—¡Por supuesto! —Niego con la cabeza—. No hace falta que me pague.

—La comida no es gratis. —Me agarra de la muñeca y deja caer las monedas en mi mano.

*Tycho lo traerá de vuelta.* Me quedo paralizada un momento, porque no termino de entender todo esto. ¿Jax se ha hecho amigo de lord Tycho? ¿Lord Alek tiene razón?

Cierro los dedos en torno a las monedas justo cuando vuelvo a oír unos cascos en el camino. Espero que vuelva la magistrada, pero en su lugar, un caballo alazán se detiene junto a mí y el propio Alek se baja de la silla para ponerse a mi lado.

—Callyn —dice—. ¿Te está molestando lord Jacob?

—No —digo—. Oí pasar a los caballos y estaba preocupada por Jax, así que...

—Alek. —Lord Jacob está atónito, pero tarda menos de un segundo en recuperarse. Su mirada se ensombrece—. Has ignorado una citación real —dice, con ira contenida—. Sé lo que le hiciste a Tycho. Debería llevarte a rastras al palacio ahora mismo.

—¿Una citación real? —dice Alek. El aire está cargado de peligro—. Estoy seguro de que envié un mensaje con mi versión de los hechos.

—Muy bien. Te daré mi versión. —Lord Jacob saca una espada. Lord Alek también.

Por los cielos. Como una tonta, salto entre ellos.

—¡Alto!

—Apártate —dice Jacob—. No sabes quién es. Lo que ha hecho.

—Puedo decirte lo que ha hecho él —dice Alek—. Jacob estuvo involucrado en el primer asalto al ejército de Syhl Shallow.

El corazón se me congela en el pecho.

Alek no ha terminado.

—Estaba al mando de los soldados que mataron a tu madre. Los mismos que mataron a mi madre. —Su voz es fría como el hielo—. Estaba con los soldados que mataron a mi hermana.

—Tu hermana era una espía.

—Mi hermana era leal a Syhl Shallow —replica Alek—. Mientras que tú participaste en la insurrección que permitió que un rey mágico ocupase el trono.

—Si quieres hablar de insurrección —gruñe lord Jacob—, a lo mejor deberíamos hablar de qué estás haciendo aquí.

Las palabras caen como una guillotina. No sé cómo ni por qué, pero la tensión parece triplicarse.

El lado plano de la espada de Alek me toca el codo.

—Apártate, preciosa. Me da que las palabras no van a servir para resolver esto.

Tal vez mi madre pensaría que soy una cobarde, pero no pienso quedarme mirando mientras se cortan mutuamente en pedacitos delante de mí.

—Está aquí por mí —le digo a lord Jacob. Ojalá hubiera pensado en traerme el hacha que guardo cerca del granero. Me concentro en lo que Alek acaba de decir sobre mi madre. Sobre su familia. El mismo fuego de su voz enciende una chispa en la mía—. No sé nada de una citación real, pero lord Alek ha venido a Briarlock para verme. —Doy un paso adelante, hacia su espada, y Jacob retrocede un paso—. Está aquí porque le ha visto hablando conmigo y no confía en usted. Si lo que ha dicho es cierto, entonces yo tampoco. —Sigo con las monedas en el puño y se las arrojo—. Me ocuparé de Jax. No necesito su dinero.

Las monedas se dispersan por la maleza. Lord Jacob me mira con incredulidad. Sus ojos pasan de Alek a mí y viceversa.

—Mira —dice—. No creo que comprendas quién es. Lo que ha hecho.

—No le he mostrado a Callyn más que amabilidad —dice Alek detrás de mí.

—Y ha sido quien ha sacado la espada primero —espeto.

Lord Jacob maldice en una lengua que no es syssalah. Tiene la mandíbula en tensión y los ojos cargados de ira.

—Bien. De acuerdo. —Enfunda su arma—. Con mucho gusto volveré al Palacio de Cristal para informar a la familia real que te he encontrado aquí y que no consideras necesaria tu presencia en la corte.

—Volveré a la corte —dice Alek. No ha guardado la espada y la promesa amenazante de su voz hace que me preocupe que vaya a terminar la pelea que Jacob casi empezó—. Cuando decida que tengo tiempo. Estoy bastante ocupado.

—No me cabe duda.

Alek inhala y comprendo que realmente tiene intención de continuar la pelea, así que me vuelvo y le pongo una mano en el pecho.

—He dejado a Nora sola demasiado tiempo. ¿Me acompaña de regreso?

Vacila, lo que me sorprende más que la violencia inminente.

—Por supuesto —dice. Le dedica a lord Jacob una inclinación de cabeza despectiva, agarra las riendas de su caballo y se gira para caminar a mi lado.

Avanzamos en silencio y nuestros pasos crujen en el camino, acompañados por los cascos del caballo. Lord Alek no dice nada mientras caminamos y deja que me pierda en mis propios pensamientos. Jax y yo solo queríamos salvar nuestros hogares. Ahora, no sé cómo, hemos terminado en lados opuestos de una rebelión en ciernes.

Por supuesto, en lugar de centrarme en eso, una pequeña parte de mi cerebro se dedica a repetir el momento en el que Alek me llamó «preciosa».

Cuando llegamos a la panadería, espero que me deje en el camino de entrada, pero ata a su caballo y me acompaña hasta la puerta, y parece que va a seguirme.

Me detengo en el umbral.

—No hace falta que entre —digo—. No era necesario que me acompañara hasta casa. Solo quería asegurarme de que no se cortasen por la mitad.

—Has sido muy valiente —dice.

Me da un vuelco el corazón, pero pongo los ojos en blanco.

—He saltado delante de una espada. He sido estúpida.

—A menudo parecen lo mismo. Pero conozco la diferencia.

Eso me hace sonrojar. No estoy acostumbrada a que nadie me diga que soy valiente. Paso mucho tiempo pensando en que debería haber seguido los pasos de mi madre, en que haberme quedado en la panadería es deshonrar su memoria. Así que las palabras de Alek me iluminan con un brillo que se niega a desvanecerse.

—¿De verdad ha ignorado una convocatoria real? —pregunto.

Levanta ligeramente un hombro. Sus ojos azules no se apartan de los míos.

—Envié una carta.

—¿Por qué no le ha arrestado?

—¿Doy la impresión de que habría ido de buena gana, Callyn?

El frío de su voz me hace temblar. Miro las armas que lleva, tan abundantes como las del otro hombre.

—No —digo con sinceridad.

—Tengo muchos aliados en las Casas Reales. No muchos están de acuerdo con la alianza y el matrimonio de la reina con un forjador de magia. Ahora está enferma y lejos de la vista del público, así que los rumores no dejan de correr. Los Buscadores de la Verdad no tienen que hacer nada para sembrar la discordia cuando es evidente que algo anda mal en la familia real. La magia del rey puede matar a cientos de ciudadanos que claman contra ella, ¿pero no proteger a la reina? Si Jacob quisiera arrastrarme a la fuerza hasta el Palacio de Cristal, no saldría indemne de ello y no estaría bien visto, desde el punto de vista político. —Entrecierra los ojos—. Me aseguraría de eso.

Tengo que esforzarme para no temblar.

—¿Está más tranquilo con su presencia aquí?

—Sí. La verdad es que ya no importa por qué vengo a Briarlock.

—¿Qué? ¿Por qué?

—Porque has declarado con bastante pasión cuáles son mis razones para estar aquí.

Me sonrojo.

—Yo no… no pretendía… —Inhalo una bocanada de aire entre los dientes—. Es la verdad. Viene a verme a mí.

—En efecto. ¿Quién, si no, iba a atacarme con una horquilla?

Toda esta conversación resulta aterradora y estimulante al mismo tiempo, como cuando me daban vueltas en el aire cuando era niña.

—Sígame al granero y volveré a hacerlo —digo.

Se le enciende la mirada.

—Si te siguiera hasta el granero, no sería para enfrentarnos con horquillas.

—Ah, ¿no? —bromeo—. ¿Qué haríamos?

Alek me agarra por la cintura y presiona su boca contra la mía.

Vaya. Intentaba mostrarme tímida. Alek, no.

A juzgar por la fuerza de sus manos, la intensidad de sus labios y el repentino fuego que siento en vientre, diría que Alek nunca actúa con timidez. Sigo esperando a que mis pensamientos se centren, pero no lo hacen y me inclino hacia la calidez de su cuerpo; siento cómo su mano se desliza por mi cintura hasta rozarme el pecho, acariciarme el cuello y enterrar los dedos en mi pelo. Mi garganta emite algunos gemidos de impotencia. Sabe a canela y azúcar, como mis tartaletas de manzana, pero mejor, como si tuviera que añadirlo a él a la receta. No podré volver a comer manzanas sin pensar en este momento. Sin anhelar este momento. No puede ser un simple beso. Esto es…

La puerta se abre con un chasquido.

—¿Cally-cal?

Me separo de Alek y me siento como si me hubieran arrojado a un banco de nieve.

—¡Por los cielos, Nora! —grito.

Empieza a parlotear como si no acabara de interrumpir el instante más cautivador de mi vida.

—Creo que he hecho bien las empanadas de carne, pero los bordes están un poco más dorados que…

—Seguro que está bien —jadeo.

—Bueno, pero necesito que las mires, porque las tapas están un poco blandas y las tuyas siempre…

—Danos un momento, por favor, ¿quieres, Nora?

Los ojos de Alek relucen.

—Por supuesto. —Le hace una florida reverencia, pero luego no cierra la puerta.

—¡Entra! —grito.

—Bueno —resopla—. Si es…

Cierro la puerta con tanta fuerza que los cristales retumban. Luego me tapo los ojos con una mano.

—Déjeme, mi señor —digo—. Permítame morir aquí mismo, en este escalón…

—Alek —dice, con la voz áspera y suave y justo en el lóbulo de mi oreja.

Jadeo con brusquedad, pero está pegado a mí.

—Alek —susurro y sonríe.

—La situación de las empanadas de carne parece bastante urgente —dice—. Debería dejarte con ello. —Echa una mirada hacia el camino—. No quiero volver a enfrentarme a lord Jacob.

Asiento y trago saliva. Mis pensamientos aún están hechos un lío y quiero retomar donde lo hemos dejado.

—Volveré pronto —dice—. Tienes mi palabra.

—¿Sin mensajes? —susurro.

—Esta vez, no. —Su mano encuentra mi cara y me acaricia la mejilla. Cuando me besa esta vez, es más lento. Más cálido. Como la luz del sol en lugar de una hoguera. Olvídate del granero y las horquillas. Quiero agarrarlo por el cinturón de la espada y arrastrarlo escaleras arriba.

Entonces se marcha y casi me caigo por la puerta. Se cierra con un chasquido, me apoyo en el marco y suspiro.

Nora se aclara la garganta con énfasis.

—Lo sé, ya lo sé —digo—. No te cases con ese.

Se ríe.

—Ha sido mejor que los viejos libros de mamá. Creo que he cambiado de opinión.

# CAPÍTULO 30

# TYCHO

Jax vuelve al sillón junto al fuego mientras yo reparto la comida. Jacob nos ha pedido carne en rodajas y queso, junto con una barra de pan, una jarra de vino de frambuesa y una selección de frutas. Jax no ha dicho nada, así que yo tampoco, y me alegro de tener algo con lo que ocupar las manos. Tomo la otra silla y comemos en silencio durante largo tiempo. Quizá la comida, el fuego o la cercanía hayan aliviado un poco la tensión entre nosotros, porque al cabo de un rato el silencio se vuelve más amable.

*«Incómodo» no es la palabra correcta,* me había dicho.

Quisiera saber cuál es.

Jax comía con dudas al principio, como si no estuviera seguro de atreverse. Pero puse tanta comida en su plato como en el mío y no tardó en acabárselo todo. Pienso en lo lejos que está la herrería del pueblo y recuerdo cuando Callyn le preparó las tartaletas de manzana. Sospecho que depende en gran medida de su padre para comer y me pregunto cuántas veces habrá tenido que pasar hambre además de lidiar con ese hombre despreciable.

No le pregunto si quiere más. Me limito a tomar su plato y a llenarlo con más comida cuando hago lo mismo con el mío.

—No deberías servirme —dice Jax, y es lo primero que ha salido de su boca desde que llegó la comida.

—Si puedes saltar sobre un pie mientras equilibras un plato lleno de comida y una copa de vino, me quedaré realmente impresionado.

—La copa podría ser un reto.

Dejo la comida en la mesa entre los dos y me siento en la otra silla. Ya no tengo hambre, pero estoy cansado de incomodarlo, así que picoteo algo de pan y queso.

—No era mi intención desaparecer durante meses —digo en voz baja. No me mira.

—Como he dicho, no me debes...

—Cállate, Jax. Come. —Ojalá pudiera volver a golpearle con una flecha. Obedientemente, clava un tenedor en un trozo de carne.

—Por supuesto, lord Tycho.

Su voz está cargada de ironía, pero también suena un poco triste, y ahora soy yo quien se sonroja. Doy un largo trago de vino mientras me esfuerzo por recordar lo que iba a decir.

—Cometí un error con el rey —admito por fin—. Después de lo sucedido con lord Alek, quise volver a Briarlock, pero Grey me ordenó que me quedara en el Palacio de Cristal. Durante semanas, le rogué que me diera una oportunidad. Pero entonces... En fin, me envió al Castillo de Ironrose con un acompañante. Me pareció un castigo. —Suelto un largo suspiro—. Habría pasado por aquí de camino a Emberfall, pero me preocupaba que Jake lo viera como una desviación de mis obligaciones, lo cual, en cierto modo, es lo que es.

Jax pincha otro trozo de carne, pero ahora me mira a los ojos.

—¿Cuál fue tu error con el rey?

Tú.

No puedo decir eso. Además, no fue solo por él. No tengo ni idea de cómo explicarle todo lo que se ha torcido desde la primera vez que puse un pie en Briarlock.

Tomo aire para responder, pero ha dejado el tenedor para levantar el vino y me quedo mirando el movimiento de su brazo, cómo enrosca los dedos en el tallo y cómo la copa se apoya en sus labios. Sigo pensando en el breve instante en que levantó la mano para presionar mis dedos en su cara, cuando las lágrimas le dejaron un rastro en la sangre y la suciedad. Cuando deja el vaso, una solitaria gota rosada se le queda en los labios. Un mechón de pelo oscuro le cae sobre la cara y se lo coloca en un gesto distraído detrás de la oreja.

Sin pensarlo, alargo la mano para volver a soltarlo y mis dedos se entrelazan con su pelo antes de poder apartarme.

Se queda quieto. Me mira a los ojos.

Tengo que sacudirme.

—Perdona.

Me acabo la copa.

—Te disculpas mucho.

Eso me hace sonreír y vuelvo a sentir calor en las mejillas.

—Bueno. —Pero no sé qué más decir.

Jax vacía la copa.

Levanto las cejas.

—¿Más?

Duda. Levanto la botella y nos sirvo a los dos.

No da otro sorbo. Su voz suena áspera.

—No quiero acabar como mi padre.

—Le he visto. Sería imposible.

Pasa un dedo por la base de la copa, pero sigue sin levantarla. No asiente, pero tampoco lo niega.

—He oído que el vino te vuelve demasiado honesto.

No me parece un problema.

Levanta la comisura del labio, pero la sonrisa no le llega a los ojos. Al contrario, esconden una chispa de tristeza en el fondo.

—¿Te das cuenta de que esta debe ser probablemente la mejor comida de mi vida?

—Puedo pedir más.

—No. —Su voz está un poco ronca. El vino debe de afectarle—. Gracias. Mi señor.

—Por favor, deja de llamarme así.

—Deja de crearme recuerdos que dolerán cuando te hayas ido.

Me quedo quieto.

Jax maldice y luego suspira. Aparta la copa unos centímetros.

Quiero disculparme otra vez. Quiero borrar todas las razones por las que los recuerdos le dolerán, porque entiendo lo que quiere decir, tal vez demasiado bien. Quiero disparar flechas, sentir el calor de la fragua y aprender a sacar una forma útil de un bloque de hierro.

Pero no solo eso. Por primera vez, quiero más.

Quiero enseñarle a luchar para que su padre no vuelva a atreverse a ponerle una mano encima. Quiero que vuelva a apretar mi mano en su mejilla. Quiero… Quiero sentir…

Mis pensamientos avanzan a trompicones. Como el día que le dije a Rhen que no me gustaba estar en el patio, mis emociones están hechas un lío. Sigo pensando en lo que dijo Noah, en que mantengo a la gente alejada. No puedo discutírselo. Me pasé semanas evitando a Grey en el Palacio de Cristal y luego ignoré el desvío hacia Briarlock cuando Jake y yo nos dirigíamos a Emberfall. Incluso ahora, el pecho se me encoge y una parte de mí quiere apartarse. No sé qué me pasa para que la lucha y la esgrima me resulten más seguras que compartir un momento de tranquilidad.

*Deja de crearme recuerdos que dolerán cuando te hayas ido.*

Le doy vueltas a las palabras y las examino desde todos los ángulos, hasta que las veo desde el más claro: las cuatro últimas palabras. *Cuando te hayas ido.*

Alargo la mano y vuelvo a tocarle el pelo. Mis dedos apenas le rozan la mandíbula y me pregunto si se apartará, pero no se mueve. Sus ojos atraviesan los míos.

Sigo un mechón hasta el final y lo repito. Está muy quieto; su respiración es lenta y uniforme. Fuera del entrenamiento y las peleas con espadas, nunca toco a nadie. Rara vez permito que nadie me toque. Aunque esto apenas es tocar. Es… No estoy seguro de lo que es.

Sé que no quiero parar.

Cuando repito el gesto por tercera vez, un mechón se me enrosca en el dedo y casi se enreda; tiro suavemente antes de soltarlo y Jax deja escapar un suspiro.

Me mira con pesar.

—Vas a conseguir que este recuerdo duela más que los otros.

—Retrocedo, pero me agarra la mano. El pulgar es suave en mi palma—. No creo que me importe.

Eso hace que me sonroje y sonría. Agacho la cabeza.

—Nunca he… Bueno. —Me encojo un poco de hombros y luego levanto la vista—. No sé mucho sobre… —Me mira con mucha atención y ahora soy yo quien aparta la mirada y se tropieza con las palabras—. O sea, verás, tengo muy poca experiencia en… Todo el tema del cortejo, si eso es lo que es…

—¿Con un plebeyo?

—Con cualquiera.

Levanta las cejas.

—¿De verdad?

—Tampoco te sorprendas tanto.

Sonríe y es increíble cómo se le transforma el rostro. Carga con miles de preocupaciones, pero, cuando sonríe, sus ojos prácticamente brillan.

Tengo que dejar de beber vino. O tal vez debería beber más.

Sobre todo cuando dice:

—Eres la persona más hermosa que he visto, así que perdóname si me cuesta creerlo.

—Creo que has bebido demasiado.

—Bueno. —Ensancha la sonrisa—. Hay que tener en cuenta que apenas salgo de la fragua.

Suelto una carcajada. Gira la mano y nuestros dedos se entrelazan ligeramente, pero solo por un momento antes de que me suelte.

—Yo tampoco tengo mucha experiencia con eso del cortejo —dice, burlándose de mi tono serio.

—¿Ni siquiera con… Callyn?

Se encoge de hombros.

—Nos hemos criado juntos. Cal es como una hermana.

—Te tiene mucho cariño —digo, y lo digo en serio.

Pierde la sonrisa y se le oscurece la mirada. Algo ha pasado entre los dos. Me pregunto si me lo contará o si tengo permitido preguntárselo. Seguimos bailando alrededor de las verdades, pero diría que hemos estrechado la pista de baile.

Doy un sorbo de vino que casi se convierte en un trago y me doy cuenta de que Jax observa el movimiento.

Tengo que cerrar los ojos y dar otro sorbo. No dejo de oírlo: *Cuando te hayas ido.* Porque me iré. Probablemente esta noche. Volveré a quedar atrapado en el Palacio de Cristal, a la espera de mis próximas órdenes.

Y Jax estará aquí.

—¿Por qué? —pregunta.

Abro los ojos de par en par. Parece estar más cerca.

—¿Por qué, qué?

—¿Por qué no tienes experiencia con el cortejo?

—Ah. —Dudo—. Tampoco ninguna —digo—. Pero muy poca. Cuando llegué a Syhl Shallow con Grey, nos veían como forasteros. Seguramente muchos deben odiar al rey, pero no pueden hacerlo abiertamente. A mí pueden odiarme sin provocación.

Me estudia.

—Como lord Alek.

—Exacto. —Hago una pausa mientras rebusco entre mis recuerdos—. Hubo una chica que buscó mi favor hace unos años —digo con aire reflexivo—. Cuando era un joven soldado. Pero terminó en cuanto me enteré de que solo quería enfurecer a su familia. Durante un tiempo, Lia Mara quiso dar pie a que hubiera algo entre su hermana y yo, y hemos disfrutado de algunos buenos momentos juntos, pero no creo que Nolla Verin vaya a ser feliz a menos que encuentre a alguien tan sanguinario como ella, y ese no soy yo. Me hice muy amigo de un soldado llamado Eason cuando éramos reclutas y tal vez podría haber sido algo más, pero el romance entre filas no estaba permitido. —Me encojo de hombros al recordar la amable sonrisa de Eason y cómo nos quedábamos despiertos más allá del toque de queda porque me rogaba que le enseñara otro juego de cartas de Emberfall. No le gustaba ser soldado más que a mí, pero aquí es tradición que alguien de cada generación sirva en el ejército. En cuanto terminó el servicio de dos años, se licenció.

Sin embargo, al analizar el recuerdo ahora, me pregunto si fue realmente el compromiso con el deber lo que me detuvo o si fue algo más. Las cicatrices de mi espalda no son las únicas que tengo.

No quiero seguir por ese camino, así que miro a Jax.

—¿Qué hay de ti?

—Tampoco es que no haya tenido ninguna experiencia en absoluto, pero... —Me mira—. ¿No has oído el dicho de que los hombres son más aptos para el trabajo duro y para morir en la batalla?

—Sí. Por si sirve de algo, la reina detesta esa expresión. Hace años que no la oigo en la corte.

—Que la gente no lo diga abiertamente no significa que no lo piense. No puedo alistarme como soldado. Tengo suerte de poder ganarme la vida como herrero, pero todavía hay quien ve el pie que me falta y exige que sea mi padre quien haga el trabajo, a pesar de que se pasa borracho la mitad del tiempo. —Hace una pausa—. He tenido... ofertas románticas de viajeros. En un par de ocasiones me han intrigado, pero nadie se queda mucho tiempo. A menudo son comerciantes que se aburren y piensan que me consideran un blanco fácil o un desahogo rápido. No necesito la compasión de nadie. —Los ojos le brillan con un destello fiero—. A veces no preguntan, si sabes a qué me refiero, pero no es habitual; nadie es capaz de acercarse lo suficiente para inmovilizarme cuando tengo un hierro candente en la mano.

Me he quedado de piedra y no sé cuál será la expresión de mi cara, porque Jax frunce el ceño.

—¿Qué pasa?

Tengo que alejar un recuerdo antes de que se asiente, pero esas palabras, *nadie es capaz de inmovilizarme*, lo han sacado hasta el primer plano de mis pensamientos. Fue hace mucho tiempo, pero todavía oigo los gritos de mis hermanas. Todavía huelo el heno recién cortado del granero de mis padres. Unas garras diminutas se me clavaban en el pecho. Me había metido a uno de los gatitos del granero por dentro de la camisa porque un soldado los estaba matando.

*Me gusta cuando chillan*, había dicho. Cerró los dedos alrededor de mi garganta y me arrastró hacia adelante. *Apuesto a que tú también chillas.*

Los dedos de Jax rozan los míos y casi doy un salto.

—Algo que he dicho te ha molestado —dice en voz baja.

—No. —Pero me acabo el resto del vino.

—Está claro que sí.

—He dicho que no —espeto y retrocede.

Pasa la mirada de mi cara a la copa de vino, y viceversa. Una nueva tensión que no estaba allí hace un momento se ha instalado en sus ojos y su voz se vuelve precavida.

—Perdóname, mi...

—Para —digo en voz baja. Levanto una mano, con la intención de ofrecerle un gesto tranquilizador. Pero se estremece, solo un poco, y recuerdo cómo saltó cuando intenté ofrecerle las tartaletas de manzana de Callyn.

Recuerdo a su padre, la razón por la que estamos aquí.

Eso es lo que hemos estado eludiendo. No tiene que ver con el espionaje ni con los mensajes. Ni siquiera con la agonía de la seducción.

Estamos bailando con el trauma de mi pasado y el de su presente.

—Lo que has dicho... —Dudo—. Ha despertado un recuerdo. Uno malo. No debería haber reaccionado así. —Quiero volver a tocarle el pelo, poner la palma en su mejilla y rozarle con el pulgar la curva del labio. Pero ahora su mirada es cautelosa y no sé cómo deshacer lo que he causado salvo ofreciendo mi propia verdad.

—Cuando era niño —empiezo despacio—, mi padre era... Bueno, no era como el tuyo. Nunca me pegó. Nunca le hizo daño a mi madre. Pero era un jugador terrible. —Frunzo el ceño—. Estuvo a punto de perder la casa una decena de veces. Nunca teníamos suficiente comida porque, cada vez que ganábamos unas monedas, él las perdía. Una vez apostó más de lo que tenía y cometió el error de jugar con unos soldados del ejército del rey en Emberfall. Cuando no pudo pagar, lo siguieron hasta casa. Eran tres. Mi hermano menor trató de esconderse con mi madre y vio todo lo que le hicieron. Me llevé a mis hermanas al granero; creímos que estaríamos a salvo allí. Pero...

Se me corta la voz. Creo que no respiro. Las palabras no salen.

Miro los ojos verde avellana de Jax y, al igual que en el patio con Rhen, tengo que recordarme a mí mismo que estoy aquí, que estoy a salvo, que se ha acabado, que ya ha terminado. Su mirada es firme, inquebrantable, y su expresión, paciente.

No se mueve. Espera y no aparta la mirada.

Tal vez eso es lo que me da el valor de continuar. Tomo aire.

—Tenía doce años —digo—. Les rogué que no hicieran daño a mis hermanas y me dijeron que tendría que hacerlo yo. Ni siquiera sabía a qué se referían. Pero... —Tengo que hacer una mueca—. Aprendí rápido. Después, cuando terminó, mi madre le rogó a mi padre que buscara la manera de arreglarlo. Así que fue a la ciudad y trató de encontrar a alguien que le ayudara con sus deudas. Acudió a un hombre llamado Worwick, que era el dueño de un torneo y conocido por ofrecer bastante dinero en sus tratos. No sé qué le pidió Worwick o si mi padre me ofreció sin más, pero me vendieron a su servicio durante cinco años. —Me froto la nuca—. No era un mal hombre. Trabajaba en los establos y limpiaba el torneo. Tenía comida y ganaba algunas monedas de vez en cuando. Pero después de lo que había pasado... Los soldados siempre me daban miedo. Me escondía. —Se me corta la voz. Mi cuerpo quiere estremecerse de nuevo, pero me obligo a no hacerlo.

—Y, sin embargo, te hiciste soldado —susurra Jax.

—Así es.

—¿Por qué?

—Porque… —Suspiro y lo suelto—. Porque era lo que Grey esperaba de mí y nunca he querido decepcionarle.

Me estudia con mucha atención.

—Así que cuando dijiste que habías cometido un error…

—Era verdad. Me ordenó que me quedase en el Palacio de Cristal después de lo que ocurrió con lord Alek. Pero no me arrepiento del tiempo que pasé aquí contigo. No siento remordimientos y creo que Grey es consciente de ello. Por primera vez, estamos en desacuerdo.

—Estás en desacuerdo… con el rey.

Su tono me hace sonreír.

—Pues sí. Debes entender que nuestra relación siempre ha sido más profunda que una simple amistad, diferente a la de un gobernante y su súbdito. Cuando nos conocimos, Grey no solo me salvó la vida. Me puso una espada en la mano y me enseñó a salvarme a mí mismo. Es bueno y justo y hará todo lo que esté en su mano para proteger Syhl Shallow y Emberfall. Fui la primera persona que le juró lealtad y lo volvería a hacer en este mismo instante si me lo pidiera.

Jax me mira fijamente y me gustaría saber interpretar su expresión. Sin embargo, la cautela ha desaparecido y el dichoso mechón de pelo oscuro vuelve a caerle sobre la frente. Alargo la mano para retorcerlo entre los dedos.

—No tenías por qué contármelo —dice.

—Quería que lo supieras. —Dejo que mi pulgar le roce la boca y sus labios se separan, solo una fracción.

No debería hacer esto. La charla sobre el rey debería ser un recordatorio de mis deberes y obligaciones. En cambio, siento que el Palacio de Cristal está a un millón de kilómetros de distancia, mientras que aquí, en esta habitación, solo soy Tycho y él solo es Jax. Su pelo es como la seda y sus ojos son como joyas, y ahora conoce mis secretos más oscuros, igual que yo he descubierto los suyos. No debería pensar en sus labios ni en sus manos, ni imaginar el sabor de su aliento.

Pero lo hago y, en cuanto lo pienso, no hay lugar para nada más. Enredo la mano en su pelo y me levanto de la silla para llevar mi boca hasta la suya.

# CAPÍTULO 31

# JAX

Creo que mi padre me dejó inconsciente y nada de esto está pasando, porque no concibo ninguna versión de la realidad en la que lord Tycho, el mensajero del rey, tenga sus manos enterradas en mi pelo y su aliento en mi lengua.

Tal vez esté muerto. Pero si esto es la muerte, no me quejo.

Tengo miedo de abrir los ojos, por si fuera a despertarme y a descubrir que estoy soñando. Mis otros sentidos se ven desbordados, desde el dulce sabor del vino en sus labios hasta el embriagador aroma de su piel, terroso y crudo como el del bosque a primera hora de la mañana. Me ha tocado el pelo con delicadeza y sus manos son suaves, pero no hay ni rastro de contención en la forma en que me besa. Mis dedos encuentran su pecho y me aferro a la tela de su camisa. Mi corazón me martillea las costillas por encontrarlo tan cerca. Cuando una de sus manos se marcha de mi cara y me recorre el costado, jadeo y contengo el aliento.

Se retira lo suficiente para susurrar pegado a mis labios.

—¿Paro?

Basta para obligarme a abrir los ojos, aunque no pararía ni aunque me estuviera ahogando. Entonces caigo en la cuenta de lo cerca que está; ha quedado de rodillas frente a mi sillón. La luz del fuego hace destellar su pelo dorado y le ensombrece los ojos.

Trago saliva. Sin duda es la persona más hermosa que he visto nunca. Ahora tengo miedo de tocarlo, como si fuera a desaparecer. Pero está tan cerca que no puedo no hacerlo. Llevo la palma de la mano a su cara y encuentro una mandíbula un poco áspera. Cuando recorro su boca con el pulgar, separa los labios y noto el borde de sus dientes, el roce desnudo de su lengua. Posa las manos en mis rodillas, los dedos presionando el músculo, y se inclina para besarme de nuevo. Esta vez es más suave. Una lentitud insoportable.

Es como el momento en que me curó, pero mil veces mejor; todo mi cuerpo se llena de miel y calor. Mis manos encuentran las suyas y se deslizan por sus antebrazos hasta llegar al músculo curvado de sus bíceps. Una parte de mí quisiera derribarlo en el suelo, sentir la fuerza y el poder que sé que se esconden tras su tacto delicado. Pero cuando mis manos escalan por la columna de su cuello, sus besos se detienen y su boca vacila contra la mía.

No sé si tiene que ver con lo que acaba de revelarme sobre su infancia o con las cicatrices de su espalda, pero espero y dejo que respire sin separarnos. La escena tiene un punto de confianza y no quiero violarla. Tycho es quien posee el estatus, la magia y las armas, pero en este momento nada de eso importa. Me ha entregado una parte vulnerable de sí mismo, probablemente la más vulnerable de todas.

Tal vez eso es lo que me da el valor para acercarme un poco más y susurrar junto a su mandíbula.

—¿Paro?

Niega con la cabeza, pero el movimiento es minúsculo e inseguro, así que espero, con nuestros rostros casi pegados y mis dedos aún en su cuello. Respira demasiado rápido y noto su fuerte latido bajo las yemas de los dedos. Soy consciente de su tensión, pero vuelve a enredar un dedo en un mechón de mi pelo, casi con tanta timidez como la primera vez.

Me da un beso ligero y luego se retira para ponerse en cuclillas. Tiene las mejillas un poco sonrojadas y el pelo algo alborotado.

—Como decía, muy poca práctica.

Es tan inesperado y lo dice tan serio que casi estallo en carcajadas. Tengo que frotarme la cara con las manos. Mi cerebro parece incapaz de materializar un pensamiento coherente y me preocupa que si intento hablar solo me salgan balbuceos sin sentido.

—Jax —dice en voz baja, con seriedad, como si estuviera preocupado.

—Tycho. —Bajo las manos y lo miro con asombro—. Me has salvado la vida, me has servido la cena y me has besado hasta hacerme perder el sentido. Ahora te arrodillas en el suelo a mis pies. ¿De verdad crees que tienes «muy poca práctica con eso del cortejo»?

Sonríe y en el gesto hay una nota de timidez, pero también un punto de picardía.

—La próxima vez, procuraré ser un poco más competente.

—No sé si sobreviviré. —Pero entonces me doy cuenta de lo que ha dicho y la sonrisa se me borra de la cara.

*La próxima vez.*

Porque se va a marchar. Probablemente esta noche, estoy seguro. Lord Jacob y él no tienen ningún motivo para quedarse en Briarlock. Ya se habría ido de no haber sido por mi padre.

Tycho se da cuenta de inmediato, porque se levanta y toma mis manos para apretarlas entre las suyas.

—No serán semanas ni meses, ni para siempre, Jax. Te lo juro. Tengo que volver al Palacio de Cristal con Jacob, pero ahora que ya están en marcha los planes para la primera competición del Desafío Real, me enviarán de vuelta a Emberfall. Pronto.

*Te lo juro.* No creo que nunca nadie me haya jurado nada. El pecho se me encoge de todos modos. Conozco su papel, sé que sus movimientos están a merced del rey.

Levanta una mano para acariciarme la mejilla con el pulgar.

—Una semana —susurra—. Como mucho.

Asiento.

Sabía que esta parte iba a doler. Y todavía no se ha ido.

Enreda una mano en mi pelo y tira con suavidad de los mechones. Mis entrañas vuelven a convertirse en miel caliente, pero no quiero que esto duela más, así que me obligo a hablar.

—¿Vas a competir? —pregunto—. ¿Por eso vas a Emberfall?

—En esta, no —dice—. El rey y la reina viajarán para ver la primera competición. Me adelantaré para asegurarme de que el príncipe Rhen tenga preparado lo que puedan necesitar. Siempre hay amenazas contra la Corona. —Hace una pausa—. Pero no te haré esperar tanto, Jax.

*Siempre hay amenazas contra la Corona.* He vuelto a olvidar quién soy y de qué he formado parte, aunque fuera pequeña. He querido confesarme con él antes, pero ahora casi soy incapaz de contener las palabras. Quiero contárselo todo sobre lord Alek y lady Karyl. Me ha dado tanto, me ha contado tanto. Y yo respondo a su franqueza con un enorme secreto.

Pero no tengo ninguna prueba y no quiero reconocer lo desesperados que estamos por conseguir dinero para salvar la forja. Le dije antes que no quiero compasión y lo dije en serio. La confesión de Tycho era sobre algo real e importante, un momento terrible de su vida que ha superado y ha encontrado la fuerza para enfrentarse a ello.

Estafar a los Buscadores de la Verdad por dinero palidece en comparación. La vergüenza me pesa en el vientre y me muerdo la lengua.

Miro los ojos marrones de Tycho, mucho más oscuros que los iris nativos de Syhl Shallow. *No te haré esperar tanto.*

—Sí, mi señor —susurro.

Entrecierra los ojos.

—Jax.

Un golpe en la puerta.

—T. Soy yo.

Tycho suspira.

—Infierno de plata. Se pone de cuclillas y se levanta con agilidad.

—Entra, Jake. —Cualquier indicio de vulnerabilidad ha desaparecido de su cuerpo. El chico que me acariciaba el pelo con los dedos se ha esfumado y ha dejado en su lugar al antiguo soldado.

Me enderezo en la silla cuando entra lord Jacob. Me mira.

—La magistrada ha encerrado a tu padre por una quincena. No he podido conseguir más que eso. Tal vez sirva para que se despeje y se dé cuenta de lo que ha hecho.

Una quincena. Nunca ha estado encerrado tanto tiempo, pero sé que no cambiará mucho. Calculo mentalmente cuánta comida tenemos en la despensa. La panadería de Callyn ha estado muy ocupada, pero tal vez pueda prescindir de algunas comidas. Pienso en el arco y me pregunto si sabría darle a un blanco móvil para cazar.

Espera una respuesta, así que me obligo a asentir.

—Gracias, lord Jacob.

Mira a Tycho.

—Llévate mi caballo y acompáñalo a casa. Esperaré aquí. Deberíamos salir antes de que la luz se haya ido por completo.

Tycho asiente y va a por la armadura.

Y así, sin más, todo ha terminado. Antes de que esté listo, Tycho me ayuda a montar en Piedad, mientras él se sube al caballo negro de Jake. El crepúsculo ha comenzado a caer y arroja largas sombras por el camino. Me agarro con fuerza al pomo de la silla de montar, pero Tycho nos lleva al paso.

Permanece callado, así que yo también.

El recuerdo ya me duele.

Cuando llegamos a la forja, el fuego está frío. El taller está un poco desordenado. Veo que mi arco se ha roto y los fragmentos de madera sobresalen por debajo de la mesa. Me pregunto si habrá sido mi padre o yo mismo cuando estaba enfadado con Tycho. En ese momento no me importó, pero ahora sí.

No debería. Tengo mayores preocupaciones que la arquería. Los latidos del corazón me rugen en los oídos. Todo lo que pasó en la pensión me parece un sueño cruel.

Encuentro las muletas en el suelo y me las coloco bajo los brazos. No me atrevo a mirarle.

—Cuídate, lord Tycho.

Me agarra del brazo, el primer indicio de verdadera fuerza por su parte. Cuando me vuelvo con la lengua cargada de veneno, se acerca y su mano me acuna la cara. Se inclina, casi en un abrazo, y su voz me habla al oído.

—Te lo he jurado —dice en voz baja—. ¿Sí?

Asiento.

—Sí.

—Mantengo mi palabra. —Hace una pausa y retrocede para mirarme—. Eres el hombre más hermoso que he visto. Y yo no vivo confinado en la forja.

Me da un vuelco el corazón. No puedo hablar.

Quiero decírselo todo, pero es demasiado tarde. Se está marchando. Otra vez. Ata las riendas del caballo negro y se sube a Piedad.

—Una semana —dice—. Tal vez menos.

Trago y asiento con la cabeza.

Respira y cierra los ojos.

—Infierno de plata —dice en voz baja—. Ya estoy metido en problemas.

—Entonces, vete —digo.

—Todavía no. —Vuelve a bajarse del caballo, se acerca a grandes zancadas y, sin esperármelo, presiona la boca contra la mía.

Me quedo sin aliento y me siento mareado; estoy a punto de volver a emitir sonidos sin sentido.

Tycho me golpea el pecho con algo y lo agarro de forma automática.

—Practica el largo alcance —dice—. Recuerda lo que te dije sobre las manos.

Mis pensamientos siguen perdidos en la sensación de su boca.

—¿Qué?

Se sube al caballo y se ríe con ligereza.

—Cuídate, Jax.

Luego se marcha.

Tardo un minuto entero en atreverme a mirar qué me ha puesto en las manos.

Su arco.

# CAPÍTULO 32

# TYCHO

Espero que Jake me interrogue mientras cabalgamos o que me cuente lo que pasó con el padre de Jax, pero no lo hace. Está extrañamente callado, aunque lo cierto es que no me importa, porque eso me permite dejar que Piedad galope por el camino que se va oscureciendo, mientras mis pensamientos siguen afincados en Briarlock. Siento el corazón ligero y mi pulso late al ritmo de los cascos. Siento que llevo horas sonriendo, al recordar el tacto de su piel, el sabor de sus labios o la sedosidad de su pelo.

Una semana será demasiado tiempo. No hay manera de predecir lo que Grey y Lia Mara querrán de mí cuando regrese, pero dudo de que me necesiten para mucho. Es solo un viaje de cuatro horas. Podría ir y volver en un día.

No quiero que sea solo un día.

—Tycho —dice Jake—. Vamos a darles un respiro a los caballos.

Clavo los talones y Piedad frena a regañadientes; tiro de las riendas hasta que se da cuenta de que el caballo de Jake también ha bajado al paso. Pero no quiero caminar. Tengo todo el cuerpo agitado, cargado de un afán que no tiene sentido. Si Jake me propusiera echar a correr el resto del camino, creo que sería capaz de hacerlo.

Entonces, dice:

—Háblame de Jax.

Inhalo y aspiro el aire fresco que ha traído el crepúsculo.

—Santo Dios —dice.

Le dirijo una mirada.

—Para.

—Mira, por mucho que me encante que te hayas criado en un lugar donde no tienes por qué sentir ningún reparo al enamorarte de un chico, voy a tener que explotarte la burbuja durante un segundo, T.

Le doy vueltas a lo que ha dicho durante unos segundos y no saco nada en claro. Los conozco a él, a Noah y a Harper desde hace mucho, así que rara vez me encuentro con una frase que no sepa descifrar.

—¿Eso es palabrería de Dece?

—No, bueno, más o menos. Me alegro de que hayas encontrado a alguien por quien suspirar, pero...

—Yo no suspiro.

Me mira.

—Hay una razón por la que llamé a la puerta cuando volví la segunda vez.

—No había ninguna razón para llamar. —Pero el calor me sube por el cuello de todos modos y procuro mirar hacia el camino.

—Ajá. ¿Y tu arco? —pregunta.

—Se lo he dado a Jax. El suyo se partió en la pelea con su padre.

Espero que eso dé pie una nueva ronda de burlas, pero no dice nada y caminamos en silencio durante un rato. No es un silencio incómodo, pero sí significativo, como si estuviera pensando.

—¿Qué querías decir con lo de «explotarme la burbuja»? —digo.

—Quiero decir que es evidente que te gusta este chico y lo entiendo. No va a romper ningún espejo. —Hace una pausa y su voz se suaviza—. Y he visto a su padre. Comprendo por qué lo sacaste de allí.

Ante la mención del padre de Jax, me hierve la sangre.

—Ojalá la magistrada hubiera estado dispuesta a retenerlo más de dos semanas.

Jake se queda callado durante un largo rato.

—Dijiste que Jax tenía un mensaje para Alek, ¿verdad? ¿Fue la noche en que te hirieron?

—Sí. No hacía nada más, solo guardaba el mensaje. No lo había leído. Hoy me ha dicho que no ha visto a Alek desde aquel día. No creo que me estuviera mintiendo.

—Si no miente, sé por qué. —Hace una pausa—. Alek ha estado yendo a ver a esa panadera, Callyn, ¿verdad?

Me paro en seco.

—¿Qué?

—Estaba allí cuando fuimos a la forja. Me dijo que venía a Briarlock para verla. —Hace una pausa—. La acompañó de vuelta por el camino hasta la panadería. No los seguí muy de cerca, pero llegué a tiempo para ver cómo la besaba en la puerta, y no parecía un primer beso.

¿Alek y Callyn? Trato de revisitar todos los momentos que he pasado con la chica, pero no saco ninguna conclusión clara.

Mientras delibero, Jake mete una mano en la bolsa de su cinturón y saca dos objetos pequeños que parecen una combinación de madera y acero. Cuando me los tiende, los tomo de la palma de su mano. Parecen unos sellos de cera, con una forma rudimentaria. Hay trozos de cera negra y verde adheridos al metal, junto con algunas manchas de óxido; los estudio para tratar de determinar si reconozco el diseño.

Antes de que lo haya averiguado, Jake me tiende un trozo de pergamino doblado. Paso el brazo libre entre las riendas de Piedad para agarrarlo. El papel está muy desgastado, polvoriento y manchado en algunas partes, como si le hubieran colocado varios objetos encima. Cuando lo despliego, me encuentro con una docena de bocetos de un sello que reconozco.

—Los Buscadores de la Verdad —susurro. Se me retuercen las entrañas. Miro a Jake—. ¿De dónde has sacado esto?

Pero lo sé. Lo sé incluso antes de que diga:

—Estaba en la herrería cuando fuimos a arrestar a su padre.

—Entonces tiene que ser suyo —digo—. Le pregunté a Jax...

—Se lo pregunté. Juró que nunca lo había visto. También le pregunté si trabajaba con los Buscadores de la Verdad y me dijo que solo se dedica a proporcionar lo que le piden de la forja. Me dijo que fue el padre de Callyn quien estuvo metido en el Alzamiento, no él.

La cabeza no deja de darme vueltas. Tengo muchísimas preguntas. ¿Lo sabrá Jax? ¿Lo habrá mantenido en secreto? Su voz sonaba tensa cuando mencionó a Callyn. ¿Sería esta la razón?

—La magistrada dijo que la herrería lleva dos años de retraso con el pago de los impuestos —añade Jake—. La situación de la panadería no es mucho mejor. ¿Lo sabías?

Se me retuercen las tripas. Recuerdo la vocecita de Nora. *¡Mira cuánto dinero!*

—No.

—¿Le has preguntado a Jax por alguien más o solo por Alek?

—Solo por Alek.

Frunzo el ceño.

Tal vez me haya dicho la verdad sobre que no lo ha visto en meses, pero eso no significa que no haya visto a nadie más. No significa que no lleve mensajes para otros Buscadores de la Verdad.

Le entrego a Jake el pergamino y vuelvo a estudiar los sellos de cera. No quiero pensar que Jax esté metido en esto.

Pero podría. Sé que podría. Recuerdo los susurros con Callyn, las monedas desparramadas por el suelo.

Recuerdo cómo me sermoneó sobre los privilegios y la magia. Cómo Callyn se estremeció cuando lo toqué.

Toda la alegría que sentía se ha congelado.

—Me sorprende que los hayas dejado allí —digo con la voz vacía. Jake levanta las cejas, así que añado—: En vez de interrogarlos. O arrastrarlos a los dos hasta la Ciudad de Cristal con nosotros. —Le tiendo los sellos. No quiero tenerlos en la mano.

Jake se los guarda de nuevo en la bolsa.

—Alek estuvo a punto de desenfundar la espada cuando me vio hablando con Callyn. No pienso empezar una guerra por unos trozos de papel. Veremos qué quiere hacer Grey.

Trago saliva ante la implicación de sus palabras.

—Pero no tiene buena pinta.

—No. —Suspira—. No la tiene.

Los caballos avanzan con dificultad. Me siento tentado de darle la vuelta a Piedad y galopar hacia Briarlock para exigir unas respuestas que no estoy seguro de querer.

—Eres el mensajero del rey —dice Jake.

—Lo sé.

—Tienes acceso a toda la familia real, más que ninguna otra persona…

—Lo sé.

—No pretendo sermonearte, T.

—El día que Alek me apuñaló, Jax podría haber acabado conmigo. Llevaba información de Rhen escondida bajo la armadura. También estuve con él durante horas, disparando flechas en el bosque. —Rebusco en los recuerdos de aquella tarde. El aire era cortante y frío, cargado de ráfagas de nieve. Oímos un ruido en el bosque, pero no llegamos a ver a nadie—. Si Jax estuviese conspirando contra el trono, ha tenido múltiples oportunidades para causar problemas. La primera vez que estuve en Briarlock fue por accidente, cuando Piedad perdió una herradura. Tanto Alek como Jax podrían haberme emboscado entonces, y no lo hicieron.

—¿Intentas convencerme a mí o a ti mismo?

Suspiro.

—A los dos.

—No digo que sea culpable. He visto a su padre y ese chico probablemente vive un infierno en casa. Pero… sé de lo que es capaz la gente cuando está desesperada.

Giro la cabeza como un resorte y lo fulmino con la mirada.

—Yo también.

No se inmuta.

—Lo sé.

Me sonrojo por una combinación de ira y humillación, y un torbellino de emociones que apenas identifico. Hago restallar las riendas de Piedad.

Jake estira la mano para agarrarlas y la yegua brinca para resistirse.

—No te lo he dicho para molestarte —dice en voz baja.

No digo nada. Ni siquiera estoy enfadado con él. Tampoco con Jax, ni siquiera con Alek.

Lo estoy conmigo mismo. Debería haber prestado más atención. Aprieto los dientes.

—No pasa nada. Estoy bien. Vamos.

—Una cosa más.

—¿Qué? —Casi le escupo la palabra. Piedad vuelve a tirar de las riendas y brinca hacia un lado—. Suéltala —digo.

Lo hace, pero la mantengo firme, a la espera de escuchar lo que tenga que decir.

—Grey tiene que saberlo —dice Jake y lo miro a los ojos—. Así que ¿quieres decírselo tú, o debo hacerlo yo?

Camino por el palacio, nervioso. No es tan tarde como para que todo el mundo esté dormido, pero encuentro los pasillos tensos y silenciosos, y apenas hay sirvientes. La tensión tiene que estar en mi cabeza. He dejado a Jake con los caballos, pero una parte de mí quiere cambiar de opinión y esconderse en el establo con Piedad mientras él se encarga de tener esta conversación.

Pero eso me parece cobarde. No quería a un acompañante, así que tengo que demostrar que no lo necesito.

El pasillo que conduce a las estancias reales está flanqueado por guardias, pero asienten y me permiten pasar. Cuando llego a los aposentos privados, pregunto a los soldados que están de guardia si el rey y la reina ya se han ido a dormir.

*Por favor, que digan que sí.*

Tal vez sí me hacía falta una carabina.

—El rey está reunido con los consejeros —dice Tika, una de las guardias—. Pero la reina está dentro. ¿Quiere que lo anuncie?

Dudo. Lia Mara ha estado muy enferma y cansada. No quiero molestarla, sobre todo si está descansando.

Los guardias reales no suelen ser simpáticos conmigo, ni con nadie que no pertenezca a sus filas, pero Tika vacila, se acerca y baja la voz.

—Su majestad está bastante alicaída después de lo ocurrido con la princesa. Creo que le vendría bien una compañía amable.

Jadeo.

—¿Le ha pasado algo a Sinna? ¿Está bien?

Tika asiente.

—La encontraron en el bosque. Está ilesa.

Eso me deja aún con más preguntas, pero la mujer cuadra los hombros y alcanza el pomo de la puerta.

Cuando me dejan pasar, espero encontrar el espacio iluminado, con todas las lámparas de pared parpadeando, pero la habitación está en penumbra y la única luz proviene de la chimenea. La reina está recostada en un sofá junto al fuego y Sinna está acurrucada con ella, arropada bajo una manta ligera. Ambas duermen y Lia Mara tiene un libro en la mano.

Es una escena tranquila e íntima, y me detengo nada más atravesar el umbral. Sin embargo, cuando mis ojos se adaptan a la luz, me fijo en el borde enrojecido en los párpados de Lia Mara y el reguero de lágrimas secas en una de sus mejillas. Creo que nunca la he visto llorar. La reina siempre ha rebosado una fuerza amable. La he visto sostener la mano de soldados moribundos y nunca ha flaqueado.

Corren historias por todo Syhl Shallow sobre la brutal magia del rey durante el Alzamiento, sobre cómo el fuego arrasó muchas de las salas del palacio para detener un asalto a la familia real. He oído los relatos en las tabernas sobre cómo la magia del rey fracturó miembros y detuvo corazones, pero nunca llegan a ser tan gráficas como lo que presencié con mis propios ojos. Como le dije a Jax, hay una razón por la que me alegré de dejar de ser soldado.

Sin embargo, las historias de la bondad y la empatía de la reina no se comparten tanto. Caminé tras ella mientras pasaba de un cuerpo a otro para comprobar si había supervivientes y usaba la magia de su propio anillo para curar a todo el que pudiera.

—Son disidentes —recuerdo que dijo la hermana de la reina. Nolla Verin no revisó ni un solo cuerpo—. Deberías dejar que se pudrieran.

—Sigue siendo mi pueblo —dijo la reina.

La joven princesa está acurrucada con su madre. Algo ha pasado. Algo malo. Me pregunto si debería irme o esperar.

Mientras delibero, la puerta se abre con un chasquido y me doy la vuelta con cuidado; me llevo un dedo a los labios antes de que los guardias anuncien la llegada de otra persona.

Pero no es ningún guardia. Es el rey.

Grey no parece sorprendido de verme, aunque supongo que los guardias le habrán informado que estaba aquí. Está demasiado oscuro para ver su expresión, pero mira a Lia Mara.

Cuando susurra, su voz suena áspera.

—¿Está dormida?

Asiento y luego dudo.

—Tika me ha dicho que le había pasado algo a Sinna.

Grey se acerca y me fijo en que la misma tensión que vi en la reina se aferra a las líneas de su rostro. Parece tan cansado como Lia Mara, pero asiente.

—Déjame que las lleve a la cama. Después te lo cuento.

Levanta a la pequeña princesa y la separa con delicadeza de su madre. La niña se acurruca fácilmente en el hombro de Grey y entierra la cara en su cuello sin despertarse, pero Lia Mara se revuelve.

—No —dice y se le quiebra la voz—. No, la quiero conmigo.

—Lo sé —dice Grey con suavidad, y hay una nota en su voz que creo que nunca había oído antes. Le pone una mano en la mejilla—. Ven a tumbarte en la cama.

Tiene los ojos un poco desorbitados, no del todo despiertos. Parpadea para mirarlo, y luego a mí.

—Ay, Tycho. Perdóname —dice.

—No tienes nada por lo que disculparte. —Doy un paso atrás para dejarles espacio y que se ocupen en privado de... lo que sea. Pero Grey me mira a los ojos y niega ligeramente con la cabeza.

*Espera*, articula en silencio.

Hago un pequeño asentimiento. Cuando Lia Mara se levanta, se arropa en su costado. Hay manchas oscuras en el borde de su camisón. Pero la familia desaparece en el dormitorio y me deja a solas con el fuego. El ambiente en la habitación es pesado y melancólico, pero no logro conciliarlo con el resto del palacio, que parece tenso, aunque no de un modo abrumador. Algo ha pasado aquí. Entre ellos.

No transcurre mucho tiempo antes de que Grey reaparezca y cierre la puerta tras él. Cuando viene a mi lado ante la chimenea, le digo:

—Me siento como si me hubiera entrometido.

—No lo has hecho. Te he pedido que esperaras. —Hace una pausa y sus ojos investigan los míos. No sé lo que encuentra allí, pero no dice nada.

Hay tanta tensión en su cuerpo que me pregunto si Jake lo habrá visto primero, si va a enfrentarse a mí por lo de Jax y Briarlock en este mismo instante.

Sin embargo, eso no encaja con la embriagadora emoción que pesa en la habitación. Algo se le rompe en la mirada y tiene que frotarse los ojos. Está paralizado en el sitio y ni siquiera respira.

Yo también estoy quieto. Nunca lo había visto así. Si fuera cualquier otro, le tocaría el brazo, diría su nombre o al menos reconocería la tensión que se percibe en el aire. Pero, como dijo Rhen, Grey nunca cede. Ni ante su hermano, ni ante la forjadora de magia que una vez lo maldijo, ni ante la amenaza de la guerra. Ni siquiera ante el dolor. Una vez caminó ocho kilómetros por el bosque con una herida de flecha en la pierna y un abanico de marcas de latigazos en la espalda. Casi lloraba por la agonía, pero nunca se rindió.

Mientras delibero en silencio, suelta el aire despacio. Cuando baja las manos, sus ojos están despejados y su respiración se ha calmado. Ha recuperado el control, lo que debería tranquilizarme, pero he vivido los últimos treinta segundos, así que no lo hace.

Se frota la nuca con una mano y aparta la mirada.

—Hemos perdido al bebé.

Ahora soy yo el que no respira. Cuatro simples palabras pronunciadas de forma tan clara no deberían doler como el impacto de mil flechas. Pensaba que toda la emoción se debía a que algo le pasaba a Sinna.

No encuentro las palabras adecuadas. Ni siquiera sé si existen. No obstante, no puedo quedarme quieto ante tanto dolor sin hacer nada. Doy un paso adelante y lo rodeo con los brazos.

Se sobresalta por un momento, lo cual no es sorprendente, ya que Grey no suele mostrar afecto y nuestra relación ha estado tensa durante semanas. Pero entonces me devuelve el abrazo y no me suelta.

—Lo siento —digo en voz baja.

No dice nada, pero siento el peso de su pena. Si llora, lo hace en silencio, aunque tampoco se aparta. Espero y respiro, y me pregunto por qué el destino ha sido tan cruel como para hacer llorar a dos hombres en mi presencia en un solo día.

Después de un momento que parece una eternidad, Grey se retira y se endereza. Los ojos le brillan a la luz del fuego. Se lo ve tan abatido como Lia Mara. Me pregunto hace cuánto que habrá ocurrido. Parece como si no hubiera dormido en días.

—¿Dados y whisky? —ofrezco. Es una expresión común entre los soldados cuando alguien ha sufrido una pérdida. Normalmente, viene seguida de mucha más bebida que juego.

Grey niega con la cabeza. La garganta le tiembla al tragar.

—¿Cartas?

Duda.

—Sí.

Nos sentamos. Reparto.

Grey toma sus cartas, pero no las mira. En cambio, las desliza entre los dedos y se queda mirando el fuego.

—Fue hace tres días —dice y su voz es más grave que nunca—. Sinna se había escapado de su niñera. Ya sabes cómo es. Le encanta escabullirse, le encanta que la persigan.

Asiento.

—Pero pasó una hora —continúa—. Luego dos. Tres. Nadie la encontraba. Probé con magia, lo probé todo. No estaba en el palacio. Lia Mara … —Se le corta la voz—. Estaba angustiada. Se puso de parto. Había mucha sangre. Noah no pudo pararlo. La comadrona tampoco. Sinna había desaparecido y Lia Mara luchaba contra ellos con todas sus fuerzas para salir a buscar a su hija, mientras que yo…

Deja de hablar durante un largo rato, después sacude la cabeza y me mira.

—No podía hacer nada. Por ninguno de los dos. —Vuelve a frotarse los ojos—. Intenté usar la magia con Lia Mara. Para detener el parto, pero ya estaba demasiado avanzado. Era demasiado pronto. Tal vez lo empeoré. —Hace una mueca—. La salvé, pero el bebé… El bebé ya estaba…

Le pongo una mano en la muñeca.

—No lo empeoraste.

Sin embargo, mientras digo las palabras, no estoy seguro. Recuerdo a Lia Mara en el desayuno. *No sabes lo que le haría al bebé.*

—Tal vez, sí. —Sus ojos encuentran los míos y veo la culpa y la preocupación en ellos.

—No —repito y una parte de mí trata de convencerse. Grey solo quiere usar su magia para el bien, pero hay veces en las que la emoción lo domina y su poder estalla si no está lo bastante centrado. Ocurrió cuando tenía quince años y estábamos encadenados a la pared del castillo de Rhen. Ocurrió durante el Alzamiento, cuando cientos de personas irrumpieron en el palacio.

No muevo la mano.

—¿Dónde encontraste a Sinna?

—En el bosque —dice—. Más allá del cuartel de la guardia. Fuera del alcance de mi magia. Llegó a las montañas. Todavía no sé cómo, si alguien la atrajo o si fue por su cuenta. La encontramos dormida bajo un árbol. A Lia Mara le aterra perderla de vista. Ni siquiera confía en los guardias. Me sorprende que se haya quedado dormida.

Lo estudio.

—¿Cuándo fue la última vez que dormiste?

—Alguna hora suelta aquí y allá. —Tensa la mandíbula—. Nadie sabe lo del bebé todavía, Tycho. Solamente Noah y la comadrona. Cundió el pánico cuando Sinna desapareció y después de lo enferma que ha estado la reina… No queremos difundir más rumores todavía.

Asiento.

—Nadie lo sabrá por mí.

Hace una mueca.

—Ha estado enferma durante mucho tiempo. Noah dice que podría haber pasado de todos modos, que no hay manera de saberlo. Pero no puedo evitar pensar… —Se interrumpe, da un largo suspiro y vuelve a frotarse los ojos.

Pienso en todo lo que está pasando en Briarlock, pero ahora mismo nada de eso importa. Ahora, Grey no es un rey y Lia Mara no es una reina. Son un padre afligido y una madre desconsolada.

—Deberías dormir —digo—. Lo necesitas tanto como ella.

Suelta una carcajada sin rastro de humor.

—Ahora yo tampoco me fío de los guardias.

—Duerme —digo en voz baja—. Yo vigilaré.

Se queda quieto y me estudia; durante un parpadeo, veo todo lo que queda sin decir entre nosotros. Da un largo suspiro y no sé si va a negarse o a aceptar, así que añado:

—Vete. Descansa con tu familia. Yo montaré guardia. Sinna no se irá. —Le sostengo la mirada—. Tampoco nadie entrará.

Duda, pero se levanta y vuelve a dejar las cartas en el montón. Me pone una mano en el hombro y lo aprieta.

Luego sale por la puerta y yo cumplo mi palabra.

# CAPÍTULO 33
# CALLYN

Me he levantado antes de la salida del sol a preparar una cesta con magdalenas glaseadas, tartaletas de manzana y empanadas de carne para Jax. Creo que mis mejillas no se han enfriado desde anoche. El olor del azúcar y la canela en la panadería casi me hace desfallecer.

Tengo que controlarme.

Sin embargo, cada vez que pienso en las manos de Alek en mi cintura o en su boca contra la mía, todo mi cuerpo se debilita.

*Si te siguiera hasta el granero, no sería para enfrentarnos con horquillas.* Apoyo la espalda en la pared junto a los hornos y respiro hondo. Solo huelo a azúcar y canela. Tengo que salir.

El aire fresco de la mañana me golpea en la cara y ayuda un poco. Recorro el camino poco iluminado, esperando oír el repiqueteo del acero en cualquier momento, pero, cuando llego al taller, la fragua está fría y oscura, las herramientas siguen colgadas en su sitio. Llamo a la puerta de la casa, pero no recibo ninguna respuesta y, cuando abro la puerta sin encontrar resistencia y grito el nombre de Jax, solo me replica el eco.

Frunzo el ceño y salgo de la casa; cierro la puerta tras de mí.

Me llevo la cesta conmigo, porque no quiero que los roedores se adueñen de la comida si no hay nadie. La preocupación me pesa en el vientre. Debería haber venido anoche para comprobar si había vuelto.

Mientras regreso por el camino, percibo un sonido inusual en el bosque. No hay suficiente luz para ver bien en las sombras, pero no es el ruido de un animal. Tampoco es lo bastante fuerte como para un hacha. Es como... ¿una rama al romperse? No, se repite demasiado.

Zas. Zas. Una larga pausa. Zas. Zas.

¿Un cazador? ¿O tal vez un comerciante de pieles? Me levanto las faldas y doy una zancada entre la maleza. No suele haber cazadores cerca de la panadería y, cuando los hay, los mando a paseo. Solo me faltaba que Nora recibiera una flecha perdida.

Veo al hombre entre los árboles mucho antes de llegar hasta él. Está más adentrado en el bosque de lo que esperaba, a unos cien metros, pero la forma del arco es inconfundible. Tensa la cuerda con eficacia y, un segundo después, oigo cómo la flecha se clava en un árbol en algún punto a la distancia. Apenas es más que una sombra en la luz temprana, pero no he sido muy silenciosa, así que se vuelve y baja el arco a un lado.

—Callyn —dice, sorprendido.

Me paro en seco.

—¿Jax?

—¿Qué estás haciendo? —decimos los dos al mismo tiempo.

Yo respondo primero.

—Iba a llevarte comida. —Hago una pausa y avanzo otra zancada para mirarlo—. Me he enterado de lo de tu padre.

Levanta las cejas, pero aparta la mirada y su boca forma una línea.

—Gracias.

Miro el arco en sus manos. Lleva un brazalete de cuero abrochado en el antebrazo izquierdo y un carcaj con flechas sobre el hombro; las muletas están apoyadas en un árbol cercano.

—Tu turno —digo.

Mira el arco como si se le hubiera olvidado que está ahí y entonces levanta las comisuras de los labios.

—¿Te acuerdas de lord Tycho?

—Por supuesto.

Sus ojos atraviesan los míos.

—Ya. Claro. —Hace una pausa y la sonrisa desaparece—. Me enseñó a disparar. He estado practicando.

Miro detrás de él y descubro las dianas colocadas a lo lejos, pequeños paneles de madera clavados en los troncos y varias anillas suspendidas aquí y allá. Las cuerdas parecen desgastadas por la intemperie y varias de las anillas empiezan a tener manchas de óxido.

Sabía que Jax y yo nos habíamos distanciado, pero, con lo ocupada que he estado la panadería, no me había parado a pensar en cuánto tiempo había pasado. Al ver todo esto lo comprendo de golpe.

—Llevas tiempo con esto —murmuro.

—En realidad, no —dice con indiferencia y, no sé cómo, había olvidado cómo baja la voz cuando se siente inseguro—. He salido hace un cuarto de hora.

—No, me refería a que…. —Sacudo la cabeza—. No importa. ¿Estás bien?

Asiente y se encoge de hombros, pero los tiene tensos.

—Van a retener a mi padre durante quince días.

No sé cómo se siente al respecto. Nos sentimos incómodos el uno con el otro y nunca había sido así.

—Bueno, dije que me aseguraría de que tuvieras suficiente comida…

—Ahora puedo cazar. —Una luz le brilla en los ojos—. Pero te pagaré por todo lo que me traigas.

—¡No! Jax, no… —Suelto un bufido de frustración—. Olvídalo. Dejaré la cesta en la herrería. Cuando necesites más, ya sabes dónde encontrarme.

Me doy la vuelta y vuelvo a salir del bosque, con los pies sonando a través de la densa maleza. No sé cómo consigue pasar por aquí con sus muletas, porque apenas hay un camino, pero tal vez ha estado practicando mucho en ello.

—¡Callyn! —llama, pero no me detengo.

Después de un momento, maldice y oigo cómo las muletas golpean el suelo.

—¿Quieres parar? —dice—. Por los cielos, sabes que no puedo seguirte.

Eso hace que me detenga y me dé la vuelta, justo cuando el sol atraviesa por completo el horizonte e inunda el bosque con una luz mantecosa. En realidad, se le da bastante bien seguirme, porque lo tengo casi encima cuando me giro. No sé qué ha cambiado en Jax, pero hay algo. Un punto de determinación o confianza que nunca me pareció que le faltase, pero que ahora irradia de su cuerpo.

Se detiene frente a mí y sus ojos se ensombrecen, pero son sinceros.

—Cal. Lo que sea que haya hecho, lo que sea que haya pasado entre nosotros… lo siento.

Frunzo el ceño. ¿Cree que ha hecho algo? ¿Cree que estoy enfadada con él?

—Jax…

—Sé que estabas nerviosa por lo de los Buscadores de la Verdad. Pero tenías razón. Pedí demasiado y se han buscado a otra persona que les guardase los mensajes. Me sentí muy aliviado al ver que el negocio te iba tan bien…

—Jax.

—Aunque todavía tendremos que dejarnos la piel para pagar el resto de lo que debemos. —Se pasa una mano por la nuca—. Sé que te he decepcionado y lo siento. No sé cómo voy a llevar el trabajo al día con mi padre encerrado…

—¡Jax!

Se interrumpe.

—¿Qué?

Se me encoge el pecho y no entiendo muy bien por qué. Pero recuerdo el pánico que sentí ayer en las tripas, cuando la magistrada subió al galope por el camino. Lo que sé es que echaba de menos a mi mejor amigo. Avanzo y le echo los brazos al cuello.

—Te he echado de menos —murmuro.

Mantiene sujeta una muleta, pero me abraza con el brazo contrario.

—Yo también te he echado de menos. No he tenido más compañía que mi padre y ya sabes cómo es eso. —Su tono se oscurece y recuerdo cómo la magistrada arrastró ayer a Ellis. Me pregunto qué habrá sucedido entre ellos.

Me aparto para mirarlo.

—Pero acabas de decir que has pasado tiempo con lord Tycho.

—¡Ah! No. Solo un par de veces.

Tiro de la correa del carcaj que lleva sobre el pecho.

—Parecen más que una o dos veces.

—He estado practicando por mi cuenta. —Las mejillas se le encienden ligeramente y aparta la mirada—. Está muy ocupado.

Lo estudio. Él hace lo propio conmigo.

Detesto que nos sintamos incómodos. Lo odio.

Pienso en lord Alek y en cuánto han cambiado las cosas desde la primera noche que entró en la panadería. Esa vez estaba dispuesta a sacarle un cuchillo, mientras que anoche casi lo arrastro por las escaleras hasta mi habitación.

Creo que también me estoy sonrojando.

—Bueno —digo.

—Bueno.

No sé cómo hemos llegado a este punto, pero no quiero seguir así.

—¿Quieres venir un rato a la panadería? —añado. Levanta las cejas y duda, pero continúo—: Nora sigue dormida, pero podríamos desayunar. Bueno, a menos que no tengas tiempo. Sé que estás… —Miro detrás de él, hacia el campo de tiro que obviamente ha montado por su cuenta. Resulta chocante pensar que ha estado haciendo algo así y que yo no tenía ni idea—. Eh… ocupado.

Por un instante no dice nada, pero luego sonríe.

—Tengo un rato.

Preparo el té y coloco las magdalenas en la mesa de amasado. Jax se sienta en el taburete de siempre y apoya las muletas en la pared donde siempre las deja, solo que esta vez las acompañan el arco y el carcaj.

Empujo las magdalenas hacia él y se desabrocha el brazalete de cuero antes de tomar una.

Mientras sirvo el té, no dejo de asentir.

—Cuéntame cómo ha pasado todo.

Se coloca un mechón de pelo suelto detrás de la oreja y hace una mueca.

—No estoy seguro, la verdad. Ya te hablé del día en que lord Tycho me trajo a Piedad para que le hiciera unas herraduras nuevas. Mi padre... En fin, fue mi padre. —Frunce el ceño—. Tycho dijo que necesitaba que alguien lo acompañara al pueblo para unas reparaciones. Creía que iba a arrastrarme al bosque y matarme.

Recuerdo que me lo contase. Me dijo que habían hablado. Que Alek apareció y se peleó con Tycho. El tiro con arco nunca formó parte de la conversación.

—Pero ¿te enseñó a disparar?

Jax sonríe.

—Bueno, no de inmediato. Creo que se siente solo. Un poco.

Lo miro. Creo que no he visto a Jax sonrojarse así desde que cuchicheábamos sobre las novelas picantes de madre.

*Te gusta*, le dije hace semanas. No lo negó. Tampoco lo niega ahora.

Se encoge de hombros y da un sorbo al té.

—He estado practicando por mi cuenta. Con el viejo arco de mi padre. No he visto a Tycho en semanas. Meses, en realidad. Creía que no volvería a verlo. —El rubor se profundiza en sus mejillas—. Hasta ayer. Mi padre estaba borracho y me atacó. Tycho lo detuvo. Me llevó al pueblo y curó la peor parte. Había venido con otro hombre del palacio, lord Jacob. Buscaban a Alek. Lo cierto, Cal, es que me alegro de cómo resultaron las cosas. Tenías razón. Era demasiado peligroso. Me estaba arriesgando demasiado. Tal vez con mi padre encerrado, consiga reunir suficientes monedas para pagar el próximo mes. Está claro que a ti te está yendo muy bien con todos los viajeros de paso, así que... —Debe de fijarse en mi expresión, porque se interrumpe—. ¿Qué? ¿Qué pasa?

Es demasiado. No sé qué decir.

Nora elige este momento para bajar las escaleras.

—¡Jax! —grita. Él sonríe.

—¡Nora! ¿Las gallinas todavía te picotean los dedos? —bromea.

—Todos los días —responde ella con dramatismo. Entra en la habitación, con las faldas girando a su alrededor—. Necesito que Cally-cal se case con un señor de la Ciudad de Cristal para que podamos contratar a alguien que...

—¡Nora! —espeto.

—Ah, ¿te va a casar? —dice Jax con una sonrisa—. ¿Tienes una fila de pretendientes?

Se me congela la cara. Están de broma, pero se acerca demasiado a la realidad.

—Le dije que se casara con lord Tycho —continúa Nora—. Era muy guapo. —Suspira—. Pero hace mucho que no viene.

—Nora —interrumpo—. Hay que ordeñar a Muddy May.

—¡Me acabo de poner la falda nueva! —protesta—. No quiero que se me llene de paja. —Vuelve a girar y me doy cuenta de que sí lleva una falda nueva. Es de color granate intenso, con hiedra verde cosida a lo largo del dobladillo. Me pregunto si se la habrá traído Alek o lady Karyl, y temo que ella misma nos los diga a continuación.

—Vale —digo—. Lo haré yo. Ten. Come una magdalena.

Toma una de la mesa y se mete la mitad en la boca.

Jax se inclina para murmurar:

—¿Qué ibas a decir? ¿Os falta dinero, Cal? Puedo mirar lo que queda en el alijo que tengo enterrado.

—No nos falta dinero —dice Nora con alegría mientras mastica un bocado de magdalena—. Lord Alek lleva semanas mandándonos clientes. A veces nos quedamos sin comida y tenemos que rechazarlos.

Jax se queda muy quieto. Me mira a los ojos.

—Jax —susurro.

—Creía que daba miedo —continúa Nora—, pero en verdad es muy amable. La semana pasada me trajo unas botas nuevas.

—¿Ah, sí? —dice Jax con la voz tensa. No aparta los ojos de los míos—. ¿Qué más ha hecho?

—Arregló el granero —dice—. Y las bisagras sueltas de la puerta. Justo ahí. —Su tono adquiere una nota maliciosa y me lanza una mirada—. Y anoche, pesqué a Cal besándolo...

—¡Nora!

Jax ya se ha bajado del taburete y se inclina para recoger el carcaj y el arco. Su mirada es dura y fría como el hielo.

—Espera —digo—. Jax. Espera.

Se acerca a mí.

—Todo este tiempo he pensado que estabas enfadada conmigo por haberlo fastidiado. No me di cuenta de que habías ocupado mi lugar.

—¡No! —grito—. ¡Eso no es lo que ha pasado! Iba a... Iba a hacerte daño...

—Y sin embargo, lo estabas besando. Está claro que estabas preocupadísima.

—¡No tienes ni idea de lo que hablas! —protesto, pero ya ha llegado a la puerta y la abre de un tirón.

—Sí que la tengo —dice con frialdad—. Más que de sobra. Porque antes era yo quien estaba en tu posición y vi cómo me trataba; vi lo que le hizo a lord Tycho. Así que cualquier cosa que te haya dicho, cualquier cosa que te haya prometido, es mentira, Callyn. Tal vez yo me haya aprovechado de ellos por el dinero, pero ahora se están aprovechando de ti. —Me mira de arriba abajo—. Para algo más que para pasar mensajes, por lo que veo.

Jadeo.

—No te atrevas.

—Te estás jugando el cuello —dice—. Al menos yo no tenía nada que perder. —Mira a Nora—. Me da igual cuánto te pague.

Está conspirando contra la Corona. Está cometiendo traición. Y ahora tú también. ¿Qué le pasará a tu hermana cuando te atrapen?

—¿Qué? —susurra Nora.

—¿Y si el rey está usando la magia contra la reina? —espeto—. Sabes lo que le hizo a mi padre. ¿Cómo va a ser traición si Alek es leal a la reina?

Jax maldice.

—Ya te ha convencido. Ahora estás de su lado. Debería haberlo imaginado.

—¡Tú también has cometido traición! Y ahora babeas por el mensajero del rey.

Se sonroja, pero sus ojos solo muestran ira.

—Tienes razón. Entrégame. Nos colgarán a los dos juntos, como querías.

Da un portazo.

Le lanzo una magdalena. No me basta.

Nora me mira con los ojos muy abiertos.

—¿Es verdad? ¿Estás cometiendo traición? —susurra.

—No —me apresuro a decir—. Por supuesto que no.

Durante medio segundo, espero que me acribille a preguntas y me den ganas de arrojarme a los hornos. Aprieto el colgante que llevo sobre el corazón y respiro despacio.

En cambio, mi hermana cruza la sala para envolverme en un abrazo.

—Todo irá bien —dice y entonces me doy cuenta de que estoy llorando—. Todo irá bien, Cally-cal.

—Lo sé —susurro y le devuelvo el abrazo.

Pero no tengo ni idea.

# CAPÍTULO 34
# TYCHO

Cuando me siento receloso e inseguro, suelo acudir a la enfermería. Allí casi siempre encuentro a Noah. Tal vez Grey me haya enseñado a defenderme, a salvarme a mí mismo, pero cuando era más joven y me sentía aterrado por lo que me deparaba el destino, Noah siempre me proporcionaba un espacio seguro donde lamerme las heridas. Siempre se mantiene firme e inquebrantable, sin importar lo que vea o lo que le diga.

Hoy, por supuesto, tiene pacientes, así que tengo que esperar. No me importa. La enfermería es cálida y tranquila, y Salam me ha acompañado para tumbarse a la luz del sol de la tarde que se cuela por las ventanas. Después de haber viajado todo el día de ayer y haber pasado sentado toda la noche, hoy he dormido la mayor parte del día y todavía no estoy despierto del todo. Pido un té y me entretengo provocando al gato con una brizna de paja; sonrío cuando salta para atacarme los nudillos con las garras medio retraídas.

Por fin me quedo a solas con Noah y comienza a desempacar una caja de suministros.

—Me he enterado de lo de Jax —dice sin preámbulos—. Imaginaba que vendrías antes o después.

—Ya —masculló. Jake debe de haberle contado lo que descubrió en el taller—. Todavía no le he contado a Grey todo eso.

—¿Todo eso? —repite.

Lo miro.

—Lo de los bocetos y los sellos.

—Ah. —Se queda callado un momento—. ¿Por qué no?

—Anoche no era el momento adecuado. —Me encojo de hombros y luego me paso una mano por la nuca al recordar el peso en la habitación cuando Grey me contó lo que había pasado y me confesó sus miedos—. En fin. Ya sabes.

Noah asiente con solemnidad.

—Lo sé.

—Después, esta mañana —continúo—, Grey me dio permiso para irme y me dijo que tenía que reunirse con los asesores de Lia Mara. Tampoco me pareció el momento adecuado. —Al amanecer, se mostró frío y distante, más estoico y reservado de lo que nunca lo había visto.

O tal vez buscaba una razón para posponer una conversación sobre que he compartido aliento con un hombre que tal vez ha conspirado contra la Corona.

Noah no dice nada, pero me mira. Saca un gran atado de muselina de la caja y utiliza un cuchillo para cortarlo en tiras de un tamaño más manejable. Y espera.

No sé qué decir. Sé que debería pensar en mis deberes, en mis responsabilidades tanto para con Syhl Shallow como para con Emberfall. Cargo con un montón de secretos y verdades, y anoche descubrí uno de los más profundos y oscuros que he tenido que guardar. No tengo ni idea de cómo Grey y Lia Mara van a informar de esta pérdida al pueblo. La noticia del embarazo de la reina ya había empezado a extenderse entre los ciudadanos de Syhl Shallow. Jake y yo incluso lo hemos oído mencionar en algunas tabernas de Emberfall. ¿Los Buscadores de la Verdad podrían haber tenido algo que ver con lo que le ocurrió a la pequeña Sinna? Nunca se han producido amenazas contra la princesa. Los hijos de la reina, especialmente las hijas, siempre son muy apreciados en Syhl Shallow, y eso ha sido constante en todo el tiempo que llevo aquí.

¿Por qué tendría Jax sellos con el emblema de los Buscadores de la Verdad? ¿En qué están metidos Callyn y él? ¿Tiene Alek algo que ver? Hace años, su hermana fue una traidora a la Corona, pero

Alek siempre ha negado rotundamente ninguna implicación. Tal vez me odie, y también a Emberfall, pero eso no significa que conspire contra su reina.

Lo peor de toda esta confusión es que los pensamientos sobre Jax siguen superando todo lo demás. Rememoro el tacto sedoso de su pelo entre los dedos. Sus manos, un poco ásperas e inseguras. Sus ojos, fríos y concentrados cuando tensaba la cuerda del arco. Recuerdo las manchas de lágrimas en sus mejillas después de que su padre casi lo matara. Pienso en su mano al sostener la mía mientras me enseñaba a meter el acero en la fragua. Lo imagino blandiendo un hierro al rojo vivo delante de lord Alek.

Pienso en el sabor de su boca.

—Tycho.

Parpadeo y levanto la vista.

—¿Qué?

Noah sigue rasgando la muselina.

—Cuando te dije que sabía lo de Jax —dice—, no me refería a las conspiraciones contra el rey y la reina.

Resoplo, ofendido, y me tumbo en el catre donde estoy sentado.

Noah se ríe.

—No eres el primero que se enamora de alguien que actúa de forma dudosa.

Se me encogen las tripas. Mantengo la mirada en el techo.

—Me distraje. Debería haberme centrado en mis deberes.

—La vida no funciona así. No puedes mantenerte siempre centrado e impedir que nada se desvíe por su cuenta. —Hace una pausa—. La gente te sorprenderá, Tycho. Para bien o para mal, de muchas maneras que nunca esperarás.

Le doy vueltas a eso en mi cabeza durante un rato.

—No sé —digo por fin—. Grey nunca se distrae. Jake tampoco. Lia Mara. Nolla Verin. Tú.

Se ríe.

—Tycho, estoy *aquí*. Si no crees que haberme visto obligado a marcharme de Washington D. C. cuenta como una distracción…

Bufo.

—No es lo mismo.

—Vale. Te diré que estaba muy centrado cuando era médico. Mucho. Me gradué con la mejor nota de mi promoción en George-town, una universidad de medicina muy elegante y muy cara. Después hice la residencia en Hopkins, uno de los mejores centros en los que se puede entrar. Tenía todo mi futuro planeado. Pero entonces un día me olvidé la cartera y allí estaba este… —Noah mira al techo mientras busca las palabras adecuadas—. Intento pensar en cómo se llamaría aquí. Un joven delincuente desarrapado, supongo. Estaba en la cola detrás de mí. Me pagó el café. Debía de estar a un paso en falso de entrar en la cárcel, o en el cementerio. Apuntaba a problemas por todas partes. —Pone los ojos en blanco—. Incluso cuando llegué a conocerlo mejor, nunca me contó lo que hacía, pero sabía que era algo malo. Aparecía con moretones. Una vez, se hizo un corte en el ojo y tuve que arrastrarlo a que le dieran puntos. A veces tenía sangre en los pliegues de los nudillos y yo fingía que no me daba cuenta. Debería haberme alejado, haberme centrado en mi camino… —Me mira y rasga otro trozo de muselina—. Pero ese primer día hubo algo… La forma amable en que me ofreció los dos dólares. Parecía alguien a quien no querrías encontrarte en un callejón oscuro, pero, en cuanto habló, estuve perdido.

Lo estudio.

—¿Quién era? —digo—. ¿Qué le pasó?

Noah se sobresalta y luego se echa a reír.

—Estoy hablando de Jake.

Me siento con la espalda recta.

—¿Perdona? ¿Jake era un «joven delincuente desarrapado»?

—Como el que más.

—¿Qué era lo que hacía?

—Perseguía a la gente por dinero. Los amenazaba si no podían pagar lo que debían.

—Ah. —Intento conciliar esto con el hombre que cabalgó a mi lado mientras me sermoneaba sobre los deberes para con la Corona.

Un sirviente aparece en la puerta.

—Mis señores. —Hace una reverencia—. Su majestad solicita la presencia de lord Tycho en la biblioteca.

—Por supuesto —digo, aunque la petición hace que el corazón se me pare un segundo. Me gustaría deshacerme de la preocupación que llevo acumulando durante semanas—. Ahora mismo.

—Tycho. —La voz de Noah me retiene antes de que salga por la puerta y me detengo para mirar atrás.

—Lo que Jake hacía estaba mal —dice—. Pero creía que no tenía otra opción. Intentaba proteger a su familia.

Asiento.

—Lo sé. Jake es un buen hombre.

—También lo era entonces. —Hace una pausa—. No te has distraído. No eres imprudente. Si el corazón te dice que alguien merece tu atención, escúchalo.

La biblioteca se encuentra en el extremo más alejado del palacio, llena de miles de libros, decenas de mesas y sillones, e innumerables rincones escondidos en la sombra donde cualquiera puede sentarse y perderse en una historia. Unos enormes ventanales que van del suelo al techo ofrecen unas vistas a la Ciudad de Cristal y permiten que el sol inunde el espacio de calidez por las tardes. Creo que Grey nunca me ha citado aquí y me sorprende el lugar que ha elegido, hasta que llego y lo encuentro sentado frente a una mesa con un montón de papeles, mientras Sinna está a cierta distancia con una mujer de mediana edad que no conozco. Está jugando con sus muñecas frente a las ventanas.

Cuando me ve, corre por la alfombra de terciopelo.

—¡Tycho! —Alargo los brazos para atraparla y lanzarla por los aires.

Grey levanta la vista.

—Sinna —dice con brusquedad y ella se detiene.

—Perdón —responde la niña con remilgo. Me ofrece una reverencia chapucera y luego susurra—: Papá ha estado enfadado toda la tarde.

Quiero fruncir el ceño, pero contengo la expresión para mantener la neutralidad y le devuelvo la reverencia.

—No tienes que disculparte, alteza —digo y luego le guiño un ojo. Suelta una risita.

La mujer mayor llega hasta Sinna. Parece más regia que las niñeras habituales que persiguen a la princesa por el palacio, lo que me hace preguntarme si han contratado a una institutriz para reemplazarlas. Lleva el pelo gris en trenzas enroscadas en la parte superior de la cabeza y tiene un ojo azul, mientras que el otro es marrón. Le hace una reverencia a Grey y luego otra a mí.

—Perdóneme, majestad. Mi señor. —Agarra a la pequeña Sinna de la mano y la lleva de vuelta al lugar iluminado por el sol junto a las ventanas.

Me preparo y me acerco a la mesa, pero Grey me señala una silla.

—Tycho, siéntate.

Lo hago. Parece más descansado que anoche, pero la nueva tensión que le rodea los ojos y que nunca antes había existido sigue presente. Me pregunto si será por Sinna y el bebé, pero el rey no me habría convocado para hablar sobre eso. Tal vez Jake le ha contado lo que encontramos en la forja. Lo que pasó con Jax.

A pesar de todo lo que me dijo Noah, Grey es el rey y se merece la verdad. Sé reconocer mis errores. El calor me sube por el cuello y tomo aire para contárselo todo.

Pero Grey habla antes:

—Mi hermano me dice que tenemos un desacuerdo. —Empuja hacia mí un papel envuelto en cuero.

Me quedo helado y cierro la boca. Han pasado tantas cosas en la última semana que casi había olvidado mi conversación con el príncipe Rhen. Dejo escapar un largo suspiro.

—No le he dicho que tuviéramos un desacuerdo...

Toca la carta.

—Mira lo que ha escrito.

Dudo y luego leo las primeras líneas de la escritura perfectamente uniforme de Rhen.

*Querido hermano:*

*Tengo muchos pensamientos sobre el Desafío Real y tu inminente regreso a Ironrose, pero sería negligente por mi parte no comenzar esta carta con la petición de que resuelvas este desacuerdo con Tycho.*

Levanto la vista de golpe.

—Grey. No le he pedido que escribiera esto.

—Dudo que pudieras pedirle a Rhen que hiciera nada que no quisiera hacer por sí mismo. —Sus ojos destellan—. Sigue leyendo.

Me muerdo el labio y vuelvo a mirar la carta.

*Tú y yo también hemos tenido nuestros desacuerdos, incluida aquella vez en la que reunimos sendos ejércitos para resolver nuestros agravios, pero he sido testigo de la lealtad que Tycho siente hacia ti desde el instante en que a ambos os arrastraron al patio de Ironrose. Tú mismo buscaste la libertad antes de reclamar el trono y te animo a que reconozcas que, aunque Tycho no lleve una corona, no es extraño que busque esa misma salida.*

Hago una mueca. No quiero leer el resto de la carta. Ya imagino lo que dice.

—No busco escapar—digo en voz baja.

La mirada de Grey es inflexible.

—¿Hay algún conflicto que debamos resolver?

Pienso en todo lo que he hecho mal. Nakiis. Alek. Jax. La magia. Briarlock.

Pienso en todas las medidas que Grey tomó para mitigar los riesgos. Mantenerme en palacio. Enviando a Jake conmigo a Ironrose.

Lo peor es que tenía razón. No debería haber liberado a Nakiis. No debería haber amenazado a Alek.

No debería haberme retrasado por estar con Jax.

—No —digo. Noto tensión e incertidumbre en mis entrañas y no sé si la preocupación que siento se debe a discutir con Grey o a reprimir todo lo que he sentido hasta este momento—. No hay ninguno. —Hago una pausa—. Grey. Lo siento.

Suspira, se pasa una mano por la nuca y mira hacia la ventana, donde Sinna coloca a sus muñecas delante del cristal. Su mirada se suaviza al mirar a su hija y me recuerda a la emoción embriagadora de la noche anterior. Sinna habla con las muñecas, pero su voz es tan suave que no entiendo todo lo que dice.

—Tenemos que vigilar el cielo —murmura—. Todas podéis mirar.

—Lia Mara quiere dar un comunicado sobre el bebé antes de que empiecen a correr los rumores —dice Grey y atrae mi atención de nuevo hacia él—. Supongo que querrá hacerlo a primera hora de mañana, si no esta misma tarde. —Hace una pausa—. Pero Jake me ha dicho que han vuelto a surgir algunas complicaciones en Briarlock. Parecía sorprendido de que no me hubieras dicho nada al respecto.

Me quedo helado.

—¿Tiene que ver con ese conflicto que no tenemos? —dice Grey.

Frunzo el ceño.

—Anoche no parecía el mejor momento…

—No hablo solo de anoche. —Pone una mano sobre la carta de Rhen—. Hace semanas que no eres sincero conmigo.

Se me eriza la piel.

—Nunca te he mentido.

—El engaño no siempre se basa en mentir.

Me mira con decisión.

Engaño. Las emociones me golpean tan rápido que no soy capaz de procesarlas lo bastante rápido para responder. Estoy paralizado, y también herido y avergonzado, enfadado y arrepentido.

—Tycho. —Golpea la mesa—. Habla.

Doy un respingo y, por el rabillo del ojo, veo que la institutriz también. En la ventana, Sinna se da la vuelta y abraza con fuerza las muñecas.

No todo esto es por mí. Lo sé. Al rey lo dominan sus propias emociones y yo ni siquiera he estado aquí los últimos días, días que han tenido que pasar rodeados de miedo y preocupación.

Aun así, aprieto la mandíbula. Tal vez tengamos un desacuerdo, y en gran parte es por su culpa.

Nunca me he enfrentado a Grey así. Tengo todo el cuerpo en tensión y soy muy consciente de que cualquier cosa que diga o haga será presenciada por la pequeña Sinna.

Un paje aparece cerca del arco de entrada.

—Majestad —dice—. Lord Alek de la Tercera Casa ha llegado para una audiencia con la reina. Dice que tiene un asunto urgente que discutir. Su majestad solicita su presencia.

—Voy enseguida —dice Grey y el paje hace una reverencia antes de marcharse. Pero no ha dejado de mirarme—. ¿Alek va a traernos alguna sorpresa? —pregunta.

—No, lo… —Maldigo y me interrumpo. Por supuesto que Alek tenía que llegar justo en este momento—. Grey, no sé lo que está haciendo. Pero no guardo ningún secreto. Nunca he sido desleal.

Las palabras casi me duelen al pronunciarlas.

—Bien. —Se levanta de la mesa—. Acompáñame. Vamos a verlo.

# CAPÍTULO 35

# TYCHO

No suelo sentir ganas de matar a nadie, pero con Alek hago una excepción. Desearía no haberle dejado el arco a Jax, porque ardo en deseos de colocar una flecha en la cuerda y dejarla volar. Lo imagino retorciéndose en el suelo de la sala del trono mientras intenta sacarse la flecha del pecho. Sus ojos azules estarían nublados por el dolor y la ira y trataría de insultarme, pero la flecha le habría perforado un pulmón.

*Apuesto a que ahora aceptarías un poco de magia, ¿eh?*, le diría.

Al igual que el temperamento apenas contenido de Grey no se debía en exclusiva a mí, el mío no se lo debo por entero a Alek.

Pero una parte, sí.

Debería ir junto a Jake al lado del estrado, pero los comentarios de Grey todavía me escuecen y no me apetece recibir otra reprimenda. En vez de eso, me quedo pegado a la pared, un poco apartado de todos. Alek está de pie en medio de la sala del trono, con ropa de viaje y armado para la batalla. Su expresión es de preocupación y recelo, pero se inclina con respeto cuando la reina le hace un gesto para que se acerque.

—Majestad —dice—. Esperaba que hablásemos a solas.

Lia Mara está resplandeciente en el trono. Viste una reluciente túnica roja con un cinturón de raso negro y el pelo largo y brillante le cae por los hombros. No hay ni el más mínimo indicio de angustia o consternación en su expresión, pero le da la mano a Grey y la sostiene cuando él se coloca a su lado en el estrado. Le acaricia los nudillos con el pulgar y ese movimiento casi imperceptible borra parte de mi agitada preocupación. Su dolor es invisible, pero a la vez irradia por toda la sala.

—Hace semanas que emitimos una citación —dice Lia Mara con tono uniforme—. Si deseabas hablar conmigo a solas, lord Alek, has tenido tiempo de sobra. Ahora dirigirás tus explicaciones a la corte.

—Envié un mensaje…

—Atacaste al mensajero del rey. Agrediste a un miembro de esta corte.

—Solo me defendí, majestad. —Su voz es igual de uniforme que la de la reina—. Estoy en mi derecho. Si el rey ha considerado oportuno conceder magia a sus allegados más cercanos, debería saberlo cuando estos abusan de ese poder.

*Yo también me defendí.* Tengo tantas ganas de hablar que me clavo las puntas de los dedos en las palmas.

—Tycho no abusa de su poder —dice Grey.

—¿Cómo lo sabe? —dice Alek—. ¿Se lo ha preguntado?

Tengo que morderme el interior de la mejilla para no hablar.

—No me cuestiones —dice Grey con frialdad—. Se te ha convocado aquí para que respondieras por lo que has hecho.

—Ya he respondido —dice Alek—. Deberían obligar a Tycho a que respondiera por sus acciones. —Hace una pausa y mira con dramatismo alrededor de la sala—. ¿Le he herido tanto que no puede hablar por sí mismo?

Posa la mirada en mí, fría como el hielo.

No me cabe duda de que la mía es igual.

—No —continúa Alek con frialdad—. Está ahí mismo. Dispone de magia para curarse a sí mismo, así que estas afirmaciones de agresión me parecen bastante ridículas. —Hace una pausa y sus ojos vuelven a encontrar los míos—. ¿Te gustaría repetirlo para hacerles una demostración?

Nunca he deseado tanto tener una espada y una daga en las manos.

—Adelante, inténtalo —digo, amenazante—. Veremos cómo acaba.

Desenfunda.

—Con mucho gusto.

—Alto. —La voz de Lia Mara es clara y aguda por encima del repentino murmullo que se extiende por la sala del trono—. No toleraré que se derrame sangre en mi corte.

La mirada de Alek no se aparta de la mía. El corazón me late en el pecho y aprieta el puño cerca de la empuñadura de una espada que no llevo.

El peligro destella en su mirada cuando dice:

—A la antigua reina no le habría importado.

—Yo no soy mi madre —espeta Lia Mara—. Harías bien en recordarlo, lord Alek. Ahora, guarda tus armas.

Envaina la espada y la daga con la misma rapidez y habilidad con la que las sacó, y luego hace una perfecta reverencia.

—Como usted diga, majestad.

La corte vuelve a quedar en silencio, o tal vez el pulso me bloquea el sonido. Me obligo a apartar la mirada de Alek, para ver cómo ha sido recibida nuestra interacción. Como siempre, hay mucha gente aquí que no confía en el rey, al igual que Alek. Hay mucha gente que quiere a la reina, pero no al hombre que está a su lado. Las cosas no eran distintas hace cuatro años, cuando llegamos por primera vez a Syhl Shallow. Sin embargo, en los meses transcurridos desde el Alzamiento, este sentimiento se ha ido enquistando. Un puñal que espera en un rincón sombrío en lugar de una rebelión directa.

Alek ha dado un paso adelante y su tono es ahora de arrepentimiento.

—Si hubiera sabido que dudaba de mi respuesta, majestad, habría vuelto a la corte de inmediato. Os aseguro que no pretendía perjudicar al mensajero del rey. Sabía que tenía magia y asumí que solo teníamos un pequeño desacuerdo.

—Uno que implicó un derramamiento de sangre —dice Lia Mara con rotundidad.

—Sostengo que primero me amenazó con magia —dice Alek.

No miente. Grey me mira y su mirada podría cortar el acero.

No tengo nada que decir.

La reina sigue mirando a Alek.

—Tycho no es de los que buscan pelea —dice y el rey se inclina para murmurarle algo.

—Tal vez no lo sea —replica Alek—. Pero le pido que le pregunte por sus tratos en el pueblo de Briarlock. Se le ha visto muchas veces en compañía del joven herrero que guardaba un mensaje para mí. —Desplaza la mirada hacia Grey—. Tengo entendido que su hombre de armas descubrió algunos objetos en el taller del herrero que señalan un vínculo con los Buscadores de la Verdad, ¿no es así? He oído que el chico es codicioso y su supuesto mensajero disfruta de una buena dosis de libertad. —Mira a algunos de los otros lores y damas de las Casas que se encuentran en la sala del trono—. Han corrido rumores por la ciudad de que la princesa Sinna ha estado en peligro. Desaparecida durante horas, de hecho. Creo que todos merecemos saber si entre las filas de confianza del rey se encuentra alguien que trabaja contra nuestra reina…

—Suficiente —dice Grey, con la voz grave y fiera—. Tycho no trabaja contra la reina.

Un murmullo bajo ha vuelto a llenar la sala, pero Alek me mira.

—¿Estuviste ayer en Briarlock?

—Sabes que sí —digo con firmeza—. Para preguntar por ti.

—¿De verdad? —dice y se lleva un dedo a los labios—. Porque vi a lord Jacob, pero no a ti. Se le informó de mis motivos para estar allí. —Hace una pausa—. ¿Dónde estaba el joven herrero entonces?

Trago con fuerza. Todas las miradas de la sala están puestas en mí, incluidas las de Grey y Lia Mara.

—Responde —dice Grey y no hay ni rastro de inflexión en su voz.

—¡No tiene nada que ver con esto! —digo—. Estaba herido y yo…

—¿Usaste la magia del rey para curarlo? —dice Alek—. ¿A un joven que había dado indicios de conspirar con los Buscadores de la Verdad? ¿Con quién más has estado trabajando, Tycho?

Tomo aire para responder, pero la sala estalla en ruido y conmoción, incluidos los nobles que de pronto exigen una investigación formal. Muchos otros gritan que la reina debería separarse del rey.

Jake aparece a mi lado.

—Ni una palabra más —dice.

—Está mintiendo —protesto.

—Ellos no lo creen —dice Jake en voz baja—. Si intenta engañarlos, está funcionando.

La reina se pone en pie.

—Silencio —declara—. Exijo orden y…

Suelta un sonido bajo, muy parecido a un jadeo, y es tan imperceptible que casi no me doy cuenta de que lo he oído. Pero se lleva una mano al abdomen y vuelve a jadear. Casi con la misma rapidez, se endereza y con la mano libre aferra la de Grey. Su rostro se ha puesto pálido, pero se aclara la garganta.

—Exijo silencio —declara.

Pero la sala ya ha enmudecido. No soy el único que se ha dado cuenta.

Todo el mundo se ha quedado quieto. Casi todos los ojos viajan a esa mano que descansa sobre su vientre.

Grey se inclina hacia ella y le dice algo en voz muy baja. Tiene la mandíbula tensa y respira despacio antes de enderezarse.

Parte del desprecio ha desaparecido de la expresión de Alek y su mirada salta de la reina al rey. En lugar de desprecio, en sus ojos parpadea una franca hostilidad al mirarlo. Tal vez los nobles no sepan aún lo que ha ocurrido, pero Alek conoce lo bastante bien la política de la corte como para saber que algo no va bien. Ya es bastante malo que haya rumores sobre la desaparición de Sinna.

—Me reuniré con mis consejeros para debatir lo que se ha dicho esta noche —dice Lia Mara, y su voz es fuerte y clara.

—Tal vez deberían despojar al mensajero del rey de su magia hasta que sea posible obtener las respuestas adecuadas para estas preguntar.

Me quedo quieto. La sugerencia viene de una mujer de la corte, lady Delmetia Calo. Es la señora de la Quinta Casa, que se supone que no tiene una alianza cercana con Alek. Nunca he tenido problemas con ella y, que yo sepa, tampoco se ha opuesto abiertamente a Grey.

Que la sugerencia sea suya significa que la desconfianza hacia la magia podría estar más extendida de lo que pensaba.

—Quítatelos —susurra Jake—. Hazlo ahora, antes de que alguien te lo ordene. Hazlo antes de que parezca que te supone un problema.

Es que me supone un problema.

Todas las miradas vuelven a recaer en mí, así que tiro de los anillos de acero y me los quito de los dedos. Los he llevado durante tanto tiempo que me rozan los nudillos al salir. Todo el tiempo, espero que el rey o la reina me digan que pare, que salgan en mi defensa y le digan a la corte que las acusaciones de Alek son mentiras sin fundamento.

Pero no lo hacen.

Es más que humillante. Casi prefiero que los guardias me corten los dedos y me los quiten a la fuerza. Tengo la mandíbula tan apretada que no creo que pueda hablar, pero subo al estrado y me inclino ante ambos, y luego extiendo una mano con los anillos.

—Responderé a cualquier pregunta que tengáis —me obligo a decir. No se me ocurre nada más que añadir.

*Nunca os traicionaría.*

Es lo que quiero decir. Pero no debería tener que hacerlo. Deberían saberlo.

Grey toma los anillos de mi palma.

—Vuelve a tus aposentos. Enviaremos a buscarte.

—Sí, majestad.

Me inclino de nuevo y salgo de la habitación a grandes zancadas.

Espero que alguien me siga, pero nadie lo hace.

Me resulta extraño pensar que anoche hice de centinela para que el rey y la reina pudieran dormir sin preocuparse por la princesa, y ahora espero a solas en mi habitación mientras me pregunto si voy a perder mi puesto en la corte.

No sé qué está haciendo Jax. No sé qué está haciendo Alek.

Sé que no trabajo con los Buscadores de la Verdad.

Pero recuerdo cómo lady Delmetia Calo propuso que se me despojase del acceso a la magia. Cómo la corte estalló en gritos. Tal vez Alek ha sembrado suficientes dudas sobre mí, sobre la magia y el rey, que la verdad ya no importa. Solo la percepción.

Me vuelvo a tumbar en la cama y miro al techo. No estoy prisionero, pero me siento como tal. Me pregunto cuánto tiempo tendré que esperar.

Salam se desplaza con parsimonia por la cama, se me tumba en el pecho y empieza a ronronear.

Suspiro y, con aire distraído, me dispongo a girar los anillos con los dedos, pero no están. Siento las manos raras sin ellos. Siento los pensamientos raros sin ellos. No es una sensación de vulnerabilidad, no exactamente, pero… quizás un poco.

La puerta chasquea y me sobresalto. Salam se levanta de la cama para desaparecer de la vista.

La pequeña Sinna se cuela por el hueco y deja que la puerta se cierre tras ella.

Me incorporo.

—¡Sinna!

Se lleva un dedo a los labios.

—¡Chist! Me estoy escondiendo.

Lo que me faltaba, que la princesa se escape de su institutriz y se esconda en mis aposentos. Me pongo de pie y extiendo una mano.

—Tienes que volver. Ven. Te llevaré.

—¡No! —susurra y corre hasta el lado opuesto de la habitación para subirse al asiento de la ventana—. Tengo que mirar.

—¿Mirar el qué? —Atravieso el espacio a zancadas—. Si vuelves a desaparecer, van a despedir a tu nueva institutriz...

—Desde mi habitación no se ve el bosque como desde la tuya, Tycho. —Aprieta las manitas contra el cristal—. Me dijo que tenía que ser paciente, pero que volvería.

El corazón me deja de latir durante un escaso segundo y luego me martillea con fuerza en las costillas.

—¿Quién? —pregunto—. ¿Quién te dijo que volvería?

—Chist —susurra—. Me dijo que a papá no le gustaría.

La miro fijamente.

—Sinna. ¿Quién?

—No tiene nombre, pero ¡volaba, Tycho! También me dio una hoja hecha de hielo. Estaba muy fría...

—Infierno de plata. —Me paso una mano por la nuca y maldigo en voz baja.

La princesa me mira mal.

—Mamá dice que esas palabras solo son para el campo de batalla.

Me pongo en cuclillas frente a ella.

—Sinna, ¿cómo volaba?

Hace una mueca.

—Con alas, tonto. —Se arrodilla en el asiento de la ventana y me pone un dedo en los labios—. Pero no podemos contárselo a papá.

Jadeo. Por supuesto que no encontraron huellas alrededor de la pequeña Sinna. Nakiis no las habría dejado cuando puede perderse de vista volando.

No sé por qué iría tras la princesa, pero sí sé lo que siente por Grey. Por todos los forjadores de magia, en realidad.

Las sospechas han recaído en los Buscadores de la Verdad o de algún tipo de conspiración contra el trono, pero quien se llevó a Sinna al bosque fue alguien a quien yo liberé de una jaula.

Tomo a la niña en brazos.

—Hay que llevarte de vuelta. No puedes estar aquí, Sinna.

Protesta y se retuerce, e intenta trepar por mi hombro. Ignoro sus golpes y me dirijo a la puerta. Cuando la abro de golpe, ya hay guardias en el pasillo y oigo voces al otro lado llamando a la princesa.

—La tengo —digo—. Se ha colado en mi habitación.

—¡Déjame bajar! —Patalea—. ¡Tycho, bájame!

Lia Mara aparece ante mí y toma a su hija alborotada en sus propios brazos.

—Ya he tenido suficientes escapadas…

—¡Quiero ver el bosque! —dice la pequeña.

—Sinna. —La voz de Grey es aguda, como el chasquido de un látigo, y la niña se sobresalta.

También Lia Mara.

—Grey —dice en tono tranquilizador.

—No puede seguir así —dice y su expresión es como un trueno.

—Está bien —digo—. Quería mirar el bosque por la ventana…

—¡No! —grita Sinna—. ¡No se lo digas, Tycho!

Se produce un jadeo audible entre los guardias. Todas las cabezas se vuelven para mirarme y casi me estremezco.

Grey da un paso hacia mí y parece dispuesto a reducirme a cenizas sin pensárselo dos veces.

—Será mejor que me lo digas.

—Por supuesto que te lo voy a decir —espeto.

Esta vez no hay jadeos, solo la frágil tensión de una decena de personas que contienen la respiración.

Obligo a mis puños a relajarse y retrocedo un paso.

—Majestad.

Señala la puerta de mis aposentos.

—Adentro. Ahora.

Espero que dé un portazo cuando estemos dentro, pero no lo hace. La cierra despacio y se apoya en ella, con los brazos cruzados.

—Habla —dice.

Trago saliva. Nunca me he encontrado a este lado de su ira. Le dije a Jax que me arrodillaría y le juraría lealtad de nuevo en un instante si Grey me lo pidiera, y lo dije en serio. Lo haría ahora mismo.

Sin embargo, por primera vez y después de lo que ocurrió en la sala del trono, me pregunto qué haría Grey si fuera yo quien necesitara su ayuda.

Sus ojos son oscuros e inflexibles y me preocupa ya conocer la respuesta.

—Se coló aquí —digo en voz baja—. Dijo que quería mirar por la ventana. Igual que antes en la biblioteca.

—Eso no es ningún secreto —dice—. ¿Qué más?

—Dijo que estaba buscando a alguien —continúo—. No sé a quién. —Dudo—. Pero me preocupa que sea Nakiis.

Sus ojos no reaccionan ni un ápice.

—¿Por qué?

—Le dijo que no te contara que estaba aquí. Dijo que tenía alas y que le regaló una hoja de hielo. ¿Recuerdas que Iisak…?

—Lo recuerdo.

Tomo aire.

—Me dijo que no sabía cómo se llamaba, pero que le pidió que no te lo contase. —Hago una pausa—. Dijo que volvería.

Me estudia durante mucho tiempo y me niego a encogerme ante su mirada. Sin embargo, el silencio es insoportable. Como no dice nada, empiezo a hablar de nuevo.

—No le ha hecho daño, Grey, y podría haberlo hecho. Has visto mi armadura. Sabes de lo que son capaces. Es tan pequeña que podría habérsela llevado sin…

—Tycho. —Su voz ya no es aguda y se pasa una mano por la mitad inferior de la cara. Debajo de toda la rabia, la preocupación y la duda, todavía fluye una corriente de dolor.

Oigo lo que no dice. Tal vez Nakiis no la haya herido, pero eso no significa que no pudiera hacerlo. Podría utilizarla contra Grey.

—La dejó ir —digo en voz baja—. La dejó ilesa.

—Dijo que volvería.

—Lo sé.

—Ya hay mucha desconfianza frente a la magia y ahora…

—Lo sé.

—Ahora debo advertir a mis guardias y soldados que una amenaza mágica podría caer desde el cielo.

—Es solo un *scraver*.

—Eso esperas.

Me mira.

Me muerdo la lengua.

Vuelve a guardar silencio. Todo está tan inmóvil que el viento hace sonar los cristales de la ventana y casi doy un salto.

—Jake me contó lo que pasó en Briarlock —dice por fin—. Lo de Jax.

Me sonrojo y aparto la mirada, inquieto.

—Grey…

—Incluso cuando me sentía atraído por Lia Mara, conocía mi deber para con Emberfall. Y, más tarde, para con Syhl Shallow.

Frunzo el ceño.

—Lo sé.

—Sé que no trabajas con los Buscadores de la Verdad, Tycho.

Levanto la vista con sorpresa.

Su mirada no se ha suavizado.

—Pero no importa lo que yo sepa. —Hace una pausa—. En la corte, tu lealtad ha sido puesta en duda. Las compañías que mantienes han sido puestas en duda. Tus acciones. Tal vez odies a Alek, pero ya has oído la reacción a sus acusaciones. —Sus ojos se oscurecen—. Tu posición no va a mejorar cuando advierta a los soldados sobre Nakiis. Por no hablar de Lia Mara.

—Lo siento —digo—. Yo nunca…

—No quiero disculpas —dice.

Me paralizo.

—Como digas.

—Quiero que vuelvas a Ironrose.

Levanto las cejas, pero soy lo bastante listo como para mantener la boca cerrada.

—El primer encuentro del Desafío Real se acerca —dice—. Se espera que viajes por adelantado, así que es mejor que vayas ahora. —Hace una pausa—. Te seguiré pronto. Lia Mara se quedará aquí con Sinna. Tenemos una nueva institutriz de una casa muy respetada, con unas referencias impecables. Me aseguraré de que no pierda de vista a la princesa.

Todavía tengo el pecho encogido. Debería ser un alivio, pero no lo es. Me siento como si se estuviese librando de mí.

—No me preocupa un herrero cualquiera —continúa Grey—. Y todos los mensajes apuntan a que la amenaza es solo contra mí. Me preocuparé menos si la reina no me acompaña durante mis viajes. —Hace una pausa—. Pero debes cabalgar directamente hasta Emberfall, sin desviarte del camino. ¿Está claro?

Asiento una vez.

—Sí —digo con la voz hueca.

—Bien. —Me da una palmada en el hombro—. Si te preparas ahora, podrás salir al anochecer.

Parpadeo.

—Quieres que me vaya esta noche… —Veo el fuego en sus ojos y me interrumpo.

Si me voy al atardecer, tendré que cabalgar mucho para llegar al primer refugio antes de la medianoche, cuando se cierra.

Sospecho que Grey lo sabe.

Vuelvo a asentir.

—Por supuesto. majestad.

Media hora más tarde, llevo una bolsa llena atada detrás de la silla de Piedad y he reemplazado el arco que le dejé a Jax. No logro quitarme de encima la sensación de que se me olvida algo importante, pero ignoro toda preocupación persistente. Apenas me ha dado tiempo a despedirme de nadie, pero tendré que cabalgar muy rápido para llegar a la frontera, así que no quiero demorarme. Hay tensión entre los trabajadores del establo y me echan algunas miradas de reojo. Me pregunto qué cotilleos se habrán desatado ya en palacio.

Una parte de mí se alegra de irse.

Piedad está impaciente y se lanza al galope en cuanto dejamos atrás las puertas del Palacio de Cristal. Rara vez salgo de noche y agudiza las orejas mientras cubrimos el terreno rápidamente. Tal vez perciba mi estado de ánimo, porque no tira de las riendas ni me distrae. Es tan firme como siempre.

Ojalá tuviera algo con lo que distraerme. Mis pensamientos dan vueltas a los acontecimientos de las últimas veinticuatro horas, a todo lo que ha pasado en el palacio.

No obstante, en primer plano está Jax, la calidez de sus ojos, la fuerza de sus manos, la salvaje maraña de pelo que se sujeta en la nuca. No es un traidor. No conspira contra el rey. No puede ser.

Pasa una hora, luego dos. Nos acercamos al desvío hacia Briarlock.

De nuevo, Piedad debe de predecir lo que pienso, porque ralentiza el paso.

Jax. Jax, Jax, Jax.

Ya tengo bastantes problemas. Tengo que llegar al refugio antes de la medianoche.

Pero tengo que saberlo.

Clavo los talones y Piedad responde de inmediato; reduce el ritmo hasta ir al paso cuando llegamos al poste de señal. La noche está muy oscura y tiemblo bajo la capa ligera.

Por primera vez, considero que podrían haberme seguido. Tal vez Alek, o tal vez guardias enviados por orden de Grey.

Odio esto. Hago que Piedad se detenga.

Si Alek me ha seguido, no me contendré. Ya no me preocupan las apariencias políticas. Me habrá vencido una vez, pero no lo hará de nuevo. Lo haré arder hasta las cenizas.

Espero y no oigo nada. Al cabo de un rato, Piedad da una coz en el suelo, ansiosa por moverse.

Agito las riendas y seguimos cabalgando. Ya estamos cerca. Conseguiré respuestas, para bien o para mal.

Cuando paso por delante de la panadería, flexiono los dedos sobre las riendas y me doy cuenta por fin de lo que me falta.

Grey todavía tiene mis anillos.

# CAPÍTULO 36

# JAX

No sé qué me despierta.

La casa está en absoluto silencio, pero de pronto estoy alerta y mirando el techo oscuro. Estoy acostumbrado a que mi padre regrese a casa de la taberna a cualquier hora de la noche, pero nunca de forma silenciosa… Además, la magistrada lo ha encerrado. No creo que fueran a soltarlo en mitad de la noche.

Capto un susurro suave en algún lugar cercano y todos los músculos del cuerpo se me paralizan.

Otro sonido, aunque este me es familiar: el chirrido de la puerta que da acceso al taller de la forja.

Me incorporo en la cama. Las mantas me rodean y el aire frío de la noche me corta la piel desnuda del pecho. El corazón me late con fuerza.

Pienso en Callyn, pero ella no se colaría en mi casa en mitad de la noche. Y menos ahora.

*Lord Alek.*

En cuanto el nombre aparece en mis pensamientos, ya no consigo olvidarlo. Aunque no sea él, cualquiera que se cuele en mi casa a estas horas es una amenaza. Todavía tengo aquella daga escondida bajo el colchón, pero no sé cómo usarla.

Además, mi mano ya ha ido en busca del arco que yace junto a la cama.

Cuando oigo el crujido de las tablas del suelo de la sala principal, ya tengo una flecha colocada en la cuerda.

Una figura encapuchada aparece en la puerta y capto el reflejo de la luz en las armas.

No pienso. Disparo.

El hombre es rápido como un rayo, se agacha de lado y desvía la flecha con el brazalete. Desenvaina una espada antes de que me dé tiempo a preparar otra flecha, pero lo intento de todas maneras.

Es demasiado rápido y me arrebata el arco antes de que vuelva a disparar. No intento retenerlo. Salto lejos de su alcance y meto la mano bajo el borde de la cama para buscar la daga.

En cuando cierro los dedos alrededor de la empuñadura envuelta en cuero, el intruso me estampa contra las tablas del suelo arenoso y me inmoviliza allí. Con una mano me agarra por la muñeca de la daga y con la otra sujeta la espada contra mi garganta.

Respiro con dificultad y el corazón me late acelerado por el miedo y la furia, pero me aterra moverme, porque el frío acero promete dolor si lo hago.

Pero entonces se acerca, con la capucha un poco desviada. Reconozco la fuerte inclinación de su mandíbula y el oro de su pelo.

—¿Tycho? —susurro.

—He venido a preguntarte si de verdad eres mi enemigo —dice—. ¿Es esta mi respuesta?

—Si soy... ¿qué? —Tal vez sigo durmiendo. A lo mejor es un sueño.

—Jake me mostró lo que encontró en tu taller. ¿Trabajas con los Buscadores de la Verdad? ¿Conspiras contra el rey?

—¿Qué? —Frunzo el ceño—. No sé de qué me hablas. —Siseo mientras la espada se me clava en la piel del cuello.

Tycho maldice y retrocede, pero no me suelta la muñeca que sostiene la daga.

—Suelta el arma y te dejaré ir.

—Por los cielos, ¿por qué...?

Refuerza el agarre hasta que me hace daño.

—¡Vale! —espeto con brusquedad. La daga cae al suelo.

Cumple su palabra y se aparta de mí, pero recoge la daga y se la guarda en el cinturón. No suelta la espada.

Lo miro desde abajo y me muevo para apoyar la espalda en la cama. El corazón todavía me late a trompicones, inseguro de si ya debería tranquilizarse. No comprendo que sea tan peligroso y atractivo al mismo tiempo. Sigo sin camisa y una parte de mí siente la necesidad de salir corriendo, mientras que la otra parte quisiera darle un puñetazo y ofrecerle una razón para que me tire al suelo de nuevo.

Me froto la cara.

—¿Por qué me has disparado? —exige.

Bajo las manos con incredulidad.

—¿Por qué te has colado en mi casa?

—Llamé a la puerta —dice—. Nadie respondió.

Me pregunto si eso fue lo que me despertó.

—¿Así que entraste por la fuerza? —Lo miro, irritado—. Pensaba que no te gustaba lo de hacer de soldado, mi señor.

Su mirada se oscurece, pero enfunda la espada y extiende una mano para ayudarme a levantarme.

Le aparto de un manotazo y me pongo de pie por mí mismo.

—¿Qué habría pasado si no me hubiera despertado? —Me toco el cuello con un dedo y noto algo húmedo. Esbozo una mueca de dolor—. ¿Me habrías cortado el cuello mientras dormía?

Extiende una mano como para tocarme la garganta y suspira.

—No, Jax…

Le pongo las manos en la armadura y le doy un fuerte empujón en el pecho.

—Guárdate la magia.

Abre los ojos con sorpresa, pero me devuelve el empujón.

No tengo fuerza para mantenerme en pie. Caigo sentado en la cama. No sé si me gusta que no me trate como a un «herrero lisiado» o si estoy furioso. Supongo que un poco de ambas cosas. Vuelvo a ponerme en pie y lo empujo con más fuerza, y disfruto de oírlo gruñir y verlo dar un paso atrás.

Todo esto tiene un punto aterrador, pero también es estimulante, sobre todo cuando se adelanta de nuevo y me derriba.

—¿Quieres pelea? —dice—. No me importa seguir así toda la noche.

Estoy sonrojado, enfadado y agitado, y todo un cuadro de emociones que apenas identifico. Me obligo a ponerme de pie de nuevo.

—¿Lo prometes?

—Ponme a prueba.

El corazón me da un vuelco. No, definitivamente no es miedo.

Una chispa se enciende en sus ojos y me pregunto si sentirá lo mismo.

Pero entonces vuelvo a lo primero que me dijo, cuando me inmovilizó en el suelo. El recuerdo borra parte de la intensidad del momento.

—¿Por qué...? —Tengo la voz ronca y tengo que aclararme la garganta—. ¿Por qué me has preguntado si soy tu enemigo?

Parpadea, luego frunce el ceño y retrocede.

—Lord Jacob encontró unos sellos en el taller. Dibujos. Llevaban el emblema de los Buscadores de la Verdad. —Hace una pausa—. Mi intención era preguntarte por ellos, pero entonces empezaste a dispararme...

—Porque te has colado en mi casa.

—Lo sé. —Hace una pausa—. Pero eso no cambia lo que encontró.

Tomo aire y aparto la mirada.

Tycho me agarra por la barbilla y me obliga a mirarlo.

—Quiero saber la verdad.

Si fuera brusco, lo apartaría de nuevo. Pero sus dedos son suaves y sus ojos atraviesan los míos.

Después de un rato, toco su mano con la mía y asiento.

—Ven. Siéntate. Iré a buscar un farol. —Le sostengo la mirada—. ¿Te apetece un té, mi señor? ¿Qué tal una taza caliente antes de arrastrarme a la prisión de piedra?

En parte es una broma, en parte no, pero levanta las comisuras de los labios.

—Claro.

Enciendo el fuego y lleno la tetera, luego me siento junto a Tycho en la mesita del rincón. Solo he estado aquí con mi padre o con Callyn, y soy muy consciente de las sillas sujetas con clavos oxidados, de las tazas de porcelana astilladas. Encontré una túnica de lino en un rincón de la habitación y me recogí el pelo, tareas sencillas que me llevaron menos de treinta segundos y que no me dieron tiempo suficiente para prepararme antes de confesarle mis pecados.

Me gustaría atenuar la luz de la cocina y del farol, porque el parpadeo calienta sus facciones y forma espirales en su pelo dorado, lo que me recuerda a la noche en la que nos conocimos. Quiero retroceder en el tiempo unos minutos, a cuando el pulso me latía con fuerza y él me dijo: *Ponme a prueba.*

Soy tonto. Si pudiera retroceder en el tiempo, volvería al momento en que lady Karyl apareció por primera vez en el taller.

Soy muy tonto. Si pudiera, debería retroceder hasta el momento en que aquel vagón me aplastó el pie.

O tal vez a cuando mi nacimiento mató a mi madre.

—Jax —dice Tycho en voz baja—. Conoces mis secretos.

*No todos.* Pienso en las cicatrices de su espalda.

—Deberías saber… —Se me corta la voz—. Deberías saber que quise decírtelo aquel primer día. El día que fuiste a la panadería de Callyn. Eras muy amable, y claramente alguien importante. —Dudo—. Mi padre se había gastado todo el dinero de los impuestos en cerveza, pero no lo descubrí hasta que apareció la recaudadora. De repente, la forja estaba en peligro. Callyn estaba en la misma situación. Su padre les había dado todo su dinero a los Buscadores de la Verdad, pero ella no se enteró hasta más tarde, después del Alzamiento. Así que cuando una mujer llamada lady Karyl me ofreció un buen puñado de monedas de plata solo por guardar un mensaje… —Lo miro para ver si reconoce el nombre, pero no. Me paso una mano por la nuca, repentinamente húmeda—. Sospechaba que era para los Buscadores de la Verdad, pero... Tienes que entenderlo. Era mucho dinero. No puedo hacer ningún otro trabajo. —Me tiembla la voz y tengo que aclararme la garganta otra vez—. Lord Alek era terrible, pero me dijo que era leal a la reina. Ya sabes cómo son los rumores sobre la magia, las historias que se oyen sobre el rey. No tenía motivos para no creerle. Me pagó lo que le pedí, así que guardé sus mensajes. Pudimos hacer el primer pago de impuestos. Era sencillo y aquí estamos muy lejos de la Ciudad de Cristal. Cal y yo pensamos que no hacíamos ningún daño.

»Pero entonces me curaste la mano. Cal se asustó, y yo también. Sin embargo, a pesar de que te grité, regresaste. El día que me enseñaste a disparar. —Tomo aire—. La forma en que hablabas del rey... Nunca había tratado a nadie que lo conociera. Eras tan leal y tan amable, que empecé a plantearme que, si alguien como tú lo consideraba un amigo, los rumores tenían que estar equivocados.

Lord Tycho me escucha en silencio, sin cambiar de expresión. Mis ojos se encuentran brevemente con los suyos y tengo que apartar la mirada.

—Cuando Alek apareció aquella noche, pensé que iba a matarte. Entonces me di cuenta de que estaba en el bando equivocado. Sin embargo, se llevó su mensaje y se fue. —Hago una pausa—. No lo he visto desde entonces. Pensaba que habría encontrado a otra persona, porque han pasado meses. En eso te dije la verdad. Pero esta mañana... —Dudo. Esta parte no es mi secreto.

—Dímelo.

Su voz es uniforme y no es fría, pero esta noche es la primera vez que comprendo la verdadera fuerza detrás de todas las armas y armaduras. Es como ver a un perro amistoso enfrentarse a una amenaza y descubrir que los colmillos no sirven solo para aparentar. Tengo que volver a respirar hondo antes de continuar.

—Esta mañana, he descubierto que ha estado enviando sus mensajes a través de Cal. Le ha mandado clientes y comprado su atención con favores, mientras que yo no tenía ni idea. Sin embargo, ella cree que el tonto soy yo porque intenté engañarlo para sacarle más dinero. —Tengo que apartar la mirada cuando lo digo—. Pero no lo hice por mí. Solo intentaba salvar la herrería. Intentaba ayudarla a salvar la panadería. A los nobles les sobra la plata, mientras que nosotros tenemos que esforzarnos por cada moneda. —Trago con fuerza y recuerdo su generosidad—. No era codicia ni fraude. Te juro que...

Bajo la vista a sus dedos y me interrumpo.

Los anillos han desaparecido. Todos.

Lo miro a los ojos.

—¿Y tus anillos?

—Tuve que devolvérselos al rey. —Antes de que lo entienda, añade—: Todo esto no explica los sellos, Jax.

Vuelvo a mirarle la mano.

—Cuando te disparé, podría haberte matado.

—Me merezco un poco más de confianza.

Le agarro la muñeca; tiene un corte pequeño en el brazalete, donde desvió la flecha. Hay una franja de sangre seca pegada al brazo, donde supongo que le rozó.

—Sin anillos —digo—. No hay curación.

—No hay curación —confirma.

Recorro la herida con un dedo, pero la tetera silba y salto. Me agarro a la encimera para levantarme de la silla y vierto agua en las tazas, seguida de una cucharada de hojas de té en cada una.

—No tengo miel —digo.

—Lo prefiero sin.

Habla justo detrás de mí y me doy la vuelta, sorprendido.

Me quita las tazas de las manos y las deja en la mesa, pero ahora me bloquea el paso.

—La verdad —dice sin levantar la voz.

—Yo hice los sellos —digo—. Hice los bocetos.

Su mirada se endurece, así que me apresuro a continuar.

—Alek fue muy claro. Creía que me mataría si leía alguno de los mensajes. Sin embargo, era mucho dinero y el riesgo era muy grande. Quería saber lo que decía. Así que Callyn y yo ideamos un plan para abrir las cartas y volver a sellarlas exactamente igual que como estaban.

—¿Qué descubristeis?

—Nada —admito—. Te peleaste con Alek antes de que consiguiera recrear el sello correcto. Nunca las abrimos. —Hago una pausa—. Te dije la verdad cuando me lo preguntaste antes. Y te la estoy diciendo ahora. Si pudiera volver a esa primera noche y contártelo todo, lo haría. He querido hacerlo mil veces desde entonces.

Frunce el ceño. No sé si está decepcionado porque no tengo más información o aliviado.

—¿Me crees? —pregunto.

Asiente y luego suspira.

—Sé lo que es estar desesperado. —Frunce el ceño—. También lo sabe el rey, por si sirve de algo. No conozco a lady Karyl, y conozco a la mayoría de los miembros de las Casas Reales.

—Recuerdo haber pensado que era un nombre falso cuando me lo dijo —digo—. Pero el de lord Alek era auténtico.

Lo medita por un momento.

—Tal vez tuvo que serlo, porque lo reconocí cuando entró en la panadería. —Hace una pausa—. ¿Callyn no te contó que estaba trabajando con él?

Niego con la cabeza.

—Sabía que tenía muchos más clientes, pero nunca me lo mencionó. —Me callo un momento—. Aunque ella cree que el tonto soy yo por confiar en ti.

Me mira a los ojos.

—Por la magia.

No es una pregunta, pero asiento.

Baja la mirada a mi cuello y chasquea la lengua. Roza la herida con el pulgar.

—Perdóname —dice—. No debería haber sido tan brusco.

—No es más que un rasguño. — Sus dedos siguen ahí y avanzan hasta la línea de mi pelo; se me dispara el pulso—. Además, yo estaba intentando matarte.

—Eres un buen tirador —dice—. El ejército tendría suerte de tenerte.

Pongo los ojos en blanco.

—Paraste la flecha con el brazo.

—Apenas. Por algo te tiré al suelo.

Me sonrojo, porque ese es un recuerdo al que regresaré más tarde.

—Bueno… —empiezo, pero se me corta la respiración. Se acerca y me pone la mano libre en la cintura; el pulgar me presiona el músculo. Casi me derrito cuando el calor de su aliento me recorre la mandíbula.

Después, me quita el alfiler del pelo y, cuando sus dientes me rozan el cuello, tengo que agarrarme a su hombro porque la rodilla me tiembla.

—¿Sí? —susurra.

Asiento deprisa. Engancho con los dedos una correa de su armadura. Me parece injusto que pueda levantar una mano y encontrar piel en cuestión de segundos, mientras que todo él está envuelto en cuero y acero. Pienso en los secretos que sí conozco y me pregunto si será intencionado.

Le acaricio con la mano libre la columna del cuello y, cuando su boca se queda inmóvil durante un segundo, sé que es así.

Podría matarme de quince maneras diferentes sin pensarlo, pero esta cercanía lo paraliza.

Recuerdo el día que se peleó con Alek, cómo el otro hombre lo inmovilizó por el cuello. Tycho se desquitó con magia, pero ahora comprendo que la pelea fue más de lo que parecía.

Dijo que el rey le había quitado los anillos. Me pregunto qué habrá ocurrido.

Se ha puesto bajo mi contacto, así que retrocedo.

—Se te está enfriando el té.

—Ah, sí. El té. —Pero no me suelta de inmediato y cuando lo hace, sus manos se muestran reticentes.

Casi me desplomo en la silla y, aunque estamos cerca del fuego, me estremezco y tomo un sorbo.

Tycho se desprende de la capa y me la pasa por los hombros. Estoy tan aturdido que no sé cómo reaccionar y me quedo mirándolo fijamente.

Se sienta. La luz del farol se refleja en sus ojos y proyecta sombras por los músculos de sus brazos que deja ver la armadura.

—Parecías tener frío.

No temblaba porque tuviera frío, pero no pienso reconocerlo.

—Todavía me cuesta creer eso de que no tienes experiencia —me burlo.

Sonríe.

—He dicho la verdad.

Mantengo las manos alrededor de la taza, porque si no haré el ridículo. Pero entonces considero la hora y frunzo el ceño.

—Lord Tycho…

—Tycho.

—No lo digo por tu bien. Lo digo por el mío.

Levanta las cejas.

Me encojo de hombros y me niego a dar más detalles.

—¿Qué haces aquí a estas horas?

La sonrisa se le borra de la cara.

—Me han ordenado volver a Emberfall.

—¿En mitad de la noche?

Asiente y toma un sorbo de té.

—Ya debería haber cruzado la frontera. El refugio estará cerrado hasta mañana.

Le miro durante un largo rato.

—¿Y qué vas a hacer?

—Podría cabalgar durante la noche. Piedad no me fallará. —Hace una pausa—. No dormiré en el camino. Llevo mensajes del rey y, ahora que no tengo los anillos, debo mantenerme alerta.

Se marcha de nuevo. No espero que las palabras me atraviesen como flechas, pero lo hacen.

Aun así, lo estudio al otro lado de la mesa. No parece tener ninguna prisa por ponerse en marcha.

—Podrías dormir aquí —ofrezco—. Irte al amanecer.

Durante un momento eterno, me sostiene la mirada; el marrón de sus iris reluce como el oro a la luz de las velas. Hay mil razones por las que podría negarse. Debería negarse.

Antes de que lo haga, intervengo.

—Será más seguro que viajar a solas en la oscuridad. Por lo menos, no tendría que preocuparme de que te estrellaras de cabeza contra un árbol.

—¿Te preocuparías?

El calor me sube a las mejillas.

—Estoy seguro de que se me pasaría por la cabeza al menos una vez.

Sonríe.

—Entonces será mejor que te haga caso.

# CAPÍTULO 37

# CALLYN

*Entrégame. Nos colgarán a los dos juntos, como querías.*

No he dejado de escuchar la voz de Jax en mis pensamientos en todo el día.

Tampoco en toda la noche. Nora ronca al otro lado del pasillo, pero yo me he quedado mirando el techo. Recuerdo la conversación con Jax, cuando le rogué que recrease los sellos.

*Si estamos cometiendo traición, deberíamos saberlo*, le dije.

Ahora soy yo la que guarda los mensajes y la que no lo sabe. Alek me mostró una carta inocente, pero ninguna de las otras. La magistrada se llevó a Ellis, pero todavía no sé lo que hizo.

Estoy muy cansada. Mis padres trabajaban duro y nuestras vidas no eran necesariamente fáciles, pero su relación sí parecía serlo. Nuestra familia lo parecía.

Nada de esto es fácil. Nada de esto es justo.

En el silencio de la medianoche, suena el timbre de la panadería.

Me incorporo en la cama. No ha sido un timbrazo completo, como si la vibración hubiera comenzado y una mano la hubiese detenido de inmediato. Un sonido tan breve que casi podría fingir que ha sido cosa de mi imaginación.

Pero no lo ha sido.

Salgo de la cama con cuidado y mis pies descalzos se deslizan por el suelo. Desde aquí, veo a Nora en su cama, con un brazo sobre el costado, la boca abierta y el pelo esparcido por la almohada. Está profundamente dormida.

Contengo la respiración y agudizo los oídos.

Otro ruido en la panadería.

Se me pone la piel de gallina en los brazos y tiemblo. Tengo todos los cuchillos buenos en la panadería, pero las armas de mamá están aquí arriba, envueltas y escondidas debajo de la cama. Vuelvo de puntillas y deslizo la mano bajo el colchón hasta que encuentro una empuñadura. Espero una daga, pero saco una espada.

Se libera con apenas un susurro. Se me acelera el corazón, pero me mantengo erguida y me acostumbro al peso.

Demasiado tarde, percibo un movimiento detrás de mí e intento darme la vuelta. Un brazo me agarra por el cuello y la mano me tapa la boca. Otra mano me agarra por la muñeca y aprieta los dedos. Por el tamaño, sé que es un hombre y, por el peso que noto en la espalda, va mucho mejor armado que yo.

Chillo y forcejeo, tratando de liberarme.

—Chist —susurra en mi cuello. La capucha de la capa me roza la mejilla—. No despiertes a Nora.

Me quedo helada. Lord Alek.

Deja de apretarme la muñeca.

—¿Te puedo soltar?

Asiento con energía.

Aleja los brazos y me libero de su agarre; levanto la espada frente a mí. Todo el calor de nuestro beso desaparece ahora que se ha colado en mi casa.

—¿Qué haces?

Ni siquiera tiene la decencia de levantar las manos en señal de rendición.

—¿Sabes usar eso?

—Sé que hace mucho más daño que una horquilla.

Extiende una mano para tocar con un dedo la hoja y la inclina hacia un lado un par de centímetros.

—Material del ejército. ¿De tu madre?

Asiento.

—No has respondido a la pregunta.

—No vas a interrogarme a punta de espada, Callyn.

Hay una nota de peligro en su voz esta noche y me produce un escalofrío en las venas.

—Guárdala —añade—. No estamos enfrentados.

No. No lo estábamos. Pero no logro ignorar las advertencias de Jax que resuenan en mi cabeza. Cómo me dijo que Alek se estaba aprovechando de mí.

*¿Qué le pasará a tu hermana cuando te atrapen?*

Llevo demasiado tiempo quieta. Los ojos de Alek son apenas una sombra bajo la capucha de la capa.

—¿O sí? —pregunta.

Levanto la espada un centímetro más.

—Dime qué haces aquí.

Suspira.

—De acuerdo.

Entonces, desenvaina su espada y la blande antes de que esté preparada. Hace años que no toco una espada, desde que mi madre me llevaba al patio a practicar con ella. Alek me la quita de la mano y cae al suelo. Jadeo y miro hacia la puerta, pero es la única distracción que necesita. De repente, la punta de la espada de Alek se apoya en el hueco de mi garganta. Siento el beso frío del acero.

Levanto las manos y doy un paso atrás. Me acompaña hasta que choco con la pared. El pulso sigue retumbando en mis oídos.

—Una espada no es un arma de advertencia —dice. Se acerca y cambia el ángulo de la hoja para que se apoye en mi cuello—. Si no estás dispuesta a usarla, es mejor que no la levantes.

Mantengo la respiración muy superficial. El filo está ahí. Dirijo la mirada hacia la puerta. Ni rastro de Nora. Bien.

—¿Tú estás dispuesto a usarla? —susurro.

—Siempre. —Se ha acercado mucho, hasta que siento el calor de su cuerpo. La hoja es una fina barrera entre nosotros—. ¿Va a ser este nuestro saludo habitual? —dice—. ¿Deberé llegar siempre armado?

—¿Acaso no lo haces ya?

Sonríe y los ojos le brillan.

—Hace un día, querías arrastrarme al granero. ¿Qué ha cambiado?

—Te has colado en mi casa.

—No quería despertarte. Han ordenado a lord Tycho que regresase a Emberfall y en su lugar ha venido a Briarlock. Ha perdido el favor del rey y pensé que a lo mejor vendría aquí en busca de respuestas.

—Así que has venido a asegurarte de que no diga lo que no debo.

Sus ojos no se apartan de los míos, y la espada no abandona mi garganta.

—He venido para asegurarme de que no estuvieras en peligro.

El corazón me late tan fuerte que podría despertar a Nora. No sé en quién confiar o qué creer.

—La gente desesperada hace cosas desesperadas —dice.

—¿Hablas de él o de ti?

Se sobresalta y luego sonríe, aunque con malicia.

—Supongo que de todos nosotros.

El frío acero de la hoja me roza la garganta.

Luego se inclina y sus labios rozan los míos.

Le pongo las manos en el pecho y levanto una rodilla para golpearlo justo en la entrepierna.

Es un luchador lo bastante bueno como para apartarse y evitar el golpe, pero me quita la espada del cuello. Me agacho y giro para alejarme de él, y levanto la espada de mi madre del suelo en un solo movimiento.

Esta vez su sonrisa es genuina.

—Como he dicho.

—¿Te estás aprovechando de mí?

—¿Has visto tu panadería últimamente? Diría que los dos nos estamos aprovechando.

Me sonrojo.

—No es eso lo que quiero decir y lo sabes.

—¿Qué es lo que quieres, Callyn? ¿Un juramento de devoción? ¿Una profesión de amor? ¿Una declaración de inocencia? ¿En qué confiarías, sino en todo lo que he hecho ya hasta este momento?

—Me conformaría con que guardaras la espada.

Guarda el arma en su funda.

—Hecho. Ahora tú.

Ha sido demasiado fácil.

Da un paso hacia mí y levanto la espada unos centímetros.

Alza las manos, pero no se detiene. Vuelve a tocar la hoja con la punta del dedo y la empuja ligeramente hacia un lado antes de detenerse justo delante de mí.

—Creo que el problema es que no estás dispuesta a reconocer lo que quieres —dice en voz baja.

—No es cierto. —Trago saliva—. Quiero ser fiel a mis padres. Quiero proteger a Nora. —Tomo aire—. Quiero ser una buena amiga para Jax.

—Nada de eso tiene que ver contigo. —Se acerca más—. Si quieres que me vaya, me iré. Puedo vigilar tu casa igual de fácil desde fuera que desde dentro.

—¿Así sin más?

—Así sin más. —Sus ojos azules se ensombrecen y su mirada es fría—. ¿Cuándo te he obligado a nada, Callyn? —Alarga la mano y me pasa el pulgar por el pómulo—. La elección siempre ha sido tuya.

¿Cuándo he podido elegir? Mis elecciones siempre han estado condicionadas por las decisiones de otros.

Hasta ahora, supongo.

Me estremezco y cambio de posición la empuñadura de la espada hasta que la hoja apunta hacia abajo. Se la tiendo.

—No tienes que irte. —Hago una pausa—. No debería haberte apuntado con esto.

—Al contrario. Me gustan bastante tus saludos.

Toma la espada y la tira en la cama detrás de él. La mano que me acariciaba la mejilla se entierra en mi pelo y casi espero que me arrastre a un beso.

No lo hace. Me acerca, con manos firmes pero suaves, y con el brazo libre me rodea la espalda. Se inclina para darme un beso bajo la oreja.

—¿Qué quieres?

No lo sé. Quiero dejar de sentir que no puedo confiar en nadie.

Dudo, me pongo tensa por un momento, preocupada de que esto se convierta en algo más. Las palabras de Jax sobre que Alek se aprovecha de mí siguen resonando en mis pensamientos.

Pero Alek reajusta la posición de los brazos hasta que no hacen más que abrazarme. Oigo la respiración que sale de su pecho. Apoyo la cabeza en su hombro.

*¿En qué confiarías, sino en todo lo que he hecho ya hasta este momento?*

Tiene razón. Soy yo quien siempre lo saluda con un arma, con una palabra mordaz o con recelo.

Él es quien aparece con plata, nos repara el granero, trae regalos para Nora y envía nobles a la panadería para que tengamos suficiente dinero.

Es quien aparece para protegerme y me expresa su preocupación en lugar de hacer demandas.

Con un sobresalto, me doy cuenta de que me ha estado protegiendo desde el primer día en que lo vi, en las escaleras del palacio. El día que murió mi padre.

Dentro del círculo de sus brazos, mi cuerpo ha empezado a relajarse, pero me sostiene sin esfuerzo. Me acaricia el pelo de la espalda y no quiero que deje de hacerlo nunca. Respiro hondo por lo que parece ser la primera vez en meses. En años. En toda mi vida.

Aprieto la cara en su hombro y aspiro el cálido aroma de su piel. No recuerdo la última vez que alguien me abrazó, pero es muy agradable. Llevo un camisón fino y siento cada hebilla, cada arma y cada cadena del cuero que le envuelve el cuerpo. Soy muy consciente de su tamaño, de la fuerza de sus brazos. Cuando acerca una mano a la parte baja de mi espalda por décima vez, se me enciende una pequeña llama en el abdomen e inhalo una bocanada de aire.

Se da cuenta al instante. No sé cómo lo sé, pero su cuerpo se pone alerta de repente. Se le acelera el pulso. Esta vez, cuando me acaricia la espalda, desliza la mano más abajo y me arranca un verdadero jadeo.

Duda. Espera. Evalúa, mientras su aliento cálido me roza la sien.

Me aferro con más fuerza a su cuello y las palmas de las manos se me humedecen. Lo interpreta como una respuesta. Sin previo aviso, se inclina un poco, su mano recorre la longitud de mi camisón e investiga todo a lo largo de mi pantorrilla, seguida de una breve caricia en la rodilla y luego un lento y agonizante ascenso por la línea del muslo.

Su boca se cierne sobre la mía. Sus ojos brillan en la oscuridad y sus dedos son tan ligeros que apenas me tocan.

—¿Sí? —susurra.

No puedo pensar. No puedo preguntar. No puedo respirar. Asiento con fervor, pero captura mi boca con la suya y, de pronto, me ahogo. Todo es demasiado cálido, demasiado intenso. Un fuego a punto de arder. Entonces sus dedos me encuentran y lo único que me mantiene de pie es estar agarrada a sus hombros. De alguna manera, en algún momento, me ha desatado la parte delantera del camisón, porque su boca se acerca a mi pecho y, entre eso y sus talentosos dedos, grito.

—Chist —dice y se ríe en voz baja—. Si despiertas a tu hermana, tendremos que responder a muchas preguntas.

—Claro —jadeo—. Sí. Sí.

Sigo sin poder pensar. Ni siquiera estoy segura de dónde estoy. Su mano ha vuelto al territorio más seguro de mi cadera y tiro para acercarlo más, como si cada centímetro de mi piel anhelase tocarlo.

—¿Se cierra la puerta? —me murmura al oído.

Asiento sin pensarlo. De repente, se aparta y me quedo temblando en la oscuridad.

El roce de la madera precede al chasquido del metal; luego vuelve a mi lado y tira del camisón hasta que levanto los brazos.

Pero entonces me acuerdo de la realidad, casi demasiado tarde.

Respiro con dificultad mientras digo:

—Espera. Espera. Nora.

Su voz es áspera y grave.

—La puerta está cerrada.

—Lo sé. Lo sé. Aun así…

—Como digas. —Me empuja, aún vestida, hacia la cama, donde se sienta en el borde y luego tira de mí para que me siente a horcajadas sobre sus rodillas. El camisón se me sube otra vez, pero ahora soy más consciente, más vulnerable. Siento la empuñadura de una daga bajo el muslo izquierdo, fría contra la piel. El aire encuentra todas mis partes expuestas y me sonrojo, cohibida. Quiero tirar de la tela, cubrirme.

Pero las manos de Alek son suaves en mi cara y me besa, con delicadeza y seguridad. Sabe a canela y azúcar y…

Me echo hacia atrás.

—Te has comido mis tartaletas de manzana —susurro con fiereza.

—Bueno, si las dejas en una bandeja a la vista, la culpa no es de este pobre visitante emprendedor.

—Más bien un ladrón emprendedor.

Las palabras mueren en mi lengua cuando su boca vuelve a encontrar mi pecho. Jadeo justo cuando sus dedos se deslizan entre mis piernas. Un brazo serpentea detrás de mi espalda y me aprieta contra él. El mundo entero se reduce a este momento. Sus labios, sus dientes, sus dedos, la presión de su cuerpo. El calor, la intensidad, el ceder de mi cuerpo cuando apoyo la cabeza en su cuello, mi frente húmeda, mi respiración agitada y salpicada de gemidos hasta que termino con un suspiro.

Espero que se aleje, que se separe.

No lo hace. Me abraza tan estrechamente como cuando apartó mi espada a un lado.

Me roza el pelo con un beso.

—No soy ningún ladrón, preciosa.

Le beso la garganta. Siento su pulso, saboreo su piel.

—No —susurro—. No lo eres.

# CAPÍTULO 38

# TYCHO

Cuando Jax me invitó a quedarme, solo pensaba en retrasar todo lo posible mi inevitable partida porque, como siempre, nuestro tiempo juntos me resulta demasiado escaso, mientras que mi lista de responsabilidades parece interminable. Aun así, cuando salgo a atender a Piedad, el aire fresco de la noche me corta la piel y me reta a seguir mi camino. Tengo deberes. Si el rey supiera que he parado aquí, si alguien lo supiera, tendría problemas.

Sin embargo, mientras despojo a Piedad de su equipación, me miro los dedos desnudos, la piel un poco más pálida donde solían estar los anillos. Ya tengo problemas.

Pienso en la mirada de Grey cuando me exigió saber qué hacía Sinna en mi habitación.

Cómo me arrebató la magia sin decir ni una palabra en mi defensa.

Cómo golpeó la mesa. *Tycho. Habla.*

Si no confía en mí, ¿qué me juego en realidad? No me ha mandado a Emberfall por necesidad. Me ha enviado al Castillo de Ironrose para quitarme de en medio. El pensamiento es una punzada de amargura que se aloja en algún lugar cerca de mi corazón. Ato a Piedad y le busco un cubo de agua, con la promesa de una gran ración de grano por la mañana, y luego vuelvo a entrar en la casa.

Jax sigue acurrucado en la silla con una taza, con mi capa colgada de cualquier manera de los hombros y el pelo en un revoltijo de ondas oscuras sueltas que le cubren el hombro.

Es una auténtica visión y casi me tropiezo.

Me ha ofrecido dormir aquí y no soy tonto. Sé lo que significa. Pero el corazón me da un vuelco tras otro y siento pinchazos de tensión en la columna vertebral. No sé si quiero que signifique eso. No sé si puedo soportarlo.

Me cuesta creer que empezase disparándome. Preferiría que lo hiciera otra vez. Sé cómo actuar con la violencia. Es la intimidad lo que me asusta.

Me observa durante un largo rato. Sus ojos relucen a la luz del farol y me pregunto si percibirá todas las dudas que no expreso. Una sombra cruza su rostro y se levanta, dejas las tazas a un lado y agarra las muletas.

—Dormiré en la cama de mi padre, si quieres —dice en voz baja, con facilidad—. Quédate con la mía.

Vacilo. No sé si estoy decepcionado o aliviado.

—No quiero echarte de tu propia cama.

—Bueno, no tengo ni idea de cómo estarán las sábanas de mi padre —dice—. Pero te prometo que te estoy ofreciendo la mejor opción.

Cuando no me muevo, me mira y busca mis ojos.

—¿Es lo que quieres? —digo por fin.

—No —dice—. Pero no voy a tomar nada que no quieras dar.

Las palabras me golpean más fuerte de lo que esperaba. No solo en el plano romántico. En todos. Nunca nadie me había dicho algo así. Ni siquiera Grey. No son solo las palabras, es la verdad que hay detrás. Tengo que cerrar los ojos y respirar hondo.

—¿Debería tensar el arco y volver a dispararte? —se burla.

—Seguramente me sería más fácil. —Abro los ojos de golpe y se me encoge el pecho por la emoción—. ¿Qué quieres, Jax?

Su mirada vuelve a buscar la mía.

—¿Necesitas que elija yo, lord Tycho?

Tal vez, sí.

—Se me da bien seguir órdenes. —Quiero parecer sincero, pero suena un poco tímido y siento el calor en las mejillas.

—En ese caso, ven a hacerme compañía. Un hombre armado se coló antes.

Eso me hace sonreír.

—Si me acuesto a tu lado, dudo de que logre dormir.

—Bien —dice con decisión. Se adelanta y me da un golpecito en la pechera—. Serás perfecto para vigilar por si hay intrusos.

Atrapo su mano y le impido moverla, luego me inclino.

—No dejaría que nadie te pusiera la mano encima.

Se le corta la respiración y ahora es su turno de sonrojarse.

—Pues ven —dice, con la voz áspera—. No voy a arrastrarte.

Lo suelto, después agarro el farol y obedezco.

En su habitación, Jax se desabrocha la capa y la cuelga con cuidado en el respaldo de una silla. No le presto mucha atención, pero entonces se saca la camisa de lino por la cabeza. La luz dorada de la linterna recorre las cuerdas de músculos de sus hombros y sus brazos. Mi cerebro colapsa por completo. Me quedo congelado en la puerta. Por algún milagro, no se me cae el farol al suelo.

No tengo ni idea de lo que haré si se baja los pantalones, pero se deja caer en la cama y se cubre con una manta.

—Deja de mirarme así —dice—. Seguro de que has visto desnudarse a cientos de soldados.

—Tú no eres cientos de soldados.

Dejo el farol en la mesita y luego busco el cinturón de la espada.

—Cierto. —Me señala la armadura—. Seguro que con eso vas a tardar un poco más.

Sonrío.

—Menos de lo que crees.

Soy capaz de quitarme la armadura en plena noche, con una tormenta de nieve, así que mis dedos deslizan las hebillas con movimientos rápidos y metódicos. Dejo la espada junto a la cama, al alcance de la mano, junto con dos cuchillos arrojadizos y la daga en la repisa que hay encima de las almohadas. Amontono la coraza, los brazaletes y las grebas cerca, pero aparto el trozo de cuero doblado que contiene los mensajes reales y lo guardo bajo el borde del colchón.

Jax me observa todo el tiempo, lo cual resulta al mismo tiempo desconcertante y halagador, pero alza las cejas cuando me ve guardar el trozo de cuero.

—Mensajes del rey y la reina —digo—. Destinados al príncipe Rhen en Emberfall. Los llevo siempre conmigo.

—¿Qué haces cuando no compartes la cama con un herrero caprichoso?

—Si tengo que compartir habitación con un desconocido, o si tengo que acampar en el camino, duermo con la armadura.

—¿De verdad?

Asiento y me desabrocho las botas, luego me las quito de una patada. Cuando me incorporo, me llevo las manos al dobladillo de la camisa, pero me quedo helado.

Tiene razón; he visto a cientos de soldados desvestirse. Y nunca he dudado a la hora de quitarme una camisa. Mis cicatrices no son ningún secreto.

Pero esto no es el cuartel de entrenamiento. Es Jax. Y estamos solos.

—Ya las he visto —dice con un hilo de voz.

Lo miro. Sus ojos son charcos de oscuridad en las sombras.

Se encoge un poco de hombros.

—Cuando me curaste tras la pelea con mi padre, te quitaste la armadura. Llegué a ver algo.

Se inclina sobre la cama para apagar la mecha del farol y la habitación se sumerge en la oscuridad de la luna.

—Haz lo que quieras, mi señor.

Se retira al otro lado de la cama y levanta las mantas.

Sigo paralizado en el sitio.

Se coloca un brazo sobre los ojos.

—De todas formas, estoy bastante cansado —dice y bosteza—. El bandido que entró antes me sacó de un sueño profundo.

Sonrío, pero todavía me cuesta un minuto entero obligarme a moverme.

*No voy a tomar nada que no quieras dar.*

Quiero envolver esas palabras en mis pensamientos y aferrarme a ellas para siempre. Es una declaración gentil. Paciente. Habló de mi bondad y mi generosidad, pero él es el amable y generoso.

Respiro hondo y me saco la camisa por encima de la cabeza. La cama se hunde bajo mi peso, pero Jax sigue inmóvil. Su respiración es suave y uniforme, con el brazo todavía sobre los ojos.

Hay al menos un metro de espacio entre los dos, pero hablo en voz muy baja.

—Sé que no estás dormido.

No se mueve.

—Estaba tramando cómo quitarte las armas.

Sonrío.

—¿Quieres intentarlo?

Se echa a reír y se quita el brazo de los ojos para apoyarlo en el reguero de pelo desparramado sobre su cabeza.

—Te pasarías luchando toda la noche.

—Así es. —Hago una pausa—. No estaba seguro de que las hubieras visto.

—Las cicatrices no son nada de lo que avergonzarse —dice—. A mí me falta un pie entero y no sé cómo el mensajero del rey ha terminado en mi cama.

—El mensajero del rey lo considera un gran honor.

Se sonroja, pero me sostiene la mirada.

—¿Te las hicieron los hombres que perseguían a tu padre?

—No —digo—. Fue el príncipe Rhen.

Se incorpora sobre un brazo para mirarme.

—¿En Emberfall?

Asiento.

—Cuando tenía quince años.

—Le odio —dice de inmediato.

Suelto una risita.

—Jax.

—No es broma. Llévame contigo. Se lo diré a la cara.

Puedo creer que lo haría. Me imagino la reacción de Rhen.

Tampoco puedo evitar la emoción que me recorre al oír las palabras «llévame contigo».

—Fue hace mucho tiempo —digo.

—Tampoco tanto. No eres mucho mayor que yo.

—Cumpliré los veinte a mediados del verano.

—Como he dicho.

—El príncipe Rhen intentaba proteger su reino —explico—. Tiene sus propias cicatrices. Lo he aceptado.

—¿De verdad? Entonces déjame ver.

Vale, ahí me ha arrinconado.

Jax me mira fijamente.

—Tenías quince años. Eras apenas un crío. Seguro que eras una gran amenaza para el reino de Emberfall.

—El rey Grey era el heredero legítimo —digo—. Se negaba a revelarlo.

—¿Y qué tiene eso que ver contigo?

—Era el único que conocía su secreto. —Hago una pausa. Al igual que sobre lo que ocurrió con los soldados cuando era niño, no suelo hablar de esto con nadie—. Los azotes… los recibimos los dos.

Las palabras caen en la oscuridad como una piedra en un estanque.

—Pero el rey tiene magia —dice Jax—. ¿No se protegió?

—Por aquel entonces no sabía cómo usarla. —Me callo un segundo—. Tiene las mismas cicatrices. —Doy un largo suspiro, me paso una mano por la cara y me pongo boca abajo antes de perder los nervios—. Míralas si quieres.

Ahora es él quien se queda helado.

Está en absoluto silencio, pero percibo el momento en que su mirada abandona la mía para recorrer mi espalda. Apoyo la cabeza en los antebrazos y observo el movimiento casi imperceptible de sus ojos mientras traza las líneas.

Cuando extiende una mano, me tenso, pero me obligo a quedarme quieto.

Sin embargo, detiene la mano antes de llegar hasta mí.

—¿Puedo tocarte?

La pregunta me toma por sorpresa. Son dos simples palabras, casi ridículas, teniendo en cuenta que estamos tumbados uno al lado del otro. Sin embargo, tal vez es justo eso lo que me empuja a asentir. La paciencia. La espera. Una petición en lugar de una demanda.

No toca las cicatrices, que es lo que esperaba. Me recorre el hombro con la mano, baja por el bíceps y sigue por el antebrazo hasta llegar a mi cara, donde deja que sus dedos me acaricien el pelo antes de emprender el camino de vuelta. Lo repite.

A la cuarta vez, ya no siento tensión y cierro los ojos. Quiero seguir despierto, seguir hablando y escuchar el rumor agradable de su voz. Todavía percibo una nota de preocupación en el fondo de mis pensamientos, por si esto llega a más antes de que esté preparado, pero su mano nunca se aparta del casto camino a lo largo de mi brazo. Dejo vagar la mente y me relajo.

Cuando las caricias cesan, me pregunto si también se estará quedando dormido, pero la cama se mueve, apenas, y cuando abro los ojos un ápice, me encuentro un amago de sonrisa en su cara mientras extiende el brazo por encima de mi cabeza.

Ya está rozando la daga cuando lo inmovilizo contra la cama y le atrapo la muñeca.

Jadea sorprendido, pero luego se ríe a carcajadas.

—Eres peligroso —digo con remordimiento.

—Sentía curiosidad por saber si ibas en serio.

—Pues ahora voy muy en serio con lo de no dormir.

Frunce el ceño.

—Es una broma, ¿verdad?

—No. —Hago una mueca—. ¿Quizá? No es por ti —añado—. Pero está Alek. O cualquiera. —Flexiono los dedos—. Es muy diferente viajar sin los anillos.

—¿Quieres decir que eres como el resto de los mortales?

Eso me hace reflexionar y me recuerda al día en que le curé la mano.

—Sí —admito.

Se mira la mano con el cuchillo, que sigue atrapada contra el colchón.

—Está claro que no los necesitas.

Me pregunto si será cierto. Tal vez me he vuelto demasiado dependiente de la magia y me he olvidado de confiar en mí mismo.

—Tal vez, no. —Dudo y pienso en el momento en que Alek me clavó la daga bajo las costillas, o en la batalla con Nakiis en la arena. Frunzo el ceño—. Pero a veces asumo riesgos que de otro modo no asumiría.

—A veces los riesgos nos recuerdan lo que tenemos que perder. —Flexiona las muñecas bajo mi agarre—. ¿Más entrenamiento de soldado?

Asiento.

—Enséñame cómo liberarme.

Sonrío y le aprieto la muñeca izquierda.

—Desliza esta mano por encima de la cabeza. Me hará perder el equilibrio. Si lo haces rápido, puedes empujar con el pie y darme la vuelta.

Caigo de espaldas tan rápido que me sorprende. Es más fuerte de lo que cree. Jax también se sorprende, porque tiene los ojos muy abiertos y me mira fijamente.

—Ya te he dicho que el ejército tendría suerte de tenerte —digo—. Ahora estás en posición de golpearme en la cara o rajarme el cuello.

Sonríe y me suelta la muñeca para dejar la daga en la repisa, pero luego se inclina hacia mí, con las manos apoyadas junto a mis hombros; su pelo me hace cosquillas en la piel. A pesar de todo, en un rincón de mi corazón todavía siento una punzada de recelo e incertidumbre. Me gustaría volver a llevar puesta la armadura.

Tal vez se da cuenta.

—En vez de eso, ¿puedo besarte? —dice, con la voz muy tranquila.

Cada vez que lo pregunta, una parte del malestar que siento en el pecho se disuelve en la nada. Me pregunto si lo sabrá.

Lo miro a los ojos con seriedad y asiento.

—Sí.

Cuando acorta la distancia, su boca es dulce y suave, y me muerde el labio de una manera que me borra todos los pensamientos y me enciende un fuego en el vientre. Mi respiración se vuelve áspera y agitada a la vez, y se retira para estudiarme.

Está a horcajadas sobre mi cintura y llevo las manos a sus rodillas. Se ha puesto unos pantalones holgados, pero las sombras revelan más de lo que esconden. Si desplazara el peso unos centímetros, mis propios pensamientos lujuriosos tampoco serían un secreto. Deslizo las manos por sus muslos y jadea, pero las atrapa con las suyas. Me quedo quieto, pero sonríe y me levanta las manos para sujetarlas en el colchón, nuestros dedos entrelazados.

El movimiento hace que quede suspendido sobre mí.

—Perdóname —susurro.

—No has hecho nada malo —dice y percibo una sonrisa en su voz, pero también un punto de seriedad—. Pero mucha gente te ha quitado ya demasiado. No pienso ser uno más.

El pecho se me contrae de una forma tan dolorosa como exquisita.

—Jax —susurro.

Me besa otra vez, esta vez con más seguridad, mientras sus dedos aprietan los míos y me clava las rodillas en los costados. Por fin, se mueve y nuestros pechos se tocan. Nuestras caderas se tocan. Jadeo en su boca. El fuego de mi vientre se convierte en miel líquida que me recorre las venas. Estoy desesperado, ansioso, y mi garganta emite pequeños gruñidos. Cuando tengo una mano libre, lo agarro por la cintura para apretarlo más contra mí y me complace que él también jadee.

Pero entonces me aparta la mano con un golpe y sonríe. Toca su nariz con la mía y susurra en mi boca.

—No.

—Como digas.

Espero que se aparte, pero se aprieta más contra mí y entierra la cara en mi cuello. Al mismo tiempo que me roza la piel con los dientes, su mano encuentra mi cintura, sus dedos son cinco puntos de calor. Se desliza bajo el borde de mis pantalones y encuentra el relieve desnudo de mi cadera.

Se me corta la respiración. Casi resuello debajo de él mientras mis manos anhelan piel, pero se aferran al aire nocturno. Le agarro del pelo y gruñe. Casi me mata.

—Jax —jadeo—. Jax.

Su respuesta es lenta y lánguida, murmurada en el hueco de mi garganta.

—¿Sí?

—Yo…

Deja la mano quieta.

—¿Paro?

Niego con fuerza.

—No. No, yo…

—Entonces, calla y, por una vez, sé tú quien toma lo que quiere.

Quiero protestar, pero sus dientes encuentran mi pecho desnudo y se me olvida todo lo que quería decir. Me roza el pezón con la lengua, se lo lleva a la boca y se me olvida hasta mi nombre.

Entonces termina de meter la mano bajo mi ropa, me rodea con sus dedos suaves y me estremezco. Lo oigo susurrar, pero las palabras no llegan a mis oídos. Sin embargo, mi cuerpo sabe lo que ha dicho y asiento sin pensar mientras le acaricio el pelo. Siento cada respiración como si fuera fuego y arqueo la espalda en el colchón bajo su contacto.

Jax me besa en el pecho mientras tira de la cintura de mis pantalones. Soy consciente del aire fresco de la noche, del modo en que nuestras piernas se han enredado y de la repentina calidez de su boca. Soy consciente de su mirada, todavía oscura y que se niega a abandonar la mía. Soy consciente de su paciencia. Su amabilidad.

Más tarde, cuando vuelvo a hacerlo subir por mi cuerpo, le susurro mi devoción, mi gratitud y mi reverencia. Entones acerca los labios a los míos y lo beso con ansia. Por un instante, me preocupa que se aleje, que se vaya. Sin embargo, encaja la cara en mi cuello y siento su aliento dulce y cálido en la piel; su palma es un punto de calor en el centro de mi pecho.

Es una clase diferente de magia, una que nadie puede quitarme.

# CAPÍTULO 39
# CALLYN

No quiero quedarme dormida, pero los brazos de Alek son muy cálidos y no recuerdo la última vez que me sentí así de segura y protegida. Pero el tiempo pasa y, acurrucada bajo el edredón, extiendo la mano en la oscuridad y no encuentro más que una cama vacía.

Por un instante, me pregunto si lo habré soñado todo. Parpadeo con ojos somnolientos y veo que la puerta ya no está cerrada con llave y que el borde de la cama de Nora es visible al otro lado del pasillo. La luz de las velas titila en las paredes, así que me doy la vuelta.

Alek está sentado en la silla junto al viejo escritorio de mi madre. Está ladeada para poder mirar por la ventana, pero él está centrado en uno de sus libros.

Definitivamente, no ha sido un sueño.

—No te tenía por un aficionado a la lectura—digo en voz baja.

Pasa una página sin levantar la vista.

—¿Por qué no?

—Pareces el tipo de persona que vive aventuras —digo—. No el tipo que tiene que leer sobre ellas.

—Nada me impide hacer ambas cosas. —Levanta sus ojos azules y encuentra los míos—. A ti tampoco.

Las palabras de alguien a quien nunca le ha faltado nada ni tiene hermanos menores a los que tener en cuenta.

—¿No quieres dormir?

Mira por la ventana durante un segundo.

—No —dice—. Ya te he contado qué estoy haciendo aquí.

*He venido para asegurarme de que no estuvieras en peligro.*

De nuevo, me parece demasiado fácil. Demasiado cómodo. Mis pensamientos evocan el recuerdo de sus manos en mi piel y me estremezco. Pienso en todas las cosas que me ha dicho en las semanas que nos conocemos y me resulta imposible encajarlas con la forma en que trató a Jax.

Vuelve a mirar el libro.

—Quizás esté leyendo sobre otras cosas que podríamos hacer juntos. —Pasa otra página.

Por los cielos. Ya sé qué clase de libro está leyendo. Me tapo la cabeza con las mantas.

Se ríe, un sonido cálido y grave que llena los confines de mi habitación. No le oigo moverse, pero un momento después, las mantas se levantan y se mete en la cama a mi lado. Se ha quitado parte de la armadura, pero sigue completamente vestido, con las armas envainadas.

—Mi madre también tenía una buena colección de libros. —Hace una pausa—. Algunos como estos, pero también de historia, arte, estrategia militar… Todo lo que puedas imaginar. Tuve tutores desde muy joven.

Cómo no.

Entonces su voz adquiere una nota más pesada.

—Siempre los leía cuando ella no estaba. Y… después.

El peso de su voz me llega al corazón.

—Yo también —digo con un hilo de voz—. Jax y yo nos sentábamos a leer durante horas. A mí siempre me gustaron las historias románticas, pero él prefería las que hablaban de magia.

—Ah. —Se acerca y me hace cosquillas en la nariz con un trozo de papel desgastado—. ¿Qué es esto?

Frunzo el ceño y tomo el papel. Tengo que entrecerrar los ojos en la penumbra, pero, en cuanto la reconozco, entierro la cara en las almohadas.

—Es la nota de la recaudadora de impuestos —digo—. Del pago de mediados de invierno. —Quiero arrugarlo. Debería haberlo tirado hace semanas. Tanto estrés, preocupación y daño solo por un trocito de papel.

—Es una buena suma.

Me tumbo de espaldas para mirar el techo.

—Para ti no será nada.

Alek me toca la barbilla con un dedo y me obliga a mirarlo.

—Para ti lo es.

No sé qué hacer cuando actúa así.

—Ya, bueno. —Me muerdo el labio y me pregunto si voy a revelar un secreto—. Jax debía el doble.

—¿De verdad?

No interpreto nada en su voz. Podríamos estar hablando del tiempo.

—Sí. —Vuelvo a subirme las mantas—. ¿Por qué crees que empezó a guardar vuestros mensajes?

—No tengo ni idea. —Hace una pausa—. ¿Así que ahora busca sacarle el dinero al mensajero del rey?

—Lo dudo mucho. Jax no es así. Se arrepintió mucho de haber perdido tu confianza. —Me callo un segundo—. Sobre todo porque eso hizo que acudieses a mí.

Alek me estudia.

—No confié en él desde la primera vez que lo vi hablando con Tycho. No podía pretender jugar a dos bandas. Ya te lo he dicho, si no le gustan los juegos peligrosos, que no juegue. —Me vuelve a hacer cosquillas en la nariz con la nota.

La agarro y la arrugo en la palma de la mano.

—Jax no trajo a Tycho aquí. —Hago una pausa—. Yo tampoco te traje a ti.

—¿Quieres que me vaya?

—No. Solo… —Me interrumpo. Me quedo mirando el techo.

Me toca la barbilla y hace que vuelva a mirarlo. Sus ojos azules atraviesan los míos.

—Cuéntame lo que piensas, Callyn.

—Los mensajes que me das —digo en voz baja—. No son sobre envíos de telas.

—Algunas lo son —dice.

—Pero no todos.

Me pasa un dedo por la nariz.

—No todos. —Con el dedo, me recorre la mejilla, la mandíbula y luego el cuello; baja por mi cuerpo hasta que me estremezco y le agarro la mano.

—¿Intentas distraerme? —pregunto.

—¿Estás distraída?

—No. —Pero sí, lo estoy. Se ha acercado más y noto el calor de su cuerpo. Su mano es como un carbón candente bajo la mía, arde contra mi piel. Cuando vuelve a deslizarla bajo la tela de mi camisa, jadeo con brusquedad.

Pero entonces cierra los dedos alrededor del colgante de mi madre.

—¿De dónde has sacado este collar que llevas?

—Era de mi madre. —Una parte de mí se tensa cuando lo toca, como si fuera a arrancármelo del cuello solo porque puede—. Nos lo dieron con sus cosas. Después de… Después.

Como siempre, no se lleva nada. Se limita a dejarlo de nuevo sobre mi piel; el peso cálido y familiar se asienta en su sitio.

Entonces, dice:

—Es acero de Iishellasa.

Me quedo helada.

—¿Qué?

Asiente.

—De los bosques de hielo. Sirve para atar…

—La magia —susurro.

Levanta las cejas.

—Ya lo sabes. —Un momento de oscuridad atraviesa su mirada—. Ah, claro. La mascota del rey usó los anillos para curar al herrero. Ya has visto de lo que es capaz.

Toco el colgante como he hecho mil veces. De repente, espero que esté frío, pero está más cálido que nunca bajo las yemas de mis dedos.

—¿Mi madre tenía un colgante mágico?

Alek se encoge de hombros, como si la conversación lo aburriera, como si acabase de poner del revés todo mi mundo.

—No lo creo. El acero de Iishellasa se puede usar para repeler la magia con la misma facilidad. Los Buscadores de la Verdad han encontrado muchos artefactos de este tipo, de antaño. Hay espadas, dagas e incluso flechas que sirven para dañar a un forjador de magia, pero hay otros, como este, que protegen de la magia a su portador. —Toca el collar—. Me alegro de que lo lleves. Tienes suerte de que tu madre te haya dejado una pizca de protección.

Cierro los dedos alrededor del cálido acero. Tengo la garganta con tantas emociones que no sé qué hacer con ellas. Si mi padre hubiera llevado este collar, ¿seguiría aquí hoy?

¿O nos mantuvo a salvo a Nora y a mí cuando estábamos a pocos metros de la magia que ardió en el Palacio de Cristal?

*Madre.* Hay muchas cosas que desearía volver atrás para preguntarle.

Alek me acaricia la línea del cabello y parpadeo.

—¿Has dicho que los Buscadores de la Verdad tienen muchos objetos de este acero?

Más bien unos pocos. Muchos no, desde luego. —Hace una pausa—. Los Buscadores de la Verdad son leales a Syhl Shallow. Jamás intentaríamos hacerle daño a la reina.

Lo miro y la luz de las velas parpadea sobre sus rasgos. No sé si me resulta apasionadamente serio o aterradoramente siniestro. Como siempre, de alguna forma, son ambas cosas a la vez.

—Quieres matar al rey —susurro.

—No soy el único. Estabas allí el día del Alzamiento. Muchas de esas personas no buscaban la violencia, pero murieron de todos modos. Corren rumores de que no sabe controlar la magia. Que le ha hecho daño a la reina, pero lo están ocultando. —Se calla un momento y sus ojos vuelven a buscar los míos—. ¿Qué harías si el rey se presentara ante tu puerta?

—Desmayarme de la impresión.

—Callyn.

—¡Es verdad! ¿Qué harías tú?

—El rey ya se ha presentado ante mi puerta.

Pues claro. Seguro que todo tipo de miembros de la realeza han estado en su casa. Casi me río, pero algo en su expresión me detiene y lo estudio en detalle.

—¿Y qué hiciste?

—Fue hace años. Acababa de regresar de reclamar el trono de Emberfall. —Alek vacila—. La reina y él llegaron con la noticia de que mi hermana era una traidora. Que había muerto durante una escaramuza con unos soldados de Emberfall. Que había conspirado contra el trono. Se preguntaban si yo también. Si era desleal.

Me apoyo sobre un brazo para mirarlo.

—¿Lo eras?

—No. Y ahora tampoco.

Siento que por fin nos estamos diciendo la verdad. Una parte de mí quiere alejarse de esta conversación. Mucho de lo que hemos dicho ya se consideraría traición. Sin embargo, desde que Jax aceptó las monedas de lady Karyl, no he dejado de preguntarme qué contendrán esas notas. Qué planean. En qué me he metido.

—¿La reina pensaría lo mismo? —pregunto con cautela.

—Mi hermana era consejera de la reina. Nunca fue desleal. —Hace una pausa—. Pero nunca fue leal a nuestro nuevo rey. Nuestra madre era estratega del ejército. Su muerte nos afectó mucho.

—Lo sé. —Hablo en voz baja, pero con firmeza. La muerte de mi madre me afectó del mismo modo.

Me levanta los dedos para darme un beso en los nudillos.

—Sé que lo sabes.

—¿Así que esperas vengar a tu madre y a tu hermana?

—Espero que Syhl Shallow vuelva a ser lo que era. Cuando los forjadores de magia cruzaron por primera vez el río Congelado, la reina se negó a permitir que se establecieran aquí. Cuando lo hicieron en Emberfall, ya conoces las historias de lo que pasó. Su antiguo rey quiso matarlos a todos. Solo unos pocos sobrevivieron, y mira los problemas que han causado. Mira las muertes, la destrucción. No se les permitió quedarse aquí por una razón, ¿y ahora uno está casado con nuestra reina?

Tiene razón. He leído las historias decenas de veces.

—¿Eres el líder? —pregunto.

Me mira a los ojos.

—¿De los Buscadores de la Verdad? No.

—Tienes tanto… aplomo. Lo había supuesto.

—Solo tenía diecisiete años cuando mataron a mi hermana. Mi familia tiene muchos textos antiguos. Varios de los viejos artefactos. Me reclutaron pronto. Debido a mi acceso a la familia real, tengo algo de poder. Algo de influencia. Pero, como tú, no soy más que un soldado de la causa.

—¿Y los mensajes hablan de matar al rey?

—No. Nada tan evidente. Hemos aprendido tras el primer intento que no venceremos al rey solo con superarlo en número. Así que hemos descubierto otros métodos.

*Otros métodos.* Así que hay un límite en lo que está dispuesto a compartir. Me pasa un dedo por la mejilla.

—¿He revelado lo suficiente para ganarme tu confianza?

—Tal vez.

Sonríe.

—Esa sí que es una respuesta sincera.

Se inclina para rozar sus labios con los míos. Me acaricia el pecho con los dedos y me arranca un jadeo de la garganta al tomarme desprevenida.

Pero entonces se detiene y habla en voz baja.

—Algún día me ganaré tu confianza, preciosa. Pero, por ahora, necesitas dormir.

Saca la mano y me besa en la frente.

No sé si debería sentirme decepcionada o aliviada. Mi cuerpo, sin duda, está decepcionado.

Mi cabeza también, cuando sale de la cama para volver a sentarse junto a la ventana. Todo mi cuerpo zumba.

Toma un libro.

—Duerme. Yo vigilaré.

—No le tengo miedo a lord Tycho.

—Yo tampoco le tengo miedo. —Hace una pausa—. Pero ha perdido la confianza del rey. Como he dicho, ha pasado algo con la reina. Los rumores en la corte son excepcionales. No sé qué creer, pero no sé qué hará Tycho ahora que lo han despojado de la magia y lo han enviado lejos.

Lo estudio.

—¿Así que crees que también trabaja contra el rey?

Alek resopla con desdén.

—No. Creo que Tycho se rebanaría el cuello si el rey se lo pidiera. —Duda—. Sabe que le he pintado una diana en la espalda, pero él solito me ha brindado la oportunidad. No está contento. Hasta un perrito faldero sabe morder.

Recuerdo el día en que los conocí a ambos, cómo la tensión en la panadería se disparó hasta volverse incómoda.

—¿Por qué lo odias tanto?

—Al principio, no era algo personal. —Se encoge de hombros—. Odiaba a todos a los que el rey había traído con él. Representaban a un país que nos había robado demasiado. Sin embargo, después de que Tycho y el rey mataran a mi hermana, hizo lo posible para asegurarse de que no tuviera lugar en la corte. Como si él tuviera derecho a estar allí. Tuve que dejarme la piel para volver a entrar.

Lo considero durante un rato. Recuerdo haber pensado que los problemas de la nobleza me parecían insignificantes y muy alejados de Briarlock. Pero percibo la corriente de dolor que empapa las palabras sencillas de Alek y me doy cuenta de que a todos nos afectan el dolor y la pérdida, aunque vivamos en puntos muy diferentes.

—Lo siento, Alek —digo.

Me dedica una media sonrisa.

—No tienes por qué. No has hecho nada malo. Me estás ayudando a arreglar las cosas para nuestra reina. —Vuelve a mirar por la ventana y levanta el libro de forma significativa—. Ahora, duerme.

La cabeza me da vueltas. No creo que consiga dormir.

Pero está muy tranquilo, es muy tarde y estoy muy cansada. Lo hago.

Cuando despierto, la habitación está fría y la luz del sol entra por la ventana. Alek se ha ido.

A mi lado, en la cama, hay dos papeles.

El primero es un pergamino doblado, sellado con un amplio círculo de cera verde y negra, y las estrellas plateadas que ya me resultan familiares.

El segundo es un trozo de papel arrugado con la letra de la recaudadora de impuestos en una cara.

Ha escrito una nota en la otra.

*Callyn:*

*Lady Karyl vendrá a recoger esta carta en cuestión de días. Ten cuidado. Este mensaje no debes leerlo, pero no tiene nada que ver con pedidos de telas.*

*Espero que esta pequeña confesión sea suficiente para comprar un poco de tu confianza.*

*Con cariño,*

*Alek*

El corazón me late con fuerza.

*Con cariño.* No significa nada. Lo significa todo. No lo sé. Como si nos hubiéramos alejado del negocio de entregar mensajes, y ahora mi corazón está en juego. Igual que cuando me llama «preciosa», me llena de alegría y me provoca una punzada de preocupación en el pecho.

*Ha pasado algo con la reina.*

*No soy más que un soldado de la causa.*

Al repasar nuestras palabras, me doy cuenta de que ha respondido a muchas preguntas, y por eso no me he dado cuenta de que ha esquivado otras con habilidad.

*Me estás ayudando a arreglar las cosas.*

Pienso en todo lo que no ha dicho y me doy cuenta de que no sé si eso cierto.

Recuerdo haber hablado sobre la reina con Tycho y con Nora, cómo mi hermana bailó en círculos mientras imaginaba al bebé, como si fuera a ser su propia hermana pequeña. Alek me dijo que la reina estaba muy enferma y que el rey no estaba usando la magia para curarla. Sin embargo, aquí nos llegan muchas historias. No sé qué creer, ni a quién. Sé que mi padre se creía todo lo que se contaba sobre el rey. Es parte de la razón por la que participó en el Alzamiento y parte de la razón por la que acepté trabajar con Alek. A menudo pienso que mi madre habría hecho lo mismo.

Me toco el colgante. ¿Habría participado en el Alzamiento? Mi madre era leal a la reina, eso lo sé con certeza. Se sentía muy orgullosa de ser oficial del ejército.

Alek también sigue afirmando que es leal a Syhl Shallow y a la reina.

Sin embargo, nuestra reina se casó con un forjador de magia, a quienes los Buscadores de la Verdad odian.

¿En qué punto deja eso a su lealtad? ¿Se puede respetar a alguien y a la vez despreciar sus decisiones? Si quieren matar al rey, ¿es eso lealtad? ¿O es traición?

Mi madre le dijo a mi padre que debería haberse alistado, pero no lo hizo. No lo obligó a hacerlo. No tomó la decisión por él. Al igual que él no quería que fuera a la guerra, pero no se lo impidió.

¿Es diferente a que Alek me repare el granero cuando le pedí que no lo hiciera? Él cree que está haciendo lo correcto y, desde fuera, parece un acto de bondad, pero ¿lo es?

No quiero darle demasiadas vueltas. Estoy demasiado involucrada y la respuesta me dolerá. Sin embargo, empiezo a comprender de dónde nace la desconfianza que siento hacia Alek.

Quitarle la libertad de elegir a otra persona no es devoción ni es lealtad.

Habló de que Jax juega a juegos peligrosos, pero él se ha metido en el más peligroso de todos. Un juego de fantasías con apuestas letales: disfrazar el control como devoción fiel.

Disfrazar el asesinato como un acto de protección.

Solo quería salvar la panadería. Quería proteger a mi hermana.

Se suponía que solo serían unas cuantas cartas.

—¿Cally-cal?

Levanto la vista. Nora está en el umbral de la puerta.

—Buenos días —digo—. Necesito que ordeñes a Muddy May. Tengo algo que hacer.

# CAPÍTULO 40

# JAX

Tycho se equivocó. Lleva horas profundamente dormido, mientras su pecho sube y baja con cada respiración. Estoy bastante seguro de que podría quitarle los cuchillos sin que se diera cuenta.

O tal vez, no. Ya me ha sorprendido antes.

No lo intento. Le quedan muchos días de viaje por delante. Debería descansar. En cambio, yo he pasado despierto toda la noche. Me he convencido de que, en cuanto me durmiera, despertaría en una habitación vacía iluminada por la luz del sol. Cada vez que empiezo a quedarme dormido, mis pensamientos me recuerdan que Tycho está aquí y es real, que puedo inhalar su olor, saborear su piel y sentir los latidos de su corazón.

Es temprano, pero no demasiado. La habitación está oscura y fría, pero la luz empieza a asomarse entre los postigos. Cualquier otra mañana, ya estaría trabajando en la forja para adelantar los proyectos del día.

Ahora mismo, soy incapaz de moverme.

En cuanto amanezca, se irá. Se despertará, se abrochará la armadura y montará en su caballo. Todo esto bien podría haber sido un sueño.

Me fijo en sus dedos, enroscados sin fuerza en las mantas. Me pregunto qué habrá pasado con el rey. Tycho siempre es muy reservado en lo concerniente a la realeza, debido a su posición, estoy seguro. Anoche no fue diferente.

Pero siempre ha hablado del rey con devoción. Vi cómo se le oscureció la mirada al decirme que ya no tenía los anillos.

Algo ha pasado. Sobre todo si va de regreso a Emberfall tan pronto. No esperaba verlo hasta dentro de una semana, por lo menos.

Tycho respira hondo y abre los ojos.

Por un instante, me quedo paralizado en el sitio. Se me encoge el pecho antes de que esté preparado para la emoción.

Pero sus ojos encuentran los míos y apoya una mano en mi mejilla.

—Jax —dice, con la voz suave y baja. Pronuncia mi nombre con un ligero matiz, como si su acento se hubiera profundizado al acabar de despertarse, lo que me hace sonreír. Entonces dice algo que no entiendo en absoluto y giro la cabeza para besarle el interior de la muñeca—. A menos que me necesites para herrar a un caballo, no entiendo ninguna otra palabra en emberalés.

Se sobresalta y luego sonríe. Su voz es áspera y está tomada por el sueño. Se frota los ojos.

—Perdona —dice en syssalah.

Es cierto; su acento es más marcado. Es una tontería, pero me parece un secreto que nadie más conoce y me hace temblar.

—Dime qué has dicho.

—He dicho… —Se sonroja—. Bueno.

Me acerco más y me apoyo en los codos para mirarlo.

—¡Dímelo!

—He dicho que eres muy exigente por las mañanas.

Su mano regresa a mi mejilla y me acaricia el labio con el pulgar.

Me inclino más cerca.

—¿Prefieres contarme lo que dijiste anoche?

Deja la mano quieta.

—¿Qué dije anoche?

—No tengo ni idea. ¿Un recuento de todas las armas que llevas? ¿Una lista de todos los secretos reales que conoces? Puedo asegurar con certeza que herrar caballos nunca salió a relucir. —Le paso un dedo por el pecho y le susurro—: Recordarás que estuve bastante ocupado.

Sisea un poco y me agarra la mano. Sus ojos están llenos de luz y espero otra respuesta de broma, pero me besa los dedos y habla en voz baja.

—He dicho que eres magnífico. Exquisito. Perfecto. Le he dado las gracias al destino por haberme llevado hasta tu puerta.

—Ah —digo y se me corta la voz. He pasado muchos años escuchando que no traigo más que desgracias, así que el corazón me late con fuerza en el pecho—. ¿Nada más?

—Déjame pensar. —Mira al techo—. He dicho que has demostrado un talento inesperado…

Le doy un empujón.

—Eres un sinvergüenza.

—¡Con el arco!

Me entra la risa. Había olvidado lo bien que sienta reírse con alguien, compartir un momento. El pecho se me encoge otra vez y se me humedecen los ojos. No se trata solo de que se marche, sino de todo lo que ha pasado en los últimos meses. He estado muy solo y estoy a punto de volver a estarlo.

Por eso necesito salir de la cama antes de que pensar en su partida termine por aplastarme. Lo beso en la mejilla y empiezo a levantarme.

—Voy a hacer el desayuno, mi señor.

Me atrapa antes de que llegue muy lejos. Sus manos son siempre tan suaves que olvido lo fuerte que es.

—Tycho —susurra—. Solo Tycho.

—Solo Tycho —respondo, obediente.

Sus pulgares me rozan la piel de los brazos y tiene la voz ronca y grave.

—Quédate.

*Quédate tú.*

Pero no puedo decirlo. Le haría daño, lo sé. A mí me duele pensarlo.

—No me arriesgaré a despertar la ira de la reina por retrasar a su mensajero —digo.

Frunce el ceño y unas nubes de tormenta acuden a sus ojos. No sé lo que va a decir, pero intento liberarme y me suelta. Fuera, cerca de la forja, oigo un ligero y repetitivo golpeteo, y me fuerzo a sonreír.

—Creo que tu caballo también tiene hambre —digo mientras me pongo la camisa y recojo las muletas—. Primero me ocuparé de Piedad.

El taller está fresco en las sombras, pero Piedad levanta las orejas y relincha cuando entro por la puerta. Tycho la ha dejado atada en el poste bajo el saliente y no me sorprende encontrar que le dejó un cubo de agua. Da una coz al cubo y salpica agua por todas partes.

—Mira la que han montado —digo con ligereza. Saco una medida de grano del barril que guardamos para los caballos con mal genio o los viajeros necesitados y vuelvo a levantar el cubo de agua. Piedad mete el hocico en la comida y después me empuja el pecho, dejándome trozos de grano húmedo por toda la camisa. De todos modos, le froto el cuello y le miro las patas para asegurarme de que las herraduras estén bien sujetas y no estén desgastadas.

En cuanto me doy cuenta de que estoy buscando un motivo para retrasarlo más, me obligo a parar. Me vuelvo hacia la casa.

Pero siento algo. Un escalofrío que parece venir de la nada. Se me eriza el vello de la nuca.

Me doy la vuelta y miro el patio en el silencio de la mañana. Las sombras se ciernen entre los árboles y la hierba brilla donde el rocío se adhiere a las hojas, pero nada se mueve. No oigo nada más que a Piedad masticando el grano, pero frunzo el ceño y espero.

Nada.

Suspiro y enciendo la fragua para que empiece a calentarse para todo el trabajo que me espera hoy.

Cuando vuelvo a entrar en casa, percibo movimiento en el dormitorio.

Tycho debe de estar vistiéndose. Poniéndose las armas. Lo que sea.

Vuelvo a suspirar.

En los armarios hay galletas y queso duro, además de un poco de carne seca. Casi dudo al ponerlo todo en una bandeja, porque recuerdo la comida que compartimos en la pensión y esto resulta patético en comparación.

Todavía hay agua en la tetera, así que enciendo la cocina. Cuando me doy la vuelta, está justo detrás de mí y doy un grito ahogado.

—Por los cielos, te mueves como un asesino.

—Acostúmbrate. —Entonces sus labios atrapan los míos, y menos mal que no es un asesino, porque me quedo sin respiración y dejo de pensar. Una de mis muletas golpea el suelo, pero Tycho me agarra por la cintura, con manos fuertes y seguras. Se ha abrochado todo su equipo y de nuevo encuentro cuero, acero y armas en los lugares en los que busco piel y calor. Pero nada de eso significa nada, porque me estoy ahogando en el sabor de su boca.

Esto hará que duela más, pero no me importa.

Sobre todo cuando sus dientes me rozan el cuello y sus manos se deslizan bajo mi camisa hasta encontrar mi cintura. El calor ya se me acumula en el vientre y me aferro a su armadura.

—¿Te sostienes en pie? —susurra y tardo casi un minuto en darme cuenta de que me ha hecho una pregunta.

—Sí. —Trago con fuerza y asiento sin apenas ser consciente de ello. El corazón se me acelera en el pecho, pero suelto los dedos de las hebillas de su hombro.

—Bien —dice, y se arrodilla.

Pierdo el sentido. Debería detenerlo, pero sus dedos están calientes y su boca es perversa. Le agarro el pelo y tengo que sujetarme a la mesa. Es muy posible que la rodilla me vaya a ceder, pero me preocupa más que el corazón se me escape por la boca. Las manos de Tycho son firmes en mi cintura y me mantienen erguido, me mantienen cerca. La visión se me llena de estrellas y, cuando grito, me aferro con fuerza a sus hombros. Soporta mi peso como si nada.

Al final se endereza y me recoloca la ropa mientras se levanta. No me suelta y me doy cuenta de que he dejado caer también la otra muleta, aunque no sé cuándo. Sigo con la respiración agitada y llena el espacio que nos separa. Sus ojos marrones atraviesan los míos, buscan y analizan. Me ven. Nunca nadie me había mirado así. Nadie me había hecho sentir así. Como si fuera una recompensa y no un estorbo.

Parpadeo y se me nublan los ojos. El pecho se me encoge de nuevo.

—¿Estás bien? —pregunta en voz baja.

Asiento despacio.

Se inclina para besarme. Ligero. Tímido.

No le devuelvo el beso. En vez de eso, le rodeo el cuello con los brazos y lo estrujo con fuerza.

Espero que suspire, que se aleje y me diga que esta iba a ser su despedida. Que tiene obligaciones y que ya las ha retrasado lo suficiente.

Pero no lo hace. Sus brazos me aprietan la espalda y me sostienen durante mucho tiempo. Me abraza durante tanto rato que apoyo la mejilla en su hombro y pienso que me parecería bien que el tiempo se detuviera en este mismo instante, que mi mundo se redujera solo a esto.

Por fin habla, en voz muy baja, muy suave, solo para mí.

—Haré todo lo que pueda por volver antes de que liberen a tu padre, pero tal vez no sea posible.

Frunzo el ceño, tomo aire por la nariz y empiezo a alejarme, pero no me suelta.

—Escúchame —dice y me quedo quieto—. Te dejaré algunas monedas. Si no he regresado para cuando lo liberen, debería bastar para pagar el pasaje al Castillo de Ironrose.

Levanto la cabeza.

—¿Qué?

Hace una mueca.

—Las cosas están bastante tensas con el rey ahora mismo, de lo contrario contrataría un carruaje en este mismo instante. Pero no quiero dejarte sin ninguna escapatoria…

—No puedo ir al Castillo de Ironrose así sin más.

—Claro que sí.

—¡Ni siquiera hablo el idioma!

—El syssalah es mucho más común en el castillo que antes. El propio príncipe Rhen se ha vuelto bastante bueno. No tendrías ningún problema. —Los ojos le brillan con picardía—. Aunque yo no empezaría por decirle cuánto le odias.

No dejo de mirarlo. No me creo que estemos discutiendo esto.

La sonrisa se le borra de la cara.

—Solo si quieres —dice por fin—. No tienes por qué.

—¡No! Es que nunca he salido de Briarlock.

Levanta las cejas.

—¿De verdad? Entonces tengo que volver para hacer el viaje contigo. Las montañas son bastante espectaculares desde el otro lado. Y las primeras competiciones del Desafío Real serán bastante entretenidas.

El corazón me late tan fuerte que no creo que se vaya a detener nunca.

—Prométeme que aceptarás el dinero. Prométeme que te irás si vuelve. —Me aparta un mechón de pelo de la cara—. Me preocuparé por ti mientras no esté.

Trago saliva.

—¿Te preocupo?

Levanta las comisuras de la boca.

—Estoy seguro de que se me pasará por la cabeza al menos una vez.

Me sonrojo.

—Te lo prometo.

Se agacha a por mis muletas y me besa.

—Si pudiera quedarme un día más, lo haría. —Fuera, en el taller, Piedad vuelve a tirar el cubo y luego relincha.

Sonrío, aunque siento los ojos húmedos.

—Ella se muere por irse.

—Piedad siempre es impaciente. —Da un paso atrás y me acaricia la barbilla con un dedo—. Cuídate, Jax.

Respiro hondo y cierro los ojos. No quiero ver cómo se va.

—Cuídate, Tycho.

Sus botas apenas hacen ruido en el suelo de madera, pero conozco el sonido de las bisagras al crujir y abro los ojos de golpe. Entonces la tetera silba y me vuelvo para quitarla del fuego. Cuando llego a la puerta con una muleta y una taza de té, ya se ha ido.

Suspiro y vuelvo junto a la fragua para avivar las brasas. Tycho ha dejado una bolsa con monedas de plata encima de las pinzas. Siento el peso en la palma, luego suspiro y me la guardo en el bolsillo. Al menos no tengo que preocuparme de que mi padre la robe.

*Pasaje al Castillo de Ironrose.*

Ni me lo imagino.

Todavía es temprano, así que meto un lingote de hierro en la fragua y espero a que se caliente. He salido a disparar con el arco todas las mañanas, pero ahora mismo me recordaría demasiado al hombre que acaba de marcharse, así que prefiero trabajar.

Oigo pisadas en el camino y levanto la vista con sorpresa.

Callyn.

El corazón casi se me para en el pecho. Recuerdo lo último que le dije, pero también lo último que me dijo ella. ¿Vendrá a discutir otra vez? ¿A decirme lo increíble que es el traicionero lord Alek?

Mi cara debe de llevar una advertencia porque se detiene a poca distancia. Parece un kilómetro.

—¿Te visitó lord Tycho anoche? —dice por fin.

—Sí. —Hago girar el hierro en la fragua—. ¿Te visitó lord Alek?

Pretendo ser sarcástico, pero asiente.

—Sí. Lo hizo.

La miro a los ojos.

—¿De verdad?

—Le preocupaba que Tycho hubiera venido para causar problemas.

Odio la espina de preocupación que se me aloja en el corazón y que se quedará ahí enquistada hasta que lo vuelva a ver.

—Lord Alek debería preocuparse por sí mismo.

—Tal vez él no lo haga, pero yo sí.

Frunzo el ceño mientras trato de encontrarle el sentido a lo que ha dicho.

Aprovecha el silencio para cruzar la distancia que nos separa.

—Mira —dice, apurada—, no sé si Alek se aprovecha de mí o si Tycho se aprovecha de ti…

—No se aprovecha de mí, Cal.

—Nos hemos involucrado en lo que sea que esté pasando y no creo que debamos estar en lados opuestos. Alek no me cuenta nada. ¿Tycho te ha contado algo a ti?

—¡No se aprovecha de mí, Callyn! —Saco el hierro del fuego y lo estampo contra el yunque.

—No es lo que te he preguntado.

Levanto el martillo, pero me quedo paralizado. No, lo cierto es que no me ha contado nada.

—Es el mensajero del rey —digo—. Está obligado a guardar secretos.

—Tal vez. —Se saca un trozo de pergamino doblado de las faldas—. Pero nosotros no.

Es un mensaje, cerrado con el mismo sello verde y negro que ya he visto media docena de veces.

No lo tomo.

—No quiero saber nada de eso.

—¡Ah! ¡Qué altivo te pones de repente! —Me lanza un puñado de tierra de una patada—. Tú empezaste todo esto, lord Jax.

No me creo lo que acaba de hacer. Agarro un montón de tierra y se lo arrojo como si tuviéramos seis años y estuviéramos discutiendo por el último dulce.

—¡Para salvar la forja! ¡Para salvar la panadería! No lo empujé debajo de tus faldas.

Se sonroja.

Ah. Solo quería pincharla. No me había dado cuenta de que había pasado de verdad. Hago una mueca.

—Lo siento, Cal. No lo sabía.

—Olvídalo.

Se da la vuelta.

Uf.

—Para —digo—. Dime qué quieres que haga con eso. ¿Quieres que lo guarde?

Se detiene, pero por un momento creo que no va a mirarme a la cara.

Por fin, después de una eternidad, se da la vuelta.

—No.

—Entonces ¿qué?

—¿Todavía crees que eres capaz de recrear el sello?

—No lo sé. Tal vez.

Levanta la nota.

—Creo que es hora de que averigüemos qué está pasando en realidad.

# CAPÍTULO 41

# TYCHO

Los preparativos para la primera competición están muy avanzados y la transformación de los campos que rodean el Castillo de Ironrose es impresionante. Se han colocado marcadores y dianas para el tiro con arco, tanto de largo alcance como de precisión. Las distintas arenas están preparadas para los combates de uno contra uno, ya sean con espada o cuerpo a cuerpo. Se han dispuesto pistas más largas para las carreras a caballo o a pie. Las astas de las banderas coronan todos los extremos, con estandartes con el verde y el negro de Syhl Shallow y el oro y el rojo de Emberfall ondeando al viento.

En el extremo más alejado de los campos se han levantado casi un centenar de carpas y, aunque los combates no empezarán hasta dentro de diez días, muchas ya están ocupadas. De los aleros de las carpas ya cuelgan banderines y pancartas de diversos colores, azules, amarillos y verdes, que representan a ciudades, pueblos y familias. A todo aquel que es alguien se le ha invitado a quedarse en el castillo, pero me entero por la guardia real de que el conjunto de tiendas ya es lugar de juergas y música hasta altas horas de la noche.

El príncipe y la princesa no están cuando llego, lo que supone un alivio y una decepción a la vez. He estado nervioso desde que salí de la forja, como si Grey fuese a enviar exploradores para asegurarse de que llegara adonde debía estar. No lo hizo, al menos, hasta donde yo sé. Sin embargo, estoy seguro de que la reina y él habrán mencionado en sus cartas los sucesos de la corte. Si Rhen va a echarme otro sermón, prefiero quitármelo de en medio cuanto antes.

Trato de aprovechar la tarde a solas, suelto a Piedad en un prado para que disfrute de unas horas de libertad y después me sumerjo en un baño caliente. No me espera una cena formal, ya que el príncipe y la princesa no se encuentran en la residencia, pero las cocineras del castillo siempre preparan una comida tardía después de la puesta de sol, lo cual prefiero de todos modos. Unas cuantas estrellas han empezado a titilar en la oscuridad crepuscular fuera de las ventanas y percibo una débil música procedente de los lejanos campos de la competición. Sonrío y lleno una servilleta de tela con rebanadas de pan, queso y carnes saladas, y luego me dirijo a la puerta para salir a explorar. Si se me ha concedido un breve aplazamiento antes de volver a decepcionar a alguien, más vale que lo disfrute.

Pero entonces atravieso la puerta y me encuentro cara a cara con Alek. Me sorprende tanto su presencia que casi se me cae la comida. Parece que acaba de llegar, todavía con la armadura puesta y las armas enfundadas, con el pelo rojo un poco alborotado y la cara sin afeitar. Sus propios guardias lo siguen de cerca y, aunque los guardias del castillo vigilan al final del pasillo, ahora mismo estoy solo.

Me late el corazón y mis pensamientos reviven el momento en el taller de Jax cuando me enfrenté a él hace meses. Con mano libre busco por instinto una espada que no llevo. Ni siquiera tengo una daga. Nunca me han hecho falta armas en los pasillos de Ironrose.

Lo cual cambiará si Alek está aquí.

Debe ver el estallido de alarma en mi expresión, porque sonríe como un depredador.

—Tycho. Me alegra ver que has llegado a su debido tiempo. Sé que el rey estaba preocupado.

*Preocupado.* La palabra está llena de aristas y todas me apuntan a mí. No tenía ni idea de que Alek fuera a asistir a la competición. Supongo que no debería sorprenderme.

Aprieto los dientes y la comida.

—Si me disculpas.

Se mueve para bloquearme el camino.

—Algo le ocurrió a la reina antes de que abandonaras el palacio. ¿Qué fue?

Pienso en el dolor de la reina, en la tensa preocupación del rey, ambos envueltos en una tragedia que podría haber estado causada por una acción mía. No pienso contarle a Alek nada de eso.

—Tendrás que dirigir tus preguntas a la reina. —Lo fulmino con la mirada mientras pienso en las dudas que sembró sobre mí en la sala del trono—. Seguro que recuerdas cómo se hace. Ahora, apártate.

No lo hace.

—Ocultas algo —dice en voz baja—. El rey oculta algo.

—¿Ocultarle algo a un hombre que se rumorea que trabaja con los Buscadores de la Verdad? —digo—. Inaudito.

—¿Hablas de ti mismo? Creo que esos rumores ahora apuntan hacia ti.

Quiero darle un puñetazo. Ya tengo la mano cerrada en un puño.

Alek se inclina y dice en voz baja:

—Sé a dónde fuiste y sé lo que hiciste.

Se me encoge el pecho y tomo aire con un jadeo, pero mantengo la calma y trato de pasar a su lado.

Debería haberlo sabido. Alek no es de los que dejan pasar un altercado físico. Me agarra del brazo y doy la vuelta como un resorte mientras hago volar el puño. Tal vez no esperaba que respondiera tan deprisa, porque le doy en la mandíbula un instante antes de que se agache para clavarme un brazo en el abdomen. Me reposiciono para golpearlo de nuevo, dispuesto a quitarle una de sus armas, pero un brazo me agarra por detrás.

Me resisto, creyendo que son sus guardias, pero a Alek también lo sujetan. Es la guardia real de Emberfall. La comandante Zo está de pie entre los dos, con la princesa Harper a su lado.

Para mi sorpresa, me sueltan, pero mantienen retenido a Alek.

—Soltadme —dice en emberalés—. ¿Sabéis quién soy?

—Sé que has agredido a un miembro de esta corte —responde Harper—. ¿Sabes quién soy yo?

Alek inhala como si fuera a escupir veneno. Probablemente sepa quién es Harper, pero no siente más que desprecio por Emberfall.

El príncipe Rhen interviene desde el final del pasillo.

—Cuida tus palabras, lord Alek. Sé quién eres. Y te recuerdo que estás en el corazón de Emberfall, no en tu país de origen. —Su tono podría cortar el acero—. Tal vez mi hermano tenga que consentir tus caprichos, pero yo no.

Alek aprieta los dientes, pero ahora estamos rodeados de guardias. Mira a Harper.

—Perdóneme, mi señora —dice y, si no lo odiara tanto, me impresionaría la rapidez con la que es capaz de eliminar toda falta de respeto de su tono. Uno de los guardias de Rhen todavía le inmoviliza el brazo, pero sería imposible percibirlo en su voz—. Ha sido un viaje largo. No debería haber dejado que Tycho me provocara. He permitido que mi temperamento se adueñase de mi sentido común.

Las palabras se me clavan y me retuercen las entrañas. Al igual que en Syhl Shallow, será perdonado. Otra flecha de duda que atravesará mi reputación.

Pero Harper dice:

—Si Tycho te ha provocado, debe haber tenido una buena razón. —Mira al guardia que le sujeta el brazo—. Suéltalo.

El guardia obedece. Alek se coloca bien la armadura.

El príncipe Rhen ha cruzado la corta distancia para situarse a su lado.

—Si el viaje ha sido tan agotador, te sugiero que pases el resto de la noche en tus aposentos. La guardia real te acompañará de buena gana.

Una amenaza se esconde en sus palabras y una pizca de la arrogancia de Alek le ilumina los ojos, pero no se refleja en su voz.

—Por supuesto, alteza —responde con inteligencia—. Confío en que sus sirvientes nos podrán ofrecer una comida decente a mis guardias y a mí.

Espero que Rhen le indique que se coma lo que he dejado caer al suelo, pero se limita a decir:

—Por descontado. —Su voz es tan suave como la de Alek.

Alek les hace una reverencia a los dos y se da la vuelta. Rhen mira a Zo y habla en voz baja.

—Asegúrate de que no se cruce con más provocaciones.

Ella sonríe.

—Sí, mi señor.

Después de que se hayan ido, la tensión del pasillo se evapora y paso a sentir más vergüenza y bochorno que ira latente.

*Sé a dónde fuiste y sé lo que hiciste.*

No tengo ni idea de si ha dicho la verdad. Incluso si solo intentaba sonsacarme información, mi reacción le habrá dado una respuesta más que suficiente. Seguro que informará a Grey de la manera más comprometedora posible. Probablemente esperará a anunciarlo delante de una multitud.

Rhen me mira y levanta una ceja.

—Complicado desde el punto de vista político, ¿eh?

Casi me hace sonreír. Me siento agradecido por su intercesión, pero estoy más arrepentido de que haya ocurrido, sobre todo delante de ellos.

—Perdóname. Me tomó por sorpresa.

—Me lo dirás si te vuelve a hostigar —dice Rhen.

Las palabras me provocan una ligera sensación de calidez. Había empezado a olvidar lo que se siente cuando alguien me defiende. Pero pongo una mueca.

—Por favor, no tomes medidas a tu costa.

—¿A mi costa? Soy el hermano del rey. Actúo como regente de Grey. Si lord Alek elige atacar a un miembro de esta corte, él será el único culpable de las consecuencias.

Lo miro, medio conmocionado, medio impresionado.

Harper sonríe y luego se ríe con un poco de malicia.

—Grey será hábil con la espada y tendrá la magia a su favor, pero cuando se trata de palabras y estrategia, nadie supera a Rhen. —Se pone de puntillas para besarle en la mejilla.

Él sonríe y le pasa un dedo por debajo de la barbilla.

—Desde luego, no ese patán. Está jugando a un juego que perfeccioné hace años.

Se me calientan las mejillas ante las muestras de afecto casuales. Doy un paso atrás, con la intención de excusarme y dejarlos cenar a solas, para que puedan disfrutar de un poco de intimidad y del tiempo juntos.

Pero Harper me agarra del brazo y me besa también en la mejilla.

—Vamos, Tycho. Quería volver a tiempo para escuchar la música. Algunos de los antiguos compañeros artistas de Zo han montado una carpa. Llenemos una cesta y hagamos un pícnic. ¿Caminas con nosotros?

La ligera calidez arde ahora como una hoguera. No he fracturado todas mis relaciones.

—Sí, mi señora. Como digas.

El aire de la noche es frío y varias antorchas muy espaciadas iluminan los caminos entre las tiendas. En el centro, hay una gran zona abierta en la que arde una hoguera, mientras las chispas se pierden en la noche. La zona no está abarrotada, pero se ha reunido bastante gente a escuchar la música, por lo que me alegro de haberme equipado con algunas armas ligeras antes de salir del castillo. La guardia real nos seguirá a donde sea que vayamos, pero si camino junto al príncipe y la princesa, no quiero ser un estorbo.

Los tambores y los instrumentos de cuerda crean un ritmo de percusión que siento en todas las fibras del cuerpo. No soy el único; mucha gente está bailando, creando largas y animadas sombras. Encontramos un hueco libre en los troncos que se han dispuesto alrededor del fuego y casi me olvido del entuerto que he dejado atrás en Syhl Shallow. Sin embargo, la luz del fuego parpadea y me muestra decenas de rostros desconocidos, mientras una pequeña parte de mi cerebro busca con recelo a Alek entre las sombras.

Aun así, el fuego me calienta la piel mientras observo a los bailarines y una parte mayor desearía encontrar a Jax en las sombras. Si cierro los ojos, soy capaz de escuchar su voz, un poco áspera, pero nunca incierta.

*¿Necesitas que elija yo, lord Tycho?*

Un viento frío se desliza por el campamento y hace titilar las llamas de la hoguera, que lanzan algunas chispas. Varios bailarines sueltan chillidos y ríen mientras se alejan de las brasas. Los músicos siguen tocando.

La mañana en que me marché, se aferró a mí con fuerza.

Debería haberle alquilado un carruaje allí mismo.

—¿Por qué sonríes? —La princesa Harper me da un golpecito en el hombro.

—Eh… Por nada. —Me sonrojo y tomo un pastelito azucarado de la cesta. Me alegro de que la oscuridad me proteja. Ojalá supiera lo que Grey ha dicho en sus cartas. Rhen y ella están siendo tan amables que el sentimiento de culpa no deja de aguijonearme.

—Ajá —dice con complicidad, y sonrío.

Se me acerca y desliza una rodaja de manzana sobre un trozo de pan untado con queso de cabra.

—Te dejaré guardar tus secretos.

*Secretos.* La palabra es una puñalada, pero sé que no es la intención, así que asiento.

—Se agradece

—¿Me dirás al menos cómo se llama?

La miro sorprendido y se encoge de hombros.

—Me he enamorado —dice, como si eso lo explicara todo—. Conozco las señales.

Al principio, soy incapaz de decirlo. Siento como si fuera un secreto que solo los dos compartimos. Si digo su nombre, será algo más. Más grande. Será real.

—Jax —digo y es como si el viento me arrancara el nombre de los labios. Como si fuera a oírme pronunciarlo desde el otro lado de la montaña.

El sentimentalismo hace que me sonroje otra vez y trato de fruncir el ceño.

No lo consigo. La música sigue sonando.

—Bonito nombre —dice Harper.

—Sí —concuerdo.

No digo nada más y ella no indaga. El viento se calma y los bailarines se acercan a las llamas. El príncipe Rhen se ha alejado para hablar con un hombre al otro lado del claro y sus guardias se mueven casi invisibles para seguir sus movimientos.

Harper toma otro trozo de manzana de la cesta.

—Rhen me ha contado que te ofreciste a entrenar con él la última vez que estuviste aquí. Fue muy amable por tu parte.

—No se lo dije para ser amable.

—Sé que no. Creo que por eso significó tanto.

La miro.

Se encoge un poco de hombros.

—No ha levantado una espada desde que perdió el ojo. Pero… En fin, desde que Jake y tú os marchasteis, lo he sorprendido en el patio unas cuantas veces. Practicando el juego de pies. Temprano por la mañana. Ya sabes.

La estudio. Toma otra rodaja de manzana y la coloca sobre el queso.

—No creo que vaya a pedírtelo —dice con cuidado y en voz baja—. Pero si se lo ofrecieras de nuevo, dudo de que lo rechazara.

Asiento.

—Lo haré.

Entonces Rhen vuelve y nos sentamos en silencio a escuchar la música durante un rato. La dama de compañía de Harper, una mujer muy dulce llamada Freya, se une a nosotros mientras sus hijas revolotean al ritmo de la música. Su hijo, un niño que debe de tener unos ocho o nueve años, se queda cerca de algunos de los luchadores, probablemente a la espera de que le hagan caso. Pronto, Harper y Freya bailan con las chicas y me dejan en el tronco con Rhen.

Llevo desde que llegué esperando a que me confronte por lo que le hayan contado las cartas de Grey, pero el príncipe no ha dicho ni una palabra. La tensión se me ha ido acumulando en las entrañas a medida que la culpa y la preocupación se han adueñado del espacio. La música y el ambiente desenfadado deberían servir para relajarme, pero no lo hacen.

Sobre todo cuando Rhen dice:

—¿Paseamos?

No es una orden, pero bien podría serlo, así que me levanto del tronco.

—Como quieras.

Se aleja de la hoguera hasta que salimos del círculo de la luz y las sombras se alargan entre nosotros. Espero a que hable, pero no dice nada, y la música se desvanece mientras serpenteamos entre las hileras de tiendas.

Al cabo de un rato, no soporto más el silencio.

—Perdóname —digo—. Pero ¿no vas a decir nada sobre el informe de Grey?

Me mira.

—Esperaba que lo hiciera tú. Solo me escribió: «Tycho te contará todo lo que necesitas saber».

Si Grey hubiera disparado una flecha por encima de las montañas para clavarla en el suelo a mis pies me habría sorprendido menos. Les doy vueltas a las palabras y el nudo de tensión ansiosa de mis entrañas escala hasta instalarse en mi pecho.

No escribió nada.

No es de extrañar que Rhen y Harper hayan sido tan amables. No me extraña que me hayan defendido de lord Alek.

Pienso en cómo envolví las cartas con muchísimo cuidado para mantenerlas a salvo, cuando no había nada confidencial que proteger.

—Así que no confió en mí para entregar el mensaje de forma segura.

Rhen me mira en la oscuridad.

—O confió en que harías exactamente lo que espera que hagas.

La opresión del pecho no desaparece. Me alegro de que nos hayamos alejado de las antorchas parpadeantes, porque no tengo ni idea de la expresión que tengo. Siento que respiro en arenas movedizas.

—Lo dudo.

—Pues demuestra que se equivoca.

Lo dice como si nada, así que parpadeo y lo miro.

—¿Qué?

Encoge un hombro.

—Si crees que no ha escrito nada porque esperaba que lo traicionases de alguna manera, demuestra que se equivoca. Dime todo lo que debo saber.

¿Es una prueba? Parece una prueba.

Tomo aire para responder, pero son muchas cosas. Demasiadas.

Rhen me agarra del brazo y deja de caminar.

—Dime algo al menos. —Hace una pausa—. El mensaje de Grey no me dio la impresión de que hubiera problemas. ¿Los hay?

Siento que estoy a punto de destruir la última brizna de confianza que todavía conservo con la familia real.

Pero como soy leal y digno de confianza, cuadro los hombros y se le cuento todo.

# CAPÍTULO 42

# TYCHO

Grey es un hombre de acción, pero el fuerte de Rhen es la calma. Sé que estuvieron atrapados juntos en el Castillo de Ironrose, condenados a repetir un mismo otoño interminable durante lo que debieron de parecerles siglos, aunque en Emberfall solo pasaron unos años. Tal vez ese tiempo sea parte del motivo por el que Grey es tan decidido y resuelto. Si es así, tuvo el efecto contrario en Rhen. Me escucha con paciencia mientras hablo y rara vez me interrumpe. Le cuento todo lo que se me ocurre, desde que hice de centinela tras enterarme de que Lia Mara había perdido al bebé hasta la preocupación de Grey por que la noticia llegara a la corte.

Suspira cuando llego a esa parte.

—Es un secreto terrible que guardar. —Me mira—. ¿Cómo estaban cuando te fuiste?

—Nada bien.

Asiente de forma solemne.

Retrocedo para hablarle del padre de Jax y de todo lo que pasó entre nosotros después, incluidos los descubrimientos de Jake en el taller, que implicaban a Jax y a Callyn y complicaron la conversación con Grey.

Le hablo del torneo y de Nakiis, y de lo poco que dijo Sinna sobre el bosque. Le cuento que Alek se enfrentó a mí ante la corte de Lia Mara la noche en que me fui.

Por último, le cuento lo tardío de mi partida y cómo me desvié del camino para exigirle respuestas a Jax.

—¿Quedaste satisfecho con esas respuestas? —pregunta Rhen.

Ya estamos muy lejos de la hoguera. El aire de la noche es fresco y silencioso, rodeado de oscuridad e interrumpido solo por el sonido ocasional de las botas de los guardias cuando encontramos gravilla.

—Sí —digo—. Pero quizá sea ingenuo por confiar en él.

—Podría haberte matado mientras dormías y nadie se habría enterado. Durante semanas. No esperaba que volvieras tan pronto.

Hago una mueca.

—Lo sé.

—Lo has entendido mal. Lo que quiero decir es que tus instintos parecen acertar.

—No sé qué decirte.

—Solo podemos jugar las cartas que el destino nos reparte.

—Pues soy un jugador horrible. —Hago una pausa—. No sé si Alek está conspirando contra Grey o si es inocente y de verdad piensa que la magia es un riesgo para Syhl Shallow. No sé si conduje sin ser consciente a Nakiis al Palacio de Cristal y puse en peligro a la princesa Sinna. —Se me corta la respiración y me esfuerzo por calmarme—. No sé si es culpa mía que desapareciera, lo que causó que la reina…

Rhen me agarra del brazo.

—No. No te hagas eso.

Su mano es firme y ha levantado la voz. Una orden. Resulta tranquilizador. Me estabiliza.

Me trago el nudo de la garganta.

—Sí, alteza.

Me suelta y sigue caminando.

—De nada sirve recrearse en las incertidumbres. Grey me lo decía todo el tiempo.

Pienso en cómo la respiración del rey se entrecortó cuando me habló de su pérdida y me pregunto si todavía lo cree.

—Hablaré con Alek —dice Rhen—. Tal vez consiga que alguien de Syhl Shallow juegue a las cartas en lugar de a los dados.

Bufo.

—¿Crees que va a reconocer la traición?

—No, pero puedo compartir de forma convincente la aversión a la magia y ver qué dice.

—Me muero por oír cómo termina eso.

Rhen se ríe, pero no con diversión.

—Ah, Tycho. —Me da una palmada en el hombro—. Pretendo que nos acompañes.

Al día siguiente hace calor y el cielo está nublado. La lluvia ha caído durante toda la mañana, pero la ignoré en favor de caminar por las pistas entre los campos del torneo y observar a los competidores practicar sus habilidades. Muchos son aficionados que esperan tener suerte y se inscriben solo para poder decir que han estado aquí. Pero hay unos cuantos que destacan, hombres y mujeres con un talento y una concentración evidentes. Algunos competidores de Syhl Shallow han hecho el viaje y los saludo en syssalah, comento sus armas y les deseo suerte, porque sé que han tenido que superar un estrecho abismo de incomodidad para competir aquí.

Paseo porque quiero que el tiempo avance despacio, pero el destino se empeña en empujar las sombras por el suelo a gran velocidad. Antes de que esté listo, ya ha pasado el mediodía y debo reunirme con Rhen y con Alek.

La biblioteca de Ironrose es muy diferente a la del Palacio de Cristal. Las ventanas son estrechas y el espacio está iluminado por numerosos faroles y una gran lámpara de araña que cuelga en el centro. Hay libros por todas partes, estanterías que llegan hasta el techo.

Alek aparece en la entrada de la biblioteca al mismo tiempo que yo. Va vestido con elegancia, sus ropas son de tela cara y están forradas de cuero negro, revelando solo algunos detalles en verde. Los colores dejan muy clara su lealtad.

No he pensado mucho en mi atuendo, así que voy un poco más informal, con calzones, botas y una coraza con cinturón. Aunque ayer aprendí la lección y voy armado de pies a cabeza.

Él también.

Durante un minuto entero, me planteo desenvainar. Podríamos resolver nuestros problemas aquí mismo. Lleva años deseándolo y a mí no me importaría una revancha después de lo ocurrido en la forja de Jax.

Sin embargo, Alek aparta las manos de las armas y me mira con descaro de arriba abajo.

—Tycho —dice—. ¿No te has molestado en vestirte adecuadamente para reunirte con el hermano del rey?

—No acostumbro a arreglarme para una partida de cartas.

—Ah. —Chasquea la lengua—. Tus orígenes vuelven a ser evidentes.

—Vete al infierno, Alek.

Sonríe. Aparece Rhen y nos trasladamos a una mesa cerca de las ventanas.

Trato de no fruncir el ceño mientras intercambian cumplidos incisivos. Ta vez a ellos les guste el paripé verbal, pero yo lo odio. No quiero estar aquí y estoy seguro de que es evidente. Mi atención se desvía y miro por la ventana cómo las nubes surcan el cielo.

A pesar de toda la culpa y la incertidumbre, no puedo evitar pensar en Jax. ¿Usará el dinero que le dejé para alquilar un carruaje? ¿Vendrá hasta aquí?

*Estoy seguro de que se me pasaría por la cabeza al menos una vez.*

Ha sido mucho más que una vez.

Alek me da una ligera palmada en el brazo.

—Deberías prestar atención a las reglas del juego.

Lo fulmino con la mirada.

—Deberías agarrar las cartas y metértelas…

—Sé civilizado —dice Rhen con semblante sereno mientras empieza a repartir.

No tengo ni idea de a qué vamos a jugar. Debería haber prestado atención. Pero levanto las cartas y miro fijamente a Alek al otro lado de la mesa.

—Perdóname, mi señor —digo, sin una pizca de arrepentimiento.

—Perdonado —dice con grandilocuencia, como si él fuera el benévolo y yo el intolerante.

Bajo la mirada a las cartas. Tengo seis en la mano. Rhen pone tres en la mesa ante nosotros, la preparación para «mulas y yeguas», un juego de apuestas común en Emberfall, así que al menos lo conozco. Los soldados y los guardias lo llaman solo «mula». No es complicado, pero tiende a ser un juego largo, con muchas oportunidades de apostar y deliberar por ronda, lo que hace que sea perfecto para las noches largas y las guardias tardías.

En Syhl Shallow no son aficionados a las cartas, así que me pregunto si Alek habrá jugado alguna vez. Es una elección interesante, pero miro mis cartas. Tengo dos treses, las mulas, pero no veo ninguna reina, las yeguas, ni en mi mano ni en el tablero, así que apuesto una moneda de cobre.

Alek alterna la mirada entre su mano y las cartas de la mesa. Noto que intenta recordar las reglas y los elementos de estrategia, pero es demasiado arrogante para pedir una aclaración. Tras unos instantes, lanza otra moneda a la mesa y la ronda continúa. Rhen reparte más cartas, que se suman a las tres iniciales del tablero. Volvemos a apostar. Nadie habla.

Después de lo que dijo ayer, esperaba que Rhen comenzara un interrogatorio. Es lo que Grey habría hecho. Es lo que yo quiero hacer. Pero Rhen se muestra ecuánime y cordial, hasta el punto de que empiezo a preguntarme si está de mi parte o si le ha brindado a Alek una nueva oportunidad para atacarme.

En la última ronda, aparece una reina en el tablero. Tengo dos treses en la mano, pero Rhen se niega a apostar, lo que nos deja a Alek y a mí. Apuesto y él lo ve, así que tenemos que enseñar las cartas.

También tiene dos treses, además de una reina propia. No digo nada, solo frunzo el ceño y le doy las monedas en reconocimiento de su victoria.

—Me gusta este juego —dice con una nota de burla en la voz.

Tomo aire para replicar, pero Rhen dice:

—A mí también. Vuestros juegos de dados son rápidos, pero dejan muy poco tiempo para pensar y reflexionar.

Baraja las cartas y reparte otra ronda.

Volvemos a jugar en silencio, ronda tras ronda, hasta que los criados nos traen una tetera y una jarra de vino, junto con unas bandejas de galletas, rodajas de queso, miel y frutos secos. La habitación se ha calentado al cambiar la posición del sol y la chaqueta de Rhen cuelga ahora en el respaldo de su silla. Yo mismo me he remangado la camisa. Alek es el único que sigue igual de abotonado que cuando entramos en la habitación. Todos hemos logrado reunir un pequeño montón de monedas de cobre y plata.

El juego y la tranquilidad me han dado tiempo para pensar y casi toda la furia y la indignación que sentía se han desinflado y me han dejado solo con preguntas. Después de un rato, no soporto más el silencio de Rhen.

Miro a Alek.

—Me seguiste cuando salí de la Ciudad de Cristal.

—Sí. —No aparta la mirada de las cartas y, tras un momento de deliberación, pone una moneda de cobre en la mesa.

—Es la única explicación para que llegaras aquí tan rápido —digo.

—No lo he negado.

Rhen no dice nada. Lanza una moneda a la mesa y reparte más cartas.

Ni siquiera las miro.

—¿Por qué?

—Porque el día que contraté a ese herrero codicioso, me exigió el doble de lo que se le ofreció. Una y otra vez. Luego me lo encontré susurrando con el mensajero del rey, después de que otros y yo mismo hubiéramos pagado por su confianza. —Levanta la mirada de las cartas—. Seguro que lo recuerdas. Me prendiste fuego y luego fuiste a llorarle al rey por mis transgresiones.

—Eso no es lo que pasó.

Levanta las cejas.

—Te toca apostar.

Hago un mueca de disgusto y miro mis cartas. Tengo tres reinas en la mano y ya hay un tres en el tablero. Tiro una moneda de plata a la mesa.

En ese breve lapso, doy vueltas a sus palabras.

*Me prendiste fuego y luego fuiste a llorarle al rey.*

Por primera vez, me pregunto si es lo que de verdad cree. Que lo ataqué, cuando fue él quien me inmovilizó a una mesa de trabajo.

Me hace pensar en cómo Callyn se alejó de mí tras haber descubierto que tenía magia.

Por una fracción de segundo, mis cimientos se tambalean. Pero sé lo que hizo. Recuerdo cómo actuó.

—¿Por qué necesitas pagar por su discreción si no estás haciendo nada malo? —Exijo—. Hay canales oficiales de mensajería en ambos países.

Examina sus cartas y luego arroja perezosamente su propia plata sobre la mesa.

—Si son tan seguros, ¿por qué tienes trabajo?

Tomo aire con brusquedad, pero Rhen interviene:

—Creo que todos estamos de acuerdo en que hay algunos mensajes que no se deben entregar con el mismo grado de urgencia y seguridad con el que un labrador solicitaría una segunda yunta de bueyes.

Cierro la boca.

—¿Así que crees que Tycho no es digno de confianza? —dice Rhen.

—Creo que es un indicador interesante del juicio y el carácter de un noble de alto rango que se entretenga con un pobre trabajador que ha demostrado estar dispuesto... —Los ojos le brillan con rencor—. Digamos que a hacer cualquier cosa por un puñado de monedas de plata.

Casi me levanto de la silla.

—Tycho —dice Rhen con calma. No es un reproche ni una orden.

Permanezco sentado, pero aprieto las cartas con tanta fuerza que empiezan a doblarse.

Alek no se ha movido. Rhen tampoco. Siento calor y frío por todas partes, como si fuera imposible decir o hacer lo correcto. Sospecho que me arden las mejillas.

Odio esto. Odio a Alek.

—No soy el único que se entretiene con un trabajador —espeto.

—Eres el único que ensombrece la integridad de toda la familia real.

—Solo a causa de tus mentiras.

—¿Cuándo he mentido? —dice—. Tú solo has provocado las dudas del rey.

—¿Con quién trabajas, Alek? —Respiro con cierta dificultad. Es demasiado inteligente. Sé que Rhen lo ha traído con la esperanza de descubrir algo, pero Alek sabe cómo retorcer las cosas hasta que el resultado sea exactamente el que él espera.

Su expresión no vacila.

—Tengo clientes y vendedores por todo Syhl Shallow. Ya lo sabes.

—Eso no es lo que quiero decir y lo sabes. ¿Quién es lady Karyl?

Levanta la vista.

—No tengo ni idea. ¿Es alguien importante?

Quiero darle un puñetazo.

—¡Es quien te dejó el mensaje con Jax!

Suspira como si el interrogatorio lo aburriese.

—No llevo la cuenta de los nombres de todos los sirvientes que me dejan mensajes, Tycho. A estas alturas, ya ni siquiera sabría decir de qué mensaje estamos hablando.

—Entonces, si no es una cuestión de confianza —interviene Rhen para devolver la conversación al asunto que nos ocupa—, ¿cuestionas la lealtad de Tycho?

Alek junta las cartas y examina el tablero. Debe de sentirse satisfecho con lo ve, porque pone una moneda en la mesa y luego me mira.

—De hecho, no. No la cuestiono en absoluto.

Eso me sorprende.

—En todo caso, la lealtad de Tycho me resulta impresionante —continúa Alek, con la voz tan uniforme como la de Rhen—. Personalmente, me resultaría un desafío consagrarme a un rey que una vez huyó de su deber, ocultó su identidad, mintió sobre sus habilidades y después permitió que me encadenaran a una pared y me azotaran.

La lengua me sabe a sangre. Me he mordido el interior de la mejilla.

Creo que no respiro.

Alek mira a Rhen.

—Por no hablar de llevar esa devoción hasta el punto de sentarse civilizadamente a jugar a las cartas con el responsable.

Espero que Rhen reaccione, porque siento el impacto de las palabras como un mazazo. Pero no lo hace. No aparta la mirada de Alek.

—Un hombre en el poder tiene que pensar en algo más que en la vida de una persona, o la de dos, como era el caso. Tenía un país que proteger. Una decisión que tomar. Así que la tomé.

—No le culpo por ello —dice Alek.

—La verdad es que no me importa si lo haces o no. —Deja una moneda en la mesa—. Tycho, te toca apostar.

No sé cómo son capaces de seguir jugando. Ni siquiera miro las cartas de la mesa y añado otra moneda al montón. Me siento como si me estrangularan y me prendieran fuego al mismo tiempo.

Alek siempre hace lo mismo. Es diabólico. Es magistral cómo consigue que dude de todas las decisiones que he tomado.

Entonces caigo en la cuenta de lo que Rhen acaba de decir.

*La verdad es que no me importa si lo haces o no.*

Encaja con las palabras que me dijo anoche.

*De nada sirve recrearse en las incertidumbres.*

Miro a Rhen. Siento el pecho vacío, pero mi voz suena firme cuando digo:

—Puede que no te importe mi opinión, pero tampoco te culpo por ello.

—Al contrario —dice—. Tu opinión significa bastante. Alek, ¿dónde recaen tus lealtades?

—Con Syhl Shallow —dice. No hay tensión en su voz, pero sus ojos ya no estudian las cartas, sino que observan a Rhen—. Como usted ya lo esperará.

—Por supuesto. —Rhen hace una pausa—. ¿Asumo que eres leal a tu reina?

—Como usted es leal a su rey, alteza. —Alek se encoge de hombros—. El problema surge cuando los súbditos comienzan a cuestionar la lealtad entre el rey y la reina.

—¿Se trata de cuestionar su lealtad o de juzgarla? —pregunta Rhen.

Alek no dice nada. Presiente una trampa.

—Tu reina ha elegido casarse con el rey de Emberfall —continúa Rhen. Mira sus cartas, examina la disposición en la mesa y deposita una moneda—. Así que es evidente dónde recae su lealtad. Y supongo que no tendrás dudas sobre la mía.

—Es leal a Emberfall.

—Sí. Y a Grey. Y a aquellos que le son leales. —Se calla un segundo—. Entiendo que mi hermano tomó una decisión cuando Tycho y tú tuvisteis vuestro... —Me mira—. Altercado en Briarlock.

—¿Cuestiona su decisión? —dice Alek.

La sonrisa de Rhen anuncia peligro.

—Nunca. —Hace una pausa—. Aunque puedo afirmar sin ninguna duda que yo habría tomado una diferente. —Baraja. Reparte.

Se encoge de hombros—. Os habría interrogado a los dos y habría actuado en consecuencia. —Cuando mira a Alek, lo atraviesa—. Si no te hubieras presentado, lo habría considerado una admisión de culpabilidad.

—Tengo la impresión de que no fue usted quien tomó la decisión, entonces.

—En efecto, la tienes. Te toca apostar, Tycho.

Lanzo una moneda a la mesa sin preocuparme por las cartas que tengo en la mano. He visto mil peleas de espadas, pero ninguna se ha acercado al nivel de tensión de esta sala.

Tiene algo fascinante. He pasado años con Grey en los campos de entrenamiento, pero esta es una habilidad totalmente diferente. Hasta hace un segundo, estaba a punto de sacar un arma. Pero con Alek tengo que ser más inteligente. Es preciso que encuentre la manera de confiar en algo más que en mis talentos para el combate.

—Desconfías de la magia —dice Rhen.

—Tengo entendido que no soy el único. —Mira las manos de Rhen—. No lleva los anillos que su hermano ha compartido con unos pocos afortunados.

—No necesito magia —dice Rhen—. Pero no siento rencor por el talento de mi hermano.

—Yo sí —dice Alek—. He visto el daño que la magia ha causado a la gente de Syhl Shallow. Usted ha visto el daño que causó a Emberfall. Grey ha sido rey durante cuatro años, pero ¿qué beneficio ha traído la magia para ambos países? Nuestra anterior reina era formidable. Nadie se habría atrevido a atacar a su corte. Ahora tenemos una reina contra la que han atentado en más de una ocasión. Se niega a permitir que sus guardias y soldados actúen, bajo el pretexto de querer la paz. En lugar de paz, tenemos manifestantes masacrados en los pasillos del castillo.

Alek se apoya en la mesa y continúa:

—Y ahora, su magia parece estar poniendo en peligro a nuestra reina. Su persistente enfermedad no es ningún secreto para los miembros de la corte. La desaparición de la princesa no ha sido explicada. Si no podemos confiar en que el rey vaya a usar la magia para proteger a la familia real, ¿por qué debería confiar en él ninguna otra persona?

Rhen me mira, pero no digo nada. El rey y la reina pensaban dar un anuncio, pero no sé si lo han hecho ya. Tal vez haya perdido mi posición en la corte, pero todavía sé guardar secretos.

Miro fijamente a Alek.

—Sigues insinuando que todos los demás son indignos de confianza, pero eres tú quien lo es. Tú eres el mentiroso. Eres el que ha sembrado la discordia.

—Otra vez —dice—. ¿Cuándo he mentido?

—Tycho sospecha de sus motivos —dice Rhen—. Eso me hace sospechar a mí. ¿Qué haces de verdad en Briarlock?

Alek se encoge de hombros con pereza.

—Nada.

Aprieto los dientes.

—Si tu intención es dañar al rey…

Me mira a los ojos.

—¿Cómo podría alguien dañar al rey? —dice, con un tono grave y burlón—. Si su magia es tan poderosa.

Algo en las palabras se me queda grabado, pero no estoy seguro de qué es, así que las medito en mi cabeza.

—Si se descubre que estás conspirando contra el rey —dice Rhen, con la voz igual de grave—, las cosas no te irán bien.

Alek apuesta.

—¿Es una amenaza?

—¡Una amenaza! —Rhen se ríe—. No. Trato de advertirte.

No me muevo y ya apenas los escucho.

*¿Cómo podría alguien dañar al rey?*

Sé cómo. Flexiono los dedos. Al igual que mis anillos me otorgaron magia, el acero de Iishellasa puede ser encantado para repelerla. He visto una daga capaz de causar heridas que Grey no podía curar.

Recuerdo una frase de una de las primeras cartas que encontramos.

*Reunir la plata.*

Pensamos que recaudaban fondos para planear otro asalto al palacio.

Pero todo lo demás estaba en clave. *Mamá alimentaba a las cabras. Papá.*

¿Qué indica que «plata» no lo esté?

El corazón se me acelera. ¿Habrán recopilado acero de Iishellasa? ¿Habrá encontrado Alek armas que le impedirían a Grey usar la magia? La idea es escalofriante.

Alek enseña las cartas. Una yegua y tres mulas.

—Con el debido respeto, alteza —dice, con tono uniforme—. No me hacen falta sus advertencias.

Se inclina para recoger las monedas que hay sobre la mesa.

—Gano yo —digo, y levanta la vista sorprendido.

Pongo tres reinas, que ganan a su mano. Frunce el ceño y empuja las monedas en mi dirección.

Las apilo despacio, contando mi victoria.

—Con todo el respeto —digo para burlarme de su tono arrogante—, empiezo a pensar que deberías hacer caso de todas las advertencias que recibas.

# CAPÍTULO 43

# JAX

os trabajos detallados no se encuentran entre mis principales habilidades. Los agricultores no te piden diseños elegantes en la hoja de una hoz. Incluso las armas que fabricamos están pensadas para ser prácticas, no bonitas. Nadie necesita grabados rimbombantes en una daga para que corte.

Como antes, recrear el sello a la perfección es algo que requiere mucha práctica.

Una parte de mí quiere abrir el mensaje sin más. Seguro que es lo que haría el destinatario. No se pararía a examinar el sello.

Aunque si conspiran contra el rey… Tal vez sí que lo haría.

¡Y el lacre! Callyn fue a la papelería del pueblo a por unos cuantos cubos de cera de colores y no he parado de intentar recrear los remolinos perfectos de verde, negro y plata. Pero da igual cuántas combinaciones pruebe, los colores se mezclan en un lodo que no se parece en nada.

Mientras tanto, el tiempo corre. Sin mi padre para ocuparse de parte del trabajo, me quedo en la forja hasta altas horas de la noche para intentar atender todos los pedidos. Escucho las conversaciones de los viajeros siempre que puedo. El rey viajará a Emberfall en cuestión de días. La reina está enferma y se quedará con la joven princesa. Las Casas Reales desconfían abiertamente de la magia. El rey y la reina están enfrentados. Hay rumores de un escándalo relacionado con el mensajero del rey.

Trago saliva cuando escucho estas palabras, pero agacho la cabeza y trabajo.

*Un escándalo.*

Ojalá me hubiera contado lo que estaba ocurriendo.

*Seguro que se me pasaría por la cabeza al menos una vez.*

Más bien, todos los momentos que paso despierto. Pienso en la bolsa de plata que me dejó. Me imagino alquilando un carruaje para llegar al Castillo de Ironrose. Llegaría con hollín en los nudillos y un clavo para sujetarme el pelo, y una carta que quizás hable de traición.

¿Y qué pasaría con Callyn y Nora? ¿Podría llevarlas conmigo? ¿Hay dinero suficiente para los tres?

Si todos nos fuéramos, ¿los Buscadores de la Verdad nos perseguirían? Callyn dijo que Alek tenía gente vigilándola. Seguro que también me vigilaban a mí. ¿Todavía lo hacen? ¿Era una amenaza o era verdad? ¿Son habitantes de Briarlock o de la Ciudad de Cristal?

Son demasiadas preguntas.

Callyn viene todas las mañanas por el camino para traerme huevos, empanadas de carne y una buena dosis de la angustia que ambos sentimos. El ambiente sigue tenso, pero ayuda tener un objetivo común.

Quiero preguntarle por qué confía en un hombre como Alek, pero está claro que no lo hace. No del todo. No si me trajo esta carta. No si vamos a hacer esto. Supongo que ella se preguntará por qué confío en un hombre como Tycho, alguien cuya vida entera está llena de secretos y cuyas únicas oportunidades de verme son cuando cruza la frontera de las montañas por orden de otra persona.

Al final del quinto día, tengo una réplica decente del sello. Uso la cera fangosa de Callyn para practicar y el patrón de estrellas es idéntico, al menos a mis ojos. Cuando llega la sexta mañana, le muestro los resultados.

No dice nada, solo se muerde el labio.

—No creo que pueda hacerlo más exacto —digo—. He tenido que construir nuevas herramientas para crear las líneas estrechas y las estrellas de la mitad superior. Es tan pequeño que se calienta demasiado. No tengo una fragua pequeña como la que tienen las forjas finas.

Sigue sin decir nada.

—¿Qué pasa? —pregunto—. ¿Ya no quieres abrirla?

—No —dice. Saca el pergamino doblado de un bolsillo de las faldas—. Ya la he abierto.

*La competición de tiro con arco se celebra el segundo día.*
*Padre irá a los campos a verla.*
*Usa las mejores flechas y no falles el objetivo.*

—No me creo que me haya quemado los dedos durante días por esto. No es precisamente un plan de asesinato. —Es imposible que el mensaje sea insignificante, ¿por qué pagarían tanto por él, si no? Pero desde luego no dice nada con lo que ir corriendo a palacio. Ni siquiera tendría sentido enseñárselo a la magistrada.

Vuelvo a doblar el pergamino. Hay una mancha oscura donde estaba el lacre. Se me encoge el pecho al pensar que tal vez lord Alek o sus aliados nos maten por habernos atrevido a hacer esto.

—¿Qué te empujó a abrirla? —digo en voz baja.

—Seguí intentando recrear la mezcla de cera y no había manera. Pensé que tal vez podría fundir un poco de esta. La sostuve sobre una olla humeante y se ablandó enseguida. —Hace una pausa—. Tal vez no sea un plan detallado, pero sí señala un momento concreto, ¿no? ¿Una oportunidad?

—¿«Padre» es el rey?

—Tal vez. —Se muerde el labio y estudia la carta—. Alek me habló de un acero especial de Iishellasa que afecta a la magia. Como los anillos de lord Tycho.

Los que ya no lleva.

—Dijo que también se lo puede usar contra la magia —dice. Tira del colgante que lleva bajo la blusa y lo saca—. Me dijo que esto estaba hecho del mismo acero.

Alargo la mano y paso los dedos por el metal. Es más oscuro que los anillos que lleva Tycho.

—¿Como una especie de protección?

Asiente.

—Tal vez. —Baja la voz y cierra los dedos alrededor del colgante—. Me he preguntado si quizá nos mantuvo a salvo a Nora y a mí durante el ataque al palacio.

La miro a los ojos.

—¿De verdad lo crees?

—No lo sé. —Alarga la mano para tocar la carta—. *Usa las mejores flechas.* Creo que tienen armas que pueden herir al rey.

Se me encoge el pecho.

—Pasaron por Briarlock hace un día —continúa Callyn—. ¿Te has enterado?

—¿Quiénes?

—El rey y todos los que viajan con él.

—No. No lo sabía.

No sé qué hacer. No sé a quién llevarle esto.

A Tycho.

Pero es igual de peligroso que cuando quise llevárselo sellado. Ni siquiera sé si lograría llegar a tiempo.

Cal suspira y luego se mete una mano en el bolsillo.

—He traído el lacre original. Si has hecho el sello, al menos podremos volver a cerrarlo.

—Sí. —Me pongo de pie, tomo la bola de cera arremolinada y me dirijo a fundirla sobre el calor de la fragua.

Pero entonces me detengo y despliego el papel en la mesa. Saco un trozo de kohl envuelto y copio las palabras en otro pergamino.

—¿Qué haces? —pregunta Cal.

—Quiero asegurarme de tener las palabras exactas.

Sostengo la cera sobre el fuego y comienza a derretirse.

Casi de inmediato, los colores empiezan a mezclarse.

—¡Demasiado! —dice Cal. Me quita la cuchara de la mano y la vierte a toda prisa sobre la unión del pergamino. Es una mancha de cera más amplia que antes y solo la mitad tiene los remolinos de color, pero presiono el sello con cuidado.

Ya está. Se vuelve a sellar.

—¿Lo ves bien? —susurra.

Sí. No. Tal vez.

—No sé hasta qué punto la nobleza examina las cartas selladas —digo.

Sopla con cuidado sobre el lacre para enfriarlo y luego señala con la cabeza lo que he garabateado.

—¿Qué vas a hacer con eso?

Contengo la respiración por un momento. Recuerdo cuando empezamos a hacer esto. Solo pensábamos en pagar los impuestos. No sentíamos amor ni odio por la familia real, solo necesitábamos dinero.

Pero no soy tan ingenuo como para no creer que se trata de una conspiración para matar al rey. Es un momento concreto. Una oportunidad. Esto ha ido mucho más allá de un puñado de mensajes que nunca nos afectarán.

Hay mucho en riesgo. No tengo pruebas.

Pero tengo una bolsa de plata al lado de la cama. Una daga escondida. Un buen arco y un carcaj con flechas.

*¿De qué tienes miedo?*

Miro a Cal.

—Voy a llevárselo a Tycho.

Lleno un saco con algunas provisiones, pero no lo cargo demasiado, porque me espera un largo camino hasta el pueblo para contratar el pasaje. No tengo un cinturón para la daga, así que entierro el arma en el fondo del saco. Me abrocho el brazalete de arquero en el antebrazo con facilidad. La bolsa y el carcaj se entrecruzan con seguridad en mi pecho, seguidos del arco que me cruza la espalda.

Recuerdo a Tycho abrochándose la armadura. Cómo me enseñó a soltarme cuando me tenía agarrado.

*Ya te he dicho que el ejército tendría suerte de tenerte.*

El calor me sube por las mejillas a pesar de que estoy solo. Tengo un par de armas. Una pizca de confianza. No soy soldado. No debería importar.

Pero importa.

Me guardo el dinero en la bolsa junto con la nota y luego tomo las muletas para dirigirme a la sala principal de la casa. Tendré que dejar un aviso junto a la herrería, aunque Callyn me dijo que intentaría estar pendiente de los clientes mientras yo no estuviera. Envolveré las empanadas de carne que me ha traído para llevármelas con…

Mi padre está sentado a la mesa.

Me atraganto con la respiración y me detengo a trompicones. Estoy tan sorprendido que casi se me caen las muletas.

No puedo respirar. No puedo pensar.

—¿Qué haces aquí? —consigo articular.

—Le dije a la magistrada que tenía un hijo lisiado que se moriría de hambre sin mí. —Toma una de las empanadas de carne que ha traído Callyn, se la acerca a la cara y la huele—. Supongo que estaba equivocado.

El corazón me late tan fuerte que me duele.

—¿Te han soltado sin más?

—¿No te alegras de verme?

Está sobrio, lo que es un alivio.

Su tono es grave y peligroso, lo cual no lo es.

Se levanta de la mesa y retrocedo un paso de forma involuntaria. Sonríe.

—¿Qué estás tramando, Jax?

—No tramo nada —gruño.

—Parece que vas a alguna parte.

Tomo aire para mentir, pero sería obvio. Es evidente que voy preparado para dejar el taller.

—Iba a ir al pueblo. —Aprieto los dientes—. Volveré pronto.

—¿Qué necesitas del pueblo?

—Comida.

Lo digo deprisa. Demasiado, porque entrecierra los ojos.

—Hay comida aquí. —Toma un bocado de la empanada de carne.

Por un instante, la tensión se espesa entre nosotros. No puedo huir. Lo sabe.

Pero he estado callado demasiado tiempo. Es demasiado tarde para mentir.

Cuando se mueve, estoy preparado. Me paso el arco por encima de la cabeza y encuentro la flecha con la facilidad de la práctica. La coloco en la cuerda.

Me ataca justo cuando la suelto. Emite un sonido, una mezcla de sorpresa y dolor.

Caemos al suelo. Pesa mucho y cae encima de mí. Me quedo sin aire.

Me golpea en la cara. Es tan rápido e inesperado que la cabeza se me va hacia un lado.

*Tal vez la próxima vez deberíamos trabajar en cómo bloquear un puñetazo en lugar de disparar flechas.* Ah, sí. La próxima vez, lord Tycho. La próxima.

La boca me sabe a sangre. Levanto los brazos, pero no me pega otra vez.

En cambio, me arranca el saco.

Tardo demasiado en darme cuenta de lo que implica.

—No —grito—. ¡No!

Encuentra la bolsa de plata y abre tanto los ojos que parece que se le van a salir de las órbitas.

—Ay, Jax. ¿En qué estás metido?

—En nada.

Me agarra de las correas que me cruzan el pecho y me levanta ligeramente para volver a estamparme contra las tablas del suelo.

—¿En qué estás metido?

Estoy sangrando. Me duele. He fallado.

Lo siguiente que encuentra es la nota y maldice.

—¿Qué es esto? —Se inclina, hasta que le huelo el aliento. Es lo bastante asqueroso como para que eche de menos la cerveza—. ¿Qué desgracia vas a traerme esta vez?

Se me entrecorta la respiración. Ya no me siento fuerte. Fui un estúpido al pensar que podría ser algo más de lo que era.

—No es nada —susurro.

—Tienes toda la razón, no es nada. —Me golpea en un lado de la cabeza y se levanta. Ahora también tiene la daga. Ni siquiera lo he visto sacarla de la bolsa. Por un instante, pienso que se acabó. Me cortará el cuello o me apuñalará en el pecho y moriré aquí mismo en el suelo.

—Levántate —espeta—. Llevo fuera muchos días. Tenemos trabajo que hacer.

# CAPÍTULO 44
## CALLYN

Jax va a llevarle el contenido de la carta a Tycho.

No sé si es brillante o si es la idea más tonta que ha tenido.

No he visto a ninguno de los guardias de Alek en el bosque, pero ya me ha dicho que tiene a gente vigilándome. El mensaje está bien guardado en el bolsillo de mis faldas, perfectamente sellado y listo para lady Karyl. Después de regresar de la forja, envié a Nora a por huevos al gallinero. Cuando cruzó el patio, observé el bosque. Un viento frío recorría el espacio, pero no oí a nadie. No vi a nadie.

Independientemente de lo que sienta por la magia, no quiero participar de un asesinato. Si he aprendido algo de las interacciones con Alek y Tycho, es que se guardan muchos secretos y no tengo ni idea de cuál es la verdad.

*No soy más que un soldado de la causa.*

Un soldado tendría que creer en la causa por la que lucha.

No sé si yo creo en esta.

Estoy esparciendo harina por la mesa de amasado para hacer las tartaletas de la tarde cuando me doy cuenta de que Nora lleva un rato fuera. Espero sentir irritación, pero una punzada de miedo me atraviesa entre los omóplatos.

Me sacudo la harina de las manos y me dirijo a la puerta.

Nora está de pie delante del corral, con una cesta de huevos colgada del brazo. Tiene los ojos muy abiertos y la respiración acelerada.

Está frente a lady Karyl, que va respaldada por diez soldados.

Detrás de los soldados hay un carro tirado por dos caballos, cuyo contenido va cubierto por una larga lona atada. Al principio asumo que ahí guardan las provisiones, pero un vestigio de movimiento en la parte trasera me indica que hay alguien bajo la lona.

La punzada de miedo en la columna se convierte en una daga.

—Nora —digo mientras procuro mantener la calma—. No molestes a lady Karyl si ha venido en misión oficial. Vuelve a la panadería.

—No es ninguna molestia —dice la mujer—. Tengo entendido que lord Alek te ha dejado un mensaje para mí.

Su voz es sencilla y tranquila, lo opuesto a la bola de tensión que me oprime el pecho. Tengo que obligar a mis piernas a moverse y avanzo a zancadas mientras me saco el mensaje de mis faldas.

Lo examina con detalle y juraría que el corazón se me para cuando se fija en el sello.

Espero que se lo guarde en la bolsa, como ha hecho con los otros, pero me lo devuelve.

—Quémalo.

Casi me atraganto.

—¿Qué?

—Los planes han cambiado. Quémalo. —Se saca una moneda de plata de la bolsa—. Te doy las gracias.

Estoy casi temblando. Es imposible que le pida una explicación sin reconocer que la he leído.

¿Me han engañado? ¿Han engañado a Alek? ¿Hay una conspiración contra el rey o no?

—¿Callyn? —Lady Karyl me mira—. ¿Va todo bien?

—Sí —digo. Tengo que aclararme la garganta—. Lo siento. Sí, mi señora. La quemaré.

—También necesitaremos usar el granero durante las próximas semanas —continúa—. Seguro no te importará ofrecer refugio a mis guardias y soldados durante unos días después de que Alek se haya ocupado de forma desinteresada de reparar tus propiedades.

Vuelvo a mirar a los soldados detrás de ella. Diez no parecen demasiados, pero son muchas espadas y dagas. La lona de la carreta se mueve de nuevo.

Miro otra vez a lady Karyl.

—No quiero problemas aquí.

—Entonces accederás.

Tomo aire. Un soldado pone la mano en la empuñadura de su espada. Nora se acerca a mí.

—Cally-cal —susurra.

Asiento a la mujer.

—Sí, mi señora. Todo lo que tenemos es suyo.

# CAPÍTULO 45

# TYCHO

Después de la partida de cartas, comparto con Rhen la preocupación de que Alek tenga armas que puedan dañar al rey. El príncipe accedió a que registraran su aposentos.

No encontraron nada.

No me sorprende. Alek no lo pondría tan fácil.

Aun así, me desestabiliza. Alek ha hecho un gran trabajo para alejar cualquier sospecha de sí mismo. No tengo ninguna prueba. Ni siquiera estoy seguro de conservar la confianza de Grey.

Al rey no le interesan las ceremonias, así que no hay mucha fanfarria cuando llega, pero su presencia en el castillo es imposible de ignorar. Aunque no pueda acudir a él directamente, Rhen se toma en serio mis preocupaciones y me doy cuenta de que ha asignado seguridad adicional en todos los espacios en los que Grey pasa más de unos minutos. A lord Alek nunca se le permite merodear solo. Los guardias de Syhl Shallow se alinean de pronto por los pasillos junto con la guardia real de Emberfall. Las lenguas de ambos países resuenan en el gran salón, en los campos de entrenamiento, en la arena.

Si la reina estuviera aquí, sé que admiraría el sentido ocasional de unidad, colaboración y confianza.

No ignoraría el trasfondo de tensión. Las palabras murmuradas en syssalah o en emberalés cuando la gente se da la espalda. Las miradas intercambiadas entre guardias, cargadas con desconfianza.

Dudo de que el rey lo ignore, aunque no tengo ni idea. Lleva días aquí y he procurado mantener las distancias. La competición ha comenzado, así que siempre está rodeado de gente, siempre ocupado, con Rhen, Jacob y una decena de guardias a su lado.

La tensión, la espera, es terrible. Observo y aguardo a que le tiendan una trampa, a que Alek actúe.

Pero no lo hace. Es cordial. Educado. El perfecto caballero cortesano que disfruta de un poco de sana deportividad en el campo.

Al cuarto día, no ha pasado nada y empiezo a dudar de mí mismo. Estoy seguro de que Grey ya conoce el origen de mis preocupaciones y la ausencia diaria de algún peligro real debe parecer un fracaso más por mi parte. Hoy en los campos de competición se celebran las carreras a pie, que no me interesa ver. En vez de eso, me dirijo a los establos, que están casi desiertos, para buscar a Piedad.

Me sorprendo al encontrar allí al príncipe Rhen, dando de comer un caramelo a su caballo. Sigue vestido con las galas de palacio, que ha llevado todos los días a las competiciones. Guardias de ambos países vigilan en el pasillo. Me sobresalto tanto que me detengo en seco en la puerta y busco a Grey.

Rhen se da cuenta de mi expresión, porque me lanza una mirada cómplice.

—No te preocupes. Se espera que el rey vea las pruebas, así que te quedan algunas horas de seguridad.

Tomo aire para protestar, pero es demasiado listo y no me gusta mentir.

—¿Tan evidente soy?

—Sí. —Me tiende un puñado de caramelos—. Ten. Para tu yegua.

Antes de que los haya tomado, Piedad ya estira la cabeza fuera de su cubículo para alcanzar el azúcar, como si fuera a aspirarla desde tres metros de distancia. Le doy de comer y luego la ato para ir a por la silla de montar.

—¿Ibas a alguna parte? —pregunta Rhen.

Asiento y me encojo de hombros. No sé cómo admitir que no soportaba seguir esperando a que no pasara nada. Me pregunto si sentirá lo mismo. Un parpadeo de culpabilidad me pincha en el pecho.

—A ningún sitio importante. ¿Y tú?

—Sería más prudente tener un destino. —Abre el armario de los arreos junto al subículo de su caballo. Al igual que Grey, cuando se trata de monturas, Rhen nunca delega su cuidado a otros—. De todas formar, iré contigo si no te molesta la compañía.

Dudo mientras trato de entender su tono.

Debo de tardar demasiado, porque se detiene con una silla de montar colgada del brazo.

—No es una orden. Si prefieres la soledad, dilo.

Prefiero la soledad, pero en las últimas semanas he descubierto que tampoco me molesta la compañía de Rhen.

Entonces me doy cuenta de algo más: va armado. Lleva una espada colgada en una cadera y una daga en la otra. Tal vez sea por apariencia, ya que ha estado al lado del rey toda la semana.

Pero tal vez no.

—Agradezco la compañía —digo.

—Bien. —Desliza la silla de montar sobre el lomo de su caballo—. ¿Conoces los bosques al norte del castillo? Hay un claro unos kilómetros más allá del arroyo. Casi media hectárea de trébol fresco. Un buen lugar para dejar pastar a los caballos.

—Lo conozco.

Apenas. Lo he visto una o dos veces. Creo.

Rhen sonríe y abrocha la cincha en su sitio. Mira a los guardias.

—Quedaos atrás. Tycho será protección suficiente.

Me detengo con la mano en la brida de Piedad.

—Alteza, ¿seguro que es inteligente…?

—Estoy seguro de que te vas a quedar atrás. —Coloca una brida en la cabeza de su propio caballo y luego conduce al animal fuera del establo. Sin dudarlo, monta.

Y desaparece.

Pierdo un momento en superar la conmoción. Otro con las hebillas de la brida. Piedad ya está tirando de las riendas.

Pero sonrío por lo que parece ser la primera vez en días.

—Vamos, chica. Hay que ganar una carrera.

La única vez que he cabalgado con Rhen, ha sido en viajes tranquilos a ciudades lejanas, rodeados de guardias o de consejeros. Siempre lo he visto demostrar una planificación cuidadosa y una deliberación reflexiva. No esperaba que saliera disparado como una flecha de un arco bien tensado.

Se mantiene en cabeza mientras volamos más allá de los campos de competición y nos adentramos en los sombríos bosques al norte del palacio. Espero que se ciña al amplio y sinuoso camino que atraviesa el bosque, pero su caballo se desliza entre las ramas para saltarse las curvas y sortea los árboles caídos sin vacilar, confiando en que el suelo no se desplome al otro lado. El corazón me late al ritmo de los cascos de Piedad en el césped.

Debería ser responsable y pedir que fuéramos a un ritmo más lento, porque si el hermano del rey sale volando y se estampa contra un árbol, estoy bastante seguro de que no me lo perdonarían.

Pero el viento me mece el pelo y la emoción de la competición me recorre la sangre, así que suelto unos centímetros más de riendas.

—Vamos, chica.

Mueve una oreja en mi dirección y redobla la velocidad.

No es suficiente para compensar la ventaja de salida de Rhen. Cuando irrumpimos en el claro, se me ha adelantado al menos unos tres cuerpos. Ambos caballos jadean cuando nos detenemos, pero están en forma y no hemos ido muy lejos. Piedad brinca en el sitio y da coces al suelo en señal de protesta, porque quiere seguir corriendo.

Rhen tiene las mejillas rojas a causa del viento. El pelo le cae sobre el parche de cuero que le cubre el ojo perdido.

—Hacía años que no hacía esto.

Sonrío.

—Cualquiera lo diría.

—No me has dejado ganar, ¿verdad?

Me río.

—No. Aunque Piedad se sentiría mejor si dijera que sí.

No dice nada. Mira la extensión de hierba moteada por la luz del sol, se baja de la silla y suelta las bridas para permitirle a su caballo pastar en libertad. Después de un momento, hago lo mismo con Piedad.

—¿Hacías carreras con Grey? —deduzco.

—Sí. En la arena casi siempre me superaba, pero rara vez me he encontrado con un caballo capaz de vencer a Ironwill.

Saca otro caramelo de un bolsillo y se lo da.

Le echo un vistazo a la espada que lleva en el costado. La carrera. La ausencia de guardias. El hecho de que estemos a kilómetros de los campos de competición y de los ojos vigilantes de su hermano.

—¿Me has arrastrado hasta aquí para practicar con la espada? —digo.

Me mira.

—No. Te he arrastrado hasta aquí para que puedas preguntar por el rey con libertad.

Es como un puñetazo en las tripas.

—Ah.

Nos quedamos un buen rato en silencio. No sé qué decir.

Al final, llevo la mano a la empuñadura.

—Tal vez podríamos hacer ambas cosas.

Me estudia durante un largo momento. Después desenvaina su propia arma.

—De acuerdo.

Espero que empiece despacio y que retome el manejo de la espada como un principiante, con ataques y paradas directas. Por suerte, Grey lleva años advirtiéndome para no subestimar a un oponente, así que cuando Rhen viene a por mí como si se lanzara a la guerra, lo desvío, giro y lo desarmo en menos de diez segundos. Su espada cae en la hierba y maldice.

—Ahora tampoco te he dejado ganar —digo.

Me mira con pesar.

—Tomo nota.

Vuelve a atacar. Lo desarmo de nuevo.

Maldice otra vez.

—Podríamos empezar más despacio —digo.

—No hagas que te apuñale.

—¿No lo has intentado ya?

Parece sorprendido y me preocupa haberle herido demasiado el orgullo. Pero entonces suelta una risa grave y recupera la espada. Empezamos de nuevo. Otra vez. Y otra. No es solo que le falte práctica, aunque es parte del problema. También tiene que ver con su visión, pero con eso no puedo hacer nada. Es por la decepción que siente consigo mismo. La rabia impotente. Sin embargo, es incansable y ataca con mucha seguridad.

Lo desarmo todas las veces.

Al cabo de un rato, el sudor le empapa el pelo. Hace tiempo que se ha quitado la chaqueta y algunas rayas de sangre le decoran las mangas de cuando ninguno de los dos desvió un ataque con suficiente rapidez. Quiero sugerirle que vuelva a la armería a por cuchillas de entrenamiento, pero creo que podría matarme.

Sin embargo, a medida que pasa el tiempo, empieza a compensar. Su postura cambia mientras prueba diferentes ángulos. Ha empezado a conocer mis movimientos. La frustración arrogante ha desaparecido y la sustituye una serena concentración.

Antes de que esté preparado, bloquea, gira, supera mi defensa y termina con la espada en mi garganta.

Ambos respiramos con dificultad. Levanto las manos.

—Me rindo.

Envaina la espada y se pasa una mano por la cara. Tiene que levantarse el dobladillo de la camisa para limpiarse el sudor. Cuando habla, su voz suena tranquila.

—Gracias, Tycho. —Vacila y me mira—. Hacía tiempo que no había tanta gente en Ironrose. Después de todo lo que hemos descubierto sobre los Buscadores de la Verdad, me preocupaba que mi cercanía con Grey me convirtiera en…

Se interrumpe. Frunzo el ceño.

—¿En qué?

—Un lastre. No puedo pelear como antes.

Tal vez quería alejarse del castillo tanto como yo.

—Lo harás —digo—. Con la práctica. ¿Otra vez?

—Prefiero dejarlo cuando aún no me siento un completo fracaso. Ya voy a estar dolorido durante días. —Vuelve a limpiarse la cara y se agacha para sentarse en la hierba. Me mira de reojo—. ¿Por qué no te has apuntado a la competición? Eres muy bueno.

Me encojo de hombros y me siento a su lado.

—Tuve un buen maestro.

—No has respondido a la pregunta —dice Rhen.

Niego con la cabeza. La cosa ya salió bastante mal cuando peleé con Jacob hace unas semanas. Luchar en una competición delante del rey sería diez veces peor.

—Me pareció inapropiado.

—No has preguntado nada sobre Grey.

No estoy seguro de querer conocer las respuestas.

—También me parece inapropiado.

—Sabes que me tomé tus advertencias en serio. Por si sirve de algo, Grey también. Pero he pasado largas horas viendo la competición en presencia de Alek. Habla muy bien de la reina y sus preocupaciones sobre la magia parecen genuinas. O es muy inteligente o del todo inocente.

Frunzo el ceño y espero que diga algo más, pero no lo hace.

Un viento fresco se cuela entre los árboles y trae consigo una ligera llovizna. En el tiempo que llevamos aquí, ha vuelto el mal tiempo.

Rhen mira al cielo.

—Deberíamos volver. Los guardias vendrán a buscarnos.

—Como digas. —Suspiro y me levanto del suelo, despúes silbo para llamar a Piedad. Espero a que Rhen coloque la brida en la cabeza de Ironwill antes de hablar—: ¿Alteza?

Levanta la vista.

Salto a la silla de montar.

—Te echo una carrera de vuelta.

Volamos otra vez por el bosque, mientras la lluvia fría nos pica en los ojos. Me parece un poco imprudente, pero el terreno es seguro y oigo a su caballo no muy lejos detrás de mí. Casi había olvidado lo que se siente al disfrutar de algo sencillo. El corazón me pesa menos que en semanas.

Entonces salimos del bosque y nos damos de bruces con un grupo de hombres y mujeres a caballo, guardias de Emberfall y Syhl Shallow.

—¡So! —Clavo los talones y Piedad responde de inmediato, derrapa por la hierba húmeda y se resiste al tirón de las riendas. La lluvia cae a cántaros y nos empapa a todos. Los guardias gritan sorprendidos y se dispersan un poco para que no choquemos con nadie.

Por supuesto, eso hace que Piedad derrape hasta chocar con el caballo del rey, que brinca de lado y patalea, mientras su jinete me mira con agravio.

Lo peor es que Alek va justo detrás de él, subido en su propia montura.

—Controla a tu caballo —dice.

Si tengo que disculparme con él, lo haré con una espada. No dejo de mirar al rey.

—Perdona —digo—. Majestad.

Rhen se detiene a mi lado.

—Has interrumpido la carrera —dice.

La lluvia cae a cántaros. El rey nos mira a los dos.

—He venido a buscaros.

—Si hubieras esperado cinco minutos más, podríamos haber tenido esta conversación en el calor de los establos. ¿Nos acompañas en un sprint?

—No. —El tono de Grey es tan frío como la lluvia.

—De acuerdo. ¿Tycho? —El príncipe chasquea la lengua para espolear a su caballo y se aleja.

El corazón me late en la garganta. No tengo valor para huir al galope del rey. Siento cómo Alek me mira.

Grey agarra la rienda de Rhen y suspira.

—Volveré contigo. Pero no al galope.

—Por supuesto. Como ordene el rey. —No es una burla, pero casi.

Algo en su tono me llama la atención. Tal vez debería haberle preguntado. La tensión aquí no se limita a Grey y a mí. Me pregunto si el hecho de que Rhen se haya puesto de mi lado con respecto a Alek también lo ha dejado en un mal lugar.

Empiezan la marcha, así que me giro para seguirlos.

—No —dice Grey—. Cabalga a nuestro lado.

Hago lo que dice, aunque me siento como si hubiera tragado un puñado de ceniza. Cruzo la mirada con Alek y noto un destello de algo parecido al triunfo en sus ojos. La lluvia se me cuela bajo la chaqueta y me hace temblar; me recuerda a las horribles misiones de cuando era soldado. Tenso los dedos en las resbaladizas riendas.

Grey nunca se anda con rodeos y ahora tampoco.

—Alek ha mencionado que no cruzaste la frontera de Emberfall como te ordené.

Infierno de plata. He estado tan concentrado en las amenazas contra el rey que me he olvidado por completo de las amenazas de Alek contra mí. Enderezo la columna y respondo.

—Dijiste que no te preocupaba un herrero cualquiera. Pero a mí sí.

—¿No te pareció oportuno compartir esas preocupaciones conmigo?

—No ocultaba nada —digo con firmeza—. Me ordenaste que me marchara y así lo hice.

—Te ordené que cruzaras la frontera y llegaras al refugio antes de la medianoche.

Odio esto. No quiero estar enfrentado con él. No quiero sentir que todas las decisiones que tomo están equivocadas.

—Aunque creyeras tener razón —continúa Grey—, ¿no se te ocurrió hablarme de esta investigación el mismo día en que llegué?

No aparto la mirada de las crines de Piedad y aprieto la mandíbula.

—Jax no sabía nada —digo en voz baja—. No trabajaba con los Buscadores de la Verdad.

—¿Igual que Nakiis no iba a causar problemas?

Ojalá sacara su arma y zanjáramos esto aquí mismo. Toda la paz y la alegría de la carrera con Rhen, de la pelea con la espada, se marchita en mis entrañas.

El príncipe Rhen habla para llenar el silencio.

—Todos tomamos decisiones que parecen correctas en el momento —dice—, pero luego resultan no serlo. Creo que tú mismo has tomado algunas de esas decisiones, majestad.

—Basta. —La mirada del rey es tan letal que me parece un milagro que no derribe a Rhen del caballo.

Eso no es mejor.

—No volveré a desobedecer órdenes —digo—. Lo juro.

—¿Ese juramento será similar al que ya habías hecho? —interviene Alek. Lo fulmino con la mirada. Ojalá tuviera el talento de Rhen para atacarlo con las palabras.

—Tal vez seas capaz de convencer a los demás de tu inocencia, pero sé que los has puesto a todos en mi contra para alejar las sospechas de ti mismo.

—¿Qué sospechas? —dice Alek—. Has lanzado innumerables acusaciones, Tycho, pero el único que parece querer señalarme eres tú. No creas que no sé quién les sugirió a los guardias del príncipe Rhen que registraran mis pertenencias.

Me muerdo el interior de la mejilla para no lanzarme a por él y miro al rey bajo la lluvia. Digo lo único que se me ocurre.

—Siento haberte fallado. Si no me necesitas aquí, volveré al Palacio de Cristal y esperaré nuevas órdenes.

No sé qué espero que diga, pero asiente.

—De acuerdo.

Eso, no.

Volveré a viajar de noche. Sigue lloviendo a cántaros, pero tengo una capa de hule sobre la armadura y no me asustan los truenos desde que era niño. La equipación de Piedad aún sigue resbaladiza de haber galopado con el príncipe Rhen, pero no me importa. Tengo el pecho encogido y el corazón en un puño; solo quiero desaparecer.

Una bota roza el pasillo del establo y me vuelvo, esperando ver a Rhen otra vez. No me convencerá de que no me vaya. No me convencerá de que no he perdido la confianza que me quedaba.

En cambio, me encuentro al rey.

Me sorprendo y me paralizo, pero no tardo en recuperarme. Frunzo el ceño y aprieto los dientes para no insultarle. De todos modos, no me cabe duda de que mi rostro le dice todo lo que necesita saber.

El suyo, en cambio, no me dice nada.

Piedad me da un cabezazo suave y me alegro de tener una excusa para agarrar las bridas y distraerme con una hebilla que ya está cerrada. Grey me sorprende de nuevo cuando se une a mí al otro lado del caballo y ajusta otra hebilla que tampoco lo necesita. Nuestros ojos se cruzan y se detiene, así que yo también.

Siento que le he fallado de tantas formas que ya no hay palabras para compensarlo. No obstante, siento que él también me ha fallado.

Tal vez sea injusto. No sé qué espera que diga.

No llego a averiguarlo, porque un guardia de Syhl Shallow irrumpe en el pasillo.

—Majestad —dice sin aliento—. Ha llegado un mensajero del puesto de guardia de Willminton con noticias urgentes de la reina.

El rey se vuelve y nuestro conflicto queda olvidado.

—¿Qué noticias?

—No he oído el informe. Me han enviado a…

—Grey. —Rhen entra por las puertas, con un rollo de pergamino húmedo en la mano—. Han capturado a Lia Mara y a Sinna. —Extiende la palma y un anillo engastado con tres diamantes destella a la luz—. Han enviado el anillo como prueba.

Durante medio segundo Grey se queda paralizado, conmocionado. Toma el anillo y pasa el pulgar por las piedras. Cuando habla, lo hace con apenas un hilo de voz.

—¿El scraver?

—No. Los Buscadores de la Verdad.

Grey se adelanta para agarrar el pergamino antes de que Rhen llegue siquiera a ofrecérselo.

—¿Cómo? —dice con palabras entrecortadas—. ¿Dónde? —Ni siquiera espera una respuesta. Mira a un guardia—. Ensilla mi caballo.

—Tardaremos cuatro días en llegar a la Ciudad de Cristal —dice Rhen—. Deberíamos organizar un equipo…

—A mí no me llevará cuatro días.

Percibo el pánico en su voz. Incluso con magia, tardará un tiempo. Incluso si cambiasen de enviado en cada puesto de guardia en lugar de usar a un solo mensajero, es imposible enviar un mensaje en menos de dos días.

—No han exigido un rescate —dice Rhen—. Sé que estás conmocionado, pero deberías…

—No te he pedido consejo, Rhen.

—Te lo daré de todos modos. El mensaje ha tardado días en llegar. Dedicar una hora a formular un plan no…

—No pienso darles ni un segundo más.

Grey se vuelve hacia mí y sus ojos arden como fuego. Me estampa el pergamino en el pecho y me sobresalto tanto que retrocedo un paso.

—Jax no sabe nada —espeta con brusquedad, imitando lo que le dije hace unas horas—. Jax no trabaja con los Buscadores de la Verdad.

Frunzo el ceño y agarro el pergamino.

—No... Él no...

—Léelo. —Un guardia saca su caballo de un compartimento y Grey toma las riendas. Se aleja sin vacilar.

Miro el pergamino húmedo, con las palabras garabateadas a toda prisa.

*Tenemos a la reina y a tu hija.*

*Se las tratará bien si vuelves a Briarlock para ser juzgado.*

*Somos leales a nuestra reina.*

*Syhl Shallow se alzará.*

Jax no participaría en algo así. No es posible. ¿Y Callyn? Pero ¿eso no implicaría de nuevo a Jax?

Y... ¿Alek? A pesar de todo, siempre ha parecido leal a Lia Mara. Por mucho que lo odie, no me lo imagino involucrado en una conspiración para secuestrar a la reina. Además, ha estado aquí. No allí.

Sigo pensando en el momento durante el juego de cartas, cuando preguntó cómo iba nadie a dañar al rey. Rhen dijo que o es muy inteligente o del todo inocente.

Tal vez aquí esté pasando algo más de lo que creemos. Tal vez sea ambas cosas.

—Envía a quien quieras —le dice Grey a Rhen con la voz cargada de rabia—. Quienquiera que se los haya llevado estará muerto para cuando lleguéis.

Sin decir nada más, el rey se sube a su caballo y sale del establo a la misma velocidad que Rhen.

No tengo tiempo para pensar. Tal vez Grey me odie. Tal vez me considere una decepción. Tal vez me mate por ir tras él o se limite a usar la magia para acelerar su ritmo hasta que ya no pueda seguirlo.

Pero Jax no ha sido. Sé que no. Tal vez haya cometido errores, pero ahora estoy seguro. Lo que sea que le espere al rey en Briarlock va mucho más allá de Jax y de Callyn.

Recuerdo el Alzamiento y toda la gente que murió en el ataque. La magia de Grey atravesó el Palacio de Cristal y mató a todos los que encontró a su paso. Recuerdo haber recorrido los pasillos con la reina para buscar supervivientes.

No quiero pensar en lo que pasará cuando llegue a Briarlock. En cuanto se me viene el pensamiento, comprendo por qué no hallamos el acero de Iishellasa entre las cosas de Alek. Comprendo por qué ha pasado tanto tiempo en Briarlock.

Por supuesto que no está aquí. Está allí.

Tiro de la correa de Piedad y miro a Rhen.

—Es una trampa. Tengo que ir tras él.

No escucho la respuesta. Ni siquiera sé si lo comprenderá. Ya me he subido a la silla de montar y Piedad se lanza al galope antes de que mis pies encuentren los estribos.

# CAPÍTULO 46

# TYCHO

Grey avanza a un ritmo brutal. El viento y la lluvia me azotan la cara, me escuecen los ojos y la capa se me escurre hasta que ya no sirve de nada. Piedad percibe la urgencia del momento, porque agacha la cabeza y se lanza al galope. Grey no nos lleva mucha ventaja, pero sí la suficiente como para que no esté seguro de si sabe que he ido tras él. Justo cuando empiezo a preocuparme de que mi yegua no sea capaz de seguirle el ritmo, el caballo del rey reduce la velocidad y consigo ponerme a su altura.

No sé si piensa que trato de ayudarlo o de detenerlo; lo cierto es que yo tampoco estoy del todo seguro. Pero no tengo oportunidad de decir nada. Sujeta las riendas el tiempo justo para decir:

—No te quedes atrás.

Entonces su caballo clava los cascos en el barro y sale disparado de nuevo.

Siento la magia. O tal vez solo percibo el cambio en Piedad. Ya no respira con dificultad. Las zancadas apenas parecen costarle esfuerzo, a pesar de la fría lluvia y el barro bajo las patas. El cielo está negro y llueve a cántaros, pero me da la sensación de que podríamos galopar durante horas.

Eso hacemos.

Pierdo la noción del tiempo. Al cabo de un rato deja de llover, pero el viento que me azota por la velocidad de Piedad me hace temblar bajo la capa. La magia que Grey emplea para evitar que los caballos se cansen no se extiende a nosotros, o al menos a mí.

Alterno la mano con la que sujeto las riendas para poder guardar la otra bajo la cálida manta de la silla mientras la yegua galopa. Empiezan a dolerme las articulaciones y, para cuando el sol se asoma por el horizonte, el pinchazo del hambre me retuerce las entrañas. En cierto modo, me alegro de sentir dolor e irritación, porque evita que piense en todos los que podrían estar en peligro. Jax, acusado de algo que estoy seguro de que no ha hecho. Callyn y Nora, implicadas en una situación mucho más grande de lo que creen. La reina y la pequeña Sinna, a merced de… ¿quién? ¿Con quién más está compinchado Alek?

No lo sé. Pero no dejo de pensar en las lágrimas en las mejillas de la reina la noche en que me enteré de que habían perdido al bebé. La vocecita de la pequeña Sinna. *Me dijo que tenía que ser paciente, pero que volvería.*

¿Nakiis? No me encaja. Alek odia la magia. No se aliaría con un scraver. La reina y la princesa tendrían que haber estado rodeadas por un contingente completo de guardias de palacio. Nadie podría entrar sin más y secuestrarla. Pocas personas habrían podido acercarse.

No dejo de darle vueltas y más vueltas que no van a ninguna parte. Piedad sigue galopando. Anudo las riendas y engancho los dedos en sus crines para evitar que se me acalambren.

Si Grey siente el agotamiento, lo ignora.

Intento hacer lo mismo.

Cuando sale el sol, empiezo a reconocer algunos puntos de referencia. Sin tener que parar, hemos cubierto casi dos días de viaje en lo que calculo que han sido unas doce horas. Si seguimos a este ritmo, llegaremos a Briarlock en mitad de la noche.

Exhaustos. Hambrientos. Y solos.

Tengo que pensar como un soldado. Nunca se me dio bien la estrategia, pero la proximidad al rey me permitió conocer a muchos oficiales superiores, así que sé cómo planear un asalto. No tenemos ni idea de a quién nos enfrentaremos y pasarán días antes de que alguien de Ironrose llegue al pequeño pueblo. Tampoco tenemos idea de quién más ha leído esa carta. Los canales de mensajería no son los más seguros. ¿Habrá llegado la noticia al Palacio de Cristal? ¿Nos recibirán soldados? Ahora que Emberfall y Syhl Shallow están en paz, los puestos de guardia en los dos pasos de montaña cuentan con una dotación mínima, formada sobre todo por arqueros de largo alcance y mensajeros, pocos guerreros auténticos.

Cuando los Buscadores de la Verdad atacaron el palacio, eran cientos y llegaron todos a la vez. Entraron en tropel y casi superaron a los guardias y soldados. No estábamos preparados.

Tampoco lo estamos ahora. ¿Nos esperarán cientos de hombres y mujeres para emboscar al rey en Briarlock? ¿Cientos de personas con armas hechas de acero de Iishellasa? Necesitamos un plan.

No sé a quién quiero engañar. Necesitamos un ejército.

*No te quedes atrás.*

Lo intento. Tengo la boca seca y la vejiga me suplica que me detenga desde hace horas. El sol me ha secado la capa y me ha calentado la piel, pero ahora sudo bajo la armadura. No dejo de pensar en las palabras de Rhen, sobre que Grey nunca cede, y en que lo dijo como si fuera un defecto.

Ahora mismo, me parece una gran virtud, porque no sé cuánto más podré mantener este ritmo antes de que mi cuerpo se rinda.

Hemos llegado a los campos abiertos al noroeste del Castillo de Ironrose y las montañas ya se ven a la distancia. El terreno aquí es irregular y rocoso, terrible para galopar, pero la magia de Grey debe de aplanar el suelo o sostener a los caballos, porque los cascos de Piedad no dan ni un paso en falso. Faltan horas para que anochezca y quiero suplicar que descansemos, pero sé que me dejaría atrás. Lo presiento.

Tengo que mantener el ritmo. Me ataré a la silla de montar si es necesario.

De la nada, la marcha de Piedad vacila. Tropieza con una roca y luego con otra. Me toma por sorpresa después de kilómetros y kilómetros de paso fluido y casi salgo disparado. Delante de mí, el caballo del rey también tropieza, baja la cabeza y tira de las riendas. Nos dirigimos hacia un terreno más rocoso. Espero que Grey maldiga, eche la mano a la rienda o intente mantener el control, pero no hace nada.

Entonces me doy cuenta de que está cayendo.

Le clavo los talones a Piedad, sin tener en cuenta las rocas. Sus cascos resbalan y tropiezan, pero responde y avanza a trompicones hasta alcanzar al caballo del rey. Me agarro a su armadura mientras intento llegar a las riendas. El cuerpo de Grey está inerte. Sin vida.

Los caballos vuelven a tropezar y pierdo las riendas de Piedad.

—¡So! —grito. No puedo controlarlos a los dos. Su caballo siente cómo Grey se desliza y se aleja.

No pienso. Aprovecho el agarre de la armadura para arrastrarlo hasta el lomo de Piedad, justo cuando su caballo pisa en un mal sitio, tropieza y cae; el impulso lanza al animal sobre las rocas irregulares.

—So —repito. Piedad baja el ritmo, pero jadea y tiene el cuello resbaladizo por el sudor. Grey sigue inmóvil, con la mitad del cuerpo apenas sobre el cuello de la yegua, pero no logro alcanzar las riendas. Piedad brinca, agitada, y da tumbos por el terreno. El caballo de Grey se revuelve sobre las rocas, con una pata enredada en los arreos mientras intenta ponerse en pie. Hay sangre en las rocas. Emite un horrible gemido de pánico.

Han pasado demasiadas cosas a la vez. Estamos a la intemperie, cerca de la frontera de Syhl Shallow. Si hay alguien esperando para matar al rey, es el momento perfecto.

Entonces descubro el origen de la sangre. La pata trasera izquierda del caballo está rota; la sangre y el hueso brillan a través de una mancha de pelo oscuro.

Se me encoge el pecho y bajo de un salto de la silla.

—Grey —jadeo. Lo bajo del lomo de Piedad—. Grey, tienes que…

Pero se me escapa de las manos y se desliza hacia el suelo. Su cabeza casi se estrella contra una roca.

Mientras tanto, su caballo grita. Se retuerce. La sangre se extiende por las rocas. Agita la pierna fracturada con torpeza.

Extiendo una mano en un acto reflejo antes de recordar, de nuevo, que ya no tengo los anillos de curación.

—Grey —repito, con la voz áspera y rasgada—. Grey, por favor.

Tiro de su armadura y rebusco en sus bolsillos, mientras rezo por que lleve mis anillos encima.

No los tiene.

Se me corta la respiración justo cuando el caballo consigue ponerse en pie.

Es aún peor. El animal está claramente conmocionado, con la mitad de la montura desgarrada por la caída en las rocas. En la pata rota, la pezuña le cuelga, apenas unida por los tendones y los músculos. Da un paso y vuelve a caer, luego retoma los intentos por levantarse con más fuerza. Piedad se aleja.

—Tranquilo —digo y se me quiebra la voz.

No puedo hacerlo. No puedo.

No quería hacerme soldado, pero lo hice. No quería ser despiadado, pero lo fui. No quería matar a nadie, pero lo hice.

Y ahora no quiero matar a un caballo. Un ser inocente. Una buena montura. Un animal valiente que ha corrido más duro y más distancia de lo que ningún corcel debería.

Pero no puedo permitir que se desangre hasta morir. No puedo dejar que sufra. Se le notan el pánico y el terror en los ojos.

—Grey —digo. Tiene la piel pálida, empapada de sudor y roja donde la armadura le ha rozado el cuello y los codos. Respira de forma lenta e irregular. No se mueve. Le ruego de todos modos—. Por favor. Por favor.

Parece egoísta suplicar por un caballo. La reina está en peligro. La princesa. Sus vidas están en riesgo.

Pero este animal no tiene nada que vez. Solo conoce el dolor y el sufrimiento que está viviendo y quiere que termine.

Así que desenvaino la espada y hago que termine.

El silencio que sigue es repentino y profundo. Me quedo de pie un largo rato, observando cómo la sangre empapa la tierra. Al final, mi yegua se me acerca y doy un suspiro tembloroso.

—Piedad —susurro. El sol cae a plomo. Estamos a kilómetros de distancia de todo y el rey está inconsciente en el suelo.

Me doy cuenta de que la yegua tiene un tendón arqueado en la pata delantera izquierda.

No solo tropezaba. Cojeaba.

*Infierno de plata.*

Al menos puede caminar. No tengo que hacerlo otra vez. No sé si sería capaz con ella.

Pero no podrá soportar el peso de un jinete. Ni siquiera el de uno inconsciente. Me froto la cara y evalúo el entorno. No sé dónde estamos, porque no atravieso estas rocas cuando me dirijo a Syhl Shallow. Pero conozco las montañas y, según mis cálculos, estamos a unas horas al sur del paso más cercano. No podemos quedarnos aquí. El caballo muerto atraerá a los depredadores. Estamos demasiado expuestos.

Dedico un par de minutos a las necesidades fisiológicas e intento pensar en un plan.

No se me ocurre ninguno bueno.

Al final, me arrodillo y agarro el brazo del rey para pasar su peso por los hombros. Es más alto que yo, pero es un ejercicio común del ejército. Puedo cargarlo durante un rato. El bosque está a pocos kilómetros. Encontraremos refugio, vendaré la pierna de Piedad y Grey despertará. Y luego…

No tengo ni idea. Agarro las riendas de la yegua, suspiro y empiezo a caminar. Para cuando llegamos a la línea de árboles, la oscuridad ya se asoma entre las montañas. Tengo un pedernal, así que podré encender un fuego, pero aún no estamos cerca de un arroyo y necesito descansar. No puedo dejar al rey, pero en algún momento tendré que hacerlo. No puedo cargarlo todo el camino hasta Syhl Shallow, sobre todo si estoy hambriento, sediento y agotado.

Le coloco a Piedad toda la equipación y me pongo a encender un fuego. Grey no ha emitido ningún sonido, ni siquiera cuando le he quitado las armas y la armadura. Está tirado en el suelo junto a las crecientes llamas y no tengo ni idea de qué hacer.

Pienso en Jax, en sus ojos amables y cautelosos, en la aspereza de su voz. No forma parte de esto. Es imposible. Una parte de mí siente que trato de convencerme. Tal vez Grey tenga razón y sea un tonto.

Tal vez debería haberme limitado a seguir órdenes.

El fuego calienta, pero tiemblo de todos modos. Necesito agua.

Todos los músculos del cuerpo me suplican que espere, que descanse y me quede sentado un minuto más. En contra de mi voluntad, se me cierran los ojos.

Cuando los abro de nuevo, el cielo está negro del todo y solo unas pocas estrellas parpadean entre las ramas de los árboles. El fuego se ha encogido.

Inclinado sobre mí, con las garras provocando cinco puntos de dolor en mi garganta, está el scraver Nakiis.

# CAPÍTULO 47

# CALLYN

Los soldados no nos permiten a Nora ni a mí entrar en el granero. Me preocupan las gallinas y Muddy May, pero me traen cubos de huevos y leche cada mañana, así que al menos los animales parecen estar atendidos. Me preocupan Jax y Alek, todas las decisiones que he tomado en los últimos meses, que no sé si han sido las correctas.

Al día siguiente a cuando Jax tendría que haberse ido, oí ruidos provenientes de la forja y no sé lo que significa, pero estoy demasiado nerviosa para ir a comprobarlo. Hay demasiados soldados. Demasiados guardias. Es extraño. Nora se asoma a las ventanas todas las noches.

—¿Qué quieren? —susurra—. ¿Los ha mandado lord Alek?

—No lo creo —digo al recordar cómo lady Karyl me dijo que quemara su mensaje.

No lo hice. Lo guardo debajo del colchón, cerca de todos los trastos viejos de madre. Lo he leído más de diez veces, pero no entiendo por qué me pidió que lo quemara sin leerlo. *Los planes han cambiado. Quémalo.* ¿Me habrá engañado lady Karyl? ¿Lo habrá hecho Alek?

La séptima noche, Nora ronca plácidamente a mi lado cuando oigo ruido en la panadería. Me quedo paralizada y pienso en Alek. Lo peor es que no sé si su presencia me aliviaría o me alarmaría.

Me deslizo fuera de la cama en camisón y me dirijo a lo alto de la escalera.

Abajo, una sombra se desliza por la pared más lejana y el corazón me da un vuelco. Pero entonces una vocecita susurra:

—¡Más pastelitos!

Frunzo el ceño, vacilante, y luego bajo unos cuantos escalones haciendo el menor ruido posible. En medio de la panadería, una niña de no más de tres o cuatro años se lame el glaseado de los dedos con fruición. Tiene la ropa sucia y arrugada y su pelo rizado es una melena salvaje que le llega a la cintura.

Ni rastro de Alek. Tampoco de los soldados. Ni de lady Karyl.

Estupendo. Ahora tengo más preguntas.

Desciendo unos pasos más y la niña me ve. Abren mucho los ojos y da un grito ahogado, con la expresión atrapada entre el miedo y la curiosidad. Conozco muy bien esa cara gracias a Nora.

Tal vez no sepa cómo detener un asesinato, pero sé hacer de hermana mayor. No quiero que me tenga miedo, así que sonrío.

—¿De dónde has salido tú? —susurro y miro a los lados como si fuéramos cómplices.

—Me he escabullido —dice.

—Eso ya lo veo. —Dudo—. ¿Me dejas tomar un pastelito?

Me estudia un momento y debe de decidir que le gusto, porque me sonríe y asiente.

Bajo a la panadería y tomo uno de la bandeja. En la chimenea solo quedan brasas, pero de cerca distingo que el pelo de la niña es rojo como el de Alek.

—Me llamo Callyn —digo—. ¿Cómo te llamas?

—Encantada de conocerte, lady Callyn —dice con elegancia y luego hace una reverencia tan perfecta como si fuera una noble de las Casas Reales, lo que no concuerda con las faldas manchadas y arrugadas que lleva, ni con el hecho de que estemos en mi pequeña panadería y que yo no sea ninguna dama. Sonrío, desconcertada, hasta que añade con su vocecita—: Me llamo Sinna Cataleha, pero es demasiado largo, así que todos me llaman Sinna.

El corazón se me detiene antes de que acabe de hablar. Me quedo paralizada. La porción de pastelito se convierte en piedra dentro mi boca.

Tengo que obligarme a hablar.

—¿Sinna? —digo, con la voz estrangulada—. ¿Sinna, como la princesa?

Asiente con énfasis y toma otro pastelito.

—Mamá dice que estamos jugando a un juego con papá, pero no me gusta mucho.

No sé qué hacer. ¿Qué hace la princesa en mi panadería en mitad de la noche? ¿De dónde ha salido? Estamos a cuatro horas del Palacio de Cristal.

Mientras delibero, oigo un chillido que viene de fuera, seguido de una mujer que grita. La voz está descarnada y cargada de dolor, pero es fuerte.

—¿Dónde está? ¿Qué le habéis hecho?

Los soldados también gritan. Van a despertar a Nora.

Sinna palidece y deja caer el pastelito. Habla en un susurro.

—Mamá está enfadada.

Mamá. La reina.

Estoy segura de que me he puesto blanca.

No sé qué está pasando, pero sé que no quiero formar parte de ello.

La mujer de fuera sigue gritando y en su tono empieza a calar el pánico.

—¡He hecho lo que me habéis pedido! Devolvedme a mi hija —grita con rabia—. ¡Soltadme!

El labio inferior de la niña empieza a temblar.

La aúpo.

—Vamos a asegurarnos de que tu mamá esté bien.

Espero que se resista, pero me rodea el cuello con los bracitos y enreda los dedos pegajosos en mi pelo. Cruzo la puerta y una decena de ballestas apuntan de repente en mi dirección.

Otras tantas apuntan a la mujer que está en la puerta del granero. Tiene las faldas igual de arrugadas y sucias que las de Sinna, pero es inconfundible el poder de su postura, la seguridad de su expresión, como si ser reina fuera una cualidad capaz de llenar el aire que la rodea.

—¡No disparen! —grito—. La princesa se ha colado en la panadería.

—Ay, Sinna —dice la reina, entre aliviada y sollozante. Uno de los guardias se me acerca.

—Yo la llevaré.

Sinna lo esquiva, se me agarra al cuello y chilla.

—No la toques —dice la reina y en su voz hay un punto despiadado que me hace temblar y que hace dudar al guardia.

Miro al guardia y a la reina.

—No está herida —digo—. Solo se ha comido unos pasteles. No sabía quién era.

La reina me devuelve la mirada y parece estudiar y juzgar cada fibra de mi ser.

Recuerdo cuando hablé del primer mensaje con Jax en la panadería. El palacio y la familia real parecían un concepto lejano.

*Solo es un mensaje*, pensé.

Mientras observo a la reina al otro lado del patio y siento el aliento tembloroso de su hija en el oído, comprendo que es mucho más.

No sé qué ha hecho Alek, ni dónde está el rey, ni qué habrá conseguido Jax.

Pero sé lo que yo he hecho y no sé si puedo deshacerlo.

—La llevaré —digo.

El guardia mira a otra persona, una oficial superior. La mujer asiente.

No pierdo el tiempo. Mientras atravieso a zancadas la distancia que nos separa, siento un millar de ojos clavados en la espalda.

—Mamá está enfadada —me susurra Sinna al oído.

—No está enfadada contigo —le respondo también en voz baja.

Cuando llego hasta la reina, descubro detalles que no veía desde la puerta de la panadería. Tiene la mejilla y la mandíbula ensombrecidas por moretones oscuros y una herida en el labio que ya ha empezado a cicatrizar. Lleva el pelo largo y rojo recogido en una trenza, pero varios mechones se han soltado y le enmarcan la cara. La sangre le salpica la ropa, incluida una larga mancha en la manga. Su mirada es de acero puro.

—Mamá —dice Sinna, sin soltarme el cuello—. Esta es lady Callyn. Me ha dado pastelitos.

Nos rodean muchos guardias. Tengo miedo de soltar a la niña y también de seguir aquí. Pero los ojos de la reina atraviesan los míos y está en peor estado que yo. Si ella es capaz de permanecer aquí estoicamente, yo también.

—¿Se encuentra mal? —pregunto—. ¿Está...?

—Estoy retenida contra mi voluntad.

—No sabía que estaba aquí —digo—. Yo no... No sabía...

—Algo debes de saber —dice con una calma que pone la piel de gallina—. O no nos habrían traído aquí.

El calor me sube a las mejillas.

—No tenía ni idea —susurro y se me quiebra la voz—. Solo entregaba mensajes para lord Alek y lady Karyl. Él nunca... Ellos nunca... Creía que...

No sé cómo terminar la frase. No sé cómo decirle a la mujer herida que tengo delante que creía que conspiraban contra su marido, el rey.

No sé cómo decirle que quizá los ayudé.

—No sé qué creía —termino.

No dice nada.

—Sinna —dice en voz baja y levanta los brazos.

La niña se acerca a su madre y se aferra a su cuello como hizo con el mío.

—La mujer que conoces como lady Karyl es una traidora —dice la reina con firmeza. En voz alta—. Lord Alek tal vez también lo sea.

Uno de los guardias resopla.

—El traidor es el rey. Vuelve al granero.

Lo fulmina con la mirada.

—Vosotros sois los traidores.

El hombre levanta la ballesta.

—No me hace falta matarte para hacer que te arrepientas de…

—No. —El corazón me late con fuerza, pero me pongo delante de él—. No sé qué está pasando, pero, por favor, basta.

No sé qué clase de persona apuntaría con una ballesta a una madre con su hija en brazos, mucho menos a la reina.

—No es necesario que te pongas en peligro —dice la reina—. No se atreverán a dispararme. La magia del rey encontrará y destruirá a cualquiera que lo intente. —Hace una pausa—. Saben lo que pasó la primera vez que atacaron el castillo. Está claro que desean correr la misma suerte.

Se me seca la boca. Ya no sé qué es correcto. No sé lo que está mal.

—Mamá —dice Sinna—. Ya no me gusta este juego. ¿Cuándo se acabará?

El guardia no ha bajado la ballesta.

—Vuelve a entrar en el granero —dice.

Es evidente que las palabras de la reina le han inquietado.

—Lo haré —dice ella—. Pero no tocarás a mi hija.

Me doy la vuelta antes de que se haya ido. Miro su rostro magullado.

—¿Está herida? —pregunto—. ¿Necesita suministros?

Me estudia durante un largo momento y luego dice en voz alta:

—Vendrás conmigo. Te daré una lista de lo que necesitamos.

Ni siquiera mira al guardia para pedir su aprobación; se da la vuelta sin más y entra en el granero, como si fuera un edificio tan regio como el Palacio de Cristal.

Si miro al hombre, vacilaré, así que me apresuro a seguirla mientras rezo por no recibir una flecha en la espalda por haber causado problemas y por que Nora no se despierte y venga a buscarme.

La reina se dirige al rincón más alejado del granero, donde almaceno el heno y la paja para los animales. De uno de los postes cuelga un farol y, sobre el suelo y las balas de heno hay unas cuantas mantas repartidas al azar.

Me quedo mirando sin pretenderlo.

—¿Ha estado durmiendo aquí?

—No es el peor lugar donde he dormido. —Deja a su hija sobre uno de los edredones y luego la tapa con una manta—. Pierdes el tiempo. No te permitirán quedarte aquí conmigo durante mucho rato. ¿Quién eres? ¿Por qué me están reteniendo aquí?

—Majestad, no soy nadie. Una simple panadera.

—Tiene que haber una razón por la que eligieron este lugar. Lady Karyl es una institutriz de la Ciudad de Cristal. Su verdadero nombre es lady Clarinas Rial, o tal vez lo sea lady Karyl y a nosotros nos presentó uno falso. —La reina suspira—. No tiene ninguna relación con Alek. No debería tener ningún motivo para estar aquí. Has dicho que lady Clarinas, es decir, lady Karyl, enviaba mensajes a través de ti.

—Sí, pero siempre estaban sellados. Nunca supe lo que decían.
—Dudo—. ¿Le han hecho daño? —Echo un vistazo a su vientre. Sus ropas están demasiado arrugadas y manchadas para notar nada, pero recuerdo todos los rumores sobre el embarazo de la reina—. ¿El bebé…? —No termino la pregunta.

—Ya no hay bebé —dice y, aunque no vacila, las palabras suenan huecas.

Jadeo.

—La han golpeado tanto que…

—No hablaré de esto con mis captores, Callyn. Y menos delante de mi hija.

Me paralizo. Sinna nos mira a las dos con los ojos muy abiertos.

—No soy su captora —murmuro—. Lo juro. No sabía lo que hacían. Pensábamos… —Me interrumpo y vuelvo a mirar a la pequeña princesa.

—¿Qué pensabais? —pregunta la reina.

—Pensábamos que el objetivo era el rey. Su magia.

—El rey es mi marido. El padre de mi hija. Atacarlo a él es atacarme a mí. Si piensas lo contrario, te engañas a ti misma.

—Lo sé. Ahora lo sé.

—¿Te obligaron a llevar esos mensajes?

Trago saliva.

—No.

—¿Te pagaron? —Levanta las cejas.

—Sí —reconozco con un hilo de voz.

—¿Y sabías que tenían relación con los Buscadores de la Verdad?

—Sí, majestad. —Ahora es mi voz la que suena hueca.

Me estudia durante un largo momento, pensando.

—Panadera. Eres la panadera a la que conoció Tycho, ¿verdad? ¿Significa eso que estamos en Briarlock?

—¿Lord Tycho me mencionó?

Su mirada se agudiza o tal vez se rompe. Sus ojos brillan en la tenue luz del farol.

—¿Tycho forma parte de esto, Callyn? —susurra.

—No lo sé. Creo que no. —Hago una pausa—. Jax es quien lo ha visto más. Es el herrero.

No parece sentirse más tranquila.

—Jacob dijo que también encontraron los emblemas de los Buscadores de la Verdad en casa del herrero.

Me muerdo el labio.

—Queríamos romper el sello de las cartas. Queríamos ver qué tipo de mensajes estábamos llevando.

—¿Y qué descubristeis? ¿Qué están planeando?

—¡No lo sé! De verdad. Solo conseguimos abrir una y parecía una conspiración para matar al rey…

Sinna jadea y se incorpora.

—¡Papá!

—Calla —dice la reina con voz tranquilizadora, sin ningún atisbo de tensión—. Todo es parte del juego, ¿recuerdas? Tenemos que resolver el rompecabezas.

Sinna vuelve a tumbarse, aunque no parece convencida.

—El mensaje de Alek decía: *Padre irá a los campos a ver la competición de tiro con arco* —le digo a la reina—. *Usa las mejores flechas y no falles el objetivo.*

Se queda muy quieta.

—«Padre» es una referencia al rey.

—Pero lady Karyl no leyó el mensaje —digo—. Me dijo que lo quemara. Así que no sé si la conspiración era real o si trataba de engañar a otra persona. —*Como a Alek*, pienso. Hago una pausa mientras lo medito, pero es demasiado complicado—. Fue el día que llegó con los guardias. —Pienso en el carro cubierto, donde evidentemente escondían a la reina y a su hija—. El día que llegó aquí.

—Nos retienen aquí por una razón. —Se lleva una mano al abdomen como si le doliera—. No importa. Grey está a días de distancia en Emberfall. Tienen que saberlo. Todo el mundo lo sabe.

Tiene razón. Hasta yo lo sé. Si Jax consigue llegar a Emberfall para enseñarle el mensaje a Tycho, pasarán días, quizá semanas, antes de que puedan regresar a Briarlock. Incluso entonces, no habría ninguna razón para que el rey y su séquito se detuvieran aquí. Se dirigirían directamente al Palacio de Cristal.

Pienso en el ruido de la forja. No sé si Jax se fue.

La reina acaricia con los dedos el cabello de Sinna y la niña cierra los ojos. Observo el movimiento durante un momento, hasta que recuerdo algo que dijo Alek sobre que la magia del rey solo estaba disponible para unos pocos elegidos.

—¿No tiene anillos como los de Tycho? —pregunto sorprendida.

Me mira con pesar.

—Los tenía. Pero fueron listos. Fueron primero a por Sinna. Me vi obligada a quitármelos.

—¿En palacio no sabrán que ha desaparecido? —digo en voz baja.

Contiene un sollozo y se pasa la mano por la cara.

—La mayoría de las personas importantes se fueron a Ember-fall con Grey. Lady Clarinas sugirió que una serie de visitas prima-verales a las Casas Reales sería una forma agradable de pasar el tiempo. Así Sinna disfrutaría de un poco de aire fresco, después de lo del bebé… —Se le quiebra la voz y se deja caer para sentarse en el fardo de heno—. Qué tonta he sido.

El guardia abre la puerta.

—Ya es suficiente —grita.

Me muevo para salir, pero dudo.

—Encontraré la manera de ayudar —digo—. No has sido tonta. Yo sí.

Me mira.

—Siempre deseo lo mejor para mi pueblo, Callyn. Siempre espero lo mejor. Sé que hay quienes lo ven como una debilidad. He oído las habladurías. Los rumores de que no soy tan fuerte como mi madre. Que mi marido me ha engañado de alguna manera o que usa la magia contra mí. —Su voz se vuelve de acero y mira al guardia que está en la puerta—. Pero esperar lo mejor de mi gente no es una debilidad. Es esperanza. Es paciencia. Es gentileza. Sin embargo, esas virtudes no significan la ausencia de fiereza. La verdadera debilidad es pensar que una reina es impotente.

—Espera —dice el guardia—. Veremos quién es impotente.

—Sí. Lo veremos. Porque cuando falléis, que lo haréis, descubriréis que soy más fuerte que mi madre. Descubriréis que la magia del rey llega mucho más lejos de lo que imagináis. —Los ojos le brillan con un destello que promete peligro—. Descubriréis que, en lugar de apuntarnos con un arma a mi hija y a mí, tú y toda tu panda de traidores deberíais haber buscado un lugar donde esconderos.

# CAPÍTULO 48
# TYCHO

Los ojos del scraver captan un resplandor de luz del fuego casi extinguido. Me ha puesto una rodilla en el pecho y la otra me inmoviliza el brazo derecho. Sus garras son cinco dagas en la piel de mi garganta. No tengo magia, así que podría matarme con un giro de muñeca. Tengo la boca reseca y los labios agrietados por las horas de cabalgar al viento.

Me pregunto si ha estado a la espera de una oportunidad para matar al rey.

Me pregunto si el rey ya estará muerto.

—Nakiis —jadeo, con la voz áspera y desgastada. Me pica la garganta. Las garras me han roto la piel.

—Confío en que te haya ido bien —dice con burla.

—He estado mejor. —Deslizo la mano izquierda por la tierra con cuidado, buscando la daga.

Sisea y aprieta la garras. Fluye más sangre y me quedo muy quieto.

—Veo en la oscuridad, forjador idiota —dice.

—No soy forjador de magia. —Rechino los dientes e intento zafarme de él, pero me sujeta con fuerza. Siento la boca como si hubiera tragado fuego—. Tal vez podrías soltarme, si quieres hablar.

—Debería mataros a los dos —gruñe. Aprieta más y cierro los ojos. Intento tragar, pero está demasiado cerca. No puedo luchar. No puedo respirar. En un momento, todo acabará.

Estamos en medio de la nada. Quienquiera que Rhen envíe tras nosotros tal vez nunca llegue a encontrar nuestros cuerpos. Toda mi lealtad, mi deber y mi honor no serán nada. El único recuerdo que contará será el de mi fracaso a la hora de proteger al rey cuando su familia estaba en peligro.

Pero dejo de sentir presión. Agita las alas y el peso desaparece de mi pecho. Toso, me atraganto con el aire y me froto el cuello manchado de sangre. Tardo medio minuto en incorporarme. Nakiis está a poca distancia y me observa desde un árbol a seis metros de altura.

Lo ignoro y me arrastro hasta Grey. Aún respira, pero de forma superficial y un poco agitada, como la mía. No parece haberse movido de donde lo dejé cuando paramos aquí. Tiene los labios tan agrietados como los míos. El sudor se le ha secado en el pelo y parece más pálido, aunque es difícil asegurarlo en la oscuridad.

—Os he llenado las cantimploras —dice el scraver.

Tardo un poco en comprender las palabras, como si mi cerebro fuese incapaz de procesarlas, hasta que lo hace de golpe. Busco por el suelo y localizo los odres de agua cerca de la hoguera casi apagada y me lanzo a por ellos; tiro de los cordones tan rápido como puedo. Me meto el líquido en la boca sin pararme a pensar si es seguro. Quiero preguntar por qué o cómo lo ha hecho, pero ni siquiera me importa. El agua está tan fría que corta y nunca nada me ha sabido mejor.

En cuanto he bebido tanto que me preocupa escupirlo todo, me vierto un poco en la mano y se lo pongo a Grey en los labios, como si el sabor del agua fuera a devolverle el sentido.

No lo hace. El agua se desliza por sus labios hasta desaparecer en las sombras.

Daría cualquier cosa por tener los anillos mágicos. Porque Noah estuviera aquí, pues sabría qué hacer. Intento recordar todo lo que me ha enseñado, pero no recibí muchas lecciones de enfermería. Presiono con los dedos el cuello del rey para buscarle el pulso, que late firme.

Sin embargo, no se despierta.

Piedad debe oler el agua, porque chasquea la garganta y cocea al suelo donde está atada. No tengo un cubo, pero ahueco las manos y se la ofrezco sorbo a sorbo.

Durante todo este rato, Nakiis permanece en lo alto, en la rama donde se ha posado. Mientras la yegua me sorbe el agua de las manos, lo miro. La piel del scraver es tan oscura que es casi invisible entre las hojas.

—Gracias —digo. Me resulta extraño dárselas cuando ha estado a punto de arrancarme la garganta, pero no sé qué más decir. No quiero provocarlo cuando no sé qué está haciendo aquí.

Me mira desde arriba y un viento helado azota los árboles.

—El arroyo no está lejos. Poco más de medio kilómetro a pie.

—Pensaba que estaba más lejos. —Intento reajustar la comprensión de dónde estamos y vuelvo a mirarlo. Es interesante que hace un minuto tuviera las garras en mi cuello y que ahora esté aguardando en la copa de un árbol. Trato de descifrarlo y no comprendo del todo lo que deduzco: es cauteloso. Tal vez incluso tenga miedo.

*Debería matarlos a los dos.*

Pero no lo hizo.

Mientras lo pienso, Nakiis desaparece de la rama con un aleteo y una ráfaga de aire frío.

Frunzo el ceño y suspiro. No lo entiendo y seguramente no importe. Reavivo el fuego hasta que las llamas se alzan hacia el cielo y trato de verter otro puñado de agua en los labios de Grey.

Nada.

Le ofrezco más agua a Piedad y luego me agacho para verle la pata. Está caliente e hinchada, con la pezuña un poco levantada del suelo. Me acaricia el cuello con suavidad y me sopla su cálido aliento en el pelo, como si me pidiera que la ayudase.

—Lo siento, chica —murmuro, y aprieta el hocico contra mi pecho.

Todo va mal.

Vuelvo a sentarme junto a Grey y me acomodo junto al fuego. Saco una piedra de afilar de la mochila junto con la daga. No hay que afilarla, pero necesito algo que hacer o voy a empezar a darme cabezazos contra una roca. Pronto tendré que cazar, pero no quiero dejarlo, sobre todo mientras Nakiis acecha en algún lugar de la oscuridad.

—Cuando te apetezca despertar —digo—, me vendría bien la compañía.

Nada.

—No puedo cargar contigo hasta Syhl Shallow —digo y paso la hoja por la piedra—. Aunque doy las gracias por todos los ejercicios que me han permitido traerte hasta aquí.

Nada. No importa. Estoy acostumbrado a hablar con Piedad. No me costará debatir nuestros próximos movimientos con un rey inconsciente.

La hoja roza la piedra de forma rítmica.

—Supongo que podría llevarte hasta la carretera principal más cercana. Rhen va a enviar un destacamento tras nosotros lo antes posible. Calculo que tardarán al menos tres días en alcanzarnos y ya ha pasado uno. No tengo mapa, pero creo que estamos a unos treinta kilómetros al oeste de la Carretera del Rey. Si empiezo a caminar al amanecer, debería ser capaz de llegar antes que ellos.

Treinta kilómetros mientras cargo a un hombre a la espalda. Una tarea desalentadora, en circunstancias normales. Pero ahora estoy tan agotado que me parece imposible.

Un chillido corta la noche y un ganso salvaje muerto cae en la tierra justo delante de mí. Salto y casi me atravieso la mano con la cuchilla.

Levanto la vista cuando Nakiis se acomoda de nuevo en la rama. Me mira y, por un momento, no me muevo.

—De nuevo —digo por fin—, gracias.

No dice nada. Veo que soy el único con ganas de hablar. Empiezo a desplumar y luego corto con eficacia la carne del hueso, antes de ponerla sobre piedras en el fuego para que se cocine.

Me ha traído agua y comida, pero también atrajo a Sinna fuera del palacio. No sé cómo proceder.

Arranco el corazón del ave y se lo tiendo. Los ojos brillantes me devuelven la mirada, pero no baja de la rama.

—Iisak siempre pedía el corazón —digo—. Es tuyo si lo quieres.

Sigue sin moverse.

Pienso en lo que ha dicho antes, en que no quiere estar atado. Nunca he vivido como alguien que lleva la cuenta de las deudas implícitas por cosas que deberían considerarse simple amabilidad. Pero tal vez Nakiis, sí. Tal vez no haya tenido más remedio.

—No espero nada a cambio —digo—. Un agradecimiento por tu generosidad. —Después de un largo rato, añado—: Si no lo quieres, lo voy a tirar al fuego.

Bate las alas en el aire cuando salta de la rama. Apenas aterriza antes de arrancarme la carne de la palma y luego se lanza hacia el lado opuesto de la hoguera.

Me cuesta mucho no pensar en su padre, en las similitudes y diferencias entre ellos. Una parte de mí palpita de añoranza y pérdida, porque ha pasado mucho tiempo y este momento me recuerda demasiado al pasado.

Sin embargo, Iisak no habría secuestrado a una niña. No me habría puesto las garras en la garganta.

Restriego las manos ensangrentadas por la tierra para secarlas y luego me las sacudo en los pantalones.

—¿Qué haces aquí? —pregunto.

No espero que responda, pero lo hace.

—Estuviste vertiendo magia en el aire durante horas —dice—. Lo sentí a kilómetros de distancia.

—Yo no. —Lanzo una mirada al rey—. Fue él.

—Permitiste que agotase su poder, entonces.

—¿Agotó su magia? —Lo miro a través del fuego parpadeante—. ¿Por eso no se despierta?

Nakiis arranca un trozo de carne del corazón con los colmillos y me alegro tanto de que esté oscuro como de que me recuerde a su padre, porque no me inmuto ante la imagen. Me mira con astucia.

—Probé tu sangre en Gaulter —dice—. No puedes ocultarme tu magia, muchacho.

Levanto la mano desnuda.

—Esa era también su magia. Llevaba unos anillos de acero de Iishellasa. Ya no los tengo.

Abre mucho los ojos, y luego arranca otro trozo de corazón y me estudia. Le doy la vuelta a la carne en las rocas. Estoy tan hambriento que me siento tentado de comerla igual de cruda que él.

—¿Llevabas acero mágico contra la piel? —pregunta y la forma en que lo dice es interesante.

Frunzo el ceño.

—Sí.

—¿Durante cuánto tiempo?

—Durante años.

Murmura algo que suena como una palabrota y luego mira con desdén a Grey. Un viento helado recorre el claro y me hace temblar.

—Como he dicho —gruñe—. Forjador idiota.

—¿Por qué? ¿Por qué importa cuánto tiempo lo he llevado?

Me estudia de nuevo.

—¿Por qué debería ayudarte?

—No lo sé. ¿Por qué? —No dice nada—. Podrías habernos matado a los dos y haber tenido dos corazones —añado.

Curva el labio para mostrar los colmillos. Lame una gota de sangre de una garra.

—Como si fuera a querer el corazón de un forjador de magia.

Pienso en la pequeña Sinna a su merced y tengo que reprimir un escalofrío. Pero ella no tenía miedo. Parecía ansiosa por volver a verlo. Tampoco logro comprenderlo. Por otra parte, yo apenas era un crío y nunca tuve miedo de Iisak, sin importar las cosas terribles que lo vi hacer.

Uno de los trozos más pequeños de carne empieza a dorarse en las rocas, así que lo suelto y me lo meto en la boca, sin importarme el dolor cuando me quema la lengua. Estoy demasiado hambriento para que me importe. Lo paso con otro trago de agua y luego saco otro trozo que aún está un poco crudo.

Nakiis me observa y sus ojos brillan a la luz del fuego. Al cabo de un rato, se termina el corazón, pero no vuelve a subirse al árbol. Tampoco me ataca.

Cuando me dispongo a meterme un tercer trozo de carne en la boca, tengo la paciencia de dejarlo enfriar primero. Me observa a través de las llamas y no consigo interpretar nada en su expresión.

Le sostengo la mirada.

—¿Por qué secuestraste a la princesa?

—¡Secuestro! —gruñe. Agita las alas y el borde de sus colmillos destella a la luz—. El rey rodea a su hija de humanos que quieren hacerle daño, ¿y tú me acusas de secuestro?

—Te la llevaste del palacio.

—La alejé de posibles captores.

Le doy vueltas al pensamiento.

—¿Quiénes?

—Evito acercarme al palacio. No conozco los nombres de todos en la corte.

—¿Cómo supiste que estaba en peligro, entonces?

—Oigo muchas cosas, desde el aire. Susurros. Secretos.

Es cierto. Lo había olvidado. Los scravers tienen su propia magia y esta proviene del viento y del cielo. Iisak era capaz de escuchar a mucha distancia y también de evitar que lo detectasen.

Nakiis añade:

—Hay muchos que conspiran contra el rey.

—¿En palacio?

Asiente y un escalofrío me recorre la columna. Una de las únicas razones por las que Grey se sentía seguro al dejar a Lia Mara y a Sinna era porque estarían rodeadas de guardias.

—Muchos en palacio conspiran contra él —dice—. ¿Eres uno de ellos?

—¡No!

Vuelve a desnudar los colmillos.

—Porque llevas la magia en la sangre, pero no te molestas en salvarlo.

—¡No soy forjador de magia! —protesto.

Me tira al suelo con la fuerza suficiente para hacerme retroceder unos metros. Las rocas y la maleza se me clavan en el cuello. Gruño y maldigo e intento echar mano de un arma, pero es rápido. Las garras se me hunden en los antebrazos, solo un instante antes de que con los colmillos encuentre el espacio entre mi garganta y la armadura. El dolor es tan repentino que no logro pensar en nada más, salvo en que Iisak le hizo una vez lo mismo a Grey, para demostrarle que podía usar la magia.

Grey es el único forjador de magia auténtico.

Yo no.

Me cuesta respirar. Creo que gimoteo. Creo que lloro. Me retuerzo, pero me arden los brazos. Me arde la garganta. Se me oscurece la visión.

Me suelta la piel y me doy cuenta de que lo último que voy a ver antes de morir será mi sangre en su mandíbula.

—Está en tu sangre —gruñe.

—Si fuera forjador de magia, ya estarías muerto —respondo con otro gruñido.

Me aprieta los brazos. Juro que siento que las garras llegan el hueso.

—Demuéstralo —dice.

—No puedo… No… —Hay demasiado dolor. No puedo pensar—. No tengo los…

—¡Deja de hablar y usa la magia!

—¡No tengo magia!

Se inclina hasta que sus ojos ocupan todo mi campo de visión y su cabeza casi roza la mía.

—Si no estás dispuesto a intentarlo —dice en voz baja—, entonces mereces morir.

Saboreo la sangre en la lengua y recuerdo la noche en que Alek me apuñaló en el costado. Pienso en Jax inclinado sobre mí en las sombras parpadeantes del taller, con el pelo suelto y pánico en la mirada.

Pienso en sus manos sobre el arco, el día que le enseñé a disparar.

*¿De qué tienes miedo?*

Pienso en los anillos que me han arrebatado. Ya no están. Pero recuerdo la sensación. Recuerdo cómo alcanzar la magia.

*Como unas botas que no encajan bien*, recuerdo haber dicho.

Porque la magia no es mía. Es de Grey. Estaba en los anillos.

Está en tu sangre.

¿Lo está? Imagino que llevo los anillos en las manos, la magia en la punta de mis dedos.

Trato de recordar lo que se sentía. De dónde venía.

Pero mis pensamientos comienzan a desvanecerse y me doy cuenta de que he perdido mucha sangre. Algo suave me roza la mejilla, luego la mandíbula y después el pelo. Una cálida ráfaga de aire me sopla el oído y luego un relincho bajo.

Piedad.

Entonces siento una chispa. Un tirón. Un diminuto destello de magia en las venas. Y luego otro. Y otro. La magia, lenta al principio, me causa más dolor mientras trata de encontrar las heridas. Después se vuelve más fuerte, más segura. Flexiono los dedos.

Un momento después, me incorporo.

Me miro los antebrazos. Hay sangre por todas partes, pero no hay heridas abiertas. Están enteros. Me llevo una mano al cuello y no siento dolor.

*Infierno de plata.*

Piedad me empuja otra vez con el hocico; la correa que la ataba está rota y se arrastra por la tierra. Levanto una mano para acariciarle el hocico y luego miro al otro lado del fuego hacia Nakiis, que vuelve a mantener las distancias.

—Tu caballo estaba muy preocupado —dice.

—Ya —digo. Levanto la mano otra vez, para convencerme de que ha ocurrido de verdad—. Yo también.

# CAPÍTULO 49

# TYCHO

A pesar de las pruebas que tengo delante, no me creo lo que acaba de ocurrir. Mi daga está en el suelo y quiero abrirme la palma de la mano para comprobar si puedo volver a curarla.

Entonces Piedad me toca suavemente el pelo y comprendo que no hace falta.

Me arrodillo junto a su pata herida y le paso la palma por el tendón hinchado. Al principio, no ocurre nada, pero recuerdo las primeras lecciones de Grey con Iisak y, más tarde, las que Grey me dio a mí, cómo no hay que meterle prisa a la magia, no hay que forzarla. Poco a poco, siento el poder en las yemas de los dedos, las chispas que me resultaban tan familiares cuando tenía los anillos, pero que ahora me parecen extrañas y nuevas. La yegua se estremece cuando la magia empieza a funcionar, pero le murmuro y se tranquiliza.

En menos de un minuto, la hinchazón desaparece. Cuando le suelto la pata, soporta el peso por completo y me apoya el hocico en el hombro como si me diera las gracias.

Dejo escapar un largo suspiro y vuelvo a mirar al otro lado del fuego. Nakiis no se ha movido.

—¿Cómo? —digo—. No soy forjador de magia. De verdad.

Mira con desdén al rey.

—¿Te dio él los anillos?

—Sí.

—Entonces lo sabía. Sabía lo que te harían.

Frunzo el ceño.

—No lo creo. —Hago una pausa—. El rey no se crio como forjador. Aquí no hay magia. Hay algunos libros en palacio, pero hace mucho tiempo que expulsaron a todos los forjadores de Syhl Shallow. Los scravers están al otro lado del río Congelado.

—Sé dónde están los scravers.

Supongo que sí.

—No ha tenido a nadie que le enseñase desde que tu padre murió. Tardó mucho tiempo en ligar la magia a los anillos.

Un viento frío sopla a través del claro, el fuego parpadea y saltan chispas.

—Así que tu rey usaba a mi padre como un recurso.

—No —digo con firmeza—. Ya te lo he dicho. Iisak era un amigo. —Me devuelve una mirada impasible y añado—: Si el rey necesitara tener a un scraver encadenado, te habría dejado en aquella jaula de Gaulter y habría vuelto al galope al Palacio de Cristal para decirle dónde estabas. Así podría haber ido a buscarte él mismo.

Sigue sin decir nada, así que chasqueo la lengua con disgusto y vuelvo a atar a Piedad al mismo árbol donde la había dejado antes. Estoy pensando como un soldado, haciendo planes. Si tenemos un caballo sano, al menos uno de los dos puede cabalgar hasta encontrarse con las tropas de Rhen.

Si consigo que el rey se despierte.

Me arrodillo a su lado. Respira de forma superficial. Ni siquiera sé dónde está la herida. ¿En la cabeza? ¿En el corazón? Le pongo una mano en la frente e intento convocar de nuevo la magia.

—Cuando se envía magia a través del cuerpo —dice Nakiis—, siempre queda algo. Si la atas con acero de Iishellasa, la magia será más potente. —Hace una pausa—. Esto es magia elemental. Cuando los forjadores de magia vivían en Iishellasa, sus hijos usaban el acero imbuido para practicar antes de despertar sus propios poderes. Pero rara vez lo ha usado un humano. —Sus ojos brillan en la oscuridad—. Por razones obvias.

Me pregunto qué implicará esto para los demás que tienen anillos. Jake y Noah. Lia Mara. Harper.

Aparto el pensamiento. Nada de eso importa ahora. La reina y la princesa están en peligro. Si están prisioneras en Briarlock, entonces Jax también está en peligro. Llegará el momento en que tendré que decidir cómo proceder.

*Habría seguido órdenes, Tycho.*

Como siempre, no tengo a nadie que me las dé.

A pesar de la magia que siento en la punta de los dedos, Grey no se ha despertado. Le aprieto la palma de la mano en el pecho.

—Vamos —susurro—. Despierta.

—No puedes curarlo —dice Nakiis—. No está herido de verdad. Como he dicho, ha agotado su chispa.

El viento vuelve a azotarme las mejillas y me estremezco.

—Hay mucha magia en el aire —dice el scraver. Se estira como un gato, con las alas desplegadas—. ¿No la sientes?

—¿Cómo se la devuelvo? —pregunto—. ¿Por qué no ha ocurrido antes?

—La magia llama a la magia —dice sin más—. Tal vez termine por encontrar el camino de vuelta a su sangre.

Quiero golpear el suelo.

—¿Cuánto tardará?

—¿Días? ¿Semanas? Es posible que no sobreviva. Nunca he visto a un mago vaciarse de ese modo. ¿Qué lo poseyó?

Su esposa. Su hija. Días. Semanas. Lia Mara y Sinna no tienen tanto tiempo. El mensaje exigía la presencia del rey, no la mía. Aunque tenga magia, sigo siendo una única persona y no tengo ni idea de qué clase de armas habrán recopilado los Buscadores de la Verdad. No tengo ni idea de con qué fuerzas nos encontraremos.

Necesito un plan y no tengo ninguno.

O tal vez sí. Vuelvo a mirar a Nakiis.

—La magia está en el aire —digo—. Podrías ayudarlo.

Sin dudarlo, dice:

—Podría.

—¡Pues hazlo! —exclamo—. ¡Dime qué tengo que hacer! ¿Tienes que tocarlo? ¿Necesitas…?

—Necesito un seguro.

—Cualquier cosa —digo de inmediato—. Dime qué quieres que jure. No te hará daño. No te encarcelará. No…

—No puedes prometer en su nombre —dice Nakiis y el hielo cubre las rocas a sus pies—. Quiero un juramento tuyo.

Entrecierro los ojos.

—¿Qué clase de juramento?

—Llegará un momento en que necesitaré a un forjador de magia que luche a mi lado. Que obedezca mi voluntad. Cuando te llame, responderás.

—¿Con quién lucharás?

—Esa es la oferta —dice. Sus ojos brillan en la oscuridad—. Acepta o no.

Es demasiado indefinida. Hay demasiadas incógnitas. Como todo lo demás.

—Durante un día —digo—. Lucharé a tu lado durante un día.

—Un año.

—Ni hablar.

Me mira con frialdad. Le devuelvo la mirada.

—Seis meses —dice.

Hay algo que le importa. No estoy seguro de qué es, pero, si está dispuesto a negociar, es que necesita algo.

—Dos días —digo—. Y lucharé para defenderte cuando me lo pidas, pero no soy un mercenario. No mataré por ti.

—Un mes. Y os ayudaré a llegar a Syhl Shallow mucho más rápido que a caballo.

Levanto las cejas.

—¿Cómo?

—Haz el trato y lo verás.

Me muerdo el labio por un momento.

—Una semana.

—Hecho.

El viento, frío y repentino, atraviesa el claro y levanta rocas y suciedad que me entran en los ojos y asustan al caballo. Ahora siento cómo la magia me quema la piel y me estira la armadura, fría y caliente a la vez, de modo que no sé si la sangre se me congela o me hierve en las venas. Tengo que cerrar los ojos. De todos modos, solo veo una luz blanca, como la de mil soles a la vez. El sonido del viento se vuelve tan fuerte que no oigo nada más, pero no sé cómo, bajo el estruendo de todo ello, distingo la voz de Nakiis, más suave que antes.

—Te he traído la magia —dice—. Ahora dásela.

Por un instante, no sé cómo. La magia está por todas partes, un millón de estrellas que me llenan y me desgarran, maravillosas y terribles a la vez. El poder es adictivo. Imparable. Una parte aterradora de mí quiere aferrarse a él, guardar la magia para mí. Pero aún tengo la mano en el pecho de Grey y ese pequeño punto de contacto es un recordatorio de todos los momentos que hemos superado juntos, desde el primer instante en que descubrí su magia.

Juré servirlo una vez. Le dije a Jax que lo haría de nuevo, sin dudarlo.

Lo haría ahora.

El viento aumenta y ruge tan fuerte que creo que me van a estallar los oídos, hasta que ya no sé ni dónde estoy. Con un último y desgarrador tirón, la magia me arde en las manos. Oigo a Grey jadear, un terrible aliento que suena como el final de una vida, o el principio de una. Por un momento, veo sus ojos. Oigo su voz.

—Tycho.

Entonces pierdo el sentido y no veo nada más.

Me despierto con el rey agachado junto a mí, que me mira con preocupación. El cielo todavía está lleno de estrellas, pero en el horizonte ha aparecido una tenue bruma rosada. Cuando parpadeo, suelta un suspiro y se echa hacia atrás mientras se frota la cara con la mano.

Espero sentirme dolorido, pero no.

—¿Qué ha pasado? —pregunto y mi voz suena áspera, como si hubiera dormido más tiempo del que correspondía. Me obligo a sentarme.

—Esperaba que me lo dieras tú. —Hace una pausa—. Has estado inconsciente mucho tiempo. —Otra pausa, esta más significativa—. No despertabas.

Me pongo una mano en la cabeza. Me siento desorientado y aturdido. *Ha agotado su chispa.* ¿Me habrá pasado lo mismo?

—No lo sé.

Busco en el suelo, los árboles y el cielo. Piedad está atada no muy lejos. Entonces me sobresalto al darme cuenta de que no hay ni rastro del fuego que prendí anoche. No nos rodean los mismos árboles.

Vuelvo a mirar a las montañas. Estamos en el lado de Syhl Shallow.

*Os ayudaré a llegar a Syhl Shallow.*

—¿Dónde está Nakiis? —pregunto.

Grey frunce el ceño.

—¿El scraver?

Hay una nota en su voz que no comprendo del todo, como si la preocupación, la ira, el miedo y la sorpresa, todos a la vez, impregnaran una sola palabra.

—Sí. —Dudo—. No es nuestro enemigo. Me ayudó. Te ayudó a ti. —Vuelvo a mirar alrededor—. Nos ha traído a Syhl Shallow.

Tengo más preguntas que antes. No sé cómo lo ha hecho. La magia del rey nunca le ha permitido recorrer grandes distancias en un abrir y cerrar de ojos.

Pero entonces me acuerdo de lo que me ha dicho Grey. Estuvo fuera durante mucho tiempo.

Parpadeo hacia él.

—Me sorprende que no te hayas llevado a Piedad para ir a por Lia Mara y Sinna.

Me devuelve la mirada. Sus ojos son oscuros y sombríos.

—¿Creías que te dejaría inconsciente y solo en medio del bosque?

*Sí*, pienso. Pero no tengo el valor de decirlo.

No creo que haga falta. Grey vuelve a pasarse una mano por la mandíbula. Como de costumbre, no sé leer su expresión, pero después de un rato, se levanta. En control, sin dudas ni vacilaciones.

—¿Puedes caminar? —dice.

Tengo que pensarlo un segundo.

—Sí.

—Si estamos dentro de la frontera, no quiero perder el tiempo. Explícame lo que ha pasado mientras caminamos.

Bien. Nos ceñiremos al asunto que nos ocupa. No hace falta aventurarse en el conflicto que nos separa.

Aunque creo que me gustaba más cuando estaba inconsciente.

—Sí, majestad. —No lo digo con burla, pero me fulmina con la mirada. Lo ignoro y voy a por Piedad. En parte espero que me llame para que vuelva, pero empieza a colocarse la armadura.

Una parte de mí está convencida de que las últimas horas han sido un sueño. De que Nakiis nunca ha estado aquí y que Grey simplemente se ha despertado antes que yo.

Pero estamos en Syhl Shallow. Sería imposible haberlo soñado.

Me pongo en cuclillas y acaricio la pata delantera de Piedad. No hay hinchazón, no hay herida.

Me pongo de pie, saco la daga y me la clavo en la yema del dedo hasta que brota la sangre.

Contengo la respiración y busco la magia.

La herida se cierra. Sin esfuerzo, como si nunca hubiera perdido los anillos. No ha sido un sueño.

Desde detrás de mí, el rey dice:

—Tal vez deberías empezar por ahí.

Le hablo del comentario de Alek durante la partida de cartas y de que creo que los Buscadores de la Verdad han recopilado acero de Iishellasa para usarlo contra él, y que por eso lo he seguido. Le cuento cómo Nakiis me demostró que llevar los anillos durante tanto tiempo habría permitido que la magia se me filtrara en la sangre hasta dejar de necesitarlos.

—Iisak decía que todas las herramientas fabricadas con ese acero se mantenían bien vigiladas —dice Grey—. Pensaba que se debía al poder que otorgarían a su portador, pero tal vez fuera por algo más.

—No estás molesto.

Frunce el ceño.

—No. En realidad, me alivia pensar que Lia Mara tal vez tenga algo con lo que protegerse si la tienen retenida. No me cabe duda de que lo primero que habrán hecho es quitarle los anillos.

—Lia Mara no es tonta —digo—. ¿Cómo lograrían acercarse lo suficiente para llevársela?

Se queda callado durante un largo rato.

—Sinna.

Trago saliva.

—Nakiis me dijo que había muchos traidores en palacio. Que su intención era alejar a Sinna del peligro.

—¿Y te lo crees?

No suena escéptico. Suena como una pregunta genuina. Así que asiento.

—De haberlo querido, podría habernos matado a los dos allí mismo. No tendría ninguna razón para mentir.

—¿Sabe quién las retiene en Briarlock? ¿Sabe qué armas tienen?

Se me encoge el pecho. Debería haber preguntado, pero no lo hice.

—No lo sé. —Hago una pausa—. Deberíamos esperar a las fuerzas de Rhen.

—Tienen a mi mujer y a mi hija. No pienso esperar. —Me mira—. Si Nakiis es inocente, ¿por qué se ha ido?

—Tampoco lo sé. —Lo miro—. Desconfía mucho de tu poder.

*Nuestro poder.*

En cuanto lo pienso, una sacudida me atraviesa. Desde que conocí a Grey, la magia siempre ha sido suya. Todo el poder que he usado le pertenecía, él me lo concedía.

Ahora ya no. Flexiono los dedos a una lado y siento las estrellas en la sangre, listas y a la espera.

Magia propia.

Espero que se le ocurra un plan, ahora que sabe a qué podríamos enfrentarnos, pero el rey no dice nada más. Una parte de mí quiere saltar al lomo de Piedad y lanzarse de cabeza al peligro, pero otra mayor sabe que sería la peor de las imprudencias.

Además, si alguien fuera a salir al galope, sería él. El corazón me late con fuerza a cada paso, esperando a que me lo exija, porque esta vez no tendría forma de detenerlo. Ni de ayudarlo.

Pero no lo hace.

—¿Por qué nos ayudó Nakiis si tanto recela de mí? —pregunta.

—Hice un trato.

Se queda callado un momento.

—¿Por qué?

—¿Por qué? —Lo rodeo para ponerme delante tan deprisa que la yegua levanta la cabeza y resopla—. ¿Me preguntas por qué? ¡Porque estabas inconsciente! ¡Y Piedad estaba coja! ¡La reina y tu hija están en peligro! ¿Necesito más razones? La única opción que tenía era cargar contigo a lo largo de treinta kilómetros mientras conducía a un caballo herido. Perdóname si crees que habría sido más prudente, pero saliste de Ironrose sin un plan, así que…

—Suficiente.

Cierro la boca de golpe. Aprieto con fuerza las riendas y camino con los hombros tensos.

—¿Qué has negociado? —pregunta.

Las palabras se me atascan en la lengua. No puedo decirlas. El juramento que le he hecho al scraver podría no significar nada al final, o podría significarlo todo. Ni siquiera sé cuándo o cómo Nakiis me reclamará. Ni quién será su enemigo.

Podría ser Grey.

La idea me golpea de sopetón y una pinzada de miedo me atraviesa el corazón.

Aprieto la mandíbula.

—Prefiero no decirlo, majestad.

—Tycho, si vuelves a llamarme así, te voy a dar un puñetazo.

—Perfecto. —Suelto las riendas y le doy un empujón en el pecho—. Hazlo.

Retrocede un paso.

—No hagas esto.

No debería. Sé que no debería. No es el momento ni el lugar y tenemos problemas mayores. Pero estoy agotado y desanimado y no consigo controlar las emociones.

Voy a empujarlo de nuevo, pero se aparta y me sujeta el brazo. Espero que ataque, pero no lo hace. Me agarra la coraza de la armadura y me retiene.

—Para —dice, con la voz baja.

—Sé que quieres pegarme —gruño—. Hazlo de una vez.

—Lo cierto es que no, no quiero. —Me suelta—. Pero está claro que tú sí. Así que adelante.

Le doy un puñetazo antes de que termine de hablar. La verdad es que creo que no esperaba que lo hiciera, porque recibe el golpe de lleno. Se tambalea hacia atrás y acaba en el suelo.

Maldice y escupe sangre, luego me mira mientras se frota la mandíbula.

—Infierno de plata. Sí que tenías ganas.

—Así es.

—¿Te sientes mejor?

—No. —Me siento peor. Me doy la vuelta y agarro las riendas de Piedad—. Yo no debería habernos retrasado.

No espero a que se levante. Empiezo a caminar.

No tarda en alcanzarme, pero no lo miro. Volvemos a avanzar en silencio. La tensión entre nosotros no ha cambiado.

*Grey nunca cede*, había dicho Rhen. Eso está claro.

—¿Qué has negociado? —pregunta después de un rato, como si los últimos diez minutos no hubieran ocurrido.

Bien. No me importa jugar a este juego.

—Prefiero no decirlo, majestad.

—Tycho.

—Se me da muy bien guardar secretos. Quizá lo recuerdes.

—Nunca lo he olvidado.

Si lo hubiera dicho con arrogancia, le habría dado otro puñetazo. Pero no sé qué implica su voz y, aunque no quiero, lo miro. No parece enfadado. Ni a la defensiva. Parece arrepentido.

No quiero remordimientos. Quiero… otra cosa.

—Me sorprende que me hayas seguido —dice—. Si estás tan enfadado conmigo.

—Tenías que saber dónde te metías —digo con firmeza—. Y no quería que mataras a Jax. Me da igual lo que pienses de mí, no está detrás de esto.

—Así que no buscabas ayudarme. Buscabas detenerme.

No lo dice con reproche, pero me enfado de todos modos.

—¿No pueden ser ambas cosas?

No dice nada. Mejor, porque no he terminado.

—Yo también las quiero —digo—. Saliste de Ironrose sin pararte a pensar. No tienes ni idea de quién se llevó a Lia Mara. Podrían ser cientos. Tal vez ya no sea oficial, pero todavía sé que no se envía a un hombre a la batalla sin un plan. Ta vez ahora solo me veas como a un mensajero, pero no soy un lastre ni un estorbo. No soy un crío. Deja de hablarme como si lo fuera.

—No te veo solo como a un mensajero, Tycho.

No me apetece tener esta conversación. Vamos directos a una trampa y lo más probable es que los dos acabemos muertos, así que nada de esto importará.

—Ya corren rumores de rebelión y violencia contra el rey desde lo ocurrido en el Alzamiento —digo—. Una cosa es proteger a la familia real de una invasión al palacio. Si arrasan un pueblo, será imposible acallar las habladurías. No importa lo que le hayan hecho a la reina.

—Si les han hecho daño… —Se interrumpe y la amenaza en su voz es inconfundible—. Una vez hablé con Iisak sobre lo que estaba dispuesto a arriesgar para encontrar a Nakiis —dice Grey—. Entonces no lo entendí del todo. —Hace una pausa—. Ahora sí.

Me detengo en el camino y lo miro.

—Iisak murió.

—Murió tratando de salvar a su hijo.

—No. No fue así. Murió porque atravesó una ventana para atacar a una hechicera. Murió porque estaba ciego de ira, furia o venganza. Murió porque no se tomó un minuto para entender lo que pasaba dentro de esa habitación. —Lo fulmino con la mirada—. Igual que tú, cuando te subiste al caballo sin esperar.

Nunca le he hablado así. Me mira en silencio en la oscuridad.

Chasqueo la lengua con enfado y me giro para seguir caminando. Pero me detengo en seco.

Hemos llegado a una encrucijada. La carretera hacia Briarlock. Suelto un largo suspiro.

Casi veo la luz oscura que brilla en los ojos de Grey. Lo agarro del brazo antes de que se suba a la yegua y se convierta en un mártir, apuñale a Jax o incendie todo Briarlock, o las tres cosas.

—Sé moverme por el bosque —digo—. Nos saldremos del camino y nos acercaremos por la retaguardia, donde no nos vean. No esperarán que llegues tan rápido y seguro que no están solos. No nos quedan muchas horas de oscuridad, pero aprovecharemos el terreno elevado y valoraremos el tamaño de sus fuerzas, si es que las tienen.

Me mira la mano y luego vuelve a mi cara. Si está sorprendido, no lo demuestra.

—Buen consejo —dice el rey—. Haremos lo que dices.

# CAPÍTULO 50

# JAX

El moratón que mi padre me dejó en la mandíbula no se ha desvanecido. El dolor en las entrañas también promete durar un poco más. Creo que es posible que me haya magullado una costilla.

Nada de eso importa, porque el resentimiento que siento tampoco desaparece.

—Me he ocupado del desastre que has provocado —me dijo al segundo día. No le contesté. Apreté los dientes y seguí trabajando.

Me dio un golpe en la nuca.

—Deberías darme las gracias. He descubierto lo que hacías. A quién ayudabas. Le he dado la vuelta a la situación, chico. Tienes suerte de que no nos hayan metido a los dos en la prisión de piedra.

—Muchísima suerte —murmuré.

Ya no tengo armas. No estoy seguro de lo que ha hecho con la daga, pero rompió el arco de Tycho en pedazos y lo echó a la fragua mientras yo miraba. Luego las flechas, una por una. Bien podría haberme echado a mí al fuego.

Ha amenazado con hacerlo. Más de una vez.

—Si intentas algo, echarás de menos quemarte solo la mano.

No tengo armas. Ni dinero.

Ni opciones.

He pensado en escapar. A veces, a altas horas de la noche, fantaseo con ello. Atravieso la casa y me abro camino por el bosque en la oscuridad. Pero no soy rápido ni silencioso. Si me atrapa… prefiero no pensar en las repercusiones.

Cada vez que estamos juntos en la forja, me dan ganas de golpearlo en la cara con una de las herramientas. Pero todavía no he encontrado la forma de hacerlo.

*¿De qué tienes miedo?*

Ahora mismo, de muchas cosas.

Así que, todos los días, agacho la cabeza y trabajo. No sé por qué pensé ni por un segundo que podría escapar de mi desgracia. Si los Buscadores de la Verdad realmente tienen intención de matar al rey, no tengo manera de advertir a nadie. No tengo pruebas. Y si lo consiguen... formé parte de ello. Una parte pequeña.

Si no, aún pasarán semanas antes de que Tycho vuelva a Briarlock.

Esta mañana, estoy en el taller antes del amanecer mientras mi padre hierve unos huevos. Dedico un momento a desear que se atragante. El cielo resplandece de color rosa sobre las montañas, pero aquí abajo todavía está oscuro, así que enciendo un farol antes de encender la fragua. Una brisa fresca me rodea y me mueve un mechón de pelo; me soplo las palmas de las manos para calentarlas.

Una repentina quietud parece apoderarse de la mañana. Una vacilación. Una espera. Se me erizan los pelos de la nuca.

Agarro las muletas y me levanto para asomarme a la oscuridad, y luego me vuelvo a mirar hacia la puerta de casa. Oigo a mi padre dentro, así que no es él.

Cuando me doy la vuelta, dos hombres atraviesan las sombras más allá de la herrería y doy un respingo. Nunca aparece nadie a estas horas, al menos no por una buena razón. El corazón me late con fuerza y vuelvo a mirar hacia la puerta mientras me pregunto si debería llamar a mi padre. Inhalo con brusquedad.

Antes de que diga ni una palabra, una mano me tapa la boca. Unos familiares ojos marrones aparecen en mi visión.

—Jax —susurra Tycho—. Tranquilo. Soy yo.

A pesar de sus palabras, mi corazón no se tranquiliza. No aparecería por aquí a estas horas si todo fuera bien. No susurraría.

Miro al otro hombre que espera en las sombras. No distingo sus rasgos en la penumbra, pero no se parece a lord Jacob. Es más alto que yo y lleva una armadura negra. La luz del farol se le refleja en los ojos.

Y en las armas.

Pienso en la carta que Callyn y yo interceptamos y trago saliva. Tenso los dedos en las muletas.

—Mírame —dice Tycho y su voz sigue igual de tranquila, aunque transmite el peso de la urgencia—: Jax, mírame.

Lo hago. Una fuerte tos sale del interior de la casa y mi padre maldice.

El hombre de detrás de Tycho saca una espada.

—Tycho. No está solo.

Sus ojos no se apartan de los míos.

—¿Quién más está aquí?

—Es mi padre. La magistrada lo soltó. —Los miro a los dos—. ¿Quién…? ¿Qué haces aquí?

—Hay soldados en el bosque que rodea la panadería de Callyn —dice Tycho.

Desvío la mirada hacia el camino, pero no veo nada más que oscuridad y árboles.

—¿Soldados? ¿Del ejército de la reina? ¿O de Emberfall?

—El ejército de la reina. —El otro hombre se adelanta. Sus ojos son tan oscuros que son casi negros y su expresión no revela nada—. Al menos treinta. Tal vez más. ¿Es ahí donde tienen a la reina?

Frunzo el ceño.

—No sé nada sobre la reina. —*Solo conozco una posible conspiración para matar al rey.* Dudo. No sé cuán sincero debería ser.

Dentro de casa, el suelo cruje. Mi padre se mueve de nuevo. No estoy seguro de si sería bueno o malo para él que saliera en este momento.

—Habla —dice el hombre y su tono no resulta nada tranquilizador—. Si no has hecho nada malo, no tienes nada que temer.

Es más intimidante que Tycho y Alek juntos. Casi saboreo los latidos de mi corazón.

Debo dudar demasiado, porque se acerca.

—Responde. ¿Dónde está la reina? ¿Trabajas con los Buscadores de la Verdad?

—No sé nada de la reina. —Retrocedo a trompicones con las muletas porque no deja de avanzar.

—¿Sabes por qué me han convocado en Briarlock?

—Ni siquiera sé quién es usted. —Choco con la mesa de trabajo y una muleta se me cae al suelo. Parece a punto de clavarme la espada en el vientre, pero Tycho lo agarra del brazo.

—Grey. ¡Grey! Te ha dicho la verdad. Te lo dije. No sabe nada.

Miro los ojos oscuros del hombre que casi me ensarta en la mesa.

—Por lo cielos —Jadeo—. El rey.

—Sí —dice—. Así que habla. Sabes algo.

—No sé nada de la reina —repito y se me seca la boca. No sé si debo arrodillarme, inclinarme o empezar a pedir perdón por todo lo que he hecho mal—. Callyn abrió la última carta de lord Alek. No decía nada de la reina. Decía algo sobre la competición de tiro con arco del segundo día. Que «Padre» estaría en el campo. No era una amenaza clara, pero… sonaba como tal.

La expresión del rey sigue inflexible.

—¿Nada sobre la reina? ¿Nada sobre Sinna?

Entonces lo percibo en su voz. El miedo que anula todo lo demás.

Niego con la cabeza y miro a Tycho.

—Quería intentar llegar a Emberfall. Avisarles de alguna manera. Pero mi padre volvió a casa. Se llevó el dinero.

Tycho y el rey intercambian una mirada.

—Presencié la competición de tiro con arco —dice el rey—. Alek estuvo a mi lado todo el tiempo. —Hace una pausa—. Esto no explica lo de los soldados en el camino. Ni el mensaje que recibí.

Tycho frunce el ceño.

—¿Dónde está la carta ahora? ¿Quién la reclamó?

Tomo aire para responder, pero la puerta a mi espalda cruje.

Tycho abre los ojos de par en par.

—¡Grey! —Levanta un brazo y empuja al rey hacia un lado.

Oigo el chasquido de una ballesta, pero no comprendo el sonido hasta que una saeta aparece en el hombro del rey.

Luego, la voz de mi padre.

—Buen trabajo, Jax. Por fin has hecho algo bien.

# CAPÍTULO 51

# TYCHO

El rey recibe el golpe antes de que me dé tiempo a bloquearlo. La primera flecha impacta en el hombro, pero es mejor que en el cuello.

Levanto un brazo para desviar un segundo disparo con el brazalete y la flecha me atraviesa el bíceps.

El dolor repentino casi me hace caer de rodillas. Ya me han disparado antes, pero no así. La flecha me quema donde rompe la piel y me deja sin aliento. El padre de Jax ya ha cargado otra.

La siguiente le da a Grey en la pierna y cae.

—¡Papá! —grita Jax—. ¡Papá, detente!

Intenso desenfundar los cuchillos arrojadizos, pero los dedos de mi brazo herido se mueven con torpeza. Infierno de plata.

—Las flechas —jadea Grey. Clava una rodilla en el suelo—. Tenías razón. Son de acero de Iishellasa.

No tengo una flecha incrustada en el brazo, pero la sangre me corre por la manga. Veo brillar las estrellas, pero no puedo curar la herida.

El padre de Jax no ha vuelto a disparar, pero tiene otra saeta cargada y nos apunta con ella. Estoy jadeando, pero consigo deslizar un cuchillo arrojadizo hasta la mano izquierda. No tendré tan buena puntería como siempre, y menos mientras siga detrás de la mesa, pero espero hacer un lanzamiento limpio.

—¡No me estaban atacando! —grita Jax, como si a alguien se le fuera a ocurrir que su padre pretendía defenderlo.

—Ya lo sé —dice Ellis—. Estábamos esperando a que apareciera. Ahora ve a decirles a los guardias que están en casa de Callyn que también tenemos al rey.

*También.* Se me encoge el corazón.

Me pregunto si eso significa que Callyn está metida en esto.

Ellis sigue detrás de la mesa de trabajo. Estoy seguro de que Grey tiene un arma en la mano, pero tiene dos flechas de acero clavadas en la piel. Respira más fuerte que yo.

—¿Puedes usar la magia? —le susurro en emberalés.

Sus ojos están oscurecidos por la rabia. Cuando habla, tiene la voz tensa.

—Si pudiera, ese hombre ya estaría muerto. —Me mira—. Tienes que encontrar a la reina.

—No pienso dejarte.

—Sé lo que estáis planeando —dice Ellis—. No tengo ningún problema en mataros a los dos. ¡Sabían que vendríais aquí! Lo sabían. —Casi cacarea de regocijo—. Me darán una recompensa. ¡Chico! Te he dicho que fueras a casa de Callyn.

—No pienso ayudarte con esto —espeta Jax.

Ellis mira a su hijo, con los ojos encendidos de rabia.

—Te he dicho que…

Veo una oportunidad. Los cuchillos salen volando de mi mano antes de que dispare la ballesta. Es un mal ángulo, así que el primero falla, pero el segundo atraviesa el hombro del hombre. Grita y apunta para dispararme. Me esfuerzo por sacar un tercer cuchillo.

Jax lo embiste. No tiene fuerza para derribar a su padre, pero forcejean por el arma y el disparo sale desviado. El farol se rompe y el taller se queda a oscuras. Jax grita. La cabeza me da vueltas.

—¡Tycho! —dice Grey. Ahora también tiene cuchillos en las manos—. Tienes que encontrar a Lia Mara. —Su respiración es rápida y agitada—. No sabemos qué otras armas tiene. —Se estremece—. Ve ahora, mientras todavía puedes.

No quiero dejarlo. No quiero dejar a Jax.

Ellis ha cargado otra saeta. Oigo el chasquido de la ballesta y el tiempo parece detenerse justo en ese momento. Hay demasiada gente en peligro.

—Haré lo posible por mantenerlo con vida —dice el rey—. Tycho. Si tienen a la familia real, tienen Syhl Shallow.

Tiene razón.

Corro.

# CAPÍTULO 52
# CALLYN

M e despiertan los gritos.

No, son vítores. Los soldados del patio vitorean. Gritos de emoción y de victoria que van a despertar a Nora.

Intento discernir en el ruido por qué están tan contentos. Me acerco a la ventana para mirar abajo. Han encendido varios faroles y los soldados se arremolinan con entusiasmo.

—Callyn.

Nora está en la puerta de mi dormitorio, con el rostro tenso y preocupado. Sabe quién está en el granero y sabe que los vítores de los captores de la reina no auguran buenas noticias.

—Ve a vestirte —digo rápidamente y me dirijo a hacer lo mismo. Aprieto con una mano el colgante de mi madre. No sé qué está pasando, pero después de lo ocurrido con la princesa, no quiero lidiar con ello en camisón.

Minutos después, bajamos a la panadería. Nora se acerca y me agarra los dedos mientras nos escondemos justo detrás de la puerta para asomarnos.

Los soldados siguen de celebración. Ahora hay decenas de ellos. Tal vez más de un centenar.

¿De dónde han salido? ¿Estaban durmiendo en el bosque?

—¿Qué es lo que dicen? —susurra Nora—. No dejar de repetir lo mismo. ¿Hemos atrapado…?

—Al rey —digo sin aliento—. Han atrapado al rey.

Y la reina está prisionera en mi granero.

Alek me preguntó a quién le era leal. Dijo que él era leal a la reina, pero ahora está encarcelada por los mismos que afirmaban protegerla.

Quiero honrar la memoria de mi madre, pero me cuesta imaginar que hubiera participado en esto.

*Mi padre lo hizo.*

El recuerdo me quema. Si este era su plan cuando asaltaron el palacio la primera vez, entonces se equivocó.

Los guardias y los soldados están por todas partes, pero me han permitido llevarle comida a la reina desde que me enteré de su presencia. No veo motivos para que eso cambie si han atrapado a su presa.

—Ayúdame a preparar unas bolsas con comida —le digo a Nora—. Tienen que ser pesadas para que haya una razón para que me acompañes. —Pienso deprisa. Los soldados revisaban las bolsas al principio, pero o bien se aburrieron de hacerlo o dejaron de preocuparse de que planeara algo. Están tan ocupados celebrando que dudo de que esta vez se molesten—. Saca las dagas de mamá de debajo de la cama y apila los panes de ayer encima.

Abre aún más los ojos.

—¿Por qué?

—Date prisa. —Vuelvo a mirar por la ventana de la puerta—. No quiero dejarte aquí.

—¿Por qué no?

—Porque vamos a intentar salvar a la reina.

# CAPÍTULO 53
# JAX

M e sorprende que mi padre no me haya disparado a mí con la ballesta. Después de darme un puñetazo, recargó el arma y me apuntó durante un minuto. Estaba tan seguro de que iba a apretar el gatillo que me tiré en el sucio suelo del taller en penumbra. A través de los montones de hierro y proyectos a medio terminar, me encontré con la mirada cargada de dolor del rey.

—Perdóneme —dije—. No sabía…

—No le pidas perdón —espetó mi padre—. Entra en casa, si es que puedes. Saca los grilletes que hay debajo de mi cama.

No me moví.

—Haz lo que te dice —dijo el rey, con la voz tensa—. No le des motivos para que vuelva a dispararme.

Así que ahora está encadenado a la fragua, que está lo bastante caliente como para que el sudor le apelmace el pelo. Aún tiene las flechas clavadas en la piel y resuella por el esfuerzo de soportarlo. Los primeros rayos de sol han irrumpido sobre la montaña y veo la sangre que le empapa la camisa y el cuero de la armadura. Sus armas yacen en una pila al otro lado del taller, fuera del alcance, cortesía de mi padre. Espadas, dagas y un arco como el de Tycho.

Mi padre se marchó hace cinco minutos. Deduzco que para avisar a quien sea con quien esté compinchado, porque nos llegó una ovación desde el camino, cerca de la panadería.

Da igual lo que piense de mi padre, no es tonto. Me rompió las muletas antes de irse.

—Vigílalo —me dijo.

Menudo chiste. Le he ofrecido agua al rey, que la ha rechazado. No confía en mí. Se lo noto en los ojos.

No lo culpo.

Tycho también se ha ido. Me sorprendió la cantidad de soldados que parecía haber en el camino. No sé qué significa.

Sé que Tycho no puede con todos. No sin los anillos. Tal vez ni siquiera con ellos.

Luego está el asunto de mi amiga. ¿Los Buscadores de la Verdad le habrán hecho algo a Callyn?

¿O lo habrá sabido todo el tiempo?

El rey cambia de posición y esboza una mueca de dolor. Me pongo de rodillas y me acerco a él, pero me atraviesa con la mirada y me quedo paralizado.

Casi todo Syhl Shallow tiene miedo de este hombre y he oído todos los rumores de lo que es capaz. Sé que hay muchas personas que se sentirían aliviadas al verlo encadenado a una fragua, impotente. Por lo visto, muchas están en el camino. Sin embargo, yo lo único que oigo es a Tycho en mi cabeza: *Es bueno y justo y hará todo lo que esté en su mano para proteger Syhl Shallow y Emberfall.* Tampoco dejo de oír la voz inflexible del rey al exigirme respuestas, seguida de la emoción en su tono al preguntar por la reina y la princesa. Su esposa y su hija.

Tal vez el rey Grey posea una magia aterradora, pero este hombre no es la suma de las historias que Callyn y yo hemos escuchado.

Taz vez esté sufriendo, pero me analiza con la mirada. Me pregunto qué verá.

—Tycho me juró que no estabas conspirando contra el trono —dice por fin.

—No lo hacía —digo—. Se suponía que eran solo mensajes. Estamos muy lejos de la Ciudad de Cristal. —Tengo que esforzarme para no apartar la mirada—. Estábamos desesperados.

—Tenías que saber que tu padre estaba metido en esto.

—No lo sabía. De verdad. —Pero frunzo el ceño al recordar a lady Karyl. El primer día lo buscaba a él, pero no quise creer que estuviera trabajando con los Buscadores de la Verdad. No después de lo que le pasó al padre de Callyn.

Sin embargo, tal vez fuéramos las caras opuestas de la misma moneda: desesperados por el dinero, sin importarnos cómo conseguirlo.

*Deberías darme las gracias. He descubierto lo que hacías. A quién ayudabas. Le he dado la vuelta a la situación, chico.*

Incluso cuando capturó al rey, no tenía nada que ver con el resentimiento contra la magia ni con proteger Syhl Shallow.

Lo hizo por el dinero.

*Debería matarlos a los dos*, había dicho. *Me darán una recompensa.*

—Debería haberlo sabido —digo con amargura. El rey hace una mueca de dolor y vuelve a cambiar de postura. Le echo un vistazo a sus heridas—. ¿Ayudaría que sacara las flechas?

Me estudia durante un largo momento.

—No lo sé. —Traga saliva e incluso eso parece dolerle—. No sé qué poder está ligado a ellas. Podría ser peor si no consigo cerrar las heridas. —Flexiona las muñecas y pone otra mueca de dolor—. ¿Puedes desencadenarme?

—Mi padre se ha llevado las llaves. —Dudo—. Los eslabones son demasiado gruesos para cortarlos. Podría intentar fundir la cadena con la fragua, pero no sería rápido.

—Hazlo.

—Va a doler. Y si me atrapa...

—Entonces hazlo ya, antes de que vuelva. —No levanta la voz, pero la orden clara de su tono me hace saltar y correr a por las herramientas.

La pata de la fragua no está cerca de la abertura del fogón y la cadena no es muy larga. El rey tiene que empujarse hacia atrás unos centímetros mientras yo tiro de la cadena hasta que retuerce los hombros en un ángulo casi inhumano. Respira entre dientes.

—Lo siento —digo—. Lo siento.

—Así no vas a ir más rápido, Jax.

—Sí, majestad. —Me las arreglo para pasar la cadena por encima del borde de la fragua—. No es lo bastante larga.

Intenta levantarse sobre una rodilla, pero la pierna no lo sostiene. No con una flecha en el muslo. Le retuerzo el brazo un centímetro más y suelta un gemido, pero automáticamente añade:

—No pares.

Introduzco un eslabón en el fuego y lo encajo con las pinzas para que se caliente lo suficiente. Estoy tan cerca del calor que el sudor me empapa los antebrazos, pero no me atrevo a soltar. El dolor es casi insoportable y un grito ahogado se me escapa de entre los labios.

Entonces el rey dice:

—Cuando vengan los soldados, ¿de qué lado estarás? —Hace una pausa—. ¿Por quién lucharás?

No sé qué decir. Nunca pensé que la cosa llegaría tan lejos.

Pero por supuesto que sí. Tomé una decisión. Ahora tengo que tomar otra. Nadie me ha hecho nunca una pregunta así. El miedo me pesa como una bola de plomo en el estómago, pero también siento determinación.

Por primera vez, creo que comprendo el tono de Tycho cuando dijo: *La parte de hacer de soldado, no tanto.*

Hay algo de lo que sí estoy seguro.

—No estoy con los Buscadores de la Verdad —digo—. Estoy con Tycho. Si él lucha por usted, yo también.

—Tycho arriesgó su posición en la corte por ti —dice el rey—. Arriesgó su vida por ti.

Me estremezco por dentro, luego parpadeo para sacarme el sudor de los ojos.

—Lo sé. —Respiro entre jadeos y veo cómo me salen ampollas en los dedos con los que sostengo la cadena—. Lo sé.

—Haz que valga la pena.

Asiento. La cadena empieza a estar incandescente.

—Ya casi está —digo—. Solo un minuto más.

—¿Has recibido alguna formación como soldado? —pregunta el rey y suena como si hablara con los dientes apretados—. ¿Sabes luchar, si se da el caso?

Me reiría si la situación no fuera tan seria.

—No. Ninguna. —Dudo—. Bueno…

—Habla.

La cadena se pone amarilla. Busco las pinzas.

—Sé disparar con el arco. Tycho me enseñó. —La cadena cede y los brazos del rey se liberan de forma tan repentina que casi se cae.

El corazón me late con fuerza. Si mi padre nos descubre tal vez deje vivo al rey, pero a mí me matará sin duda.

Me doy cuenta de que los vítores suenan cada vez más fuertes.

—Ya regresan —digo.

—Armas, Jax. —Vuelve a respirar con dificultad, pero su voz es potente—. Ahora.

Tengo que arrastrarme a por ellas y empiezo por las más grandes. En un instante, separa el cinturón de la espada, se lo envuelve dos veces alrededor del muslo con la herida de flecha más profunda y lo aprieta con fuerza.

Sin previo aviso, ni siquiera un momento de vacilación, saca la flecha de un tirón y maldice.

La sangre le cae por la pierna. Lo miro.

—Necesita…

—Necesito más armas. Los cuchillos arrojadizos.

De nuevo, me apresuro. Llevo todos las que puedo a la vez y se los pongo en el pecho con una mano mientras me arrastro con la otra.

—¿Se puede curar? —pregunto en la tercera vuelta.

—Todavía no. —Parece que ha palidecido un poco—. Ahora el arco y las flechas.

Me coloco el carcaj completo sobre el hombro y me arrastro con el arco en la mano. Cuando se lo tiendo al rey, niega la cabeza.

—Eso —dice— es para ti.

# CAPÍTULO 54
# CALLYN

Tenía razón. He conseguido entrar en el granero sin apenas resistencia. Los soldados ya se han acostumbrado a que lleve comida, así que nos han dejado pasar. Nora camina pegada a mí.

La reina está sentada en un rincón con su hija y levanta la vista sorprendida cuando nos acercamos con un farol. Sinna está entre sus brazos.

—¿Qué está pasando ahí fuera? —pregunta la reina en voz baja.

—No estoy del todo segura —digo con prudencia.

—Dicen que han capturado al rey —susurra.

—Lo sé. —Trago saliva—. No sé cómo. No sé qué significa.

Una sombra se desliza por la pared del granero. Una voz masculina dice:

—Significa que Grey tiene problemas.

La reina jadea, pero Sinna se libera de sus brazos para correr por el suelo de paja.

—¡Tycho!

La levanta en brazos y la hace girar en el aire, pero el movimiento es sobrio y su expresión se mantiene seria.

—El rey está herido —explica rápidamente—. No sé con qué le han disparado, pero parece que cuentan con un suministro de artefactos de Iishellasa. No puede usar la magia. Hay cerca de cincuenta soldados en el camino. He reconocido a muchos de la guardia del palacio. Podría haber más. —Se acerca y entrecierra los ojos al fijarse en la reina, la sangre en sus ropas y los moretones de su rostro—. Majestad. Lo siento. Me ordenó que te encontrara. No he podido…

Ella se adelanta y le echa los brazos al cuello con tanta fuerza que tiene que dar un paso atrás.

—Me alegro mucho de que estés aquí —dice y casi se le quiebra la voz—. Tenemos que salvarlo, Tycho.

—Lo haremos —dice él, aunque no suena del todo seguro.

La reina se retira para mirarlo.

—¿Cómo has entrado sin que te vieran?

—He roto la cerradura de la puerta trasera. Todos están en el patio celebrando la captura y apenas ha salido el sol. En las sombras, es fácil confundirme con cualquier otro soldado. —Mira hacia arriba y alrededor del granero—. Creí que tendría que colarme en la panadería, lo que habría sido un poco más difícil, pero entonces recordé todas las reparaciones que había visto en tu granero. —Su voz se llena de tristeza—. Deduje que tal vez Alek lo había preparado todo.

Y así fue.

Me sonrojo. Fui una tonta.

La reina no pierde el tiempo con mis remordimientos.

—Ya identificaremos a los perpetradores clave cuando estemos todos a salvo en el palacio. Tycho, ¿cuántos soldados has traído contigo? ¿Estamos seguros de que son leales? Si nos enfrentamos a los Buscadores de la Verdad, ¿podremos…? —Se fija en su expresión a la luz parpadeante del farol—. ¿Qué pasa?

—No hay soldados —dice—. Me tienes a mí.

Las palabras forman un silencio que se extiende en la oscuridad.

La reina estira la mano para apretar la suya.

—Hay pocas personas a las que preferiría.

Tycho sonríe, aunque con un aire melancólico, cargado de palabras no dichas.

—Me sentiría mejor si tuviéramos un batallón completo. Sé que Rhen ha enviado soldados para seguirnos, pero no pueden viajar tan rápido.

—¡Un batallón completo! —dice Nora, y no sé si está fascinada o asustada—. ¿Va a haber una guerra en Briarlock?

—¡Una guerra! —dice la princesa y su vocecita es la misma que la de mi hermana. Se agarra con fuerza al cuello de lord Tycho.

—Tal vez —dice la reina—. ¿Cuándo esperas que lleguen? —pregunta, esperanzada.

—No hasta dentro de dos días —dice Tycho—. Por lo menos.

Ella lo mira en silencio. Él le devuelve la mirada.

—Como he dicho —susurra—. Me tienes a mí.

—Así que depende de nosotros —dice la reina con decisión.

—Sí. Si nos movemos rápido, antes de que termine de salir el sol, creo que podemos escapar al bosque sin que nos vean.

La reina me mira.

—Callyn, me has jurado que querías ayudar. Si voy a rescatar a mi marido, necesitaré que cuides de la pequeña Sinna.

Hay tantas partes de esa frase que me sorprenden que no sé por dónde empezar. Pero me clava la mirada de tal manera que no me queda más remedio que asentir.

—Sí, majestad.

—Te ayudaré —dice Nora.

Obedientemente, la princesa me tiende los bracitos y yo la tomo de manos de lord Tycho. Enrosca los dedos en mi pelo igual que como lo hacía Nora.

—Deberían ir con nosotros —dice Tycho—. No creo que sea seguro dejarlas aquí.

—Eso tenía pensado —dice la reina. Fuera se produce otra ovación y frunce el ceño. Su voz se vuelve muy suave—. Quieren matarlo, ¿verdad, Tycho?

Asiente.

—Vayamos a un lugar seguro y preparemos un plan. En cuanto se den cuenta de que te has ido, tienen gente suficiente para buscarte en los bosques.

—Como digas —dice la reina. Le da la mano a lord Tycho y le lanza una mirada cargada de pesar—. Ahora mismo lamento mucho haberte obligado a devolver los anillos.

—Ah, ya.

Agarra una brizna de paja y la levanta. En un instante, una llama cobra vida. Nora aplaude. Yo lo miro con los ojos como platos. La reina jadea.

—Majestad —dice Tycho—. El rey ya no es el único que tiene magia.

# CAPÍTULO 55
## JAX

Los soldados ya vienen por el camino. Oímos sus cánticos, claros como una campana.

—¡Muerte al rey! ¡Muerte al rey!

El corazón me martillea en la caja torácica y siento cada respiración que me entra en los pulmones. El rey ha conseguido ponerse en pie, pero parece menos estable que yo, lo cual ya es decir. Se ha sacado la última flecha del hombro, pero su magia aún tarda en hacer efecto y la sangre le empapa el costado de la armadura. El brazo le cuelga inerte. Tengo una flecha preparada y esperando, y el brazalete del rey en el antebrazo. Me ha dado una letanía de instrucciones.

*Si llevan armadura, la garganta es el punto más vulnerable, pero es un objetivo estrecho.*

*Es mejor apuntar a las piernas. Si no pueden caminar, no pueden avanzar.*

*O a la cara. Nadie puede luchar con una flecha en el ojo.*

*No esperes a ver si la flecha ha dado en el blanco. O lo ha hecho o no. Busca el siguiente disparo.*

*No te olvides de respirar. Tómate tu tiempo para apuntar. No desperdicies las flechas.*

Nunca le he dado a un objetivo en movimiento. No sé si es el momento de decírselo. Probablemente no.

—No soy soldado —digo, como si hubiera alguna posibilidad de que no lo supiera.

—Nadie lo es hasta que tiene que serlo.

Lo dice como si nada, pero las palabras se me meten bajo la piel y se quedan ahí. En cierto modo, esto me recuerda a la primera vez que disparé con Tycho en la nieve. Podría ser una lección más. No nos jugamos nada, solo un poco de corteza de árbol.

Entonces el rey cambia de posición y la respiración se le entrecorta un poco, la única señal de que todavía le duele.

Nos jugamos mucho.

Trago saliva mientras el sol termina de alzarse por encima de las montañas y nos ofrece una visión clara del camino.

—¿Ha vuelto la magia? —pregunto. Las heridas parecen haber dejado de sangrar, pero no sé si es buena o mala señal.

—Un poco. No la suficiente. —Mira al cielo y luego me mira a mí—. Pero ya he vencido antes a los malos augurios.

Vienen decenas de soldados. Solo tengo veinte flechas en el carcaj. Incluso si acierto todos los disparos, eso no los detendrá a todos.

—¿Tan malos? —digo.

—El destino ya ha trazado un camino más allá de este momento, Jax. Sigámoslo.

Nunca he creído en el destino, pero su voz suena tan segura que asiento.

—Sí, majestad.

Los soldados aparecen a la vista. Hay muchísimos. Parece fundirse unos con otros y me doy cuenta de que el sudor me ha entrado en los ojos. Por un instante, no puedo respirar. No puedo pensar. Me tiemblan los dedos y aprieto la flecha.

—Espera —dice el rey, mientras desenfunda la espada—. Espera mi orden.

Asiento. La mano me resbala en el arco.

—Respira —dice, y exhalo despacio.

Los soldados deben darse cuenta de que el rey ya no está atado, porque se oye un grito que interrumpe los ansiosos cánticos. Se levantan arcos y ballestas. Algunos apuntan al rey, pero otros me apuntan a mí.

Mi padre está entre ellos. Veo la sorpresa en sus ojos cuando se fija en el arco en mis manos, pero levanta su propia arma. No sé si me apunta a mí o al rey, pero no importa. Hay muchos y vienen todos a la vez.

—Ahora —dice el rey y suelto la flecha, tal como he practicado.

# CAPÍTULO 56

# CALLYN

Desde el bosque veo caer al padre de Jax, pero pasa tan deprisa que en cuestión de segundos desaparece bajo los otros soldados que se arremolinan para atacar. Otros comienzan a caer también, mientras las flechas de Jax los derriban. Hay un hombre a su lado que debe de ser el rey. Pero son demasiados los que avanzan para rodear la forja y pierdo a Jax de vista. La reina y lord Tycho han adelantado por el bosque para intentar aprovechar la magia de alguna manera.

Jax. En contra de mi voluntad, las lágrimas me nublan la vista y me alegro de tener a una niña pequeña abrazada a mí o yo misma me uniría a la lucha. No es soldado. No es un luchador. Tiene un arco y a un hombre herido a su lado.

Sigo escuchando su voz, el primer día que tomó las monedas. *Eres mi mejor amiga.*

Dije que estaba dispuesta a ir a la horca con él. Ahora debería estar a su lado.

—Cally-cal —susurra Nora en las sombras del amanecer—. ¿Jax estará bien?

Tengo que tragarme el nudo de la garganta.

—No lo sé. —Mi voz suena ronca por culpa de la preocupación, pero me aclaro la garganta, porque Nora parece al borde de las lágrimas—. Aquí, alteza —le digo a la pequeña Sinna—. ¿Quieres sentarte con Nora? Le gustan los pasteles casi tanto como a ti.

Sin esperar a que ninguna de las dos responda, acomodo a la joven princesa en los brazos de Nora. Inmediatamente, acaricia con un dedito la trenza de mi hermana.

—Mamá también se trenza el pelo así. —Su carita se contorsiona como si tratase de entender algo—. ¿Eres una reina o una princesa?

Nora se queda con la boca abierta y yo digo:

—Es una princesa.

Una sonrisa se abre paso entre las lágrimas de mi hermana.

—La princesa Nora. Esa soy yo. ¿Quieres que te trence el pelo a ti también?

Mientras parlotean, avanzo unos metros. Los soldados han disminuido la velocidad de forma anormal, pero no sé si es por la magia del rey o si Tycho y la reina han hecho algo. Muchos han caído y las flechas sobresalen de sus cuerpos.

Muchos otros siguen en pie.

Los cuerpos se separan, solo por un segundo, y vislumbro a Jax con el arco en las manos.

Luego los soldados vuelven a moverse y mi amigo desaparece.

Una llamarada estalla en la maleza frente a Tycho y la reina, y jadeo. El fuego se extiende deprisa y se arrastra por el suelo en persecución de los soldados que avanzan a cámara lenta. Hombres y mujeres gritan al verlo venir e intentan cambiar de rumbo para huir. Algunos lo consiguen y se dispersan por el bosque.

Otros se prenden fuego. Los gritos son terribles.

Me doy cuenta de que así fue como murió mi padre. La magia en el palacio durante el primer ataque.

La comprensión me deja estupefacta. La misma magia que mató a mi madre. De pronto, el fuego está por todas partes, en las hojas, en los árboles, quema todo lo que toca. Los soldados se han dado cuenta de dónde procede la magia y ya no atacan la forja. Las mujeres y los hombres con armadura que han evadido el ataque mágico suben por la colina hacia nosotros. Lord Tycho ya ha desenvainado una espada. Me muevo para volver con Nora y con Sinna cuando veo a un hombre que corre por el bosque y que apunta con una ballesta a la espalda de la reina.

No pienso. Me lanzo a por ella y la tiro al suelo. Rodamos y encontramos fuego y rocas. Por encima de mí, Tycho clava la espada en la garganta del hombre. Hay sangre por todas partes. La reina me tira del brazo.

Entonces oigo a Nora gritar. El mundo se reduce al sonido del pánico de mi hermana.

Miro y es como si la magia todavía lo ralentizase todo, aunque sé que lo que ocurre es justo lo contrario: todo va demasiado rápido. Un soldado golpea a Nora en la cara y la tira al suelo. Aúpa en brazos a una Sinna que no para de gritar.

—¡No! —grita Nora. Mi valiente e intrépida hermanita.

Se levanta del suelo para empujarlo. Él le atraviesa el cuerpo con la espada.

El mundo deja de girar. No puedo respirar. No puedo pensar. Voy a romperme en mil pedazos. Hay mucha sangre en el aire. En su vestido. En sus trenzas. Está tosiendo. Se ahoga. Se muere.

El soldado grita.

—¡Tengo a la princesa! —Le rodea la cintura con un brazo y la sujeta contra su pecho. Con la otra mano, sostiene una hoja en su garganta. Mira a la reina—. Detén la magia o la mato.

# CAPÍTULO 57

# TYCHO

Estoy paralizado. Han pasado demasiadas cosas. La pequeña Nora yace entre las hojas, inmóvil. Sinna está atrapada en los brazos de un soldado. Un hilo de sangre le cae por el cuello y chilla. Se me encoge el pecho. Tengo los cuchillos en las manos, pero tiene la daga demasiado cerca de su garganta. Una docena de flechas y ballestas nos apuntan.

En el suelo, Lia Mara jadea.

—Por favor —gime—. Por favor.

—Basta de magia —dice el soldado.

Lo reconozco. Ander, de uno de los regimientos estacionados en el palacio. He reconocido a muchos de los que están hoy aquí.

*Muchos en palacio conspiran contra el rey.*

Sí, Nakiis, ya lo veo.

—Tirad las armas —dice Ander.

—Mamá —gime Sinna.

—Suelta a la princesa —digo yo.

Debe apretarla, porque la niña chilla. Más sangre le gotea por el cuello.

—Tycho —jadea Lia Mara—. Tycho, haz lo que dice.

No quiero hacerlo. *Si tienen a la familia real, tienen Syhl Shallow.*

Si el rey dispusiera de todo su poder ahora mismo, estas mujeres y estos hombres yacerían destripados donde están. No soy tan rápido como Grey a la hora de usar la magia, pero siento las estrellas en la sangre, esperando una orden.

Ander entrecierra los ojos.

—Ahora, Tycho.

—He luchado a tu lado —digo—. Has luchado al lado del rey.

—Usó la magia contra nuestro pueblo —dice—. Por algo el rey de Emberfall los masacró a todos.

Sinna gime.

—Sinna no ha hecho nada malo —digo. En algún lugar detrás de mí, oigo a Callyn que le habla a Nora con lágrimas en los ojos—. Ya has matado a una niña. Los Buscadores de la Verdad siempre dicen querer lo mejor para la reina. Su hija…

—Nuestra reina se casó con un forjador de magia —dice Ander.

—Papá —grita Sinna. Otro chorro de sangre aparece junto al primero—. Papá, ayúdame.

—Ya viene —jadea Lia Mara—. Sinna, ya viene.

Pero no lo hace. No está aquí.

Las probabilidades eran imposibles incluso antes de llegar a este punto. Yo lo sabía. El rey también lo sabía.

Pienso en el poder que Nakiis me ayudó a sacar del aire. Pienso en la magia que los anillos me permitieron usar.

Siento que las estrellas revolotean en mi sangre, listas para la acción. No tengo práctica con la magia a gran escala. No tengo práctica con apenas nada más que la curación.

Pero tal vez no necesito más.

—Suéltala —digo—. Es al rey a quien queréis. Ha venido, tal como le pedisteis. Deja que Sinna y la reina se vayan.

—No vamos a dejar que nadie se vaya —dice—. Vamos a terminar la línea de magia aquí y ahora. —Tira de la cabeza de Sinna hacia atrás y ella grita.

Dejo caer las armas y salto hacia él, con la magia llameando en las manos.

No sé si seré lo bastante rápido. Lo bastante fuerte. Lo bastante hábil. Le agarro la muñeca justo antes de que pueda usar la daga y libero la magia directamente contra su piel. Deshacer en vez de unir. Los huesos de su muñeca comienzan a romperse, justo cuando una ballesta se dispara. Ander grita y yo intento agarrar a Sinna. En lugar de eso, siento el impacto de la flecha. Mi magia muere. Sinna grita.

De nuevo, voy a fracasar.

Entonces un grito inhumano corta el aire.

Seguido de muchos otros.

# CAPÍTULO 58

# JAX

Al principio no sé de dónde vienen los gritos. El corazón no ha dejado de latirme con fuerza en todo este tiempo y apenas percibo ningún otro sonido. Solo me queda una flecha y el rey ha caído de rodillas con otra clavada en la pierna. Apenas vemos nada más allá de la presión de los soldados. Sin embargo, por un momento, vislumbro a un hombre en la colina que sostiene a una niña pelirroja pegada al cuerpo. Tycho se lanza a por él antes de recibir una flecha.

Entonces, una criatura de alas oscuras desciende desde el cielo y arranca a la niña de brazos del soldado.

—Nakiis —dice el rey y no parece asustado. Parece aliviado.

La respuesta llega en una ráfaga de viento frío.

—Tu hija está a salvo, forjador de magia.

El soldado tiene los brazos abiertos de par en par, aunque sangran por lo que sea que le haya hecho la criatura alada. Todavía tiene una daga en una mano y avanza hacia Tycho. Lleva coraza y está a más de sesenta metros, pero veo cada centímetro de piel expuesta.

Me queda una flecha.

*Conozco soldados que no darían en el blanco a esa distancia.*

Disparo antes de decidir hacerlo. La flecha le atraviesa el cuello.

—Buen disparo —dice el rey.

No tengo tiempo para disfrutar de los elogios. La magia que retenía a los demás parece haberse soltado, porque Grey y yo nos enfrentamos de repente a diez espadas más. Pero más gritos llenan el aire; criaturas aladas imposiblemente bellas y aterradoras con colmillos y garras surgen del cielo desde todas las direcciones.

Cortan con saña a los soldados que quedan y cercenan miembros sin vacilar, hasta que no queda ninguno en pie.

Ahora no puedo respirar por una razón totalmente nueva. Pienso en todas las historias que leía con Callyn y es como verlas cobrar vida. No sé si debería sentirme aterrado o agradecido. Un poco de ambas.

La primera de las criaturas, a la que el rey llamó Nakiis, aterriza frente a nosotros con la niña. Los otros scravers se quedan entre los árboles que rodean el claro. No puedo apartar la mirada.

La niña estira los brazos hacia su padre, llorando.

—Papá, no me gusta este juego.

El rey se esfuerza por ponerse en pie, pero la pierna no lo sostiene.

—A mí tampoco —dice.

Le tiendo una mano y parpadea sorprendido, pero después la acepta. La niña lo rodea con fuerza por la cintura y él hace un gesto de dolor, pero no se aparta.

Mira a la criatura alada.

—¿La reina? —dice en voz baja.

—¿Y… Tycho? —añado con esperanza.

—A los dos los están atendiendo. —Nakiis suspira, pero mira el perno de acero que sobresale del muslo del rey—. ¿Por qué os empeñáis en dejaros el acero encantado en la piel? La magia nunca se recuperará. —Sin previo aviso, estira la mano, agarra la flecha y la libera de un tirón.

El rey maldice y grita, pero se agarra a la mesa y se mantiene en pie.

Contemplo los cuerpos caídos que rodean la fragua. Hay sangre por todas partes. No veo a mi padre. No veo a Callyn. La respiración se me agita en el pecho.

Entonces la princesa se aparta hacia atrás para mirar al rey.

—Papá. Si has terminado, tenemos que ir a ver a la princesa Nora.

# CAPÍTULO 59

# CALLYN

Nora no está muerta. Debería ser un alivio, pero no lo es. La sangre le sale por la boca mientras se ahoga. Me miró con desesperación durante un rato, pero ahora la vida en su mirada empieza a desvanecerse. Le sostengo la mano, arrodillada entre las hojas. Estoy aterrorizada. Suplico. Las estrellas no dejan de aparecer ante mis ojos; debo de estar mareada por el shock.

—Por favor —lloro—. Por favor.

La reina tiene las manos en el pecho de Nora.

—Lo intento —susurra—. Lo intento. No soy como Grey.

Una de las criaturas aladas que atacaron a los soldados aterriza en las hojas junto a nosotras y chillo mientras cubro a mi hermana.

—¡No!

—No temas —dice la criatura y su voz es más suave de lo que espero dada la fiereza de su semblante. La primera tenía la piel gris y las alas oscuras, con una melena negra, pero esta tiene unas marcas moradas en la piel y en la parte inferior de las alas, y un largo mechón morado en el pelo. El aire que nos rodea se vuelve frío como el hielo y extiende una mano hacia Nora.

—Por favor —gimoteo—. Por favor, no le hagas daño.

—Los niños son sagrados. No los dañamos. —Pone una mano sobre la de la reina—. Extraiga la magia del aire.

Se forma hielo en las hojas que nos rodean y me estremezco. Las lágrimas se me congelan en las mejillas. La sangre de Nora se cristaliza en su mandíbula.

Magia. Hasta la última fibra de mi ser quiere rebelarse contra ella. He pasado toda la vida temiéndola.

Pero no puedo. No cuando se trata de mi hermana.

—Eso es —dice la criatura, satisfecha—. Ahora siente la magia con más claridad, majestad.

Las estrellas aún brillan en mi visión y me preocupa que vaya a desmayarme. Mientras observo, la herida del pecho de Nora comienza a cerrarse y jadeo.

Desde atrás, un hombre dice:

—No me necesitas para nada.

La reina deja escapar un sonido que es casi un sollozo.

—Grey. Nunca he necesitado más a nadie.

Grey. El rey.

Dedicaría un segundo a observarlo, pero Nora tose y yo parpadeo para alejar las estrellas y mirar a mi hermana.

Me mira desde abajo.

—¿Cally-cal? Tengo mucho frío. ¿Nos vamos a casa ya?

# CAPÍTULO 60

# TYCHO

Tengo una flecha en el hombro, pero he conseguido ponerme de rodillas. Siento que voy a vomitar sobre las hojas. La reina está viva, a mi izquierda, ayudando a la pequeña Nora, cuyas heridas son más urgentes. Creo haber oído la voz del rey, así que sé que sigue vivo.

Estamos rodeados de cuerpos. No he visto a Jax.

Apoyo la mano buena en el suelo y me impulso para levantarme.

Antes de llegar a hacerlo, uno de los scravers se detiene frente a mí. Apenas me da tiempo a reconocer a Nakiis antes de que me arranque la flecha del hombro.

Resulta tan inesperado y tan doloroso que vuelvo a caer de rodillas. Esta vez sí que vomito.

Las estrellas se encienden en mi sangre, pero son más lentas que antes y les cuesta curar una herida causada con acero de Iishellasa. Toso e intento frenar las arcadas cuando un viento frío recorre el claro; Nakiis presta su magia a la mía.

—Venga. Ni siquiera tu rey reaccionó así cuando le arranqué una flecha.

—Así me siento mucho mejor —digo con la voz ronca—. Gracias.

El aire está helado y cargado de la magia de los scravers. Inhalo un largo aliento. Apenas soy capaz de procesar todo lo que ha pasado, pero tengo que encontrar a Jax.

Una mano con guantelete aparece ante mis ojos.

—Te aseguro que estuve a punto —dice Grey.

Dudo y luego me apoyo en su mano para levantarme.

—Grey, necesito encontrar a…

Entonces me detengo en seco, porque Jax está justo ahí, a su lado. Tiene ampollas en las manos, sangre en las mejillas y el pelo enmarañado, pero es lo único que noto antes de ignorar el dolor del hombro para echarle los brazos al cuello.

—Estás vivo —digo, casi sin aliento—. Estás vivo.

—Estoy vivo —repite y su voz vacila, como si también se sorprendiera al oírlo.

Solo lo abrazo un momento antes de retirarme para examinarlo más de cerca.

—¿Dónde estás herido? Dímelo.

—En ningún sitio. —Mueve la cabeza con vigor, como si tratase de convencerse a sí mismo—. No estoy herido.

—Nadie llegó a acercarse —dice el rey. Señala con la cabeza el cuerpo de Ander, al que ahora veo que le sobresale una flecha del cuello—. Incluso ha derribado a ese, Tycho.

Abro los ojos de par en par y vuelvo a rodear el cuello de Jax con los brazos.

—Sabía que eras bueno.

Se ríe sin aliento con la cara en mi hombro, pero sin rastro de humor.

—Estoy seguro de que me servirá de mucho cuando me encierren por traición.

Me quedo quieto. Pese a todo, he olvidado el papel de Jax en todo esto. Tal vez Callyn y él nos hayan ayudado, pero no son inocentes.

Levanto la vista y me encuentro con los ojos de Grey. Como siempre, no sé leer su expresión.

Pero después de todo, no puede ser indulgente. No ahora. No en esto.

Trago saliva y me pregunto si voy a acabar en una celda junto a Jax, porque de ninguna manera pienso dejar que Grey lo encierre.

Sin embargo, después de un momento, el rey extiende la mano y le da una palmada en el hombro a Jax.

—Has arriesgado la vida para proteger al rey —dice—. Yo creo que eso sirve para plantearse un indulto, ¿no te parece?

Mientras se valoran las heridas y se comparten palabras de agradecimiento, los scravers comienzan a retirarse. Las alas baten con fuerza el aire y saltan hacia los árboles. Nakiis va entre ellos.

—¡Espera! —llamo—. ¿A dónde vas?

—Te encontraré cuando te necesite —responde—. Recuerda nuestro trato, joven forjador de magia.

Jax está a mi lado y me mira.

—¿Forjador de magia? —repito.

—Eso me va a llevar un poco explicarlo.

Los ojos del rey están puestos en mí y sé que su atención recae en la otra mitad de esa afirmación. *Recuerda nuestro trato.*

Espero a que me pregunte de nuevo. No lo hace.

—Hay que asegurar el camino —dice—. Y esperar a que lleguen las fuerzas de Rhen. No sabemos lo que nos aguarda en el palacio. Seguro que tenían un plan que iba más allá de esto.

La reina se levanta de donde estaba arrodillada con Nora y mira al cielo, a los scravers que se retiran.

—Llevaré a las niñas a la panadería —dice—. Callyn dice que el camino se ve desde allí. Tendríamos suficiente aviso.

Sin esperar respuesta, se aleja para hacer lo que ha dicho.

Miro alrededor por la extensión del bosque, las secuelas de la batalla. Tendremos mucho que hacer antes de que lleguen las fuerzas de Rhen. Me sacudo el hombro dolorido y suspiro.

—Te ayudaré a volver a la forja —le digo a Jax y él asiente.

—Tycho —dice el rey y me detengo. Su mirada es intensa, inflexible—. Sea lo que fuere —dice—, ¿te pone en peligro?

No estoy seguro de cómo responder, porque no tengo ni idea. Así que le devuelvo la misma mirada inflexible.

—No más de lo que hago por ti.

# CAPÍTULO 61

# JAX

He oído muchas historias sobre la guerra. Después del conflicto con Emberfall, recuerdo a los soldados que pasaban por Briarlock con relatos de lo sucedido en los campos de batalla. Sé lo que le ocurrió al padre de Callyn y no faltan viajeros dispuestos a hablar del Alzamiento.

Nunca he pensado en las secuelas.

El camino entre la panadería y la herrería está lleno de cadáveres. Muchos más han caído en el bosque. Decenas de ellos tienen quemaduras graves y un olor dulzón y enfermizo llena el aire. También hay olores peores. He oído que la muerte no tiene nada de digno y tengo delante la prueba.

Me alegro de que Callyn y la reina se hayan llevado a las niñas a la panadería, de que vayan a vigilar por si aparecen los viajeros para detenerlos antes de que recorran el camino y se encuentren… con esto. Pero me he quedado en el bosque con Tycho y el rey, y está claro que la batalla no ha borrado la tensión entre ellos.

Después de que Tycho me ofreciera el brazo, miró al rey y dijo:

—Volveré en un minuto para despojar y arrastrar.

No quería ser una carga cuando hay tantas cosas importantes de las que preocuparse, pero tampoco quería tropezar y caerme de bruces sobre un cadáver, así que acepté su brazo y ahora bajamos de vuelta por la colina.

No quiero buscar a mi padre entre los cadáveres, pero no puedo evitarlo. Alterno la mirada entre los hombres y las mujeres con armaduras, pero no lo veo. El corazón todavía me late a toda velocidad. Tal vez haya escapado. No sé qué opción prefiero.

—¿Estás bien? —pregunta Tycho en voz baja.

Intento respirar hondo y me arrepiento de inmediato. Me concentro en no respirar por la nariz.

—Todavía no lo sé. —Pienso en lo bien que ha guardado los secretos de la realeza y me pregunto hasta dónde puedo indagar—. ¿Y tú?

Me dedica una media sonrisa.

—Todavía no lo sé.

En la herrería, Tycho encuentra mis muletas destrozadas y suspira.

—Lo siento.

Como si fuera lo peor que ha pasado hoy. Niego con la cabeza.

—Tengo herramientas. Déjalas.

Asiente. Se comporta de un modo frío y distante, la única señal de que todo lo que ha pasado aquí también le ha afectado.

—Nos llevará un tiempo —dice—. Pero volveré en cuanto pueda.

—¿Qué significa eso? —digo—. ¿Lo de despojar y arrastrar?

—Les quitaremos las armas y las armaduras —dice—. Cualquier cosa que valga la pena salvar. Identificaremos a quien podamos. —Duda—. Luego arrastraremos los cuerpos hasta el claro que hay al final del camino para quemarlos.

Me quedo mirando como si no comprendiera. Pero lo hago.

*La parte de hacer de soldado, no tanto.*

Quiero meterlo en casa y cerrar la puerta, como si así fuese a alejarnos de todo el horror que aguarda fuera y borrar la mirada sombría de su expresión.

Pero él no lo querría. Entre todas las cosas que he aprendido sobre Tycho, sé que no es alguien que eluda el deber ni la obligación.

Me he quedado demasiado tiempo callado y Tycho lo interpreta como si necesitara una explicación mejor.

—Estamos a finales de primavera. Los cadáveres empeoran mucho antes de mejorar. Los soldados del príncipe Rhen no llegarán hasta dentro de unos días.

—No. Sí. —Tengo que sacudirme, porque no quiero pensar en ello demasiado—. Ve. Estoy bien.

Me aprieta la mano y se aleja.

Una parte de mí quiere entrar en la casa y fingir que nada de esto está pasando, pero otra parte mayor no quiere sentirse como un cobarde. Necesito las muletas, así que me pongo a repararlas mientras Tycho y el rey siguen con lo suyo.

Es un trabajo lento, con lo que deben ser cientos, o miles, de hebillas. También es un trabajo silencioso, porque apenas hablan, aparte de los comentarios ocasionales que comparten en emberalés. El rey procura no apoyar el peso en la pierna en la que recibió una flecha y, al fijarme con más detalle, me doy cuenta de que Tycho hace lo mismo con el hombro herido. Aun así, amontonan sin descanso armas y armaduras, separando el acero de Iishellasa, por lo que veo, y continúan.

Me pregunto qué pensarían los viajeros ávidos de cotilleos de esta versión del rey Grey y lord Tycho: dos hombres heridos que deberían estar descansando en el palacio, pero que en cambio se arrodillan junto a los soldados caídos para hacer lo que hay que hacer.

Tal vez lord Alek sea un luchador diestro y diga que es leal a la reina, pero nunca, ni por un segundo, me lo imagino haciendo algo así.

Desciendo el martillo para atornillar las muletas y luego me las pongo bajo los brazos para que soporten mi peso.

Después, antes de que me dé tiempo a pensármelo mejor, salgo del taller para ayudar.

Lo he subestimado. Parece que hay millones de hebillas. Recuerdo a Tycho soltándose la armadura a la luz del farol con dedos rápidos y hábiles. Yo soy más lento, me falta práctica. Cuando empecé, esperaba que Tycho y el rey intercambiaran una mirada y me enviaran de vuelta a la forja, para dejarles el trabajo a los verdaderos guerreros. En cambio, reconocieron mi presencia en el camino y pasaron a usar el syssalah en sus escasas conversaciones, admitiendo mi compañía. El sol pega fuerte a medida que avanza el día y entiendo a qué se refería Tycho con que los cadáveres empeoran mucho antes de mejorar.

Cuando un equipo desconocido se me resiste, me dan instrucciones. *Suelta las grebas de la parte inferior. Eso aflojará las otras correas.* O: *Hay un gancho oculto debajo de la hombrera para que no haga falta desabrocharla.*

Alrededor del mediodía, ya me he vuelto un poco insensible a lo que estamos haciendo; me arrodillo junto al cuerpo boca abajo de un hombre y le agarro del hombro para darle la vuelta sin prestar mucha atención.

No está muerto. Gruñe de rabia y agita una mano con una daga.

—¡Simpatizante de la magia!

Grito sorprendido y retrocedo, pero no soy lo bastante rápido. La daga me hace un corte en las costillas. Jadeo y trato de retroceder, pero viene a por mí.

Antes de que llegue muy lejos, la empuñadura de un cuchillo aparece en su cuello. Luego, otra. El dolor y la conmoción parpadean un segundo en sus ojos, pero después nada más. Vuelve a caer al suelo. Esta vez sí está muerto.

El corazón me martillea en la caja torácica. Noto mi respiración agitada en el pecho.

Tycho llega a mi lado casi al instante. No sé si ha sido él quien ha lanzado los cuchillos o si lo ha hecho el rey, pero me llevo una mano a la cintura y me sorprendo por la cantidad de sangre que me encuentro en los dedos.

—¿Era una daga normal? —pregunta Tycho—. Jax, déjame ver.

Se arrodilla a mi lado. Antes de que esté listo, sus dedos presionan la herida y me estremezco, pero luego se cura.

—¿Estás bien? —dice.

Asiento y me paso una muñeca por la frente húmeda. El corazón todavía me late con fuerza.

—Me ha tomado por sorpresa.

Espero que me diga que pare y que ayudar podría ser demasiado peligroso, pero entonces el rey interviene:

—Ponle una coraza, Tycho. Podría haber otros.

Tycho me consigue una coraza y un par de brazaletes de cuero forrados de acero. Mientras me ayuda a atarme y abrocharme la armadura al cuerpo, intento no pensar demasiado que la última persona que la llevó puesta murió con ella.

Tycho me sorprende cuando añade un cinto con un arma ensartada.

—Prefiero que tengas una si la necesitas. —Tira de la correa para apretarla y luego se aparta para mirarme—. Te queda bien ser soldado.

Eso me provoca una sacudida en el corazón y tengo que apartar la mirada antes de que se me forme un nudo en la garganta. Alejo las emociones, engancho las muletas bajo los brazos y me dirijo al siguiente cuerpo.

Tengo que pararme a mirarlo dos veces, porque es mi padre.

Está claramente muerto. No llevaba armadura y una flecha le atraviesa el pecho. Recuerdo el momento en que lo vi levantar la ballesta.

Tycho se queda quieto a mi lado y me pone una mano en el hombro. Su voz es muy suave.

—Jax.

Intento respirar para superar la conmoción. Espero que el remordimiento me asalte de un momento a otro, pero no lo hace.

Lo que llega es determinación.

Mi padre tomó una decisión y yo tomé la mía.

*¿De qué tienes miedo, Jax?*

De mi padre, no. Ya no.

Me agacho y tiro de la flecha, luego planto las muletas en el suelo para pasar al siguiente.

# CAPÍTULO 62

# CALLYN

Hay una reina en mi habitación y un rey en el camino, pero Nora está roncando y la pequeña Sinna duerme a su lado. La verdad es que me alegro de que estén dormidas. Los hombres han pasado todo el día registrando cadáveres y almacenando armas, pero ahora se dedican a arrastrar los cuerpos fuera del camino. Mi hermana pequeña no necesita verlo. La princesa, desde luego, tampoco.

Estoy en la panadería, limpiando los mostradores que no hace falta limpiar mientras dejo reposar la masa para el pan que voy a servirle a la familia real. Temo que no volveré a dormir. Tal vez me cuelguen por traición mañana y entonces sí que no lo haré.

Escuché lo que el rey le dijo a Jax, pero no me lo dijo a mí.

Y Jax no fue quien invitó a lord Alek a entrar en su habitación.

Trago saliva y miro por la ventana delantera. Los scravers se marcharon hace horas, pero jamás conseguiré borrar la imagen de lo que les vi hacer. No olvidaré cómo la reina usó la magia para salvar a mi hermana.

*O tal vez…*

Detengo los pensamientos antes de que nazcan. Me llevo una mano al colgante de mi madre y siento su calor en la piel.

Alek dijo que estaba encantado para repeler la magia. Pero recuerdo haber puesto las manos en el pecho de Nora y que empezó a respirar mientras esperábamos a que llegase la ayuda.

Recuerdo las estrellas en mi visión antes de que la reina la tocara y cómo parecieron multiplicarse cuando llegaron los scravers. Recuerdo cómo Tycho le explicó a la reina que los anillos habían permitido que la magia se filtrara en su sangre.

Creía estar mareada por el pánico y la preocupación, pero tal vez fuera algo más.

Dejo de frotar por un momento y tomo un cuchillo. Antes de pensarlo demasiado, me clavo la hoja en la yema de un dedo y casi de inmediato brota una gota de sangre.

Cierro los ojos mientras pienso en las chispas y las estrellas, imaginándolas.

El dedo me escuece mucho y me siento estúpida.

Suspiro, abro los ojos y uso el trapo para limpiar la gota de sangre.

No hay ninguna herida. Me quedo mirando el dedo, sin aliento.

*Magia.*

No. No es posible.

Agarro un trapo nuevo y sigo limpiando los mostradores con el doble de intensidad. Tengo que pensar en mi hermana. No importa lo que me hagan a mí, tiene que haber una forma de proteger a Nora. Tal vez Jax cuide de ella. Me duele el hombro de tanto fregar, pero paso al banco frente a la ventana. Quito el polvo de los cojines a golpes y los aparto a un lado para limpiar la madera.

—¿Callyn?

Se me corta la respiración y me enderezo. La reina ha bajado las escaleras. Se ha cambiado la ropa manchada por uno de mis vestidos de lino holgados. Tiene la cara magullada recién lavada y el pelo bien peinado en una trenza que le cuelga sobre un hombro.

Hago una reverencia apresurada.

—Majestad.

Inhala para decir lo que sea que haya bajado a decir, pero tengo un miedo atroz a que me aleje de mi hermana o me encadene en el granero, así que empiezo a balbucear.

—¿Tiene hambre? Puedo prepararle lo que quiera. ¿Qué tal una empanada de carne? ¿O una tartaleta de manzana? —Sueno como si estuviera confundida, pero siento que no puedo parar—. Creo que Nora y Sinna se han acabado los pasteles...

—Callyn. Por favor...

Reconozco mi error y me sonrojo.

—¡Ah! Perdón. Quería decir, su alteza, la princesa Sinna...

—Por favor —dice la reina—. Para.

Paro.

Pero no puedo. Siento que la cara se me contorsiona y me llevo los dedos a los ojos. Me ahogo al decir:

—Por favor, no haga daño a mi hermana. Por favor, majestad, por favor. Ella no lo sabía. No ha tenido nada que ver. Por favor, Nora es amable, buena, inocente...

—Callyn —murmura.

Entonces, para mi absoluta sorpresa, los brazos de la reina me rodean por los hombros y me abraza. Es cálida y tranquilizadora, y me aferro a ella en respuesta, mientras mis lágrimas le empapan el hombro, hasta que me doy cuenta de lo que estoy haciendo.

Pero me acaricia el pelo por la espalda como yo hago con Nora cuando tiene una pesadilla. Me sostiene cuando tengo ganas de hacerme un ovillo.

—Tu hermana —dice en voz baja, con una nota de humor en la voz— ha conseguido que mi hija se durmiera en cuestión de minutos, lo que significa que estoy en deuda con ella. De hecho, tal vez la contrate como asesora real para la hora de dormir.

Resulta tan sorprendente e inesperado que me río entre lágrimas.

—Le leyó un cuento a Sinna —continúa la reina—. Se le da bastante bien poner voces.

Me echo hacia atrás y me froto los ojos.

—Le encantan las voces.

La reina me aparta el pelo húmedo de la cara.

—Me dijo que siempre las haces cuando le lees, así que quería hacer lo mismo con la pequeña Sinna.

Me trago el nudo de la garganta.

—Así es. Mi madre lo hacía para mí, y cuando murió… —Se me quiebra la voz y vuelvo a llevarme una mano al colgante.

*Madre*. No sé qué hacer.

La reina vuelve a rodearme con los brazos y casi no me creo lo que está pasando.

—Perdóneme —digo llorando—. No debería llorar. —Encima de la reina, nada menos.

—No, querida —dice—. Llora todo lo que quieras. Las hermanas mayores rara vez tienen oportunidad.

Por fin, paro y me aparto. Tengo que pasarme la mano por los ojos y me sorprendo al ver que los suyos también están enrojecidos.

—Tenemos mucho de lo que hablar —dice—. ¿Tal vez deberíamos tomar una taza de té?

Sí. Bien. Algo que hacer. Asiento deprisa con la cabeza y me seco las manos en las faldas, después me levanto para poner la tetera en el fuego.

La reina se sienta en uno de los taburetes junto a la mesa de amasado, el lugar que suele ocupar Jax. Se me hace rarísimo tenerla aquí en la panadería, y a la vez… no.

Mira por la ventana, al cielo que se oscurece.

—El rey no cree que sea prudente volver al Palacio de Cristal hasta que lleguen las fuerzas del príncipe Rhen. No sabemos cuántos miembros más del ejército y de la guardia de la reina son desleales. Por lo que sabemos, podrían haber tomado el palacio. Así que, durante unos días, nos quedaremos aquí.

Levanto las cejas.

—Hay lugares mucho más elegantes en el pueblo, se lo prometo…

—Y demasiada gente —dice—. Demasiado arriesgado. Grey valorará cuántos rebeldes pueden haber escapado, pero es más fácil mantener a salvo una panadería remota que una casa de huéspedes en el centro de una población. Hace una pausa y una nota de incertidumbre se abre paso en su voz—. Sobre todo cuando no tenemos ni idea de la profundidad de la insurrección.

Una insurrección de la que formé parte. Trago saliva y retuerzo los dedos.

De nuevo, pienso en la pequeña Nora.

Recuerdo haberle dicho a Alek que iría a la horca con Jax.

La reina se da cuenta de mi inquietud y pone una mano sobre la mesa entre nosotros.

—No voy a hacerle daño a tu hermana —dice—. Ni a ti. Pero necesito que me cuentes todo lo que ha pasado en Briarlock. Con lord Alek y con lady Karyl. —Hace una pausa—. Y con tu amigo Jax.

Trago y asiento.

—Sí, majestad. —Mi voz suena áspera—. Le contaré todo lo que quiera saber.

Pero me froto la yema del dedo curado con el pulgar. La herida ha desaparecido por completo; podría habérmelo imaginado. Seguro que me lo imaginé.

Le cuento a la reina todo lo que me pide. Pero, por ahora, omito esa parte.

# CAPÍTULO 63

## TYCHO

Han pasado dos días y las fuerzas del príncipe Rhen todavía no han llegado.

A estas alturas, ya casi no quedan rastros de la batalla en el bosque. Para evitar sospechas, hemos empezado a permitir que la gente bajara al camino para hacer negocios con la panadería o la herrería. Callyn advierte a la reina que ha tenido muchos clientes nobles debido a lord Alek, así que Lia Mara se mantiene escondida y se dedica a escuchar lo que se dice. Monto guardia durante el día, esperando en el bosque y recorriendo el perímetro con Piedad mientras vigilo quién entra y quién sale. Grey me releva por la noche.

Tal vez esta batalla haya terminado, pero flota en el aire un aura tensa que predice que se avecina una mayor y todos la sentimos. Cuando cambio de turno con Grey y bajo a la panadería para cenar, incluso la pequeña Sinna me pregunta cuándo empezará la guerra.

La segunda noche, Grey no aparece hasta la medianoche. Cuando me da el relevo, vuelvo a la forja, donde me entero por Jax de que, en cuanto se puso el sol, el rey pasó varias horas en el taller, haciendo preguntas.

—¿Un interrogatorio? —quiero saber.

—Al principio, me preocupaba que fuera así —dice—. Es muy directo.

Me río sin gracia.

Jax vacila y su tono se vuelve lento, reflexivo.

—Solo me hacía preguntas. Sobre la gente a la que vemos, los rumores que oímos. Tenía muchas preguntas sobre lord Alek y sus mensajes. Sobre lady Karyl y sus guardias.

—Ajá. —Todavía no logro encajar todas las piezas del rompecabezas. Si lord Alek dejó un mensaje sobre un ataque contra Grey, nunca llegó a producirse.

Y no hemos visto a lady Karyl. No estaba entre los muertos.

Además, ningún mensaje mencionaba un ataque a la reina.

Estoy demasiado cansado para resolverlo esta noche. Me paso una mano por el pelo y me froto los ojos.

—Necesitas dormir —dice Jax—. ¿Has comido algo? Te he guardado unos huevos cocidos. Y hay pan de esta mañana. Ve a quitarte las armas. Te traeré un poco.

Me sorprende la calma de su tono, como si esta casa fuera un breve respiro de toda la tensión que se arremolina en el camino.

O tal vez solo de la tensión que flota entre Grey y yo. Pero no es solo eso. Aquí encuentro la misma quietud tranquila que suelo encontrar en la enfermería con Noah.

Minutos después, me he quitado las botas y la armadura y me he lavado la cara. Jax aparece por la puerta, con una muleta bajo un brazo y un plato en la mano contraria. Deja el plato en la mesa junto a la cama y se levanta para irse.

—¿A dónde vas? —pregunto, sorprendido.

Me dedica una mirada compungida.

—A la habitación de mi padre. El rey fue muy claro al decirme que te espera de guardia al amanecer.

No me cabe duda. Lo miro de reojo.

—Queda mucho para el amanecer.

Se ríe en voz baja.

—Eres un sinvergüenza.

Pero no se acerca y sé que de verdad le preocupa lo que sea que le haya dicho Grey.

Me siento en el borde de la cama y subo las piernas para sentarme con ellas cruzadas.

—Al menos hazme compañía mientras como. He pasado todo el día a solas con Piedad.

Lo medita un segundo, pero el rey no ha debido de pasarse de aterrador, porque al final accede y deja caer la muleta al suelo para sentarse con las piernas cruzadas a mi lado. Nuestros hombros están cerca, nuestras rodillas se rozan. A pesar de la razón por la que le he pedido que se quedase, no digo nada, así que Jax también se queda callado y me relajo en el silencio.

Al cabo de un rato he terminado de comer y el farol se ha oscurecido un poco, pero ninguno de los dos se mueve. Tiene la mano apoyada en el muslo y extiendo los dedos para entrelazarlos con los suyos, despacio, hasta que nuestras palmas están casi pegadas y la calidez de su tacto me recorre entero.

—El príncipe Rhen debería llegar mañana —digo en voz baja. Asiente somnoliento—. El rey ha dicho lo mismo.

—No sé qué medidas tomarán. —Dudo—. Es probable que me den nuevas órdenes.

Jax levanta la cabeza para mirarme.

—Mi posición en la corte era precaria —digo—. Todavía podría serlo. Y si hay una insurrección en el ejército de la reina, es probable que Grey quiera que vuelva a las filas como soldado.

Odio que la idea de recibir nuevas órdenes me llene de temor. Está claro que a Jax le ocurre lo mismo.

Debería estar deseoso. Hubo un tiempo en que lo habría estado. Pero no es así. Le aprieto la mano.

—No serán semanas ni meses, ni para siempre, Jax. Te lo juro.

Una vez más, hemos vuelto al punto de partida.

Espero que proteste, pero lanza un largo suspiro.

—Sé quién eres, mi señor.

Frunzo el ceño, pero se acerca más y apoya la cabeza en mi hombro. Es lo más atractivo del mundo y me cuesta saber cómo reaccionar.

Luego levanta nuestras manos unidas para darme un beso en los nudillos.

—Tienes razón —dice por fin.

—¿La tengo?

Gira la cabeza para rozarme el cuello con los labios. Entonces sus dientes encuentran la piel justo debajo de mi oreja y jadeo.

—Tienes razón —repite—. Queda mucho para el amanecer.

Sonrío.

—Ahora quién es el sinvergüenza…

Pero posa la mano en mi muslo y descubro que hay cosas mejores que hacer en lugar de hablar.

Duermo con dificultad y me despierto temprano. El deber y la obligación me han sido inculcados durante demasiado tiempo como para tomarme a la ligera una orden del rey. Planeo vestirme en silencio, pero Jax abre los ojos antes de que me haya levantado de la cama.

—Duerme —digo—. Me iré enseguida.

Niega con la cabeza y se frota los ojos.

—Voy a preparar té.

Pero entonces se oyen voces fuera, en voz baja. El claro sonido de los caballos.

Los ojos de Jax vuelan hacia los míos.

Me llevo la mano a la coraza con renovada rapidez.

—Habrán llegado los soldados de Rhen.

Me mira mientras abrocho las hebillas. La mirada sombría de sus ojos refleja el momento en que le dije que me asignarían nuevas órdenes.

—¿Debo esperar dentro? —dice—. ¿O te acompaño?

Dejo los dedos quietos. Entonces sonrío y tomo la armadura que se puso el día que nos ayudó a registrar los cadáveres. La arrojo a la cama junto a él.

—Acompáñame, Jax.

El príncipe Rhen ha traído cientos de soldados, vestidos y listos para el combate, y nos informa que un regimiento completo está preparado al otro lado de la frontera, en Emberfall.

También trae noticias de que lord Alek está retenido y bien vigilado, a la espera del interrogatorio del rey y la reina.

Desearía que estuviera metido en un calabozo, pero me guardo esos pensamientos para mí y me deleito al imaginarlo.

Después de dos días de guardias tranquilas en el camino, de pronto las horas se llenan de obligaciones. Me envían con lord Jacob a buscar a la magistrada, que no tiene conocimiento de lo ocurrido con la reina. Más tarde, nos envían de vuelta al Palacio de Cristal con un puñado de guardias, para evaluar si han tomado la capital.

Una vez allí, descubrimos que hay poco revuelo. Jake y yo buscamos a Nolla Verin, la hermana de la reina.

Se sorprende al vernos.

—Envié un mensaje a Emberfall hace días —dice—. Lia Mara iba a visitar las Casas Reales con Sinna, pero ya tendría que haber regresado. He estado haciendo averiguaciones con discreción...

—Está en Briarlock —digo—. Cerca de la frontera. Nos dijo que si estabas viva e ilesa, debías volver con nosotros.

Se le abren mucho los ojos al oír las palabras «viva e ilesa».

—Reuniré un grupo de guardias de inmediato.

Niego con la cabeza, pensando en Ander y en todos los demás que traicionaron a su reina.

—Deberías venir sola, y con discreción.

Volvemos a Briarlock a primera hora de la tarde, donde descubro que el rey ha puesto a Jax a trabajar. El herrero tiene el cabello empapado de sudor y hollín en los dedos, y apenas levanta la vista del caballo que está herrando cuando llego.

—Bien hallado—dice, con más que un poco de sarcasmo.

Me hace sonreír.

—Veo que tú también has estado ocupado.

—Al parecer, cuando un ejército se reúne a toda prisa, se presta poca atención a los cascos de los caballos. —Tiene las manos llenas entre herramientas y hierros candentes, así que sopla para apartarse un mechón de pelo de los ojos.

Alargo la mano y se la pongo detrás de la oreja, con lo que me gano una sonrisa de agradecimiento.

—Tycho. —La voz del rey habla desde detrás de mí y me vuelvo para encontrarlo de pie con la reina Lia Mara, el príncipe Rhen y media docena de consejeros.

No sé cómo sé que ha llegado el momento de las órdenes, pero lo sé.

Hay muchas cosas que son más importantes que yo, pero no puedo evitar la opresión en el pecho. Pienso en el momento en que le di un puñetazo en el bosque y declaré con vehemencia que no era ningún crío.

Como antes, si hablo en serio, tengo que demostrarlo.

Adopto la posición de firmes.

—Sí, majestad. ¿Cómo puedo servir?

# CAPÍTULO 64
## JAX

De nuevo, llega la medianoche y Tycho no ha vuelto a la forja. Es tan tarde que empiezo a preguntarme si va a volver o si el rey ya lo habrá enviado a una misión y no tendré noticias suyas hasta dentro de semanas o meses.

*No serán semanas ni meses, ni para siempre, Jax. Te lo juro.*

Pero no puede prometer algo así cuando no sabe lo que le depara el futuro. Siempre he sabido que su vida estaba a merced del rey. Ahora más que nunca.

Sin embargo, justo cuando empiezo a dormirme, las tablas del suelo chirrían y me incorporo con brusquedad.

—No dispares —me dice con ironía desde el salón—. Soy yo. —Aparece en la puerta ensombrecida. Su rostro está en penumbra y sus armas captan destellos de luz que no sé de dónde proceden—. No quería despertarte.

—Empiezo a acostumbrarme.

Sonríe, pero percibo una cierta reticencia en su expresión.

—¿Puedo sentarme?

Lo siento en su voz.

—Te vas.

No se anda por las ramas.

—Me voy. Al amanecer.

Se me forma un nudo en la garganta casi de inmediato. Intento respirar, pero la voz me sale ronca cuando hablo.

—Siéntate.

Cuando lo hace, no pierdo ni un segundo. Le rodeo el cuello con los brazos, sin pensar en la armadura que no se ha quitado. Me recuerda a la primera noche que durmió aquí, cuando el cuero y las armas parecían protegerlo de las heridas emocionales con tanta fuerza como de las físicas.

—Cuéntame.

—La familia real va a regresar a palacio casi de inmediato —dice—. Por lo visto, no se conocen bien las circunstancias del asalto a la reina y no quieren dejar que pase mucho más tiempo, porque los rumores no tardarán en extenderse. La reina Lia Mara tiene que sentarse en el trono antes de que la gente empiece a especular. Los acompañará un contingente de las fuerzas de Emberfall, junto con la mitad de la guardia real del príncipe. Todos los miembros de la guardia de la reina deben ser interrogados. Los Buscadores de la Verdad han comenzado a formar facciones en Emberfall, pero el nivel de insurrección en Syhl Shallow es mucho más profundo.

—Así que te quedas aquí —digo. No suena tan mal. Está a solo unas horas de distancia—. En el Palacio de Cristal.

—No —dice—. Me han pedido que me instalase en el Castillo de Ironrose por el momento.

Me quedo helado.

—¿Por qué? ¿Por cuánto tiempo?

—Semanas. —Su cuerpo está quieto contra el mío—. Puede que meses. Antes de los primeros eventos del Desafío Real, lord Alek difundió rumores de que estaba involucrado con los Buscadores de la Verdad y todavía no se han disipado. Me acusaron de usar la magia para beneficio personal. El rey y la reina no pueden permitirse ni la más mínima imagen de debilidad o subversión. No en este momento.

—¿Así que el rey ha decidido quitarte de en medio? —Siento calor en la voz—. ¿Después de todo lo que has hecho?

Asiente.

—Hice un trato con el scraver Nakiis para salvar la vida de Grey y es imposible saber cuándo exigirá mis servicios. Ya viste la reacción de Callyn cuando los scravers descendieron de los árboles para salvarnos en la batalla. ¿Te imaginas si aparecieran en mitad de la Ciudad de Cristal? Es una variable que al rey no le conviene. Tal vez no me guste, pero lo entiendo.

Recuerdo las palabras del rey cuando estaba roto y sangrando en el suelo del taller.

*Tycho arriesgó su posición en la corte por ti. Arriesgó su vida por ti. Haz que valga la pena.*

Lo hice. Y tal vez Tycho haya sobrevivido, pero van a castigarlo de todos modos.

Frunzo el ceño con la cara pegada a su hombro.

—Siento todo lo que te he hecho pasar. Ojalá pudiera volver a ese primer día y deshacerlo.

—Jax, no. —Se aparta para mirarme y me roza la mejilla con el pulgar—. No me arrepiento ni de un solo momento. —Hace una pausa y su voz se vuelve precavida—. También te traigo una oferta del príncipe Rhen.

Me enderezo. He visto al príncipe en algunas ocasiones, ya sea con el rey o entre los soldados. Cada vez que lo veo, pienso en las cicatrices de la espalda de Tycho y me dan ganas de lanzarle una barra de hierro caliente.

Tycho se fija en mi expresión y se ríe.

—A lo mejor debería callarme. Una parte de mí no quiere que te sientas obligado.

—No siento ninguna obligación para con él —digo en tono sombrío.

—No, me refiero a mí. Porque sé que no será fácil.

Lo miro.

—No lo entiendo.

—El príncipe quiere ofrecerte un trabajo, como herrero residente de la guardia real. No estarás solo. Cuenta con un equipo de metalúrgicos que abastece el castillo. Pero sé que tienes la forja, tu vida está aquí…

Vuelvo a echarle los brazos al cuello.

—Sí. Sí. Claro. ¿Por qué no has empezado por ahí? Por supuesto que sí.

Se ríe con suavidad contra mi hombro.

—Pero no puedes tirar al príncipe a la fragua.

—A lo mejor se tropieza.

—Jax.

—Calla. Déjame fantasear un poco más.

—Seguiré teniendo deberes y obligaciones —advierte—. Mantendré mi posición como mensajero del rey.

—¿Me iría contigo al amanecer? —Soy incapaz de disimular la impaciencia en mi voz—. ¿O tendría que esperar?

—Podrías venir conmigo. Muchos soldados viajarán en carretas.

La misma impaciencia se refleja en su propia voz y le beso la mejilla.

—Ayúdame a hacer las maletas.

Se ríe.

—De acuerdo.

Mientras meto algo de ropa en una bolsa de lino, me viene otro pensamiento.

Me siento un amigo terrible por haber tardado tanto en pensarlo.

—¿Tycho? —digo—. ¿Qué pasará con Callyn?

# CAPÍTULO 65

# CALLYN

La reina se está preparando para marcharse.

No me lo ha dicho personalmente, pero es evidente que los soldados que han llegado se están ocupando de los preparativos para su marcha. Están cargando los carros. Herrando los caballos. El rey y la reina han pasado todo el día reunidos con consejeros y generales, mientras yo he tratado de mantener a Nora y a Sinna en la panadería para que no molesten a nadie. La princesa es adicta a los pasteles, igual que mi hermana, pero también está fascinada con Muddy May y la leche que produce, así que las he mandado al establo una docena de veces para evitar que se comieran su peso en glaseado.

Cuando cae la noche y los preparativos continúan, comprendo que quieren marcharse pronto. Me quedo despierta en la panadería para esperar a la reina, aunque me siento como una tonta. Ahora está rodeada de guardias y soldados. No necesito hacer de vigía.

Pero los acontecimientos de los últimos días han sido una locura y me he encariñado con la reina y su amable firmeza. Pienso en mi madre y en su devoción por ser soldado, en cómo siempre me ha preocupado haber tomado la decisión equivocada al quedarme aquí para regentar la panadería. Sin embargo, he comenzado a darme cuenta de que la fuerza se manifiesta de muchas formas. Recuerdo cómo lord Alek cuestionaba las acciones de la reina y afirmaba que la estaba protegiendo.

Pero no era así. Lo que hizo fue arrebatarle sus decisiones.

Como si mis pensamientos la hubieran convocado, la reina atraviesa la puerta con paso ligero y se acerca para silenciar la campana antes de que termine de sonar.

Parece sorprendida de encontrarme levantada.

—Callyn. Pensaba que estarías dormida.

—Las niñas lo están —digo—. Pero quería asegurarme de que… —Callo. *De que estuviera bien*, estoy a punto de decir, pero es ridículo—. De que tuviera todo lo necesario —termino.

—No del todo —dice.

—¿Quiere un té? —digo—. También puedo preparar…

—No. Quería hablar contigo. —Señala la mesa de la pastelería—. ¿Nos sentamos?

Asiento. Lo hacemos.

—Volveremos al Palacio de Cristal por la mañana —dice.

Asiento de nuevo.

—He visto los preparativos todo el día. —Hago una pausa y siento que el calor me sube a las mejillas—. Creo que a Nora se le romperá el corazón al perder a su nueva sombra.

La reina sonríe.

—De hecho, después de lo ocurrido con lady Karyl y la guardia de la reina, el rey y yo no nos fiamos de dejar a Sinna al cuidado de cualquiera en el palacio. Ahora mismo, no sabemos en quién confiar. —Vacila—. Así que me gustaría pedirte que Nora y tú nos acompañaseis. De manera oficial, seríais las damas de compañía de la princesa, pero, extraoficialmente, actuaríais como mis ojos y mis oídos en lo que concierne a la pequeña Sinna, porque no …

—Majestad —jadeo.

Sonríe.

—¿Eso es un «sí» o un «no»?

—Es… —La miro—. ¿Sí? Creo… —Me sonrojo y me llevo una mano al colgante de madre; pienso en la magia que no quiero reconocer que existe—. Pero yo… no debería. He cometido muchos errores. Deberían colgarme por mis crímenes…

—Lord Alek y lady Karyl no te engañaron solo a ti —dice—. Si todo resulta ser cierto, muchos han engañado a la familia real. —La calidez envuelve su voz—. Actuaste para protegerme. Para proteger a mi hija. Arriesgaste tu vida, Callyn. No se me ocurre nadie mejor para cuidar de mi hija cuando yo no pueda.

La cabeza me da vueltas. Nora se volverá loca.

La mano de la reina cubre la mía.

—Tu hermana y tú podríais correr peligro. Esta no es una decisión que deba tomarse a la ligera. Nolla Verin ha confirmado que comenzaría a instruirte en defensa personal y nos acompañará un gran contingente de guardias reales de Emberfall. Ya han estado a punto de vencernos una vez, Callyn. El puesto conlleva riesgos.

Trago saliva y asiento.

—Pero también he considerado el peligro que podría suponer que te quedaras aquí. Se dice que los Buscadores de la Verdad no son nada bondadosos con quienes les traicionan.

Las palabras resultan escalofriantes y me estremezco.

—Sí, majestad.

—Sea como fuere, no pienso tomar la decisión por ti —dice—. Esto no es una orden ni una exigencia. Me he ocupado de la deuda fiscal que dejó tu padre. Si prefieres negarte, me aseguraré de que cuentes con todo lo necesario para proteger la panadería.

Sigo pensando en las decisiones que habría tomado mi madre.

Tal vez sea el momento de empezar a pensar por mí misma.

Respiro hondo y cuadro los hombros.

—Aceptamos.

El cielo está rosa y un tono púrpura envuelve el bosque cuando camino hasta casa de Jax al amanecer. La forja está en silencio y fría, y espero encontrarlo todavía dormido, pero, en cambio, entro en el taller justo cuando atraviesa la otra puerta con las muletas.

—Cal.

Se detiene en seco. Yo también.

Lleva una armadura ligera, lo que me sorprende, y el pelo bien atado. Calza una bota gruesa en el pie, con grebas de cuero, y todo el conjunto hace que parezca un poco más alto y más intimidante.

Ve cómo lo miro y se sonroja.

—A Tycho le preocupa que nos embosquen en el camino.

Abro los ojos de par en par.

—¿En la camino? —repito—. ¿Te vas?

Duda, luego asiente.

—Lo cierto es que iba a verte. —Hace una pausa y envuelve su voz con una pizca de humor—. Gracias por ahorrarme el paseo.

Tengo muchas cosas que decir, pero todo ha cambiado tanto en los últimos meses que no se me ocurre ni una sola palabra, así que me adelanto y le doy un abrazo.

Me rodea con fuerza y se me hace raro abrazarlo con la armadura.

Tengo que retroceder y volver a mirarlo. Recuerdo haberlo visto durante la batalla, la decisión en su mirada cuando tensaba la cuerda del arco.

—Fuiste muy valiente, Jax.

—Tú también.

Estudio las líneas de su rostro y la luz en sus ojos de color verde avellana.

—Yo también me voy.

Asiente.

—Tycho me contó lo que la reina iba a ofrecerte. —Hace una pausa—. Sabía que aceptarías.

Le doy un golpe en el brazo.

—¡De eso nada!

Sonríe.

—Sabía que Nora te mataría si lo rechazabas.

—Vale, eso es bastante cierto. —No puedo evitarlo. Me adelanto y lo abrazo de nuevo—. No sé cuándo volveré a verte.

—El rey dijo algo en la batalla —dice en voz baja—. Me dijo que el destino ya ha trazado un camino más allá de este momento. Que debemos seguirlo. —Hace una pausa—. Sigámoslo, Callyn.

Asiento y le doy un beso en la mejilla.

—Sigámoslo.

La puerta tras él se abre y sale lord Tycho. Me ve y sonríe, luego hace una reverencia.

—Lady Callyn. Es un honor conocer a la nueva dama de la corte.

Iba a darle un empujón igual que a Jax, pero sus palabras hacen que me detenga. *La nueva dama de la corte*. Me llevo las manos a las mejillas.

Ensancha la sonrisa.

—No te emociones demasiado. Sinna es una artista del escapismo. Estarás cubierta de polvo y telarañas al final del primer día.

Sonrío, dudo y decido olvidarme de la cautela. Me adelanto para darle también un abrazo.

Si se sorprende, no lo demuestra.

—Dile a lady Nora que las cocinas de palacio siempre tienen pasteles por la mañana.

—Lo haré. —Le doy un beso en la mejilla—. Cuida de mi mejor amigo.

—Lo juro, mi señora.

Me vuelvo a sonrojar. Tycho comienza a alejarse, pero lo sostengo con fuerza y lo miro a los ojos.

—Quiero pedirte un favor —digo.

—Lo que sea.

—Si vas a Emberfall, dale un puñetazo a Alek de mi parte.

Una pizca de picardía asoma en su sonrisa.

—Eso no es ningún favor. Será un absoluto placer.

# CAPÍTULO 66

# TYCHO

He pasado tanto tiempo viajando solo que se me había olvidado lo diferente que era hacer el viaje a Emberfall con una unidad de hombres y mujeres. Con los carros cargados, la marcha es más lenta, y somos demasiados para quedarnos en una posada, así que acampamos por las noches. Oigo los comentarios murmurados sobre lo ocurrido en Briarlock y me pregunto hasta dónde llegarán las habladurías esta vez. Las tensiones entre ambos países ya eran complicadas y saber que su rey está en la Ciudad de Cristal, tras haber sido el objetivo de un ataque, no empuja a nadie de este grupo a apreciar a la gente de Syhl Shallow.

Jax se muestra tímido con los soldados y no sé hasta qué punto se debe a la falta de familiaridad con el idioma o a la novedad de encontrarse en un papel inesperado. Después de todo lo ocurrido en Briarlock, me preocupaba que se mostraran hostiles con él. Pero no tenía motivos para preocuparme; se han enterado de cómo luchó al lado de Grey y ya han empezado a exagerar su papel en la protección del rey.

—He oído que le acertó a un hombre en el cuello a cien metros —murmura uno de los guardias a otro cuando no se dan cuenta de que los escucho.

Sonrío y no me molesto en corregirlos.

Nunca falta trabajo, pero cuando cae el crepúsculo y los petates ya están colocados, saco una baraja de cartas de la mochila e intento convencer a Jax de que juegue con los guardias y los soldados.

Al principio se muestra reacio e inseguro, pero un soldado llamado Malin saca una botella de un líquido ámbar no sé de dónde y se la tiende.

—Ven —le dice en syssalah con un fuerte acento—. Bebe. Pierde dinero.

Jax suelta una carcajada de sorpresa, pero se une al juego. Más tarde, nos tumbamos en la oscuridad y miramos las estrellas, y me ruega que le enseñe palabras en emberalés, así que le enseño todo lo que se me ocurre. «Cielo», «campamento», «noche» y una docena más, hasta que Malin nos lanza algo y dice:

—¿Qué tal «dormir»?

Rhen viaja con nosotros, pero no pasa el tiempo con los soldados. Tiene su propia tienda y nos reunimos por la mañana mientras los demás levantan el campamento. Nos expone sus planes para apoyar al rey desde aquí y para erradicar cualquier insurrección en este lado de la frontera. No se le nota la preocupación en la voz cuando habla con sus guardias, pero sí la detecto cuando habla conmigo de los desafíos que seguramente tengamos que enfrentar en los meses venideros.

—Tycho —dice, con mucha calma—. Por el momento, sería mejor que mantuvieras la magia que posees en secreto.

Dudo, sorprendido por el pulso de rebeldía que siento en el pecho, pero asiento.

—Como digas.

—¿No lo has mencionado entre los soldados? —insiste—. ¿Ni siquiera en broma?

Niego con la cabeza.

—Jax lo sabe. La familia real lo sabe. Todos los demás que lo presenciaron murieron en el ataque.

—¿Confías en Jax?

—Sí.

—Bien. —Hace una pausa y me estudia—. Grey dijo que no quisiste contarle lo que habías negociado con el scraver.

Me sobresalto y me sonrojo. No sabía que esa conversación habría llegado a más oídos que a los del rey, pero debería haberlo supuesto.

—Hice el trato para salvarle la vida.

—Eso me ha dicho. —Se calla un segundo—. Creo entender por qué no confías en él lo suficiente como para revelarle lo que prometiste.

—¡No! No era una cuestión de confianza. Era... —Me paro a pensar en todo lo que el rey y yo no nos hemos dicho en los últimos meses.

Sí era una cuestión de confianza.

Rhen espera mientras resuelvo el asunto en mi cabeza. No sé qué decir.

—Sé que no habrías ofrecido nada que lo pusiera en peligro —dice por fin—. Si sirve de algo, Grey también lo sabe. Es la única razón por la que te permite guardar el secreto.

Siento una punzada de rabia. *Aun así, me envía a Emberfall. Se ha deshecho de mí.*

No lo digo. No creo que sea necesario.

Como si confirmara mis pensamientos, Rhen asiente para cerrar la conversación.

—Puedes retirarte. Hoy nos espera un largo camino.

Me doy la vuelta para salir de la tienda y, por alguna razón, siento una agitación y una inseguridad que empiezan a volverse demasiado habituales.

Pero entonces Rhen me llama de nuevo.

—Tycho. Espera. Quiero hacerte una pregunta.

Los soldados de fuera se toman el pelo unos a otros mientras quitan las tiendas y cargan los carros. Debería ir a ayudar, pero me detengo y me giro.

—¿Sí?

—¿Confías en mí lo suficiente como para decírmelo?

Es una pregunta sincera, formulada con más gravedad de la necesaria. Tal vez por eso me tomo un segundo para considerarlo, en lugar de negarme sin rodeos, como hice con Grey.

Llevo días dándole vueltas a la promesa que le hice a Nakiis. Lo cierto es que no sé qué me pedirá, ni cuándo. Es posible que sea un tonto, y no me apetece que otra persona me lo confirme.

Sin embargo, mientras miro al príncipe Rhen, pienso en la conversación que tuvimos el día en que me alejó del patio. El día en que compartimos secretos y vulnerabilidades. En cómo me encontró en los establos cuando intentaba evitar al rey y cómo cabalgamos por el bosque. Cómo desafió a lord Alek en mi nombre.

El príncipe Rhen es el último hombre en el mundo al que pensé que vería como un amigo, pero la incertidumbre que se agitaba en mi pecho parece relajarse.

—Sí —digo de repente y me sorprendo incluso a mí mismo—. Sí, confío.

# EPÍLOGO

# ALEK

He visto nueve puestas de sol desde esta habitación y, cuando el sol empieza a desaparecer más allá de los bosques que rodean el Castillo de Ironrose, sé que pronto llegará la décima.

No debería haber visto ninguna. No debería estar encerrado en el castillo. Debería estar en la corte de Syhl Shallow, presenciando cómo las damas atienden a una reina afligida.

Un asesino tendría que haber matado al rey en los campos de tiro.

Un asesino que nunca apareció.

Callyn. No tengo forma de saber si le entregó mi mensaje a lady Karyl.

No tengo ni idea de quién atacó a la reina. Eso no era parte del plan.

La traición pudo venir de ambos lados. Es lo único en lo que pienso durante las largas horas en esta habitación. Los Buscadores de la Verdad siempre han tenido un objetivo claro: proteger a la reina.

Mientras el sol se vuelve rojo en el horizonte, un guardia llama a la puerta con la cena. Un poco ridículo, ya que la puerta está cerrada por fuera.

—Adelante —digo, como si le hiciera falta mi permiso.

El guardia de hoy se llama Vale, un hombre de más de treinta años con el pelo canoso y una armadura a la que empieza a costarle cubrirle adecuadamente el vientre. Es un guardia experimentado que ha servido en el castillo desde hace tres años.

También es fiel a los Buscadores de la Verdad. Lo sé porque nosotros lo metimos aquí.

El príncipe Rhen será una rata astuta, pero ni siquiera él lo sabe todo.

—Ha llegado una avanzadilla esta tarde —dice Vale en voz baja—. El príncipe regresa con un pequeño contingente de guardias y soldados. El resto se quedará en Syhl Shallow para determinar la profundidad de la insurrección.

Maldigo.

—¿Y la familia real?

—Han sobrevivido. —Hace una pausa—. Por lo que he oído, estuvo cerca. El mensajero del rey regresa con el príncipe.

Eso me hace sonreír. Su relación con el rey sigue dañada, entonces.

—¿Ha habido bajas?

—Desconocidas. Haré lo que pueda para averiguarlo.

Un guardia llama desde el pasillo.

—¡Vale! ¿Por qué tardas tanto?

—Pégame —digo en un susurro—. Di que te he atacado.

Me da un puñetazo y tengo que obligarme a recibirlo. La cabeza se me va hacia un lado y siento el sabor de la sangre. Retrocedo y caigo sobre una rodilla justo cuando aparece otro guardia en la puerta.

—Ha intentado quitarme la daga —dice Vale.

Me toco el labio con los dedos.

—Solo quería agarrar la bandeja, idiota.

Me mira como si esperase que le diga cuál debe ser su siguiente frase y me cuesta un gran esfuerzo no poner los ojos en blanco.

—Hablaré con vuestro príncipe cuando regrese —declaro—. Deberíais prepararos para el despido.

—Tienes suerte de que te den de comer —dice el otro guardia—. Vamos —le dice a Vale—. Déjalo.

Salen de la habitación y la cerradura se cierra con un chasquido. El cielo ya está completamente rojo.

Todavía me sangra el labio y suspiro. Levanto la tapa de la bandeja de comida.

Marisco. Hago una mueca y lo vuelvo a tapar.

Si el príncipe vuelve y la familia real regresa al palacio, tendrán que dejarme ir. No hay nada que me relacione con los Buscadores de la Verdad. No hay pruebas. No importa lo que le haya pasado a la reina, yo estaba aquí, en Emberfall. No importa lo que le haya pasado al rey, ocurrió en otro lugar.

*¿Bajas? Desconocidas.*

Pienso en Callyn, en sus miradas cínicas, su sonrisa perversa y sus ojos desafiantes. Recuerdo haberle acariciado la mejilla con el dedo. Y haberle preguntado: *¿He revelado lo suficiente para ganarme tu confianza?*

Y entonces, como un tonto, le regalé una pizca de verdad.

Si lady Karyl me ha engañado, no debería sorprenderme. Nunca he confiado en ella y seguramente fui un necio por haberle permitido disfrutar de tanta libertad sin control.

Pero Callyn…

Me siento en la silla junto a la ventana y observo el décimo atardecer; el rojo brilla en los árboles de una forma que me recuerda a la luz de su pelo.

*Soy un enemigo muy peligroso, Callyn.*

Si me ha traicionado, descubrirá que lo decía muy en serio.

# AGRADECIMIENTOS

Sin darme cuenta, he sentado el precedente de escribir unos agradecimientos muy largos, pero se me acaba el plazo de entrega, así que voy a tener que ser rápida.

Esta es la ¡decimocuarta! novela que publico, así que, a estas alturas, no me hace falta decir lo increíblemente agradecida que le estoy a mi marido, Michael. No lo habría conseguido sin él a mi lado. Doy las gracias por todos los momentos que hemos pasado juntos y espero con ansias todos los que nos aguardan en el futuro. Gracias por ser mi mejor amigo durante todos estos años.

Mary Kate. ¡MARY KATE! Mary Kate Castellani es mi maravillosa editora en Bloomsbury y juro que mis libros no serían ni la mitad de buenos sin su aportación. Tengo mucha suerte de trabajar contigo. Sabes por qué este párrafo es tan corto (estoy escribiendo el libro número quince lo más rápido que puedo, ¡te lo prometo!), pero quiero que sepas lo mucho que me gusta trabajar contigo. Eres brillante.

También Suzie. ¡SUZIE! Suzie Townsend es mi increíble agente y, sin ella para guiarme por el camino correcto, estaría dando vueltas en círculos. Lo cierto es que no tengo palabras. Tengo muchísima suerte de contar contigo y con el equipo de New Leaf. Muchas gracias por todo.

El equipo de Bloomsbury no deja de asombrarme con su dedicación infinita a todos y cada uno de los libros en los que trabajan y me siento muy agradecida por ello. Muchísimas gracias a Claire Stetzer, Noella James, Erica Barmash, Faye Bi, Phoebe Dyer, Beth Eller, Valentina Rice, Ksenia Winnicki, Diane Aronson, Jeanette Levy, Donna Mark, Adrienne Vaughan, Rebecca McNally, Ellen

Holgate, Pari Thomson, Emily Marples y Jet Purdie, a todas las personas de Bloomsbury y Macmillan que han contribuido al éxito de mis libros. Gracias sobre todo a Lily Yengle, Tobias Madden, Mattea Barnes y Meenakshi Singh por su magnífico trabajo en la gestión de mi equipo de calle.

Hablando de mi equipo de calle, si formas parte de él, GRACIAS. Significa mucho para mí saber que hay miles de personas a las que les interesan mis libros y nunca olvidaré todo lo que habéis hecho para difundir mis historias, tanto si habéis estado aquí desde *Una maldición oscura y solitaria*, como si os habéis unido hace poco porque os ha interesado la serie de *El elixir de flor de luna*, o si acabáis de llegar para conocer en secreto a Tycho, Jax y Callyn. Muchas gracias a todos.

Tengo una grandísima deuda de gratitud con mis queridos amigos escritores, Melody Wukitch, Dylan Roche, Gillian McDunn, Jodi Picoult, Jennifer Armentrout, Phil Stamper, Stephanie Garber, Isabel Ibañez, Ava Tusek, Bradley Spoon y Amalie Howard; de verdad que no sé cómo sobreviviría cada día sin vuestro apoyo. Me siento muy agradecida por teneros en mi vida.

Varias personas han leído y aportado su opinión sobre algunas partes de este libro mientras estaba en curso, así que quiero dedicar un momento a darles las gracias en particular a Jodi Picoult, Mary Pearson, Reba Gordon, Ava Tusek, Jim Hilderbrandt, Kyle Fereira y Dylan Roche.

Muchas gracias a los lectores, blogueros, bibliotecarios, artistas y libreros que rondan por las redes sociales y se molestaron en crear publicaciones, reseñar, tuitear, compartir y mencionar mis libros. Debo mi carrera al hecho de que a la gente le apasionen mis personajes hasta el punto de morirse de ganas de hablar de ellos. Gracias a todos.

¡Y muchas gracias a ti! Sí, a ti. Si tienes este libro en las manos, gracias. Gracias por formar parte de este sueño y por querer tanto a Tycho que has querido leer un libro sobre él y sus aventuras.

Como siempre, me siento honrada de que hayas decidido permitir que mis personajes se abrieran un hueco en tu corazón.

Por último, muchísimas gracias a los chicos Kemmerer por seguir los pasos de su padre y apoyarme tanto como él; os quiero muchísimo. Todos los días me sorprendéis y tengo muchísima suerte de ser vuestra madre. Sí, he copiado este párrafo de los últimos agradecimientos que escribí, pero es lo que hay y toca ir a buscaros al cole. Aun así, todas las palabras son ciertas.

# ¿TE GUSTÓ
# ESTE LIBRO?

Escríbenos a

puck@edicionesurano.com

y cuéntanos tu opinión.

ESPAÑA ⧽ 🅕/MundoPuck 🅣/Puck_Ed 🅘/Puck.Ed

LATINOAMÉRICA ⧽ 🅕 🅣 🅘 /PuckLatam

▶/PuckEditorial

¡Gracias por vivir otra
#EXPERIENCIAPUCK!